VIDAL
ET LES SIENS

Edgar Morin

VIDAL
ET LES SIENS

Éditions du Seuil

ISBN 2-02-028523-1
(ISBN 2-02-010682-5, 1re publication)

© Éditions du Seuil, avril 1989

Avertissement

Vidal naquit en 1894 dans le grand port macédonien de l'Empire ottoman. Son arrière-grand-père venait de Toscane et parlait italien. Sa langue maternelle fut l'espagnol du xve siècle. Tout jeune, il parla le français et l'allemand. Adolescent, il rêva de vivre en France : il y fut conduit en prisonnier, puis libéré par le président du Conseil. Il traversa les guerres balkaniques, l'écroulement de l'Empire ottoman, les deux guerres mondiales. Il vécut le xxe siècle jusqu'en 1984.

Comme tout point singulier d'un hologramme, qui contient l'information de la totalité où il s'inscrit, le destin unique de Vidal porte en lui l'épanouissement, le crépuscule et la mort d'une culture, celle des séfarades [1] ou judéo-espagnols ; le passage de la cité d'empire à l'État-Nation ; le complexe des relations modernes entre juifs et gentils ; le complexe des relations Orient-Occident ; enfin, notre siècle lui-même.

On ne peut isoler Vidal des siens : ce livre évoque aussi le destin des hommes et des femmes de sa proche famille et de sa belle-famille, mais de façon incomplète et rudimentaire : le livre est centré sur Vidal, et je l'ai voulu ainsi parce que Vidal est mon père.

Il est l'objet et le sujet de ce livre qui tente de redonner vie à sa vie. C'est parce qu'il est le véritable sujet de ce

---

1. Le terme de séfarade sera utilisé dans son sens originel et littéral : « Issu de Sefarad » (Espagne), et non dans son sens élargi à tous les juifs méditerranéens et orientaux.

livre que je n'ai pas voulu le parasiter en utilisant le « je »
du narrateur-témoin. Lorsque j'interviens inévitablement
comme fils, je parle de moi à la troisième personne, afin
de m'objectiver, et je conserve son « je » dans tous les
passages présents ici de son autobiographie orale. C'est
parce qu'il est l'objet de ce livre que je veux l'évoquer le
plus objectivement possible ; je le nomme à la troisième
personne, et, comme je veux me situer au plus proche
possible, je le désigne par son prénom, Vidal.

Ainsi ce livre *sur* et *pour* mon père n'est pas le « livre
de mon père ». La piété m'anime justement non pour faire
un livre édifiant, mais pour tenter un livre véridique. C'est
pourquoi il n'y a pas ici de respect, dans le sens où on
entend communément ce terme. Pour Vidal, aimer, c'était
pouvoir taquiner. Pour l'auteur de ces lignes, qui a hérité
quelque peu de ce trait, il n'est pas irrespectueux de rester
taquin et moqueur dans l'amour.

Le besoin de consacrer un livre à mon père m'est venu
au lendemain de sa mort, en août 1984. J'ai songé alors
à collaborer avec Véronique Grappe-Nahoum et avec
Haïm Vidal Sephiha, qui ont accepté.

Véronique, ma fille, petite-fille de Vidal, historienne à
l'EHESS, avait suscité et recueilli en 1978 son autobiographie orale sur bande magnétique, et ce récit brut, parfois débraillé, parfois déguisé, dont la plus grande partie
se trouve transcrite ici en italiques, est en fait un livre dans
ce livre. Haïm Vidal, gardien et défenseur de la langue et
de la culture judéo-espagnole, titulaire de la première
chaire universitaire consacrée à cette langue demeurée
vivante hors d'Espagne pendant cinq siècles, animateur
des recherches que l'association *Vidas Largas* voue à la
culture séfarade, a publié le livre clef *L'Agonie des judéo-
espagnols*[1].

Ils ont ainsi l'un et l'autre fourni, avant la rédaction de

1. Paris, Éd. Entente, 1977.

ce livre, un apport capital, puis, en cours de rédaction, ils m'ont aidé de leurs remarques, critiques et informations. Mais, possédé par mon sujet-objet, je m'en suis approprié la rédaction et je suis devenu en fait l'auteur du livre.

Les sources de *ce récit historique* sont, outre l'autobiographie orale :

– les archives personnelles de Vidal : il avait conservé depuis l'enfance à Salonique de très nombreuses cartes postales (dont il faisait collection) et il garda par la suite de très nombreuses lettres reçues ou envoyées (dont il gardait le double dactylographique) ; il avait conservé aussi son journal de captivité [1], le brouillon de sa demande en mariage, et bien d'autres documents personnels, familiaux et professionnels ;

– la monumentale *Histoire des Israélites de Salonique*, en sept tomes, de l'érudit et lettré salonicien Joseph Nehama [2], qui me fut indispensable, y compris pour retrouver l'origine des familles Nahum et Frances, d'une part, Beressi et Mosseri, de l'autre, qui s'unirent dans le mariage entre mon père et ma mère ;

– certains ouvrages ou articles, cités en cours de ce livre, concernant les judéo-espagnols, tant en Espagne que dans l'émigration en Toscane et dans l'Empire ottoman.

Après avoir formé le projet de ce livre, la rédaction en a été différée par des épreuves, et je veux d'abord remercier Jacques-Antoine Malarewicz qui m'a conduit à les surmonter dans cette rédaction même.

Je remercie mes cousins et cousines qui m'ont apporté leurs informations et corrections, en particulier Fredy Pelosoff, qui avait recueilli les souvenirs de sa mère sur bande magnétique, Chary Ledoux, dont la mémoire m'a éclairé à de nombreuses reprises sur le passé familial des Nahum, Henri Pelosoff, Edgard Nahum. Je remercie enfin

1. Transcrit en italiques dans ce livre.
2. Publiée à Salonique même de 1935 à 1978 (Librairie Molho).

ma fille Irène pour sa contribution, sa mère Violette Naville pour sa critique, et, pour m'avoir lu et élu, Edwige. Je remercie Monique Cahen pour son encouragement, sa patience et son attentif travail critique sur manuscrit.

Je remercie enfin, pour leur aide amicale et fidèle, mes collaboratrices du Centre d'études transdisciplinaires, Marie-France Laval, Marie-Madeleine Paccaud, Nicole Phelouzat-Perriquet, qui m'ont apporté chacune leur compétence particulière.

Prologue

*Nosotros fuemos echados de
la Spagna, y en malo modo*[1].

Raffaele Nahum à ses enfants.

Les séfarades

1453. L'Empire byzantin est anéanti. L'Empire ottoman le supplante et prend comme capitale Constantinople, rebaptisée Istanbul. Quatre siècles de *pax ottomanica* vont régner sur l'Orient européen et méditerranéen. Les populations chrétiennes subjuguées y sont tolérées, comme elles l'étaient dans l'Espagne musulmane.

1492. Après la chute de Grenade, l'islam est refoulé hors de l'Europe occidentale. L'Espagne impose aux juifs et aux musulmans l'exil ou la conversion. Le 2 août 1492 est le dernier jour pour le départ des juifs qui veulent rester fidèles à la loi de Moïse. Le 3 août, Christophe Colomb, catholique fervent mais peut-être issu de juifs convertis, part vers l'Ouest pour ce qui sera le Nouveau Monde. Les dizaines de milliers de juifs qui refusent la conversion partiront, pour la plupart, vers l'Est.

1. Nous autres avons été jetés hors d'Espagne, et de mauvaise façon.

Les évaluations des populations juives en Espagne ont
beaucoup varié. Après qu'on les eut estimés au tiers de la
population totale, on pense aujourd'hui qu'il y eut au
maximum 400 000, probablement 250 000 juifs en Espagne au XIVᵉ siècle [1]. Ces descendants d'Hébreux s'étaient
enracinés durant mille cinq cents ans dans la péninsule
Ibérique. L'installation dans l'Espagne romaine avait
commencé avant l'expulsion totale des juifs de Palestine.
Les colonies éparses prospérèrent dans l'Espagne médiévale partagée entre royaumes chrétiens et maures.

Les musulmans toléraient les minorités chrétiennes et
juives (exception faite de deux vagues de persécutions
apportées par les dynasties berbères des Almoravides et
des Almohades, en 1086 et 1172) ; les princes chrétiens
toléraient leurs minorités juives et musulmanes. Par rapport à l'Europe médiévale chrétienne, la situation des communautés juives de l'Espagne chrétienne était exception-
nelle : elles n'étaient pas enfermées dans des ghettos,
soumises à des restrictions et à des vexations ; elles étaient
des sortes de républiques rabbiniques autonomes, disposant de leurs ordonnances spécifiques et de leur police
propre. Les juifs n'étaient pas ségrégés dans certains
métiers déterminés ; il y avait chez eux, certes, un grand
nombre de négociants et de lettrés, mais aussi des artisans,
voire des viticulteurs et des agriculteurs.

Toutefois, des flambées antijuives ponctuent le XIVᵉ siècle. Protégés par les princes, les juifs subissent des accu-
sations populaires de déicide, de sacrifices rituels
d'enfants chrétiens, d'exploitation des pauvres gens par
accaparement des denrées ou usure. L'année 1391 voit
des massacres de juifs qui déclenchent des conversions en
masse au catholicisme. A ces conversions de la peur
s'ajoutent les conversions de conviction. Ainsi, un Salomon ha Levi devient Pablo de Santa Maria et évêque de

---

1. Joseph Perez, dans *Isabelle et Ferdinand, Rois Catholiques
d'Espagne* (Fayard, Paris, 1988), p. 317, fait état de la diversité des
évaluations.

Burgos. Certains convertis se transforment en chrétiens farouches. Mais beaucoup de *conversos* demeurent « judaïsants » en secret. Ils vont ostensiblement à la messe, obéissent aux rites de l'Église, font maigre le vendredi, mais, chez eux, clandestinement, ils récitent les prières et les bénédictions juives, ne consomment pas les nourritures immondes, et s'efforcent au moins de pratiquer la Pâque en famille. Ils restent en relation avec leurs parents ou familiers demeurés non convertis et, par ce biais, demeurent ombilicalement reliés au judaïsme. Alors que les juifs sont tolérés par l'Église, les *conversos* « judaïsants » sont condamnés comme hérétiques. L'Inquisition espagnole est créée en 1480 précisément pour démasquer les judaïsants camouflés en chrétiens. De 1481 à 1488, il y aura 700 condamnations à Séville[1]. En 1480 également, on ghettoïse les quartiers juifs ou *juderías*. En 1491, le procès d'Avila condamne des juifs pour crime rituel sur un enfant chrétien. L'antisémitisme de l'Europe chrétienne arrive sur l'Espagne au moment même où le christianisme triomphe sur la péninsule Ibérique : Grenade tombe en 1492, et c'est dans la ville même que les Rois Catholiques, Isabelle et Ferdinand, signent le décret sommant les juifs de se convertir ou de partir.

Une majorité se convertit, et, chez ces marranes, le judaïsme va soit progressivement s'éteindre, soit secrètement se maintenir en s'altérant de diverses façons avec le temps. Ceux qui refusent le baptême partent précipitamment, en emportant la clef de leur maison. Ils ne savent pas qu'ils sont chassés pour des siècles. 10 000 juifs quittent l'Aragon, peut-être 50 000 la Castille en 1492[2].

Certains partent pour le Portugal et la Navarre, mais ils en seront expulsés en 1498. La diaspora des séfarades,

---

1. *Encyclopedia judaïca*, entrée « Séville ».
2. Selon Joseph Perez *(op. cit.)*, il est très difficile d'évaluer le nombre des départs de Castille.

juifs d'Espagne, se répand à petites doses vers la Hollande, la Provence, plus largement vers l'Afrique du Nord[1], et surtout vers l'Orient, dans l'Empire ottoman, où ils sont accueillis par Bayazid II. Ils s'installent dans les villes portuaires d'Istanbul, Izmir, et principalement à Salonique, où 20 000 d'entre eux débarquent.

Salonique

Salonique est un port de la mer Égée, enfoncé à l'intérieur du golfe Thermaïque, au nord de la presqu'île de Chalcidique. Selon Strabon, la ville aurait été fondée par Cassandre, général et beau-frère d'Alexandre, qui lui aurait donné le nom de sa femme Thessalonike. Durant l'Empire romain, elle fut reliée à l'Italie et à Byzance par la via Egnazia ; celle-ci rencontre à Salonique, où débouche la vallée du Vardar, la route qui dessert les territoires balkaniques jusqu'à la plaine du Danube.

Selon les conditions historiques, Salonique peut être la bourgade perdue au fin fond d'une mer et au bout des terres, ou, au contraire, le port qui sert de débouché et de comptoir à un hinterland riche en ressources agricoles, pastorales et minières, la ville cosmopolite ouverte au trafic maritime entre l'est et l'ouest de la Méditerranée. Durant la *pax romana*, Paul de Tarse, ce fils de pharisien qui avait eu la révélation du Christ sur le chemin de Damas, vint prêcher les juifs hellénisés de Salonique. Il n'avait pas encore radicalement détaché le rameau chrétien de sa souche juive. Il annonça à ses coreligionnaires l'imminence du second avènement de Jésus « qui nous délivre de la colère à venir ». Chassé de la ville, il écrivit de Corinthe ses deux Épîtres aux Thessaloniciens. Ainsi, en ce premier siècle de notre ère, Salonique, alors Thes-

---

1. Où, à l'exception du Nord-Maroc, ils se mêleront finalement aux populations juives berbères et arabes.

salonique, fut un lieu de rencontre entre la souche grecque, la souche juive et la nouvelle souche chrétienne, dont la dialogique produira la naissance et le développement de la culture européenne.

Après la scission de l'Empire, Salonique, devenue grande ville byzantine, fut assiégée par les Goths, les Huns, les Avars, les Bulgares, attaquée par les pirates arabes, prise pour quelques jours par les Normands de Sicile (1184), ravagée par les croisés, cédée aux Vénitiens, puis finalement conquise pour plusieurs siècles par les Turcs, en 1430. La ville était dépeuplée, il y restait quelques Grecs ; quelques Turcs s'y installèrent, mais ce fut l'implantation d'environ 20 000 séfarades qui repeupla et ranima la ville, laquelle prit son essor dans les toutes premières décennies du XVIe siècle [1].

Dès lors, Salonique fut, en un espace réduit, une nouvelle Sefarad. Comme dans la Sefarad d'avant 1492, clochers, minarets, synagogues y coexistèrent paisiblement. Pendant deux siècles même, Salonique fut un microcosme d'Espagne où se juxtaposèrent sans se confondre, autour de leur synagogue propre, Catalans, Aragonais, Castillans, Andalous, Majorquins ; par la suite vinrent des Provençaux *(Provinsya)*, Calabrais *(Kalabria)*, Pouillais *(Poulia)*, Maghrébins *(Mograbis)*, Polonais ou Russes *(Ashkenaze)*. Avec le temps, comme en Espagne, le castillan phagocyta les autres langues ibériques. Plus encore : le castillan désintègre le grec des juifs romaniotes, le yiddish des ashkénazes qui émigrent à Salonique, et tout immigrant juif, durant des siècles, s'intègre dans la culture judéoespagnole. Ainsi Salonique reproduit l'Espagne de la fin du XVe siècle : elle castillanise les hispaniques et hispanise les migrants venus d'ailleurs. Du coup, paradoxalement, le pur castillan devint le langage proprement juif de Salonique, mais non pas le castillan moderne, celui du XVe siècle, ignorant la jota, comportant des mots oubliés aujour-

---

1. Sur l'histoire de Salonique, cf. P. Risal (pseudonyme de Joseph Nehama), *La Ville convoitée : Salonique*, Perrin, Paris, 1913.

d'hui en Espagne. Cette langue vivante est en même temps
une langue musée, dont se délecteront les Espagnols
modernes quand ils la découvriront. Mais, au XIX⁰ siècle,
cette langue n'est plus tant perçue et conçue comme espagnole par les séfarades ; elle est devenue à leur oreille
comme à celle des Turcs, des Grecs et des Macédoniens
le *djidio*, la langue juive. D'où la stupeur de ces Saloniciens qui entendirent au XIX⁰ siècle des prêtres castillans,
venus observer sur place ces rejetons issus d'Espagne :
« Tiens, des curés juifs ! »

   L'Espagne était devenue très lointaine au cours des
siècles. Et, pourtant, le déracinement avait été difficile.
Les séfarades émigrés avaient longtemps conservé à vif
un douloureux sentiment d'exil, et certaines familles
avaient longtemps gardé la clef de leur maison d'Espagne ;
il y avait plus que le millénaire sentiment juif de l'exil ;
il y avait aussi le chagrin de l'expatriation loin de la chère
Sefarad, ce dont témoignent bien des chants conservés
jusqu'à aujourd'hui ; ce sentiment, certes atténué, demeurera présent chez Vidal, qui, en 1970, à 70 ans passés,
voudra revoir la « terre de ses ancêtres » (cf. p. 379).
   Salonique ne devint pas seulement un microcosme
d'Espagne dans l'Empire ottoman ; elle devint aussi une
macédoine dans la Macédoine. Dans la province macédonienne, les ethnies grecques, slaves, turques, avec leurs
religions différentes, sont juxtaposées et imbriquées. A
Salonique, on va retrouver un concentré de salade macédonienne autour de l'élément séfarade prédominant. Les
Turcs forment un ingrédient mineur de cette salade (ils ne
vont pas pendant longtemps dépasser 10 % de la population). Le monde turc qui enveloppe la Salonique séfarade
ne la pénètre pas, sinon par capillarité : quelques mots
turcs entrent dans le *djidio*, la musique se turquise, et une
osmose gastronomique s'effectue entre les cuisines médi-
terranéennes parentes d'Espagne et d'Orient.
   Les séfarades sont majoritaires à Salonique dès le

milieu du XVIe siède et le resteront jusqu'en 1912. Ils sont alors plus de la moitié de la population, le reste comptant 20 % de Turcs, 20 % de Grecs, 5 % de Bulgares. Les juifs, bien qu'homogénéisés par la culture judéo-espagnole, sont eux-mêmes une macédoine génétique. Aux juifs espagnols, issus des anciens Hébreux, mais dont les gènes ont dû subir au cours des siècles les apports des viols, des amours illégitimes et des conversions, et dont les types physiques sont du reste très divers, se sont ajoutés les « romaniotes », juifs grecs, puis des immigrants d'Allemagne, de Pologne, de Russie, sans compter les descendants des esclaves chrétiens convertis (chaque famille aisée avait au XVIe siècle un ou plusieurs esclaves domestiques, qui étaient naturellement intégrés dans la religion de Moïse). La ville entière vit au rythme de sa majorité séfarade qui impose la férialité du samedi pour toutes les ethnies et toutes les activités de la ville, y compris la poste.

Comme se souvient Vidal : *Le samedi d'abord, c'était la fête générale à Salonique, les musulmans, les orthodoxes, les Bulgares, tout le monde fermait les magasins, samedi, c'était sacré... Le vendredi devait être la journée musulmane... Les musulmans allaient à la mosquée, mais ils revenaient à leur travail, tandis que, le samedi, la douane, la poste, tout était fermé.*

D'autre part, à la différence des villes majoritairement turques (Istanbul, Izmir) ou des villes de l'Empire ottoman comme Alexandrie ou Damas, où le petit peuple est égyptien ou arabe, tandis que les hautes sphères de la société sont turques, Salonique a des juifs du haut au bas de l'échelle sociale, des financiers, grands entrepreneurs, médecins, lettrés, aux ouvriers, dockers, portefaix, domestiques, en passant par les artisans, boutiquiers, charretiers. Il y a même des propriétaires terriens et des métayers juifs. La ville séfarade est une société totale. Il n'y a pas les juifs riches et les non-juifs pauvres, les non-juifs dominants et les juifs asservis ; les juifs occupent toutes les classes de la société et ils exercent tous les métiers.

Comme dans l'Espagne d'avant 1480, les quartiers juifs

ne sont pas ghettoïsés. Au contraire, leurs maisons de bois occupent le centre ouvert de la ville, de part et d'autre du port jusqu'aux collines, où s'élèvent les maisons turques de pierre, toutes carrées, tandis que le quartier grec s'étend à la périphérie, du côté sud-est. Les murailles de Salonique protègent la cité des envahisseurs, non les gentils des juifs. La ville séfarade est autonome. Elle a obtenu de la Sublime Porte, en 1523, la Charte de libération, qui en fait une petite république dotée d'une quasi-souveraineté interne. Jusqu'au XIXᵉ siècle, le conseil des rabbins collecte l'impôt pour l'Empire et fixe à chacun le montant de son dû ; il dispose d'un droit de justice interne, peut infliger amende, flagellation ou prison, et peut exclure par anathème *(herem)* le pécheur ou l'hérétique. A l'origine, chaque synagogue avait son école (Talmud Tora) où les garçons apprenaient à lire et à écrire en espagnol, son tribunal (Beth din), ses sociétés charitables de prêt sans intérêt, de secours aux pauvres, etc. De plus, dès 1515, la communauté disposa d'une imprimerie (la première imprimerie ottomane n'apparaîtra qu'en 1728).

Le peuple séfarade est privilégié par rapport aux autres peuples soumis à l'Empire ottoman. Il a été accueilli, non subjugué. Son habitat lui a été accordé, et non pas conquis. Il a pu construire ses temples, alors que les plus belles églises chrétiennes, converties en mosquées, ont été dotées d'un minaret. Les peuples de l'Empire rêvent à leur libération, alors que les séfarades jouissent d'une liberté introuvable partout ailleurs. Plus tard, à partir du XIXᵉ siècle, cette différence s'exaspérera : les peuples subjugués voudront leur État-Nation, les séfarades, eux, feront tout pour échapper à l'État-Nation.

« L'âge d'or »

Le XVIᵉ siècle est celui de l'apogée de la puissance turque à la grande époque de Soliman le Magnifique. Les échanges entre Occident et Orient s'intensifient. Venise est la nouvelle Athènes qui étend son empire commercial sur toute la Méditerranée et elle devient le partenaire privilégié de Salonique ; elle sera concurrencée par Ancône, Gênes, puis Livourne, où le grand-duc de Toscane a accueilli les juifs en 1593.

La diaspora séfarade a en fait permis la constitution d'un réseau entre les membres dispersés de même famille et de même origine, couvrant non seulement les ports de l'Empire ottoman et ceux d'Italie, mais aussi d'Espagne (les communications demeurent très actives avec les marranes jusqu'à la fin du XVIIe siècle), l'Afrique du Nord, la Hollande et, au-delà, les ports de la Hanse. Ce réseau de confiance interméditerranéen et intereuropéen permet les crédits, les accords sur parole, les transferts de capitaux.

Salonique devient en même temps un centre industriel voué à la production principalement de draperie, accessoirement de soieries et de tapis. Les laines de Macédoine sont ainsi traitées, vendues dans l'Empire (notamment pour l'armée des janissaires) et exportées. Salonique est enfin au XVIe siècle le centre d'une éphémère Renaissance. Nombreux sont les marranes lettrés qui viennent s'installer à Salonique, avec leur culture issue des universités de Coimbra, Lisbonne, Alcala, Salamanque. Ils connaissent le latin, ils se sont formés au commerce de la philosophie profane, grecque et arabe, ils apportent avec eux la culture du siècle d'or. Ainsi, Moïse Almosnino est un esprit polycompétent, curieux de tout, connaissant l'hébreu, le turc, le latin, le castillan, qui écrit et publie en espagnol son livre *Extremos y Grandezas de Constantinopla* (qui sera imprimé après sa mort à Madrid, en 1638).

La puissance commerciale de Salonique devient même un moment politique. A la suite d'un autodafé imposé par le pape qui envoie au bûcher des juifs et des marranes d'Ancône, en 1565, Salonique entraîne pendant un temps les autres communautés séfarades de l'Empire turc à boycotter le port d'Ancône, dont le plus gros du trafic se fait avec l'Orient. Celui-ci se trouve déserté pendant quelques mois en 1566, puis les intérêts privés reprennent le dessus, et la ligue antianconitaine se désintègre. Mais au moins, pendant un temps, sous l'impulsion de Salonique, et pour la seule fois dans l'histoire de l'Europe, une communauté juive aura osé riposter à la persécution.

La première grande défaite turque, à Lépante (1571), où la flotte des trois cents galères d'Ali Pacha est anéantie, favorise en fait l'essor de Salonique dans le sens où Venise, véritable triomphatrice de Lépante, demeure la souveraine des échanges méditerranéens, et continue à faire de Salonique le maillon privilégié de ses échanges avec l'Empire ottoman. De fait, le dépérissement économique de Salonique suit la décadence de Venise, qui se fait sentir après la prise de Candie par les Turcs (1669). Le dépérissement culturel commence à la même date, mais il ne va pas être principalement déclenché par le dépérissement économique. Il va venir d'un désastre messianique.

Marranisme et sabbétaïsme

On dit qu'il est encore aujourd'hui en Espagne des familles très catholiques où le père, au moment de mourir, transmet à son aîné le secret de l'identité juive. Il est encore des familles espagnoles où l'on refuse le porc par répugnance. On peut donc comprendre qu'aux XVIᵉ, XVIIᵉ et même encore au début du XVIIIᵉ siècle des chrétiens apparents, descendants de *conversos*, quittent l'Espagne pour une communauté séfarade d'Italie ou d'Orient, où ils dévoilent leur foi juive. A Salonique, ils ont laissé leurs traces dans leurs tombes, où leurs noms furent inscrits en caractères latins et leurs dates de naissance et de mort en années grégoriennes.

Ce qui les fait fuir souvent, c'est l'Inquisition. Celle-ci est inassouvissable (elle ne sera supprimée qu'en 1834). Elle détecte les juifs clandestins, instruit leur procès, et institue les autodafés. En 1680, à Madrid, 70 marranes sont conduits à l'autodafé et 18 sont brûlés. En 1682, à Lisbonne, un autodafé condamne 90 juifs clandestins, dont 4 sont brûlés. En 1715, l'Inquisition découvre une association secrète de 20 familles avec un rabbin et un temple clandestins. Chaque autodafé déclenche des départs de marranes, qu'ils soient judaïsants ou qu'ils craignent d'être dénoncés comme tels. Il y a aussi des marranes qui partent, non par inquiétude, mais mus par une vérité interne devenue invincible. Ainsi le Dr Fernando Cardoso, jamais suspect, jamais dénoncé, médecin de cour, favori des grands, ami de Lope de Vega, poète prisé et auteur à succès, quitte-t-il un jour, en pleine maturité, la cour d'Espagne pour demander asile au ghetto de Venise (alors encore principalement séfarade), où il prend le prénom d'Isaac, devient médecin des pauvres ; il écrit en castillan *De la excellencia de los hebreos* pour démontrer la supériorité de la loi de Moïse sur celles de toute autre religion [1]. Son jeune frère Miguel va à Livourne, prend le prénom d'Abraham, et devient apôtre et théologien du messie Sabbetaï Zevi. Toujours au milieu du XVIIᵉ siècle, Uriel da Costa, jeune homme d'éducation très catholique, trésorier d'une église de Porto, émigre à Amsterdam, où il se déclare juif.

Bien des marranes affluent à Salonique aux XVIᵉ et XVIIᵉ siècles ; ils ont en fait cessé d'observer strictement la loi de Moïse. Ils ont été habitués aux nourritures non cachères, ils n'ont pas pratiqué les rites de la synagogue. Ils ne sont pas circoncis. Pour eux, l'identité juive n'est pas fondée sur la stricte obéissance à des règles, mais sur une foi intime en l'Éternel et sa promesse. Ils vont se voir refuser le titre de juif par le conformisme rabbinique, et vont rentrer plus ou moins difficilement dans le giron de la synagogue. Mais sans doute leur présence influence-t-elle indirectement ceux qui n'ont cessé d'obéir aux pres-

1. Cf. Y.-H. Yerushalmi, *De la cour d'Espagne au ghetto italien, Isaac Cardoso et le marranisme*, Fayard, Paris, 1981 (trad. de l'anglais).

criptions mosaïques. Il y a à cette époque régression de la Loi au profit de la foi. Le message de la kabbale [1], vision à la fois mystique, philosophique et cosmique, se répand au détriment de celui du Talmud, code de prescriptions ritualistes. La kabbale réinterprète la Genèse : c'est non pas l'intervention, mais l'exil de la divinité qui a permis la naissance du monde. La création est une déchéance, où le désordre se répand, où Bien et Mal se séparent, où chacun est exilé de lui-même ; Israël est au cœur de la tragédie cosmique et de la tentative de réparer la déchéance originelle ; le Messie, qui assurera la rédemption du monde et d'Israël, devra assumer le mal pour supprimer le mal. La spéculation kabbaliste et le mysticisme de Safed, en Palestine (dont la majorité des inspirés est composée de Saloniciens de souche aragonaise), fermentent à Salonique. C'est donc sans doute sous la forte inoculation de marranisme et de kabbalisme que Salonique, en 1568, attend la venue toute proche du Messie. L'attente fiévreuse dure quelques années, puis s'éteint dix ans plus tard.

L'attente reprend au milieu du XVIIᵉ siècle. Les informations sur les horribles pogroms que déchaînent les paysans polonais arrivent dans le monde séfarade. Le malheur juif d'Espagne, où l'Inquisition continue de vouer au feu les judaïsants, et les malheurs de Pologne annoncent la venue prochaine du Rédempteur. Le Messie survient enfin. Un jeune mystique de Smyrne, Sabbetaï Zevi, a, dans un moment d'inspiration divine, prononcé le nom imprononçable de YHVH, et révélé ainsi qu'il était le Messie. Il opère des miracles, il annonce le Salut. Une onde de choc traverse toutes les communautés séfarades, entraînant non seulement la ferveur populaire, mais aussi la conviction de la plupart des rabbins. La nouvelle se répand dans toutes les juiveries d'Europe, et l'on voit même des mar-

---

1. Cf. G. Scholem, *La Kabbale et sa Symbolique*, Payot, Paris, 1966 ; Z'ev ben Shimon Halevi, *L'Arbre de vie*, Albin Michel, Paris, 1985.

chands de Hambourg ou d'Amsterdam prendre la route pour Jérusalem. Salonique, où Sabbetaï Zevi vient faire sa prédiction en 1655, est bouleversée. Beaucoup de négociants détruisent leurs livres de comptes et se préparent aux temps de béatitude. Le sultan, dans un premier temps, voit en Sabbetaï Zevi un prophète inspiré qu'il respecte. Mais l'intense agitation du monde séfarade, l'assurance qu'a Sabbetaï de prendre en main les royaumes de la terre suscitent une première mesure : Sabbetaï Zevi est mis en résidence forcée dans une forteresse. Autour de celle-ci se massent des dizaines de milliers de fidèles qui attendent dans la liesse la réalisation du Message. Le sultan somme alors Sabbetaï de choisir entre la mise à mort et la conversion à l'islam. Sabbetaï se convertit (1666) [1].

Alors que les pharisiens, quinze cents ans auparavant, avaient victorieusement fait obstacle à ce que les juifs de Palestine reconnaissent en Jésus leur Messie, qui devint alors, via Paul, le Sauveur des gentils, les rabbins de 1650-1666, comme les fidèles, adhèrent en masse au messie. Pourtant, le sabbétaïsme, avec ses docteurs et penseurs comme Nathan de Gaza ou Abraham Cardoso, apporte un évangile nouveau, fondé sur la cosmogonie kabbaliste de l'Exil divin et de la rédemption de tout l'Univers, à travers une vision plus riche, mystique et complexe de la relation entre le Mal et le Bien (un sens de la complémentarité entre l'ascèse et la débauche comme chez les cathares, une compassion fascinée pour l'ignominie comme on la trouve chez Dostoïevski). Une nouvelle religion voulait naître dans le séfaradisme après l'expérience marrane et le renouvellement des persécutions antijuives, un post-judaïsme qui se serait peut-être ouvert de lui-même sur les gentils. Ce qui brisa la foi nouvelle, ce fut la conversion soudaine et incroyable de Sabbetaï à l'islam.

Ainsi, la religion qui voulait naître fut brisée, et le

1. G. Scholem, *Les Grands Courants de la mystique juive*, Payot, 1960 et 1968. *Le Messianisme juif*, Calmann-Lévy, 1974. Sabbetaï Tsevi, *Le Messie mystique*, Verdier, 1983.

sabbétaïsme devint seulement une secte. Après l'abjura-
tion de Sabbetaï, ses partisans les plus fervents trouvèrent
l'explication rationalisatrice qui sauvait la vérité du message. Pour les uns, Sabbetaï était monté au ciel et n'avait
laissé sur terre qu'un simulacre de corps. Pour les autres,
il accomplissait un nouveau stade de sa mission. Il devait
entrer plus profondément encore dans le royaume de
l'erreur et du mensonge ; « Le Messie devait devenir un
marrane comme moi », écrit son apôtre Abraham Cardoso,
qui ajoute : « L'essence du mystère est que nous sommes
tous obligés, selon la Tora, de devenir des marranes avant
que nous puissions sortir de l'exil. »

Sabbetaï commença à prêcher dans les mosquées, ce
qui lui fut bientôt interdit. Il fut exilé en Albanie et y
mourut misérablement, en 1676.

Le sabbétaïsme se divisa en deux branches secrètes,
l'une au sein du judaïsme, l'autre au sein de l'islamisme.
La branche juive subit un processus inégal de dissolution,
comme l'avait été celui du judaïsme chez les marranes
demeurés en Espagne. Toutefois, dans certaines familles
comme les Cardoso, on fera longtemps des prières expri-
mant l'attente du retour de Sabbetaï. Des missionnaires
partiront de Salonique prêcher l'évangile sabbétéen chez
les juifs d'Europe, et, comme l'indique Scholem, on peut
considérer aussi bien le hassidisme des ghettos polonais
que le « frankisme » à double visage, chrétien et juif,
d'Autriche-Hongrie, comme des rejetons du sabbétaïsme.

La branche islamique, dont le foyer central devint Salonique, se divisa en trois sectes. Comme le judaïsme secret
des marranes, mais cette fois au sein principalement du
monde musulman, le sabbétaïsme devint une religion
occulte camouflée par la pratique du culte officiel à la
mosquée, voire même du pèlerinage à La Mecque. 200
familles séfarades adoptèrent l'islam à la suite de l'abju-
ration du Messie, 300 familles se convertirent de même
en 1686, dont certaines parmi les plus riches et les plus
influentes. Ces convertis demeurés sabbétéens sont nom-
més *deunmès* (mot turc signifiant apostat), et ils seront

longtemps tenus en méfiance à la fois par les musulmans traditionnels et par les juifs désabbétaïsés. Il y aura 8 000 *deunmès* à Salonique au début du XIXᵉ siècle, et, sans doute sous l'effet de la même croissance démographique que celle des séfarades, de 15 à 20 000 en 1912 (les *deunmès* constitueront alors plus de la moitié de la minorité musulmane de la ville, soit 11 % de la population totale).

Encore à la fin du XVIIIᵉ siècle, il y eut des mariages *deunmès*-juifs et des familles apparentées restèrent en relations. Mais, au début du XIXᵉ siècle, le sabbétaïsme se referme au sein du monde islamique, et la communication familiale ou de croyance semble avoir été généralement rompue avec le voisinage juif. Les *deunmès* s'installèrent dans leur quartier propre. Ils formèrent, au XVIIIᵉ et au début du XIXᵉ siècle, la part la plus riche et active de la cité. En dépit de la méfiance des musulmans authentiques, les *deunmès* s'intègrent progressivement dans la société turque, et ils joueront à la fin du XIXᵉ siècle un rôle très actif dans le mouvement de rénovation Jeune-Turc. Ils seront les premiers, dans le monde proprement turc, à s'ouvrir aux idées laïques, libérales et nationales d'Occident dont ils se feront les propagateurs. Ainsi, par un ultime avatar du marranisme, la clôture sur elle-même de la double identité *deunmè* se métamorphosera en ouverture sur les idées laïques d'Occident, et, ainsi reconvertis, les *deunmès* animeront l'européisation de la Turquie.

Dominique Aubier pense de façon exagérée que le secret inconscient de l'Espagne est le judaïsme[1]. Serait-ce exagéré de penser que le secret inconscient de Salonique est le marranisme ? Sans les marranes, juifs d'âme, mais déritualisés et obscurément christianisés qui y sont venus rejoindre les premiers séfarades, il n'y aurait eu ni le climat mystique et kabbalistique ni l'attente exaspérée du Messie. L'expérience de double identité marrane (chrétienne/juive) se trouve quasi reproduite dans la nouvelle

1. D. Aubier, *Deux Secrets pour une Espagne*, Paris, Arthaud, 1964.

expérience *deunmè* (musulmane/juive). Non seulement le secret de Salonique va rester caché, mais il va s'endormir au cours du XVIIIe siècle. D'une part, l'arrivée des marranes d'Espagne se tarit, d'autre part, les *deunmès* se séparent de la communauté juive. Celle-ci se retrouve entre les mains de rabbins traditionnels, et elle se referme d'autant plus sur elle-même que les échanges avec l'Occident se raréfient et que la cité entre dans une longue ère de dépérissement économique.

Le siècle obscur

Alors qu'en Occident s'éveille le siècle des Lumières, Salonique s'assoupit dans l'obscurité intellectuelle et dans l'atonie économique. Les études profanes sont bannies comme toutes les idées soupçonnées d'hérésie. Alors que l'industrie textile prend son essor en Occident grâce aux techniques nouvelles, l'industrie drapière salonicienne, incapable de soutenir cette concurrence, périclite et meurt.

La décadence de l'industrie textile et celle du négoce vénitien débilitent l'économie salonicienne. De plus, les guerres turques amènent la Sublime Porte à dévaloriser sa monnaie et à alourdir ses impôts, ce qui va aggraver la décadence économique de Salonique.

Salonique ne subit pas directement les effets des défaites turques, de la *reconquista* des Habsbourg en Europe et des conquêtes russes en Asie. Mais elle subit l'insubordination devenue chronique des janissaires, leurs révoltes, leurs saccages, les coups de main des pirates maltais dans le golfe Thermaïque, la recrudescence du brigandage dans les campagnes macédoniennes, et elle subit des épidémies de peste et de choléra, des tremblements de terre, des incendies.

La ville séfarade se rabougrit sur elle-même, se vouant au petit commerce et au petit artisanat. Toutefois, la renaissance de Salonique commence, d'abord à l'extérieur, puis dans les marges de la sphère séfarade.

C'est tout d'abord le négoce grec qui s'éveille. Les Russes victorieux imposent aux Turcs, dans le traité de Kutchuk-Kaïnardji (1770), la libre navigation russe, ce qui permet aux armateurs grecs, protégés de l'empire orthodoxe, de se lancer dans le grand commerce maritime sous pavillon russe. Ce sont aussi les Francs, c'est-à-dire les Français d'abord, puis plus largement les Occidentaux qui s'installent à Salonique, apportant les comptoirs et les têtes de pont du grand essor commercial et industriel de l'Occident.

Le traité signé en 1535 entre François Ier et Soliman le Magnifique avait été le prototype des « capitulations » qui donnèrent à la France le quasi-monopole du trafic ottoman avec les puissances occidentales. Ce traité, renouvelé onze fois jusqu'en 1740, devint irrévocable et perpétuel, mais le droit acquis par la France ne fut plus monopoliste. A la fin du XVIIe siècle la Grande-Bretagne établit un consulat à Salonique ; l'Autriche fait de même. Les consuls d'Occident sont des négociants, qui protègent d'autres négociants ou courtiers français, anglais, autrichiens, lesquels s'établissent dans le quartier franc. Les consuls utilisent les services de Grecs et de séfarades, qui font office de drogmans (interprètes du consul, porteurs des messages consulaires aux autorités turques, opérateurs des formalités douanières pour armateurs et importateurs ressortissants du consulat), ou deviennent « domestiques » (accomplissant les services les plus divers pour le consulat et ses négociants).

La protection consulaire donne à l'origine aux négociants occidentaux le monopole du commerce avec l'Europe. Mais, avec le développement des affaires, cette protection va couvrir des Grecs et surtout des juifs d'origine livournaise. Les Francs vont laisser progressivement le courtage à ces protégés, lesquels deviendront au XIXe siècle les représentants des firmes et des sociétés occidentales. Finalement, la protection consulaire, qui couvre non

seulement l'individu, mais sa famille, permet à une minorité de Grecs et de juifs des ports turcs, et notamment
Salonique, de se soustraire aux lois et aux impôts de la
Sublime Porte, de bénéficier des privilèges des ressortissants des puissances occidentales (domicile inviolable,
soustraction à la police locale et aux tribunaux turcs) et
en même temps d'échapper aux contraintes que subissent
les membres de la communauté juive, notamment l'impôt
collectif ou *haradj*. Ainsi, ces protégés *(beratlis)* bénéficient, au sein de la communauté séfarade, d'un statut supérieur, d'un privilège et d'un monopole de fait.

Les Livournais

En 1593, le grand-duc de Toscane avait autorisé les
étrangers, y compris les juifs, à s'installer à Livourne,
alors bourgade de pêcheurs. Livourne accueillit aux XVIᵉ
et XVIIᵉ siècles des catholiques d'Angleterre, des Maures
d'Espagne, des juifs expulsés d'Oran par les Espagnols
en 1667, des marranes du Portugal et d'Espagne. La ville
devient au XVIIᵉ siècle un grand port faisant concurrence
à Venise et à Salonique, avec qui elle a également des
relations d'échange. Plus encore : au cours du XVIIIᵉ siècle,
des juifs livournais, souvent d'origine séfarade, voire marrane, mais très italianisés, s'installent à Salonique sans
doute attirés par les privilèges de *beratlis* dont ils peuvent
bénéficier ; ils y jouissent en effet de la protection consulaire autrichienne (l'Autriche représentant les intérêts de
la Toscane à partir de 1737), et peuvent bénéficier de la
protection anglaise et surtout française (la France contrô-
lant directement la Toscane de 1800 à 1815) ; ces Livournais vont y former le gros de la colonie franque qui prend
en main les échanges internationaux et le courtage. « Ils
affirment bientôt leur prépondérance sur le marché local
et jouent un rôle de premier plan dans les transactions

avec l'Occident[1]. » Parmi ces Livournais, il faut compter
les Nahum, les Frances, les Beressi, qui s'installent vers
la fin du XVIIIe siècle, et les Mosseri, qui y arrivent vers
le milieu du XIXe.

Alors que les anciens séfarades de Salonique sont
désormais orientalisés, les Livournais sont occidentalisés
à l'extrême. Ils sont nourris de la culture profane d'Occident, et sont déjà imbibés de la pensée laïque et des idées
nouvelles dont la Toscane est un foyer dans la seconde
moitié du XVIIIe siècle. Beccaria a publié en 1764, à
Livourne, son ouvrage *Dei delitti e delle pene*, qui rompt
avec l'idée de châtiment pour toute répression. Pietro-
Leopoldo de Habsbourg-Lorraine, grand-duc de Toscane
de 1765 à 1790, est le « despote éclairé » même : il pro-
mulgue en 1786 un code pénal qui s'inspire des idées de
Beccaria, et, pour la première fois en Europe, abolit la
peine de mort, la torture et le délit de lèse-majesté : il
supprime l'Inquisition en 1787 ; il est favorable aux idées
des physiocrates. C'est dans ce climat que se sont formés
les juifs livournais qui vont, à la fin du siècle, s'établir à
Salonique.

Les Livournais, d'abord protégés consulaires, puis
naturalisés italiens après l'unification de la péninsule,
échappent à l'État turc, à l'administration juive et à
l'impôt que l'un fait prélever par l'autre. Au départ, ils
établissent le lien avec l'Occident moderne. Par la suite,
bénéficiant à la fois de leur immunité à l'égard du pouvoir
rabbinique et de leur privilège économique à l'égard des
Turcs et des autres juifs, ils feront pénétrer l'Occident
moderne, laïque, technique et économique dans la Salonique séfarade.

Ces Livournais sont en quelque sorte des néo-marranes,
non pas christianisés, mais laïcisés : ils portent le costume
européen, se rasent le menton, parlent l'italien en famille ;
les plus aisés envoient leurs fils acquérir l'instruction en

---

1. J. Nehama, *op. cit.*, t. VI, p. 259. Sur les Livournais à Salonique, cf. p. 256 *sq.*

Toscane, souvent à l'université. Pendant tout le XIXᵉ siècle, les Livournais de Salonique, rassemblés dans le quartier franc, vivent en endogamie, se mariant dans leur micro-communauté. Ils sont sans doute 2 000 issus de Livournais ou de Toscans au milieu du XIXᵉ siècle, puisque l'Italie devenue Nation (1861) reconnaîtra 3 000 Italiens dans la ville.

Dispensés de l'impôt, privilégiés dans leur statut, parlant l'italien et le français, les Livournais constituent comme une plaque tournante entre séfarades, Grecs, Toscans, Autrichiens, Français et, plus largement, entre Ottomans et Occidentaux. Ils sont les têtes de pont dans l'Empire ottoman des firmes et des sociétés occidentales. Aussi, ce sont des familles d'origine livournaise qui, au cours du XIXᵉ siècle, vont dominer économiquement et guider culturellement la ville. Après avoir entretenu et développé le grand négoce, ils deviennent les importateurs des techniques occidentales, les fondateurs des banques modernes (Modiano), les créateurs des industries nouvelles (Moïse Allatini). Les grandes familles livournaises les plus riches et les plus modernistes sont les Allatini au premier chef, les Mopurgo, les Fernandez, les Modiano, les Perera. Elles sont toutes apparentées les unes aux autres et constituent un nouveau pouvoir. Le beau-frère de Moïse Allatini, Salomon Fernandez, est consul du grand-duché de Toscane, David Mopurgo, consul d'Espagne. Ils sont au-dessus de toutes les contraintes du pouvoir turc et du pouvoir rabbinique.

Profitant de leur puissance et de leur influence, ils vont, guidés principalement par Moïse Allatini, apporter les Lumières dans la Salonique séfarade.

Lazare Allatini, né à Livourne en 1776, avait fondé en 1796, à Salonique, la maison de commerce Allatini et Modiano, qui avait établi des comptoirs dans tous les pays d'Europe. Époux d'Anne Mopurgo, il avait envoyé son fils Moïse, né à Salonique en 1809, étudier la médecine en Italie (Bologne ?), et Moïse Allatini s'était installé comme médecin à Florence. Voici donc un homme qui se forme dans une Italie où les Lumières du XVIIIe siècle ont pénétré dans la bourgeoisie éclairée, où les idées de la Révolution française fermentent chez les étudiants, où l'Ancien Régime a été détruit par l'Empire napoléonien, où le toscan, langue de la culture italienne classique, est aussi la langue des idées modernes. Moïse Allatini se forme intellectuellement au sein de la génération romantique du Risorgimento, et ce descendant des juifs chassés d'Espagne par l'Inquisition et la monarchie absolue ne peut que participer à la haine des libéraux contre l'absolutisme et le cléricalisme. La mort de son père en 1834 l'appelle à Salonique pour prendre en main l'entreprise familiale, ce qui ne l'empêchera pas de continuer à soigner des malades. Après avoir développé l'exportation des céréales de Macédoine vers l'Occident, et singulièrement l'Italie, grande consommatrice de blé dur, Moïse Allatini introduit la révolution industrielle à Salonique en créant les moulins Allatini, puis une briqueterie, une brasserie, une manufacture de tabac.

Parallèlement, il ouvre les portes à la révolution culturelle. Il opère avec audace, puisqu'il fonde et encourage écoles et journaux laïques, mais aussi avec prudence ; il n'attaque jamais le rabbinat de front, et donne des subsides aux œuvres religieuses. Bien que son effort essentiel concerne la communauté séfarade, il agit de façon œcuménique, prenant des collaborateurs grecs et donnant des subsides pour l'édification d'écoles grecques. Quand Moïse Allatini meurt en 1882, il a accompli une grande révolution tranquille : il a fait entrer, ensemble, le XVIIIe siècle et le XIXe siècle occidentaux à Salonique.

Le triomphe des Lumières

Les Lumières arrivent à Salonique par trois voies séparées, dans les trois mondes juxtaposés des séfarades, des Grecs et des Turcs. Dans les trois cas, il se forme et se

développe une intelligentsia éduquée en Occident ou formée à l'occidentale de médecins, juristes, avocats, enseignants, journalistes ; il se crée des écoles d'un type laïque
ou laïcisé, une presse, des associations par lesquelles se
propagent les idées et les mœurs nouvelles. La seule différence, capitale du point de vue des idées, est que chez
les Grecs et les Turcs le modernisme et la laïcité sont
étroitement liés à l'affirmation et au développement du
nationalisme, alors que les séfarades non seulement seront
insensibles à tout nationalisme, mais feront tout pour éviter d'être intégrés à l'État-Nation.

Concentrons-nous ici sur les séfarades. Les Lumières
vont se propager à la fois par l'italien, l'espagnol et le
français, dans une étonnante coopération linguistique, qui
produira notamment un enfant bâtard baptisé « fragnol »
par Haïm Sephiha, et dont on trouvera maints exemples
sous la plume de Vidal et des siens.

L'espagnol de Salonique, au XIXᵉ siècle, a subi, sous
l'influence livournaise sans doute, une certaine italianisation par rapport à celui d'Istanbul. (Est-il marqué par le *f*
italien – *fijo* au lieu de *hijo* comme en Espagne ou à
Istanbul – ou a-t-il gardé l'ancien *f* latin perdu dans l'espagnol moderne ?) Certes, les séfarades continuent à écrire
l'espagnol avec des caractères hébreux dans leur correspondance privée, et cet usage demeurera jusqu'à la fin du
siècle. Mais, de plus en plus, avec le développement des
nouvelles écoles, ils utiliseront les caractères latins origi-
naux, et cet espagnol en caractères latins deviendra celui
du plus gros des journaux et des livres qui vont foisonner
à Salonique après 1870-1880. Par ces livres et ces journaux, l'espagnol *djidio* cesse d'être un dialecte et devient
une langue pleine ; il se revitalise en se relatinisant ; il ne
dépérira qu'au XXᵉ siècle, à la suite de l'émigration des
Saloniciens vers l'Occident et de l'hellénisation de la ville
après 1912 et surtout 1922. Le français qui se répand à
Salonique ne concurrence pas l'espagnol. Réciproque-
ment, l'espagnol ne fait pas barrage au français ; celui-ci,
qui, au XIXᵉ siècle, a cessé d'être la langue reine de la

diplomatie et du commerce, demeure une langue commerciales certes, mais surtout la langue de la culture. Il
demeure langue occidentale prépondérante dans l'Empire
ottoman, où la France, protectrice historique des catholiques et ancienne alliée de Soliman le Magnifique, entretient des écoles religieuses, puis laïques. A Salonique,
chez les *deunmès* comme chez les Grecs, mais surtout
chez les séfarades, le français va être enseigné dans toutes
les écoles modernes qui s'y créent après 1850. Bien que
les « Livournais » aient continué à parler italien entre eux,
utilisé l'italien dans leurs transactions et institué une école
italienne, ce sont eux qui se font les propagateurs de la
langue française. La culture italienne en ce XIXe siècle est
du reste elle-même très francophile et francophone. L'italien entraîne le français dans son sillage, puis s'éteint
doucement, continuant à être parlé dans certaines familles.
Le français va se diffuser dans presque toutes les catégories de la population. Le prestige du français y est lié à
celui de la patrie de la liberté, au mythe de Paris. Un goût
effréné, que Haïm Vidal Sephiha appelle gallomanie galo-
pante, se porte vers tout ce qui est français, chansons,
vêtements, parfums, *made in France* et *made in Paris*.
L'essor des idées laïques a favorisé la gallomanie, laquelle
amplifie en retour l'essor des idées laïques.

La Salonique séfarade devient alors polyglotte et bicultu-
relle. Elle devient en quelque sorte « néo-marrane », mais,
à l'inverse de la situation marrane classique, où le juif
subit la religion du gentil, c'est ici le juif qui s'approprie
la laïcité du gentil ; cette laïcité, qui met juif et gentil sur
le même plan, suscitera, nous le verrons, la résistance
rabbinique.

Moïse Allatini accomplit le premier pas de la *peres-
troïka* culturelle en créant une école française en 1858. Il
fait venir pour la diriger un rabbin moderniste de Strasbourg, essayant ainsi un compromis historique avec les
religieux. L'école forme en trois ans une pléiade de jeunes

Saloniciens connaissant le turc et le français, mais doit
fermer sans doute sous ultimatum rabbinique. Peu auparavant, en 1856, Salomon Fernandez avait fondé une école
italienne de type moderne. En 1866 s'ouvre l'école Salem,
puis quelques autres enseignant le français. En 1873,
l'Alliance israélite universelle, animée de Paris par l'esprit
de progrès, crée à Salonique une école de garçons, ouverte
à toutes les confessions, suivie par une école de filles, puis
par une école professionnelle et une école populaire.

L'enseignement est de type français, avec l'étude des
langues, des sciences et de la littérature, à quoi s'adjoint
celle du commerce. Un tel enseignement se répand dans
toute la Turquie, où, en 1912, l'Alliance compte 52 écoles
dans sa partie européenne et 63 dans sa partie asiatique.
Après 1885, les écoles laïques de type occidental se multiplient, dont l'école franco-allemande de M. Gattegno, où
étudiera Vidal. Au début du XXᵉ siècle, la Mission laïque
française va produire des bacheliers qui pourront se rendre
aisément en France pour y faire leurs études supérieures.

Le livre profane prend son essor. Tandis qu'un impri-
meur moderniste, Saadi Halevy, publie en judéo-espagnol
des écrits profanes, les livres français affluent à Salonique.
En 1878, toujours sous l'impulsion de Moïse Allatini,
paraît un premier journal en espagnol, *La Epoca*. Il sera
suivi par de nombreux autres quotidiens, dont subsisteront
5 ou 6 en espagnol, 2 ou 3 en français. Il y aura ainsi *Le
Journal de Salonique*, et tous ces titres progressistes et
optimistes *El Liberal*, *El Imparcial*, *La Nueva Epoca*, *El
Nuevo Avenir*, *La Accion*, *El Tiempo*, *El Messagero*. Viendra aussi la presse socialiste, avec *El Avenir*, *L'Avanti*, *La
Solidaridad ovradera*, et, au début du XXᵉ siècle, un journal
sioniste, *La Renacencia*. En fait, il y aura 105 titres judéo-
espagnols créés à Salonique entre 1860 et 1930, pour 33
à Istanbul et 23 à Izmir, ce qui indique à quel point Salonique est en tête dans le mouvement des Lumières. En
même temps, les journaux de Paris et de Vienne sont en
vente à Salonique. La presse locale et internationale nour-

rit le peuple séfarade des informations d'Europe et du monde, et l'affaire Dreyfus va passionner l'opinion.

Des associations et des clubs se créent, se multiplient. Barouh Cohen, un libre penseur, fonde une loge maçonnique recrutant dans toutes les ethnies. Le club des Intimes, créé en 1875, est un club réformateur strictement séfarade ; il regroupe l'élite de formation italienne et française ; il réussit à laïciser en partie le conseil d'administration de la communauté (qui jusqu'alors était désigné uniquement par le grand rabbin) et à y imposer l'élection à suffrage restreint.

L'irruption des Lumières suscite des résistances dans le rabbinat conservateur et chez les pratiquants de stricte observance. Le rabbinat a des armes redoutables, l'anathème qui excommunie l'impie et l'arrestation par la police turque pour insulte à l'autorité rabbinique. Mais les esprits avancés sont protégés par leurs consulats. Ainsi, en 1873, un certain Matalon achète de l'agneau chez un boucher grec, fait griller sa viande dans une taverne grecque et la mange ostensiblement en buvant du vin également non cacher. Le rabbinat le fait arrêter par la police turque, mais le consul de France fait relâcher ce ressortissant français.

Le rabbinat lance l'anathème contre l'Alliance israélite qui enseigne le français, langue des infidèles ; les conservateurs tonnent contre les écoles et les journaux sources d'impiété ; ils créent, en 1874, la société Etz Haïm pour lutter contre les idées modernes ; mais rien n'endigue l'irrésistible propagation des Lumières, et, en 1880, c'est le très officiel Talmud Tora qui doit se réformer en introduisant l'italien et le français dans son enseignement.

Les idées politiques entrent dans la ville séfarade, mais très peu l'activité politique proprement dite. La réforme de la communauté est menée quasi en vase clos par la haute bourgeoisie progressiste. Les idées libérales se répandent, mais sans vraies revendications, parce que nul séfarade ne songe à s'affranchir de l'Empire ottoman et à former une nation, ni à se fondre parmi les Turcs. La politique active arrivera toutefois par le haut, avec l'entrée de quelques intellectuels séfarades dans le mouvement jeune-turc (où ils retrouveront des *deunmès*), et par le bas, avec l'introduction des idées socialistes chez les dockers et les ouvriers juifs. Ce n'est qu'en 1911, après les réformes consécutives à la révolution jeune-turque, mais tout juste avant l'annexion par la Grèce, que Salonique élira un député séfarade, Emmanuel Carasso.

Commencée vers 1856-1858, la propagation des Lumières s'accélère après 1875, et triomphe enfin avant même le début du XXᵉ siècle. La transformation intérieure de chacun va se révéler aussi par les signes extérieurs que sont le costume et la chevelure. Les séfarades avaient gardé encore jusqu'au milieu du siècle leur costume traditionnel d'Espagne, l'*antari* (sorte de toge), la *capitana* (pourpoint), la *djoubé* (manteau à manches) ou, chez les riches, la *beniche* (cape en soie), les *mestas* (babouches) et le *bonete*. Certes, déjà, la petite minorité livournaise s'habillait à l'occidentale, ce qui était infraction à la Tora, acte de mécréant (« Tu ne t'habilleras pas d'un drap tissé de fils divers, de lin et de laine mêlés »). De même, elle se rasait la barbe, autre infraction à la Loi. Progressivement et surtout après 1876, le costume européen et le menton rasé vont se propager en même temps que le modernisme et les Lumières ; la moustache va s'occidentaliser et même disparaître dans les jeunes générations au début du XXᵉ siècle. En même temps, la religion recule : les modernes respectent toujours le repos du sabbat, mais non plus ses interdits ; de même, on oublie les prescriptions alimentaires strictes, et on se borne à ignorer le porc. L'avancée de la laïcité est inégale, et, au sein d'une même lignée, certains frères demeurent pieux et d'autres deviennent libres penseurs.

L'abandon des prescriptions tatillonnes de la loi de Moïse permet d'aller dans les restaurants non cachers ; en Turquie ou à l'étranger, elle ouvre les portes à la commensalité, donc à l'amitié avec les gentils. Alors que les rigoristes ne sauraient tolérer qu'un gentil mette les pieds dans leur demeure, les autres invitent et se font inviter, comme les Nahum qui se firent héberger par des voisins turcs après un tremblement de terre. Dès lors, juifs et gentils vont ensemble prendre le raki, les mezes, les barbounias, les chiche-kebaps, les dolmes dans les restaurants et cafés qui s'étalent le long de la mer. Les plaisirs et les loisirs d'Occident sont eux aussi adoptés par les modernistes des classes aisées : distractions, théâtre, café chantant (les tournées viennent de France), lectures, excursions, tourisme. Les prénoms occidentaux, déjà fréquents chez les Livournais, se généralisent : chez les filles, les Flor, Elena, Clara, Luna, Corinne, Fortunée, Daisy concurrencent les Rachel et Sarah. Chez les garçons, Isaac devient Isidore, Haïm devient Henri.

Ainsi, pour les modernistes, les gentils d'Occident et singulièrement de France ne sont plus des impies, des impurs, des persécuteurs, mais des modèles de civilisation. Il y a toutefois une limite à la modernisation des mœurs. Ainsi, il n'y a pas de mariage mixte à Salonique. Certes, les mariages précoces disparaissent, les garçons se marient après 20 ans et peuvent « enterrer leur vie de garçon » à loisir, mais les mariages restent décidés par les familles, même modernes ; ils doivent se faire au sein de la même classe sociale, si possible dans le même clan. Certes, dans les familles modernistes, on donne une éducation scolaire aux filles (comme chez les Frances, qui envoyèrent leur fille Elena à l'école italienne Dante Alighieri), mais le statut de la femme reste subordonné et dépendant. Les deux mondes sont séparés ; les femmes se parlent de fenêtre à fenêtre, installant leurs tabourets dans les rues, ravaudent, reprisent, tricotent, fignolent les *fideos*, se racontent leurs histoires de femmes ; les hommes se rencontrent loin du foyer, se racontent leurs histoires d'hommes à la devanture des boutiques, dans les terrasses des cafés, dans les clubs, et font leurs sorties propres. Il y a une comptine, sur une musique turque, qui apprend aux petits garçons à se moquer des disputes de femmes, et que Vidal, nostalgique, chantonnait parfois à Paris :

Ya basto bula Djamila
De pelear con las vezinas
Por un cantaro, la negra
Que vos se rumpio[1].

La révolution culturelle salonicienne est inséparable de la transformation technique et économique. En 1852 arrive dans le port le premier navire à vapeur dont le mugissement emplit les habitants d'épouvante. De 1877 à 1888, un réseau de chemin de fer unit Salonique à Usküb (Skoplje) d'abord, puis au réseau serbe et à l'Occident. Le Simplon Orient Express va relier Londres, Paris, Vienne, Belgrade, Salonique, Istanbul. En 1890 commence l'installation du gaz de ville ; en 1893, celle des lignes de tramway ; en 1896, celle de la distribution d'eau potable. L'hygiène progresse. La démographie salonicienne fait un bond prodigieux, dû non pas à la venue d'immigrés, mais à la régression de la mortalité infantile. La plupart des familles sont encore de quatre à huit enfants. Le coït interrompu et le préservatif n'apparaîtront qu'à la génération du XXᵉ siècle.

Ainsi, Salonique passe de 50 000 habitants, en 1865, à 90 000, en 1880, 120 000 en 1895 et 170 000 en 1912. Les proportions demeurent les mêmes : il y a 56 % de séfarades, dont 5 % de protégés consulaires, avec 12 écoles et 32 synagogues, 20 % de Turcs dont la moitié de *deunmès*, 20 % de Grecs, 4 % de Bulgares et divers.

---

1. Ça suffit, madame Djamila
   De vous disputer avec les voisines
   Pour une malheureuse cruche
   Qu'elles vous ont cassée.

Chez les Turcs

Salonique est extrêmement prospère en cette fin du
XIXe siècle, alors que l'Empire ottoman va bientôt se
disloquer. Le XVIIIe siècle avait vu le grignotage de
l'Empire ottoman par les deux empires chrétiens voisins,
le russe et l'autrichien. La Russie lui avait arraché ses
provinces nordiques d'Asie, l'Autriche lui avait pris Belgrade, l'Albanie, la Dalmatie, l'Herzégovine. A l'extérieur, la pression autrichienne et russe continue au
XIXe siècle, tandis qu'à l'intérieur le surgissement des
nationalismes balkaniques démembre l'empire : la Serbie
acquiert son autonomie en 1817, la Grèce conquiert son
indépendance en 1830, la Roumanie devient principauté
autonome en 1858, la Bulgarie, enfin, s'émancipe en
1877. Le congrès de Berlin entérine l'accession à la
souveraineté nationale des États danubiens et balkaniques. La situation devient de plus en plus explosive : à
la rivalité entre l'Autriche-Hongrie et la Russie qui
s'emploient à dépecer l'Empire turc se joignent le *Drang
nach Osten* du Reich wilhelmien, les interventions des
Anglais et des Français, qui, après avoir protégé la Turquie contre la Russie (guerre de Crimée), s'emparent, les
uns de l'Égypte (1882), les autres de la Tunisie (1881),
puis cherchent à contenir les deux empires centraux. A
toutes ces convoitises ennemies les unes des autres se
combine l'exaspération des nationalismes non seulement
contre l'empire qui les opprime ou menace, mais aussi
les uns à l'égard des autres, puisqu'ils revendiquent les
mêmes territoires aux populations enchevêtrées. Ainsi,
en 1912, la Grèce, la Serbie, la Bulgarie sont liguées
contre la Turquie, puis, après leur victoire, s'entre-
combattent : la Grèce, avec l'appui de la Serbie, fera la
guerre à la Bulgarie pour la Macédoine et Salonique.
Mais, même lorsqu'elle entre dans l'œil du cyclone

(1908-1912), Salonique semble vouée à une paix d'autant plus prospère qu'elle tire profit du ravitaillement des armées en campagne.

L'Empire ottoman s'était délabré de l'intérieur au cours du XVIIIᵉ siècle, avons-nous vu. Les janissaires étaient en état d'insubordination chronique et renversaient les sultans. L'Empire avait besoin de réformes. Celles-ci commencèrent avec la suppression sanglante des janissaires, en 1826, qui soulagea Salonique sans cesse menacée par leurs pillages et leurs saccages, mais, en même temps, liquida son industrie drapière, qui fournissait leurs uniformes. L'ère des réformes (Tanzimat) fut proclamée en 1831. Mahmud II supprima toutes discriminations à l'égard des non-musulmans et proclama officiellement la liberté des cultes. Une Constitution fut promulguée en 1876. L'égalité civile fut accordée à tous les *rayas* (minoritaires), qui purent en principe accéder aux fonctions publiques, et, en 1890, le fisc cessera de recouvrer collectivement l'impôt via le conseil des communautés, pour le rendre individuel. Mais le Tanzimat, comme toute réforme tardive, mal appliquée et sabotée, concourt à la décadence plutôt qu'il ne la stoppe. La Constitution de 1876 est suspendue en 1878. L'essor des nationalismes a créé au milieu du siècle une force centrifuge irréversible que la révolution jeune-turque [1], en dépit de quelques journées d'euphorie et de concorde, accroîtra finalement en suscitant l'affirmation du nouveau nationalisme turc sur les ruines de l'empire multiethnique.

Le nouveau nationalisme turc s'est formé à Salonique,

---

1. Des officiers et intellectuels dits « Jeunes-Turcs » ont constitué un comité Union et Progrès, dont le but est d'instaurer un empire libéral. Ils font la révolution de 1908, qui contraint le sultan à rétablir la Constitution de 1876. Mais les guerres désormais ininterrompues vont amener le gouvernement jeune-turc à abandonner la voie libérale pour un autoritarisme pan-turc.

et la révolution jeune-turque y a éclaté en 1908, à la suite du soulèvement de sa garnison. Il est remarquable que les descendants des *deunmès* aient joué un rôle moteur dans ce processus. Comme les Livournais chez les séfarades, les *deunmès*, eux-mêmes d'origine séfarade, ont nourri les Lumières et les ont portées chez les Turcs. Ils sont au nombre de 10 000 à Salonique à la fin du XIXᵉ siècle, artisans, commerçants, banquiers, et ils ont formé une intelligentsia de médecins, de juristes, d'avocats éduqués à Lausanne ou à Paris. Ils ont créé deux écoles franco-turques, ils se sont à la fois turquisés et laïcisés, beaucoup abandonnant à la fois l'islam et le sabbataïsme pour devenir libres penseurs. C'est dans ce milieu *deunmè* que se sont formés les officiers et intellectuels du parti des Jeunes-Turcs, qui, à Salonique, vont déclencher en 1908 l'insurrection qui déposera le sultan. Mustafa Kemal, dont la maison rose de Salonique a été conservée, a vécu parmi les *deunmès* et a été dans leurs écoles. Les *deunmès* vont se fondre dans la société turque laïque dont ils auront codéterminé, accéléré et amplifié la maturation. Beaucoup quitteront Salonique après l'annexion de la Macédoine par la Grèce, et les ultimes *deunmès* en seront expulsés en 1922, au cours de l'échange des populations gréco-turques. En Turquie, leurs descendants sont laïques et républicains. Il y a aussi, au XXᵉ siècle, une diaspora de *deunmès* de par le monde, certains peut-être conservant encore le message secret du messie. Ils portent en eux, à leur façon, le secret de Salonique.

L'hybride salonicien

Nous l'avons vu : à la différence des communautés closes d'Occident jusqu'à la fin du XVIIIᵉ siècle et de l'Est slave jusqu'au XXᵉ siècle, les communautés séfarades de l'Empire ottoman et singulièrement la plus impor-

tante d'entre elles, à ce point de donner pendant des
siècles à la ville son identité, celle de Salonique, sont
restées ouvertes sur le monde des gentils. Salonique a
été ouverte sur l'Ouest via Venise puis Livourne, sur
l'Est ottoman, sur le Sud égyptien.

Cette ouverture a été accrue par le destin cosmopolite
de port méditerranéen que lui ont donné les séfarades, et
qui a surdéterminé en retour l'ouverture séfarade. Celle-ci
a été permise par la tolérance pluriséculaire des Turcs,
qui ont accueilli, non subjugué, les séfarades. Les Turcs
ont été surtout militaires et fonctionnaires à Salonique,
laissant aux juifs la société civile. Si les Turcs se sont
battus aux frontières sans discontinuer depuis le XVIe siècle, la paix a régné sans discontinuer à Salonique, qui, à
une exception près (le siège de Morosini, en 1687), n'a
jamais été menacée pendant le règne turc. La ville, pendant ces siècles, a toujours été extravertie, étalée, active,
gaie, bavarde. Il y a plus. Les séfarades qui se sont installés à Salonique y ont apporté une identité à double
composante, juive et espagnole. Les marranes qui n'ont
cessé d'y émigrer pendant deux siècles y ont apporté une
double identité complexe, puisque, juifs d'âme, ils
n'étaient plus depuis longtemps juifs d'observance, et
portaient en eux sans le savoir le message paulinien de
la supériorité de la foi sur la Loi, le message prélaïque
du caractère superfétatoire ou superstitieux de l'obéissance aux prescriptions minutieuses de la Tora. D'où
l'essor et le triomphe momentané, à Salonique plus
encore qu'ailleurs, du messianisme sabbétéen, embryon
d'une nouvelle religion proprement post-marrane, et qui
fut brisée seulement par la conversion à l'islam de son
messie. Mais ce qui demeura du sabbétaïsme reproduisit,
de façon close, la double identité ouverte du marranisme.
(Et, finalement, c'est leur double conscience contradic-
toire qui permit aux *deunmès*, au sein du monde turc, de
s'ouvrir les premiers aux Lumières et d'en être les propagateurs.)

On peut dès lors comprendre la facilité inouïe de l'introduction et de la diffusion des Lumières au XIXᵉ siècle dans
la ville séfarade, porteuse d'une hérédité culturelle marrane inconsciente, à partir du ferment livournais à double
identité, occidentale et orientale, juive et laïque.

Et c'est parce que la révolution culturelle arrivait par
le haut, à partir du pouvoir économique et de l'immunité
politique des Livournais, qu'il y eut une si faible résistance
des conservateurs et traditionalistes, qui disposaient pourtant du pouvoir spirituel, du bras temporel et des foudres
de l'anathème.

Apportant au XVIᵉ siècle en Orient la richesse culturelle
du premier Occident (lui-même fécondé par la civilisation
arabe d'Orient), celui de l'Ibérie chrétienne-islamique-
juive, les séfarades s'ouvrirent au XIXᵉ siècle au second
Occident de la laïcité, des Lumières, de la civilisation
moderne. A plusieurs reprises, la culture séfarade de Salonique a été un moment privilégié du tourbillon historique
méditerranéen où Occident et Orient se ré-génèrent l'un
par l'autre. Salonique a été sans cesse, sauf au moment le
plus obscur du XVIIIᵉ siècle, un *mixer* d'Orient et d'Occident produisant chaque fois une très riche hybridation
culturelle.

Mais les Lumières, les réformes, la révolution jeune-
turque, puis finalement la désintégration de l'Empire ottoman et l'hellénisation de la ville vont désagréger la cité-
patrie salonicienne. Alors que Grecs, Bulgares, Turcs vont
trouver leur patrie dans un État-Nation, les séfarades saloniciens, eux, voudront échapper à l'État-Nation. Celui-ci,
effectivement, disloquera leur petite patrie, et les séfarades
de Salonique seront voués à la dispersion en Occident ou
à la dilution en Grèce. L'âme séfarade restera encore un
temps très vivante, portant en elle la conscience obscure
du destin séculaire commun, et les Saloniciens émigrés
seront profondément fidèles au souvenir de leur petite
patrie perdue. Mais l'intégration ici et là viendra. Les
enfants de Saloniciens, immergés dans les nouvelles

patries, ignoreront que l'originalité même de la culture et
de l'identité salonicienne aura favorisé sa propre dilution
dans les pays occidentaux[1].

1. Le plus gros de la documentation de ce prologue a été extrait
de l'œuvre monumentale de Joseph Nehama, *Histoire des Israélites
de Salonique*, en sept tomes. Cette œuvre est remarquable par son
caractère multidimensionnel. Toutefois, Nehama a fait une histoire
« normale » de Salonique, dans les deux sens de ce terme. D'une
part, il a considéré le sabbétaïsme et ses séquelles comme un tissu
d'aberrations et d'égarements, alors que nous avons voulu ici l'inscrire dans l'aventure originale du séfaradisme d'Orient, singulièrement de Salonique, et reconnaître en lui une création religieuse
postmarrane originale et riche. Alors que, pour Nehama, les marranes, puis les Livournais sont des composants marginaux d'un
ensemble qui avance ou recule frontalement au cours de l'histoire,
nous avons voulu montrer qu'ils ont, dans leur marginalité même,
joué un rôle décisif dans la constitution de l'hybridité culturelle des
séfarades saloniciens. En ce qui concerne particulièrement les
Livournais, Nehama fait effectivement connaître leur rôle moteur
dans les développements saloniciens du XIXe siècle ; mais les indications dans ce sens sont dispersées dans l'économie de son
ouvrage.
   Bien entendu, c'est parce que l'auteur de ces lignes s'est senti
heureux de se rattacher à ses origines livournaises, et c'est parce
qu'il s'est toujours senti comme un néo-marrane qu'il a insisté sur
ce qui lui semblait (inévitablement) sous-estimé dans les concep-
tions jusqu'alors régnantes concernant le séfaradisme du monde
ottoman, et singulièrement de Salonique. Cette conscience de la
rétroaction de son identité personnelle sur l'histoire qu'il considère
lui permet d'accepter et de discuter les critiques, puisqu'il peut
relativiser son propre point de vue, relativisation que lui permet
justement sa double conscience néo-marrane. Est-ce que cette
conscience l'a aidé à voir ce que d'autres ne voyaient pas ou est-ce
qu'elle a déformé son regard ? La question ne/peut être tranchée
par celui qui la pose.

CARTES

2 cartes d'après *Hérodote*, n° 48, 1er semestre 1988.
© Éditions La Découverte

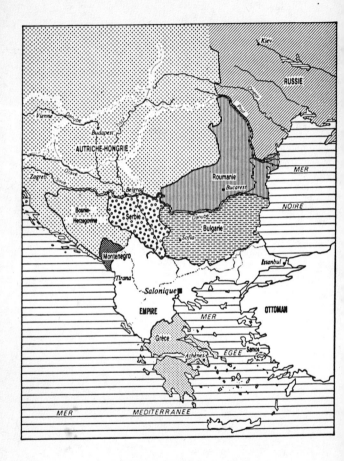

LES BALKANS AVANT 1912

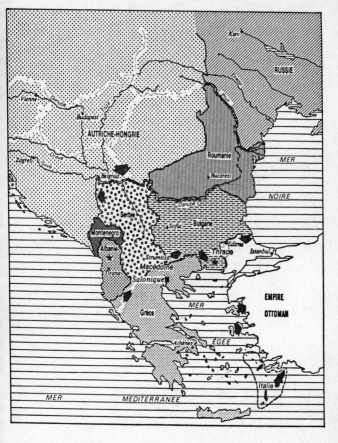

LES BALKANS ENTRE 1912 ET 1914

CHAPITRE I

La famille Nahum

Une famille livournaise

Vidal est né à Salonique, dans l'Empire ottoman, à la date « franque » du 14 mars 1894, de David Nahum et de Dona Helena Frances.

Nahum est un mot hébreu, qui, comme sa variante Nehama, signifie « consolation ». Ce mot est aussi un prénom, devenu chez les séfarades nom de famille. Il y a dans la Bible les prédictions et les malédictions d'un petit prophète, nommé Nahum, qui annonce la chute de Ninive. Vidal aimait s'imaginer qu'il descendait de ce prophète, certes petit mais quand même prophète, et il prétendait avec un faux sérieux, qui constituait l'une de ses formes favorites de plaisanterie, qu'il disposait encore du don ancestral.

La souche vient sans doute d'Aragon, comme nous l'a dit Joseph Nehama, puisqu'une famille Nahum a été affiliée à la synagogue Aragon de Salonique. Mais la famille de Vidal n'est pas venue directement d'Aragon à Salonique. Ses ascendants ont-ils quitté l'Espagne au moment du choix entre la conversion ou l'exil ? Furent-ils de ces marranes qui n'émigrèrent qu'au cours des siècles suivants ? Quand s'installèrent-ils à Livourne ? Ils y étaient encore probablement au milieu du XVIIIe siècle, et il semble bien qu'un rameau familial soit demeuré en Toscane puisque l'historiographie du Risorgimento y signale l'activité militante d'un Isaac Nahum. Salomon Nahum a peut-être fait un bref séjour en Sicile, puisque Vidal dit : *Mon père nous racontait que nos aïeux de Livorno sont partis en Sicile et de Sicile sont allés à Salonique.* De fait, la famille Nahum relevait d'une synagogue dite de Nouvelle-Sicile (Sisilya Hadach), dont faisaient partie un groupe de familles parmi lesquelles les Amar, Ezratti, Sephiha[1]. Cette appartenance synagoguale confirme la récente installation à Salonique où il y avait une synagogue de Vieille Sicile (Sisilya Yachan), mais ne certifie pas une installation même brève en Sicile ; il n'y eut pas de synagogue particulière pour les Livournais.

L'arrière-grand-père de Vidal, Salomon Nahum, est sans doute né à Livourne. Son grand-père, David S. Nahum, est né en 1803 à Salonique. David S. Nahum eut quatre frères, dont l'aîné eut pour fils un docteur en médecine ; le benjamin eut deux fils qu'il prénommera de façon alors surprenante Adolphe et Edgar (admiration pour Adolphe Thiers, esprit républicain et libéral sous la monarchie française, ainsi que pour Edgar Quinet, grand républicain, maître à penser de la jeunesse des années quarante en France, proscrit de 1851 ?). C'est ainsi sans doute que le prénom exotique d'Edgar entra dans la connaissance familiale, avant de se réincarner au XXe siècle, une fois en Belgique (fils de Léon D. Nahum) et l'autre en France (fils de Vidal).

En ce début du XIXe siècle, Salonique compte 65 000 habitants, dont plus de la moitié est séfarade. David S. Nahum est contemporain des réformes de Mahmud II. Il vit au cours d'une époque difficile pour Salonique. Diverses épidémies, dont celle du choléra, qui, d'avril à sep-

---

1. Dont les descendants émigrent en France ou en Belgique au début du XXe siècle, donnant un banquier philosophe, un journaliste devenu homme politique – Estier né Ezratti –, et le linguiste devenu premier titulaire d'une chaire de judéo-espagnol, collaborateur de ce livre.

tembre 1832, décime littéralement la population, sont suivies par les catastrophes de 1838, 1847, 1855. La situation économique de la ville demeure déprimée, et un certain nombre de Saloniciens émigrent, notamment vers l'Égypte.

Pourtant, avec l'installation du clan des Livournais à Salonique, un nouveau développement s'annonce, à la fois économique et culturel. Le siècle des Lumières est en gestation. Le docteur Moïse Allatini revient de Florence en 1834 pour prendre la tête de la maison Allatini, qu'il développera comme on l'a vu (cf. Prologue, p. 31). David S. Nahum était peut-être assez proche de Moïse Allatini. Vidal dit, évoquant son grand-père : *Une très bonne famille, une très bonne situation... il travaillait plutôt comme associé dans les moulins Allatini.*

David S. Nahum devait être, comme les Livournais, occidentalisé et laïcisé. De toute façon, sa collaboration personnelle avec les Allatini et leurs proches ne pouvait que renforcer sa laïcisation. On ne sait s'il avait déjà, comme son fils, David D. Nahum, le futur père de Vidal, cessé d'observer strictement les prescriptions mosaïques, notamment les interdictions sabbatiques et les tabous alimentaires.

Les Nahum n'étaient pas de la haute caste des Livournais (ils ne sont pas des quarante grandes familles très riches, donatrices pour les œuvres exceptionnelles), mais ils se percevaient comme une « bonne famille » de la *gente alta*.

David S. Nahum avait épousé en 1830 une demoiselle Botton, ou plutôt, comme le soulignait Vidal avec conviction, « de Botton » (je ne sais s'il était persuadé, s'était persuadé ou s'amusait à penser que sa grand-mère était de souche aristocratique). De toute façon, il note dans son autobiographie orale que c'est surtout sa grand-mère qui est de très bonne famille ; effectivement, les de Botton constituent l'une des « grandes familles » livournaises. Le couple eut huit enfants : Gracia ou Riquetta (1833), Salomon (1836), marié deux fois et père de onze filles, Joseph (date inconnue), Jouda (1839), Avram (1842), Youri (1845), Sara (1848) et enfin David.

David S. Nahum meurt en 1851, à 48 ans, alors que son sixième fils est en gestation ; le nouveau-né, de façon apparemment contraire à la tradition, prendra le nom de son père, David, mais le prendra justement pour honorer la mémoire d'un père mort avant sa naissance. C'est ce dernier-né et second David, David D. Nahum, qui sera le père de Vidal. Celui-ci a connu sa grand-mère, qui est morte en 1908, cinquante-sept ans après son mari : *Je n'ai pas connu mon grand-père mais ma grand-mère, d'un dévouement immense pour ses petits-enfants et fils... J'avais 14 ans quand j'ai perdu ma grand-mère, dont le tendre regard ne me quitte pas.*

Après la mort de David S. Nahum, son fils aîné Salomon prend sa succession dans la maison Allatini. David D. (1851-1920) est encore enfant alors que son frère aîné se marie et va engendrer, en deux mariages, onze filles, aux prénoms italiens ou français (Alegra, Sol, Lucia, Élise, Marie, etc.).

De quelle façon le caractère de David D. Nahum fut-il marqué par le fait de n'avoir jamais connu son père ? En tout cas, il bénéficia de l'amour d'une mère extrêmement tendre qui dut se concentrer sur ce dernier-né orphelin. Il va sans doute (puisque l'école de l'Alliance israélite universelle n'est installée qu'en 1875) à l'école française créée par Allatini, et il apprend aussi l'italien, le turc, le grec. Il travaille d'abord aux moulins Allatini, comme son frère aîné, puis entreprend de façon autonome le commerce des blés durs de Macédoine. Il entre en relation avec le consul de France à Salonique qui exporte des céréales et du tabac en direction de la France, et lui facilite les démarches auprès des notables turcs. Ainsi est-il, pendant quatre ou cinq ans, vers 1875-1880, drogman au consulat de France, interprète et intermédiaire entre celui-ci et le pouvoir turc. C'est l'époque où les familles évoluées, surtout les hommes, commencent à s'habiller à la *franka*, et David D. Nahum, l'un des premiers à promouvoir les nouvelles coutumes avec les nouveaux costumes, s'enthousiasme de la France, de ses idées, de ses mœurs. On continue à parler le *djidio* en famille et en familiarité, mais pour toutes conversations d'idées, échanges, etc., le français l'emporte de plus en plus ; David D. Nahum est de façon inséparable résolument moderne et éperdument francophile. A-t-il pris prétexte d'affaires, puisqu'il est lié au consul de France, Dumonteil La Grèze, qui, lui-même commerçant, exporte du tabac et des céréales pour la France ? Il se rend à l'Exposition universelle de 1878, et il rentre émerveillé de ce voyage, racontant encore dans les années 1900, Paris et l'Exposition à ses enfants : *Oui, il nous racontait.... Il nous chantait « Allons au Tro, tro, tro, trocadéro. A l'omnibus, bus, bus, bus de Chaillot ».*

Cette année 1878 est celle de la guerre russo-turque. David est indifférent à cette guerre, jusqu'à ce que la victoire russe ait apporté à tous les non-Turcs de l'Empire « un grand bienfait » : *Les Russes ont imposé alors au gouvernement turc de ne pas avoir sous son contrôle les habitants de la Turquie d'Europe qui n'étaient pas musulmans... Alors ceux qui étaient français, anglais, italiens, allemands, américains, relevaient de leurs consulats... donc pour nous c'était le rêve, il n'y avait pas d'impôts, il n'y avait pas de service militaire.*

Effectivement, David Nahum, qui était déjà sans doute un *beratli* sous protection consulaire française, a profité du traité russo-turc pour acquérir la plénitude des avantages de la nationalité italienne. Il a su faire valoir au consulat ses ascendances livournaises, et la nationalité italienne fut accordée à tous ses enfants. Bien qu'elle ne fût pas arbitraire pour une famille qui était encore en Toscane au XVIIIe siècle, la nationalité italienne n'était pas vécue de façon patriotique. Il faut dire aussi que David D. Nahum s'était sélaniklisé, avait pris l'espagnol comme langage propre, et qu'à la génération de ses enfants l'italianité n'était plus qu'un souvenir transmis par les parents.

Beaucoup de familles originaires d'Italie demandent et obtiennent la nationalité italienne. D'autres familles réacquièrent après quelques siècles la nationalité espagnole ; certaines obtiennent ou achètent par bakchichs différentes nationalités, qui toutes les protègent des impôts, du service militaire et de la police turcs.

La nationalité italienne apporte à David Nahum à la fois droit, dignité, privilège. Ceux qui, d'ascendance livournaise, ont pu acquérir comme lui la nationalité italienne, ainsi que ceux qui peuvent obtenir auprès d'un consul, soit par leurs relations commerciales, soit par tout autre moyen, une nationalité occidentale sont véritablement privilégiés. Tout en demeurant au sein de l'Empire ottoman, ils n'en sont plus les sujets, dans le sens où ce terme signifie politiquement « objets ». Ils jouissent d'un *habeas corpus* de fait dont sont privés les Ottomans eux-mêmes. Son fils Vidal se souvient des avantages de cet *habeas corpus* : *C'était très avantageux parce que mon frère, par exemple, il était au café-concert, moi j'étais très jeune, j'avais mettons 15 ans, et lui, il avait déjà 20 ans, alors si l'envie lui plaisait et qu'il voulait occuper deux places au lieu d'une, si un policier lui disait : « Monsieur, vous occupez deux places. – Ça ne vous regarde pas, je suis italien. »*

En 1879, après son retour de Paris où il a « enterré sa vie de garçon », David a épousé, à 28 ans (c'est-à-dire l'âge des mariages modernes), une jeune fille de 17 ans, également de « très bonne famille » d'origine livournaise, Dona Helena Frances, née en 1862 de Jacob Frances (né en 1816), négociant de tissus en gros, et de Sara Bitti (née en 1846). (Jacob Frances eut deux autres filles, Flore et Régine, et deux fils, Vidal et Azriel.) Les Frances étaient-ils partis de France pour l'Espagne avant Isabelle la Catholique ou d'Espagne pour la France après le choix entre la conversion ou l'exil ? Peut-on les rattacher à Manoel Boccara Frances, marrane à Lisbonne en 1590, devenu juif à

Amsterdam, fixé à Livourne vers 1658 et qui rencontra la mort sur la route de Florence ? De toute façon, les Frances venaient eux aussi de Livourne. Dona Helena avait fréquenté l'école italienne Dante Alighieri, ce qui témoigne non seulement de l'ascendance livournaise toute proche, mais aussi du modernisme des Frances, donnant, fait rare à l'époque, une éducation scolaire à leurs filles. Vidal : *Ma mère, à son mariage, était, comment dirais-je, imbue d'une certaine, comment dirais-je, connaissance non seulement des langues étrangères et histoire et géographie, elle était tout à fait à la page, ce qui allait très bien pour mon père, qui était aussi très moderne.*

David se plaisait à taquiner sa femme : *La plaisanterie que faisait mon père à ma mère, c'était que son père était drapier en gros, mais il disait qu'il avait lui-même vu que quand une jolie cliente venait, qui était belle, qui était appétissante, alors mon grand-père maternel lui disait : « Madame, je ne vends pas au détail, mais pour vous faire plaisir, je veux bien vous vendre, seulement il faut que je prenne vos mesures... Alors, pour prendre vos mesures, si vous voulez bien me suivre dans mon bureau. » Alors ma mère disait : « Je t'en supplie. »* Ainsi, David D. Nahum aime choquer sa femme sur le mode de la plaisanterie pour qu'elle proteste, et, ce qui lui plaît, c'est de réussir à « faire marcher » sa femme, bien que celle-ci soit consciente de la plaisanterie et du jeu. Vidal a pris de son père le goût pour ce type de taquinerie.

Dona Helena met au monde six enfants de 1881 à 1897 : Henriette, Léon, Jakob devenu Jacques, Haïm devenu Henri, Vidal, Mathilde. En 1882, David D. Nahum, âgé de 30 ans, adjoint la métallurgie à ses activités d'import-export. Il représente de grosses entreprises belges et devient aussi le drogman officiel du consul de Belgique, dont il assure même la permanence en 1901 en l'absence du titulaire du poste. La qualité de drogman remplit David et les siens d'une immense fierté : *Il était très fier parce qu'à toutes les occasions, les fêtes, qu'elles soient musulmanes ou autres, le consul de Belgique rendait visite aux*

préfets, aux maires et aux autres consuls, et mon père, en
redingote et chapeau haut de forme, accompagnait le
consul dans un grand fiacre à deux chevaux où il y avait
toujours un kawas, *garde du corps en uniforme.* Le
14 décembre 1902, David reçoit des mains du consul la
médaille civique de première classe, qui, dans l'esprit de
Vidal, se trouva magnifiée en « ordre de Léopold »,
expression qu'il utilisa toujours par la suite.

L'épisode a été sans cesse remémoré dans la famille.
Un envoyé du consul demande à David D. Nahum de se
rendre immédiatement au consulat, sans donner d'explications. Alarme, inquiétude, attente. *Je rentre de l'école,*
ma mère qui me dit... Je la vois très inquiète, mon frère
aussi, tout ça, ils me disent : « On est venu chercher papa
et Léon, mon frère aîné, de la part du consul, je me
demande pourquoi... Pourvu qu'il n'y ait pas, on ne sait
pas ce qui peut se passer. » (Cela montre bien la peur
orientale d'une menace possible dans toute attention qui
vient des sommets officiels, peur ici non pas d'une sanc-
tion pénale, puisque le consul de Belgique ne peut sévir,
mais d'une brusque défaveur.) L'attente se fait interminable : *Heureusement qu'une heure après la voiture du*
consul arrive, tout empomponnée avec le kawas *en tête,*
et mon père avec une décoration que le consul a voulu
lui remettre en présence de mon frère, dans une cérémonie
qui réunissait les quelques Belges qu'il y avait à Paris...
qu'il y avait à Salonique. David descend de calèche tout
glorieux, la médaille sur la poitrine. Les décorations
étaient fabuleuses pour un peuple qui, depuis des siècles,
avait connu la persécution, l'ignorance, le dédain, la tolérance, la prospérité, l'estime mais non la gloire d'une
médaille. La distinction semblait immense, à la mesure de
la distance et non de la superficie de la Belgique. Un roi
lointain avait daigné se pencher sur les Balkans et honorer
le mérite de David Nahum. A la mort de son père, Vidal
recueillit la médaille et le titre, les mit sous verre et les
exposa toujours en bonne place dans ses appartements

successifs. En France même, il lui semblait que la Légion d'honneur ne pouvait égaler l'ordre de Léopold.

Les affaires de David Nahum sont prospères. Il a pris (vers 1880 ?) la direction du dépôt des pétroles russes de Bakou, qu'exporte la firme Mantachoff, et il va au début du siècle laisser entre les mains de son fils aîné, Léon, le secteur métallurgique. Signe de prospérité, il construit une belle maison en bois de deux étages, comme on les faisait à l'époque, dans une rue dite de « la Dzinganeria », nom témoin d'une ancienne présence tsigane, située dans le quartier franc, souvenir non pas de la très ancienne présence des Normands ou de Simon de Montferrat avant la chute de Byzance, mais de celle des Français et des Occidentaux aux XVIIe et XVIIIe siècles. C'est un quartier non strictement juif, habité par des familles aisées, tandis que dans le quartier des Campagnes la grande bourgeoisie séfarade construit des villas à l'occidentale, dont la villa Allatini.

Naissance du XXe siècle

J'ai vu confusément naître le XXe siècle, dit Vidal. Le siècle naît à Salonique comme un lever de soleil. La Salonique séfarade s'épanouit. Elle bénéficie de l'essor des échanges avec l'hinterland ottoman, avec les pays balkaniques, avec la Mitteleuropa, l'Autriche-Hongrie et l'Allemagne, avec la Russie, avec l'Occident, notamment la France et la Belgique[1]. Le confort, les mœurs, les idées d'Occident arrivent conjointement. Les idées éclairantes

---

1. L'Allemagne est de plus en plus présente et active économiquement, mais reste psychologiquement distante du fait de l'hégémonie culturelle française. De façon paradoxale, l'hégémonie culturelle française n'est nullement en rapport avec son importance économique à Salonique. En 1900, c'est l'Autriche-Hongrie, suivie par la Grande-Bretagne, l'Allemagne, l'Italie, qui est en tête des échanges avec le port ; la France ne vient qu'en cinquième position.

se répandent en même temps que l'éclairage électrique et
les tramways à trolley. Les dockers séfarades de Salonique
fondent le premier mouvement syndical de l'Empire ottoman. En 1911, *La Solidaridad ovradera*, journal de langue
judéo-espagnole, annonce une première conférence socialiste. Les journaux de Paris, de Londres, de Berlin, de
Vienne sont lus et commentés dans les clubs qui foison-
nent. Des artistes de café-concert français font des tournées à Salonique, où l'on adore tout ce qui chante Paris,
la ville fabuleuse.

En même temps, le XXe siècle s'annonce par un tremblement de terre et un attentat à la bombe. *Je me rappelle,
vers 1902, j'étais encore très jeune, un tremblement de
terre... On avait conseillé à la population de sortir des
appartements... Alors, comme les maisons des Turcs, des
musulmans n'étaient pas des maisons à deux étages, ils
nous ont donné l'hospitalité... A côté, nous avions des
voisins musulmans avec qui on était en très bonne fraternité, on se parlait, on se causait, on se visitait, on allait
de part et d'autre.* (La zone d'installation de la famille
Nahum dans le quartier franc est donc habitée aussi par
des Turcs, ce qui témoigne d'une atténuation de la ségré-
gation territoriale.)

En 1903, c'est l'attentat des comitadjis bulgares contre
la Banque ottomane : *Je me rappelle très bien parce que
j'avais 9 ans ; un soir, vers les 8-9 heures, on habitait
presque à trois cents mètres de là, une explosion formidable, et comme là on était toujours sujets à avoir des
troubles, on se demandait qu'est-ce que c'était ; heureusement que toute la famille était réunie, mon père, ma
mère, mes frères et mes sœurs, alors mon père s'est mis
à la fenêtre pour savoir... On ne savait rien, tout le monde
courait, tout le monde fuyait, et des coups de feu qui
éclataient partout. Quelques secondes après, on entend
que c'est les Bulgares qui ont dynamité la Banque ottomane et immédiatement la police turque envoie ses policiers dans la rue et on voit traîner les premiers Bulgares
prisonniers qu'ils ramassaient à tort et à travers, qu'ils*

*aient participé ou pas participé, ils les tuaient, ils les
fusillaient, ils les mettaient dans des charrettes, c'était
horrible à voir... Enfin, quelques moments après, quand
c'est revenu un peu* [de calme]*, les pompiers, tout ça qui
ont éteint l'incendie de la banque, une ou deux heures
après,* bien entendu on était tous en état d'alerte dans les
fenêtres, les voisins d'en face, on a pu savoir que c'était
d'une épicerie qui était en face de la banque, les Bulgares,
avec des moyens de fortune, ils ont fait un tunnel d'à peu
près deux cents mètres, en traversant deux rues pour venir
dynamiter la banque. La police s'est rendu compte du
travail formidable qu'ils ont fait ; comme c'était une épicerie, il y avait une clientèle ininterrompue, c'est-à-dire
que toute la journée, du matin au soir, les clients se suivaient et faisaient la queue pour emporter des marchandises, et ils n'emportaient en fait rien que de la terre qu'on
enlevait pour faire le tunnel, mais ni la police ni les voisins
ne se doutaient de rien, les clients sortaient avec des
cabas, avec des sacs... ça c'est mon premier souvenir.*

Vidal va à l'école franco-allemande à partir de 6 ans.
Son père aurait pu l'envoyer à l'école allemande, d'autant
plus qu'il envisageait de le spécialiser dans le marché
autrichien et allemand, mais il n'est pas question de ne
pas apprendre le français : *Les Allemands avaient fait une
école exclusivement allemande à Salonique, ils essayaient
de soulever les élèves de l'école franco-allemande qui
était payante... alors mon père n'a pas voulu, il a été très,
très bien inspiré.* Vidal obtient à la fin des études le
diplôme équivalent, semble-t-il, au baccalauréat, puisqu'il
a permis à des condisciples de Vidal de faire leurs études
supérieures en France. Vidal aurait voulu, lui aussi, faire
des études de médecine comme son ami Matarasso. Est-ce
pour suivre cet ami qui part en France, ou bien est-il
vraiment attiré par cette carrière ? Mais, au moment où il
sort de l'école, en 1910, son père insiste pour qu'il gagne
aussitôt sa vie à Salonique. Vidal regrettera longtemps,
peut-être toute sa vie, de n'avoir pu devenir médecin, mais
il n'en voudra jamais à son père, il ne manifestera ni ne

ressentira la moindre amertume. David D. Nahum est certes familier, jovial, bon vivant, aimant plaisanter, mais il
inspire à ses fils, et singulièrement à Vidal, respect et
vénération.

C'est que la famille est une communauté très forte. Les
familles comportent plusieurs enfants et sont ramifiées,
via oncles, tantes, cousins, en des sortes de tribus liées
par un réseau de parenté qui est toujours un réseau
d'entraide et de solidarité. Ce réseau est souvent cosmopolite, comportant des frères, des oncles, des cousins à
Livourne, à Alexandrie, à Usküp (Skoplje) ou encore ailleurs, et il s'élargit aux grandes villes d'Occident, notamment Vienne et Paris, lorsqu'à la fin du XIXᵉ siècle commence l'émigration vers l'ouest des jeunes gens désireux
d'y étudier et d'y exercer médecine, pharmacie, dentis-
terie.

Au sein du nucléus familial, l'autorité du père est incontestée, ainsi que le respect de la mère. Si le père meurt
jeune, l'aîné, même à peine adolescent, devient le chef de
la famille et le protecteur de sa mère et des siens. Il n'y
a jamais de vacance d'autorité. A la mort du père, les
frères forment une communauté où le frère aîné a voix
prépondérante. Toute la chaleur aimante semble se
concentrer dans l'affection entre frères et sœurs, et est
nourrie par le souvenir toujours présent des parents morts.
Les diminutifs affectueux de la petite enfance (*pacheco*,
petit pacha, *patico*, petit canard, *queridico*, petit chéri)
demeurent souvent toute la vie (toute sa vie Vidal est resté
Vidalico pour ses frères, et il l'est devenu un peu pour
son fils). La communauté familiale des Nahum n'a pas
seulement survécu, elle est devenue, comme on le verra
(cf. Épilogue, p. 453), de plus en plus vivante à travers
l'exil et la dispersion.

Les mariages étaient des unions entre familles de même
niveau social organisées et imposées par les parents. Des
marieurs (*kazamenteros*), soit amateurs (c'est-à-dire ayant
plaisir à nouer des unions), soit quasi professionnels, faisaient des suggestions aux parents ou se faisaient appeler

par ceux-ci. A la génération de David D. Nahum, et encore au-delà, les mariages étaient conclus à l'intérieur de la caste livournaise ; il y avait de nombreux mariages entre cousins, et certaines familles étaient littéralement enchevêtrées. Il était convenable, surtout pour les filles, que l'on se mariât par ordre d'âge. Aussi les parents d'une fille pas très jolie refusaient l'amoureux bien né d'une cadette avant que l'aînée trouve mari. L'on s'arrangeait pour présenter les jeunes gens comme par hasard, afin de tester la sympathie. Si l'inclination tardait à venir, les parents faisaient alors pression sur le fils ou surtout la fille. L'un des aînés de Vidal avait une maîtresse, mais il dut accepter la loi du mariage avec une jeune femme du reste très belle, bien dotée et de bonne famille. Comme dans les romans du XIXe siècle, il pleura avant d'aller à la cérémonie de mariage. Mais, déjà, le mariage de Jacques Nahum, deuxième fils de David, et celui de sa sœur Mathilde se firent par inclination. Le mariage par inclination ou amour ne s'imposa vraiment qu'à la génération suivante, née en France. Ainsi, le modernisme et les idées à la page des familles avancées, comme la famille Nahum, n'entamèrent que lentement l'empire des règles matrimoniales traditionnelles.

Le mariage, jusqu'à la fin du XIXe siècle, demeura confiné entre familles originaires de la cité. Les séfarades de Salonique et d'Istanbul se dédaignaient [1], ne se faisaient guère confiance et ne pouvaient songer à s'allier par le sang. Ces préjugés, propres à une civilisation de cité, s'atténuèrent au début du siècle (Jacques épousa à Usküb une jeune fille originaire de Belgrade) et disparurent après l'émigration en France, où l'étranger à la cité et l'amour-passion firent irruption simultanément dans le mariage sélanikli et en brisèrent les antiquissimes règles.

Divisés, voire hostiles, de cité à cité, les séfarades

---

1. Les Saloniciens disaient « Stambouli bovo » (celui de Stamboul est un veau) et les Stambouli « Selanikli fichugo » (le Salonicien est casse-pied).

étaient unis dans leur aversion pour les ashkénazes, qu'ils appelaient « pollaks » : cette aversion (du reste réciproque) se concrétisera lorsqu'ils se rencontreront physiquement en France ; ils ne fréquenteront pas les mêmes synagogues (de rite différent), et ils n'auront que des relations très extérieures les uns avec les autres ; lorsque émigreront en France des juifs allemands fuyant l'hitlérisme, Vidal réagira à leur égard, non en coreligionnaire, mais en séfarade à l'égard de l'ashkénaze. Enfin, lorsque arriveront en masse à Auschwitz les femmes de Salonique, bien en chair, douillettes, délicates, craignant le froid, habituées au confort et au farniente, elles susciteront l'ironie et les ricanements des juives polonaises, maigres, endurantes, endurcies, et c'est sous les quolibets ashkénazes qu'elles seront conduites aux chambres à gaz.

Les frères et les sœurs

Les frères Nahum, comme leur père et leur mère, sont en général de taille élevée, au-dessus de 1,75 mètre ; ils ont les cheveux noirs, le teint clair, et presque tous ont les yeux bleus. S'ils n'étaient habillés à la *franka*, ils évoqueraient des Circassiens (Tcherkesses) du Caucase, dont les femmes étaient si prisées dans le harem des sultans, ou des Chleuhs du Sud marocain, qui sont les uns et les autres de haute taille, droits, ont le teint clair et les yeux bleus. Aussi en Occident, vêtus en bourgeois, ils ne sembleront pas venir d'Orient. C'est quand on les entendra parler (et chacun des Nahum gardera un accent, parfois extrêmement léger, indéfinissablement balkanique) et surtout à certaines de leurs mimiques que l'on sentira la marque orientale. Dona Helena Frances est elle-même une femme de taille élevée, aux yeux bleus, aux traits réguliers, ce qui a surdéterminé la fréquence des yeux bleus et de la haute taille chez ses enfants. David D. Nahum est un homme à la fois digne et bon vivant. Il a le sens de l'autorité et de la direction, mais sait être familier et aime plaisanter en famille. Il est moderne et « à la page », c'est-à-dire au courant de tout ce qui se transforme et se développe. Dona Helena Frances est cultivée, réservée, pudique. C'est un couple harmonieux.

Comme nous le savons, David et Hélène sont laïcisés : *Mon père n'était pas très... orthodoxe ; par exemple, le samedi, on ne devait pas allumer le feu, il l'allumait quand même.* De même, David et Hélène ne respectent pas les prescriptions et les interdits alimentaires de la loi de Moïse. Seule reste une répugnance à l'égard du porc (qu'a toute sa vie conservée Vidal, répugnance non plus pour la viande elle-même, mais pour le nom, car Vidal aimera beaucoup le jambon, qu'il n'identifiera nullement au cochon). Il faut noter ici que, au sein même de la tribu issue de l'ancêtre livournais, les avancées de la laïcité sont très inégales. (Ainsi Raffaele Nahum, fils d'un Salomon Nahum, neveu de David S. Nahum, se souvient qu'au début du XXᵉ siècle son père respectait les prescriptions alimentaires et les interdits du sabbat, faisait venir un Turc pour allumer son feu le vendredi soir, et que quiconque entrait dans sa demeure devait toucher la *mesousa*, la baiser et dire amen.)

Les grandes fêtes juives sont respectées et suivies : *Alors mon père tâchait de nous emmener au temple, pas tous les quatre frères, mais au moins un ou deux, parce qu'on était un peu réticents, on voulait profiter des fêtes pour aller se promener au bois.*

On voit que la déritualisation s'accentue dans la génération des fils de David D. Nahum, qui essaient de faire synagogue buissonnière lors des grandes fêtes. Mais toute la famille respecte la Pâque, mange du pain azyme pendant huit jours, vit pendant deux, trois jours de liesse la fête de Pourim [1], et le père fait faire dans la cour de la maison,

1. Vidal explique Pourim à sa petite-fille Véronique dans sa biographie orale : *Je ne sais pas si tu as eu un écho de cette histoire. Amman était le ministre favori du roi, je ne sais pas lequel des rois*

par des enfants, les petites cabanes toutes fleuries de la
fête de Soukkhot. Jeûne-t-on scrupuleusement pour Kippour ? Vidal, lui, n'a jamais jeûné. Il s'amusera à dire que,
tout jeune, alors qu'il était malade, son père avait obtenu
du rabbin une dispense de jeûne et que cette dispense n'a
jamais cessé d'être valable. On peut se demander si le bon
mangeur qu'est David D. Nahum avait le courage de tenir
intégralement le jeûne. Les fils de David Nahum cessèrent
de respecter le Kippour en Occident, à l'exception de sa
fille aînée Henriette, dont le mari était pieux. Les fêtes
que célèbrent les Nahum sont joyeuses. Elles ont valeur
d'appartenance culturelle et ethnique à la communauté
hébraïque, mais non le sens d'une relation pénitente à
l'égard du Seigneur. Il semble bien que David soit déiste,
croyant en un « Bon Dieu » tutélaire, mais non pas en la
Révélation. Ses fils seront eux-mêmes plus ou moins
vaguement déistes. Comme on le verra plus loin, c'est au
comble de l'affliction, au cours de leur détention en prison,
qu'Henri et Vidal chantonneront quelques prières demandant pardon à Dieu de leurs péchés.

Le fils aîné de David, Léon, né en 1883, lui ressemble
assez physiquement, beaucoup dans le maintien et la
dignité. C'est un « très bel homme ». Il fait l'admiration
de ses frères pour sa tenue, sa respectabilité, sa prestance
et son élégance. Il est réputé grand amateur de femmes et
séducteur. Il a épousé en 1910 une très belle femme, Julie
Menahem, issue d'une grande famille moderniste d'origine livournaise (son père a fait partie du club réformateur
des Intimes et habite dans le quartier des Campagnes).
Léon dirige le secteur métallurgique des affaires de son

---

c'était, qui voulait détruire tous les juifs. Voilà que le roi arrive à
se marier avec Esther, n'est-ce pas, c'est dans la Bible, ça, quand
le Mardochée est allé voir la reine en lui disant : « Tu ne vas pas
laisser tuer tous tes frères, parle au roi. » Alors, dans un moment
propice, Esther a parlé au roi, alors il a appelé son ministre, Amman
qu'il s'appelait, et il lui a fait couper la tête.

père. Il fait avec sa femme Julie de nombreux voyages, à la fois d'affaires et de tourisme, en Europe occidentale, ce dont témoignent les cartes envoyées à ses parents en 1906 de Londres, en 1909 de Budapest et de Vienne, en 1910 de Venise, de Paris, de Vienne. Léon fait une première installation à Bruxelles, siège des grandes firmes belges dont il est le correspondant, vers 1911, puis il va résider à Istanbul avec sa femme et sa fille Chary, née en 1911 à Salonique, pour contrôler la construction du chemin de fer d'Anatolie entreprise par des sociétés belges dont il est le mandant. Léon a de l'autorité sur ses frères, et sa prééminence morale se manifestera après la mort du père, en 1920.

Jacques, né en 1885, est discret, très intériorisé, méditatif, peut-être timide. Il parle un français extrêmement correct, sans familiarité, et il est porté vers la littérature. Sans doute a-t-il voulu devenir un intellectuel, mais il doit lui aussi se consacrer aux affaires. Il débute dans la banque Modiano à Salonique et est nommé directeur de succursale à Usküp (Skoplje), où se replie en 1914 la famille Cohen de Belgrade, qui est de nationalité serbe. Il rencontre dans un hôtel une jeune séfarade serbisée, Sophie Cohen, et il obtient de l'épouser. C'est un mariage d'amour. Jacques gardera la nationalité italienne acquise par son père jusqu'à la fin de sa vie. Il s'installera après la Première Guerre mondiale à Bruxelles, travaillera dans l'entreprise de Léon et gardera toujours son amour des lettres.

Henri est blagueur, insouciant, coureur. Vidal admire beaucoup ce frère qui a quatre ans de plus que lui. Ils seront arrêtés ensemble par la police militaire française en 1915 à Salonique, et vivront ensemble la déportation en navire de guerre, la prison, le camp de concentration, ce qui les liera plus fortement encore.

Henriette, l'aînée, née *de facto* en 1881, *de jure* en 1885 après son arrivée en France, a épousé en 1904, par convenance, Élie Hassid, qui travaille dans une banque de Salonique, la banque Modiano, dont il dirige une petite succursale. Bien que ne respectant pas strictement la loi de

Moïse, il est pieux et beaucoup plus traditionaliste que les Nahum.

Henriette est très active, énergique, dévouée à sa famille, un peu dominatrice. Elle semble vouloir jouir des prérogatives et de l'autorité de l'aîné, surtout pour les problèmes, disputes ou malentendus domestiques. Aussi loin que remontent ses souvenirs, l'auteur de ces lignes la perçoit comme un peu matrone, dominant son mari. Elle a le sens de la classe, des rites, des rangs, des convenances[1]. Elle transportera sa conscience de classe salonicienne dans le milieu français, dédaignant les *gentes bachas* (petites gens). Elle fera apprendre le piano à ses deux filles, Liliane et Aimée. Elle s'installera à Paris dans un quartier bourgeois du XVIIe arrondissement.

Mathilde, la cadette, née *de facto* en 1897, puis *de jure* en 1903 (cf. p. 381-382), est chérie et admirée de tous. Elle est de très grande beauté, brune aux yeux bleus, au corps svelte et parfait. Adolescente à Salonique, sa beauté pétrifie un garçon de 15 ans, David Matarasso, de deux ans plus jeune qu'elle. Il veut lui exprimer son amour, mais, s'en trouvant incapable, va trouver un écrivain public qui lui donne à recopier la phrase « Ô mon amour, je t'aime tellement qu'aucune parole n'est capable d'exprimer mon amour ». Puis, timidement, il remet le billet à Mathilde et s'enfuit. Quelque temps plus tard, comme elle n'avait pas réagi à son message, il ose lui parler, et la belle, dédaigneuse : « Tu es trop petit pour moi, et puis tu as fait une faute d'orthographe. » À ce souvenir, qu'il contera à l'auteur de ce livre soixante ans plus tard, à São Paulo, où il aura émigré, David Matarasso, devenu septuagénaire, aura les yeux embués de larmes. La belle Mathilde cédera en 1917 à la demande d'un prestigieux militaire. Après trois jours de permission à

1. Ainsi, à Paris, elle insistera à chaque repas familial pour que le fils de Vidal, qui, étant gaucher, tient sa fourchette de la main gauche, mange de la main droite (alors que ni Vidal ni sa femme ne se soucient d'inculquer ce conformisme à leur fils).

Marseille pour voir sa sœur Sophie, femme de Jacques Nahum, Bouchi Cohen, capitaine de cavalerie de l'armée serbe, sera séduit, plaira et demandera la main de Mathilde.

CHAPITRE II

Les années de jeunesse

Le jeune Vidal

Vidal, le dernier des quatre frères, né le 14 mars 1894, fut choyé par ses parents et demeura toujours pour eux Vidalico. Le nom Vidal est une hispanisation de Haïm, prénom qui signifie « la vie ». Mais ce prénom s'est autonomisé par rapport à Haïm, lequel est devenu, pour les séfarades de la fin du XIXᵉ siècle, l'équivalent d'Henri, sans doute à cause du H. Ainsi, dans le bain francophone, le frère aîné de Vidal, Haïm, est devenu naturellement Henri.

Vidal a 1,76 mètre ; ses cheveux sont noirs, et ses yeux bleus ont des tonalités gris-vert. Il est mince, droit. Il n'a pas l'élégance et la dignité de Léon, il n'a pas la discrétion et le calme de Jacques, il n'est pas coureur comme Henri. Mais il a l'esprit très prompt, est très curieux de tout, très sensible à l'attraction féminine. Il est joueur, dans tous les sens du terme. Il aime mettre sur le mode du jeu ses relations avec ses proches ou amis, et il aime les jeux de chance, non pas jeux de cartes ou roulette, mais tirages au sort : ainsi, en France, dès l'institution de la Loterie nationale, il ne ratera pas un tirage, et du reste n'aura pas de chance. Il prendra aussi des obligations du Crédit national dans l'attente du tirage au sort. Il boursicotera secrètement, car sa première et sa deuxième femme, ainsi que son frère aîné, Léon, le réprimanderont pour ce funeste penchant. Toutefois, il demeurera très prudent, ne risquera jamais gros, et en somme sera un pêcheur à la ligne de la chance.

Vidal et son frère Henri aiment chanter. Toute leur vie, ils ont chanté le matin, ils ont chantonné en marchant dans la rue, ils sifflotent ou fredonnent *mezza voce* sitôt repus, et si c'est un bon repas convivial, ils se lancent dans les chansons et demandent aux commensaux de chanter. Son fils se souvient : dès le petit matin, alors qu'il est encore lourdement hébété, son père chante comme un oiseau. Chansons 1900 de Mayol, et autres chanteurs français, airs espagnols, refrain à la mode, parfois une vieille mélopée turque. Ainsi Vidal chantera toute sa vie les airs de toute sa vie.

Vidal est très gai, il rit d'un rien ; Henri aime « blaguer », Vidal, lui, a un goût immodéré de la plaisanterie. Il rit par plaisir et pour faire plaisir. Le rire est son moyen de communication naturel.

Vidal est très craintif ; élevé dans une famille et un milieu où il n'y a pas d'animaux domestiques, il a peur des chiens et n'a jamais aimé leur compagnie ; quand il rentre le soir du « café-chantant », il siffle et chante dans les rues pour se rassurer, ce qui suscite les moqueries de ses frères ; il craint disputes et bagarres, mais, lorsqu'il croit l'un des siens menacé, il est capable de se transformer en loup. Ainsi, un jour, son fils, à l'âge de 15 ans, est accosté près de sa boutique par un monsieur qui lui parle avec un sourire engageant ; Vidal sort de la boutique et arrive avec un air féroce sur l'inconnu qui déguerpit sous le regard terrible.

Vidal est aussi très anxieux. Tout petit, il était parti en train avec ses parents aux environs de Salonique, pour une excursion à la campagne (signe que la récente coutume occidentale des loisirs champêtres s'était introduite chez les Nahum). Mais, tout au long de la promenade, il ne cessait de craindre que ses parents ratent le train de retour et ne les laissait pas tranquilles : *« Papa, el treno se va fuyir. »* Vidal n'est pourtant pas un angoissé profond, un tourmenté, aucun sentiment de culpabilité ne le ronge ; son anxiété très vive est superficielle. Celle des horaires ne le quittera jamais. Il ira toujours à la gare avec au moins une heure d'avance. Comme sa femme, connaissant l'horaire du train, lui dira de ne pas se hâter pour prendre métro ou taxi, il s'arrangera pour lui mentir sur l'heure réelle du départ, de façon à partir avec l'avance dont il a un besoin psychologique impérieux. Alors, sachant par expérience qu'il lui ment d'une heure, sa femme à nouveau ralentira le départ, ce qui l'obligera la fois suivante à tricher d'une heure et demie. Finalement, on ne saura jamais l'heure exacte du départ de ses trains, mais il trouvera toujours le moyen d'arriver avec au moins une heure d'avance. Tout en vivant dans l'amour de la famille, Vidal est, comme son frère Henri, son aîné immédiat, très sociable. Il se lie facilement avec autrui, n'importe où, dans le train, dans la rue, dans le bus.

Vidal est en même temps curieux de tout. Plus encore, il est curieux du monde. A treize ans, il utilise les annonces de *Mon dimanche* et des *Annonces philatéliques* pour échanger des timbres et des cartes postales. Il accumule des timbres, sans les classer, et il continuera à les accumuler jusqu'à la fin de sa vie. Il reçoit des « cartes à vue » de Bruxelles, Dinant, Malines, Anvers, Strasbourg, Troyes, Grenoble, Sassari, Kutira Hora (Bohême). Il propose un échange de cartes postales à Mlle Cornélie Monday, de Montréal. Celle-ci lui envoie la carte du pont du Pacific Railway sur le Saint-Laurent, près de Montréal, le 4 mars 1907 : la carte est adressée à « M. Vidal D. Nahum à Salonique, Turquie d'Europe », et déclare : « Accepte échange avec plaisir. » La correspondance dure jusqu'en 1910. A l'âge de 66 ans, le 22 avril 1960, Vidal écrira à Mlle Cornélie Monday :

> Madame ou Mademoiselle,
> 1907... 1908... 1909... 1910...
> De Salonique, où je me trouvais à cette époque, j'ai échangé avec vous des cartes postales. Depuis 1912 [1], je

1. La date est inexacte, non par erreur, mais pour simplifier les choses.

suis à Paris. A l'occasion de la visite de notre président
de la République à Montréal, le souvenir de votre adresse
me revient.

A tout hasard je vous écris, et espère avoir votre réponse.
Dans cette attente, recevez, Madame ou Mademoiselle,
mes meilleures salutations bien distinguées.

La lettre revint. L'adresse, mal relue ou mal recopiée
par Vidal après tant d'années, était inexacte. Vidal avait
écrit au 1159, Bordeaux Delorimier, alors qu'il s'agit sans
doute du boulevard Delorier ; de toute façon, un tampon
indiquait « *not known* ».

Vers 1908-1910, alors qu'il a 14-16 ans, Vidal commence à sortir. Il est depuis longtemps très désireux de
faire comme ses aînés qui vont au café et au théâtre. Il
est supporter du club de football de son école :

*Tous les samedis, surtout que c'était notre jour de
repos, on allait tout de suite après le déjeuner, les après-
midi, sur le terrain de football, soit pour l'entraînement
de l'équipe de notre club, soit à un match avec un autre
club. Le match fini, nous, dans les classes terminales, nous
avions accès au club des anciens élèves de notre école, et
on se rendait tous à ce club.*

*Au club, il y avait une espèce de maître d'hôtel pour
servir de la bière, des œufs durs, des œufs au plat, enfin
des petits goûters, et en même temps un membre du club
mandoliniste – parce qu'à Salonique la spécialité c'était
la mandoline –, il se mettait à la mandoline et il faisait
danser, ce qui fait que les jeunes filles et les jeunes gens...
Une fois les séances du club terminées, par petits groupes
de trois, quatre, cinq, six, sept, on avait chacun de petites
affinités, on s'en allait dans un restaurant très réputé, très
bonne cuisine et qui nous recevait très, très bien...*

*Véronique : « Mais comment tu faisais pour avoir de
l'argent pour aller au restaurant ? »*

*Mais parce qu'en classe terminale mon père nous don-
nait déjà une « petite semaine »* [traduction littérale de

semanadica]..., et moi, j'échangeais des cartes postales, des timbres, j'avais toujours des petites rentrées.

Et quand, en 1910, j'ai terminé mes études, que j'ai commencé à travailler, là, l'organisation était meilleure. On s'en allait par exemple pour le match de football en voiture à cheval, on se payait des restaurants meilleurs, etc.

Il y avait aussi des soirées, des troupes théâtrales qui passaient à Salonique pour deux, trois représentations, aussi bien des pièces classiques françaises que des opéras italiens, avec des troupes italiennes...

Puis, à seize ans, Vidal entre dans les loisirs des adultes. A 6 heures, boutiques et bureaux fermés, employés et commerçants, célibataires ou mariés vont retrouver dans les cafés amis et connaissances, et discutent en consommant bière, *raki* avec les *mézés*, achetant à des marchands ambulants des œufs durs et des pistaches salées. On commente les événements d'Europe. Vidal se souvient de l'affaire Steinhel :

C'est un peintre ou un sculpteur dont la femme était la maîtresse du président de la République, ça a été un fameux scandale ! Vidal est très friand de tout ce qui concerne les présidents de la République française. Ses frères, eux, discutent du *Drang nach Osten*, de la pénétration allemande dans les Balkans et en Turquie (*Les uns voyaient d'un bon œil, les autres pas*), et, bien entendu, commentent les informations du jour.

Puis chacun rentre chez soi pour dîner. On dîne tard, comme en Italie ou en Espagne, et, après le dîner, *en famille, on causait, on discutait, parce qu'il n'y avait ni radio ni télé.* C'est ainsi que Vidal recueille les souvenirs de son père, les anecdotes familiales comme celle sur l'ancêtre Tchilibon qui était rentré ivre un soir avec une paire de rames achetée à un pêcheur.

David Nahum ignore les vacances d'été que prend l'élite supérieure de Salonique dans les villes d'eaux ou de loisirs d'Europe, Vichy, Baden-Baden, Montecatini. Il loue pendant quelques années, pour trois, quatre semaines, un petit appartement dans une station balnéaire, à une soixantaine de kilomètres de Salonique, où sa femme, accompagnée de Mathilde et de Vidal, fait une cure pour ses rhumatismes. Il les installe, puis repart à Salonique et revient les chercher au terme de la cure. A la belle saison, il pratique des excursions en famille. Les chemins de fer orientaux organisent des trains de plaisir, qui partent le matin de bonne heure pour un petit village où un buffet est préparé pour les voyageurs.

1908-1912. Ce sont les années d'apprentissage de Vidal, qui a 14 ans lors de la révolution jeune-turque (1908) et 18 ans lors de l'annexion de Salonique par la Grèce (1912). Il quitte l'école à 16-17 ans ; employé dans la succursale de banque que tient Élie Hassid, le mari de sa sœur aînée Henriette, Vidal y « fait tout » : comptabilité, encaissements, versements, courses, secrétariat, gardiennage.

Ces années 1908-1912 sont en même temps convulsives et décisives pour Salonique et les Balkans. La révolution jeune-turque de 1908, qui éclate à Salonique même, crée une euphorie de quelques jours chez tous les Saloniciens, musulmans, chrétiens, juifs : *J'avais 14 ans, l'école était fermée, on allait tous les jours place de la Liberté*, se souvient Vidal. Les orateurs y parlent en turc, espagnol, français, grec, bulgare, roumain : « Ils invitent le peuple à l'oubli des haines, à la concorde, à l'amour, on chante *la Marseillaise*, on s'embrasse dans les rues, les comitadjis, tchettadjis, anthartes [*guérilleros considérés comme bandits par les séfarades*] descendent de leur repaire et vont s'embrasser sur les places et dans les cafés... rabbins, popes, pappas, imams vont enlacés dans les rues... On crie à la résurrection des morts, on présage l'union de tous les États des Balkans [1]. » Une Constitution et un parlement sont annoncés, où seront représentés tous les habitants de l'Empire, devenus citoyens. Mais il est trop tard pour que se crée une supernationalité ottomane. Les Macédoniens,

1. P. Risal, *op. cit.*, p. 307-308, 313 et 315.

les Bulgares, les Grecs de l'Empire sont désormais aimantés par les États nationaux de Grèce, de Serbie, de Bulgarie qui les revendiquent. La révolution jeune-turque aboutira finalement à créer un État national supplémentaire, la Turquie, et non à métamorphoser l'Empire ottoman en une confédération des peuples. Les guérilleros vont s'opposer non plus seulement aux Turcs, mais aussi entre eux. Les empires attisent le feu du chaudron balkanique. En fait, la période inaugurée en 1908 par la révolution jeune-turque, et qui achève son premier acte en 1912, année de la guerre balkanique des Grecs, des Serbes, des Bulgares d'abord contre les Turcs, puis entre eux, et qui va aboutir notamment à l'annexion de Salonique par la Grèce, est la période de l'explosion généralisée des nationalismes balkaniques, dont le nationalisme turc lui-même ; c'est le crépuscule de l'Empire et de ses cités cosmopolites. Mais la cité même de Salonique, jusqu'en 1912, demeure dans l'œil tranquille du cyclone. Sa prospérité économique continue à s'accroître. Les exportations passent de 25 millions de livres turques, en 1900, à 40 millions, en 1911, les importations de 57 millions, en 1900, à 120 millions, en 1911 [1].

Mais, dès 1911, un événement apparemment mineur dans le processus de désintégration de l'Empire ottoman bouleverse la vie de la famille de David D. Nahum. C'est la guerre italo-turque : l'Italie réclame la Tripolitaine (l'actuelle Libye), envoie un ultimatum et passe à l'attaque. De privilégiés, les ressortissants italiens de Salonique deviennent aussitôt ennemis soumis à arrestation. David D. Nahum essaie de se débrouiller. Le consul italien a quitté hâtivement Salonique, mais a laissé *une espèce de remplaçant, un chargé d'affaires si tu veux*, et David Nahum obtient des autorités turques deux à trois semaines pour préparer le départ, *parce que nous étions tout de même assez nombreux, nous étions exactement mon père, ma mère, mes quatre frères et ma jeune sœur* ; la sœur aînée, Henriette, de par son mariage avec Élie Hassid,

1. P. Risal, *op. cit.*, p. 272.

n'est plus italienne. Léon, le frère aîné, qui, avons-nous vu, a pris en main le secteur métallurgique de l'entreprise paternelle, se trouve alors à Bruxelles, où il a installé un bureau tête de pont. La famille fuit Salonique. David Nahum part pour Vienne avec sa femme, Vidal et Mathilde. Il envoie Jacques et Henri rejoindre Léon à Bruxelles. A Vienne, David Nahum demande à l'ambassade italienne de l'aider à trouver un poste d'employé pour son fils Vidal, qui connaît l'allemand et la comptabilité.

Un ou deux jours après, une convocation par une compagnie d'assurances autrichienne disant de me présenter. Je me présente, on me fait un premier examen, on me dit : « Bon, vous êtes admis, vous serez employé chez nous. » C'était un immeuble assez conséquent. Au premier étage, il y avait trois bureaux ; au deuxième étage, trois bureaux, et mon bureau à moi, dont le chef était M. Wagner, se composait d'une dame, deux autres messieurs et moi. Ma foi, cela se passait très bien, le chef était très content, mes collègues moins, parce que j'allais trop vite, ils disaient qu'il ne faut pas aller trop vite. J'avais affaire en donnant mes documents, mes écritures, tout ça, à une demoiselle qui travaillait à l'étage au-dessous, une Mlle Schwartz, Wilhelmine Schwartz, très gentille, très sympathique. Elle m'a émotionné, tout ça, alors je lui demandai de l'accompagner à la sortie ; le malheur a voulu que son chemin ne soit pas le mien ; si je l'accompagnais un peu, elle ne voulait pas et elle me disait : « Non, non, si mon père ou si ma mère ou si ma sœur nous voient ensemble. » Enfin, bref, elle a été très cruelle... Et quand j'ai mis un peu plus d'accent, un peu plus les points sur les i, elle m'a dit : « Écoutez, soyez quand même assez raisonnable, vous n'avez que 18 ans, moi j'en ai 20, alors ce n'est pas possible ; moi, d'abord, je ne veux pas me marier, je ne vais pas me marier avec un garçon de 18 ans, ça n'existe pas ! »

Vidal reste collègue de Wilhelmine pendant six mois, puis, après la très rapide conquête de la Tripolitaine par l'Italie, la guerre se termine brusquement. David embarque à Trieste avec sa femme, Vidal et Mathilde ; ses autres fils, Léon, Jacques, Henri viennent le retrouver sur le même bateau en partance pour Salonique : *Ç'a été vraiment la fête, mon père était aux anges, d'ailleurs nous n'étions pas les seuls, il y avait au moins trois ou quatre autres familles saloniciennes dans notre situation, comme nous italiens, les Modiano et tout ça avec leurs enfants, alors, à bord, c'était pour ainsi dire la grande nouba, et le voyage a duré pendant une semaine.*

De cette guerre Vidal gardera une chanson patriotique italienne qu'il chantera toute sa vie, bien qu'il ait été totalement indifférent à la conquête de Tripoli :

> *Tripoli sara italiana !*
> *Sara italiana al rumbo del canone.*
> *Vogua vogua corazzate*[1] *!*

Il gardera surtout le souvenir de Wilhelmine, son premier amour.

Mais, dès le retour, en cette année 1912, c'est la guerre gréco-turque : *On a malheureusement assisté le premier jour de notre arrivée à des petites bagarres entre soldats grecs, turcs et bulgares.* Salonique tombe entre les mains des Grecs. Les territoires balkaniques sont désormais morcelés en États nationaux clos. La petite Grèce s'est refermée sur ce qui avait été le grand port de l'Empire ottoman. Les affaires de David D. Nahum en sont immédiatement affectées.

Arrive la guerre balkanique de 1912-1913. Patatras, tout tombe par terre. La Turquie s'est effondrée. Le pétrole, les Russes ne veulent plus en envoyer à Salonique, puisque Salonique n'est plus turque... Il y a d'autres lois, d'autres règlements douaniers, etc. Pff, tout par terre. Et l'affaire de métallurgie aussi par terre parce que la Turquie d'Europe est coupée en morceaux. Toute la Turquie

---

1. Tripoli sera italienne !
   Sera italienne au son du canon.
   Voguez, voguez les cuirassés !

*d'Europe qui venait s'approvisionner à Salonique est
découpée en quatre, une partie pour les Bulgares, une
partie pour les Serbes, etc. Bref, alors, qu'est-ce qui
arrive ? Que mon frère aîné s'en va à Constantinople où
il continue la représentation des fabriques belges de
métallurgie, et mon père à Salonique continue les pétroles,
mais à une échelle très, très modérée...*

Cette situation déclenche une nouvelle vague migratrice. La migration vers l'Occident avait déjà commencé
à la fin du XIXᵉ siècle avec les jeunes gens qui subissaient
de façon irrésistible l'attraction de Paris ou de Vienne, soit
pour y devenir médecins, dentistes, pharmaciens, soit pour
y tenter leur chance. Les vagues suivantes de jeunes gens
vont être de plus animées par le refus de subir le service
militaire pour un État national, d'abord turc, puis grec.
Ainsi, des départs de jeunes séfarades vers l'Égypte, Paris,
Londres, Lausanne, Barcelone, New York, Buenos Aires
sont déclenchés par la loi consécutive à la révolution
jeune-turque de 1908 qui oblige tous les Ottomans au
service actif. En 1912, la crainte de la circonscription
grecque provoque une nouvelle fuite. L'hellénisation de
Salonique (1912 et 1922) amplifiera l'émigration.

Ces migrations, où chaque vague crée une tête de pont
pour la suivante [1], se dispersent en Occident mais privilé-
gient Vienne [2], la grande capitale cosmopolite ouverte sur
l'est et l'ouest, et surtout la France.

Vidal n'a pas encore l'âge militaire dans les années
1908-1912. Mais, depuis qu'il a quitté l'école, il veut se
rendre en France. Il veut, non pas y voyager, mais y vivre.
La France, c'est pour lui la poésie faite Nation. Il a été
marqué par les textes qu'il a appris par cœur à l'école

---

1. Les premières têtes de pont de la fin du XIXᵉ et du début du
XXᵉ siècle favorisèrent l'émigration, devenant de plus en plus ample
après les guerres balkaniques et l'hellénisation de Salonique, et elles
permirent aux familles quasi dans leur entier de se transporter de
Salonique en France.
2. Où les séfarades jouissent depuis le XVIIIᵉ siècle de droits que
les ashkénazes n'ont obtenu qu'en 1868.

franco-allemande. Il récitera toute sa vie, avec emphase,
comme on le lui a appris, « A moi, comte, deux mots.
Connais-tu bien don Diègue ? », et, changeant de position,
se faisant don Gormas, il répondra avec un dédain non
moins emphatique : « Qui t'a rendu si vain », puis :
« Jeune présomptueux. » Il adore aussi : « Prends un
siège, Cinna », puis avec une implacable autorité impé-
riale : « Prends », « Ô Temps, suspends ton vol », « Mon
père, ce héros au sourire si doux » ; « Il neigeait. L'âpre
hiver fondait en avalanche ». Ces vers ne seront jamais
pour lui des souvenirs d'école révolus, mais une présence
toujours vivante et ardente, qui le saisira d'émotion à chaque récitation.

Vidal adore aussi les chansons de Paris. Il est très heureux quand le voisin de l'étage inférieur, un chirurgien-
dentiste qui a fait ses études à Paris, vient chanter avec
les frères Nahum les chansons qu'il y a apprises. Il aime
par-dessus tout les chansons qui chantent la Ville, et
notamment celle-ci qui l'envoûte :

> *Paris ! Paris ! Ô ville infâme et merveilleuse !*

En janvier 1913, il a écrit sur un cahier : « Poincaré !
Poincaré ! Quand serai-je de tes habitants ! » La phrase
est intéressante dans son incorrection, car Poincaré, élu
alors président de la République, est vu par Vidal comme
une sorte de sultan laïque régnant non plus sur des
« sujets » comme un despote oriental, mais non pas
encore, dans la conscience orientale de Vidal, sur des
citoyens. D'où le terme « habitant » dépourvu d'assujet-
tissement comme de citoyenneté.

Dès sa sortie d'école, Vidal avait demandé à son père
de le laisser tenter sa chance à Paris. Son père avait refusé.
Il tenait à ce que son benjamin reste près de lui, à Salonique. Mais, au retour de Vienne, après l'annexion de
Salonique par la Grèce, Vidal, qui a repris son emploi
ennuyeux de factotum chez Élie Hassid, réussit à fléchir
son père. David Nahum sait que la nouvelle situation est
désormais défavorable à ses affaires, il pressent qu'il devra

tôt ou tard quitter Salonique ; il autorise son fils à partir, mais le prévient qu'il ne trouvera sans doute pas à Paris une place à sa convenance. Vidal espère que ses cousins et cousines déjà établis à Paris (le chirurgien-dentiste Paul Nahum, un pharmacien, un chef-comptable, une employée dans une affaire de chaudronnerie, l'autre dans une boutique d'articles de ménage) pourront l'aider : *Tous, toutes m'ont très bien reçu et tous ont cherché... Bon, je me présentais quelque part, par exemple à une compagnie d'assurances, il n'y avait pas de place, dans une banque, c'était la même chose, ou bien c'étaient des conditions minables, on payait 50 francs par mois, alors 50 francs par mois à ce moment-là ! Moi j'avais déjà loué une chambre meublée que je payais 30 francs par mois, donc, ça n'était pas possible... J'ai résisté cinq, six semaines, ffft !... Là, comme mes parents avaient prévu, hop, je suis rentré.*

A son retour, Vidal n'a pas repris son emploi chez Élie Hassid, il s'est mis dans le bureau de son père, avec son frère Henri, qui a pris en main le secteur métallurgique pour la Grèce, Salonique étant désormais une cité grecque. Léon, lui, s'est fixé à Constantinople pour continuer à travailler sur le marché turc et surveiller la construction du chemin de fer Istanbul-Ankara. Le père continue les affaires de pétrole qui tournent au ralenti.

La Salonique séfarade est entrée dans le monde grec et dans le cadre de l'État-Nation moderne. A la suite d'échanges forcés de populations, des Grecs sont arrivés en masse de Turquie, alors que les Turcs ont été chassés de Salonique. Devenus citoyens ottomans *in extremis*, les séfarades doivent devenir grecs. Ceux qui échappent d'une certaine façon à l'État-Nation hellène sont ceux qui ont, comme David Nahum et les siens, acquis une nationalité extérieure. Ils rentrent dans le système de l'État grec, de ses lois, de ses impôts, mais ne sont pas soumis au service militaire.

Devenue grecque, Salonique a perdu son rôle économique majeur de grand port de l'hinterland balkanique.

Pis encore : Salonique est saisie, sans le savoir encore, dans une tornade historique qui s'est formée depuis le début du siècle dans les Balkans.

L'affaiblissement de la puissance ottomane a surexcité les nationalismes bulgare, grec, roumain, dont les États revendiquent les populations de leurs langue et religion. Mais comme les populations bulgares, grecques, macédoniennes, etc. sont en de nombreuses régions intriquées et mêlées, les nationalismes balkaniques se surexcitent les uns contre les autres et les vainqueurs se disputent les dépouilles que leurs coalitions ont arrachées aux Turcs. L'Autriche-Hongrie n'est plus la protectrice des chrétiens contre les Turcs, mais l'empire qui asservit les nationalités slaves du Sud, ce qui surdétermine son conflit avec la Russie, protectrice des Slaves et des orthodoxes. Ainsi, la désintégration de la puissance ottomane crée la zone dépressionnaire d'où surgira le formidable cyclone de la Grande Guerre.

Arrive l'été 1914. En 1978, âgé de 84 ans, Vidal évoquera avec précision (il faut se souvenir que les journaux de Paris, de Londres, de Vienne et de Berlin sont lus à Salonique) la visite de l'archiduc héritier d'Autriche François-Ferdinand à Sarajevo : *Grands préparatifs, fêtes, arcs de triomphe, drapeaux autrichiens de tous les côtés, et voilà notre prince qui débarque à Sarajevo entouré de toute une escorte militaire... et tout ça n'a pas empêché un Serbe, un Croate de lui tirer dessus et ça a été la catastrophe... Donc, à ce moment-là, l'Autriche-Hongrie demande aux Serbes de faire des excuses et des réparations. Là-dessus, les Russes, le tsar, lui, dit à l'empereur François-Joseph : « Pardon, minute, les Serbes, ce sont les miens, ceux de ma famille, nous sommes orthodoxes, il ne faut pas toucher aux Serbes. »*

L'empereur Guillaume appuie l'empereur François-Joseph en disant : « Il faut des réparations. » Et de là est venue la guerre de 14...

L'esprit de Vidal demeurera pour toujours sous le coup de tous ces événements précipités, qui, anéantissant sou-

dain en deux ans le formidable Empire formé au XVe siècle,
ont transformé la nature multiséculaire de Salonique...
Vidal verra à l'origine de la catastrophe ce dont il fut
témoin à 9 ans et à 14 ans, le terrorisme des comitadjis et
la révolution jeune-turque, sans laquelle *on n'aurait pas
démis le sultan Abdül-Hamid qui était reconnu par tous
les historiens le plus grand diplomate du siècle*, et *il n'y
aurait pas eu d'annexion de la Bosnie-Herzégovine, il n'y
aurait pas eu la guerre de 14*. Marqué par cette période
fatale pour sa petite patrie-cité, Vidal continuera à croire,
soixante-dix ans plus tard, que le cataclysme fut accidentel
et que Salonique aurait pu demeurer telle qu'en elle-même
le séfaradisme l'avait faite.

CHAPITRE III

Dans la Première Guerre mondiale

La guerre se déchaîne en 1914, mais sans encore inquiéter Salonique. Le roi Constantin proclame la neutralité de la Grèce, en dépit du souhait de son Premier ministre Venizelos d'engager son pays auprès des Alliés. La Turquie, elle, s'est rangée du côté des empires centraux. Salonique semble promise à demeurer un îlot de neutralité dans la guerre qui embrase l'Europe. Mais après les échecs répétés de débarquements anglo-français aux Dardanelles de mars à août 1915 et l'entrée en guerre de la Bulgarie aux côtés des empires centraux, le commandement français, violant la neutralité grecque, transporte à Salonique, en octobre 1915, la totalité des forces françaises et une partie des troupes anglaises des Dardanelles pour y former l'armée d'Orient. Les troupes royales y sont désarmées. A Salonique viennent se reconstituer les troupes serbes écrasées par les Bulgares. Venizelos en rébellion contre le roi forme un gouvernement provisoire dans l'enclave de Salonique, mais la Grèce reste neutre jusqu'à la déposition du roi, en juillet 1917. Les Français arrivent à Salonique. Ils croient débarquer dans un trou perdu des Balkans. Ils sont accueillis par des gens parlant le français, ils trouvent des quotidiens locaux écrits en français. On leur cite les chanteurs et les hommes politiques français. Les négociants séfarades trouvent soudain un marché qui s'offre à eux : approvisionner l'armée d'Orient : *Alors avec mon frère* [Henri], *avec mon père, on s'occupait pour être fournisseurs de l'armée. On avait commencé par du matériel de notre secteur, par exemple métallurgique, des pelles,*

des pioches, des fils barbelés, des poutrelles, des tôles...
Ma foi, très bons rapports, très amicaux... le génie qui
s'occupait des achats était très heureux de rencontrer déjà
des personnes qui parlaient très bien le français.

La même année, en mai 1915, l'Italie entre en guerre
du côté des Alliés, et, à nouveau, le privilège d'être italien
va devenir catastrophique pour les Nahum. A Istanbul,
Léon, devenu ressortissant ennemi, doit déguerpir clandestinement pour devancer l'arrestation. Avec sa femme
et sa fille de 4 ans, Chary, ils partent munis de paniers de
pique-nique pour un hôtel au bord de la mer, d'où, au petit
matin, ils embarquent sur un caïque qui les conduit à un
bateau neutre hors des eaux territoriales. De là, ils rega-
gneront Salonique. Mais, à Salonique, les jeunes séfarades
de nationalité italienne en âge de faire le service militaire
sont recensés et appelés par le consul d'Italie : *A Saloni-*
que, il y avait une trentaine ou une quarantaine d'Italiens
d'âge de porter les armes ; on se disait ma foi, ça ne nous
regarde pas, nous n'avons jamais réellement connu l'Italie
pour aller faire le service militaire, nous sommes plutôt
à Salonique qui était avant turque, qui maintenant est
grecque, on attend... on attend... Vers le 15-16 janvier
1916, le consul italien, qui convoquait sans succès ses
nationaux mobilisables, les fait interpeller par la police
militaire française, qui les embarque sur un navire de
guerre.

Ces jeunes gens ont oublié leur origine livournaise,
n'ont jamais connu l'Italie et ignorent souvent l'italien ;
ils arrivent dans un camp d'entraînement, où on leur enseigne à devenir soldats. Puis on les envoie au front. L'un
d'eux, Albert Mosseri, futur parent par alliance de Vidal,
a raconté son aventure. Un capitaine, sabre au clair, fait
avancer sa compagnie : « *Uno, due, uno, due.* » On a mis
le jeune séfarade au premier rang, et il marche au combat
avec épouvante. Comme il est sur le flanc de sa colonne,
il fait une fois sur deux son « *uno, due* » en marche arrière,
et ainsi il rétrograde patiemment jusqu'à ce qu'il arrive
en queue de la troupe. Celle-ci, le regard fièrement braqué

en avant, le dépasse ; alors il se laisse tomber face contre terre et fait le mort. Le son des « *uno, due* » s'estompe, disparaît ; il se lève, ôte précipitamment sa veste militaire et s'enfuit en chemise, déserteur avant tout combat.

Vidal et son frère Henri sont eux aussi arrêtés par la police militaire française et embarqués sur un navire militaire. Mais, à la suite d'une erreur, ils débarquent à Marseille, où on les met en prison, puis, de cette prison, on les envoie en un lieu de concentration qui n'est pas un camp, mais l'abbaye de Frigolet transformée en centre de détention. Pourquoi une telle erreur ? Pourquoi n'avaient-ils pas connu le sort des autres vrais-faux Italiens de leur âge ? Vidal ne savait pas. Telle est du moins la réponse qu'il ne cessera de donner à son fils. Du reste, il avait honte de ce séjour en prison, dont il parlait comme d'une « crèche », et il gommait cet épisode biographique pour toute personne extérieure à la famille. Mais ce qu'il n'avait pas voulu dire, même à son fils, jusqu'à un moment de confession absolument inattendu, en 1983, l'année précédant sa mort, à la fin d'un déjeuner, dans un restaurant de Beaulieu-sur-Mer, et devant des quasi-étrangers, les parents de sa belle-fille, c'est qu'il savait pourquoi il avait été transporté et emprisonné en France.

Emprisonné par erreur, certes, mais une erreur dont il connaissait l'origine et la nature.

L'origine : après la guerre de 1912, un dépôt turc d'armes et de bateaux militaires avariés était resté dans le port de Salonique. David Nahum avait trouvé le moyen de prendre en main la vente de ce matériel de guerre déclassé, et il avait confié l'affaire à ses fils Henri et Vidal. Un importateur allemand de Hambourg s'était intéressé à l'affaire. Les tractations avaient commencé par correspondance, et le négociant allemand était arrivé en chemin de fer à Salonique. Il arriva un vendredi soir, et sa conduite stupéfia les Nahum : c'était un ashkénaze, il était pieux, il refusa de parler affaires jusqu'à la fin du sabbat et disparut. Le dimanche matin, il traita avec les jeunes Nahum l'achat du matériel. On ne sait comment ils avaient envisagé son transport. L'Allemand repartit pour Hambourg. On ne sait pas non plus si le matériel fut livré ou non. Toujours est-il que la police militaire française (qui arrêtait de temps à autre des espions aidant par signaux les sous-marins allemands ou livrant des informations militaires à l'ennemi) dut prendre connaissance, en établissant les dossiers des jeunes réfractaires signalés par le consul d'Italie, de la tractation effectuée par les deux frères, ce qui les rendit suspects et détermina leur envoi à Marseille.

A l'écoute de cet épisode, tenu secret par Vidal toute sa vie à son fils, celui-ci crut comprendre que le négociant de Hambourg était venu à Salonique en pleine guerre, voire même après que l'armée française d'Orient s'y fut installée, et il s'émerveilla qu'on ait pu, durant la Première Guerre mondiale, traverser tranquillement en chemin de fer des pays ennemis. Mais après lecture de ce récit, son cousin Edgard lui déclara qu'il était invraisemblable qu'un voyageur civil ait pu traverser une ou plusieurs lignes de front. Toutefois, Edgar, fils de Vidal, pensa qu'il n'était pas inimaginable qu'on puisse se rendre dans l'enclave de Salonique qui, bien qu'occupée par les troupes françaises, relevait d'un pays encore neutre. Cependant, il était beaucoup plus crédible de penser que le voyage avait eu lieu avant octobre 1915, soit au tout début de la guerre (la Roumanie, la Bulgarie, alors neutres, offraient une voie de passage permettant de contourner la petite Serbie et de se rendre en une Grèce neutre), soit plus probablement (encore que le probable ne soit pas le plus sûr) juste avant le déclenchement des hostilités, dans les semaines, voire les jours précédant août 1914.

De toute façon, l'expédition de Vidal et de son frère à la prison de Marseille, à la différence des autres jeunes Italiens envoyés en un camp militaire de la péninsule, ne peut se comprendre que si la police militaire française avait eu quelque information ou dénonciation concernant la négociation allemande des deux frères.

Vidal se souviendra très bien de la date du 8 janvier. Il

y avait réunion de son club, l'amicale des anciens élèves
de l'école franco-allemande, dont il était trésorier, pour
préparer une grande fête. Vidal est tout à ces joyeux préparatifs. *Une ou deux semaines plus tard, un après-midi
au bureau, il y a mon papa, mon frère Henri et moi, voilà
deux messieurs en civil qui se présentent :*

« Police française !

– Ah ! A quel sujet, police française ?

*– Eh bien, voilà. Monsieur Henri Nahum, monsieur
Vidal, si vous voulez nous suivre, on a besoin de vous à
l'état-major.*

– Où c'est, l'état-major ?

– Eh bien, à telle école [qu'ils avaient réquisition-
née]. »

Alors mon père dit :

– « On va aller demain.

– Ah non, monsieur, il faut venir tout de suite.

– Bon, je vais les accompagner. »

*Et on s'en va tous les cinq. Arrivés devant l'école,
sentinelle bien entendu à la porte, et mon papa, on ne le
laisse pas entrer. Alors il dit :*

« Mais pourquoi ?

– Ah non, non, monsieur. »

*Alors mon père, le pauvre, il ne savait pas quoi faire.
Nous ne savions rien avec mon frère Henri, et on nous
fait entrer dans un local, une pièce ; on voit déjà un autre
monsieur que nous connaissions, un M. Seyas, qui était
pharmacien, un autre M. Venezia, qui était dans les céréales, deux autres, enfin, ils étaient quatre ou cinq.*

Alors ils disent :

« Vous aussi, on vous emmène ici.

– Et pourquoi ?

*– Pourquoi ? Le consul italien veut qu'on aille rejoin-
dre l'Italie, alors on est là à attendre. »*

*La nuit passe, bien entendu assis sur une chaise ou par
terre. Et voilà que les autres, trois ou quatre Italiens en
somme, sont appelés, et on ne les revoit plus. Pourquoi ?*
[Cela indique bien que le dossier des deux frères comporte

quelque chose de spécial par rapport aux autres Italiens.]
*La journée passe, la deuxième nuit, la même chose, on
demande, je demande à gauche, à droite, on me dit : « Ah
non, monsieur, on ne sait rien, faut attendre vous savez,
il faut attendre. »*

*Entre-temps, mon père avec mon frère aîné commen-
cent à faire des démarches au consulat italien, à la police
française, et comme mon frère* [Léon] *était déjà fournis-
seur de l'armée, il voit un commandant, il voit un colonel,
on lui dit :*

« Mais non, vous n'avez pas à vous inquiéter... »

David Nahum, pris par surprise par l'arrestation de ses
fils, ne peut rien empêcher.

Le lendemain matin, vers les 10-11 heures :

« Allez hop, levez-vous ! »

*Il y avait là alors un groupe ; entre-temps étaient venus
deux Albanais, deux Grecs, deux prêtres musulmans, un
groupe d'une quinzaine de personnes et un autre compatriote à moi, un autre Salonicien* [comme on voit, encore
soixante ans plus tard, Salonique est vraiment perçue
comme patrie par Vidal], *de confession aussi israélite, que
nous connaissions. On était donc une quinzaine, et voilà
que la porte s'ouvre. Deux gendarmes arrivent :*

« Allez, prenez vos balluchons.

*– Mais nous n'avons pas de balluchons, nous n'avons
rien.*

*– Ça ne fait rien, vous ne prenez rien puisque vous
n'avez rien.*

– Et où on va ?

– Au port, vous allez vous embarquer sur un bateau. »

*Nous sortons donc dans la rue encadrés par les gen-
darmes, et, à cinquante ou cent mètres, on voit mon père
et ma mère qui étaient déjà avertis de notre départ, pourquoi et comment on ne savait pas, et en même temps un
cousin germain, un type à la page, très, très compétent...
Et on le voit qui... Il essaie de s'approcher :*

« Non, non, non, il ne faut pas vous approcher ! »

Le convoi en somme partait, mais enfin il n'y avait ni menottes ni rien du tout...

La famille éplorée suit le convoi de prisonniers, dont font partie Henri et Vidal, sur le chemin du port. David charge un cousin d'approcher ses fils pour leur remettre en cachette quelques pièces d'or.

De l'école au port, il y avait quand même, mettons cinq cents, six cents ou sept cents mètres... malgré que c'était en fin janvier, le temps était beau, agréable. A l'approche du port, le cousin en question cherche, parce que mon frère était à droite, moi j'étais à gauche, et les gendarmes de chaque côté. Il cherche à s'approcher de moi. Le gendarme le repousse et lui dit : « Non, non, non, il ne faut pas s'approcher comme ça. » Alors il s'ingénie, je ne sais pas comment, il fait un demi-tour ou il fait un tour de tout le convoi et il s'approche de l'autre côté où il y a mon frère et un autre gendarme, tant et si bien qu'il titube un peu, mais il s'approche de mon frère, il lui flanque quelque chose dans la main. Le gendarme le repousse, entre-temps, mon frère a pris le quelque chose, il le fourre dans sa poche, et nous continuons le chemin et à la fin nous arrivons au port. Le bateau était déjà sur le quai, on nous fait monter. Mon père, ma mère sont en bas, on leur fait signe.

Ils sont embarqués sur le *Sainte-Anne*, transport militaire, qui quitte Salonique le 27 janvier 1916, à 2 heures et demie.

On nous fait entrer dans les cabines, et premier triage. Le capitaine, il appelle en grec :

« Machin, allez hop ! »

Deux soldats, deux marins prennent et emmènent les appelés.

On met de côté cinq personnes, deux prêtres musulmans, un Albanais et les deux frères Nahum. Le capitaine envoie ce lot à l'infirmerie.

A l'infirmerie, bon, on ne sait pas ce que c'est. On suit des couloirs dans le bateau réquisitionné pour le transport des troupes et qui était un transatlantique. On arrive à l'infirmerie dans une grande salle avec des lits superposés pour quarante ou cinquante malades. Avec les Turcs, plus ou moins on arrive à baragouiner ; moi je connaissais quelques mots, mon frère quelques mots, eux ne parlaient pas ni espagnol ni français, l'albanais, la même chose.

Deux heures après, le capitaine revient et dit :

« Henri Nahum, pourquoi vous êtes ici ?

– Ah ben, euh, euh, on se demande nous aussi.

– Bien, il dit, le bateau a déjà levé l'ancre, nous sommes en route pour Marseille. Vous serez nourris, seulement vous n'avez pas le droit de sortir de l'infirmerie ni d'ouvrir les hublots parce que les sous-marins allemands sont dans les parages, il ne faut pas qu'il y ait aucune trace de lumière la nuit. Vous avez là une petite machine pour vous laver. »

Un jour, deux jours, trois jours, on entend toujours que le bateau continue son chemin. Le quatrième ou cinquième jour, arrêt, alors moi, très timidement, j'ouvre le hublot et je vois la terre[1]*, alors sûrement que les hublots étaient surveillés par le haut ou par le bas, un soldat qui arrive, un marin qui arrive : « Ho ! Ho ! »*

Vidal, sitôt embarqué, tient un journal au crayon sur un petit carnet de poche.

27 janvier 1916, 6 heures soir. Soupe, haricots blancs, thé, pain, eau. Nota : ration insuffisante pour homme, bonne pour infirme. Le manque d'eau se fait grandement sentir et à nos demandes rien, rien.

28 janvier, matin, 7 heures. 1/4 café, biscuit datant de 1880 ??

28 janvier, midi. Lentilles avec viande bouillie, pain, eau.

28 janvier, soir, 5 heures. Soupe bonne, haricots rouges, thé, pain, tout en abondance.

Le même jour, Vidal écrit cette lettre à ses parents. Elle est écrite sur deux pages arrachées au carnet où il tient son journal de bord : elle n'a pu être envoyée.

---

1. Le *Sainte-Anne* s'est arrêté à Ajaccio le 31 janvier.

A bord du *Sainte-Anne*,
28 janvier 1916, en route pour Marseille.

Mes chers parents,
M'ennuyant ici à bord à ne rien faire, seulement manger, boire et dormir, je vous écris ces quelques lignes
pour vous faire savoir que nous sommes moi et Henri
en parfaite santé. Nous mangeons et couchons dans une
vaste salle de vingt-quatre lits où nous restons Henri, un
Serbe et moi ; soit compte fait, nous avons huit lits
chacun. Les repas qu'on nous sert sont tous très bien
préparés et en abondance. De votre côté, je suis très
anxieux de savoir ce qui se passe, qu'ont fait papa,
maman ; s'il est toujours temps, qu'ils s'en aillent absolument en Suisse, sinon ailleurs ; en tout cas, trans-
mettez-nous de vos nouvelles par télégramme chez Bel-
lon, 34, boulevard de la Paix, à Marseille, et spéciale-
ment pour la chère Sophie, sur laquelle nous serions très
heureux d'avoir de bonnes nouvelles. Si papa et maman
sont encore à Salonique, qu'ils se rassurent bien pour
notre compte, nous sommes très, très bien et espérons
être à votre disposition quelque temps après notre arrivée à Marseille ; c'est pour cela que, s'ils veulent, qu'ils
partent seulement pour la Suisse, car c'est là que nous
pensons aller – à Lausanne.

Cette lettre semble indiquer que Vidal s'inquiète des
répercussions sur son père de l'affaire de la vente du
matériel militaire, et en termes insistants il incite ses
parents à partir dans le pays neutre qu'est la Suisse pour
échapper à tout ennui. Il manifeste aussi son espoir d'aller
en Suisse, c'est-à-dire d'échapper à cette guerre qui désormais le persécute, car tous les pays dont il pourrait se
réclamer sont belligérants et le contraindraient à être soit
soldat, soit prisonnier.

Dans une double feuille également arrachée au carnet,
Vidal écrit à ses amis du club des anciens élèves de l'école
franco-allemande, dont il est le trésorier. Il n'a pu évidemment rendre des comptes avant son départ.

Mes chers amis,

En route pour Marseille, et m'ennuyant beaucoup, je me décide à vous écrire ces quelques lignes. Je suis bien sûr que vous avez été bien surpris en apprenant ma disparition si soudaine. C'est la guerre, inutile d'ajouter plus d'explications. Lorsque nous aurons le bonheur de nous voir, je pourrai bien vous raconter comment les événements se sont suivis si précipitamment, et sans me laisser même le temps d'embrasser mes parents et de vous serrer les mains. En tout cas, je suis sûr que vous ne m'oublierez pas de sitôt, vous serez tous assez aimables pour m'écrire de longues lettres, où vous voudrez me raconter tout ce qui se passe chez vous, les bruits courus autour de mon départ, etc. Dites-moi si vous vous amusez bien, et, contrairement, faites-le, amusez-vous autant que vous le pouvez. Vivez la vie, car je pense maintenant que l'avenir ne dépend pas de soi, et qu'il est constitué des fois par des longs points d'interrogation dont quelques-uns amers.

Passons outre : à Raphaël, je lui communique que le montant de ... francs qui figurait à l'encaisse du bilan est composé comme suit : Liaou doit 4,65 francs d'un ancien compte, 86 francs environ pour dépenses faites au bal du 6 janvier, et qui ne sont pas encore passées en caisse, Liaou sait déjà cela ; en outre, j'ai donné à Liaou 75 drachmes que j'avais en caisse, pour paiement de la quittance de la Cie d'électricité.

Conclusion : j'ai en caisse 3,50 drachmes. J'ai encaissé de la Cie du gaz 68,70 drachmes, moins 13 drachmes que nous devions... Avec cela, tu pourras bien te débrouiller, Raphaël. Quant à moi, j'ai d'autres soucis en tête.

Le journal continue :

29 janvier, samedi, 7 heures matin. Café avec biscuits datant de l'exposition de 1900 ; pourtant, trempés au café pendant une heure, ils pourraient avoir l'âge de 5 à 6 ans.

29 janvier, midi. Légume, pâte ou céréale [mot incompréhensible accompagné de sa traduction espagnole : *har-*

vaiesso, vesces ou lentilles] *avec viande, soupe, eau, pain, tout en abondance (et le poisson du samedi*[1] *?).*

29 janvier, 5 heures soir. Bonne soupe, haricots blancs, thé.

30 janvier, 8 heures matin. Café avec biscuits datant des croisades.

30 janvier, 11 heures et demie-midi. Soupe de macaronis gros comme des tuyaux de un inche, lentilles avec mouton, pain (toujours frais), eau.

30 janvier, 6 heures soir. Riz, pain, thé.

31 janvier, 8 heures matin. Café, biscuits habituels. Grâce à un peu de haviar offert par un officier serbe qui nous tient compagnie depuis minuit, tout le pain que nous tenions en disponibilité est épuisé. A 8 heures du matin (heure de Salonique), il fait encore nuit.

31 janvier, 12 heures midi. Soupe, mêmes macaronis qu'hier, haricots rouges avec cochon, vin, pain [il semble que Vidal ait mangé le cochon sans problèmes].

1er février, mardi. Café, pain [souligné]. *11 heures et demie-midi. Soupe, haricots blancs avec un tout petit peu de viande, pain, eau. 6 heures et demie du soir. Soupe au pain, haricots blancs un peu bayat* [rassis ou rancis], *thé, pain. Demain midi, Marseille.*

2 février matin, en rade de Marseille, 7 heures. Café, pain.

2 février. Débarqué au Frioul à 10 heures et demie du matin.

Frioul, 2 février. Un Serbe nous rase tous ras la tête, passage dans la halle où nous prenons un bain, et attendons, couverts d'une flanelle, que nos habits, sous-vêtements nous soient rendus après la désinfection.

Départ de Frioul à bord du remorqueur pour Marseille, voiture à quatre, et accompagnés d'un inspecteur de la Sûreté arrivons à la crèche départementale, 10, rue d'Athènes, Marseille. Tous les autres compagnons d'infor-

---

1. Il semble que Vidal croie que l'usage chrétien est de consommer du poisson le samedi et non le vendredi.

*tune sont bien reçus par les autres détenus, se connaissant
de la boîte de Salonique* [le convoi transporte donc des
personnes emprisonnées depuis un certain temps à Salonique, qui retrouvent d'autres détenus embarqués anté-
rieurement : droits communs, suspects, délinquants politiques, délinquants militaires et déserteurs, agents
ennemis ?].

*Sitôt descendus dans la cour, une femme qui se lance
sur mon frère : « Henri, Henri, qu'est-ce que tu fais ici ? »
Alors, après, elle se tourne un peu vers moi : « Et toi ? »
Parce qu'elle connaissait plus mon frère que moi. C'était
une respectueuse de Salonique... Une Française nor-
mande... Et elle avait été prise parce que son mari, plutôt
son amant, pourvoyait les sous-marins allemands, on
l'avait pris en flagrant délit, et on l'avait arrêté, et la
pauvre, elle pleurait. L'émotion passée, on était content
qu'on ait trouvé un brin de chaleur...*

Vidal continue son journal dans la prison du commissariat de Marseille.

*2 février, 5 heures. Soupe, pomme bouillie, un petit
verre de vin, pain ; soupons dans une salle aérée.*

*3 février. Bien dormi sur un vrai lit, après avoir traîné
pendant sept nuits sur des paillasses sans aucune couverture.*

3 février, 8 heures. Café, pain.

*3 février, 10 heures. Soupe, riz, avec un peu de viande,
vin, pain.*

*3 février. De 12 heures à 2 heures, séjour au jardin de
la crèche. Respire un peu d'air et vois le ciel.*

3 février, 5 heures. Soupe, pois chiches à l'ail, vin, pain.

*4, 5, 6, 7, 8, 9, 10 février. Sauf un peu d'ennui quelques
heures par jour, nous passons bien notre temps ; bien
nourris, bien logés, bon lit, sauf manque de couverture,
ce qui fait que je suis un peu froid la nuit. Avec les inspecteurs qui nous gardent le jour, en bons rapports : bra-
ves hommes, de même avec ceux de la nuit, « agents de
la paix ». Plusieurs figures à retenir comme souvenir, spé-
cialement : André, Vassil. Sans nouvelle de personne, et*

impossible d'en pouvoir donner. Patience. Lisons matin et soir les journaux de Marseille. « On » dit que les journaux de Paris ne peuvent pas être lus par nous. Le jour de notre captivité, il y avait, nous compris, 37 hommes et 3 femmes ; à ce jour, nous sommes 20 hommes, 1 femme (10 février, 6 heures soir).

12 février. Les journées passent, très, très lentement, je m'ennuie fort, et m'abstiens (ne sachant pourquoi) à prendre part aux jeux des autres, qui d'ailleurs ne m'amuseraient pas. Toujours l'idée que je ne donne pas de nouvelles aux parents me met d'une humeur pas fort agréable. Aussi je veux bien savoir finalement ce qui se passe chez moi depuis mon départ. J'espère que tous vont très bien. Comme à la situation actuelle aucun remède ne peut être porté par moi, j'attends avec patience que l'on s'en occupe pour moi. Cher papa, chère maman, où êtes-vous à cet instant ? Vous nous cherchez j'en suis sûr ; moi aussi, j'ai déjà grand besoin de vous voir, et pouvoir jouir enfin du regard si tendre de ma bonne mère. La vie est faite seulement pour souffrir, il faut s'y habituer ; je résiste et j'espère avec courage, voyant que bientôt le jour libre viendra vers moi. Espère, espère... (A Marseille 12 février 1916, 2 heures et demie p.m. Crèche départementale.)

15 février, 6 heures p.m. (soir). Après avoir pris la soupe réglementaire, un plat de lentilles que nous avons examiné (des insectes en quantités suffisantes), je prends un peu de salami, une mandarine, un peu de confiture, le restant de la boîte de marrons. Comme d'habitude, on continue à s'ennuyer pendant l'intervalle de 11 heures du matin à 5 heures du soir, de 6 à 8 ou 9 heures que l'on se met au lit, ceci dépendant du tumulte fait par ceux qui jouent, ou ceux qui font chœur aux chants de Vassil, qui paraît s'accommoder avec celui d'une flûte. On attend pendant toute la journée l'arrivée du commissaire ou d'un inspecteur qui nous annoncera la mise en liberté ou à la première frontière venue. Pourtant, on se patiente [Vidal avait d'abord écrit s'impatiente, puis corrigé], et n'était le souci que les parents restent sans nouvelles de ma part,

je m'en fous, nom de Dious si je reste ici quelques semai-
nes en compagnie des « internes » de la crèche, bien en-
tendu pas les petits, oh ça non, p... [Vidal fait allusion
sans doute aux insectes ou souris, et le p... signifie
« putain ». On voit qu'il a adopté quelques interjections
marseillaises, nom de Dious, putaing ; son frère Henri
prendra et gardera toute sa vie l'accent de Marseille.]
Maintenant, j'attends le journal « radical » du soir, puis
après : bonne nuit, et la dernière à la crèche, espérons-le.
(15 février 1916, 6 heures soir.)
      19 février. Je relis les dernières lignes écrites le 15 au
soir, mais mes espoirs de quitter la crèche ne se sont pas
réalisés. Espère encore, un jour viendra où le grand et
beau soleil de la liberté jouira [il a voulu dire luira, ce
dont il jouira] *pour toi aussi comme aux autres mortels.*
Ne dois-je pas me demander pourquoi je prends cette
détention du mauvais côté ? Dans les milliers de jours que
l'homme a à vivre sur la terre, est-ce chose amère s'il en
passe quelques-uns, voire quelques centaines, dans des
conditions autres que celles de son existence habituelle ?
Enfin, philosophie de côté, notons tout simplement les
impressions journalières. L'ennui de ne rien faire est
grand de 2 heures à 5 heures du soir ; du moins, pendant
les autres heures de la journée, on a quelque chose à
faire ; on bouffe quelques fois par jour, on lit les journaux
marseillais seulement, la lecture de ceux de Paris étant
défendue. Que puis-je noter encore ? Rien ou presque. Les
jours passent et ma pauvre mère ne sait pas où, comment
nous sommes. Si du moins elle voyait que nous sommes
en bonne sécurité ici, tandis qu'elle à Salonique, ou souf-
frant à bord d'un bateau, elle souffre de douleur pour
nous. Puisse celui chargé de remettre la première carte
que j'écris la remettre en temps à Salonique, et à l'heure
qu'il est ma si bonne maman peut avoir de mes nouvelles.
      Tantôt pour une chose, tantôt pour une autre, si bonne
maman, serez-vous condamnée à souffrir pour vos fils
toute la vie ?? Que celui de qui en dépend veuille bien
nous protéger [première invocation, indirecte, à Dieu dans

ce journal] *et mettre une longue barrière à la période de souffrance, pour commencer celle des jouissances seules ! (19 février 1916, 3 heures p.m.)*

19 février. Samedi. Même heure. Jour de notre repos, et des divertissements avec les copains à Salonique. Patience ! Patience !

26 février, 5 h 30 soir. Samedi. On sonne ! Et, à toute répétition de cette sonnerie, qui est celle de la porte, par où doivent venir les inspecteurs chargés d'apporter des ordres, mon cœur bat un peu plus fort que de coutume, car depuis le matin, 7 h 30 ou 7 heures même, jusqu'au soir 9 heures-9 h 30 ou 10 heures, j'attends cet inspecteur qui, sans aucune importance pour lui, dira mon nom et m'emmènera je ne sais où ! Pourtant, le commissaire dit : « Patientez, ces jours-ci on prendra une décision pour vous tous. » Chanson entendue plus d'une fois, et même le soir de notre arrivée, le 2 février, nous voilà le 26. Avec stupéfaction, je remarque que depuis une semaine je n'ai rien écrit, pourtant je me suis bien ennuyé, et mes jambes témoins qui bien des fois battent leurs pieds d'un coup d'énervement !

Toujours je reste sans nouvelles de mes bons parents, pourvu que tous soient en bonne santé, Amen. Que faites-vous ce soir de samedi, chers parents ? Maman, es-tu à Salonique ou dans quelque hôtel italien ou suisse ? Dans l'un ou l'autre cas, tu dois bien verser des larmes pour nous. Moi, je l'avoue, bien des fois je me mets à la fenêtre grillée donnant sur la rue des Muguets pour pleurer, mais je ne le puis pas. A tort ou à raison, je voudrais que tu sois à Salonique, chère maman, au milieu des dangers de la guerre il est vrai, mais au milieu de tes filles et fils qui pourront te patienter et te consoler pour nous. Tandis qu'à l'étranger, quel isolement ! Comme j'ai de la peine pour penser ceci ? Et les affaires ? Beer ? Palacci ? Genié ? Qu'y a-t-il ? Ah, comme il serait enfin temps que j'aie des longues nouvelles de ceux restés là au fond de Salonique.

Le 2 mars 1916, Vidal note, sur le dos d'un bulletin de pesée (qui indique 68 kilos). *A 5 heures moins le quart de l'après-midi, extrait la molaire d'en bas (deuxième) avec la couronne qui la recouvrait après avoir souffert tout le jour.*

Le journal reprend :

*Lundi 6 mars 1916. Au camp de concentration de l'abbaye Saint-Michel-de-Frigolet, par Graveson, près Tarascon. Pendant le cours de la semaine écoulée, une bonne nouvelle, papa vient à Marseille à bord de l'*Ernest-Simon.

Ici manque une information que Vidal a omise par prudence dans son journal. Dès l'arrivée à Marseille, donc le 2 février, Vidal et Henri ont écrit à leurs cousins de Paris ; référons-nous ici à l'autobiographie orale de Vidal :

J'avais deux cousins à Paris et que je savais tous deux mobilisés dans l'armée ; l'un était lieutenant et l'autre était capitaine, parce que l'un était pharmacien et l'autre chirurgien-dentiste. Alors j'écris à chacun d'eux, et le directeur avait dit : « Vous pouvez écrire, apportez-moi les lettres, et moi je les ferai partir. » Deux jours, trois jours, pas de réponse. J'écris une nouvelle lettre, je la porte de nouveau au directeur.

« Ah, il me dit, vous faites très bien, donnez-la-moi. »

Une semaine passe, je dis à Henri mon frère :

« Écoute, dans le dortoir, il y a une fenêtre qui donne sur la rue, elle est grillagée, mais je vais tâcher par cette fenêtre à travers le grillage d'interpeller un passant en lui lançant en même temps qu'une lettre une pièce de monnaie pour qu'il la poste. » Alors mon frère faisait le guet à la porte, moi je me mets à la fenêtre.

De cette fenêtre de la rue des Muguets, Vidal demande à un passant d'allure sympathique de lui poster une lettre. Après refus, il recommence sans succès auprès d'autres passants. Puis vint à Vidal l'idée d'entamer la conversation avec une jeune fille sans encore parler de la lettre, en lui demandant une information quelconque. Au moment de dire au revoir, comme en post-scriptum : « Ah, oui, excusez-moi Mademoiselle, seriez-vous assez aimable pour nous poster une lettre urgente ? » Ainsi partit la missive.

Deux jours après, le directeur nous fait appeler.

« Vous avez une lettre de Paris.

— Oui, très bien.

— Mais comment ? Vos lettres ne sont pas parties, je les ai moi vos lettres, voici vos lettres, et comment avez-vous eu une réponse ?

— Ah ben, puisqu'on vous a donné les lettres...

— Mais encore une fois, vous ne comprenez pas, vos lettres ne sont pas parties !

— Ben, y'en a sûrement une qui est partie.

— Mais non, elles ne sont pas parties vos lettres. »

Enfin, bref, la réponse était là, je lui dis :

« Soyez gentil, puisqu'il y a une réponse, lisez-la-nous.

— Bon, d'accord, ça, il dit, je veux bien accepter. »

Il lit. La lettre d'un des cousins [Paul Nahum, le chirurgien-dentiste] *qui répond en premier :*

> Heureusement je suis en permission à Paris, et je ne m'explique pas qu'est-ce que vous venez faire à Marseille en me donnant l'adresse d'une crèche. Qu'est-ce qui vous prend pour être dans une crèche ? En tout cas, comme vous me l'avez demandé, immédiatement j'ai télégraphié à Salonique à mon oncle pour lui dire que vous êtes en bonne santé, que vous êtes à l'adresse de la crèche, mais je vous en supplie, vite, expliquez-moi pourquoi vous êtes venus et pourquoi vous êtes dans une crèche.

Alors le directeur : « Ah non ! non, plus de lettres ! »

Aussitôt avisé à Salonique, David Nahum prend sa décision ; il embarque pour Marseille avec sa femme et sa fille Mathilde par le premier bateau ; il confie à son fils Léon l'entière responsabilité de son bureau à Salonique. Jacques, lui, est à Athènes pour échapper à la conscription italienne (la Grèce est encore neutre). Aussitôt débarqués, David, Hélène et Mathilde vont au commissariat, où on

leur dit qu'on ne peut leur donner aucun renseignement :
ils doivent s'adresser à la section spéciale de la police
relevant de la préfecture de Marseille. Là, on les informe
que Vidal et Henri sont à Saint-Michel-de-Frigolet, mais
qu'il faut une autorisation de Paris pour les visiter. David
téléphone à son neveu Paul Nahum qui lui dit : « Oncle,
ne perds pas une minute, viens le plus vite possible, moi
j'ai déjà alerté un député qui va s'occuper de la question. »

David Nahum laisse Hélène et Mathilde à Marseille, et
prend le train en toute hâte pour Paris. Son neveu, Paul
Nahum, né en 1870, fils de son frère aîné Joseph, avait
émigré à Paris avant le début du siècle ; il y avait fait ses
études à la faculté de médecine et à l'école dentaire, et
s'y était installé chirurgien-dentiste ; il était devenu français, franc-maçon et socialiste ; mobilisé comme officier
de santé en 1914, il se trouve en 1916 dans un hôpital
parisien. (Paul Nahum écrira plus tard un roman, qui
n'aura aucun succès, sinon auprès de sa famille, *Les Sur-
prises du divorce*.) Dès que son oncle l'eut mis au courant
de la situation, Paul Nahum obtient un rendez-vous avec
son ami Jean Longuet, dirigeant socialiste, petit-fils de
Karl Marx, député de Paris, qui leur dit qu'une telle affaire
ne peut être réglée au mieux et au plus tôt que sur intervention du président du Conseil, Aristide Briand, dont il
sollicite une entrevue. En attendant, David Nahum, qui
loge chez un autre neveu, rue d'Artois, va tous les jours
à la Chambre des députés, jusqu'à ce que le rendez-vous
sollicité soit obtenu. Le président du Conseil reçoit donc
en son bureau Jean Longuet, Paul et David Nahum, qui a
mis sa belle redingote, arboré l'« ordre de Léopold » et
présenté sa carte de visite mentionnant sa qualité de drogman du consul de Belgique à Salonique. Briand demande
quelques explications sur l'identité nationale de la famille
Nahum :

« Je ne comprends pas... Vous êtes né quoi ?
– Ben, à Salonique, Turquie.
– Donc, vous êtes turc. »
Il s'adresse à M. Longuet :

« Ils sont turcs, bon, après ?

– Après, on a opté au moment de la capitulation en Turquie pour être protégés italiens.

– Ah oui, je suis au courant, qu'est-ce que c'est compliqué. Bon, et maintenant ?

– Maintenant, c'est grec...

– Mais alors, vous êtes grecs ?

– Oh non.

– Et vous n'êtes pas turcs ?

– Mais non.

– Et vous n'êtes pas italiens ?

– Mais non, puisque.

– Oh ! Quelle histoire ! »

Il s'adresse au député :

« Monsieur Longuet, je suis désolé, je ne comprends pas, c'est tellement embrouillé, cette salade macédonienne, je ne comprends pas. En tout cas, on n'a rien à leur reprocher, non ?... Bien, puisqu'on n'a rien à leur reprocher, je donne ordre à Marseille qu'on les mette en liberté, et qu'ils fassent ce qu'ils veulent. »

Ainsi donc, en pleine guerre mondiale, au moment où la bataille de Verdun faisait rage, alors que mouraient par centaines de milliers des jeunes gens de tous pays, Aristide Briand se pencha et s'apitoya sur le sort de ces deux jeunes Saloniciens qui se trouvaient alors dans le plus charmant des camps de concentration du monde, sis sur une colline provençale, en l'abbaye de Frigolet, où avaient vécu précédemment de bons moines voués aux prières et à la production d'une exquise liqueur. Le 10 mai, environ un mois après l'entrevue avec Briand, les deux détenus seront libérés.

Revenons donc au journal de Vidal que nous avons interrompu avant le départ pour Frigolet, au début de mars, à peu près au moment où David Nahum débarque à Marseille pour sauver ses fils.

Le vendredi soir (3 mars), vers 6 heures, l'économe nous annonce que nous devons être prêts tous pour le matin à 5 heures. Nuit agitée par l'annonce du départ : à

3 heures et demie du matin, tout le monde est prêt, café, et à la gare Saint-Charles, accompagnés de deux inspecteurs, les vingt et une personnes qui étions à la crèche, nous prenons place dans une troisième du train allant à Graveson ; douze minutes de train et nous voilà à Graveson, toute petite gare au milieu des rochers, d'écueils de pierre, bagage en main, et encadrés de trois soldats, un caporal et un surveillant ; en route pour ce beau Frigolet. Les habitantes des deux seules maisons de Graveson sortent sur leurs portes pour nous voir passer. Enfin, après un dur chemin montant de trois ou quatre kilomètres, on arrive à Frigolet tout essoufflés. A l'entrée, des mines de « Boches ».

En effet, le camp enferme un certain nombre de ressortissants allemands (c'est évidemment par mimétisme que Vidal appelle « boches » les Allemands), ainsi que des socialistes italiens qui s'étaient opposés à la guerre.

Samedi 11 mars 1916. Frigolet. Encore deux heures, il y aura juste une semaine que je suis ici, le temps passe vite, mais les nuits aux heures où les insectes de toute nature vous réveillent, c'est un martyre. Vous voudriez prendre un couteau et couper les parties où les insectes vous dévorent. Affreuses heures j'ai passées hier au soir, vils insectes, lâchez votre proie ! La vie se règle à peu près, lever à 7 heures un quart ou 7 heures et demie, je m'abstiens de faire la queue le matin quand sonne le clairon pour avoir le café. A 8 heures et demie, descente dans la cour, les heures passent assez vite jusqu'à midi moins le quart, heure où nous les pensionnaires mangeons à la cantine ; distribution du courrier à l'heure, soupe le soir à 4 heures et demie, coucher de 8 à 10 heures, d'après la conversation engagée avec les camarades d'infortune. Les Boches, ils sont bien représentés ici, toutes les figures classiques de Boches sont au naturel. Quelle haine qu'ils nourrissent contre les Français, qui, disent-ils, les ont fait trop souffrir.

Un petit Kodak ferait ici des merveilles en reproduisant un cliché, où figureraient des rangs interminables de déte-

nus entrant par une porte, en rang, et sortant par l'autre, avec gamelle et cuillère en main. Les WC sont des « perles » de commodités, il faut attendre les heures du crépuscule pour pouvoir seulement y faire ses besoins. Pendant la journée, pour y monter sur les tinettes, il faudrait être plus qu'un acrobate pour ne pas tomber dedans. Les bonnes nouvelles, je les attends d'un moment à l'autre maintenant que papa, maman et Mathilde sont sous le ciel clément de cette Provence française si bonne. Elles ne tarderont pas. Patience encore (10 heures a.m. 11 mars 1916).

1ᵉʳ avril 1916. On souffre et on ne souffre pas, heures où l'on se trouve bien et heures où l'on préfère la Guyane, nuits interminables où l'on ne dort pas, malgré tous efforts, et étant en compagnie des bons rats, qui sont à 1,30 mètre de hauteur, et aux multiples insectes qui vous rongent vivant, et nuits où le sommeil plus pitoyable vous soulage ; malgré vous, vous vous levez trois ou quatre fois pour aller aux WC, lieux confortables où le vent entre en toute liberté. On vit quand même et l'on se soigne au mieux. Chers Henriette, Léon à Salonique, Jacques à Athènes, maman et Mathilde à Marseille, papa à Paris, quand nous nous réunirons-nous ? Le Bon Dieu nous rassemblera bientôt. Patience.

Avant de quitter Marseille pour Paris, David Nahum était allé voir Salomon Beressi, une connaissance amicale de Salonique, installé depuis juillet 1914 à Marseille, pour lui demander d'accompagner sa femme et sa fille à Frigolet lorsque arriverait l'autorisation de visite. L'autorisation arrive. Après huit jours de séjour à Frigolet, on appelle Vidal et Henri chez le Directeur. *Et qui on trouve, ma maman, Mathilde et M. Beressi... Des effusions, des pleurs, moi encore j'étais plus calme, mon frère Henri le pauvre ne faisait que pleurer, ma mère encore plus, tante Mathilde, et ce monsieur Beressi encore plus : « Mais comment vous êtes ? »* Salomon Beressi, homme sensible, pleurait en voyant le crâne rasé, l'accoutrement et l'amaigrissement tout relatif des deux détenus (Vidal pesait soixante-huit kilos le 2 mars, et il retrouvera son poids

normal de soixante-treize kilos le 21 avril). Ils nous expli-
quent, ils nous racontent. Le directeur du camp, très gen-
til, dit : « *Écoutez, puisque vous êtes là réunis, je vais*
faire monter de la cantine des repas que vous allez payer
et aller manger dans ma salle à manger, en famille. » *Eh*
bien, c'était vraiment merveilleux, et lui, le directeur,
c'était un ancien consul de France à Beyrouth ou à
Alexandrie, retraité, mais il avait été mobilisé pour diriger
le camp de concentration de Frigolet, et il y avait avec
lui deux gros chiens policiers, sa femme, ses enfants (il
faudra un jour que nous allions voir l'abbaye, vraiment,
c'est une merveille).

Quinze jours plus tard, ayant obtenu une nouvelle autorisation de visite, Dona Helena et Mathilde, toujours
accompagnées par Salomon Beressi, reviennent à Frigolet.
Dona Helena informe ses fils que leur père a pu, grâce à
son neveu Paul, être présenté à Jean Longuet qui a déjà
touché le président du Conseil.

10 mai 1916. Mercredi. Continuation du Journal inter-
rompu depuis le 1ᵉʳ avril. Comment sont passés ces qua-
rante jours ? On a bien souffert, ça, c'est certain, on a
bien des fois prié Dieu de nous libérer, en récitant sur les
airs connus Roscheschana et Kipour des choses que je
résumerai en ceci : « *J'ai péché, il est vrai, mais sauvez-*
nous. »

En effet, Dieu a entendu ma voix, et justice est faite ;
en ce mercredi, je me lève de bon matin, un peu plus
content que de coutume. Je ne sais ce qui se passe, mais
je sais que mon père travaille jour et nuit pour moi. Pauvre
père, comme tu es bon et comment vais-je te payer tout
ce que tu as fait pour moi ? Et toi, maman chérie, qui jour
et nuit ne penses qu'à nous, comment pourrais-je te conso-
ler à l'avenir ? Ma sœur Mathilde, tu devras vivre heu-
reuse et récompense tu auras de ce que tu fais pour nous.

Le secrétaire m'appelle, dialogue inoubliable, de même
qu'avec le directeur. Départ subit et immédiat. Stupéfac-
tion et jalousie générales. Enfin, sous un fort soleil, moi
et Henri prenons des bagages bien lourds pendant un

*trajet de trois quarts d'heure. Enfin sauvés. **Libres**. Voyage sans aucun accident. Arrivés en ce mercredi 10 mai 1916, à 3 heures p.m. à Marseille, gare Saint-Charles, où maman, Mathilde nous attendent depuis une heure. Justice est faite. Vive la France ! Vive Poincaré ! Vive la République ! Vive et gloire à la brillante armée française ! A Marseille, hôtel Saint-Louis, cours Saint-Louis.*

Vendredi :

Ici, une page arrachée interrompt le journal. En fait, Vidal supprimera, bien plus tard, non la fin de ce journal, mais une confidence sentimentale livrée au carnet sur le verso de la page finale du journal, l'année suivante, le 29 septembre 1917 (voir plus loin p. 116).

Faisons quelques remarques sur ce Journal de captivité. Celui-ci, durant le voyage en mer, ne fait que décrire les repas, ce qui peut s'expliquer pour trois raisons : 1) ce sont les seuls événements de ces sept jours confinés ; 2) Vidal accorde une importance extrême à la nourriture ; 3) Vidal craint d'inscrire ses réflexions sur la suspicion qui a motivé son arrestation ; enfin, sans doute par crainte de se voir poser des questions au cas où l'on découvrirait son Journal, celui-ci ne fait nullement état des conversations et discussions au sein du monde hétéroclite des détenus de Frigolet où il y avait des ressortissants ennemis de différents pays et des révolutionnaires internationalistes.

Le Journal évite de façon caractéristique les mots « prison » et « détenu ». Ce n'est pas seulement pour adopter l'argot des prisonniers que Vidal parle de crèche et de pensionnaires, c'est aussi par honte à l'égard de mots marqués d'infamie. Toute sa vie, il cachera cet épisode de sa vie, comme s'il constituait une tache pour son honorabilité, et il ne l'évoquera qu'aux plus proches membres de sa famille, toujours avec les mots de crèche et de pension.

L'incertitude de l'aventure, depuis l'arrestation et l'embarquement jusqu'à l'arrivée à Frigolet, a été vécue par Vidal, en dépit de moments d'anxiété, avec un fatalisme assez insouciant (« Je m'en fous, nom de Dious »). Alors que son frère Henri fut souvent démoralisé, Vidal fut surtout soucieux pour ses parents, et la période de Frigolet, où il n'est plus inquiet du sort de ses parents et où les conditions de détention se sont élargies, socialisées, améliorées, est vécue comme une expérience de vie intéressante. L'ennui, permanent lors du transport en mer, fréquent à la prison de Marseille, disparaît complètement. Vidal est sensible au « pittoresque » de la vie au camp (le Kodak imaginaire avec lequel il photographie la file des détenus), il se sent solidaire de ses « compagnons d'infortune », et surtout sa sociabilité va s'exprimer pleinement avec des individus de toutes sortes, de tous caractères, de toutes nationalités, de toutes idées, notamment défaitistes et révolutionnaires. Il parle et discute beaucoup, tout en demeurant insouciant de la politique et de la guerre, qui pourtant lui valent cet internement. Il n'est pas sensible au message internationaliste de ses amis italiens dont il apprend les chants révolutionnaires qu'il déclamera toute sa vie avec flamme. Il n'est ému que par sa cité, mû que par sa tribu. L'internationalisme suppose la Nation qu'il nie ou dépasse. Vidal, lui, est a-national ; il ne songe qu'à échapper à la Nation par en dessous, par des moyens privés. Et c'est parce qu'il est tout en dessous, à une micro-échelle sans aucune mesure avec la macro-réalité des nations, qu'il est insensible à la tragédie et aux hécatombes de la Grande Guerre.

Vidal est heureux dès qu'il peut s'acheter de la nourriture. Les deux frères avaient sans doute changé en monnaie française les napoléons en or que le cousin « à la page » leur avait furtivement glissés au moment du départ ; ils avaient peut-être un peu d'argent de poche, ils reçurent sans doute de l'argent de Salomon Beressi ou de leur mère ; à Frigolet, ils purent en tout cas se payer coiffeur, blanchissage, espadrilles, foulards, couvertures, brosse à cirer, pipe, tabac, parfum, savons, balayage même de leur cellule (1 franc), journaux, fromage, bananes, mandarines, œufs, sardines, pommes, chocolat, confiture, figues sèches, et ils y ont dépensé semble-t-il 500 francs. En deux, trois semaines de Frigolet, Vidal regagne ses cinq kilos perdus. Le chagrin d'avoir quitté ses amis de Salonique avec lesquels il « s'amusait » est oublié devant ce séjour intensément vécu. Henri et lui garderont toute leur vie un souvenir ému, et même une sorte de nostalgie de Frigolet. Ils y retourneront en pèlerinage, Henri, le premier, qui écrira en 1931 à son frère sur le dos d'une carte postale représentant Saint-Michel-de-Frigolet :

> *Mon cher Vidal,*
> *Je viens de voir Frigolet et je suis bien content et bien ému en même temps. J'aurai été bien content de faire ce voyage de souvenir avec toi, mais cela sera pour plus tard.*
> *Je vois un peu de soleil de Provence et cela fait plaisir. Demain, je serai à Marseille. Marseille ?*
> *Bien sincèrement,*
>
> > *Henri.*

Plus tard, Vidal profitera de séjours en Avignon, chez sa nièce Chary, fille de son frère Léon, pour revenir à Frigolet. A 70 et 80 ans passés, quasi jusqu'à la veille de sa mort, Vidal voudra refaire le pèlerinage à l'abbaye concentrationnaire.

Frigolet a constitué son expérience du monde la plus puissante et la plus riche : là, il fut à la fois un détenu, présumé espion, vivant dans la sphère des exclus, suspects et révoltés, tout en étant sans le savoir le protégé du Premier ministre de la France en guerre. Après Frigolet, il se retrouvera ni vraiment bourgeois, ni vraiment plébéien, ni vraiment marginal, mais un peu de tout cela ensemble, juxtaposé. A Frigolet, son fatalisme et son insouciance furent plus forts que son anxiété, et il actualisa sa capacité à vivre au jour le jour, son adaptation aux coups du sort, sa facilité à profiter des hauts et à accepter les bas, son aptitude à recommencer sans cesse sa vie, avec, comme surdétermination, le propre de la condition juive : le caractère précaire de toute installation, l'incertitude fondamentale de son destin.

La captivité ne se termine pas à la libération de Frigolet. A Marseille, Vidal et Henri doivent se rendre au commissariat pour obtenir leur permis de séjour.

On arrive là-bas, c'était l'heure de midi. D'abord, on déjeune, et, par un heureux hasard, à notre hôtel, à la salle à manger, il y avait des chanteurs de rue parce que c'était la noce :

> Rien qu'à la pensée qu'elle est devant moi
> J'ai le cœur en émoi

Enfin, bref, une chanson très gaie, et cela nous a changé un peu d'atmosphère, et sitôt après le déjeuner on va au commissariat spécial.

Ils répondent aux questions de l'inspecteur qui remplit le formulaire, on leur demande des photos, et on leur remet leur permis de séjour.

Alors, bien contents d'avoir ces papiers, on redescend. En redescendant dans la rue, je vois sur ces papiers : « Nationalité italienne ».

Ah, je dis, ça ne va pas, puisque comme Italiens il fallait rejoindre l'Italie pour faire le service.

Alors, après avoir discuté avec leur mère, Vidal et Henri envoient un télégramme à leur père pour qu'il intervienne afin de les désitalianiser. Le télégramme est intercepté par la censure, les deux frères sont convoqués par le commissaire spécial Borelli, qui, après avoir tempêté, consent à laisser partir le télégramme, mais leur demande d'indiquer sur-le-champ leur nationalité. Ils répondent avec ensemble : « Saloniciens. – Comment ? » Ils avaient mûrement réfléchi. Se déclarer italiens, c'était se faire envoyer dans l'armée italienne, se déclarer grecs, c'était se faire renvoyer à Salonique ; se déclarer turcs, c'était se faire arrêter comme ressortissants ennemis, se déclarer belges, c'était se faire incorporer dans l'armée du Roi-Soldat. Il n'y avait pas le choix pour une autre nationalité, et, du reste, toutes étaient en guerre. D'où la nécessité logique de se déclarer nationaux de ce qui était en fait leur petite patrie, la cité de Salonique.

Mais Salonique n'est pas un État national, et le commissaire éclate : « Vous vous foutez de moi, mes gaillards, j'exige tout de suite une nationalité, sinon je vous remets au trou. » Les deux gaillards résistent, et ne sont pas libérés du commissariat. Mais leur télégramme parvient à leur père, qui à nouveau alerte son neveu Paul, lequel alerte Longuet, lequel alerte Briand, et à nouveau David Nahum plaide la cause de ses fils : « Ils ne sont pas turcs, bien que nés dans l'Empire ottoman, ils ne sont pas grecs, bien que Salonique soit grecque, ils ne sont pas italiens, bien qu'ils aient été sujets italiens, donc ils sont saloniciens. – Quelle salade macédonienne », répète le président du Conseil français, que cette bizarrerie divertit un instant des tourments de la guerre. Puis, convaincu par la logique de David Nahum, il fait envoyer sur-le-champ un télégramme à Marseille pour que les deux frères soient libérés en tant que Saloniciens. Ils avaient dû être remis en prison le 11 mai, ils en sortent, cette fois définitivement, le 16.

Toute l'affaire avait bien tourné grâce à l'habileté et à l'intelligence de David Nahum, l'aide capitale de Paul Nahum, la générosité de l'homme de cœur qu'était Salomon Beressi, l'intervention d'un grand dirigeant socialiste français, et enfin la décision miraculeuse, à la Haroun al-Rachid, du chef suprême du gouvernement français. Ce qui confirmera en profondeur, dans l'esprit de Vidal, sa conception orientale du pouvoir.

DÉPARTEMENT DES BOUCHES-DU-RHÔNE

PERMIS DE SÉJOUR

Nom : Nahum.
Prénom : Vidal.
Age : 22 ans.
Nationalité : salonicien.
Résidence : rue d'Aubagne.

M. Nahum est autorisé à résider durant la guerre à Marseille avec sa famille. Il est informé qu'il ne pourra se déplacer en cours des hostilités que s'il est muni d'un laissez-passer délivré par le commissaire de police ou à défaut par le maire de sa résidence.

Il devra se conformer strictement aux ordres qui seront donnés dans la commune, soit par l'autorité militaire, soit par l'autorité civile, et qui viseront les habitants en général. Il est prévenu qu'en cas d'infraction aux prescriptions qui précèdent, il sera immédiatement arrêté sous présomption d'espionnage.

Marseille, le 18 mai 1916.
Le commissaire spécial
Borelli

Le document en notre possession n'est pas le permis de séjour lui-même, mais une copie non certifiée faite par la main de Vidal. Or, sur cette copie, Vidal a rayé « salonicien » et a écrit par-dessus, ultérieurement, « israélite du Levant ». Il a ajouté en post-scriptum à ce document : « Je dis israélite du Levant [signé] Borelli. » Il a également copié de sa main la copie partielle de la carte d'identité n° 762003 qui lui fut délivrée à Marseille le 18 décembre 1917, par le même commissaire Borelli, sur délégation du préfet, au nom de Nahoum (et non plus Nahum), et indiquant la nationalité « israélite du Levant ».

La formule « israélite du Levant » fut trouvée après que le permis de séjour du 18 mai 1916 eut été établi. La nationalité salonicienne ne pouvait être qu'une bouée de sauvetage passagère. Par contre, le statut d'une minorité émigrée donnait tous les avantages de la protection nationale française sans les inconvénients militaires de la nationalité. C'est l'afflux en France des séfarades, émigrant notamment après le gigantesque incendie de Salonique du 5 août 1917, qui incita à trouver un statut spécial convenant à tous ces francophones ni grecs ni turcs, et dans lequel Vidal pouvait s'inscrire naturellement. C'est pourquoi il est probable qu'en décembre 1917, sous la nécessité de faire une carte d'identité sur la base du permis de séjour officiellement délivré, le commissaire Borelli ait lui-même rétroactivement mais illégalement rayé le mot « salonicien » dudit permis, comme si ç'avait été une erreur corrigée en 1916 au moment de la rédaction originale, et non pas en 1917, au moment d'établir la carte d'identité de Vidal.

Alors que le permis de séjour porte toujours l'orthographe Nahum, la carte d'identité est orthographiée Nahoum. Le commissaire Borelli, peut-être troublé par cette étrange affaire, a inscrit le nom en obéissant à la phonétique française, et a différencié ainsi le nom de Vidal et d'Henri de celui de leur famille. Vidal n'a pas songé à rectifier l'erreur sur le moment, parce que l'important pour lui n'était pas l'orthographe de son nom, mais la protection d'une identité a-nationale. Henri retrouvera en Belgique, par la suite, quand il reprendra la nationalité italienne, le nom originaire de Nahum, et Vidal restera seul Nahoum parmi les Nahum, ce qui ne le préoccupera nullement.

De toute façon, aussi bien par la nationalité citadine de salonicien que par l'infranationalité floue d'israélite du Levant, Vidal échappa à l'État-Nation, qui voulait dire armée, guerre, mort. Salonicien pendant donc une période qui peut-être dura plus d'un an, Vidal restera quelques années israélite du Levant, jusqu'à ce qu'il trouve provisoirement la solution grecque en 1925, avant de devenir définitivement citoyen français en 1931.

Tais-toi, Marseille !

L'identité salonicienne ou celle d'israélite du Levant avait l'avantage d'être non nationale, et, comme le fit la nationalité italienne dans l'Empire ottoman de 1878 à 1912, elle eut l'avantage de faire échapper les Nahum aux

servitudes de l'État national. A Marseille, elle évita tout
service militaire à Henri et à Vidal. D'autres jeunes Saloniciens, devenus grecs après 1912, subirent à Marseille le
même sort qu'en 1915 les jeunes « Italiens » de Salonique,
lorsque la Grèce entra en guerre du côté des Alliés (juillet
1917). Ils furent alors embarqués pour leur pseudo-patrie
afin d'être incorporés dans « leur » armée. C'est ce qui
arriva à Mony Covo, qui deviendra plus tard neveu de
Vidal en épousant Liliane, fille d'Henriette :

*Mony, il a été embêté, en ce sens qu'étant grec il a dû
partir pour Salonique pour rejoindre l'armée grecque, et,
dans ce malheur* [car le pire malheur était d'être mobilisé
pour combattre au service d'une nation à laquelle on
n'appartenait que de façon abstraite], *il a fallu que son
bateau soit torpillé... Son bateau de Marseille à Salonique,
donc, c'était un transport militaire où il y avait une cinquantaine de Grecs, aussi bien grecs orthodoxes que grecs
israélites, qui rejoignaient l'armée grecque. Et voilà que
le sous-marin allemand l'a torpillé, mais il eut, lui, surtout
une chance. Ce bateau de guerre n'était pas loin du tout
de Malte. A Malte, les Anglais suivaient l'affaire par des
corvettes ou par des petits bateaux de surveillance. Ils ont
vu couler le bateau. Immédiatement, les secours se sont
organisés. Les rescapés étaient sur des radeaux, les tor-
pilleurs anglais de Malte sont venus les repêcher, les mettre sur les bateaux, et les transporter à Malte, hôpital,
docteur. Mony, le pauvre, il était sur un radeau, il était
blessé à l'épaule, enfin je ne sais pas exactement, mais il
était sauvé, et quelques jours après, hop, on l'a expédié
à Salonique. Et là, je crois qu'il a eu une détente, une
permission puisqu'en tant que rescapé et blessé du tor-
pilleur on ne pouvait pas le mettre tout de suite dans
l'armée... et entre-temps est venu l'armistice, et voilà.*

Le permis de séjour de Vidal et d'Henri les contraint
de rester à Marseille pendant la durée des hostilités. Cette
contrainte est en fait bienvenue pour les Nahum. David
Nahum, sa femme, ses fils Henri et Vidal, sa fille Mathilde
s'installent à Marseille, 70, rue Paradis, dans un apparte-

ment loué à Mme Léonie Grandel, avec qui les relations deviennent très cordiales, et qui donne sa référence pour la carte d'identité de Vidal en 1917. Vivre en France ne peut qu'être agréable à David Nahum, qui a gardé un souvenir émerveillé de son voyage à Paris en 1878, et sans doute avait-il déjà songé à s'y établir après que Salonique fut devenue grecque.

Marseille ne dépayse nullement la famille. Marseille est une Salonique non pas séfarade, mais française. C'est aussi un grand port, où l'on peut pratiquer les mêmes activités qu'à Salonique. C'est à peu près le même climat méditerranéen, avec parfois le même vent froid en rafales, vent du Vardar là-bas, mistral ici. C'est le même mode de vie, le goût du farniente, des loisirs, des plaisirs, du plaisir de vivre, de la blague. Le mot « blaguer » est très vite adopté par la famille installée à Marseille.

De toute façon, l'incendie d'août 1917 a anéanti la Salonique juive ; il a détruit, non seulement les habitations, faisant 53 000 sinistrés, mais aussi 34 synagogues sur 37, 10 écoles sur 13, toutes les bibliothèques, tous les locaux publics. Il a anéanti non pas seulement le corps, mais l'âme même de la cité séfarade. Il a détruit tout esprit de retour chez David Nahum, dont la maison a elle aussi brûlé. Les Nahum ont perdu leur foyer, mais après en avoir trouvé un nouveau, à Marseille.

C'est là que la famille se regroupe. Jacques et Sophie y arrivent en 1916, sans doute au cours de l'été. *Mon frère Jacques, donc, qui était à Salonique, dès que nous avons été interpellés, lui, il a filé, il a quitté Salonique... pour Athènes. Il avait pu prendre des papiers à Salonique comme quoi il était* [mot illisible, non italien en tout cas]. *Et quand il a su deux mois, trois mois après que nous étions tranquilles à Marseille, lui aussi a pu se débrouiller, avoir d'autres passeports, et il est venu à Marseille lui aussi, ce qui fait que nous étions les trois frères, mon père ma mère et Mathilde.* C'est à Marseille que naissent les filles de Jacques et de Sophie, Régine, puis Hélène, qui seront déclarées françaises à la naissance. David Nahum reprend sa profession de courtier. Il obtient de la préfecture et de la chambre de commerce, pour lui et ses deux fils, le permis de travailler (Vidal déclare pour sa carte d'identité « employé de commerce »). Il établit une liaison permanente avec son fils Léon, qui est resté à Salonique à la tête de l'affaire paternelle, et y est devenu un notable, recevant à sa table le général Sarrail. Léon transmet à son père les demandes de l'armée française d'Orient. « On nous demande des provisions, conserves, sardines à l'huile, petits-beurre, petits chocolats, tout ce qu'il y a comme articles pour les soldats, mèches d'amadou pour les briquets, cartes postales, crayons, encre. » David renoue avec des anciennes relations d'affaires de Marseille et obtient d'un fabricant, M. Belon, des caisses de savon pour l'armée d'Orient. Une fois encore, David se lance dans plusieurs directions en même temps, prend de multiples initiatives et donne du travail à ses fils.

Restent à Salonique avec Léon, tête de pont de l'entreprise familiale, Henriette, son mari Élie, ses filles Liliane et Aimée, qui viendront à Marseille en 1918 après l'armistice. Henriette, à l'arrivée à Marseille, profite de la transplantation pour rajeunir de quatre ans sa date de naissance et celle de ses filles ; cette opération de jouvence obéit à la fois à la psychologie orientale traditionnelle d'une mère qui a tout intérêt à diminuer l'âge de ses filles à marier, et à la psychologie occidentale moderne du rajeunissement.

Bouchi Cohen, capitaine de cavalerie dans l'armée serbe, vient en permission à Marseille où se trouve sa sœur Sophie, et il rencontre la belle Mathilde. L'avait-il déjà vue à Salonique ? Est-ce la première rencontre et le « coup de foudre » ? Toujours est-il que le cavalier Bouchi demande la main de Mathilde au bout de trois ou cinq jours, ce qui est accepté. Les fiançailles sont annoncées le 7 septembre 1917, une réception a lieu le dimanche 16 septembre, et, entre-temps, le vendredi 14, un repas familial de fiançailles réunit chez Sophie et Jacques, dans l'ordre du placement, Dona Helena avec à sa droite Bouchi et à sa gauche Vidal (son favori), Mathilde entre Bouchi et son père David, Mme Fauletier (?), Henri, Sophie, L. Medina (?), la petite Régine, fille de Jacques et de Sophie, Jacques. Après les fiançailles, Bouchi repart pour le front. La famille décide d'attendre la fin de la guerre pour le mariage. Bouchi retournera à Marseille après l'armistice pour, comme dit Vidal, *aussitôt vivre avec sa fiancée.* Le mariage doit attendre que le déplacement à Marseille de la famille serbe soit possible, et il sera célébré le 12 mars 1919, dans le domicile de David, 70, rue Paradis. La cérémonie religieuse aura lieu au domicile, à la mode de Salonique, comme on continuera à la faire à Paris pour les mariages de Liliane et d'Aimée, dans les années vingt.

Vidal est bien à Marseille, il aime la ville, il y aime la vie. Henri et lui « s'amusent ». Vidal retrouve, avec d'autres amis, les plaisirs des dernières années à Salonique.

Henri, qui est un coureur, vit pleinement. Ces années sont heureuses pour toute la famille.

Comme mon père est un bon vivant, ma mère ne demandant pas mieux, mon frère aussi et Mathilde, on s'organisait par exemple le samedi et le dimanche pour aller dans la banlieue de Marseille, dans des endroits très agréables où il y avait déjà des hôtels et où on prenait les repas, où on couchait le soir, et on rentrait à Marseille soit par des trains régionaux, soit par des trams qui faisaient vingt kilomètres... On finissait la journée d'occupations au bureau et le soir on se rencontrait dans les cafés de la Canebière, aussi bien mon frère avec ses amis, moi avec les miens, on avait fait des contacts, des amis très gentils, très sincères, et entre autres deux amis que j'avais et qui étaient docteurs, l'un qui avait fait ses études à Saint-Étienne, l'autre à Toulouse, et tous les deux étaient établis à Marseille. [Ainsi, Vidal a retrouvé à Marseille ses deux camarades de l'école franco-allemande, dont l'un est le Dr Matarasso, avec qui il aurait voulu faire ses études de médecine, et avec qui il restera toute sa vie lié par une amitié très affectueuse.] *Ce qui fait que la période de guerre s'est très bien passée puisque je travaillais d'un côté à couvert tranquille, on était à l'abri de toute réquisition.*

Vidal a vécu à Marseille un grand amour demeuré secret. S'il s'est amusé à évoquer à son fils et à ses petites-filles la belle Wilhelmine, demoiselle viennoise dont il fut amoureux en 1911, il n'a jamais rien dit de son amour de Marseille. Il a même pris garde par la suite d'arracher de son carnet les lignes où il désignait l'aimée. Il a craint que ce secret soit connu de ses femmes légitimes, et il n'a pas voulu le révéler à sa descendance. On ne sait si son frère intime Henri fut au courant. Voici ce qui reste de la confidence faite au carnet noir :

29 septembre l917, Marseille, rue Paradis, 70, 1 heure et demie p.m.

Oublier n'est point chose facile, depuis quelque temps tout passe devant moi, diverses choses me font bien penser. Pourquoi fait-on des fois ces rencontres ? Sans encore exagérer, je pense toujours à elle. Pourtant, c'est chimérique, c'est impossible ! Le bonheur se cache des fois sous des choses bien inattendues et incroyables. Enfin, si c'est dit que je devrai la revoir, voyons ce que le temps, grand régulateur de tout, fera ! Entre-temps, je pense depuis dix-sept mois (?), je n'ai pas ajouté un mot ici. Le temps passe vite, c'est plus que de l'électricité, et dire que je me plais dans les vitesses. Je me plais oui, quand le train.............wattman................sans......

Ainsi, il s'agit d'une « rencontre inattendue, incroyable », avec une personne avec qui toute union est « impossible, chimérique ». Il semble probable que ce texte a été écrit peu après une séparation et qu'il y a eu plus qu'une brève et intense rencontre, puisqu'il y a eu « bonheur » et que les « dix-sept mois » passés depuis qu'il a abandonné son journal peuvent laisser supposer qu'il a connu l'inconnue peu après sa libération, vers août 1917. Il semble que cette liaison a eu un caractère nécessairement secret, puis-

que les premières lignes du texte sont absconses, mysté-
rieuses, comme si Vidal veillait à recouvrir son propos
d'un brouillard de fumée, au cas où ce journal serait lu.
D'autre part, si Vidal écrit après séparation, il va devoir
attendre longtemps, donc le temps va lui être long, après
avoir été si rapide comme l'indique la phrase « *le temps
passe vite, c'est plus que de l'électricité* ». Ce serait donc
pendant les dix-sept mois que le temps aurait été accéléré,
que l'amour lancé à toute vitesse a enivré Vidal, qui se
« *plaît dans les vitesses* », mais qui peut-être aurait craint
le déraillement, puisque dans le fragment qui reste de la
déchirure survit le mot wattman. Il semble également que
l'inconnue doive quitter Marseille pour une destination
assez lointaine. Il n'y a aucun indice qui nous aiderait à
détecter ce qui rend impossible à Vidal d'envisager de
vivre avec l'inconnue. Un tabou ? Un mariage ? Des
enfants ? Ou au contraire une trop grande jeunesse ? S'il
n'est pas impossible qu'il puisse la revoir, ce ne pourra
être qu'après un assez long temps. Et ici apparaît ce qui
fait à la fois le fatalisme et la philosophie de Vidal :
« *Voyons ce que le temps, grand régulateur de tout, fera.* »
Qu'a fait le temps ? A-t-il revu l'inconnue ? Où ? Dans
quelles conditions ? L'a-t-il perdue à jamais ? Et qui était-
elle ? Faisait-elle partie des gentils ou de « son peuple » ?
Cet amour lui demeurera-t-il présent toute sa vie ?

L'armistice arrive, et Vidal, nous le verrons, va quitter
Marseille. Marseille fut pour les Nahum, et singulièrement
pour Vidal et Henri qui étaient mobilisables dans quatre
armées en guerre (l'italienne, la turque, la grecque et éventuellement la française), une oasis de paix et de liberté
inouïes dans une Europe à feu et à sang, livrée à la plus
grande et à la plus collective boucherie de son histoire. Les
deux frères y vécurent avec une insouciance incroyable.

A Marseille, enfin, pendant qu'Henri courait mille
amours, Vidal connut un extraordinaire amour. Dans la
carte postale qu'il envoie de Frigolet treize ans plus tard,
Henri ne peut exprimer autrement son émotion à l'idée de

retrouver Marseille qu'en écrivant par deux fois : « Marseille. Marseille ?? »

Vidal, lui, sera bouleversé quarante ans plus tard, par la chanson de Colette Renard ;

> *Marseille, tais-toi, Marseille !*
> *Tu cries trop fort !*

Sa vie de Marseille et son secret marseillais ne cesseront, tout au long de sa vie, de crier en lui très fort.

CHAPITRE IV

Installation à Paris.
Mariage et naissance du fils

L'armistice est salué avec joie par la famille Nahum, qui s'est identifiée à la cause des Alliés et y voit l'occasion de son remembrement. Mais l'événement est funeste pour les affaires de la famille, qui vivait principalement du ravitaillement de l'armée d'Orient.

Il devient urgent pour Vidal de gagner sa vie et à nouveau il est saisi par le désir irrésistible de Paris : *J'arrive à convaincre mon père et mes frères que moi je voulais venir à Paris pour tâcher d'y faire un bureau, la même chose qu'on avait à Marseille, faire un autre bureau à Paris. C'est d'accord, et je m'installe à Paris, 28, rue Saint-Georges, où je prends un petit bureau. A côté, je prends une chambre dans une famille et je commence à travailler. Entre-temps, Bouchi avait été démobilisé, il était rentré à Belgrade, il avait ouvert le magasin qu'il tenait avec son père, et il voulait de la marchandise ; alors moi je sers de commissionnaire à Paris pour des tissus, du velours, enfin tout ce qu'il voulait. Et, de là, il m'envoie d'autres clients aussi, ça a marché tant et si bien que mon frère Henri vient aussi à Paris (pour travailler avec moi).* Vidal et Henri s'établissent sous l'enseigne « Nahum frères, exportateurs ».

Ce passage des mémoires révèle : 1) l'envie très forte qu'a Vidal d'aller à Paris, bien qu'il se plaise à Marseille (y a-t-il un motif sentimental secret ?) ; 2) la nécessité pour lui d'avoir le consentement de son père et de ses frères aînés, bien qu'il ait déjà 25 ans ; 3) le rôle vital des relations familiales et les avantages de la diaspora familiale pour établir des réseaux d'affaires ; 4) l'aptitude à commercer de n'importe quoi et l'aisance à passer d'une marchandise à l'autre, d'un lieu à l'autre. La profession de courtier ou de commissionnaire permet justement la polyvalence et le polymorphisme. Pour Vidal comme pour son père, la non-spécialisation est un signe non tant d'archaïsme économique que de vitalité et d'adaptativité aux conditions changeantes et aléatoires. Même quand il deviendra bonnetier en gros, Vidal veillera à mettre quelques-uns de ses œufs dans deux ou trois paniers annexes.

En attendant, Vidal achète des tissus pour Bouchi, et, pour d'autres clients d'Europe centrale ou orientale, de la bonneterie, du fil, du coton[1].

Voici que la chance arrive : *Nous sommes donc début 1919... Entre-temps, au cours de mes allers et retours à Marseille, je rencontre... J'étais à la foire de Lyon pour faire de nouvelles connaissances commerciales qui pouvaient me servir pour l'import-export, et, au retour de la foire de Lyon, le hasard veut que dans le train je rencontre un monsieur... alors je lui raconte mon histoire.*

« Ah, il me dit, ça me fait plaisir de faire votre connaissance. »

Il me donne sa carte :

« Moi, je suis M. de Rocasera, je suis député de la Gironde. Je suis un grand brasseur d'affaires et j'ai besoin justement d'une personne jeune, dynamique, écoutez, ce soir – le train arrivait à Paris – je vous donne rendez-vous pour demain matin. D'abord, venez dans mon hôtel.

---

1. Sa petite-fille Véronique lui demande comment il trouvait ces clients : *Moi, par exemple, je vendais pour Belgrade des fils DMC, des cotons à broder, alors les cartons venant de la fabrique sont tous marqués DMC. Et voilà qu'on est en train de me livrer mettons vingt cartons, et en même temps je vois entrer un monsieur : « Monsieur, c'est vous qui... Et vous faites le... » Il dit : « Je me présente, moi je suis commerçant à Bucarest et ça m'intéresse. » Bon, ça va. Et après, un autre, je ne savais pas par qui il avait eu l'adresse, il venait de Tchécoslovaquie...* (autobiographie orale).

– Mais, moi, j'ai déjà ma chambre.

– Non, non, ce n'est pas la peine, je vous invite ; à mon hôtel, vous trouverez une chambre, et demain matin nous parlerons plus longuement. »

Et, en effet, hôtel Cusset, rue de Richelieu, c'était un hôtel très coté, aristocrate, pas un hôtel de quatrième rang. Le lendemain matin, je le vois après le petit déjeuner :

« Voilà en deux mots de quoi il s'agit. Je suis en train, chargé par le gouvernement français, d'acheter 5 000 maisons démontables pour la région du Nord qui est dévastée. On me confie à moi le soin de faire cet achat, j'ai déjà des propositions, j'ai déjà la fabrique anglaise qui me confie là ces maisons. Mais il me faut une personne active, dynamique, pour mettre les choses le plus vite possible en train... Alors je vous propose... Il faudrait que vous alliez à Londres et de là... »

Alors moi, j'ai pas voulu lui dire que j'avais encore des papiers comme israélite du Levant. Or pour aller à Londres, premier renseignement :

« Ah, il me dit, il faut avoir un passeport. Bon, pour avoir un passeport, adressez-vous au ministère des Affaires étrangères. »

Heureusement, au ministère des Affaires étrangères, ici, à Paris, quai d'Orsay, à la section qui s'occupait des personnes orientales, c'était un Arménien, un M. Balioudjian, je me le rappellerai toujours. Il m'a reçu, très gentil, alors je lui ai raconté toute mon histoire, et il me dit :

« Je vous comprends, je vous comprends... Et qu'est-ce que vous voulez, maintenant ?

– Eh bien, je voudrais un passeport pour aller à Londres.

– Soyez tranquille, seulement il faut aller vous inscrire au siège de l'organisme qui s'occupe des israélites du Levant à Paris, dont le président est M. Untel, voilà, je vous donne l'adresse. »

Hop taxi ! par-ci, par-là ! Je vais voir ce monsieur, il s'appelait Rozales :

« Eh bien, me dit-il, il n'y a pas de contestation possible, je vous donne toutes les attestations voulues. »

Je retourne au ministère des Affaires étrangères chez M. Balioudjian qui me reçoit très, très bien, et je lui dis :

« Ça a très bien marché.

– Venez demain, vous aurez votre passeport. »

Le lendemain, je vais au consulat anglais parce qu'il fallait faire viser le passeport pour entrer en Angleterre, ça se passe très bien et j'arrive à Londres avec toutes explications de mon M. de Rocasera. Il me donne l'adresse d'un hôtel à Londres où je peux séjourner (Imperial Hotel, Russel Square), le fabricant qu'il avait déjà averti de ma visite, et là tout est mis en marche. En effet, je me présente, les contrats sont pour être signés, seulement il faut une caution bancaire, parce que c'était une affaire de je ne sais pas combien de millions de francs. Alors je télégraphie et je ne me rappelle plus comment, le monsieur de Rocasera me dit : « Bon, écoutez, d'ici deux jours moi-même j'aurai déjà un crédit du ministère de la Reconstruction et immédiatement je fais le transfert des fonds. »

Et voilà que par malchance, à ce moment-là, donc, nous sommes au début de 1920 [erreur, car l'Identity Book de Vidal, obtenu à la Metropolitan Policy de Bow Station, sans doute pour prolonger son séjour, a été délivré le 5 mai 1919], *la livre sterling qui valait 25 francs, cours normal depuis des années, depuis avant la guerre, elle monte à 26 francs, elle monte à 27 francs... ce qui fait que la maison (préfabriquée) que nous avions achetée mettons 300 livres, que ça nous faisait 7 500 francs au cours normal, cela nous faisait, au cours de 28 francs, 8 075 francs ; alors on attend un jour, deux jours que le cours se remette ; malheureusement, le cours, loin de revenir à sa place, dégringole de plus en plus tant et si bien qu'il* [Rocasera] *me dit : « Écoutez, laissez l'affaire en suspens, dites au fabricant ce qui se passe et que dès que la monnaie va être rétablie on va reprendre. »* Vidal est resté plus d'un mois à Londres. Il rentre en France le 5 juin par Southampton, après avoir obtenu une carte d'identité britannique pour prolonger son séjour, carte où le sergent Young, de l'Aliens Departement, dérouté par la nationalité indéterminée d'israélite du Levant, éprouve le besoin de territorialiser l'individu et inscrit à *nationality of birth :* « *Israelite from Turquey* », et à *nationality of passport :* « *Israelite French Passport* ».

A deux jours près, la fortune a tourné. Après la chance inattendue vient la malchance inattendue. *En bref*, conclut Vidal, *l'affaire ne s'est pas passée, et après, ça a été la dégringolade du franc français.*

Cette dégringolade affecte rudement les exportations ; certes, celles-ci continuent vers la Yougoslavie ; Vidal trouve de nouveaux clients en Grèce et en Roumanie, mais ce n'est pas suffisant.

La mort du père

Entre-temps, mon père... heureusement continuait le travail ; à part de la Yougoslavie, nous avions eu d'autres clients, de Grèce, et de Roumanie, et tout ça...

David commence à se sentir malade ; il subit un traitement pour le cœur, et il doit envisager sa mort, puisque le 26 février 1919, avant donc le voyage de Vidal à Londres, il donne par acte notarié passé chez Me Paul Maria, notaire à Marseille, tout pouvoir à Vidal qui devient son mandataire universel. Il est très possible que le séjour de David Nahum à Paris, pendant l'absence à Londres de Vidal, coïncide avec une consultation auprès d'un spécialiste. Nous savons qu'il a été hospitalisé un temps à Paris, avant de retourner à Marseille où il demeure encore jusqu'en juin 1920. Paul Nahum écrira en 1947 dans une lettre à Vidal qui lui demande des informations biographiques sur ses ascendants, que David « souffrait d'une maladie de cœur occasionnée par l'abus du tabac ». Vidal, quand il recopiera littéralement les indications de la lettre de son cousin Paul pour les envoyer à l'une de ses nièces

(Hélène), remplacera « occasionnée par l'abus du tabac », par « touché par de longues années de travail, de soucis et d'épreuves ».

David D. Nahum va à Paris pour assister au mariage de Vidal qui a lieu le 22 juin 1920, et il ne rentre pas à Marseille, sans doute sur avis médical. Il meurt le 9 août, au 109, boulevard Voltaire. Sur un petit carnet de poche, Dona Helena écrit : « *La triste muerte de mi querido David, el 9 août, et 25 av.* » Sur la page voisine, elle a collé une photo d'identité de son mari.

La maison Adenis, place Voltaire, prend en charge les funérailles, qui ont lieu le mercredi 11 août 1920 à 12 heures : « Convoi de cinquième classe n° 1. Trois berlines. Cercueil en chêne fort ciré, vis tir fond, garniture étanche et ouate, sel antiseptique, grande taxe gravée sur coussinet. Purification, taxe consistoriale, autorisation et démarches [1]. Lettres d'invitation grand deuil, frais de voiture, gratifications générales. Terrain perpétuel au cimetière parisien de Bagneux et honoraires, reçu 3 405 francs des mains de M. Vidal Nahoum, 109, boulevard Voltaire. »

David D. Nahum fut inhumé dans la concession perpétuelle n° 178, où sa femme le rejoindra en 1936. Un rabbin a fait des prières sur la tombe. Est-ce lui qui a laissé le témoignage suivant ?

J'ai fait une complainte et je me lamente sur David Nahum
Qui était un homme loyal.
Que son âme repose en paix.
Né à Salonique en 1851 et décédé le 25 ab 5680.

David avait été un homme particulièrement intelligent, vif, habile, comme l'indiquent ses initiatives qui le firent devenir drogman du consul de France, puis drogman principal du consul de Belgique, exportateur de céréales, puis importateur des produits métallurgiques belges et impor-

---

1. Le corps a été purifié selon les rites, mais on ne sait s'il a été mis dans un linceul, ou à l'occidentale, selon l'usage des gentils, habillé de sa belle redingote.

tateur des pétroles de Bakou à Salonique ; il avait pu aisément se reconvertir à Marseille et renouveler ses activités de courtier dans des conditions toutes différentes. Il avait pu fournir du travail au sein de son affaire à ses fils Léon, Henri, Vidal, puis émanciper Léon qui devint indépendant dans le secteur métallurgique. Il avait réussi à Salonique à écarter la menace qui planait sur la famille à la suite de l'affaire des munitions turques, et il avait réussi à libérer Vidal et Henri du camp de Frigolet. Il était digne, respectable avec sa redingote qui faisait une telle impression sur Vidal, et il était en même temps « bon vivant », aimant la chère et sans doute la chair, les excursions, pratiquant le week-end déjà à Salonique. Il avait gardé un aimable caractère à travers une vie « de travail, de soucis, d'épreuves ». Ce que n'aura pas Vidal, et qu'aura Léon, c'est son souci de la correction, de la dignité, voire de l'élégance vestimentaire. Mais, comme son père, Vidal gardera une nature gaie et une aptitude au bonheur à travers une vie de travail, de soucis et d'épreuves ; comme lui, en dépit du travail, des soucis et des épreuves qui ne cesseront jamais, il saura jouir de ses loisirs et, plus profondément, de la vie.

La fin de la guerre, la mort du père déterminent la restructuration familiale en noyaux distincts qui demeureront en communication permanente. Le noyau de Marseille avait rassemblé presque toute la famille en 1918. Il y avait tous les fils de David Nahum (sauf Léon), et ses deux filles ; Henriette et son mari Élie Hassid avaient quitté Salonique les derniers et ils étaient venus après l'armistice s'installer dans l'appartement familial rue Paradis, avec leurs filles adolescentes, Liliane et Aimée. Les Hassid resteront à Marseille au moins jusqu'en novembre 1921.

Le noyau de Marseille va se désintégrer en trois ans : Vidal, puis Henri partent pour Paris, Mathilde part pour Belgrade avec son mari Bouchi ; Jacques, dont les affaires ne marchent plus à Marseille, rejoint à Bruxelles Léon, qui y a fondé la Nahum Steel, principalement vouée aux exportations métallurgiques belges vers les Balkans et le Moyen-Orient. Henriette demeure à Marseille où elle héberge sa mère devenue veuve, puis, en dernier, Henriette, Élie, ses deux filles, Dona Helena partent pour Paris en novembre-décembre 1921 après la décision d'associer Élie à Vidal dans sa toute neuve affaire de bonneterie.

Il se crée donc deux nouveaux noyaux familiaux ; le noyau parisien, avec Vidal, Dona Helena, Henriette, Élie et leurs filles Liliane et Aimée ; le noyau bruxellois, avec Léon, sa femme Julie et sa fille Chary, Jacques, sa femme Sophie et ses deux filles Régine et Hélène, et enfin Henri, qui s'installe auprès de ses frères quand le bureau parisien qu'il tient avec Vidal cesse de procurer des ressources suffisantes.

La famille va rester très solidaire. Léon demeure son chef incontesté, Henriette, l'aînée, a une autorité de conseillère principale. Vidal obéit naturellement à leur demande ; ainsi il accepte en 1921 de prendre Élie, son beau-frère, comme associé, puis, quatre ans après la mort de sa femme, il se remariera selon leur indication avec une belle-sœur de Léon. La tradition d'entraide intrafamiliale et de solidarité collective va se perpétuer jusqu'à la mort de tous les protagonistes de cette génération. La tradition continue, mais une rupture capitale s'y est opérée : dès Salonique, les enfants de David limitent les naissances ; après des générations de familles nombreuses de cinq à dix enfants, Léon aura une fille à Salonique, puis un fils à Bruxelles, Henriette, deux filles à Salonique et s'arrêtera. Jacques, deux filles. Vidal, un seul fils, Mathilde n'aura pas d'enfants.

Les Nahum n'ont pas véritablement à s'adapter en France ou en Belgique. Ils parlent et écrivent naturellement le français, ils sont occidentalisés par tradition livournaise, et encore plus laïcisés que leurs parents. Mais seuls deux d'entre eux, ceux qui auront un garçon né dans le pays nouveau, Léon et Vidal, décideront de prendre la nationalité de ce pays, ce qui leur sera facilité par cette naissance même. Jacques et Henri vont redevenir italiens, peut-être parce qu'il leur est plus difficile qu'à Léon, dont le fils est né à Bruxelles, d'obtenir la naturalisation belge, peut-être parce qu'ils se sentent plus à l'aise dans cette nationalité méditerranéenne qui ne risque plus de leur imposer le service militaire. Henriette garde la nationalité grecque qu'a acquise son mari Élie Hassid après 1912.

Pour Léon comme pour Vidal, un processus d'assimilation plus ou moins profond à la nation d'hébergement va commencer avec la naissance de leur fils.

Mariage

En avril ou mars 1920, aux approches de la Pâque, Vidal, qui va très fréquemment dans le Sentier à la recherche de tissus pour ses clients, rencontre par hasard Salomon Beressi, une connaissance de Salonique, qui s'était dévoué pour lui lorsqu'il était au camp de Frigolet (cf. p. 103).

Salomon Beressi, né en 1861 à Salonique, est un homme de 59 ans. Il est l'aîné de six frères. Les Beressi sont de très haute taille, plus encore que les Nahum. Ils ont les cheveux noirs, les lèvres charnues bien dessinées, les yeux marron. Il semble que la famille soit originaire de Bédéres ou Bédarieux, Provence. Elle résida longtemps en Toscane où Bederecit est devenu Bederessi, puis Beressi. Le grand-père de Salomon Beressi dut se fixer à Salonique à la fin du XVIIIᵉ siècle.

Le père de Salomon Beressi, Joseph Beressi, né en 1830, avait eu deux enfants d'un premier lit, Benjamin et Doudoun, et six enfants de son second mariage avec Mathilde Mosseri, Salomon, Albert, Hananel, Jessua-Salvatore, Samy, et Élie, né après la mort de son père. Celui-ci avait été tué en 1878 ou 1879. Parti à cheval, dans la montagne macédonienne, pour visiter des clients ou des fournisseurs, des brigands bulgares s'étaient saisis de lui. Son cheval était rentré seul, en sueur, à l'écurie. Puis un envoyé des brigands vint réclamer à sa femme bijoux et argent, en lui donnant à identifier le doigt coupé de son mari. La femme donna tous ses biens, mais son mari avait déjà été tué. La famille tomba d'une très grande aisance dans un dénuement subit. Durant les deux premières années, la veuve et ses enfants vécurent des réserves de pois chiches, de lentilles, de haricots secs, de farine que les familles faisaient alors pour plusieurs mois. Les chevaux furent vendus. Par la suite, à chaque anniversaire de la mort de Joseph Beressi, Salomon et sa mère donnèrent de l'argent et des cadeaux à un orphelinat.

A la mort de son père, Salomon Beressi, âgé de 17 ans, assura sa mère qu'il devenait son protecteur et le chef de cette famille de petits enfants. Il quitta l'école et trouva à s'employer. D'emploi en emploi, il put assez rapidement ouvrir à Salonique, dans le quartier dit « Los Ferreros », une entreprise de vente de matériaux en fer, poutrelles, quincaillerie où se fournissait notamment la famille Nahum, avec qui il avait des liens amicaux.

Les frères Beressi, devenus très tôt orphelins, ne purent suivre ou poursuivre des études ; seul Élie, le dernier enfant, né après la mort de son père, alla à l'école italienne. Peu avant 1900, Samy, le plus entreprenant, qui avait travaillé en 1895 pour la construction d'un chemin de fer liant Salonique à l'arrière-pays, partit en France le premier, et c'est lui qui y attira ses frères, dont Salomon. Salomon Beressi s'était marié à l'une de ses cousines, Myriam Mosseri, née en 1877 à Salonique. Myriam Mosseri était fille de Salomon Mosseri et de Myriam Mosseri, eux-mêmes cousins. Il y eut chez les Mosseri, ainsi que, de façon moindre, chez les Beressi, un certain nombre de mariages entre oncles et nièces et entre cousins germains. (Peut-être était-ce une rémanence des usages provoqués par les contraintes démographiques pesant sur certaines petites communautés juives de Toscane, où il était difficile de trouver époux ou épouse à l'extérieur, ce à quoi il faut ajouter l'endogamie pratiquée à Salonique entre familles livournaises.)

Les Mosseri sont de taille moyenne, ils ont les cheveux noirs, les yeux marron. Leur visage est souvent rond et porte une expression comme on en voit souvent en Toscane ou en Émilie-Romagne. Le nom est une probable italianisation de Moche (Moïse). Ils s'étaient transplantés de Livourne à Salonique plus récemment que les Nahum et les Beressi, puisque Myriam parle italien avec ses sœurs. Comme on l'a indiqué plus haut, un neveu de Myriam, Albert Mosseri, fut recruté de force à Salonique pour l'armée italienne dans le temps même où Vidal et son frère étaient embarqués pour Marseille.

Salomon Beressi et Myriam Mosseri eurent cinq enfants, Luna (1897), Pepo (1898), Corinne (1901), Benjamin (1909), Émilie, dite Émy (1913). La famille vivait dans la très grande maison, construite par Joseph Beressi, rue Sainte-Sophie, près de l'église grecque. Au premier niveau logeait la servante de la famille, Tamar, avec son mari et ses deux filles ; au deuxième niveau, il y avait la cuisine et la salle à manger, avec un buffet autrichien acheté par Joseph Beressi ; au troisième niveau, il y avait les chambres. Salomon Beressi avait installé une douche et trois waters. Douze personnes vivaient à la maison, dont la famille de Tamar. Myriam Beressi, aidée de Tamar, faisait la cuisine pour tous. Les hommes allaient chercher les provisions. Des marchands ambulants passaient vendre des légumes. On parlait espagnol en famille ; Myriam et sa sœur Clara parlaient italien entre elles. Myriam avait été dans une école italienne tenue par des religieuses catholiques, et elle était très attachée à ses origines livournaises.

Il y avait un drapeau italien à la maison, que l'on mettait à la fenêtre en cas de troubles ou de problèmes. Ainsi, on sortit ce drapeau en toute hâte lorsque Hananel, frère cadet de Salomon, s'y réfugia après avoir donné un coup de couteau à un Turc au cours d'une bagarre.

Salomon Beressi s'habillait à l'européenne et portait le fez des Turcs, qu'il troqua en France pour le chapeau.

Des cousins habitaient la maison voisine, mais Salomon

Beressi interdisait toute relation et tout jeu avec eux ; il interdisait même qu'on les désigne du nom de Beressi ; il fallait les appeler *los de por aqui* (ceux de par là). L'un d'entre eux avait accompagné le Bulgare venu chercher la rançon de Joseph Beressi ; Salomon et sa mère pensaient qu'il était impliqué dans l'assassinat, ou savait du moins que Joseph Beressi était déjà mort au moment du paiement de la rançon. De plus, l'un des *los de por aqui* avait donné un coup de couteau à sa mère parce qu'elle avait refusé de lui donner un collier qu'il voulait offrir à sa fiancée. Salomon Beressi avait rayé ces gens de sa famille. Luna, la fille aînée, alla à l'école de l'Alliance israélite, où elle apprit le français, Pepo faisait souvent école buissonnière, Corinne ne put terminer ses études, interrompues par le départ pour la France.

A la suite de Samy, les cinq autres frères Beressi étaient déjà installés en France ou en Espagne (Élie Beressi) dans les dix premières années du siècle. La mère de Salomon y avait déjà séjourné, autant par goût de la vie française que pour visiter ses fils. Hananel Beressi était à Marseille depuis 1908. Salomon Beressi quitta Salonique pour Marseille avec son fils Pepo, en juillet 1914. La guerre fut déclarée un mois plus tard, et, pendant un an, il demeura séparé des siens. Puis il put faire venir sa femme et ses autres enfants en septembre 1915, ce dont témoigne le laissez-passer délivré par les autorités grecques pour Marie Beressi, 38 ans, Luna, 17 ans, Korina, 13 ans, Benjamin, 8 ans, Émilie, 2 ans.

La mère et ses quatre enfants partirent sans esprit de retour, louant la maison à un voisin, emportant six grosses malles. Le bateau de la compagnie Freycinet qui les conduisait à Marseille fit escale à Naples, où on conseilla à Myriam de débarquer de crainte d'un torpillage par sous-marin allemand. Au cours de ce voyage en bateau, Myriam, Luna et Corinne découvrirent un fromage très étrange qui avait des trous. A l'arrivée à Marseille, après deux jours de train, Myriam fut très désorientée de ne pas comprendre comment faire le café. Après de vains efforts, elle envoya Corinne chez la concierge, qui lui enseigna l'usage occidental. Corinne fut aussi très étonnée de voir que les femmes et non les hommes faisaient le marché, elle fut horrifiée de voir tripes et poumons sur les crochets des bouchers.

Salomon Beressi avait un bureau de « commission et exportation » à Marseille ; il fournissait aussi ses frères qui avaient déjà un magasin ; il fit la navette entre Paris et Marseille, et, avant la fin de la guerre, il installa son bureau à Paris dans le Sentier, 56, rue Saint-Sauveur. Il se lança dans l'export-import avec l'Allemagne en 1919. Il ouvrit, pour son fils Pepo, un magasin de nouveautés au 10, boulevard Barbès, non loin du métro Barbès-Rochechouart. Il habita au 12, avenue Parmentier, dans un quartier où se regroupaient beaucoup de Saloniciens. La famille vivait avec sa servante de Salonique, Tamar, qui lui resta toute sa vie attachée.

Ainsi Salomon et ses frères « revinrent » en France après quelques siècles. Les frères Beressi y réussirent dans les affaires, devenant des bourgeois aisés. L'un d'entre eux, Hananel, très bel homme, très élégant, était demeuré illettré. Il prit un commerce dans le Sentier, mais c'était son employé et homme de confiance, Joseph Pelosoff, qui tenait les livres et faisait les comptes. Nul ne pouvait deviner que Hananel ne savait pas lire. Tous les jours, il allait s'attabler à la terrasse d'un grand café et déployait son journal, qu'il considérait avec attention. Samy, lui, fut le premier de sa famille à prendre femme chez les gentils ; il épousa Gaby Lombard, dont il eut deux fils, Roger (né en 1909) et Alex (né en 1911), et deux filles, Édith (1916) et Odette (1920), devenue Ana Beressi. Samy connut la fortune ; il développa, sur une grande échelle, un commerce de gros dans le Sentier, devint possesseur d'un grand magasin parisien et se lança dans la finance.

Les Mosseri vinrent, eux aussi, pour la plupart en France ; il y en eut à Nice (Albert Mosseri, qui y mourut), à Castres, à Montpellier, et surtout à Paris, où vint notamment Édouard Mosseri, frère de Myriam.

Les familles Beressi et Mosseri étaient modernes et laïcisées à Salonique. Salomon, à la fois self-made man et autodidacte, s'était fait sa croyance et sa morale propres. Adolescent, il lui fut évident qu'un dieu n'aurait pas permis le lâche assassinat de son père. Aussi, il enseigne à ses enfants que Dieu n'existe pas et que les humains n'ont pas besoin de cette illusion : il faut faire le bien pour le bien, et non par crainte de Dieu. Salomon Beressi respecte toutefois les grandes fêtes hébraïques, et notamment la Pâque, parce que ce sont des fêtes communautaires et familiales. Il est sans doute l'un des premiers de sa génération salonicienne à pratiquer le contrôle des naissances, et il a décidé de ne plus faire d'enfants en France (Corinne, adolescente, trouvera par mégarde dans un tiroir de la table de nuit de son père une petite chose bizarre, transparente et caoutchouteuse).

Salomon Beressi est un homme d'une extrême droiture, ayant le sens de l'honneur beaucoup plus que de l'honorabilité. Il est bon et sensible, ce dont témoigne Vidal se souvenant des pleurs que versait Salomon à le voir au camp de Frigolet. Et, pourtant, il a été trempé par une adolescence tragique et les duretés de la vie. Luna et Corinne l'adorent. Comme l'écrira soixante-trois ans après la mort de son père (1921) Corinne, âgée de 83 ans, à son neveu Edgar : « Ton grand-père Beressi était un génie et avait toute mon admiration... C'était un père comme il n'y en a pas beaucoup. Quand il arrivait le soir, vite je préparais un bain de pieds chaud, où je faisais dissoudre une poignée de gros sel (j'avais lu que ça enlève la fatigue) ; après, je massais les plantes de pied – chez nous, il n'y avait pas les moyens de transport –, je le coiffais et lui curais les oreilles, et finissais en lui embrassant les yeux. »

En 1920, Luna a 23 ans, Pepo, 22, Corinne, 19, Benjamin, 11, Émy, 7. La description d'identité de Luna, portée sur un passeport obtenu en 1920, indique : taille : 1,65 m ; cheveux : noirs ; front : moyen ; sourcils : noirs ; yeux : marron ; nez : net ; bouche : moyenne ; menton : rond ; visage : ovale ; teint : coloré. Son visage est méridional, il pourrait être espagnol ou italien. Sur certaines photos, elle semble belle, sur d'autres, non. Très jolie est sa cadette Corinne. Luna est plus réservée, Corinne, plus communicative. Pepo est, comme dira Corinne, costaud, impulsif, gentil, « tout fou », Benjamin, rêveur et candide, Émy, ouverte, directe. Salomon aime très amoureusement sa femme, ce dont témoigne cette lettre en *djidio* qu'il lui écrit de Francfort, le 6 mars 1920, peu de temps avant de rencontrer par hasard Vidal dans le Sentier :

Francfort, 6 mars 1920.

Chère femme,

J'ai reçu ta lettre estimée, laquelle m'a fait plaisir de savoir votre bonne santé ; quant à moi, il n'y a pas à se soucier, je suis en très bonne santé. Je te fais savoir, ma chérie, que cette semaine j'ai fait une petite affaire qui s'est bien présentée, c'est ce que je t'ai écrit la semaine dernière, et elle s'est bien terminée le jeudi. Chère femme, je voulais t'écrire jeudi pour te souhaiter un bon Pourim, mais j'étais à Cologne, j'y suis allé en auto et j'en suis retourné en auto. Hier, j'étais embrouillé [*enbrolyado*], faisant des factures, et c'est aujourd'hui que j'ai une heure pour profiter de t'écrire. En même temps, je vous souhaite un bon Pourim. Je suis sûr que tu as commandé la masa [*pain azyme*] pour Pâque.

Ne m'attends pas pour l'heure prochaine, chère Marika, tu sais que le 18 courant est l'anniversaire de la petite Émilie, et cette nuit dans le lit il m'est venu à l'idée de lui demander ce qu'elle veut que je lui achète comme cadeau d'anniversaire ; même si elle n'écrit pas une parole au père, son père pense à... [*mot illisible*]. Tu m'écris ce qu'elle veut que je lui donne, je lui mets 1 000 marks à la banque à son nom. Écris-moi, je suis si inquiet de ne pas recevoir de lettres de Benjamin ; je lui ai demandé de m'écrire deux fois par semaine et à chaque lettre je t'écris de lui faire m'écrire, et depuis trois semaines que j'ai quitté Paris je n'ai reçu aucune lettre de ce fils ; j'espère que tu vas l'obliger, et dis-le au maître pour qu'il lui corrige son écriture. J'ai pris du plaisir à lire la lettre de Luna qui était bien écrite. Quant à la lettre de Korina, je n'ai pu la lire... elle était écrite avec le pied et non avec la main ; elle m'avait promis de m'écrire chaque jour et de me donner les détails de la recette [*du magasin boulevard Barbès dont elle tient la caisse*] de chaque jour, et elle m'écrit une fois par semaine avec trois recettes. Enfin, je ne peux pas comprendre la négligence à écrire.

Quant à la lettre de Pepo... il serait mieux qu'on lui appelle un maître qui lui apprenne à écrire et composer une lettre ; dis à ton fils que c'est une grande honte que de ne pas savoir faire une lettre ni de savoir comment s'écrit un mot, cela vient de la négligence des filles qui ne font pas attention et ne le corrigent pas quand il écrit, et j'espère qu'ils prendront bonne note de ce que j'écris... et toi ma chérie, écris-moi deux fois par semaine, laisse tout et écris à ton mari, et mets-moi au courant de tout. Donne le bonjour au cher Édouard... embrasse tous les enfants de ma part, et toi ma chérie, ton mari qui t'adore toujours t'embrasse très étroitement.

Salomon.

Vidal relate sa rencontre avec Salomon Beressi, en mars-avril 1920, dans son autobiographie orale :

« *Alors ? Qu'est-ce que tu fais ici ?* »
Donc, embrassades, et tout ça. Il dit :
« *Tu sais que c'est notre fête de Pâque ?*
– Eh oui, je le sais.
– Et tu ne vas pas à Marseille chez tes parents ?
– Eh non, parce que j'attends deux clients de Yougo-slavie et de Roumanie.
– Mais tu as ton frère, ici ?
– Mon frère va partir parce que lui est plus... comment dirais-je... il est plus... comment appeler ça... pas sincère... il est plus... plus attaché aux traditions, alors lui, il veut absolument passer les fêtes avec papa et maman.
– Et toi ?
– Moi, je ne pars pas...
– Bon, écoute, puisque tu ne pars pas, viens chez moi, c'est demain soir la fête de Pâque et la tradition veut

qu'on reçoive toujours les amis et connaissances... Alors moi, ça me fera très plaisir de te recevoir ; je ne veux pas que tu restes seul un soir de Pâque à Paris. »

Bon, j'accepte, donc, on prend rendez-vous. Le lendemain soir, on me présente, il y avait deux filles donc, la mère et sa sœur, l'oncle, etc., une dizaine ou une douzaine de personnes, on m'assoit à table, réception très agréable, atmosphère très amicale, très chaude ; le père de ma future – je ne savais pas que c'était ma future – enfin m'accueille d'une façon merveilleuse... un tas d'éloges... et ils me retiennent pour le lendemain soir aussi.

Soixante-quatre ans plus tard, Corinne, la sœur de Luna, fait à son neveu Edgar, fils de Vidal, un récit moins lapidaire de la rencontre qui devait conduire Vidal au mariage.

« Ton grand-père Beressi a rencontré ton père qui habitait Marseille. Il lui demande : "Comment se fait-il que tu ne fasses pas Pâque à Marseille ?" Il répond : "J'attends un client de Yougoslavie qui ne parle pas français, je dois l'accompagner à l'hôtel et au restaurant. – Le soir de Pâque, si le cœur te dit, viens le faire à la maison." Il n'était pas croyant, au contraire très athée, mais suivait la tradition et nous faisait beaucoup de morale. Ton père accepte, et le rendez-vous est chez Pepo qui avait un magasin de nouveautés. J'allais les après-midi pour lui tenir la caisse, et le soir on rentre à la maison en fiacre. C'est la fermeture. Je suis au fond du magasin, où il y avait une glace [*d'où elle voit l'inconnu*] pour mettre mon chapeau. Mon père n'a pas pu venir et a chargé un cousin à moi, Albert Hassid, de s'occuper de ton père. Je finis de me chapeauter et je dois regagner la sortie du magasin. Pas de présentation. Ce n'est que quand arrive Édouard qu'il fait les présentations. Nous arrivons à la maison. Le couvert est dressé par Tamar [*la servante attachée à la famille*] que peut-être tu l'as connue. Sans chercher à faire exprès, ton père est assis à côté de ta future et très chère maman, que je pleure encore de parler d'elle. Elle était ma sœur aînée, elle avait 6 ans de plus que moi, au fur et à mesure qu'on grandissait, cela ne se voyait plus beaucoup [*d'après l'état civil, Corinne,*

*née en 1901, a alors 19 ans, et Luna, née en 1897, en a
23, ce qui ne fait que quatre ans de différence*]. Dans cette
grande table dressée pour la fête, nous étions nombreux.
Mes parents, ma grand-mère que j'aimais et vénérais, je la
voyais tous les matins à 7 heures avant de faire les courses
pour ma maman ; elle parlait très bien italien, mais pas
français. Je reviens à la table de Pâque : donc il y a
Édouard, Joseph Beressi, oncle Jo mon futur que j'aimais
en silence, et lui de son côté il m'aimait avec passion.

» Au milieu du repas, ton père siffle, et comme Édouard
avait une grande cage avec des canaris, il y en avait un
qui était malade et ne chantait plus, je dis : "Tiens,
Édouard, ton canari va mieux, il chante." »

Toute la tablée éclate de rire. Toujours Vidal, après un
bon repas, ou même avant, dès qu'il se sent repu et satisfait, se met à siffler un air, une chanson, comme un oiseau
heureux. Ce jour-là, ni le fait d'être invité pour la première
fois dans une famille ni la ritualité du repas cérémonial
ne l'ont inhibé. Ainsi, toute sa vie, il sifflotera ou chantera
chaque fois que son estomac sera content.

« Nous avons dîné, chanté et lu la *Hagada*. Ton père a
eu le coup de foudre pour ta très regrettée maman. »

Reprenons le récit de Vidal : *Le lendemain soir, toujours accueil très agréable, on lit la prière, et entre-temps
moi je dis :*

« *Écoutez, moi j'ai été invité deux fois, je vous invite.* »
*Alors mon beau-père, enfin mon futur beau-père (je ne
savais pas) me dit :* « *Écoute, tu es très gentil, mais moi
je ne sors pas le soir, je suis très fatigué, mais si tu veux,
invite ma fille et mon fils, invite-les.*

*– Ça va, bon, moi demain, après-demain, j'attends deux
clients ici, je ne sais pas quand et comment je serai pris,
mais je mettrai un mot.* »

*Et, en effet, deux jours après, trois jours après j'invite
la fille et le fils, je les invite pour aller à l'opéra-comique
voir* Carmen. *Ils acceptent, je vais les chercher, etc. Alors,
réinvitation chez eux. De fil en aiguille, j'écris à mes
parents que je voulais demander la main...*

Vidal, dans ce récit, a oublié un épisode, qui pourtant déclenche dans son esprit sa demande en mariage. En effet, à son mot d'invitation, Luna répond par une lettre :

Paris le 7 avril 1920.

Cher Monsieur,
Nous sommes charmés de votre invitation et nous vous remercions infiniment. C'est vraiment très aimable de votre part. Permettez-moi de vous dire que vous avez beaucoup de tact et vous connaissez bien notre goût : nous adorons l'opéra-comique... Mais... si en cas vos places ne sont pas prises, nous préférons ne pas y aller car un deuil cruel vient de nous frapper. La mort, ce monstre sans loi ni frein, vient déployer ses ailes et vient de nous ravir notre très chère et regrettée tante « madame Faraggi ». Vous comprendrez bien les sentiments qui me dictent à vous écrire ainsi. Maintenant, je me mets à l'unisson de papa et maman pour vous prier de venir dîner chez nous jeudi soir, sans faute « bien entendu ». J'espère que nous pouvons compter sur vous, donc à jeudi. Tous chez moi me prient de vous passer le bonjour. Acceptez de moi une bonne accolade de main.

Luna.

C'est sur le dos de cette lettre que Vidal commence le brouillon de sa demande en mariage. Il a auparavant demandé l'autorisation de ses parents : *J'écris à mes parents pour qu'ils me donnent, eux, leur consentement. Ils me disent : « Comment veux-tu qu'on te donne le consentement ? On connaît très bien le monsieur, on ne connaît pas la fille, mais si, toi, tu trouves que la fille te convient, te plaît... Question de famille, ça va très bien puisqu'on connaît très bien les parents, mais fais-toi la demande toi-même en disant que nous sommes d'accord. »*
C'est alors que Vidal écrit en « fragnol », comme dit Haïm Vidal Sephiha, la lettre dont le brouillon commence ainsi :

Caro Salomon,
Kieriya qué Papa estouviera en Paris, qué el te fiziéra
esta demanda. En su absence, i segura de la buena amis-
tad del qué va recivir la prézente, mé decidi a escrivirte
yo mezmo, por demandarté la mano de tua fija Mlle L...
Tengo 27 anos [rayé]. *No ajusto nada a mi demanda...*
(Cher Salomon, j'aurais voulu que papa se fût trouvé à
Paris, en sorte qu'il aurait fait, lui, cette demande. En
son absence, et sûr de la bonne amitié dans laquelle tu
vas recevoir la présente, je me suis décidé à t'écrire
moi-même pour te demander la main de ta fille, Mlle...
J'ai 27 ans [rayé]... Je n'ajoute rien à ma demande...)

Alors je montre la lettre à monsieur Beressi : « Ah, il
me dit, ça va très bien, seulement j'aurais préféré qu'ils
soient là eux aussi. – Ils ne peuvent pas... de Marseille à
Paris, mon père est un peu âgé, tout ça... »

Ce qu'ignore Vidal, c'est la résistance de Luna à l'idée
de se marier. Le récit qu'a fait souvent Corinne, sœur de
Luna, à son neveu Edgar, donne un éclairage complémen-
taire. [*Après la demande en mariage*], « mon père lui
parle, elle ne veut rien savoir et dit : "Je ne le connais pas,
je ne veux pas." Mon père me charge de lui parler quand
nous serons seules dans notre chambre, ce que je fais
aussitôt la porte fermée. Je dis : "Tiens, il n'est pas mal,
ce garçon, il demande ta main à papa, alors tu acceptes ?"
Toujours la même réponse : "Je ne le connais pas et je ne
veux pas me marier." »

Finalement, Luna accepte. Les fiançailles ont lieu le
13 avril 1920, et sont suivies par une réception le 22 avril.

M. et Mme Salomon Beressi
ont l'honneur de vous faire part des fiançailles de
Mlle Louna Beressi leur fille
avec M. Vidal Nahoum.
En vous priant de vouloir bien assister à la soirée qui aura
lieu le jeudi 22 avril 1920, à 8 heures et demie du soir,
aux Galeries des Champs-Élysées, rue de Ponthieu, 55.

Mon beau-père fait une fête du tonnerre à la rue de Ponthieu, dans un grand salon qui est devenu après le Claridge ; ils étaient six frères, tous de situations merveilleuses, chacun femme et enfants, des cousins, des cousines, mes cousins aussi, le chirurgien-dentiste, le pharmacien, le chef comptable, toutes les deux familles, enfin, ça a été très bien réussi... Et après on a décidé de la date du mariage.

Il semble que la grand-mère de Luna ait considéré avec une moue dédaigneuse la bague que Vidal offre à sa fiancée, épisode qui sera l'objet de discussions semi-humoristiques plus tard entre Vidal et Corinne, ce qui amènera immanquablement Vidal à énoncer avec solennité le proverbe turc : « Qui donne peu donne du cœur. »

Le mariage a lieu le 22 juin 1920, en présence de David et Hélène Nahum, ainsi que des frères et sœurs de Vidal, et bien entendu de la famille Beressi, selon le régime de la communauté des biens. Le couple part en voyage de noces dans les Alpes, comme en témoigne une carte en fragnol, expédiée du Chamonix Palace le 8 juillet 1920, à 6 heures du soir, par Vidal à ses parents, et représentant la Mer de glace :

> *Caro Papa i Maman,*
> *Oy, espoues dé oun parcours de 4 h en automobile arrivimos aqui, i el chemin foué vraiment superbe. Aqui, dé ver las glaces non viené à la idéa. Estamos mouy mouy buenos, i solo dé non récivir lettras de votre part estamos enquouydados.*
> *Yo penso qué es Corinne qué lo coulpa, tomaria las lettras i las mettio à la « poche restante » o al sac à main. Enfin, esperamos recivir demain vos lettres que vous nous avez envoyé j'espère à Annecy. Al plazer nous vous embrassons vos Vidal.*

Vidal est amoureux, comme le montre une carte envoyée de Mulhouse, le 14 octobre 1920 ; la carte représente une petite fille qui regarde intensément on ne sait quoi :

> Ma petite femme chérie,
> Lunica Nahoum
> 10, rue Mayran
> Paris.
>
> Comme la petite regarde, je regarde aussi et veux te voir ma Lounica chérie.
> Je suis loin de toi, et tout mon cœur est à toi, ma Lounica.
> Il me tarde d'aller te voir et t'embrasser.
>
> Ton Vidalico qui t'adore.

Luna est rapidement enceinte, mais fait une fausse couche, apparemment naturelle, au bout de trois mois. En réalité, Luna s'est fait avorter. Pourquoi ? Elle avait été en 1917 victime de la très grave épidémie de grippe espagnole qui avait fait presque autant de victimes que la Première Guerre mondiale. La maladie avait été particulièrement alarmante pour Luna : Corinne raconte, dans sa lettre déjà citée :

> Elle était très grave, on la veillait jour et nuit par la famille qui habitait le quartier. Le docteur venait le matin, l'après-midi, le soir, et l'auscultait à chaque fois ; il disait à ma cousine Fortunée que dès qu'il y a une alerte, d'aller en fiacre chez lui pour le faire venir.

Vidal (autobiographie orale) : *Cette fameuse grippe espagnole s'attaquait au cœur. Donc, son cœur était resté faible* [elle avait désormais une lésion au cœur], *moi, je n'en savais rien ; on se marie ; à ce moment, on ne passait pas de visite médicale. Deux mois, trois mois après, voilà qu'elle est enceinte, elle consulte sa maman, sa tante, tout ça, tant et si bien qu'ils décident de ne pas garder l'enfant.*

En fait, Luna n'apprend la gravité de sa lésion qu'une fois enceinte, lorsque le docteur lui déconseille tout accouchement, celui-ci risquant d'être mortel ; Luna consulte alors une « faiseuse d'anges », femme spécialisée en pratiques abortives (illégales à l'époque), qui lui donne un traitement spécial par des plantes... *Ils lui font faire des bains de pieds, enfin je ne sais pas, bref, il y a eu un avortement. Tout se passe bien, le docteur est venu, bon. Trois mois après, elle est de nouveau enceinte.*

A nouveau, et toujours sans prévenir son mari, Luna va consulter la faiseuse d'anges, mais, cette seconde fois, les pratiques échouent ; l'embryon, bien que fortement secoué et perturbé, s'accroche. Dès lors, Luna doit se résigner au risque de l'accouchement.

Son père, Salomon Beressi, meurt brusquement d'un arrêt du cœur, le 31 mars 1921, alors qu'il n'a que 60 ans. On imagine comment se lient en Luna le chagrin de la mort de son père et son angoisse propre, qu'elle ne veut pas trahir devant son mari. Il est possible qu'on n'ait pas informé Salomon Beressi que l'accouchement risque d'être fatal à sa fille. Par contre, la mère est mise au courant du danger quand Luna est enceinte une première fois et elle garde le secret auprès de Vidal. Vidal n'est prévenu de la situation que par la sage-femme que Luna se décide à consulter alors qu'elle est enceinte d'environ cinq mois.

Donc, la sage-femme l'examine, tout ça, elle vient me voir et me dit : « Monsieur, tout va très bien, seulement je vais vous prier, j'ai besoin de vous voir pour certains renseignements, voilà, je vous donne rendez-vous, venez demain. »

Bon, je vais alors le lendemain, et elle me dit : « Vous savez que votre femme a le cœur très, très agité, très faible, et moi je vous l'avoue, je ne veux pas m'occuper de cet accouchement ! Il faut que vous alliez voir un gynécologue, enfin un accoucheur avec plus de titres que moi, et voilà une adresse. »

Alors moi, avec beaucoup de précautions, je parle à sa maman, son papa était déjà mort, et on décide d'aller voir

*un gynécologue, le Dr Schwabe qui était de réputation...
comme on dirait maintenant Dr Schweitzer.*

Après examen, le docteur rassure Luna, mais informe Vidal en confidence du risque pour la mère et l'enfant ; il lui dit qu'en tout état de cause il pense sauver la mère. A l'un et à l'autre, il déclare qu'il leur sera interdit d'avoir un autre enfant. Luna va le voir tous les quinze jours et la grossesse se passe bien.

Naissance

Arrive le moment de l'accouchement. A ce moment-là, on accouchait à la maison, il fallait avoir une infirmière, et le docteur disait ce qu'il fallait préparer, des bassines d'eau chaude, et patati et patata. Arrive le moment en pleine nuit. Le gynécologue s'amène. Il dit : « Soyez tranquille. » Bien entendu, j'étais émotionné, tout ça. Et tant et si bien l'accouchement se fait et le gosse sort, mais étouffé.

L'enfant est sorti par le siège, avec le cordon ombilical enroulé autour du cou, apparemment mort-né. *Alors moi, je suis dans la chambre à côté, j'entends des claques pan, pan, pan. Alors, très timidement, j'ouvre un peu la porte et je le vois qui tient comme un petit lapin un corps comme ça, et il continue à taper sur le ventre, sur la joue, sur le cœur. Et finalement* un cri sort de l'enfant. « Ah ! » *Il dit : « Voilà ce que j'attendais », et il dit à l'infirmière : « Allez, occupez-vous du gosse, moi je m'occupe de la mère. »*

Cinquante-quatre ans plus tard :

8 juillet 1975, 6 heures et demie du matin.

Mon cher Edgar, cinquante-quatre ans ! On a passé une nuit blanche ; à l'aube, vers 4 heures, j'entends le

Dr Schwabe taper des claques. Je m'approche de la porte, et vois qu'il tient par les pieds un petit corps.

Quelques instants interminables, tu pousses un premier cri, il te dépose sur le lit de ta maman tout endolorie, il vient me rejoindre : « J'ai eu du mal, me dit-il, je n'ai pas voulu m'arrêter de le frapper, car il ne respirait pas. Préparez-moi un fauteuil pour me reposer un peu ; je veux rester deux ou trois heures pour voir la maman se remettre et le gosse se maintenir en vie. »

Juste à cette heure-ci, il m'a demandé de lui préparer un café. Il a vu ta maman, et toi déjà gesticulant et pleurant, et m'a dit qu'il partait tranquille, pour revenir vers midi de ce 8 juillet semblable à aujourd'hui, très chaud. Il y a cinquante-quatre ans.

En bien t'embrassant.
Bon anniversaire.

Ton papa.

L'enfant est le premier-né masculin des enfants de David Nahum et de ceux de Salomon Beressi. Aussi doit-il, pour les Nahum, prendre impérativement le prénom de son grand-père, mort l'année précédente, David, et il doit, pour les Beressi, prendre impérativement le prénom de son grand-père Salomon, mort quelques mois avant sa naissance. Vidal et Luna sont investis chacun par leur famille de cette mission sacrée. Ils pensent concilier les deux points de vue en nommant leur fils David-Salomon, mais celui-ci devient aussitôt, pour les Nahum, le petit Davico, et pour les Beressi, le petit Salomonico. Afin d'éviter la concurrence des deux prénoms, et ayant constaté l'impossibilité d'unir inséparablement les deux en un David-Salomon, Vidal et Luna choisissent le prénom d'Edgar. Celui-ci était déjà apparu dans la famille, à Salonique, et c'est le prénom que Léon destine pour son fils qui naîtra quelques mois après celui de son frère cadet Vidal. Cette quasi-co-naissance, puis coexistence de deux cousins prénommés identiquement (l'un avec, l'autre sans d), n'embarrasse nullement les deux couples, chacun ayant son propre Edgarico ; celui de Léon, Edgard, surnommé Dico, celui de Vidal, Edgar, d'abord Bébéco pour les siens, puis très longtemps Minou pour son père.

La francisation commence par l'enfance. L'enfant est déclaré de nationalité française, alors que Vidal et sa femme sont encore « israélites du Levant ». Au double prénom de David-Salomon déclaré à la naissance succédera le prénom *de facto* d'Edgar, reconnu plus tard par acte de notoriété.

L'enfant inéluctablement unique était né. En dépit de l'avis du docteur, Luna veut l'allaiter ; le docteur cède à son obstination et consent à ce qu'elle donne le sein pendant quelques semaines. Puis c'est le biberon, que le Bébéco tétera encore à un âge où les autres enfants mangent à la cuillère et à la fourchette : dès le réveil, dès qu'il en ressentira le besoin dans la journée, il hurlera : « *Bibionico !* » et ne se calmera qu'à l'arrivée du biberon. Il n'aurait peut-être jamais abandonné son *bibionico* si l'on ne l'en avait sevré en mettant quelque produit nauséabond sur la tétine.

L'enfant prospère, devient joufflu, mais la moindre alerte, la moindre diarrhée voient son père tripoter des doigts les excréments, appeler le docteur. Que de soins, que de soucis autour de cet enfant unique à jamais.

La circoncision a lieu le vendredi 13 juillet, au domicile de Vidal et Luna, 10, rue Mayran. Le couteau rituel supprime en plusieurs tailles grossières le prépuce du nouveau-né qui entre ainsi dans le peuple de l'Alliance.

CHAPITRE V

Première francisation (1921-1931)

De même que Salonique avait principalement attiré les séfarades qui avaient quitté l'Espagne, la France attira principalement la nouvelle diaspora des séfarades de Salonique.

Comme nous l'avons vu au chapitre II (p. 78), une première vague d'aspirants intellectuels et de chercheurs de chance s'était installée en France à la fin du XIXe et au début du XXe siècle ; les uns s'y étaient établis médecins, dentistes, pharmaciens, comme deux des neveux de David D. Nahum, les autres s'étaient lancés dans le négoce, comme les frères Beressi, orphelins de père, qui avaient effectivement trouvé leur chance en France.

Vidal, lui, avait été intensément soumis à la pulsion migratrice vers la France qui travaillait les jeunes séfarades de 1900 à 1914. A 19 ans, en 1913, le jeune Vidal avait tenté sa chance et échoué. Mais, tôt ou tard, la famille Nahum aurait quitté Salonique comme l'avaient fait les familles Beressi et Mosseri. L'accident de l'arrestation de Vidal catalysa l'émigration en France de la totalité de la famille. La Première Guerre mondiale concentra et amplifia l'émigration des Saloniciens pour la France. Vienne avait été un pôle d'attraction au début du siècle. Mais la route de Vienne fut coupée en 1914-1918, avec la transformation de la frontière en front ; puis, avec la dislocation de l'Empire austro-hongrois, la grande capitale devint une tête hydrocéphale sur un corps nain ; les quelques îlots séfarades installés à Vienne se dispersèrent à nouveau...

En 1917, l'incendie géant de Salonique, qui détruisit la

ville juive, amplifia l'émigration vers une France à qui Salonique, où s'était installée l'armée d'Orient, fut ombilicalement liée pendant la Première Guerre mondiale.

Marseille, premier lieu d'installation pour les Beressi et les Nahum, fut comme un sas : Marseille était à la fois la France et la Méditerranée ; elle avait une identité à la fois nationale et cosmopolite. A Marseille, les Nahum vécurent, durant la guerre, dans et de la relation avec Salonique, où ils expédièrent des fournitures pour l'armée d'Orient. Après la guerre, ils essayèrent, de Marseille, de réorienter l'exportation sur d'autres pays. Mais, pour continuer, il fallut quitter la Méditerranée pour une ville capitale. Alors commence en 1919 la continentalisation des Nahum : ils s'installent à Paris (Vidal et une partie des siens) et à Bruxelles (Léon et ses autres frères). Léon réussit à maintenir les exportations métallurgiques belges vers les Balkans et le Moyen-Orient, et implante à Bruxelles la Nahum Steel, née à Salonique. Vidal, lui, échoue dans la poursuite de l'import-export et devra se reconvertir sur ce qu'on n'appelle pas encore l'Hexagone. De toute façon, l'attache économique avec Salonique est définitivement rompue ; ce qui demeure, c'est le cordon ombilical avec l'oncle Frances qui y est resté, et le souvenir très présent d'une petite patrie perdue.

Un enracinement nouveau commence...

L'échec allemand

Les années 1920-1921 sont pour Vidal celles de la mort du père, du mariage, de la naissance du fils, de l'installation durable dans un appartement ; ce sont aussi celles de son ultime tentative pour asseoir et développer son bureau d'export-import. Après que la Grande-Bretagne se fut fermée, alors que la Tchécoslovaquie, la Yougoslavie, la

Roumanie ne peuvent lui donner une clientèle suffisante, il tente sa chance du côté de l'Allemagne, dans le sillage de Salomon et de Samy Beressi, pour y exporter des textiles, des vêtements, peut-être des métaux. Il en demeurera dans ses papiers un échange de lettres avec Samy Beressi, des cartes postales adressées d'Allemagne à sa toute nouvelle épouse, et enfin un passeport obtenu par Luna le 11 décembre 1920 pour faire un voyage en Allemagne. Le document nous indique que Luna est devenue, comme son mari, « israélite du Levant » (relevant de la catégorie des « protégés spéciaux ») et que le couple est déjà domicilié 10, rue Mayran.

Un séfarade comme Vidal demeure étranger aux haines entre Français et Allemands. Si, à Frigolet, il a utilisé le terme « Boches », c'est par mimétisme, et il oubliera le mot. L'Allemand n'est pas perçu par lui comme ennemi héréditaire, fléau du genre humain. Il connaît la langue allemande qu'il a apprise à l'école, récite *Le Roi des aulnes*, et il s'est plu en Allemagne, où les nourritures lui ont agréé. Même après la guerre de 1939-1945, il n'aura pas de haine pour les Allemands en tant qu'Allemands, et se plaira, dans les années soixante et soixante-dix, à faire des croisières sur le Rhin.

Après ses fiançailles, Vidal commence ses expéditions en Allemagne, d'abord sous la houlette de son beau-père. Une lettre de Salomon Beressi à Vidal du 7 octobre 1920 nous indique qu'il compte sur lui pour essayer de placer dans des maisons françaises des articles allemands, comme du papier aluminium pour fabricants de chocolat, des couteaux, des fourchettes, des cuillères, et pour lui trouver en France des tissus à exporter en Allemagne. La lettre se termine par :

> Byen el bonjour al karo Anri [*frère de Vidal*]. Beza la kara Luna de mi parte i dile ke ya le va eskrivir i a eya en partikular
> Kordyalmente te apreto la mano tu papa.
>
> Salomon.

Vidal fait quelques séjours en Allemagne en 1920 et peut-être, à l'occasion des fêtes de fin d'année, a-t-il projeté de faire venir Luna avec lui à Bruxelles et à Francfort, où ils rejoindraient Salomon Beressi. Mais, bien qu'elle ait obtenu son passeport le 11 décembre, Luna reste à Paris (nous supposons que c'est parce qu'elle est enceinte de trois mois qu'elle profitera de cette absence pour tenter d'avorter). Elle écrit à son père, qui se trouve à l'hôtel Excelsior, à Francfort :

Paris, le 16 décembre 1920.

Mon cher papa,
Je viens par cette carte te donner de nos nouvelles qui sont bien bonnes. Je te fais savoir comme mon cher Vidal part ce soir par voie de Bruxelles. Il prend le train de 10 heures et quelques. Je crois qu'il restera un jour à Bruxelles et il prendra route de Francfort. Je t'embrasse de tout cœur.

Luna.

Salomon Beressi meurt le 31 mars 1921. Vidal continue avec Samy Beressi. Le 10 avril, Vidal envoie à sa femme deux cartes de Wiesbaden où il écrit :

Wiesbaden, 4 heures p.m.

Ma Luna chérie,
A 4 heures et demie je pars pour Francfort et Samy viendra me rejoindre demain matin. Nous avons déjeuné ensemble et ce soir je t'écrirai les détails de Francfort. Ici, c'est une ville superbe, et cela m'a un peu distrait d'être en compagnie et de voir un peu de beau. Je voudrais bien t'avoir avec moi pour que tu puisses voir comment est joli Wiesbaden. J'ai fait un bon voyage et j'espère la même chose pour mon retour. J'espère surtout trouver de tes nouvelles à l'hôtel Excelsior en rentrant. Porte-toi bien et soigne-toi bien et de mieux (?) à mon, à notre cher petit fils. Je t'embrasse bien.

Ton Vidalico.

La carte indique que Vidal est assuré que l'enfant que porte Luna sera un garçon. Le « soigne-toi bien » semble l'expression d'une sollicitude toute normale d'un époux à sa femme enceinte, et l'on peut supposer que Vidal n'est pas encore au courant de la maladie de cœur de Luna.

L'échange de correspondance avec Samy Beressi indique des problèmes et des difficultés de transferts bancaires. Vidal, rentré à Paris le 13, écrit à Samy le 14. Il veut savoir si tout est en règle avec Sey et Hamm. Il est question d'une demande de Sylvain (Benforado ? Beressi ?) pour faire virer au compte de Samy à la Société alsacienne de Cologne un solde de 515 025 marks, et Vidal attend la réponse de Samy à cette demande. Vidal ajoute :

> J'attends également te lire, si je dois écrire à Angel pour le prier de reconnaître le transfert de Prinz de 176 136,10 marks en lui envoyant la lettre de paiement que Prinz m'a donnée... J'écris ce jour au fabricant d'aluminium.

Samy, au même moment (le 15 avril), écrit une lettre à Vidal où il l'informe que la maison Sey et Hamm a reçu 437 pièces d'imprimés faisant 21 521,60 mètres, 130 pièces « shirting » faisant 5 155,25 mètres, et qu'il y a 100 mètres de moins dans les imprimés et 500 mètres de plus dans le blanc que prévu, et il se demande si l'erreur vient de la livraison ou de la mesure à l'arrivée.

Des télégrammes et des lettres se croisent entre Samy et Vidal pour régler un très complexe transfert de fonds, ainsi que pour liquider un compte laissé en Allemagne par Salomon Beressi, mort le mois précédent.

Dans une lettre du 16 avril, Samy indique que les affaires ne vont pas au mieux :

> Les trois pièces de gabardine de mon lot ont dû être livrées par Prinz à la maison Sey et Hamm ; je suis en règle avec cette dernière ayant eu le reçu de cette marchandise comme les autres. La vente est calme chez ces messieurs depuis deux jours à la suite sans doute de la

fermeture de la foire... De mes stocks, je n'ai rien pu faire avec eux, ni avec aucune autre maison.

Puis Samy indique qu'il sera à Cologne les jours suivants.

Vingt jours plus tard (le 6 mai 1921), le prix des réparations allemandes aux Alliés est fixé à 132 milliards de marks-or. Le mark commence à chuter pendant l'été 1921 et s'effondrera en 1922-1923. Le plus gros du bien de Salomon Beressi était en marks, et sa veuve se trouvera sans ressources. Pepo ne pourra gérer le magasin du boulevard Barbès et devra l'abandonner. Mais, en vertu de la solidarité familiale traditionnelle, les beaux-frères de Myriam et son gendre veilleront à ce qu'elle ne soit pas démunie et puisse élever ses deux enfants mineurs.

La sédentarisation

La famille Beressi s'était installée avenue Parmentier, puis rue Sedaine. David D. Nahum avait logé pendant son dernier séjour parisien boulevard Voltaire. C'est que le premier pôle d'installation des Saloniciens à Paris fut, avant la Première Guerre mondiale, la rue Sedaine et ses alentours, près de la place Voltaire, où la colonisation des immeubles d'habitation et des commerces de tous ordres créa une micro-Salonique.

Le second pôle, le Sentier, est purement professionnel : c'est là où beaucoup de Saloniciens ouvrent des boutiques de gros dans le textile ou la bonneterie, dans les années 1910-1925. Vidal y prend boutique rue d'Aboukir, en 1922 ; il y demeurera près de quarante ans et toute sa vie restera polarisé sur le Sentier.

Les Saloniciens du Sentier habitent de façon dispersée dans différents quartiers. Vidal s'est d'abord installé non loin du Sentier, d'abord rue Saint-Georges, puis rue Clauzel, puis, au moment de son mariage avec Luna Beressi,

près du square Montholon, rue Mayran, dans le IXe arrondissement. Il y vivra avec Luna jusqu'en 1931. Henriette,
sa sœur, choisira une rue bourgeoise, dans le XVIIe arrondissement. Ainsi, il y a à la fois la concentration résidentielle du XIe arrondissement, autour de la rue Sedaine,
petit noyau salonicien où va vivre Myriam Beressi, et la
dispersion résidentielle des Saloniciens dans le milieu
parisien.

Vidal va progressivement s'enfoncer dans le bain français. Les prénoms de la famille sont déjà francisés depuis
Marseille, Haïm étant devenu Henri, Jacob, Jacques,
Elena, Hélène, Riquetta, Henriette. Vidal reste Vidal, mais
il se fait appeler, dans le Sentier et dans son quartier
d'habitation, M. Vidal, comme si c'était son nom de
famille. S'il reconstitue immédiatement dans son foyer et
dans sa boutique un micro-milieu issu de l'Empire ottoman, c'est avec un couple de gentils : il prend comme
employé de magasin un Arménien immigré de fraîche
date, Wahram, et comme domestique de maison sa femme
Macrue (Marie) qui, d'Alfortville (où se sont installés la
plupart des Arméniens venus en France après les massacres turcs), viennent habiter dans la chambre de bonne du
10, de la rue Mayran. Macrue, la « Petite Marie » (nommée ainsi non seulement parce qu'elle est petite de taille,
mais aussi parce que Corinne a pris à son service une
autre Marie arménienne de grande taille, Macrue Solo-
vian), prend soin du petit Edgar quand ses parents s'absen-
tent le soir. Elle est très aimante pour l'enfant. Des rapports affectueux lient le couple séfarade et le couple
arménien ; ils dureront après la séparation, le veuvage et
le remariage de Vidal et de Macrue. Il y a mutuelle
confiance, fidélité et familiarité entre les uns et les autres.
Une sorte de sentiment commun, de philosophie commune
de la vie les lie. Ils sentent non leur différence religieuse,
mais leur météquité orientale commune.
    Vidal est déjà totalement parisien, mais il ne se sent

pas encore français dans le début des années vingt ; lorsqu'il doit abandonner son identité d'« Israélite du Levant » (sans doute vers 1925), il ne songe pas alors à demander la nationalité française, il préfère prendre la nationalité hellène qui lui est culturellement et affectivement étrangère, mais dont relève désormais sa ville natale.

Vidal au Sentier

Après la chute du mark, Hananel Beressi, frère de Salomon et oncle de Luna, pour qui Vidal aura toute sa vie respect et affection, conseille à Vidal de ne plus s'obstiner dans l'exportation, et de prendre magasin :

« Ne t'attarde pas à attendre dans l'exportation, c'est fini, c'est mort. Il faut prendre un magasin et faire comme tous tes.... » Et en effet, j'ai rencontré un camarade de classe, un M. Baron : « N'hésite pas, voilà, nous avons pris un magasin, c'était un épicier, on a commencé à travailler les bas, les chaussettes, on se défend. » Il me dit : « Justement, mon épicier a un beau-frère qui a un magasin rue d'Aboukir, je vais te présenter. » Et je vais chez lui. Hop, j'achète le magasin rue d'Aboukir, et je commence moi aussi la bonneterie.

Vidal prend cette petite boutique, au 52, rue d'Aboukir. Le bail est signé le 24 août 1922, et le prix est fixé à 2 700 francs pour les six premières années, 3 200 francs les trois suivantes, 3 500 francs pour les trois finales.

Vidal s'installe au Sentier ; l'exportation deviendra alors pour lui une activité résiduelle et sporadique dans ses affaires, au gré des possibilités qui lui seront offertes. Son commerce s'est spécialisé dans les bas et les chaussettes, destinés principalement aux commerçants et aux forains du marché français.

Le Sentier est un quartier situé au cœur de Paris, dans le IIe arrondissement ; la partie principalement vouée au textile et à la bonneterie en gros comporte la rue de Cléry, la rue d'Aboukir, les petites rues avoisinant la place du Caire, la rue du Sentier.

A l'ouest, la Bourse, temple frénétique, et les grands sièges de banques, palais bureaucratiques de l'argent ; au nord, les cafés, théâtres, cinémas des Grands Boulevards ; à l'est, les fards violents et les chairs offertes des prostituées de la rue Saint-Denis ; au sud, les Halles centrales où se déversent et d'où se dispersent les nourritures de quatre millions de bouches ; au cœur du quartier, le grondement des rotatives et l'essaim des camionnettes, motos, vélos des grands journaux.

C'est un centre de commerce acharné aux frontières du plaisir (rue Saint-Denis) et du loisir (Grands Boulevards), que chevauchent les centres pulseurs des plus puissants flux économiques (Bourse et banques), communicationnels (journaux), nutriciels (les Halles) et sexuels (la rue Saint-Denis) de la capitale ; près des Halles se jouxtent le ventre et le bas-ventre de Paris, dans une intensité qui ne se ralentit jamais et s'exaspère chaque nuit.

A la différence de la rue des Rosiers, alors colonisée par les ashkénazes de Pologne et de Russie, aucun exotisme, aucun mode ou style de vie, aucun signe, sinon les noms de boutiquiers et l'entassement sans grâce des marchandises entreposées derrière les vitrines, n'indique au regard extérieur la présence d'une communauté étrangère. En fait, la population est très mélangée ; il demeure du petit peuple parisien dans les chambres mansardées et les loges de concierge ; les représentants qui visitent le quartier sont français, les boutiquiers sont pour la plupart séfarades, les clients sont en minorité français, en grande partie métèques, marchands forains et petits boutiquiers de province ou de banlieue, Nord-Africains, Arméniens, ashkénazes.

Lorsqu'elle enregistrera son autobiographie orale, la petite-fille de Vidal, Véronique, lui demandera pourquoi le Sentier.

... Déjà avant la guerre, en 1910, avant la guerre européenne, de 14, tous les gens de Turquie, que ce soit

*d'Istanbul ou de Salonique, et qui venaient en France,
surtout à Paris, pour travailler, tous commençaient à travailler dans le textile, tissu, bonneterie, pull-overs, etc.,
et il y avait deux centres : un centre du côté de la place
Voltaire, qui était de deuxième ordre, pour des choses
beaucoup plus ordinaires, beaucoup plus de deuxième
qualité, et un centre un peu plus à la page qui était le
Sentier, à Paris. Donc, on était pour ainsi dire concen-
trés... et, à la fin de 14-18, en 1920 par exemple, sans
exagérer, il y avait sur trois cents magasins du Sentier une
centaine de Saloniciens... On se connaissait, on savait qui
était là, on se rencontrait.*

En fait, le Sentier devient, de 1920 à 1939, une petite
agora, disposée en centaines d'alvéoles boutiquières, où
se rencontrent amis et collègues, qui, après un *Ke haber ?*
(Quelles nouvelles ?) joyeux, discutent de tout et de rien.
Par exemple, un ami salonicien de Vidal vint dans sa
boutique lui apporter une très intéressante information :
« Tu sais, Vidal, que l'un des nôtres était un très grand
philosophe, Baruch Spinoza, il a fait un livre complet sur
tous les tics, ça s'appelle *Les Tics*. – Pas possible... »

Véronique : « Et pourquoi tous dans la bonneterie ? »

*Ah ! Parce que le métier était plus facile... Les tissus,
c'était plus compliqué, il fallait avoir fait un petit apprentissage, parce que dire : « Ça, c'est de la laine, ou c'est
du mélange, ou c'est du coton... », tandis que dans la
bonneterie, c'était plus facile. On achetait des chaussettes,
bon. Les chaussettes coûtaient 3 francs la douzaine... on
les vendait 3,50 francs. On achetait des bas, la même
chose, on achetait des culottes de coton... Il n'y avait pas,
pour ainsi dire, de formation professionnelle... Sur la centaine de commerçants saloniciens dans le Sentier, quatre-
vingts faisaient de la bonneterie, les vingt qui avaient fait
un petit apprentissage dans d'autres magasins faisaient
les tissus ; il en est resté encore trois ou quatre dans le
Sentier, rue d'Aboukir, qui ont des situations merveilleuses, il y a, par exemple, M. Broudo, rue d'Aboukir, que
tout un immeuble lui appartient... L'affaire est beaucoup*

plus riche dans les tissus que dans la bonneterie, mais enfin, dans la bonneterie, on se défendait, la preuve...

Vidal ouvre donc un commerce de bonneterie en gros, au 52, rue d'Aboukir. Il est seul, il a besoin de fonds : *J'ai eu des propositions de M. Pierre, de M. Paul, pour s'associer, tout ça, je ne voulais pas, et finalement mon frère Léon m'a dit : « Écoute, notre beau-frère Élie n'a plus de travail à Marseille, il vaut mieux qu'il vienne à Paris et soit ton collaborateur, comme ça tu n'es pas seul... et moi, au besoin, je vais vous épauler, s'il faut. »*

En fait, Élie apporte une certaine somme, investie dans les affaires du magasin, pour laquelle il touchera un pourcentage sur les bénéfices. Tous les ans, ils feront les comptes, et Élie touchera sa part. Est-ce méfiance de Vidal à l'égard des aptitudes d'Élie ? Celui-ci ne sera associé ni à la recherche ni à la vente des marchandises, il n'interviendra jamais auprès des clients, toujours silencieux au moment du marchandage. Vidal le chargera d'aller à la poste, de garder le magasin en son absence. Il aura beaucoup plus confiance en son employé Wahram, qui sera chargé des expéditions, des réceptions et des courses diverses. Élie acceptera avec philosophie, voire satisfaction, ce statut de potiche. En fait, il n'y aura jamais d'intimité entre les deux beaux-frères. Il semble que Vidal ait accepté la solution d'« association » avec Élie par obéissance à l'avis de Léon, et par solidarité pour sa sœur. Tant qu'il aura le magasin, il ne remettra jamais en question le statut d'Élie.

Le matin, moi, j'ouvrais toujours à 8 heures le magasin. Élie venait de son côté, moi je venais avec mon employé Wahram qui avait la chambre du sixième étage, avec sa femme, qui a pour ainsi dire élevé Edgar... Donc, on ouvrait toujours avant 8 heures, et oncle Élie aussi était très ponctuel... Il n'était pas du métier, il ne faisait pas les ventes, il ne faisait pas les achats, mais c'était pour moi une personne de confiance ; par exemple, moi, je sortais pour aller voir quelqu'un ; si un client venait : « Attendez, M. Nahoum vient dans quelques minutes. » Il savait le faire patienter. Quand je voyageais, c'était la même chose.

Moi, je voyageais deux fois par semaine ; je m'en allais à Troyes dans les fabriques pour acheter des fins de série ou des lots... Je ne travaillais pas avec les représentants ; au contraire, les représentants m'en voulaient parce que je marchais sur leur dos pour ainsi dire... Je n'achetais pas du régulier, c'est pour ça qu'il fallait que j'aille sur place, à Troyes. Et les premières années de ma carrière, c'était très pénible. Je partais le soir de Paris, j'arrivais à 11 heures du soir, je couchais là-bas dans un hôtel s'il y avait de la place, sinon je restais à la salle d'attente de la gare. A 5 heures du matin, je prenais un car ou un autre train pour aller dans les petits patelins à côté (où il y avait des fabriques)... Mais enfin, j'étais en âge, j'avais 30 ans-34 ans, je pouvais bien supporter les voyages et la fatigue et tout...

Vidal travaille dur, de 8 heures du matin à 6 heures le soir, y compris le samedi ; il ne respecte pas le sabbat, il ne prend pas de semaine anglaise, et parfois il vient au magasin le dimanche, *parce que certains clients qui avaient bien travaillé le samedi voulaient se réapprovisionner, donc moi-même j'étais obligé de venir le dimanche matin.*

La rue d'Aboukir était visitée tout le temps par des marchands forains ou des petits commerçants qui avaient une boutique à Gennevilliers, ou à Aubervilliers, ou à Noisy-le-Sec, qui venaient dans le Sentier pour s'approvisionner. Ils entraient dans une boutique : « Voilà, monsieur, je cherche des bas de coton noir, bon, montrez-moi ce que vous avez. » On lui montrait : « Voilà, tel prix. – Je prends dix douzaines, je prends cinq douzaines. » Et moi, au début, en 1921, je vendais aussi des peignes et des brosses à dents, ça m'était resté du moment que je faisais l'exportation, et j'ai continué ; j'avais, ma foi, de très bons clients, qui venaient par exemple de Lille pour acheter des peignes. Je m'en allais dans l'Ariège où sont

*les fabriques de peignes en corne, je faisais des achats et
je ramenais la marchandise à Paris...*

*J'ai eu de très bons clients, j'en ai eu malheureusement
peut-être quatre ou cinq canailles, méchants jusqu'à la
moelle des os, qui me faisaient vraiment beaucoup de
mauvais sang. Par exemple, ils achetaient vendredi matin
huit douzaines, ils payaient et ils s'en allaient ; le lendemain, ils revenaient : « Ah, ils me disaient, il faut les
changer. – Mais pourquoi, mon ami, tu as déjà ouvert les
paquets ? – Oui, mais ils ne me plaisent pas ! » Enfin,
bref, des méchants types. Heureusement qu'ils étaient
rares. Autrement, gentils. Par exemple, un client qui venait
de Poitiers. Quand il ne venait pas, il me téléphonait :
« Envoyez-moi encore vingt douzaines. »*

Le magasin est en fait une petite boutique très étroite.
Sur l'étalage de la vitrine, en vrac, empilés, en désordre,
des bas et des chaussettes ficelés par douzaines. Une longue table médiane rectangulaire sépare le magasin en deux
passages symétriques étroits ; Vidal se met plutôt du côté
gauche, les clients plutôt du côté droit, mais ils passent à
gauche pour observer, tâter, enlever chaussettes ou bas,
dont les douzaines s'empilent dans des casiers de part et
d'autre jusqu'au plafond. Au fond de la boutique se trouve
le minuscule bureau de Vidal qui abrite ses papiers, ses
factures, sa machine à écrire ; le bureau est protégé par
une séparation en bois s'élevant à hauteur de poitrine et
permettant le regard de surveillance. On peut sortir du
fond par une porte de service donnant sur le couloir
d'entrée de l'immeuble. Au bout de ce couloir, une petite
cour, où Vidal louera plus tard une réserve pour ses stocks.
Au premier étage de l'immeuble vit la concierge,
Mme Dauchel, avec qui Vidal a des rapports très amicaux.

Le magasin est encombré de caisses en arrivée, de colis
en partance. Vidal fait lui-même les paquets. Il enveloppe
la marchandise du client dans un papier cartonné marron,
la ficelle, la donne au client avec une petite poignée de
bois amovible, ou bien envoie Wahram expédier avec le
diable les colis par Calberson ou autre entreprise de trans-

port. Le bruit des roues métalliques du diable sur les carrelages du corridor, les trottoirs et les chaussées ravit le fils de Vidal, que celui-ci fait venir parfois le jeudi dans la boutique.

Contrairement à ce que dira Vidal, sans doute par dignité, à Véronique dans son autobiographie orale (« Tu discutais beaucoup avec tes clients ? – *Non, en principe.* »), tout se fait par marchandage. Vidal marchande le prix d'achat dans les fabriques et il marchande le prix de vente avec les clients. Effectivement, il s'agit toujours de fins de série, de soldes, dont le prix doit être fixé chaque fois. Vidal fait varier le prix qu'il propose selon son humeur ou la tête du client. Le prix de compromis est différent de client à client, en fonction de la dureté du marchandage, et des mille facteurs qui varient selon le moment de la journée et le rapport psychologique de force établi au cours de la tractation. « Allez, vous êtes mon premier client, je fais un sacrifice pour commencer la journée, ça me portera chance et je me rattraperai sur les autres. » Ou bien : « Bon, vous êtes mon dernier client de la journée, tant pis, je mange mon bénéfice. »

Le marchandage type se déroule de façon rituelle. Un client entre, le visage dégoûté, comme s'il pénétrait dans un champ d'épandage ; il contemple avec mépris la marchandise, fait mine de repartir en haussant les épaules, et puis, distraitement, prenant une douzaine de chaussettes, en extirpe une paire, la tâte avec une moue écœurée et lance : « Combien, ça ? » Vidal prend la paire, la caresse comme avec volupté : « C'est très beau... Pour vous, je vous fais 15 francs. – Quoi ! » s'exclame le client en riant comme s'il entendait une parole démente, et il prend aussitôt la porte. Au moment de disparaître, il lance : « 6 francs. » Vidal prend un air médusé. « Mais moi, je la paie 12 francs ! Je vous montre la facture ! Ce n'est pas possible ! Allons, je fais un effort, treize francs, c'est mon dernier prix. »

Alors commence le terrible marchandage. Le client reprend la chaussette, lance un nouveau prix, puis à la réponse de Vidal la rejette comme une ordure. Pour en finir, il donne son dernier prix, et Vidal, désolé, dit : « Non, non », remet la paire dans son paquet, le paquet dans son casier. Mais les derniers prix de l'un et de l'autre ne sont pas encore les vrais derniers prix. Parfois, le client part, puis revient cinq minutes après, et la discussion recommence ; parfois, il ne revient pas du tout ; le plus souvent, un accord finit par s'établir et Vidal, accablé, dit : « J'y perds, je vous assure que j'y perds, pour cette fois, ça va, mais la prochaine fois, ce ne sera pas possible. » Ainsi, toute la journée, la plupart des ventes se terminent par un « J'y perds, j'y perds ». Une fois, à la fin d'un jeudi après-midi, son fils épouvanté lui dit : « Mais, papa, tu as perdu beaucoup d'argent aujourd'hui. » Et Vidal, clignant de l'œil, avec un sourire malin : « Ne sois pas trop inquiet, mon Minou. »

En fait, Vidal ne s'intéresse pas aux bas et aux chaussettes, il s'intéresse à son commerce. Il y met toute son énergie, mais il n'a pas acquis le sens des textures, des substances, des couleurs, il se fie aux demandes des acheteurs, aux indications des fournisseurs : « Ça plaît beaucoup en ce moment. » Son incompétence le voue aux fins de série, deuxièmes choix, soldes, et ces fins de série, deuxièmes choix, soldes entretiennent son incompétence. Du reste, il gardera en stock pendant plus d'une dizaine d'années des bas de couleur répugnante, des chaussettes innommables : seule l'occupation allemande de 1940, avec les restrictions, la raréfaction des marchandises, lui permettra d'écouler, et à bon prix, l'invendable.

Il est voué aux marchandages les plus serrés, parce qu'il vend des marchandises très bon marché à des forains ou à de tout petits boutiquiers des banlieues pauvres, qui ont eux-mêmes besoin de vendre le meilleur marché possible et marchandent les prix déjà très bas des soldes et deuxièmes, voire troisièmes choix, paires aux couleurs dépareillées, avec défauts de toutes sortes ; c'est sur ces marchandises de dernier rang que se livrent les plus âpres marchandages.

Vidal a toutefois une chance, due à sa nature enjouée et plaisante. Non seulement il a acquis la sympathie de certains fabricants, mais il bénéficie d'une faveur particulière de la part de M. Doré, patron de la fabrique de bonneterie DD, à Romilly, près de Troyes. Par amitié pour Vidal, il lui réserve la priorité, en fait l'exclusivité, sur tous les soldes, fins de série et deuxièmes choix de la marque DD, alors très connue et réputée, ce qui donne à Vidal un véritable monopole dans le Sentier pour tous bas et chaussettes DD de bas prix. Vidal réserve ces marchandises à ses meilleurs clients, et, dans les marchandages, il a toujours l'avantage de faire valoir : « Mais c'est du DD ! »

Ainsi, se dépensant beaucoup, gagnant peu sur chaque marchandise, mais vendant assez, ne souffrant pas économiquement de son incompétence, continuant à exercer sa polyvalence en poursuivant la vente de fil DMC pour des clients étrangers, prenant au vol, au hasard, des affaires inattendues comme l'importation de sacs de jute des Indes, Vidal prospère au cours des années 1921-1930. Il ne peut pourtant développer son affaire ; il veut toujours faire tout le principal tout seul, il ne peut donc envisager un magasin plus grand, avec des adjoints responsables et des employés autres que le fidèle Wahram. Il ne peut réussir dans les affaires comme Samy, qui devient propriétaire d'un grand magasin parisien. Il acquiert une aisance moyenne qui lui permet d'aller parfois dans de bons restaurants comme la Grange-Batelière ou la Reine-Pédauque, de sortir le soir, de faire des excursions, de prendre des vacances d'hiver à Sainte-Maxime, des vacances d'été à Aix-les-Bains. En 1929-1930, il a les moyens d'acheter un terrain en banlieue et d'y entreprendre la construction de ce qui devrait être une belle villa ; il passe alors son permis de conduire et acquiert une petite voiture Fiat à quatre places. Mais la crise et le malheur vont alors survenir, presque ensemble [1].

---

1. On peut se demander pourquoi le 8 juillet 1930 il établit une procuration générale aux noms d'Élie Hassid et de son frère Léon venu s'installer à Paris pour une ou deux années.

Rue Mayran

Vidal s'est sédentarisé en prenant en automne 1920
l'appartement du 10, rue Mayran, où naîtra son fils et où
il restera pendant dix ans. La rue Mayran, sur les premières
pentes de la colline Montmartre, n'est qu'à vingt, trente
minutes à pied du Sentier. Elle est dans un quartier de
petites classes moyennes, où il y a peu d'immigrants en
général et de séfarades en particulier ; ainsi, rue Mayran,
il n'y a de séfarade que Vidal et Luna.

L'appartement de Vidal est sis au troisième étage et
comporte un petit balcon d'où Bébéco laissa tomber une
fois une bouteille d'eau de Cologne qui se brisa sur le
crâne d'un passant. Le salon et la chambre à coucher
donnent sur la rue. Dans cette chambre restera longtemps
installé le petit lit en fer avec grilles de Bébéco, qui, le
matin, après le lever du père, adore passer dans le lit de
sa mère et prendre son *bibionico*. Puis Bébéco devenu
Minou dort et vit dans sa petite chambre. Une entrée
sépare les deux parties de l'appartement ; le salon, puis la
chambre à coucher, à gauche, la salle à manger et la petite
chambre d'enfant, à droite, avec fenêtres sur cour ; entre
les deux, la cuisine, de taille moyenne. Le noyau familial
comporte Marie-Macrue quasi en permanence : Macrue
est petite, elle a le teint un peu foncé, un visage subtil,
doux et beau d'Arménienne ; elle fait la cuisine, lave,
nettoie et veille sur l'enfant. Elle le garde le soir avec son
mari Wahram rentré du travail, quand Vidal et Luna sortent. L'enfant proteste quand les parents s'en vont, voudrait partir avec eux et cogne la porte refermée en criant.
Mais l'amour de Vidal et Luna ne les fait pas sacrifier
leurs sorties.

Bébéco devient Minou. Après la période des longs cheveux ondulés de petite fille, on le fait petit garçon. Il a de
fréquentes alertes de santé, indigestions, diarrhées, crises

d'urticaire, et on appelle le vieux docteur Lehman qui donne du Calomel pour le foie fragile, de l'eau de Carabanas, eau salée immonde, pour l'indigestion. L'enfant a les maladies d'enfant, les fièvres subites qui font si peur aux parents, et qui angoissent ces parents d'un fils à jamais unique.

Après la retraite du docteur Lehman, le docteur Amar devient le médecin de la famille, ou plutôt de l'enfant, car Vidal, sauf maux de gorge et angines, n'est jamais malade et a horreur des médicaments. C'est parce qu'il se sent désarmé devant les fièvres et les maladies de son fils qu'il appelle le docteur Amar, lequel le rassure avec son visage souriant, sa petite barbiche et son « bon ! » satisfait après chaque auscultation ou prise de température. L'enfant a aussi un mal-être bizarre, qui le prend parfois à table ; il ressent le besoin d'un énorme bâillement, d'un appel d'air, comme s'il étouffait, et il ne peut réaliser ce bâillement que si personne ne le regarde ; aussi se cache-t-il sous la table, protégé par la nappe, puis il ressort, rasséréné. S'agit-il de la marque de sa venue au monde, étouffé par le cordon ombilical ? Le docteur Amar ne s'inquiète pas de ce symptôme, et les crises d'étouffement du Minou semblent alors naturelles et ne suscitent pas de souci.

L'enfant grandit. Il a appris à marcher à Aix-les-Bains, où ses parents aiment aller en vacances et louent un petit appartement. En 1925, Vidal ouvre pour son fils, âgé de 4 ans, un livret de caisse d'épargne (qui atteint la somme de 480 francs, mais sans doute les difficultés financières obligeront-elles Vidal à puiser dans ce compte qui sera réduit à 4,20 francs en 1936). L'enfant joue dans sa petite chambre et, jusqu'à l'âge de l'école, il n'a pas de petits amis. Il voit souvent son cousin Fredy, fils de Corinne, mais celui-ci est de deux ans plus jeune, et la différence d'âge ne s'atténuera que plus tard. Il vit donc dans le cocon de sa petite chambre, enveloppé par l'amour maternel, entouré par l'amour du père, materné de façon différente par sa tante Corinne, mère auxiliaire, et Macrue, mère nourricière. Aussi refuse-t-il d'aller à l'école, quand

vient le moment d'entrer dans la classe enfantine. Ses
parents n'insistent pas, mais quand, après la rentrée des
classes, un avis de la mairie leur enjoint de faire accomplir
à l'enfant son obligation scolaire, il leur faut obéir. Luna
tient à ce que son fils aille au lycée et non à la communale,
et elle veut qu'il continue les études secondaires jusqu'à
leur terme. Vidal, lui, souhaite que son fils puisse entrer
au plus tôt à l'école commerciale pour devenir son collaborateur, puis son successeur, rue d'Aboukir. Vidal avait
travaillé sous son père, il voit des Saloniciens près de lui,
dans le Sentier, tout heureux d'introduire leur fils dans
leur affaire, et il rêve d'avoir à ses côtés Edgar, qui, avec
le temps, prendrait la direction du magasin devenu
« Nahoum et fils », pendant que lui, Vidal, le regarderait
faire, le conseillerait, aurait des loisirs, et vieillirait ainsi
tranquillement dans le Sentier. Le hasard avait placé une
école commerciale, quasi en face du lycée Rollin (aujour-
d'hui Decour), avenue Trudaine. Toute sa vie, jusqu'à la
fin, Vidal dira à son fils : « Ah ! Je me suis trompé de
trottoir, c'est à l'école commerciale que j'aurais dû
t'emmener, et par bêtise je t'ai conduit au lycée Rollin »,
et, dans cette plaisanterie devenue rituelle, il y aura toujours un regret résiduel.

Un matin donc, il faut conduire le Minou en classe.
Celui-ci refuse de se lever, et on le sort du lit par la force
et la ruse, en lui promettant de différer son entrée à l'école.
De même, on lui enfile son costume. Il s'accroche à la
porte de l'appartement en hurlant. Vidal l'en arrache et le
tire dans les escaliers. Devant la loge de la concierge, les
hurlements redoublent, et la concierge sort contempler un
spectacle aussi lamentable que celui d'un porcelet qu'on
va égorger. Une fois arraché à la porte du 10, rue Mayran,
l'enfant, conduit par la main de son père, prostré, fait la
remontée de la rue Rochechouart, puis celle de la rue
Turgot, jusqu'à l'arrivée devant l'énorme caserne. Les
classes sont déjà rentrées. Le Minou supplie encore son
père en pleurant de ne pas l'enfermer dans cette école. Un
surveillant vient, conduit le père et l'enfant jusqu'à la

porte de l'enfantine 3 ; la porte s'ouvre ; l'enfant arrête ses hurlements et devient un animal apeuré en voyant une trentaine de têtes enfantines le considérer ; la maîtresse, Mlle Courbe, le conduit à une place, au fond de la salle ; il court à la porte, mais on la referme à clef, et son père a disparu ; les autres élèves rigolent, lui reste muet, tremblant de peur, jusqu'à la fin de la matinée. A la sortie, son père n'est pas au parloir, il se voit abandonné pour toujours et éclate en sanglots ; en fait, Vidal est occupé avec un client et a envoyé Wahram qui arrive avec un peu de retard. L'élève Nahoum entre ainsi dans la vie civile. Il se fera lentement des petits camarades et s'habituera au lycée. En classe de dixième, il commence à dévorer les livres, chez lui, partout, à tout moment de la journée. Sa grande consommation de textes lui vaut des bonnes notes en dictée ; son professeur de dixième, puis de neuvième, M. Marquand, guide ses parents dans le choix des livres. Il confirme Luna dans son intention de le faire poursuivre ses études secondaires. Luna ne veut pas que son fils soit commerçant. Elle souhaite qu'il exerce une carrière libérale. Vidal résiste mollement, pour le principe. Du reste, un an après la mort de Luna, au terme des études primaires, il n'enverra pas son fils à l'école commerciale, mais le fera entrer en classe de sixième au même lycée Rollin. Ainsi, la vie d'Edgar ne suivra pas le sentier du Sentier.

Vie parisienne

La vie parisienne de Vidal, au cours des années 1920-1930, garde des enclaves orientales et des traits méditerranéens, certains d'entre eux étant en même temps parisiens : longtemps, Paris fut une ville du Nord extravertie à la méditerranéenne, avec ses terrasses de café, ses badauds, ses loisirs.

L'appartement de la rue Mayran, installé à la française, contient en lui ces deux petits fragments d'Empire otto-

man en voie de francisation, le couple séfarade, déjà
amplement pénétré de substance française à Salonique, et
le couple arménien, en voie d'acculturation plus rapide
qu'il ne l'aurait fait en demeurant à Alfortville.

Vidal se lève tôt le matin, vers 6 heures et demie,
7 heures. Il chante et siffle aussitôt, se lave le visage au
savon, puis l'asperge de grands jets d'eau froide ; toujours
chantant et sifflant, il va vers le petit lit de son fils au
réveil lent et difficile, et il chante sur l'air militaire du
réveil :

> *Minou, lève-toi, Minou, lève-toi*
> *Minou, lève-toi bien vite !*

Il finit par extirper son fils du lit et part au magasin
qu'il ouvre avant 8 heures ; il ferme boutique vers 6 h-
6 h 30 du soir ; il baisse son rideau de fer, met le cadenas.
Parfois, Luna vient le chercher ; de même, Corinne vient
chercher son mari, Joseph Pelosoff, qui a aussi une boutique dans le Sentier. Les deux couples vont prendre l'apéritif dans un café, rue Favart, pour entendre un chanteur
italien qui s'accompagne d'une mandoline. Parfois, ils
vont dans le restaurant italien Poccardi, boulevard des
Italiens.

Qui est Luna ? Son fils gardera d'elle un souvenir
d'amour immense, mais sans pouvoir préciser des traits
de caractère. Comme il ne parlera jamais de Luna à son
père, Vidal ne l'évoquera jamais pour son fils. Sa petite-
fille, Irène, sera curieuse : « Quand l'heure était propice,
je lui demandais entre nous deux seuls de me parler de
Luna, le fantôme douloureux de la famille : "Qui c'était
vraiment ? Était-elle jolie ? Tu l'as vraiment aimée ? –
Oui, elle était jolie, oui, je l'aimais, elle aimait s'amuser,
sortir, la pauvre, mais... – Mais quoi ? – Elle n'était pas
facile à contenter, elle voulait... toujours plus..." » Quand
Edgar interrogera Macrue ou Émy, elles lui diront et répé-
teront (mais auraient-elles pu lui parler autrement ?)

qu'elle était très bonne, très aimante : « Tout pour les autres » ; elle aime très fortement sa mère et ses sœurs. Elle est discrète, « plutôt renfermée » (Émy), ne confiant pas ses peines et ses angoisses. Qui est Luna ?

Luna mène une vie de femme au foyer. Le matin, elle va faire son marché chez les commerçants et marchands de quatre-saisons du bas de la rue Rochechouart, où elle se fait accompagner par son fils dès qu'il est en âge de marcher et avant qu'il aille à l'école. Elle voit souvent sa mère et sa sœur Émy, qui vit chez Myriam Beressi, et surtout sa sœur Corinne, avec qui elle fait ses sorties, à qui elle confie son fils une journée par semaine. C'est la journée du bain, car Luna n'a pas de baignoire dans son appartement. Corinne baigne, nettoie, essuie à tour de rôle son neveu et ses propres enfants. Luna et Corinne se rendent souvent aux Galeries Lafayette, puis, après avoir visité les rayons, vont goûter au salon de thé. Luna aime y amener son fils, heureuse d'entendre autour d'elle d'abord : « Oh, le beau bébé ! », puis : « Oh, la belle petite fille ! », et enfin, lorsqu'il eut les cheveux courts et un petit costume de marin : « Oh, le beau petit garçon ! » Elle prend un soin minutieux de l'habillement de son fils, et lui fait faire ses costumes par la « petite couturière » du boulevard de Ménilmontant où Corinne et elle se font faire leurs robes copiées sur des modèles de couturiers chics. Le soir, comme on l'a dit, elle rejoint parfois Vidal pour l'apéritif et elle partage ses dîners et sorties du soir.

Luna aime par-dessus tout les opéras et le bel canto italiens, et collectionne les disques de Tito Schipa. Elle goûte les tangos argentins de Carlos Gardel et de Biancho Bachicha, dont elle a également les disques. Vidal et Luna aiment l'un et l'autre les chansons espagnoles mises à la mode à Paris dans les années vingt par Raquel Meller, et particulièrement *La Violetera* et *El Relicario*. Les ascendances culturelles hispanique et italienne ressortent très vivement dans le milieu parisien ; ainsi, le mari de Corinne, Joseph Pelosoff, aime particulièrement l'hymne à Garibaldi, dont il a le disque. Vidal, lui, n'a pas cessé

d'aimer par-dessus tout les chansons françaises de caf'
conc' et de music-hall, depuis celles de Mayol et de Perchicot, qu'il chante toujours avec sentiment, jusqu'à celles
de Georgius et de Marie Dubas. Luna est plutôt portée vers
l'opéra et l'italianité, Vidal, vers les chansons populaires
et l'hispanité. Leur fils grandit au son de ces disques que
Luna et Vidal mettent souvent (il n'y a pas encore de
radio). Avant de savoir lire, il les reconnaît à la configuration de l'étiquette. Aussi, lorsque viennent au salon, autour
du phono, les parents, cousins, visiteurs, on s'amuse à
brouiller la disposition des disques, on les met au hasard,
puis on demande un titre à Minou ; celui-ci trouve à tout
coup le disque, et est tout confus et réjoui de la joie admirative qu'il suscite. On lui demande quel est son truc, mais
lui ne connaît pas son moyen de reconnaissance.

La gastronomie du couple couvre Occident et Orient.
La cuisine quotidienne est assez occidentalisée. Mais,
dans les repas de famille, chez Myriam Beressi ou chez
Henriette Hassid (chez qui la mère de Vidal fait la cuisine),
la gastronomie séfarade-salonicienne s'impose. Parfois,
du *raki* en apéritif, avec œufs durs, mieux, œufs de cane
rôtis au four *(uevos de baba ahaminados)*, cornichons frais
coupés en long et croqués au sel, puis, en entrée, le traditionnel *pastellico* de fromage, d'aubergines ou encore
d'épinards en une grande galette que l'on fait cuire au
four du boulanger, mulets ou rougets de Marseille au four,
tomates, aubergines, poivrons farcis de viande (agneau ou
mélange agneau-veau), poulet aux queues d'épinard, *arroz
con fijones* (riz avec haricots blancs) que chacun mélange
selon son goût, *cachcaval* (fromage de brebis balkanique),
sotlach (crème de lait et Maïzena au four). Chez Myriam
Beressi, il y a toujours des gâteries sucrées, *rosquitas*,
charopes, *toupichtis*, qu'elle fait elle-même. Cette cuisine
a ses originalités propres dans l'ensemble balkanique et
elle conserve des traces hispaniques, comme la *rosquita*,
ou les délicieux *bunuelos*, trempés dans du miel. Cuisine
matricielle, que Vidal et Luna retrouvent intégralement

chez leurs parents, et qui fait les délices de leur fils, qui, tout enfant, épouse d'amour l'aubergine.

Les repas de famille sont gais, conviviaux, fraternisateurs. Ils sont plutôt bon enfant, un peu débraillés, sélaniklis chez Myriam Beressi, rue Sedaine, où l'espagnol règne. Ils sont plutôt tirés vers le comme il faut, rue Demours, chez Henriette Hassid, où le français et l'espagnol alternent. Après le dîner, chez Henriette, l'on passe au salon, les hommes se mettent d'un côté, les femmes, de l'autre, et chaque groupe mène sa conversation. Il y a parfois une table de bridge, mais Vidal ne joue pas aux cartes. Parfois aussi, Liliane, la fille d'Henriette, passe au piano et joue ce que lui demandent les convives.

Les repas au restaurant de la Grange-Batelière sont des sorties à plusieurs. A chaque séjour à Paris d'un membre de la famille de Bruxelles ou de Belgrade, il y a un repas rituel au restaurant de la Grange-Batelière. Là domine la gastronomie parisienne, avec, au départ, le luxe du caviar et du saumon fumé. Il y a aussi des réveillons à ce restaurant. Autre signe de francisation, Vidal et Luna ont adopté Noël et le Père Noël. Ainsi, la soirée de Noël, ils laissent leur fils s'endormir, vont au spectacle, reviennent sur la pointe des pieds, déposent les jouets devant les chaussures et s'éclipsent pour leur réveillon. Curieux de voir la tête du Père Noël, le Minou fait semblant de s'endormir un soir de réveillon, se force à demeurer éveillé, entend du bruit, ferme les yeux, sent sur ses paupières la lumière s'allumer, entend les chuchotements de ses parents, les entr'aperçoit étrangement déguisés, et les voit déposer dans la cheminée des jouets surgis on ne sait d'où. Le lendemain, il n'informe pas ses parents qu'il est informé, préférant leur laisser l'illusion qu'il est dans l'illusion. Il révèle à son cousin Fredy que le Père Noël n'existe pas, mais que les parents s'en vont le soir de Noël participer à une cérémonie aux rites bizarres, où ils mettent des chapeaux pointus en carton et embouchent de petites trompettes en papier, puis, ainsi déguisés, en ramènent des cadeaux pour les enfants qu'ils déposent dans la cheminée.

Fredy, de deux ans moins âgé, ne peut croire à cette fable plus étrange encore que celle du Père Noël.

Vidal aime se divertir. Déjà, à Salonique, David Nahum, son père, a introduit dans la famille le sens proprement occidental des excursions, des week-ends, des bons restaurants. Vidal a vécu sa jeunesse à Salonique en s'amusant. Il a continué à s'amuser à Marseille, tout en travaillant. A Paris, bien qu'il travaille de façon acharnée, Vidal conserve et nourrit son sens méditerranéen des loisirs. Comme on l'a dit, l'attention soucieuse portée à leur fils n'empêche pas Luna et Vidal de sortir le soir et de partir en vacances seuls ; le soir, ils laissent l'enfant à Macrue, et, lorsqu'ils partent pour des petites vacances d'hiver ou de printemps, à Corinne, qui assure depuis la naissance d'Edgar une maternité auxiliaire. C'est probablement beaucoup moins l'influence anglaise que le tropisme méditerranéen qui pousse Vidal et Luna à partir en janvier ou février sur la Méditerranée, à Sainte-Maxime. Mais, dès quatre ans, Minou accompagnera ses parents, découvrira la mer, verra son père en maillot rayé, genre bagnard, se tremper les pieds sans oser aller plus loin, s'émerveillera des couleurs et des odeurs des mimosas en fleur.

Vacances

L'été, le paysage lac-montagne attire le couple. Aix-les-Bains est un lieu de prédilection pour Luna et Vidal qui y passent des vacances dès l'année 1920, comme en témoigne cette carte postale avec vue générale de la ville adressée par Luna à sa mère, au 10, boulevard Barbès :

> *Ma très chère maman,*
> *Sûrement ya vérias Vidal esta maniana i te conto por nozotros que estamos muy buenos la caza i que dormimos mutcho bueno i te estamos asperando un punto mas presto i estate segura que Vidal ya se va a occupar de*

> *los ijos, mira ver de venir mas presto el tiempo aqui es*
> *muy bueno la caza la tomimos mutcho mas barata porque*
> *dechimos arkilas a otros dos camaradas vente presto te*
> *abrasso de todo corasson.*
>
> *Luna.*

> (Tu auras sûrement vu Vidal ce matin et il t'a raconté
> que nous sommes très bien en la maison, que nous avons
> très bien dormi et que nous t'attendons un peu plus vite
> [*que prévu*], et sois sûre que Vidal va s'occuper des fils
> [*Pepo et Benjamin*] ; regarde voir à venir plus vite, le
> temps ici est très beau, nous avons pris la maison beau-
> coup meilleur marché parce que nous avons laissé la
> location à deux autres camarades, viens vite, je t'em-
> brasse de tout mon cœur.)

Trois autres cartes de Luna, adressées d'Aix-les-Bains
à son mari, ont été retrouvées dans les papiers de Vidal,
l'une de juillet 1922, adressée 5, rue Clauzel (avant la rue
d'Aboukir), les deux autres de l'été 1924, dont l'une
adressée rue Mayran et l'autre rue d'Aboukir :

> Mon cher Vidalico,
> Nous sommes bien rentrés hier soir ; Bébéco et moi
> avons très bien dormi. En est-il ainsi pour toi ? Je vou-
> drais bien savoir si tu ne t'es pas trop fatigué. Aujour-
> d'hui, il fait un temps superbe, et Bébéco chéri est déjà
> sorti se promener avec sa chère tante Corinne. Moi, je
> me suis couchée avec maman et j'ai très bien dormi.
> Bien des baisers de ta Luna.

Deux ans plus tard :

> Cher Vidal,
> Comment es-tu arrivé, tu as bien dormi au train ? Ou
> as-tu été en train de regarder le paysage ? Quant à nous,
> nous sommes tous très bien, nous avons très bien dormi
> ainsi que bien déjeuné et nous voilà prêtes à 10 heures
> pour faire la promenade, et c'est Marie qui s'occupe de
> la cuisine et elle est en train de nous préparer un succu-

lent repas. Bébé a été très mignon, il a bien dormi aussi. Je n'ai plus de place, je t'embrasse de tout cœur avec Bébé.

Luna.

Quelques semaines plus tard sans doute :

Ce vendredi.

Cher Vidal,
J'ai reçu ta lettre qui m'a fait plaisir d'avoir de tes bonnes nouvelles. Ici tous nous sommes très bien. Tes lettres sont très concises. Je ne sais pas pourquoi tu dois les faire tellement à la hâte comme une lourde tâche.
Bébé est très bien, il réclame sa *semanahica* [*petite semaine, c'est-à-dire petit cadeau hebdomadaire*] et puis tous ses jouets sont arrivés dans un piteux état. Regarde voir si tu peux lui acheter quelque chose sans autre [*italianisme : senz altro*].
Nous t'embrassons.

Luna.

Le 1ᵉʳ août de la même année, ayant rejoint Luna à Aix-les-Bains, Vidal envoie cette carte à Élie Hassid, son « associé », demeuré de garde rue d'Aboukir :

Cher Élie,
Reçu ta lettre et attends aussi te lire demain, et dimanche. Lundi j'espère être à Paris, dis-lui à maman *ke estamoz passando magnifique*.

Ton Vidal.

Ainsi, même en plein été, Vidal continue à travailler, il fait des allers et retours à Aix-les-Bains, où s'est installée Luna dans une *querencia* Beressi, avec sa sœur Corinne et sa mère. Vidal est certainement moins amoureux, moins attentif, mais le couple communie dans l'amour du Bébéco.
Une carte d'Aix-les-Bains de Luna à Vidal, du 5 juillet

1927, la représente devant une fenêtre gothique, avec sa sœur Corinne, dans une pose mutine parmi des feuillages (décor de photographe peut-être) :

> Mon cher époux,
> Un bonjour de La Potinière où nous avons très bien goûté. Admire ma binette bien moche.

Le lendemain, elle lui adresse une carte où elle est également avec sa sœur Corinne dans une pose un peu différente devant le même décor :

> Hier soir, je t'ai envoyé une pause, je t'envoie l'autre, aussi moche que la première.

> Luna.

Une carte de la fin de juillet 1927, lors d'une excursion aux gorges du Sierroz, atténue son caractère lapidaire par la douceur du diminutif de la signature :

> Un bonjour de Lunica.

Ainsi, il y a pendant des années quasi-domiciliation estivale à Aix-les-Bains. Luna et Corinne aiment prendre le thé à La Potinière, se promener jusqu'au lac, où Vidal se rappelle alors les strophes lamartiniennes qu'il déclame pathétiquement :

> *L'année à peine a fini sa carrière...*

Et il lance avec un profond soupir :

> *Ô Temps, suspends ton vol !*

D'Aix-les-Bains, on excursionne autour du lac en voiture, on prend le train à crémaillère du mont Revard, et, quand viennent Mathilde et Bouchi, les nièces de Vidal, Liliane et Aimée, et leurs maris, on organise des excursions au lac d'Annecy, voire de Genève, avec des promenades en bateau sur ces lacs, montrant un Vidal heureux, *kief*[1], la tête posée sur l'épaule de Luna.

C'est à Aix-les-Bains qu'Edgar fit ses premiers pas, et obtint, vers l'âge de quatre ans, le prix du beau bébé dans un concours fleuri où il se présentait sur son petit tricycle tout décoré de fleurs. Le premier prix était une brouette, le second, un ballon. Quand il reçut la brouette, il pleura de ne pas avoir le ballon ; le jury après délibération lui donna alors le ballon, et il pleura de ne pas avoir la brouette.

En 1928 et 1929 Vidal, Luna, Corinne, Joseph, leurs enfants passent l'été à Challes-les-Eaux, station réputée pour les maux de gorge et d'oreilles, située non loin de Chambéry, donc d'Aix-les-Bains. Vidal, qui a la gorge fragile, y fait une cure de buvette, gargarismes, pulvérisations, pipette nasale sous la conduite du Dr Vincent, qui prescrit à son fils une cure analogue. Au cours de l'année 1928 ou 1929, Edgar reçoit enfin le cadeau attendu, une bicyclette Peugeot, commandée à Chambéry (après la mort de sa mère, son vélo sera son ami, son compagnon avec qui il fuira, galopera, s'enivrera). Au cours de l'année 1929 ou 1930, Vidal, décidé à acheter une voiture en prévision de son installation en banlieue, à Rueil, prend des leçons de conduite. Sur une route de montagne, il rate un virage et stoppe la voiture, où se trouvent Luna et Edgar, une roue dans le vide. Il poursuit péniblement ses leçons de conduite, il est trop prudent, peureux au volant, et on ne sait comment il obtient son permis. Il ne conduira pas longtemps la petite Fiat achetée d'occasion, la vendra, et oubliera même tout ce qu'il avait appris pour conduire.

Au cours de l'année 1929 ou 1930, Vidal, Luna et Edgar font une excursion dans les Vosges, autour du lac de Gérardmer. Ils admirent une célèbre femme à barbe, que les touristes du car vont visiter dans sa maison. Survient un brutal avertissement : le troupeau de touristes avait suivi un sentier qui allait à une grotte remarquable. A la

1. Comme sous la béatitude du haschisch.

suite de cette marche peut-être un peu trop raide pour elle,
Luna se trouve mal, s'assied sur une roche, on l'entoure,
on la tient, on lui donne à respirer alcool ou eau de Cologne, Vidal est angoissé, son fils, éploré. Luna revient à
elle, se repose un peu, puis se lève et repart au bras de
son mari, son fils la tenant par la main, rejoindre le troupeau. « La mort, ce monstre sans loi ni frein », venait
d'étendre une première fois « ses ailes » sur sa proche
victime.

Du côté Nahum (1920-1930)

Léon Nahum s'était installé à Bruxelles, avec sa femme
Julie, sa fille Chary, et il avait eu un fils en 1921, Edgard.
Les affaires de la Nahum Steel prospèrent sous sa direction ; il reçoit en 1928 la médaille de l'« ordre de Léopold II », et c'est sans doute à peu près à cette époque
qu'il acquiert la nationalité belge pour lui et sa famille.

Son frère Jacques, demeuré italien, est son collaborateur ; il continue à lire et il a les livres de ses auteurs
favoris dans de belles éditions ; ses deux filles, Régine et
Hélène, sont d'éducation totalement française.

Henri, qui a un statut à la fois autonome et protégé sous
l'égide de Léon, occupe un bureau communiquant avec
celui de la Nahum Steel, et fait des transactions très
variées, dont l'importation en Belgique de produits japonais bon marché. Il s'est mis en ménage avec une femme
de chez les gentils, une Française d'origine bretonne,
Gaby Coatsaliou, qui d'abord n'osa pas le présenter à sa
famille assez antisémite, et qu'Henri n'osa pas présenter
à sa mère parce qu'il vivait en concubinage.

En 1930, Léon prend un appartement 49, rue Demours,
où il installe sa femme qui se déplaît à Bruxelles ; Edgard
est inscrit au lycée Carnot et Chary est pensionnaire au
lycée Victor-Duruy. Léon vient tous les week-ends à Paris
pendant plus d'un an et demi, jusqu'à ce qu'il ne puisse

plus supporter cette situation et rapatrie sa femme et son fils.

Henriette, la sœur aînée de Vidal, vit au 18, rue Demours, avec sa mère, son mari, ses deux filles, Liliane et Aimée. Henriette est très laïcisée, très « à la page », mais son mari, Élie, ne peut encore admettre un gentil à sa table.

L'aînée, Liliane, est brune, intelligente comme sa mère, mais moins active, très musicienne. Elle avait eu à Marseille un deuxième prix de conservatoire de piano. Elle y avait aussi connu un jeune homme pauvre qu'elle aimait et qui l'aimait. Mais sa mère ne pouvait concevoir qu'elle se marie au-dessous de son rang ni imaginer qu'elle puisse devenir une pianiste professionnelle. Liliane attend donc le mariage. La cadette Aimée, blonde, a les yeux très bleus, un visage beau et séduisant, une taille de guêpe qu'elle gardera toute sa vie. Elle plaît beaucoup. Un monsieur l'accoste un jour dans le tramway, en présence de sa mère, pour lui proposer de faire du cinéma. La mère oppose un refus plein de morgue à cette demande dégradante, mais elle demeurera flattée à l'idée que sa fille aurait pu devenir une star comme Mary Pickford.

Liliane, Aimée, Chary sont de la génération dont l'enfance s'est passée à Salonique. Elles se marieront en France dans les années 1920-1930. La plus âgée, Liliane, fera un mariage dans la tradition salonicienne, décidé par les parents, avec un Salonicien. Aimée fera une première dérogation et épousera un Smyrli, avec qui il y aura attraction mutuelle. Chary épousera aussi un Smyrli d'origine livournaise. Ainsi, il n'y a pas encore de mariage Nahum avec des gentils.

Vidal joua un rôle dans le mariage de Liliane. Il fréquentait dans le Sentier Mony Covo, l'un des fils de Samuel Covo, principal employé à Salonique d'un Modiano, important représentant de grosses firmes occidentales, dont Bayer. Comme nous l'avons vu au chapitre III, Mony, en 1917, avait été embarqué de Marseille pour faire son service dans l'armée grecque, son navire avait été torpillé à

Malte, il avait échappé à la guerre. Revenu en France, il avait pris boutique dans le Sentier, rue d'Aboukir, à quatre cents mètres de celle de Vidal. Vidal et Mony s'étaient déjà salués et parlé dans la rue, mais c'est dans le train pour Troyes qu'ils se lièrent.

Puisque lui il était dans la bonneterie et que moi j'étais dans la bonneterie, on allait presque deux fois par semaine à Troyes dans l'Aube, et voilà qu'à mon retour je monte dans le wagon et je trouve Mony. Alors on a causé un peu plus, on a parlé, et voilà (qu'a commencé une amitié entre nous)... Entre-temps, le Dr Modiano, à Paris, qui était déjà un notable, rencontre ma sœur aînée, la maman de Liliane, et dit : « Tu as une fille et moi j'ai un jeune homme que je protège, que j'aime beaucoup, son père est un ami, on va les présenter pour voir si c'est possible. »

Il y avait des bals à l'Association orientale pour les Saloniciens de Paris. Il y avait une cinquantaine de familles. Sur la cinquantaine de familles, il y avait mettons quinze jeunes ; alors, tante Henriette, oncle Élie [il parle à sa petite-fille Véronique], Liliane et Aimée allaient au bal, mais je crois qu'Aimée avait plus de succès avec les cavaliers que Liliane. Donc arrive cette conversation avec le Dr Modiano qui parle beaucoup de bien de Mony, alors on me consulte et moi je dis : « Moi aussi je le connais, ma foi, c'est un garçon de bonne famille, et, ma foi, il est établi à Paris commerçant. »

Rendez-vous est pris pour un après-midi au bois de Boulogne, à la porte Dauphine, avec Henriette, Élie, Vidal, Luna, Liliane.

A la fin de ce goûter, Henriette invite le jeune Mony à prendre le thé chez elle, un soir de la semaine suivante. *Entre-temps, le Dr Modiano met les pieds dans le plat, il est revenu voir tante Henriette, il lui a dit : « Écoute, il ne faut pas hésiter ; le garçon, moi je lui ai parlé, il veut se marier, vous lui offrez une bonne dot, sa situation est bonne, la situation de sa famille à Salonique est bonne, moi j'ai déjà écrit à ses parents à Salonique, et le père*

est tout à fait d'accord. » Alors le Dr Modiano a mis un
peu d'huile sur les roues de part et d'autre, et on a fait
les fiançailles. Et après les fiançailles vint le mariage, et,
pour le mariage, le père Covo, la mère, le frère, enfin
toute la famille, vinrent de Salonique.

Au mariage salonicien de Liliane, célébré en 1926, suc-
cède le mariage d'Aimée avec un Smyrniote, Isidore Benmayor. Celui-ci était venu de Smyrne faire ses études dans
un lycée de Paris, en 1921-1922. Vidal était son « correspondant » à Paris : Isidore venait rue Mayran, les jours de
congé, et les rapports entre Vidal, Luna et lui avaient été
très cordiaux. A sa sortie du lycée, ses parents l'envoyèrent à Liverpool, où ils avaient des relations d'affaires,
pour y installer un bureau d'importation de raisins et
figues de Smyrne.

Donc, c'est à peu près 28-29, et voilà qu'un jour je
suis à mon magasin, veille de fête, et je vois venir Isidore
– il s'appelait Isidore, maintenant on l'appelle Ben.

« Alors, comment ça va ? »

On s'embrasse. Il demande :

« Comment va Luna ? Ah, il dit, je suis venu passer
Noël à Paris.

– Tant mieux. »

Il dit :

« Qu'est-ce que vous faites ?

– Je t'avoue franchement, un tas de projets, on va peut-
être faire le réveillon quelque part...

– Ah ! il dit, tu vas voir... Écoute, je reviens cet après-
midi ?

– Reviens demain, et comme ça on se met d'accord. »
Et regarde ce que le hasard est vraiment bizarre, vraiment
curieux : nous avions un très bon restaurant qui mainte-
nant a changé, rue de la Grange-Batelière, un restaurant
merveilleux, très bon, pas cher, patron très aimable, très
cordial, etc., et on avait retenu quatre places pour Noël,
pour moi, pour la maman de ton papa [Luna], pour tante
Corinne et son mari. Je ne sais pas ce qui est arrivé, voilà
que tante Corinne et son mari ne peuvent pas venir. Entre-

temps, j'avais donc ici mon Isidore qui vient. Alors je dis :
« Écoute, nous, nous allons faire le réveillon dans un
restaurant, si tu veux bien... » Je dis : « Mais nous irons
d'abord cet après-midi chez ma sœur Henriette, elle veut
te voir aussi et t'offrir un apéritif. »

Vidal, qui par la suite adorera susciter des rencontres
en vue de mariage, avait peut-être déjà ce goût, et l'invitation chez sa sœur n'est pas innocente, car Henriette au
cours de l'apéritif déclare :

« Aimée va aller avec vous. »

Et, en effet, le soir du réveillon, on se rencontre et on
s'en va. Et là, ça a été le coup de foudre ! Ils ont com-
mencé par danser, une ambiance très gaie. Alors on n'a
pas pu faire moins que de lui dire : « Écoute, on va danser
jusqu'à l'aube, mais demain soir, viens dîner à la mai-
son. » Bon, alors, de fil en aiguille... Ce que c'est que le
hasard !

Un an après, le mardi 8 avril 1930, grand mariage
d'Aimée et Isidore, avec tous les Nahum arrivés de
Bruxelles et de Belgrade, tous les Benmayor arrivés
d'Izmir. Un mariage en entraîne un autre. Le nouvel
époux, Isidore, était devenu ami, quand il était lycéen à
Paris, avec le neveu d'une correspondante de sa famille,
Hiddo Levi, ce qui fait que Hiddo fut invité au mariage
d'Isidore et qu'il y rencontra Chary. Chary était une belle
jeune fille au visage doux et langoureux, souriante et apparemment toujours sereine, aimable et bienveillante. Hiddo
était lui-même un jeune homme séduisant et gai, il avait
l'accent méridional de sa famille avignonnaise. Il était né
à Smyrne en 1900, d'une famille probablement d'origine
livournaise, puisqu'il avait la nationalité italienne. Ses
parents maternels, les Amado, étaient déjà installés en
France, et sa sœur Ruth avait épousé un Naquet d'Avignon. Hiddo, après des études au lycée Lakanal à Paris,
avait fait l'École polytechnique à Zurich pour devenir
ingénieur. Mais, en 1920, au mariage de sa sœur Ruth, on
lui proposa de s'associer à l'entreprise familiale de transformation des chardons de la garrigue pour le peignage

de la laine dirigée par son beau-frère. (Le père d'Achille Naquet l'avait créée vers 1870 après l'effondrement de la garance.) Il devint donc spécialiste du chardon.

Hiddo et Chary se plurent et se marièrent rapidement, en 1930. Chary partit en Avignon avec son mari et s'installa au sein d'une très aimable tribu.

Mathilde, la sœur cadette des Nahum, est bien loin à Belgrade. Bouchi est riche. Ils vivent une vie de « haute société ». Il semble même que Bouchi ait été pendant un temps gouverneur de la Banque de Yougoslavie. Mathilde écrit très souvent à sa sœur Henriette et à ses frères, et se plaint que Vidal, qu'elle surnomme Coco et qu'elle plaisante souvent, lui écrive trop rarement. Elle envoie fréquemment, par voyageur ou par poste, du saucisson de Belgrade adoré par la famille, et rituellement partagé entre tous par la mère, qui tranche un morceau plus gros pour Vidalico.

Tous les ans, durant l'entre-deux-guerres, Mathilde et Bouchi arrivent à Paris par l'Orient Express. La famille parisienne va attendre sur le quai, gare de Lyon, l'arrivée fabuleuse de la locomotive, venant de l'autre bout de l'Europe, dans un panache de fumée, des jets de vapeur, des crissements de freins, suivie du long scolopendre tout bleu des wagons-lits. Vidal, Mony Covo, sa femme Liliane, Henriette, le fils de Vidal, encore enfant, vont de wagon en wagon scruter les fenêtres. Et, dès que Bouchi, homme robuste, fort de taille, avec moustache, visage très serbe, et Mony s'entr'aperçoivent, ils poussent ensemble un Hôôôô ! énorme, et tous d'accourir. Mathilde arrive avec de somptueux cadeaux pour chacun. Leur séjour à Paris est l'occasion de rassemblements et de festins familiaux, de sorties quotidiennes. Le couple invite la famille aux restaurants les plus réputés, au théâtre, à l'Opéra-Comique. Mathilde et Bouchi passent l'été en France, au bord du Léman ou à Vittel, puis c'est le retour, la famille réunie à nouveau sur le quai gare de Lyon, tout émue de voir partir le train magique.

Parfois, Bouchi et Mathilde accueillent chez eux à Belgrade Régine et Hélène, leurs nièces communes puisque filles de Sophie (sœur de Bouchi) et de Jacques (frère de Mathilde), qui grandissent à Bruxelles où elles vont devenir adolescentes dans les années trente.

Ainsi, au cours de la décennie 1920-1930, la famille Nahum s'est enrichie de trois gendres, et s'est en même temps diasporée un peu plus : Liliane et Mony restent à Paris, mais Aimée s'installe à Liverpool, et Chary, en Avignon. Des liens affectueux vont se nouer avec les entrants, et des vacances communes réuniront notamment Mathilde et Bouchi, Liliane et Mony, Aimée et Isidore. Les solidarités familiales sont maintenues, la famille reste encore intégralement séfarade. Si Henri a une liaison avec une femme des gentils, c'est hors mariage et hors famille.

Du côté Beressi (1920-1930)

Du côté de la famille Beressi, Corinne s'était mariée, un an après Luna, avec Joseph Pelosoff. Joseph Pelosoff était un neveu de Salomon Beressi et travaillait chez Hananel Beressi, dont il était l'homme de confiance. Il fréquentait la table de Salomon et de Myriam, et il se trouvait au repas de la Pâque 1920 où Vidal rencontra Luna. Il était amoureux de Corinne et, assis auprès d'elle, mit discrètement dans l'assiette de la jeune fille le foie attaché au morceau du poulet qu'on lui avait servi. Dans le récit qu'elle fera bien plus tard à son fils Fredy, Corinne relate : « Mon père l'a vu... Après le repas, il m'a dit : "Depuis quand Joseph se permet de te donner des morceaux de son assiette ?" J'ai répondu que c'était la première fois et que je ne l'avais pas demandé. »

Pour se déclarer, Joseph aurait dû attendre que la sœur aînée, Luna, soit mariée. Mais, après les fiançailles de Vidal et Luna, le frère de Vidal, Henri, s'était mis à courtiser Corinne. Salomon Beressi l'invitait en même temps que Vidal, et Henri accompagnait Corinne à la cuisine en lui chantonnant : « Les cloches sonnent pour toi et pour moi. » Joseph fait alors par écrit sa demande en mariage. Salomon lui répond que sa fille est encore trop jeune (bien que née officiellement en 1901, elle n'a que 17 ans en 1920). Joseph répond qu'il attendra dix ans s'il le faut. Salomon Beressi préférerait que Corinne épouse Henri : le père de Joseph s'était discrédité à ses yeux parce qu'il avait à Salonique amené sa maîtresse au domicile conjugal. Joseph ayant déclaré à Hananel qu'il se tuerait si Corinne lui était refusée, Hananel intervint auprès de son frère. Lorsque celui-ci motiva son refus par un « Tel père, tel fils », Hananel répondit : « Tu as deux fils, est-ce qu'ils te ressemblent comme des jumeaux ? » Cet argument arracha le consentement de Salomon Beressi.

Le mariage se fit trois mois après sa mort, dans un climat de deuil et de ruines. La cérémonie fut familiale et intime. Corinne s'évanouit en pensant à son père. Le voyage de noces les conduisit à Vichy, à l'hôtel La Marquise de Sévigné, au début de juillet 1921. Une double carte de Corinne est envoyée de Vichy à Luna pendant son voyage de noces le 5 juillet, donc trois jours avant l'accouchement de sa sœur.

> Ma très chère Luna,
> Hier, j'ai trouvé les petites tasses à café, mais seulement ce n'est pas un souvenir du pays, c'est plutôt un genre de décoration comme le service que Mouchico m'a offert. Si ça te plaît, écris-moi de suite pour pouvoir les acheter. Je suis très heureuse de mon séjour à Vichy. On s'amuse très bien, nous faisons de belles promenades en autocar. Dimanche, nous avons fait le tour de Vichy, Châtelguyon, Royat, Mont-Dore, La Bourboule, Saint-Nectaire, tu ne peux pas te faire une idée comme c'est féerique, très pittoresque. Je t'embrasse de tout cœur, caresse le pitchoun de ma part, mes amitiés à Vidal.
>
> Corinne.
>
> Mes amitiés et bien des choses.
>
> Joseph.

Trois jours plus tard, Vidal téléphona que Luna venait d'accoucher, et Corinne interrompit le voyage de noces, rentrant précipitamment auprès de sa sœur. Rentrés à Paris, les Pelosoff prirent appartement rue Sorbier, dans le XXe arrondissement, à mi-hauteur de Ménilmontant, au milieu d'un quartier plébéien, dans un immeuble récent pour classes moyennes. Corinne avait voulu quitter le quartier de la rue Sedaine où habitait Joseph. « Pourquoi tous les Saloniciens se rassemblent ainsi comme dans un ghetto ? Moi je n'aime pas ça... Quand ils étaient entre eux, ils parlaient toujours espagnol, et moi je voulais parler français... je voulais m'assimiler plus et plus vite que les autres... je faisais attention à ma façon de parler, à ne pas trop rouler les "r". »

Luna et Corinne se sentent et se veulent parisiennes. Elles ont les mêmes goûts, les mêmes intérêts. Les deux sœurs vont être constamment liées, et les deux couples vont se fréquenter pour dîners, sorties, restaurants, vacances. Corinne s'attachera à Bébéco et s'en occupera même après la naissance de Fredy en 1923, puis de Daisy en 1925, pour le baigner ou le garder lorsque Luna et Vidal partent une semaine ou deux en vacances d'hiver.

Myriam Beressi, la mère, avait 43 ans à la mort de son mari. Elle reçoit l'« enveloppe » mensuelle de ses beaux-frères qui lui assurent une vie décente. Elle reste très salonicienne, vivant quasi en vase clos au sein du petit îlot proche de la place Voltaire, avec ses commerces, épiceries et petits restaurants, magasins de linge de maison où tout le monde parle espagnol[1]. Dans les immeubles, comme le sien, au 95, rue Sedaine, les voisines s'interpellent en espagnol de fenêtre à fenêtre, se rendent mutuellement service, vont manger ou goûter les unes chez les autres et vivent dans une familiarité presque familiale. La Pâque est fêtée chez Myriam, avec un grand rassemblement de

---

1. Cf. l'étude d'Anne Benveniste, « Structure de la communauté judéo-espagnole du quartier de la Roquette entre les deux guerres », *Traces*, numéro spécial « Judaïsme, judaïcités », p. 34-47.

Beressi et de Mosseri, où Luna entraîne Vidal, et le rabbin Perahia, ami de la famille, vient y célébrer la délivrance d'Égypte.

Myriam Beressi accueille toujours ses enfants et petits-enfants avec des douceurs et des gâteries orientales. Elle aime inégalement ses enfants ; son amour se porte surtout sur sa fille Luna.

Pepo Beressi, le frère aîné, né en 1897, est célibataire et se mariera sur un coup de foudre après 1930. Le magasin du boulevard Barbès n'a pas réussi, et Pepo est devenu vendeur dans un magasin de tissus. Benjamin, né en 1909, est encore adolescent, mais n'a guère poursuivi ses études. Ils vivent avec leur mère au 95, rue Sedaine, ainsi que la cadette, Émy, née en 1913, qui va à l'école avenue Parmentier, où de temps à autre Luna va la chercher.

Les frères de Salomon Beressi sont pour la plupart installés à Paris, où Samy a particulièrement réussi. Il est devenu propriétaire d'un grand magasin dans le centre, et il a quatre boutiques rue d'Aboukir. Il vit avec sa femme, Gaby Lombard, ses deux fils, Alex et Roger, et ses deux filles, Édith et Odette (laquelle est née en 1920), dans une grande belle maison à Villemomble, au milieu d'un grand parc, avec deux chiens danois qui font peur à Vidal et à son fils. Au lendemain du krach de Wall Street en 1929, Samy Beressi meurt d'une crise cardiaque, à l'âge de 54 ans.

Hananel a épousé une femme de Marseille, née en Algérie, appelée par tous Nini, et tient dans le Sentier un magasin de tissus, comme son autre frère. Il fait grande impression sur Vidal, et les deux hommes aiment prendre l'apéritif ensemble. Hananel a une fois fait boire à Vidal quatorze Berger à la suite, et Vidal a dû rentrer chez lui à quatre pattes avec quatre heures de retard, tandis que Hananel rentrait droit et digne chez sa femme Nini. Il y a aussi beaucoup de Beressi et alliés de Beressi à Montpellier, à Castres, à Rouen.

La famille Mosseri, dont Myriam Beressi est issue, s'est elle aussi installée en France, notamment à Paris. Édouard Mosseri, frère de Myriam, réputé « célibataire endurci », est naturalisé français ; il a une petite boutique-bureau rue d'Aboukir, toute proche de celle de Vidal, qu'il rencontre souvent pour commenter les événements. Ses interjections favorites sont : « Haï Adonaï ! », et « Merde, alors ! », qu'il dit : « Merle, alors ! » en mouillant le « l ». Il aime beaucoup le jeu et les courses. Il est aussi passionné de politique et va devenir agent électoral de Paul Reynaud dans le Sentier. C'est dans son sillage que Vidal, dès qu'il sera électeur, s'inscrira dans un comité de soutien à Paul Reynaud.

Il y a aussi *tia* Clara, sœur de Myriam, à qui il manque un doigt, qui vit dans un pavillon à Garches, où se trouve un petit noyau familial que vont souvent visiter Luna et Vidal.

Ainsi, à l'exception de Myriam qui reste et restera dans son fragment salonicien de la rue Sedaine, où elle vivra et mourra, les Beressi et les Mosseri se sont égaillés chez les gentils. C'est un Beressi qui, dès le début du siècle, a le premier épousé une femme des gentils, créant le premier foyer mixte dont sont issus quatre enfants. Alors que le destin des Nahum n'a pas subi de très violents coups du sort ni de soudaine ascension vers les sommets, les Beressi, eux, qui se répartissent très inégalement entre la très grande aisance, voire la fortune, et le travail salarié d'employé, connaissent encore les tragédies mortelles et les graves revers de fortune qui avaient commencé à Salonique avec l'assassinat de Joseph Beressi : la mort, à 60 ans, de Salomon Beressi entraîne la ruine des siens, et celle, à 54 ans, de Samy Beressi provoque l'effondrement de son empire.

L'amitié

Les amis saloniciens de Vidal se sont dispersés ; certains sont à Paris, quelques-uns au Sentier ; son plus cher ami, le Dr Matarasso, qui a fait ses études à Toulouse, est retourné à Salonique. Il s'est établi comme spécialiste des maladies de la peau et du cuir chevelu [1]. Vidal et son ami s'écrivent et s'envoient des cartes lors de leurs déplacements. Le 25 juin 1921, l'ami Matarasso envoie à Vidal une carte de Portaria (Grèce) :

> Mon cher Vidal,
> Je n'ai pas pu aller à Chambéry, mais je suis à Portaria. C'est tout comme, sauf que ce site n'est pas signalé dans les géographies. Les savants sont si distraits ! L'endroit où je me trouve avec Andrée est merveilleux. L'automobile est remplacée par le mulet, mais nous buvons l'eau glacée à même les rochers, nous cueillons les fleurs à travers champs, et, pour imiter les bourgeois de France, nous habitons un hôtel où le confort est comme vous dites moderne. Je me trouve très bien ici, et, s'il n'y avait pas Salonique, je serais devenu pâtre, Andrée serait devenue Chloé. Mais nous connaissons la vie mieux que Daphnis et sa partenaire, c'est pour cela que nous quittons bientôt Portaria.
>
> Ton vieux.
>
> P.-S. As-tu enterré ta jeunesse libidineuse et tes penchants véniels, c.-a.-d. t'es-tu marié ?

---

1. A ce titre, il envoie la prescription suivante à Vidal, qui était soucieux d'une verrue (lettre du 27 mai 1921) :
   Si ta verrue a grossi progressivement tant soit peu, elle doit être assez volumineuse depuis que j'ai reçu ta dernière lettre. Bien heureux encore si elle n'a pas fait des petits : acide lactique : 1 g ; acide salycilique : 2 g ; acide acétique : 0,50 g ; collodium q.s. p : 10 g. Appliquer tous les soirs une très légère couche exactement sur la verrue.

Dans une autre carte de 1921, Matarasso exprime sa nostalgie de Paris et demande des chansons à Vidal. En 1921, une lettre de Matarasso éclaire incidemment sur la situation des jeunes séfarades hellénisés dans la nouvelle Salonique.

> Chaleur, moustique, drachmes en baisse (souterraine), mobilisation obligatoire des israélites, désespoir, maladies vénériennes par dépit, surmenage, bénéfices intéressants en drachmes, moins intéressants en..., etc.
>
> Tu ne veux pas, je crois, que je te développe tout cela, la chaleur et le surmenage qui encadrent cette énumération de faits suffisent pour me soustraire à la tâche.
>
> Bien, mon petit Vidal, il n'y a de bon que ce qui n'est pas Salonique. Ni la satisfaction, ni les bénéfices, ni la considération ne comptent en regard d'une vie plus intelligente qu'on ne peut pas faire ici.
>
> L'année prochaine, j'irai peut-être te voir pour quelques semaines. As-tu toujours quelques caisses de DMC à déplacer ? [*Allusion à l'aide manuelle apportée à Vidal au cours d'un transfert.*] Envoie-moi des nouvelles chansons. Écris-moi un peu plus souvent.
>
> Et tes affaires, marchent-elles bien ?
>
> Bon souvenir d'Andrée. Mes respects à ta femme et à tes parents.
>
> Ton vieux.

Matarasso fit au moins un séjour à Paris avant 1924, et, au retour du séjour de 1924, il envoie une carte :

> Salonique, le 7 novembre 1924.
>
> Mon cher Vidal,
>
> Nous voici chez nous dans un calme magnifique : ni autobus ni taxis ; trois agents armés de massue blanche pour toute la ville. A Paris, le passant est écrasé lestement, ici *Yavach, Yavach*.
>
> Vidalico, j'ai été très content de t'avoir revu à Paris et un jour viendra où tu m'auras à Paris. Bien des compli-

ments à ta dame. Salutations à M. Hassid. Deux mots dans les villes ou villages où tu passes.

Ton vieux.

Trois ans plus tard :

Le 17 février 1927.

Mon cher Vidal
Je suis père d'un fils depuis le 3 février. J'ai mis du temps à te le faire savoir, c'est que les préparatifs pour le bérit et le bérit lui-même absorbèrent beaucoup.
Andrée et mon fils Robert se portent bien et t'adressent ainsi qu'à ta charmante femme leurs amitiés.
Deux mots pour que je puisse te situer dans l'espace et dans le temps. Empeignes-tu et chausses-tu toujours bien ta clientèle ? Continue.
Bien affectueusement.

Ton vieux.

Bien plus tard, Matarasso ira s'installer en France, à Cannes.

Re-diaspora

La jeune génération salonicienne des années 1914-1918, diasporée en France à quelques exceptions près, se dispore elle-même à tous les niveaux de la hiérarchie sociale et dans toutes les professions et carrières urbaines. Certains partent quasi de zéro, mais les malins, débrouillards, activistes montent très haut et parfois font fortune. Les débonnaires, les rêveurs, même d'origine relativement aisée, tombent, mais jamais au plus bas, car les solidarités familiales et les réseaux post-saloniciens leur trouvent des places d'employés ou de vendeurs et leur évitent le plus souvent, mais pas toujours, de devenir ouvriers. Vidal, lui, est un débrouillard, un dégourdi, mais, s'il a la bosse du commerce, il n'en acquiert pas la compétence, et il n'a pas la propension à déléguer sa confiance ; c'est pourquoi il reste confiné dans les soldes et les lots divers et limité à la petite entreprise individuelle. Il n'est pas vraiment de la catégorie moyenne, mais il navigue entre ses hauts et ses bas, allant des uns aux autres très facilement, familièrement et familialement.

Alors que Dona Helena Nahum et Myriam Beressi continuent à Paris leur mode de vie salonicien, leurs fils et filles entrent dans le monde parisien et se francisent, plus ou moins rapidement, chacun à sa façon. Léon lui s'est belgifié à Bruxelles. Léon et Vidal, l'un et l'autre pères d'un fils né dans le pays nouveau, franchissent le pas décisif de la naturalisation.

La naturalisation

Vidal se sent après 1926 sédentarisé et immergé en France, et il décide de demander la nationalité française. Le premier pas dans ce sens est la déclaration, faite le 3 mai 1927, devant le juge de paix du IXe arrondissement, d'assurer irréversiblement la nationalité française à son fils. Les démarches de naturalisation sont faites par Vidal et Luna sans doute après la promulgation d'une loi *ad hoc* du 10 août 1927. Léopold Bellan, conseiller municipal du IIe arrondissement, recommande Vidal auprès du garde des Sceaux, lequel répond favorablement au conseiller. Finalement, Vidal et Luna sont naturalisés français le 18 février 1931 par un décret du président de la République Gaston Doumergue, contresigné par le garde des Sceaux Léon Berard. Le *Journal officiel* du 1er mars 1931 porte la naturalisation de Vidal Nahoum, commerçant né le 14 mars 1894 à Salonique (Grèce), à côté de celle des Italiens Tomatis (chaudronnier), Guariniello (menuisier), Serra (cimentier), Campenio (commerçant), Goletto

(retraité), Ponsero (cafetier), Dalmasso (laitier), des Espagnols Seas (cimentier) et Roset (cultivateur), des Belges
Breyne et Demanet (cultivateurs), du Russe Popoff
(peintre).

CHAPITRE VI

Rueil et la mort de Luna

En octobre 1929, un krach à la Bourse de New York déclenche dans le monde une formidable crise économique, qui va déterminer les convulsions et les tempêtes d'où surgira la Seconde Guerre mondiale. Mais l'onde de choc n'est pas encore parvenue en France, en 1930. C'est l'année où les affaires de Vidal vont au mieux. Il acquiert un terrain et y fait bâtir une villa. Il avait déjà acheté, le 11 décembre 1928, un appartement au quatrième étage du 51, rue Demours, occupé par Mme Clémence Doyen, pour la somme de 81 000 francs, dont il paie comptant 37 000 francs, prenant crédit pour le reste. A-t-il envisagé d'habiter tôt ou tard cet appartement qui dispose d'un ascenseur ? De toute façon, l'appartement n'est pas libre ; la montée des trois étages sans ascenseur de la rue Mayran est de plus en plus pénible à Luna, et Vidal cherche un autre logement.

Donc, moi j'habitais rue Mayran, au troisième étage, mais sans ascenseur, et la pauvre Luna, ma première femme, cela la fatiguait énormément. Et impossible de trouver un petit appartement convenable, ou alors il fallait des sommes !!! Et finalement on se décide à aller habiter en banlieue. Il y avait un terrain à vendre à Rueil, c'était à vendre aux enchères, j'achète le terrain.

Le jeudi 10 juillet 1930, il y a adjudication en l'étude et par le ministère de Mᵉ Radet, notaire, d'un terrain situé à Rueil-Malmaison, rue Cramail, d'une surface de 397 mètres carrés, de 8,73 mètres de largeur et de 51,05 mètres de longueur. La mise à prix est de 15 000 francs. Il semble que Vidal acquière le terrain pour 28 500 francs. La rue Cramail part de l'avenue Paul-Doumer, qui relie la gare de Rueil à l'avenue de Paris, nom communal de la route qui relie la porte Maillot à Saint-Germain-en-Laye, via Bougival. Le terrain est aux limites civiles de la rue. Il y a certes déjà deux pavillons de part et d'autre du terrain, puis, à peu près en face, une très belle villa, au milieu d'un petit parc, cachée par des hauts troènes ; mais aussitôt commencent, sur le côté droit de la rue, les champs cultivés. Sur le côté gauche, il y a encore quelques petits pavillons, un énorme bâtiment d'archives du Crédit foncier, un chemin, puis les champs s'étendent.

Au cours de l'année 1930, Vidal et Luna consultent un architecte de Challes-les-Eaux qui leur fait les plans d'un pavillon. Le dessin du pavillon de banlieue ne plaît pas à Luna, qui rêve à une maison de rêve, dont elle formule clairement certaines exigences : balcons en fer forgé, fresque figurative à l'entrée, murs peints en dégradé, vaste cuisine très éclairée, et surtout terrasse à la place du toit. De nouveaux plans sont dessinés selon ses vœux, et, le 27 octobre de la même année, Vidal signe pour accord les plans établis par M. Isabel, entrepreneur de maçonnerie, avenue de Paris, à Rueil. La villa doit occuper toute la largeur du terrain et comporter trois niveaux. Le premier niveau sera celui de la resserre, du garage, de la buanderie et d'une petite chambre « de bonne » avec fenêtre sur le jardin ; un appareil de chauffage central au charbon Ideal Classic sera installé sous l'escalier intérieur. Sur la façade, un escalier extérieur conduira à la porte principale. Celle-ci donnera sur une entrée ; au bout de l'entrée, une cuisine de 4,23 mètres sur 3,50 mètres, avec un escalier descendant au jardin ; à droite de l'entrée, le salon et la salle à manger seront séparés par une double porte vitrée pouvant s'ouvrir largement. Enfin, à l'étage du dessus, trois chambres à coucher et une grande salle de bains. Un ultime escalier conduira à une terrasse découverte, occupant toute la surface de cette maison sans toit.

Les travaux commencent à l'automne 1930, avec promesse de finition pour la fin de l'hiver 1930-1931. Vidal n'a ni idées ni intérêt pour ce qui devrait être sa future habitation. C'est Luna qui s'est investie totalement dans cette villa. Elle ne veut pas un pavillon de banlieue, mais quelque chose qui corresponde à une nostalgie méditerranéenne de soleil et de lumière. C'est pourquoi elle tient à une terrasse à la place du toit, ce qui à l'époque se fait d'autant moins qu'il n'y a pas encore de solution assurant l'étanchéité absolue, dans le climat pluvieux du Bassin parisien. Elle veut de l'espace, de larges balcons, bordés de fer forgé, de vastes fenêtres, de vastes pièces, y compris cuisine et salle de bains, toutes très éclairées. Elle a décidé de l'emplacement, de la dimension et de la disposition des pièces. Elle a voulu des planchers de chêne partout, du carrelage de qualité pour la cuisine et la salle de bains, des moulures sur les plafonds et sur les murs des chambres, du salon et de la salle à manger. Elle a voulu non du papier peint, mais de la peinture à l'huile en tons dégradés, de couleur différente pour chaque pièce. Elle a voulu garnir la partie haute de l'entrée d'une fresquette, treille peinte sur laquelle grimpent des plantes fleuries.

Mais la crise frappe le commerce de Vidal. Il a dû emprunter pour la construction de la maison ; il doit payer l'entrepreneur au fur et à mesure du développement des travaux et se trouve en difficulté. Il commence par rogner sur le programme de la maison. Elle aurait dû être en pierre de taille ; il fait construire le premier niveau en meulière et les étages en briques pleines. Il renonce au fer forgé des balcons et les remplace par de la brique. Il fait cimenter intégralement le premier niveau. Les conséquences de toutes ces économies mécontentent Luna, qui voit sa villa de rêve se transformer en monstre : la façade, avec la brique des balcons lourdement assemblée et surmontée d'un ciment grisâtre, offre un étrange spectacle qui la bouleverse quand elle la voit achevée.

La construction a pris du retard. Le congé de la rue Mayran survient alors que la villa n'est pas encore habitable, et le couple, avec Edgar et Émy, la jeune sœur de

Luna âgée de 17 ans, s'installe provisoirement en l'hôtel Bohy-Lafayette [1], square Montholon, en attendant l'aménagement à Rueil. Edgar, alors âgé de 9 ans, est témoin du mécontentement de sa mère, des disputes entre ses parents dont il ne perçoit pas les causes. Est-ce seulement le chagrin de Luna de voir trahi le rêve de sa belle villa blanche ? Il est probable que Vidal, qui louvoie toujours lorsqu'il a à annoncer une fâcheuse nouvelle, tarde à lui faire part des modifications et des suppressions, et ne l'avertit que le fait accompli. Aussi sa dissimulation lui vaut-elle des reproches supplémentaires. Y a-t-il une autre cause de dissension ? Pourquoi Luna a-t-elle fait venir sa jeune sœur avec elle, à l'hôtel ?

Il est décidé de ne pas attendre la fin des travaux pour emménager à Rueil. L'installation s'effectue fin mai ou début juin 1931. Vidal ne peut éviter de se souvenir des mécontentements de Luna, mais il les minimise dans son autobiographie orale :

On a emménagé, et la pauvre, n'est-ce pas, elle était très contente, bien entendu, elle avait, comment dirais-je, des ennuis, des soucis, que la porte ne fermait pas bien, que l'escalier était ceci, que, enfin, bref, mais tout ça c'était des petites misères... Enfin, ça allait très bien, on avait un abonnement aux chemins de fer, Edgar avait un abonnement, il allait toujours au lycée Rollin, il y déjeunait à midi, il rentrait le soir, moi aussi.

Macrue n'a pas suivi la famille ; elle est, avec Wahram, retournée à Alfortville où elle ouvrira une épicerie. Luna trouve une bonne dans le bidonville espagnol de Saint-Ouen. Ce n'est pas encore l'usage des bonnes espagnoles : Luna a pris une personne avec qui elle pourrait parler une langue familière et familiale.

Émy est à la villa avec sa sœur. Les derniers travaux se terminent enfin. Un nouveau rythme de vie a commencé pour Vidal et Edgar.

Quinze jours peut-être, un mois au plus, se sont écoulés

1. Devenu aujourd'hui le siège de la CFDT.

depuis l'installation. Le 26 juin arrive. Luna et Émy quittent la villa pour aller déjeuner à Paris chez Corinne, où Vidal doit les rejoindre. La gare de Rueil est à dix, quinze minutes de marche du 29, rue Cramail.

Vidal : *Alors moi, je m'en vais le matin, ton papa s'en va au lycée le matin, et... elle devait prendre le train à 11 heures pour me rencontrer chez tante Corinne, et après déjeuner j'avais un rendez-vous pour aller voir (avec Luna) un marchand de meubles, qu'il nous manquait je ne sais pas quoi... Donc, on part chacun de son côté.*

Moi je suis à mon magasin. L'oncle Édouard, qui avait un magasin presque en face de chez moi, vient précipitamment. Moi j'étais sorti pour une minute. Alors oncle Élie qui était dans mon magasin, il dit :

« Va vite, Édouard te cherche, il y a quelque chose qui se passe... – Quoi ? – Je ne sais pas, va vite... »

Il était en face de...

« On vient de me téléphoner de la gare Saint-Lazare que Luna, la pauvre, elle est décédée... Écoute, ne t'affole pas, je vais avec toi. »

Taxi, on arrive gare Saint-Lazare. Malheureusement, elle était morte.

Voilà ce qui s'était passé. Le matin, elle s'était un peu affairée, un peu précipitée pour prendre... parce qu'il avait un horaire de train. Elle était toujours avec Émy et une petite bonne espagnole. Et le malheur veut qu'à Rueil, outre le chemin qu'il y a, tu te rappelles, de la maison à la gare, il y avait en plus des escaliers à monter [pour atteindre les quais], *et comme elle voyait que l'heure avançait et qu'elle risquait de manquer le train, elle a monté précipitamment les escaliers, ce qui lui était défendu. Le train arrive, elle s'engouffre dans le train, alors elle s'assoit là, Émy à côté, la petite bonne à côté ou vice versa. Alors Émy se rend compte que dès qu'elle s'est assise, elle a baissé la tête et croit qu'elle se reposait. La petite bonne a-t-elle ? Bref, elles causent toujours croyant qu'elle se reposait. Quelques minutes après, elles cherchent à la bouger, et c'est un train direct Rueil-Paris, qui ne s'arrêtait qu'à Nanterre. Là, elles ne se sont pas encore rendu compte, parce que si à Nanterre on avait pu arrêter le train, la descendre, peut-être on aurait pu la sauver. Bref, quand on arrive à Paris, chef de gare et tout ça, elle était déjà décédée... Sa sœur ne s'est pas rendu compte, au premier geste qu'elle a fait de baisser la tête, elle aurait dû tout de suite arrêter le train, même en pleine campagne, parce que le train se serait arrêté, on l'aurait descendue, on l'aurait étendue par terre, il y avait des chances, enfin il y avait une chance de la sauver, une chance...*

RAPPORT MÉDICO-LÉGAL

Je soussigné AUDISTÈRE Camille, docteur en médecine, demeurant à Paris rue du Faubourg-Saint-Honoré (VIIIe) requis par M. le Commissaire spécial de la gare Saint-Lazare aux fins d'examen du cadavre de Mme NAHOUM Luna, 30 ans, habitant à Rueil, 29, rue Cramail, déclare et certifie, serment préalablement prêté, avoir constaté : immobilité complète. Taches violacées des joues, des lèvres. Absence de pulsations à l'oxillomètre. Rigidité et frigidité des doigts des mains, dilatation pupillaire.

La sœur de la décédée précise que pour prendre le train à Rueil, la décédée avait couru, était montée essoufflée dans le wagon et s'est affaissée immédiatement ; que depuis une « grippe espagnole », il y a quelques années, elle souffrait du cœur, avait le cœur faible, et des crises de palpitations douloureuses.

Il paraît évident que Mme Nahoum est décédée, subitement, de crise cardiaque, après effort.

Paris, le 26 juin 1931
Signé : Dr AUDISTÈRE

Vu annexé.
Le commissaire spécial adjoint.

Signé : POCHON

Le jeudi 2 juillet 1931, *L'Indépendant*, quotidien du soir publié en langue française à Salonique, signale en première page des excès antisémites dans la ville, indique l'apparition de deux comitadjis bulgares à Amatovo, annonce la fin d'une grève des mitrons et, en page 3, son avant-dernière page, rend compte d'

UN DEUIL CRUEL À PARIS

Paris, le 29 juin.

Un deuil des plus cruels vient de frapper les familles Nahum et Beressi, qui comptent parmi les plus notables de la colonie judéo-salonicienne de Paris ; Mme Luna Vidal D. Nahum, fille de feu Salomon Beressi et de Mme née Myriam Mosseri, a été enlevée à l'affection des siens, à l'âge heureux de trente et un ans, avec une soudaineté déconcertante.

La malheureuse jeune femme qui habitait Rueil, une des plus jolies banlieues de la capitale, devait assister, vendredi dernier, 26 juin, à un déjeuner de famille. Au moment où le train s'ébranla, Mme Nahum laissa tomber sa tête contre le dossier de la place qu'elle occupait. Sa jeune sœur qui l'accompagnait et les voyageurs du compartiment crurent qu'elle venait d'être prise d'un étourdissement et essayèrent de la soulager. Mais en arrivant à la gare Saint-Lazare, les médecins constatèrent que la jeune femme avait succombé à une crise cardiaque.

On dut prévenir en hâte les familles Nahum et Beressi. Le lecteur se figure les transes par lesquelles passèrent le mari éploré, la mère infortunée, les frères et sœurs affolés, et toute la parenté accourue à la gare. La tragique nouvelle, aussitôt connue en ville, causa la plus douloureuse stupeur au sein de la colonie et dans tous les milieux orientaux et français qui entretiennent des relations avec les Nahum, les Beressi et les Mosseri.

Mme Luna Vidal D. Nahum était une charmante

et belle jeune femme toujours souriante, le cœur
sur la main, et celle-ci constamment étendue pour
faire du bien. Adorée de son mari, adulée de tous
ses parents, respirant la gaieté, elle ne comptait que
des sympathies sincères et profondes auprès de
tous ceux et celles qui l'approchaient. Elle était
allée, il y a une quinzaine de jours, habiter une
jolie villa que son mari venait de faire édifier à
Rueil, et s'occupait des derniers aménagements
intérieurs. La mort stupide est venue l'arracher
sournoisement à la vie, au bonheur, en plein épanouissement, plongeant son époux anéanti, sa mère
inconsolable, son enfant de 8 ans, ses sœurs et
frères et les familles alliées dans une désolation
indescriptible...
Les obsèques ont été célébrées dimanche, au
milieu d'un concours considérable de parents,
d'amis et de notabilités de la colonie orientale. A
M. Vidal D. Nahum, à Mme veuve Salomon
Beressi et ses enfants ainsi qu'à toutes les familles
éprouvées par ce grand malheur nous offrons
l'expression de nos condoléances émues et de nos
vives sympathies.

                                                        S.L.

Edgar était parti de bon matin, ce vendredi 26 juin, pour
se rendre au lycée Rollin. Il était devenu demi-
pensionnaire depuis le départ de la rue Mayran. Il était en
classe de huitième. Il avait écrit, sur un cahier d'écolier,
un roman intitulé *L'Amour du bandit*, qui n'avait guère
plus de six pages. Une riche et belle héritière avait été
kidnappée par un bandit, qui non seulement réclamait rançon, mais voulait abuser de la jeune fille. Au moment où
il allait accomplir l'acte infâme (dont l'auteur du roman
se faisait une idée imprécise), le détective Max Vidal surgissait, délivrait la belle et arrêtait le bandit. Le roman
avait circulé parmi les élèves de la classe. L'institutrice
en avait entendu parler et avait demandé à le lire. Elle le
trouva évidemment nul et le rendit ce jour-là sans com-

mentaires à l'auteur, qui comprit à l'absence d'éloges que
le roman n'avait pas plu, mais ne s'en affecta pas, tout au
plaisir d'être le romancier de sa classe.

Il passa une journée très agréable, il n'y avait presque
plus de devoirs, la discipline était relâchée, on se préparait
aux vacances. A l'étude du soir, où il restait jusqu'à 5 heures, il avait bavardé gaiement avec son voisin. Il sortit tout
joyeux de la grande porte de l'avenue Trudaine, et il vit
son oncle Jo, le mari de sa tante Corinne, qui l'attendait
auprès d'un taxi décapoté. Il fut étonné, nullement alarmé.
Oncle Jo lui expliqua aussitôt qu'il allait dîner et passer
la nuit chez lui, parce que ses parents étaient partis faire
une cure à Vittel. L'enfant ne s'interrogea pas trop sur ce
départ subit. Il était debout, dans le taxi ouvert, le visage
fouetté par le vent, et il regardait le métro aérien que la
voiture longeait de Barbès-Rochechouart jusqu'à ce qu'il
s'enfonce sous terre à l'approche du métro Combat. Il ne
se souvint pas des deux journées qu'il passa chez sa tante
Corinne. Retourna-t-il au lycée le samedi ? Joua-t-il avec
ses petits cousins ? Il n'a pas souvenir d'avoir vu sa tante.
La servante, la grande Marie, s'occupait de lui et des
enfants de Corinne, et il avait un sentiment de liberté.

Le dimanche, dans l'après-midi, la grande Marie amena
les enfants jouer dans le square Martin-Nadaud, qui jouxte
le cimetière du Père-Lachaise. Edgar était assis sur le
gazon quand il vit un pantalon noir, ce qui lui fit lever les
yeux vers un grand homme tout vêtu de noir. Vidal était
sorti du Père-Lachaise après la mise en terre pour aller
voir son fils. Il fut mécontent de voir cet enfant insouciant
s'amuser sur le gazon interdit. L'enfant, au vu du costume
noir, avait instantanément tout compris, mais fit semblant
de n'avoir rien compris. Il ne se leva pas pour embrasser
son père, ce qui fit souffrir Vidal qui lui dit : « Ne reste
pas sur le gazon. » L'enfant n'obéit pas, et son père répéta
durement : « Ne reste pas sur le gazon, c'est défendu. »
L'enfant s'écarta du gazon en faisant mine de rechigner.

Par la suite, l'enfant ne demanda pas des nouvelles de
sa mère. Il ne posa pas de questions. Un jour, Corinne

réunit ses enfants avec son neveu et annonça que tante Lunica était partie voyager au ciel ; parfois, on revient de ces voyages, parfois on n'en revient pas ; il ne faut jamais faire de chagrin à ses parents. Vidal fut atterré que son fils se soit tu et n'ait manifesté aucun sentiment. Il attribua cette indifférence à la bêtise. Vidal ne comprenait pas non plus pourquoi son fils, pourtant âgé de seulement dix ans, s'enfermait si fréquemment et longtemps dans les cabinets. Parfois, il le questionnait à travers la porte : « Ça va ? Tu as mal au ventre ? » Le fils arrêtait ses sanglots muets, répondait que tout allait très bien. Il attendait que ses yeux soient secs pour sortir, et Vidal scrutait alors ce visage indifférent et tranquille. Vidal ne voyait pas que son fils pleurait en silence le soir, au lit, quand la lumière s'éteignait, ni qu'il se réveillait désespéré le matin, quand sa mère disparaissait de son rêve. L'année suivante, Vidal trouva incompréhensible que son fils refuse d'aller au cimetière avec sa famille pour l'anniversaire de la mort de Luna.

Auparavant, Corinne avait informé son neveu, avec grands ménagements, que sa mère, qui était partie au ciel, était morte sur la terre. Elle lui dit alors la parole la plus bienfaisante qu'elle croyait pouvoir dire, la plus atroce qu'il puisse entendre : « Maintenant, considère-moi comme ta mère, c'est moi ta mère. » Vidal fut très content que Corinne ait dit cette parole si réconfortante pour son fils. Peut-être celui-ci était-il insouciant parce que Corinne avait su parfaitement remplacer sa mère. Bien plus tard, quand il aura plus de 80 ans, Vidal sera très surpris que son fils lui dise combien cette parole de Corinne lui avait fait mal. « Mais pourquoi ? lui dira Vidal, au contraire, tu aurais dû être charmé... »

Vidal et Corinne s'étonnaient de l'indifférence de l'enfant, qui les entendit parler de son indifférence sans qu'ils s'en rendissent compte. L'enfant pouvait du reste jouer, faire des balades à vélo, rire. Mais il s'était retranché, à jamais pensait-il, de sa famille.

Vidal avait cru ménager son fils en ne lui annonçant

pas sur le coup la mort de sa mère, et en l'excluant des cérémonies du deuil et de l'enterrement. Sans doute, tout aurait été différent si l'enfant avait pu, avec son père, partager le chagrin, pleurer au moment de la mise en terre, embrasser sa grand-mère Beressi qui aimait tant Luna. Mais, au contraire, le silence sur cette mort et la dissimulation provoquèrent chez l'enfant silence et dissimulation, et c'est au cœur même de sa famille qu'il se trouva exilé, perdu. Beaucoup, beaucoup plus tard, près de trente ans après, quand dans un livre paru en 1959 Edgar évoquera la mort de Luna, Vidal et Corinne comprendront qu'il aimait sa mère.

Pour ne pas laisser Vidal et son fils seuls, il fut décidé que pour l'été 1931 Myriam Beressi, Émy, Corinne, Joseph et leurs enfants viendraient à Rueil. Edgar entraînait Fredy et Daisy dans de longues balades à bicyclette le long de la Seine, dans l'île de Chatou. Il écoutait sur un petit phono les disques qu'aimait sa mère, et surtout *El Relicario*, qui parlait d'amour et de mort, mais dont il ne comprenait pas les paroles. Il creusa un grand trou dans le jardin où il voulut faire une sorte d'habitation.

Le jardin comportait une pelouse, où un abricotier et un amandier avaient été plantés ; l'arbre du Sud exilé dans le Nord donnait des fleurs fin février, mais pas d'amandes. Sur la partie du fond, dont la vocation maraîchère fut décidée, Vidal planta des petits pois, des haricots verts, des tomates, et surtout des cornichons qu'il aimait beaucoup. Malheureusement, il y eut une erreur de graines et des coloquintes poussèrent à la place des *pepinos*.

Selon la tradition séfarade, Vidal aurait dû épouser sa belle-sœur célibataire, Émy, âgée alors de 18 ans, puisque la famille Beressi, ayant une dette pour épouse déficiente, devait la remplacer par une nouvelle épouse. Mais le vouloir-vivre de Vidal, qui fut d'abord désespéré par la mort de Luna, lui fit se lancer dans une liaison secrète avec une femme mariée, à l'extérieur, et il convainquit les autorités familiales, au premier rang l'oncle Hananel Beressi, de trouver ailleurs un mari pour Émy : on lui fit

rencontrer un jeune séfarade de « bonne situation », peut-
être pas salonicien, Victor Lerea, qui lui déplut mais
qu'elle subit au début. Promenades familiales en auto avec
Victor Lerea dans les environs de Rueil, puis fiançailles
dans la maison de la rue Cramail. Émy, toutefois, avait
une secrète mais chaste relation avec un garçon qui lui
plaisait ; celui-ci exigea qu'en gage d'amour elle lui
remette sa bague de fiançailles ; il la lui remplaça par une
imitation en cuivre avec un faux diamant. Émy finalement
ne put supporter l'idée de se marier contre son gré, et
rompit les fiançailles. Hananel, lui demandant la bague
pour la restituer à l'ex-fiancé, découvrit qu'elle était une
imitation grossière de l'original. Émy nia, pleura, avoua,
donna le nom et l'adresse du suborneur. Aussitôt, Hananel,
avec sa canne à pommeau d'ivoire, son costume toujours
impeccable, son nœud papillon, entraîna Vidal dans un
taxi et ordonna au chauffeur de se ruer à l'adresse du jeune
homme. Celui-ci habitait chez son père, garagiste. C'était
une fin de matinée. Hananel interpelle le garagiste, exige
de voir son fils. « Mais il dort encore. – Réveillez-le. –
Mais pourquoi ? – Votre fils, Monsieur, est un voleur, un
bandit, un voyou », s'écrie Hananel en brandissant sa
canne. Le fils arrive, nie, pleurniche, avoue. Il avait vendu
la bague à un bijoutier. Hananel lui arrache l'adresse et
bondit avec Vidal dans le taxi qui attend. A nouveau pleins
gaz vers le bijoutier. Le bijoutier s'étonne, mais Hananel
tonne en faisant des moulinets avec sa canne. « Comment ? Mais vous êtes vous-même un receleur, un escroc,
un voleur. J'exige la restitution de cette bague sans dédom-
magement, sinon je porte plainte et fais un scandale. » Le
bijoutier restitue la bague, et Hananel, apaisé, souriant, dit
à Vidal en remontant dans le taxi : « Allons maintenant
prendre un bon apéritif. » Ainsi se termina ce western
matinal.

    Octobre 1931 arriva. Il fut décidé que Vidal et son fils
iraient habiter chez Corinne et Joseph, pour que l'enfant
ait un foyer. L'appartement de la rue Sorbier ne comportait
que trois pièces : une chambre à coucher, une salle à man-

ger et un salon. Le salon devint dortoir, où dormaient, chacun sur un lit-divan, Vidal, Edgar, Fredy, tandis que Daisy couchait dans la chambre de ses parents.

Edgar aurait dû aller, comme le fera Fredy plus tard, au lycée Voltaire, qui était assez proche, alors qu'il fallait un assez long trajet de métro pour aller au lycée Rollin. Après la mort de sa mère, il voulut retrouver ses copains dans la triste caserne, bien qu'il s'y ennuyât à mourir pendant la longue heure qui sépare le repas au réfectoire de la classe de 14 heures. Tous les déménagements ultérieurs l'en éloigneront, mais il restera au lycée Rollin, devenu enveloppe protectrice, où, en dépit des brutalités, des indifférences, des moments de solitude, il trouvera de la chaleur auprès de petits camarades. La première année, pour ne pas le laisser seul, Corinne envoya son fils Fredy au lycée Rollin.

Vidal eut des problèmes de dettes, d'échéances ; Joseph, de son côté, eut de grosses difficultés dans ses affaires. La grande crise économique qui sévissait sur la France secouait le Sentier.

L'été 1932, la nouvelle famille retourna à Rueil, ce qui permettait de faire des économies sur les vacances sans faire l'économie des vacances. En septembre, Edgar fut victime d'un mal étrange, qui lui donna dans le gosier des aphtes qui l'étouffaient. Le Dr Amar ne discerna aucune maladie connue. Il fit venir des spécialistes. On diagnostiqua à tout hasard une fièvre aphteuse, du type de celle qui frappe les bovins. Peut-être le vouloir-vivre de l'enfant avait-il craqué sous l'énormité du chagrin, laissant entrer dans son organisme un virus incongru. Comme la fièvre dépassait quarante degrés, on prescrivit de la glace sur le corps, et Corinne plongeait ses doigts au fond de la gorge de l'enfant pour lui arracher les membranes qui l'étouffaient. Vidal craignit de voir son fils mourir un an après sa femme. La fièvre s'éloigna, et Edgar se rétablit. Il pouvait retourner au lycée et entrer en sixième. Vidal avait

définitivement renoncé à l'école commerciale. Il respecta
le vœu de Luna et le désir de son fils, à qui il fut conseillé
de faire latin et grec. Il y eut un compromis, et il fut inscrit
en sixième A', où l'on fait du latin et une langue étrangère.
Quand il arriva au lycée, les classes avaient commencé
depuis une semaine ou deux ; il alla chez le surveillant
général, M. Lorphelin, qui lui demanda pourquoi il avait
raté la rentrée.

« M'sieur, j'ai été malade.

– Qu'as-tu eu, mon petit ?

– La fièvre aphteuse, m'sieur.

– Ah ! Tu sais, je n'aime pas qu'on se foute de ma
gueule ! »

Et le fils de Vidal entra en sixième avec son secret et
sa fièvre honteuse.

CHAPITRE VII

Une nouvelle vie (1931-1939)

« La mort, ce monstre sans loi ni frein », dont avait parlé Luna dans sa première lettre à Vidal, l'avait frappée à 30 ans.

Cette mort fut un cataclysme, très violent, mais court dans la vie de Vidal. Pour la première fois de sa vie, il fut saisi par des sortes de spasmes bruyants d'œsophage, semblables à la fois à des rots profonds et à des secousses de hoquet se succédant interminablement. Ce mal s'estompa, mais revint à plusieurs reprises dans la suite de son existence, signalant chaque fois, de cette façon bizarre, l'atteinte du malheur.

Quelques années plus tard, vers 1934-1935, il subit un mal encore plus bizarre. Un soir, au terme d'un dîner familial chez sa belle-sœur Émy, mariée dès 1932 avec un homme qu'elle aimait, on vit des taches rouges se former sur son visage, qui devint violet foncé ; des plaques dures apparurent sous les oreilles, autour des yeux, et sur d'autres parties du corps. Une sorte de démangeaison intense se transforma en douleur indicible ; son visage devint monstrueux, informe, et il sembla sur le point de mourir. Puis, très lentement, tout s'atténua, et le mal disparut. C'était une crise d'anaphylaxie, dont on détecta plus tard la cause, quand il apparut qu'elle survenait toujours après un aliment ou un plat contenant du sésame, en grain, huile ou en *tahine*. Il prit alors des précautions, surtout dans les restaurants orientaux, mais parfois, sans s'en rendre compte, il tombait sur du sésame, et la crise revenait, épouvantant son fils et ses proches.

Toutefois, à part ces accidents spasmodiques ou anaphylactiques, à part la tendance aux pharyngites qui l'avait
déjà amené à faire deux cures à Challes-les-Eaux, il
demeurait en excellente santé et ne consultait pas de médecin. Il avait trouvé dans une liaison secrète à l'extérieur
la présence et la chair féminines qui l'avaient détourné du
gouffre de la mort et du manque, et il se dépensait d'autant
plus au travail qu'il devait subir de front, ensemble, les
difficultés de la crise et de l'endettement qui lui était venu
de la villa de Rueil. L'inventaire après le décès de Luna
donne quelques indications sur sa situation financière en
1933 : Vidal dispose d'un certain nombre d'obligations du
Crédit national et de la Ville de Paris, sur lesquelles il a
vendu pour 30 000 francs depuis la mort de Luna. Il a un
compte débiteur de 137 800 francs à la Banque de France,
ses dettes diverses (notamment aux maçons, peintres,
menuisiers, etc., qui ont travaillé à la villa de Rueil) s'élèvent à 202 000 francs, et il n'a pas terminé le paiement
de l'appartement de la rue Demours, acquis en 1928.

Au cours de ces années 1930-1936, Vidal vit une
période haletante où il doit payer, obtenir des délais, trouver l'argent pour vivre, d'autant plus qu'au même moment, alors que Vidal et son fils logent chez lui, Joseph
Pelosoff, victime d'un escroc, connaît de graves difficultés
financières et doit céder son fonds de commerce. Il n'y a
pas de vacances, sinon à Rueil, puis Rueil sera loué pour
faire un peu d'argent, il n'y aura plus de grandes sorties,
de grands restaurants. La vie redeviendra moins difficile
après 1936, avec la résorption du plus gros des dettes, et
peut-être une petite reprise des affaires.

Pendant trois ans environ, de la mort de Luna (1931) à
1934 ou 1935, Vidal et son fils logent chez Corinne et
Joseph, 11, rue Sorbier. L'appartement est dans un immeuble du début du siècle, surplombant un coin hétéroclite de
Ménilmontant ; cet immeuble est proche de la tranchée du
chemin de fer de ceinture, qui va être couverte pour édifier

une école, un établissement de douches et un jardin public. Tout à côté, il y a une rue lépreuse, la rue Juillet, que nul ne semble devoir emprunter. Pendant des années, un macaroni à la tomate souille le mur de la maisonnette voisine. La vie est plébéienne : on entend par les fenêtres ouvertes les couples qui s'engueulent, les propos d'ivrogne, la vaisselle qui se brise, mais aussi on se parle de fenêtre à fenêtre et l'on se rend mutuellement service avec les voisins de palier, M. et Mme Grucy.

Le matin, comme à la rue Mayran, Vidal réveille son fils en sifflant et chantant. La pièce n'étant pas chauffée en hiver, il commande : « Gymne, Minou », écarte symétriquement les deux bras et les ramène énergiquement sur la poitrine à plusieurs reprises, à la manière, dit-il, des marins bretons. Il va au lavabo et s'asperge le visage d'eau froide (plus tard, quand il jouira du chauffe-eau, il répugnera à se laver à l'eau chaude). Plus ou moins éveillés, plus ou moins hagards, enfants et adultes se croisent dans le corridor de l'appartement, chacun se préparant à sa journée. Puis Vidal sort, prend le métro et va à son magasin. Son fils est refermé sur son secret, mais il n'est pas seul, et la présence des enfants de Corinne le met au centre d'un petit monde enfantin. Hors de l'école, il est tout le temps avec son cousin Fredy, il joue avec lui, va au cinéma avec lui, l'entraîne dans ses balades.

Edgar aime explorer l'étrange quartier avec Fredy, et il en établit le plan comme s'il découvrait un royaume inconnu. Il aime aussi la rue de Ménilmontant, vivante, populeuse, qu'il descend et remonte quotidiennement selon que le métro le conduit ou le ramène du lycée. Il y a dans cette rue deux cinémas, le Phénix et le Ménil, puis, sur le boulevard de Ménilmontant, le XXe Siècle. Il va au cinéma avec Fredy tous les jeudis et, quand il peut échapper aux parents, le dimanche. Sa culture se forme aussi dans la rue, dans les cinés, et il gardera toute sa vie son goût du quartier populaire, sa répugnance pour le quartier bourgeois, notamment ce XVIIe où vit tante Henriette et où plus tard vivra Vidal.

Les enfants de Corinne grandissent, le troisième fils, Henri, élevé jusqu'alors à la campagne, est rentré au foyer, et, faute d'espace, Vidal et son fils vont partir. Ils sont accueillis par Henriette, qui héberge déjà sa mère, et couchent dans la petite chambre d'amis de son grand appartement.

Hélène Nahum, femme très douce, d'humeur toujours égale, est très heureuse d'avoir auprès d'elle son Vidalico. Tous les soirs, elle lui prépare son yaourt de l'avant-coucher, fait par elle-même. A table, elle lui sert les meilleurs morceaux et les plus grosses portions. Vidal est très heureux d'être redevenu Vidalico, mais sa mère meurt, en 1936, d'une occlusion intestinale. Vidal pouvait loger chez sa mère, mais il ne peut rester chez sa sœur. La famille lui trouvera une solution, comme nous le verrons plus loin.

Père-fils

Vidal est très doux et patient avec son fils, qui, en dépit du malentendu fondamental et de la rancune secrète contre son père, ressent de nombreuses poussées affectueuses pour lui. (Vidal pense que son fils vit avec indifférence la mort de sa mère, Edgar pense que son père a trahi sa mère.) Il est très rare que le père s'irrite contre le fils : il le traite alors soudain d'« idiot », avec une conviction absolue ; il est encore plus rare qu'il lui donne une gifle. Il ne lui a jamais donné de correction ou de fessée.

Vidal est hyperanxieux pour son fils. Certes, il est persuadé que celui-ci a trouvé une protection quasi maternelle chez Corinne. Lorsqu'ils vivront tous les deux seuls, et bien que le garçon soit devenu adolescent, il manifestera sans cesse son souci de savoir s'il a bien dormi et bien mangé (il lui demandera toujours le menu des repas pris hors de sa présence), l'accablera d'inquiétudes irrationnelles : « Ne mets pas trop de beurre sur tes tartines »,

« Ne bois pas de l'eau froide. » Il craindra le froid, le chaud, le sec, l'humide pour son fils. Ainsi, vers 1934-1935, il écrit à Edgar, âgé de 13-14 ans, qui se trouve chez son oncle Henri à Bruxelles : « L'année dernière, tu étais parti à 7 heures du matin, *il fait actuellement assez frais, et je préfère que tu ne sortes pas de si bonne heure.* » A peu près à la même époque, alors que son fils se trouve à Cayeux-sur-Mer chez les parents de son ami de lycée Henri Luce : « Sans doute, tu fais bien et grande attention, pour bien te couvrir et avoir tes pieds chauds. Au besoin, mets des journaux à tes souliers, car c'est très essentiel d'avoir les pieds bien chauds. » Dès qu'une lettre n'arrive pas au jour prévu, inquiétude, télégramme :

Vendredi, 19 heures.

Mon cher Edgar,
Je suis venu ce matin de bien bonne heure au magasin, espérant avoir de tes nouvelles. Le facteur vient vers 8 heures, m'apporte mon courrier, mais pas de lettres de Cayeux ! Sans en être inquiet, j'ai été te télégraphier. Vers 10 heures et demie, j'ai eu ta lettre de jeudi et vers midi ton télégramme. Cela m'a fait bien plaisir de te lire et par fil, mais je ne suis pas fixé si à Cayeux il pleut ?? Dans ce dernier cas, je suis persuadé que tu prends tes précautions prépluviennes, et évite de prendre froid et de prendre humidité. Un apaisement sur ces points-là, dès demain matin, me fera plaisir...

Par mimétisme, son fils manifeste dans ses lettres les mêmes préoccupations inquiètes : « Es-tu bien arrivé à Paris ? Ne faisait-il pas trop chaud dans le train ? »

Il rassure son père à l'avance : « Le vent ne souffle que depuis hier après-midi ; comme de juste, j'ai mes deux pull-overs et parfois mon imperméable. »

Le souci paternel se porte aussi sur les choses les plus bizarres. L'idée que son fils puisse aller dans des cabinets de campagne, au fond d'un jardin, avec des pages de papier journal pour se torcher, lui est insupportable. Ainsi, alors qu'Edgar, qui a déjà 16-17 ans, se trouve en vacances à Vert, près de Mantes, dans la maison d'un ami du groupe Coq-Héron (cf. p. 219), Vidal, venu y passer un dimanche, découvre avec horreur que les WC sont au fond du jardin, supplie son fils de rentrer, et lui envoie de Paris un télégramme : « Oncle Élie très malade, reviens de suite. » Une autre fois, alors qu'Edgar se trouve dans une autre maison à Vert, Vidal lui envoie par la poste du papier hygiénique. Plus tard, en 1941, arrivant à Toulouse pour voir son fils alors âgé de 20 ans, il le trouvera logé au premier étage d'un café, dans une chambre, avec les WC au fond d'un couloir ; il insistera pour le faire changer de logement.

Il ne cessera de se faire du souci pour des vétilles, ce qui fort heureusement lui évitera les vraies raisons de s'inquiéter. Il continuera à couver son fils devenant adolescent, et lorsque celui-ci commencera à vouloir, ne serait-ce que pour des vacances, voler de ses propres ailes, il l'en empêchera grâce à un moyen de chantage qui sera irrésistible jusqu'à l'été 1943.

Méthode : quand son fils le mécontente ou s'obstine trop dans un désir qui le contrarie, Vidal s'effondre dans un fauteuil en poussant des soupirs énormes, fait bruyamment semblant d'expirer, et agonise jusqu'à ce que son fils en larmes se précipite dans ses bras en lui demandant pardon. Le fils une fois soumis, le père ressuscite. Certes, les morts et résurrections paternelles périodiques enseignent au fils que l'agonie de son père est quelque peu exagérée, et il voudrait résister à ce chantage. De plus en plus, c'est le cœur sec qu'il contemple l'effondrement dans le fauteuil, les énormes Och ! Och ! Och ! que pousse le pseudo-moribond, mais, à un moment, l'inquiétude le gagne, puis la panique le saisit, et il court supplier son père de lui pardonner. (C'est qu'au fond de lui il se sent coupable de la mort de sa mère « pour lui avoir fait trop de chagrin », et qu'il a en mémoire l'horreur des crises anaphylactiques de son père.) Après chacune de ses agonies, Vidal annonce à son fils qu'il vient de perdre deux années de vie, ce qui fait que sa vie aura été raccourcie d'un siècle quand il atteindra 47 ans en 1939.

Vidal ne voit pas que, dès 15 ans, l'adolescent veut sortir un peu de sa tutelle, vivre sa vie. Il a pu une première fois passer des vacances loin de son père, à Cayeux-sur-Mer, chez les parents de son ami de classe Henri Luce, et bien sûr sous leur garde. Voilà que son copain Henri Salem et lui décident de partir pour les vacances de l'été 1936 en Grèce. Ils prévoient de s'engager comme mousses à Marseille, puis de vagabonder après avoir débarqué au Pirée. Contrairement à l'attente de son fils, Vidal ne fait aucune opposition au projet, qui lui est annoncé en mai, et Edgar s'y prépare joyeusement. Ils embarqueront sur le *Théophile-Gautier*, où, par combine, ils pourront être aides-cuistots pendant la traversée. Vient le moment où il faut demander passeport et visa. Vidal dit alors sereinement à son fils : « Si tu veux tuer ton père, pars en Grèce. » Edgar veut se durcir contre ce chantage, il affirme qu'il partira, qu'il donnera de ses nouvelles, qu'il sera très prudent, qu'il ne mangera pas n'importe quoi. Le père continue à énoncer sa loi, non pas à la façon autoritaire d'un Moïse, mais à la manière d'un Newton formulant le déterminisme absolu de la chute des corps : « Bon, bon, si tu veux me tuer, tu n'as qu'à partir. – Je partirai ! » Le combat psychologique dure quelques jours, jusqu'à ce que le père, voyant que le fils maintient son départ, s'effondre dans la pire agonie sur un fauteuil, en poussant des râles terrifiants, puis laisse retomber la tête, mort. Le fils craque, pleure, sanglote, non pas de la mort de son père à laquelle il ne croit plus, mais de se sentir céder et d'abandonner le plus grand bonheur qu'il a jamais pu envisager. Son copain part seul, lui envoie des cartes postales. Au retour, il fait au serf qui a passé l'été à Paris, à l'ombre de la rue d'Aboukir, le récit du séjour merveilleux, de l'accueil des paysans grecs, de la vie libre et aventureuse.

La stratégie de Vidal est une stratégie rusée d'Oriental. D'abord louvoyer, attendre, endormir, puis, au bon moment, annoncer le parricide : « Si tu veux tuer ton

père... » et feindre l'agonie. La stratégie réussit à tout coup
pendant des années. Au début de 1939, alors que l'effondrement des armées républicaines de Catalogne fait affluer
en France 400 000 réfugiés, Edgar veut participer à une
commission d'aide et d'enquête organisée par la revue
Esprit, qui se rend dans les camps de concentration fron-
taliers où les autorités françaises parquent les réfugiés.
Une fois encore, Vidal ne fait d'abord aucune opposition,
puis annonce sa mort prochaine si son fils part pour la
frontière espagnole. Celui-ci, bien que déjà âgé de 18 ans,
cède, comme il cédera l'année suivante, à 19 ans, lorsque
son père, mobilisé, qui le laisse enfin seul, après avoir
accepté le principe qu'il aille loger à la Cité universitaire,
annoncera qu'il mourrait s'il n'allait pas habiter chez sa
sœur Henriette. A 20 ans, il cédera encore lors de l'épisode
des WC de Toulouse relaté ci-dessus. Il cessera de céder
quand son père, apprenant avec retard qu'il participe à la
Résistance, mobilisera un tribunal constitué de sa sœur
Henriette, de son beau-frère Élie, de son neveu Mony, de
sa nièce Liliane, qui objurguera Edgar de ne pas faire
mourir son père de chagrin, puis lorsque, après l'échec de
ce tribunal, Vidal fera appel au juge supérieur, l'oncle
Hananel, qui ordonnera à son petit-neveu d'obéir à son
père. Vidal sera stupéfait du refus, et en oubliera de mourir. Alors s'effondrera l'autorité absolue de la parenté, à
laquelle il avait obéi toute sa vie.

Vidal avait réussi à enserrer son fils, durant son adolescence et jusqu'à 19 ans, dans un réseau serré de précautions, protections, contraintes physiques et morales.
Mais il avait été d'une totale négligence, comme pour
lui-même, quant aux manières, à la tenue et à l'habillement. C'était sa femme qui procédait au choix de ses
costumes et de ses chemises, lui faisait changer de linge,
donnait à repasser ses pantalons ; elle conduisait leur fils
chez sa couturière, qui lui faisait des petits costumes sur
mesure. Chez Corinne, Edgar avait été soigneusement

habillé. Mais quand Vidal et Edgar vécurent seuls, ce fut le relâchement. Vidal conduisait *in extremis* son fils aux Galeries Réaumur, proches de la rue d'Aboukir, où il lui achetait au plus bas prix un costume trop large qui se fripait aussitôt. Les boutons de braguette qui tombaient du pantalon filial n'étaient pas recousus, ce qui gênait l'adolescent dans les lieux publics.

Tout en lui imposant un asservissement physique étouffant, Vidal avait laissé à son fils la plus totale liberté mentale. Il ne lui avait enseigné aucune bonne manière, aucun principe, aucune éthique, aucune règle de vie et de conduite.

Vidal ne contrôlait pas les amitiés de son fils, il ne s'inquiétait pas de leurs origines sociales ou religieuses, il ne manifestait aucune exclusion, considérant du même œil juifs et gentils, fils de bonne famille et fils du peuple. Cette morale négative fut en fait la morale la plus positive qu'il apporta à son fils.

Vidal était vaguement déiste, mais il n'éprouvait pas le besoin de démontrer à son fils l'existence du « Bon Dieu ». Il était hors rite et il ne s'était pas soucié de préparer son fils pour la *bar-mitsva* ni de lui faire pratiquer cette initiation, équivalent judaïque de la première communion. C'est peut-être sur l'instance de sa sœur Henriette (influencée par son pieux époux Élie) et de sa mère qu'il respectait que Vidal se décida de combler cette lacune. Non moins débrouillard en religion qu'en affaires (nous le verrons plus loin à l'occasion de ses conversions au catholicisme sous l'Occupation), il réussit à convaincre le rabbin de la rue Buffaut de donner, sans initiation à la Bible et à l'hébreu, la *bar-mitsva* à un pauvre petit orphelin privé de mère et incapable de faire la moindre étude. La séance fut extrêmement pénible pour le gamin. On l'avait revêtu d'une sorte de smoking infantile, toute la famille était réunie, le rabbin lui soufflait syllabe par syllabe des paroles incompréhensibles, le faisait asseoir, se lever et faire des gestes bizarres, puis il lui avait fait réciter un texte en français où l'intronisé remerciait ses chers parents de l'avoir éduqué sur les sentiers du bien et de la vertu.

Vidal était le fruit d'une laïcisation qui s'était progressivement accomplie en trois générations, et ce qui restait des ancêtres se concentrait dans les nourritures matricielles qu'on servait aux repas de famille, les œufs durs de cane, les cornichons au sel, les *pastellicos* ou *borekitas* ; ces nourritures, elles étaient présentes, toujours aussi savoureuses, à chaque repas hebdomadaire chez sa sœur Henriette où sa mère faisait la cuisine salonicienne.

Ainsi, Vidal n'avait rien à enseigner didactiquement à son fils. Il n'aurait jamais songé à formuler en idée générale ou en règle morale la solidarité instinctive totale qu'il ressentait pour tout membre de sa famille, le dévouement, le sacrifice pour les siens, la générosité pour les proches, tout ce qu'il vivait naturellement et qu'il ne considérait nullement comme obéissance à une injonction supérieure ou extérieure à lui. Il n'avait pas à enseigner Salonique, avec qui le cordon ombilical était rompu, et qui s'engloutissait pour lui dans le passé (c'est bien plus tard, après ses 70 ans, qu'il voudra la revoir) ; il ne chercha pas à enseigner l'espagnol *djidio* à son fils ; celui-ci ne le parla jamais en famille (et c'est bien plus tard que le souvenir des conversations entre ses parents et ses grands-parents, puis avec les servantes espagnoles, lui mit dans la bouche, en Espagne et en Amérique latine, un parler castillan grossier).

Vidal ne voulait même pas enseigner le commerce à son fils. Il aurait seulement voulu que celui-ci devienne commerçant, non pas pour l'amour du commerce (lui-même n'avait pas eu la vocation de commerçant et avait voulu devenir médecin), mais pour suivre son père, être comme lui, avec lui.

Bref, comme Vidal n'avait pas subi un fort *imprinting*

culturel, sinon celui de la communauté familiale, il n'avait rien à transmettre.

Son fils se forma donc dans un vacuum culturel ; comme de plus il était enfant unique et en dissidence intérieure secrète avec sa famille paternelle, il ne subit pas la marque de l'*imprinting* communautaire-familial qui était si profonde en son père. Plus encore : l'imago fondamentale du Père se trouva terriblement lésée en lui, alors que rayonnait l'imago immense et sans contour de la Mère. Le fils de Vidal vécut son teen-agerat dans un triple manque, celui du Père-Mythe dans la présence obsédante du père réel, celui de la mère réelle dans la présence incessante de la Mère-Mythe, celui du frère ou de la sœur. Mais, chez le fils, le vide culturel de la laïcisation séfarade était rempli par la substance culturelle de la laïcité française : il s'incorporait les malheurs et les bonheurs de l'histoire de France, en faisant siens Vercingétorix, Bouvines, Jeanne d'Arc, Henri IV, la Révolution, Bonaparte, Napoléon, *La Dernière Classe* d'Alphonse Daudet et *Les Dernières Cartouches* de Detaille, le miracle de la Marne et la Victoire en chantant. De plus, peut-être sous l'influence de la lecture des romans de Fenimore Cooper et de Gustave Aimard exaltant les Indiens d'Amérique, des romans de Jack London sur les chiens du Grand Nord, Edgar découvrit que l'homme était corrompu par la civilisation, qu'il devrait retourner à l'état de nature, comme ses ancêtres qui vivaient dans les cavernes vêtus de peaux de bêtes. « Mais ça, c'était bon pour les temps préhistoriques, maintenant on est dans les temps modernes », répondait Vidal triomphant.

Stimulé par son hostilité à la famille, Edgar se convainquit que le commerce était du vol. Une telle idée chagrinait énormément Vidal, qui n'arrivait pas à désintoxiquer l'esprit de son fils. Vidal mobilisa son frère Henri, sa sœur Henriette et son neveu Mony, qui, au cours de repas de famille rue Demours, s'efforcèrent de convaincre le gamin de l'honnêteté du commerce.

« Mais vous vendez 15 francs une marchandise que vous avez payée 10 francs !

– Il faut bien fournir les clients en marchandises, ils en ont besoin.

– Ils n'ont qu'à se fournir directement au fabricant...

– Mais c'est trop loin, trop cher, trop fatigant pour eux...

– Ils n'ont qu'à s'associer. »

Etc.

Pour concrétiser toutes ses idées, Edgar voulut faire un essai sur « l'homme et les animaux ». Il acheta un cahier, et commença : « Homme ! Homme. »

Il n'alla pas plus loin.

Vidal croit que son fils est *bovo* ; en français, on dirait « un veau ». Il l'a vu quasi incapable de comprendre ce que veut dire la mort d'une mère, il l'a vu insensible à la disparition de Luna, refusant même d'aller au cimetière avec lui pour les anniversaires funèbres. Il le voit peu dégourdi, souvent muet comme une carpe. Or Vidal, qui est très vif, n'aime pas les engourdis. A la table de famille, chez Corinne, Vidal voudrait que son fils le comprenne au doigt et à l'œil ; il désigne de l'index un point de la table qu'il fixe des yeux et il claque légèrement pouce sur majeur pour attirer son attention ; le fils, ahuri, ne voit pas quel est l'objet ainsi désigné : sel ? pain ? huile ? vin ? Troublé, il s'empare à tout hasard du sel. Mimique énervée de Vidal, qui reclaque les doigts, désigne impérativement la chose, et si son fils échoue encore dans cet exercice d'intelligence, il lui crie : « Le vin. – T'avais qu'à le dire... – Un fils doit comprendre son père sans paroles. » Vidal trouve affligeant que son fils soit complètement distrait quand il est avec lui dans son magasin. Il pense que son manque d'intérêt pour les affaires est dû à la somnolence de son esprit. Puis il s'inquiète de voir qu'à l'âge où l'esprit doit s'éveiller son fils profère des idées stupides, comme l'identification du commerce au vol, la supériorité des animaux sur les hommes, et son désir d'imiter un fou de l'Antiquité, Diogène, qui vivait nu dans un tonneau. Il confie à de nombreuses reprises à sa sœur Henriette sa tristesse de voir son fils si bête, capable tout au plus de devenir plus tard un employé chez un parent bienveillant.

Le citoyen Vidal

Vidal est citoyen français depuis 1931. Il garde un accent indéfinissable qui intrigue : « Mais d'où venez-vous ? – Devinez », répond Vidal, et les gens s'interrogent, hésitent, se trompent. Mais, au moment de répondre, Vidal est bien embarrassé : « Je suis né à Salonique. – Mais alors, c'est l'accent grec », dit-on avec étonnement. L'accent de Vidal évoquerait plutôt vaguement les Balkans. Alors que son frère Henri a pris l'accent marseillais, que Léon a une voix qui semble bien à lui, sans évoquer une ethnie étrangère, alors que ni Henriette ni Mathilde n'ont cet accent un peu pleurard, un peu chantant de la femme salonicienne, la voix de Vidal, avec ses résonances parfois rudes, n'est pas comme la voix haute et enrouée qu'ont beaucoup de sélaniklis quand ils parlent français, mais elle ne s'est pas totalement francisée et évoquera toujours un ailleurs.

Vidal est devenu électeur, ce qui l'éblouit presque autant qu'une décoration. Alors que, pour tout Français de souche, être électeur est une accession à l'état adulte, pour Vidal, c'est l'accession à une dignité inconnue pendant des millénaires, à un privilège inouï pour l'Oriental qui dépend totalement de ses gouvernants : certes, Vidal est encore trop oriental pour penser que le pouvoir dont il dépend résulte aussi de son vote ; mais justement parce qu'oriental, il se sent élevé à une sphère supérieure où l'on est en communication aimable avec le pouvoir, où celui-ci vous sollicite, vous invite. Aussi Vidal s'installe-t-il dans des rapports pour lui véritablement charmants avec son député et son conseiller municipal.

Vidal s'est quelque peu politisé à Paris. Alors que Luna lisait *L'Excelsior*, quotidien rempli de photos et uniquement voué à l'information, Vidal lisait et continue jusqu'en 1939 à lire *L'Œuvre*, quotidien de gauche à l'esprit laïque et antimilitariste. Il se sent radical-socialiste et, devenu électeur dans le IIᵉ arrondissement, il vote pour le candidat radical, lequel n'obtient que de maigres suffrages, le député toujours réélu étant Paul Reynaud, de l'Union républicaine sociale et nationale, homme politique influent, ministre des Finances en 1930, ministre des Colonies en 1931-1932 et garde des Sceaux en 1932. Vidal se comporte électoralement en Oriental : il vote secrètement pour le radical, puis adresse ses félicitations à Paul Reynaud. Mieux encore ; sous l'influence d'Édouard Mosseri, son oncle et voisin, rue d'Aboukir, grand agent d'influence de Paul Reynaud dans le Sentier, il adhère au comité Paul Reynaud avant même les élections, où il trahira secrètement son élu, qui lui témoignera une reconnaissance imméritée :

Paris, le 26 avril 1932.

Mon cher concitoyen,
Vous avez bien voulu adresser à mon comité un bulletin d'adhésion. Je tiens à vous en exprimer mes remerciements personnels. Grâce à l'énergie d'amis tels que vous, nous remporterons, dimanche, une belle victoire.
Croyez, mon cher concitoyen, à mes sentiments dévoués.

Paul Reynaud.

Ainsi, Vidal, à chaque élection, va féliciter Paul Reynaud sans toutefois voter pour lui. Ce qu'il y a d'oriental dans une telle attitude, c'est le souci d'être bien vu du puissant, du chef, du potentat. Sans doute a-t-il été marqué par le fait qu'il a dû sa libération de Frigolet essentiellement à l'intervention d'un député et d'un ministre, et songe-t-il à se mettre sous l'éventuelle protection du député-ministre qu'est Paul Reynaud. Mais ce qu'il y a de spécifiquement vidalin, dans cette affaire, c'est l'art de profiter du système occidental de liberté pour voter selon son choix personnel, tout en se mettant à l'orientale sous la protection du pouvoir politique.

Au cours des années 1935-1936, Vidal va s'insérer dans un groupe amical constitué de gentils. Il prend l'habitude de déjeuner dans un restaurant non loin de sa boutique, le Coq-Héron, rue Coq-Héron, qui se trouve presque en face de la poste centrale de la rue du Louvre. Son fils, qui déteste la cuisine du réfectoire (il s'est fait taper sur la tête par le surveillant général qui l'avait surpris à examiner avec une loupe la tranche innommable de viande qu'on lui avait servie), rejoint désormais son père le midi au Coq-Héron. Il s'y est formé une table d'habitués, qui s'habituent les uns aux autres et deviennent amis. Il y a M. Lamouret, qui est petit, véhément, chrétien de gauche, et s'indigne des iniquités sociales ; il y a M. Perrin, qui travaille à la poste, est borgne et socialiste ; il y a M. (nom oublié) qui a un gros visage poupin, tout rose, les cheveux plutôt roux, un air plein de gravité jurant avec la rondeur bambine du visage, et qui est représentant ; il y a une grosse dame très brave, qui travaille dans un magasin de confection place des Victoires, et qui accable l'orphelin de son affection. L'époque est agitée ; les événements dramatiques se succèdent : prise de pouvoir par Hitler, émeutes du 6 février 1934, naissance du Front commun, qui va devenir Front populaire. La table discute sans arrêt des événements ; Vidal, en Oriental prudent, est d'accord avec tous. La familiarité des commensaux devient de plus en plus grande ; ainsi, M. Perrin invite le fils de Vidal à passer quelques jours de vacances près de chez lui, chez une hôtesse, Mme Copians, à Vert, près de Mantes, où M. Lamouret prend en même temps des vacances avec sa femme et sa fille. Le fils a, bien entendu, la consigne d'écrire tous les jours à son père, le courrier de part et d'autre étant porté par M. Perrin. Un passage de la lettre évoque l'ambiguïté de la situation du fils de celui qui est surtout connu comme M. Vidal.

Mme Copians me fit chauffer de l'eau pour les pieds –
elle était bouillante – [*Vidal croit beaucoup aux vertus
salutaires des bains de pieds à l'eau bouillante, et cette
information est destinée à faire plaisir à son père*]. Je
pris du café au lait et une tartine beurrée. La dame me
parla de la Belgique et je lui dis que je connaissais
Bruxelles.

« Mais vous, vous êtes français ? me dit-elle.

– Oui... né à Paris, dis-je.

– C'est drôle, tôt d' même, c'est fou c' que vous avez
l'air étranger, pas vrai, Paulot ? Encore pus que vot'
papa, l'air basque, espagnol, quoi... »

Un silence..

« Vous n'êtes pas basque, me dit-elle.

– Non. Mais mes grands-parents sont de Salonique, en
Grèce.

– Ah ! Vi, vi, vi, vi, je comprends ! C'est pour ça, pas
vrai, Paulot (signe de tête de Paulot) ? »

Donc, je suis ici dans une situation difficile : pour tout
le monde, je suis M. Vidal fils. Admettons que Salem
vienne ou qu'on m'écrive, on m'appellera Nahoum. Quel
embêtement, alors ! Il me faudra donner des explications
vaseuses, ou pas du tout, et rester sous le regard soup-
çonneux des Vertugadins. Je veux m'appeler ou Vidal,
ou Nahoum. Du moment qu'on a commencé par Vidal,
que je garde Vidal, mais je ne veux pas qu'on croie que
j'aie eu honte du Nahoum.

Les habitués de la table ressentirent avec contentement
la victoire du Front populaire. Vidal était certes satisfait,
mais il avait peur des troubles ; son expérience de Salonique où les grandes fêtes fraternisatrices de la révolution
jeune-turque avaient été suivies non par une ère radieuse,
mais par des guerres et des convulsions le rendait craintif.
Il redoutait, de plus, que l'accession de Léon Blum à la
présidence du Conseil accrût l'antisémitisme. Son fils, lui,
fut transporté de bonheur, non par la victoire électorale,
mais par le débordement heureux, dans les rues, d'un petit
peuple de travailleurs et d'employés se croyant désormais

maîtres de leur destin. (Il retrouvera en Mai 68 cette atmosphère joyeuse, où tout le monde se parle, discute, où l'Ordre implacable qui règle la vie quotidienne semble volatilisé.) Vendeuses des grands magasins, employés des bureaux, vieux, jeunes, tout cela discutait sur les trottoirs. Parfois, la discussion devenant dispute, l'homme de droite brandissait sa carte d'ancien combattant. « J'ai fait la guerre, moi, monsieur ! – Et moi aussi, monsieur », s'écriait son contradicteur en élevant aux yeux de tous sa carte tricolore.

Tout s'éteignit, l'été survint, Edgar commença à acheter des journaux et des revues politiques. Le groupe des amis du Coq-Héron perdit Vidal à la fin de 1936. Vidal se remaria le 26 décembre 1936.

L'étrange mariage

Vidal avait subi une pression familiale de plus en plus forte pour qu'il se remarie. L'un des arguments avancés, étant donné qu'il ne pouvait, après la mort de sa mère, durant l'été 1936, continuer à vivre chez sa sœur, était que lui et son fils avaient besoin d'un foyer. Mais Vidal résista, sans doute parce qu'il ne voulait pas rompre la liaison secrète qu'il avait avec une femme mariée, ce qui amenait la famille, qui se doutait de cette liaison, à vouloir d'autant plus y mettre un terme. La mère de Vidal dut affectueusement insister avant sa mort, et, soit pour obéir au vœu de sa mère, soit par nécessité de quitter un appartement où elle n'habitait plus, soit pour tenter une nouvelle vie, soit pour toutes ces raisons réunies, il consentit à un mariage que la famille lui prépara.

Le frère aîné Léon, chef de la famille, joua un rôle décisif dans l'affaire. Ce fut lui qui trouva la fiancée. Sa femme Julie avait une sœur, demeurée à Salonique, Sara Menahem, âgée de 33 ans, belle femme quelque peu plantureuse (convenant *a priori* au goût oriental de Vidal, qui n'a jamais apprécié les femmes qui lui semblaient maigres). On fit venir Sara à Paris, sans doute en septembre-octobre 1936. Tout cela se passa dans le plus grand secret à l'égard du fils de Vidal. Où ? Comment se déroula la première rencontre ? Combien y eut-il de rencontres par la suite ? Vidal, de toute façon, rompit sa liaison secrète, mais sans prévenir de son proche mariage. Celui-ci fut décidé pour le 26 décembre, en pleine période des fêtes de Noël, pendant qu'on enverrait Edgar passer ses vacances à Bruxelles, chez Henri et Jacques, frères de Vidal.

Un matin de décembre, Vidal prit le métro avec son fils pour le conduire à la gare du Nord. Dans le wagon, à un moment donné, très embarrassé, il lui dit : « Une dame va venir à la gare et t'offrira une boîte de marrons glacés, tu lui diras merci gentiment, car... ce sera ta nouvelle maman. » Le garçon, alors âgé de 15 ans, demeura inexpressif, et il ne fut plus question de la dame. Edgar s'installa dans son wagon, se mit à la fenêtre et vit arriver son père avec une dame brune, les lèvres charnues, assez piquante, qui lui offrit une boîte de marrons glacés en lui disant d'une voix chantante : « C'est pour toi, mon petit Edgar. – Oh, merci, madame. »

Il y eut silence et propos embarrassés de part et d'autre, le train démarra, les mains s'agitèrent, le train arriva à Bruxelles. Là, Edgar oublia la dame ; son père, de son côté, ne l'évoquait pas dans ses lettres, et il n'avait pas annoncé qu'il se marierait pendant les vacances.

Lettre de Vidal :

Samedi.

Mon cher Edgar,
Hier, je n'ai pas eu de tes nouvelles, et ce matin j'ai été bien content de recevoir ta première longue lettre de jeudi me racontant les péripéties du passage de la dame à la frontière. J'ai été assez contrarié de voir ton retard d'une heure et demie et m'imagine combien le cher oncle Jacques a dû attendre dans la froide gare du Midi.

Et toi, mon chéri, tu as dû avoir bien faim et froid de ce long séjour dans le wagon.

Avez-vous au moins beau temps à Bruxelles ? Ici, heureusement, le temps est beau, et souhaite qu'il en soit de même de votre côté. Comment vas-tu ? J'espère avoir demain une longue lettre pleine de détails minutieux concernant ton emploi de ces trois premiers jours, et si tu es bien, si..., enfin *tu as l'habitude de mes questions et j'attends tes réponses.*

Je reste en bien t'embrassant et à te lire.

Ton papa.

Edgar était heureux chez son oncle Jacques, qui était très doux et aimait parler de littérature, sa tante Sophie, très expansive et cordiale, et ses cousines Régine et Hélène, qu'il connaissait jusqu'alors très peu. Régine était un peu trop âgée pour lui, mais il s'attacha beaucoup à Hélène, de deux années son aînée, et ils se promenaient ensemble, parlant de la vie et de toutes choses, sauf de sa mère dont il gardait secrète la mémoire. Il eut du chagrin de quitter Hélène à la fin des vacances. Son père l'attendait à la gare et le conduisit à un hôtel, situé dans une rue donnant sur le square Montholon, non loin de la rue Mayran, et qui s'appelle aujourd'hui rue Pierre-Sémard.

Il y avait une chambre d'hôtel pour lui, communiquant avec une autre chambre à grand lit qui était la chambre des nouveaux époux. Sara se montra affectueuse et embrassa le garçon. Celui-ci la trouva jolie, mais elle avait un bouton près de la lèvre.

Le lendemain, sortant du lycée par la place d'Anvers, il aperçut la dame qu'il avait vue à quelques reprises avec son père (la liaison secrète) ; la dame alla à lui, le prit dans ses bras, lui disant : « Mon pauvre enfant. » Elle lui dit qu'un complot de sa famille avait réussi à marier son père de force à une étrangère, et qu'elle souffrait beaucoup pour Vidal et son fils. Edgar se mit à pleurer bêtement, quitta la dame, et, rentré à l'hôtel, regarda l'étrangère avec méfiance. Vidal n'était pas rentré. Sara appela Edgar et,

d'une voix chantante, elle lui dit qu'elle avait bien connu
sa mère, et qu'elle voulait être une mère pour lui. Il pleura
à nouveau et se laissa embrasser par la dame.

Un cycle de vie commença. Le matin, Vidal et Edgar
quittaient l'hôtel, l'un, vers le nord, l'autre, vers le sud ;
ils revenaient à l'hôtel chercher Sara pour aller déjeuner
dans un petit restaurant de la même rue. Le soir, ils
dînaient de choses froides dans la chambre de Vidal-Sara,
sur une petite table où elle mettait la nappe. Ils prenaient
des fontainebleaux tous les soirs. Après le dîner, Sara
lavait, séchait et pliait soigneusement les gazes dans lesquelles étaient enveloppés les fontainebleaux, et elle les
empilait non moins soigneusement dans un tiroir de commode. Au bout de quelques jours, Vidal se mit à lever les
yeux au ciel au moment de ce travail, puis à hocher sinis-
trement la tête en regardant son fils. Les jours passèrent,
mais Vidal ne se mettait pas en quête d'un appartement.
Par contre, il s'absentait de plus en plus souvent la nuit
pour « voyage d'affaires ». Son fils restait seul avec Sara ;
après le repas et le pliage des gazes de fontainebleaux,
chacun restant dans sa chambre, lui, faisait ses devoirs ou
lisait, elle, de son côté, lisait.

Cinq mois passèrent ainsi. Un matin, le 1er juillet 1937,
Vidal rentra de « voyage ». Edgar entendit Sara dire de sa
voix chantante :

« Tu t'absentes vraiment très souvent, Vidal.

– Quoi, répondit Vidal comme en proie à une profonde
stupéfaction. Quoi ! Tu me soupçonnes ?

– Mais non, Vidal, je remarque que tu t'absentes très
souvent.

– Ah, mais ça veut dire que tu me soupçonnes, j'ai très
bien compris. Eh bien, moi, je ne peux pas vivre avec une
femme qui me soupçonne. Viens, Edgar, prends tes affaires, nous partons. »

Le garçon éberlué mit dans sa serviette sa brosse à
dents, ses livres et cahiers, Vidal garda sa valise, et tous
deux disparurent à jamais de l'hôtel et de la vie de Sara.
Vidal n'avait sans doute pas été attiré par sa nouvelle

épouse, et il avait renoué avec sa liaison secrète, laquelle ne pouvait supporter qu'il partage la couche d'une autre. Sara attendit vainement le retour de son mari. Léon, à la fois beau-frère de Sara et frère aîné de Vidal, dut sévèrement intervenir. Rien n'y fit, et Sara, comme il est mentionné dans le jugement du tribunal civil de première instance du département de la Seine, « se vit dans la pénible nécessité de former contre son mari une demande en divorce à l'appui de laquelle elle offrit de prouver les faits suivants :

» 1) dès les débuts du mariage, son mari se montra froid et réservé envers sa femme ;

» 2) au bout de quelque temps, Mme Nahoum s'aperçut que, se rendant dans la famille de sa première femme, il rentrait fort tard le soir et ensuite restait absent de temps à autre la nuit ;

» 3) puis, le 1er juillet 1937, il abandonna sa femme sans aucun préavis et ne reparut plus ;

» 4) sa femme l'ayant fait appeler et pressentir, il répondit qu'il ne voulait plus revenir avec elle ;

» 5) que suivant exploit de Me Lesage, huissier à Paris, du 4 septembre 1937, la requérante a fait sommation à M. Nahoum son mari d'avoir à revenir avec elle, de lui assurer sa vie et de reprendre la vie commune. A cette sommation M. Nahoum a répondu "qu'il refusait catégoriquement de reprendre la vie commune, qu'il avait organisé son existence pour vivre seul avec son fils de son précédent mariage, et que sa décision était irrévocable" ».

Pour toutes ces injures graves, le divorce fut prononcé le 25 avril 1938 aux torts de Vidal[1]. Bien entendu, il avait payé tous les frais de la procédure qu'elle avait entreprise. Sara était encore à Paris en mars 1938, puis elle rentra à

---

1. L'acte de divorce indique que Sara est de nationalité tchécoslovaque. Sa famille, qui avait été protégée par l'Autriche-Hongrie du temps des Ottomans, avait acquis cette nationalité issue de la dislocation de l'empire des Habsbourg pour éviter aux garçons de faire le service militaire grec.

Salonique. Elle sera arrêtée, déportée et assassinée par les nazis, ainsi que la plupart des juifs de Salonique, en 1943.

Rue des Plâtrières

Vidal et son fils trouvèrent un appartement rue des Plâtrières, qui se trouve en contrebas de la partie de la rue Sorbier où demeuraient Joseph et Corinne. Ils étaient donc pour la première fois dans un logement autonome, mais Corinne continuait à assumer sa mission nourricière en leur portant ou faisant porter, le soir, une double portion du plat de résistance chaud qu'elle préparait pour les siens. Edgar, au retour de l'école, faisait les courses chez le crémier de la rue des Amandiers, avec le pot au lait. Il y prenait un litre de lait, des œufs, du jambon, du yaourt, du fromage, puis, chez le petit épicier de la rue des Panoyaux, du vin Pelure d'oignon qu'aimait beaucoup Vidal. Vidal ne savait cuire que des œufs au plat. Père et fils s'installaient à la table de leur cuisine pour dîner. Chacun avait sa chambre. Dans la chambre du fils, il y avait une armoire-bibliothèque à ferrures que lui avait achetée son père ; elle fut rapidement remplie de livres. Edgar lisait sans cesse, dans la rue, dans le métro, en classe, à table, le soir au lit.

Pendant les voyages de Vidal chez ses fabricants, Corinne envoyait son fils Fredy passer la nuit dans l'appartement :

> Mon cher papa,
> J'espère que tu n'es pas revenu trop fatigué et que ton mal de tête a passé.
> Pour moi, la journée s'est très bien passée. Hier soir, nous sommes allés, Fredy et moi, au cinéma, et, au retour, la concierge n'a pas tardé à nous ouvrir. Ce matin, tante Corinne est venue à 7 heures et demie. Nous étions déjà réveillés tous les deux, et elle nous a préparé le café

au lait avec un croissant. Elle a nettoyé les chambres, puis je suis allé à 8 heures et demie à la douche où je n'ai pas attendu beaucoup, puis j'ai travaillé et lu jusqu'à midi et demi. Je suis allé chez tante Corinne où j'ai déjeuné : salade de pommes de terre, sardines fraîches, riz, lentilles, entrecôte et gâteau.

Puis je suis rentré travailler ma composition de récitation. A 5 heures, j'ai été chercher Fredy et nous avons fait un grand tour. Je n'ai pas oublié de prendre le lait.

Demain soir, nous sommes invités chez grand-mère à dîner, comme ça tu n'auras rien à préparer. J'espère que tu apportes de bonnes nouvelles. Je t'embrasse.

Edgar.

P. S. – Le lait n'est pas bouilli.

Edgar passe plus ou moins difficilement de classe en classe. Son père n'a pas renoncé à l'idée qu'il puisse, après le baccalauréat, devenir commerçant. Il profite de la confiance affectueuse qu'Edgar a pour son frère Jacques pour demander à celui-ci de suggérer à son fils d'étudier le droit commercial. D'où ce passage d'une longue lettre de Jacques à son neveu, écrite le 16 novembre 1936, peu avant les vacances de Noël qu'Edgar a passées à Bruxelles pendant les noces de Vidal et de Sara :

N'ayant aucune idée des cours qui se donnent habituellement dans les établissements scolaires parisiens, voudrais-tu me faire savoir s'il y a aussi le droit commercial ? Dans la négative et même dans l'affirmative, si tu consultes un livre de droit commercial une demi-heure chaque vendredi, tu auras du plaisir sans doute. Je fais cette suggestion croyant que tu es désireux de posséder des connaissances générales, qui te mettraient en mesure de choisir plus tard ce qu'il te faudra entreprendre pour déterminer ta carrière dans la vie...

Une nouvelle vie se déroule rue des Plâtrières. Vidal continue à chanter, le matin et en toute occasion, les airs qu'il a aimés depuis sa jeunesse, chansons de Mayol, mélodies napolitaines, airs de Raquel Meller, chansons sur Paris. Son fils et lui chantent ensemble *Le rêve passe* qui les émeut jusqu'aux larmes car l'un et l'autre adorent Napoléon :

Les soldats sont là-bas endormis sur la plaine
Où la brise du soir chante pour les bercer.
La terre de blé d'or parfume son haleine
La sentinelle au loin va d'un pas cadencé
Et voici que du ciel et surgissant de l'ombre
[...]
L'hydre au casque pointu sournoisement s'avance
L'enfant s'éveille ému mais tout dort en silence
Et dans son cœur, l'espoir est revenu.
[...]
Les voyez-vous
Les hussards, les dragons, la garde
Toujours debout,
D'Austerlitz que l'Aigle regarde ?
Ceux de Marceau, de Kléber, chantant la victoire,
Géants de fer, vous qui chevauchez la Gloire...

Les années trente sont pour Vidal celles de Georgius, Lys Gauty, Lucienne Boyer, des soirées à l'Européen, music-hall de la place Clichy, où il entraîne son fils qui, comme lui, aime beaucoup Georgius et les opérettes marseillaises d'Allibert, notamment *Trois de la Canebière.* Un soir de 1937 ou 1938, c'est son fils qui l'entraîne au spectacle de Marianne Oswald, dont les chansons de Prévert et Kosma *(A la belle étoile, L'Évadé)* l'ont bouleversé. Une partie du public siffle, Vidal trouve ces chansons affreuses et s'étonne du goût étrange de son fils.

L'actrice préférée de Vidal est Marie Bell. Elle incarne sans doute pour lui son idéal méditerranéen de beauté ; elle est brune, bien en chair ; elle a le regard ardent, elle est passionnée dans les films plus ou moins mélodramatiques dont elle est la vedette. Son fils, lui, a été foudroyé à l'âge de 12 ou 13 ans par la beauté nordique souveraine de Brigitte Helm dans *L'Atlantide.*

La famille

La mère de Vidal est morte en 1936. Vidal gardera toujours dans ses différents logements la photo encadrée de son père et de sa mère, comme ses lares. Il les regardera et les invoquera souvent. Il aura en effet le sentiment très fort qu'ils continuent à vivre quelque part et continuent à le protéger. Il est resté le petit Vidalico, le benjamin, l'enfant chéri jusqu'à leur mort, et il les chérira jusqu'à sa mort.

Léon, lui, continue à développer la Nahum Steel, dont les bureaux se trouvent rue Antoine-Dansaert. Il est le plus prospère et le plus honorable des frères. Après avoir été fait chevalier de l'ordre de Léopold, il reçoit l'ordre de la Couronne en 1938. Son fils Edgard s'est incorporé l'identité belge plus intégralement que ceux qui, soit flamands, soit wallons, se sentent divisés dans cette identité. Plus encore que son cousin Edgar, il adore les marches militaires, qu'il fredonne à tout bout de champ.

Léon demeure l'aîné, chef de la famille dont les avis sont décisifs pour ses frères. Ainsi Vidal lui a-t-il obéi en se remariant. Mais l'exigence de sa propre vie l'a entraîné à briser ce mariage. Si l'autorité familiale subit ainsi une première et forte brèche, la fraternité n'est pas entamée, et il n'y a pas de rupture entre Léon et Vidal.

Chary, fille de Léon, vit avec son mari Hiddo en Avignon, dans une belle maison rue Banastérie, au pied de la muraille du château papal. Le couple a deux enfants, Jackie (1932), Nicole (1937). Un garçon, Jean-Loup, naîtra en 1943. Hiddo est l'un des associés de la firme familiale qui taille les chardons cardères pour les entreprises lainières du monde entier. Chary et Hiddo sont immergés dans la vaste tribu des Naquet. Ils sont ainsi totalement francisés dans leur enracinement familial et totalement incorporés à Avignon. Jacques et sa femme Sophie sont à

Bruxelles. Sophie a gardé son accent serbe, son franc-parler, sa cordialité. Jacques travaille chez Léon, son frère, et continue à s'intéresser à la littérature. Régine va atteindre ses 20 ans en 1937 ou 1938 ; Hélène a deux ans de moins ; elle éblouit le fils de Vidal qui trouve pour la première fois une personne de sa famille avec qui parler de ce qui l'intéresse.

Henri s'est installé dans un pavillon à Auderghem, petite banlieue de Bruxelles dans les bois et les parcs, avec sa compagne Gaby Coatsaliou ; le couple héberge le frère de Gaby qui a fait de mauvaises affaires. Gaby est désormais intégrée aux Nahum et Henri l'est au Coatsaliou. Le couple s'entend, Henri demeure toujours un peu coureur, avide de chair fraîche. Vidal continuera à admirer ce trait de son frère, même lorsque celui-ci fera des avances à sa femme. Les deux frères demeurent intimement liés par leur jeunesse à Marseille et par le souvenir de Frigolet. Henri, dans une pièce voisine de celles de la Nahum Steel, se voue désormais principalement à l'importation des produits japonais de bazar.

Henriette est surnommée par ses filles « Maniouche belle » et aussi « la babonette », qui, dans un texte qu'elles ont appris à l'école, « ne rentrait jamais au logis les mains nettes », ramassant et conservant à tout hasard tout ce qu'elle trouvait sur sa route. Elle s'est beaucoup souciée de la situation de son frère Vidal et de son neveu Edgar, elle les a hébergés de bon cœur après le départ de la rue Sorbier, elle a tout fait pour trouver une solution honorable au veuvage de Vidal, et, on le verra, elle accueillera son neveu quand Vidal sera mobilisé. Son mari Élie continue à faire permanence dans la boutique de Vidal.

Henriette s'est enracinée au 18, rue Demours. Liliane et Mony habitent d'abord rue Laugier, toute proche de la rue Demours, puis, au départ de sa voisine de palier, Henriette obtient la location de l'appartement pour sa fille et son gendre. Il semble qu'il n'y ait pas eu d'accord physique entre les époux, ils n'ont pas d'enfants, chacun en confidence attribuant à l'autre la responsabilité de cette stérilité. (Un oncle aurait été chargé par un conseil de famille de vérifier si Liliane était inféconde.) Le mariage sans bonheur de Liliane a rapproché la mère et la fille, et le cordon ombilical se resserre encore plus avec le voisinage de palier. Henriette est très chagrinée de la triste conjugalité de sa fille, qu'elle enveloppe de sa tendresse. Leur confiance et leurs confidences sont sans doute totales. Henriette révèle une fois au fils de Vidal que sa petite Liliane est très malheureuse, obligée de payer elle-même les bijoux qu'elle feint de recevoir en cadeau de son mari. Son neveu ne comprend pas le pourquoi de cette confidence.

Le couple Mony-Liliane sort beaucoup et reçoit souvent des amis ; au cours des soirées, Liliane se met au piano ; quand elle est seule, elle joue du Chopin ; avec les amis, ce sont les chansons à la mode et les airs dansants. Le couple fréquente le club des Saloniciens, où Vidal ne s'est pas inscrit et qu'il ne tient guère à fréquenter. Le groupe de Mony-Liliane joue au bridge, et Vidal ne s'intéresse pas à ces jeux de cartes. (Par contre, depuis l'institution de la Loterie nationale, il achète à chaque tirage plusieurs dixièmes, et, sans doute après l'amélioration de sa situation et le remboursement de ses dettes, il se remet à boursicoter.)

Liliane et Mony vont souvent en vacances, jamais seuls, avec Mathilde et Bouchi, Aimée et Ben, et/ou avec des couples amis, presque tous commerçants du Sentier ou saloniciens, mais où participent quelques gentils. Des cartes postales les signalent à Dinard, à La Baule, etc. Liliane, finalement, n'est pas seule. Il semble que, dans le groupe des amis du couple, Liliane ait un confident, un protecteur, peut-être un amant. Liliane vit à cheval entre le statut de la femme dans le monde salonicien traditionnel, dont elle a subi toutes les contraintes, et celui de la femme parisienne moderne, dont elle a eu toutes les aspirations, y compris celle d'une vie professionnelle d'artiste.

Mony est intégré chez les Nahum, mais il n'est pas vraiment aimé par Henriette. Il est petit, malingre, mais très vif et très habile. Il réussit dans le Sentier bien mieux que Vidal. Il vend des marchandises de meilleure qualité, donc à de meilleurs prix. Mony est avare au foyer, où il compte les dépenses (Liliane est aussi parcimonieuse), mais il est très généreux au-dehors, dans les sorties et les restaurants. Vers 1937, Mony est très fier d'installer une « galerie de tableaux » dans son appartement, dont on lui a dit qu'elle comporte des œuvres de peintres réputés, et qu'il fait admirer à ses visiteurs.

Aimée, la sœur cadette de Liliane, vit à Liverpool avec son mari Ben ; ils ont un fils, Pierre, nommé dans la famille le « petit Pierre », qui n'aura de français que le prénom : né anglais, élevé anglais, il aura l'accent anglais, épousera une Anglaise et s'intégrera naturellement chez les gentils d'outre-Manche. Henriette et son mari, Liliane et Mony vont presque chaque année à Liverpool dans le pavillon d'Aimée, laquelle vient chaque année prendre ses vacances en France.

Mathilde et Bouchi continuent à mener grande vie à Belgrade. Ils n'ont définitivement pas d'enfants. Ils viennent tous les ans passer l'été en France, et font éventuellement une cure à Vittel. Comme on l'a dit, leur venue est une fête, ils distribuent les cadeaux, invitent dans les grands restaurants où Bouchi et Mony se disputent le paiement de l'addition, entraînent dans leur sillage la famille éblouie. Mathilde aime profondément ses frères et sœurs, particulièrement son aînée Henriette, et, bien que sa cadette, elle a une affection d'aînée pour son frère Vidal qu'elle appelle Coco.

La famille, diasporée, ne se perd pas de vue. On s'écrit régulièrement et surtout on voyage, on se rencontre les uns chez les autres, à Bruxelles, à Paris, à Liverpool, à Belgrade, ou en vacances. Au cours du temps passé depuis la fin de la Grande Guerre, les Nahum, chacun à leur façon, se sont francisés, belgifiés, anglicisés, serbifiés. Ceux de Bruxelles et de Paris se sentent désormais d'Occident, comme en témoigne une lettre d'Henriette à son neveu Edgar, écrite de Belgrade en février 1937 (ou 1939).

Henriette est née à Salonique, s'y est mariée ; sa jeunesse et le début de sa vie adulte ont donc été marqués par l'Orient. Or, retournant en cet Orient, non pas certes Salonique, mais une ville présentant bien des traits de la ville orientale de son jeune âge, elle voit la ville serbe de façon exotique, en bourgeoise parisienne ; certes, ce regard « français » est surdéterminé par le désir de décrire la cité balkanique aux yeux et avec les yeux de son neveu parisien.

Mon cher petit Edgar,
Je suis à Belgrade depuis le 9 janvier et crois-moi que je ne me reconnais pas. Moi, tante Henriette, la maniouche trépidante, courant toujours, dernière couchée, première levée, moi, l'inquiète, la nerveuse, être des journées entières à ne rien faire ? Non, je ne me reconnais pas. Mes vacances sont donc les vraies qu'une femme de mon âge doit prendre et je les prends. Tante Mathilde, oncle Bouchi font tout pour me rendre le séjour chez eux le plus agréable, je leur suis très obligée.
Belgrade est une ville ancienne, et, avant la guerre, me dit oncle Bouchi, ce n'était qu'une toute petite ville. Depuis 1918, elle prend de l'essor, on voit les bâtisses nouvelles, les quartiers nouveaux et la population a triplé. Il y avait encore en 1914 le ghetto [*sic*], et l'on y voit encore nombre de masures où habitent des juifs pauvres lamentables. Dans la ville, on voit une population mixte de races slaves, des Grecs à l'européenne, d'autres en tenue hongroise, slovène, tchèque, albanaise. Cette dernière est la race la plus pauvre, misérable même. Pour un dinar, ils portent sur leurs têtes des paniers de marchandises de quarante et cinquante kilos ; ils sont coupeurs de bois, hommes de peine enfin. De quoi se nourrissent ces malheureux ? d'oignons crus et de pain ; quand ils auront gagné, ils se paieront un jour de fête, un petit verre de chlivovitza, une espèce d'eau-de-vie de prune. Les nouveaux quartiers ont de belles demeures, près des nouveaux palais des rois. Un vieux palais, historique par les drames qui s'y sont déroulés, est situé au centre de la ville. Un beau parc donne sur les cours du

Danube et de la Save, on y voit le confluent ; les eaux
du Danube sont bleues, celles de la Save sont boueuses ;
une ligne droite, que l'on dirait tracée par les mains des
hommes, marque le confluent. Dans ce parc qui s'appelle
KalÉmydan, mot turc qui signifie place de la Tour, existent encore les forteresses construites par les Turcs lors
de leur conquête de la Serbie. Jusqu'à présent, c'est le
seul endroit digne d'intérêt pour moi que j'aie vu. Le
climat de Belgrade est dur, l'hiver y est très rigoureux,
et, l'été, il fait une chaleur torride. La nourriture est
appropriée au climat, des viandes fraîches ou conservées
et des sucreries. Pas de boisson que de l'eau, ce qui n'est
guère agréable avec les viandes. On mange peu de poisson, qui est fort cher et de rivière ; les poissons de mer
qui viennent de l'Adriatique et de la mer Égée sont rares
et chers. Il faut aller dans un certain restaurant pour
pouvoir en manger. J'oublie de te dire qu'il n'y a pas de
repas sans cornichons, piments et toutes sortes de condi-
ments de cette nature. Tout se fait à la maison, chaque
ménagère se fait un point d'honneur à avoir dans son
cellier le plus de confitures, de légumes conservés, des
viandes salées telles ou à peu près comme le pickel-
fleisch des charcuteries alsaciennes. Cet usage d'avoir
chez soi toutes les provisions, m'explique oncle Bouchi,
vient de ce que dans le temps, quand les hivers étaient
rigoureux, la neige atteignait facilement un mètre et
même deux. Aujourd'hui, on déblaie les trottoirs et on
peut circuler ; alors, on devait garder la maison et on ne
craignait pas de mourir de faim. En octobre, les provisions étaient faites, farine, fromage, viande que l'on
salait, etc., et on continue malgré les facilités de la vie
moderne de faire la même chose. On vient à n'importe
quelle heure de la nuit, on a faim, on a de quoi donner
à manger au plus difficile, du foie gras, de la viande
froide avec des cornichons, bien taillés, bien présentés,
ça fait leur plus grand régal. Je ne t'ai pas dit qu'on voit
encore pas mal de musulmans, restés dans le pays et très
croyants ; une mosquée où chante le muezzin pour appeler les fidèles à la prière. Tout cela est très intéressant
pour moi, cela me rappelle un peu mon pays de naissance, très peu, mais c'est toujours un rapprochement à

la vie de ma patrie. La langue serbe est dure pour une Latine, les consonnes qui se suivent, les voyelles qui n'existent presque pas. Tous parlent le serbe et l'allemand, un peu de français depuis la guerre, puisqu'il y a eu beaucoup de réfugiés qui ont vécu en France. L'anglais est à l'honneur en ce moment plus que le français, et les rares professeurs d'anglais ne peuvent satisfaire les nombreuses demandes de leçons particulières. Comme distraction, le jeu de cartes pour les adultes ; pour les jeunes, les sports : ski, luge, patinage sur glace en pleine ville ; les enfants, à 5 ans, patinent déjà. Peu de concerts classiques, un concert ou deux par saison. Un seul théâtre. Dans la rue principale de la ville, dans une distance allant de la place des Ternes à l'avenue Niel, se promènent tous les soirs les jeunesses de Belgrade ; cela s'appelle le Corso. Deux rangs dans chacun des trottoirs, en file indienne, allant l'un à l'inverse de l'autre, voilà le divertissement le plus agréable pour un jeune homme ou une jeune fille de Belgrade, aller au Corso.

Voilà un petit résumé de la vie yougoslave, sans compter les cancans de la ville de province, sans fin.

Notre santé est bonne et je te souhaite en bonne santé, mon chéri. Et toi, que fais-tu de bon, es-tu satisfait de ton travail ? Tu dois être en pleine époque d'études sérieuses. Tu auras bien le droit de vacances, en avril. Écris-moi quand tu as un moment, tes nouvelles me feront plaisir.

Sans autre, mon chéri, tante Mathilde et moi nous t'embrassons bien tendrement.

Tante Henriette.

Seul Mony Covo a encore père et mère à Salonique. Il n'y a plus de Nahum à Salonique. Il n'y reste qu'un Frances, frère de Dona Helena, Azriel Frances, avec qui la famille maintient la liaison épistolaire. Il n'y a guère de retour, vacances, pèlerinage à Salonique, sinon pour Mony et Liliane, ainsi que pour Léon et Julie, dont les parents sont toujours là-bas. C'est que Salonique n'est plus Salonique. Tout le quartier central ravagé par l'incendie de

1917 est transformé ; la ville est devenue grecque avec sa minorité séfarade, et non plus séfarade avec ses minorités grecque et turque. Il y a eu, en 1931, des violences anti-juives qui ont entraîné une émigration de 10 000 Saloniciens sur Tel-Aviv. Henriette évoque Salonique comme patrie dans la lettre ci-dessus, mais c'est une patrie perdue dans le passé...

La francisation des Nahum s'est accentuée dans la nourriture, après la mort de leur mère, qui, jusqu'à la fin de sa vie, faisait la cuisine salonicienne pour les siens. Alors on va désormais rechercher dans les restaurants cette nourriture, qui, à part le *pastellico*, s'est raréfiée et résidualisée au foyer. Vidal et les siens vont parfois à un petit restaurant séfarade sis à un premier étage, rue Cadet, et aux Diamantaires, restaurant arménien de la rue Lafayette. Il y a encore dans le Sentier deux ou trois restaurants saloniciens, en général au premier étage, qui vont disparaître avec la guerre, comme vont disparaître les restaurants saloniciens des environs de la rue Sedaine. Toutefois, Henriette, Liliane, comme de son côté Corinne, font assez souvent le *pastellico*, tarte au fromage de brebis que l'on remplace par un fromage blanc ou du demi-sel. La proximité de la charcuterie alsacienne Diamand, avenue des Ternes, introduit de temps à autre dans l'alimentation francisée le jambon à l'os, les saucisses de Strasbourg, le pickel-fleisch, et surtout la langue fumée, très appréciée de Vidal.

Chez les Beressi, Myriam, la mère de Luna et de Corinne, maintient un foyer de vie et de nourriture saloniciennes. On continue à y fêter la Pâque, en présence du rabbin Perahia. Myriam, en dépit du remariage de Vidal, de sa liaison extérieure dont elle se doute mais dont elle ne lui parle pas, lui garde son affection. Vidal continue à lui verser une pension. Myriam est toujours émue de voir le fils de Luna, et chaque fois elle dit les larmes aux yeux : « *La cara de su madre* » (« le visage de sa mère »).

Ses enfants vont quitter le foyer en se mariant. Émy, beauté brune piquante, au visage rond, aux yeux marron, à la bouche dessinée, a été très jeune vendeuse de tissus à l'étalage chez Bouchara, boulevard Haussmann ; puis, après les fiançailles rompues avec Victor Lerea, elle rencontre chez sa mère « par hasard » Maurice Cohen, s'en éprend éperdument, l'épouse. Maurice vient d'Istanbul. Il est blond tirant vers le roux, a les yeux bleus, des muscles puissants, il est énergique et hardi. Il n'a pas d'argent, et commence à faire les marchés avec une voiture à bras, accompagné de sa femme. Ils s'installent au Havre, où ils font les marchés de la région. Au départ, Vidal, Hananel fournissent de la marchandise à crédit à Maurice.

Mais, après attente d'un versement qui n'est pas venu à temps, Hananel se fâche, Maurice s'irrite, et c'est la rupture. Vidal continue à fournir des marchandises à Maurice, mais, semble-t-il, ne se montre pas aussi large que celui-ci l'espérait. Toutefois, les bonnes relations sont maintenues.

Lettres d'Émy à Vidal :

Le Havre, 20 octobre 1932.

Très cher Vidal,
Je viens de recevoir ta lettre et je, comme tu le vois, m'empresse de te répondre.
Primo : je tiens à te remercier pour tout le mal que tu te donnes pour nous, et pour la gentillesse que tu as de garder mes meubles à Rueil, car, tu sais, tu m'évites bien des frais, merci...
Je te prie également de remercier maman et Corinne bien sincèrement de ma part, car elles ont été très gentilles, m'a dit Maurice. Vraiment, j'ai de la chance (comme toutes les crapules, du reste). Je leur écrirai d'ailleurs demain, étant un peu fatiguée à présent.
Secundo : pour Bernard, poursuis, tout ce que tu fais sera bien fait.
Tertio : socquettes : vente difficile, nulle pour le moment, mais, si tu n'en as pas expressément besoin, Maurice visitera les merceries, et si tu veux envoyer des bas de laine, à un bon prix surtout, pour battre la concurrence, ainsi que des chaussettes de laine, PAS CHER SUR-

TOUT, à côté de ça, peut-être que les socquettes partiront.

Quarto : Soler, Toulouse, enverra représentant. Pas intéressant, sommes en meublé et cela fera mauvais effet.

Quinto : tu avais une adresse de cache-col. Peux-tu
demander un échantillonnage à ton nom et me l'envoyer
après ?... Et les prix surtout.

Six : assurances ? Fais-toi payer la différence, j'ai payé
pour un an. Et pas un sou de rabais, vu que c'est une
crapule.

Maintenant, la santé, bonne pour tous, j'espère. Les affaires ? N'en parlons pas, hein ! C'est mieux. Ici, comme
ce ne sont que marins et dockers et comme ils ne tra-
vaillent pas, ils n'achètent pas. Comme ça, c'est simpli-
fié, tu ne trouves pas ?

Si les affaires reprennent un peu, j'irai à la fin novembre
à Paname pour apprendre la nouvelle danse, le yoyostep.
Dis à Corinne que je m'achèterai des SABOTS comme
les marchandes de poisson.

Embrasse tous de ma part ainsi que celle de Maurice.

                                                    Émy.

                              Le Havre, 24 octobre 1932.

Très cher Vidal,

Vraiment, je suis embêtée, j'ai un service à te demander et je ne sais pas comment commencer, c'est très
embêtant, je vais te lâcher tout d'un coup, voilà, je suis
très ennuyée, j'ai une traite pour la fin du mois de
4 000 francs, une autre de 600 francs (meubles).

Je ne possède en tout que 600 francs et les 1 000 francs
que tu as.

J'ai écrit une lettre au fabricant pour lui dire que lui
payer 4 000 francs est impossible, je lui ai proposé, soit
2 000 fin du mois et 2 000 fin novembre, soit reprise
marchandise et paierai différence.

Le monsieur m'a répondu qu'il met opposition sur la
marchandise qui reste chez l'ouvrière, tant que je ne lui
paie pas... Sur ce, je lui ai envoyé une lettre recommandée lui faisant remarquer qu'il n'avait aucun droit pour
mettre opposition vu qu'aucune de ses traites n'avait été

refusée ni contestée, et je lui ai proposé de nouveau les deux solutions.

Car tu peux bien savoir que je ne peux payer complètement une marchandise que je n'ai eue qu'en partie, je paie simplement la partie.

Mais comme ici il pleut depuis un mois, j'ai été très ennuyée ce mois-ci. Je voudrais, cher Vidal, si tu pouvais m'envoyer les 1 000 francs le 27 au Havre, car je lui envoie les 2 000 le 28, ... et en plus si tu voulais me prêter 600 francs, que tu remettrais le 29 à maman pour qu'elle paie le 30 mes meubles.

Je ferai tout mon possible, cher Vidal, pour te rembourser le 5 ou 6 novembre. J'espère que de ton côté tu n'as aucun embêtement et que tu pourras me rendre ce service, à titre de revanche, vieux.

Je te remercie d'avance et espère une réponse par retour. Lèche tout le monde.

Émy. Maurice.

Maurice et Émy, qui ont un premier fils, Raymond, vivent durement dans une petite pièce. Puis, ayant gagné un peu d'argent, ils retournent à Paris, s'installent dans un petit appartement rue des Mûriers, non loin de la rue Sorbier, tout près du square Martin-Nadaud. Maurice ouvre un atelier de confection du côté de la place Voltaire, puis dans le Sentier, rue Montmartre. Ses affaires commencent à se développer, mais survient la guerre. Il s'engage aussitôt dans la Légion étrangère, et Émy prend la tête de ce qui est devenu une petite entreprise.

Pepo a 32 ans en 1930. Il a le type italien, la voix italienne et le visage Beressi aux traits bien dessinés. Il est débonnaire, jovial, mais aussi très costaud, ce qui l'a amené à faire de la boxe. Il ne provoque jamais, mais n'hésite pas à mettre K.O. qui lui fait du tort. Il n'est pas fait pour les affaires et vit comme vendeur ou employé. Après diverses aventures, il a rencontré en 1933 la femme de sa vie, une jeune fille séfarade, Margot Camhi, dont la famille est passée d'Usküb (Skoplje) à Salonique, puis à Paris. Pendant toute la période des fiançailles, les deux jeunes gens, très épris, passent leur temps à se couvrir de baisers. Le couple part pour Besançon, où Margot devient gérante du magasin local Au Muguet (lingerie et bonneterie pour femmes). Leur fils André naît à Besançon en 1937.

Benjamin est brave, naïf, distrait, peu doué pour l'étude et peu fait pour le _struggle for life_. Il a 30 ans en 1929, il est employé lui aussi. Il va trouver femme chez les gentils, une demoiselle Jamot, qui vient du Havre ; ils vivent ensemble sans se marier, et il leur naît une fille en 1934, Odette ; la jeune femme tient une loge de concierge ; ils vivent modestement, la famille les fréquente peu.

Samy Beressi est mort en 1929, à 54 ans, d'une crise cardiaque. Son fils Roger doit abandonner le grand magasin de son père et se lance dans le textile. Son second fils, Alex, a fait ses études en droit et devient avocat ou conseil juridique. Il a 28 ans en 1939. Édith a 23 ans à la même date. Odette, qui n'est pas encore Ana Beressi, a 19 ans et termine ses études.

Hananel Beressi, lui, continue à dominer de sa haute taille les événements et à s'imposer comme autorité de la famille. Hananel est comme le « Parrain » de la tribu ; il a même cette voix feutrée et un peu traînante que prendra Marlon Brando dans le film du même nom, et cette voix frappe d'autant plus qu'elle émane d'un visage énergique et d'une haute stature. Vidal admire et respecte Hananel, cet illettré à allure de grand seigneur, qui lui a conseillé, en 1921, d'abandonner l'exportation et de prendre boutique dans le Sentier, qui, en 1931, a récupéré _in extremis_ la bague de fiançailles d'Émy, qui aime insatiablement la chair, la chère et la boisson. Il lui demande souvent conseil et lui fait des confidences. Élie Beressi, le benjamin des frères, a épousé une gentille originaire de la Creuse, Léonie. Ils n'ont pas d'enfants et sont installés à Clermont (Oise).

Du côté Mosseri, Édouard, frère de Myriam, continue à vivre de son commerce, à jouer aux courses, à animer le comité électoral de Paul Reynaud dans le Sentier. Il a toujours une canne à la main, comme Hananel, et porte des guêtres d'un blanc impeccable sur ses chaussures. Il émerveille ses neveux Fredy et Edgar parce qu'il joue de la scie musicale, a dans sa poche un petit appareil qui imite le chant des oiseaux, et dit à tous ceux qu'il fréquente, quel que soit leur âge, « Mon p'tit ». Il se lie, vers la fin des années trente, à une femme du monde des gentils, divorcée ou veuve, Mme Dumontet, qui le protégera sous l'Occupation.

Chez les Beressi et les Mosseri, la famille s'est égaillée en France. Bien que demeure le foyer salonicien de la rue Sedaine, il y a, comme chez les Nahum, francisation et insertion dans le monde des gentils, avec déjà deux couples mixtes dans la génération née à Salonique.

Au cours de ces années 1930-1940, deux révélations transforment la vie de deux Saloniciens connus de Vidal. L'un et l'autre sont aimantés par un univers magique que leur révèle une lecture de rencontre. Le premier, Henri Matarasso, était venu à Paris en 1911, et avait commencé à travailler comme employé chez un courtier de café et de cacao dont il était devenu fondé de pouvoir. Il était parti en Espagne durant la Première Guerre mondiale, peut-être pour éviter un service militaire, et son fils était né à Barcelone. Puis il s'était installé à Bruxelles, toujours dans le courtage, avait été ruiné par le krach de 1929 ; comme il s'intéressait à la littérature, il avait ouvert une petite librairie pour bibliophiles à Bruxelles, où il avait eu la révélation foudroyante d'Arthur Rimbaud. Il prend alors une librairie à Paris, rue de Seine, et se spécialise dans les éditions originales ou rares du XIXᵉ siècle ; il acquerra le manuscrit d'*Une saison en enfer*, découvrira un portrait inconnu d'Arthur Rimbaud. Il vivra désormais pour les livres, par les livres.

Le second converti est un neveu d'Élie Hassid, Félix Gattegno ; il commence par vendre de la bonneterie sous une porte cochère. La lecture des surréalistes transforme son destin. Il se voue à la littérature, entre au comité de rédaction des *Cahiers du Sud*, traduit en français le *Romancero Gitano* de Federico García Lorca, et fera connaître au fils de Vidal, en 1940, Saint-John Perse.

Ainsi, la diaspora salonicienne s'infiltre partout, et ose enfreindre la théorie sociologique qui interdit aux prolétaires de l'intellect, ne disposant d'aucun capital culturel, de se hisser aux hauteurs de l'intelligentsia.

Au cours de ces années 1931-1939, Vidal a eu beaucoup de travail, beaucoup de soucis, beaucoup de difficultés, pratiquement pas de vacances, une liaison orageuse, un mariage raté, un retour à son ancienne liaison, peut-être d'autres aventures inconnues. Il garde toutefois sa gaieté et poursuit sa vie en chantant. Nul ne sait que la France s'écroulera, que l'Allemagne l'occupera, que la nuit viendra.

CHAPITRE VIII

La guerre de 1939-1945

La drôle de paix

Vidal et son fils sont installés durablement, pensent-ils, rue des Plâtrières.

Mais de formidables grondements montent du cœur de l'Europe. L'Allemagne hitlérienne s'est lancée dans le réarmement, entraînant dans la grande machinerie de guerre les autres États, encore loin derrière. On entend les hurlements du Führer qui arrivent par radio dans les foyers paisibles de France, on voit dans les actualités des cinémas, avant le grand film où l'on s'embrasse sur la bouche, les parades solennelles, hystériques, mystiques de Nuremberg, on lit les procès démentiels de Moscou, on entend, voit et lit les combats d'Espagne, où on a déjà commencé localement la guerre européenne entre tous les futurs ennemis et amis. La guerre, effectivement, s'introduit dans la paix crépusculaire de l'Europe. Et, en 1938, tout s'accélère. Hitler annexe l'Autriche ; il entre triomphalement dans Vienne le 14 mars et, dès avril, réclame les monts des Sudètes à la Tchécoslovaquie.

Vidal veut se rassurer : « Mais non, il n'y aura pas la guerre », dit-il dans les conversations. Il dit aussi souvent : « Je suis optimiste. » Il pense que tout va s'arranger. Il suit attentivement les événements, mais sans jamais songer à intervenir par un acte politique. Il ne comprend pas pourquoi son fils participe à des meetings et à des réunions[1].

Vidal était confiant, Edgar était anxieux. L'été 1938 se passa, semble-t-il, à Luchon, où père et fils firent une cure, le premier pour la gorge, le second pour le nez.

En septembre 1938, la situation était devenue explosive. Benes avait accepté le 4 septembre les revendications du parti allemand des Sudètes, mais Hitler, désormais, exigeait le rattachement de ces régions au Reich, et les nazis avaient commencé des attentats en Tchécoslovaquie. La tension monta, et on crut que la guerre allait éclater. Certaines familles parisiennes ne rentrèrent pas de vacances. D'autres partirent en province, de crainte des bombarde-

---

1. Edgar s'est trouvé politisé dans la cour du lycée depuis 1934-1935 ; alors que son copain Macé était faucon rouge (jeunesses socialistes), que Salem se disait anarchiste, lui, il s'était lancé en autodidacte dans la presse marginale de gauche, lisant les revues anarchistes, la publication libertaire *SIA (Solidarité internationale antifasciste)*, le périodique *Essais et Combats* des étudiants socialistes piverto-trotskisants, et finalement *La Flèche*, du parti frontiste de Bergery, où se retrouvaient pacifistes intégraux comme Georges Pioch, ex-communistes comme Rappoport, réformateurs du socialisme comme Jean Maze et Bergery lui-même. Il était partagé entre les grands élans fraternitaires internationalistes qui le portaient au gauchisme, et le réalisme qui le portait vers un socialisme modéré dans le cadre national. Il était pacifiste, non seulement par peur viscérale de la guerre (car il craignait de mourir avant d'avoir commencé à vivre), mais aussi par la logique du droit des peuples (les Sudètes étaient peuplés d'Allemands, l'Autriche avait voulu l'Anschluss) et la critique légitime du traité de Versailles qui avait été un diktat de vainqueur. Si des films soviétiques l'avaient bouleversé *(Le Chemin de la vie)* et enthousiasmé *(Eux, les marins de Cronstadt)*, il était immunisé contre le communisme stalinien par toutes ses lectures et ses informations. Il avait adhéré aux étudiants frontistes en 1938, où il avait fait la rencontre d'un lycéen d'Henri-IV, Georges Delboy, qui devait l'introduire au marxisme. Il s'était incorporé l'espoir de liberté et de fraternité qui soufflait dans le siècle, mais celui-ci n'avait pas encore pris pour lui son visage. Et quand, dans le salon de tante Henriette, alors qu'il lisait un journal, il entendit l'annonce de la chute de Barcelone, il souleva le journal pour cacher ses larmes.

ments massifs et des gaz toxiques, que tout le monde prévoyait pour le premier jour des hostilités.

Henriette, Élie, Liliane et Mony partirent à Niort dans la traction avant de Mony, qui revint à Paris pour ses affaires. Vidal entraîna son fils à Niort un jour de septembre, puis, la menace s'étant quasi figée dans son intensité même, Vidal revint à Paris, accompagné de son fils qui ne voulait pas rester à Niort. Le 30 septembre, ce fut Munich. Par accord entre l'Allemagne, l'Italie, la Grande-Bretagne et la France, la Tchécoslovaquie se trouva amputée du tiers de sa population et de son territoire, de 40 % de son potentiel industriel et perdit avec les monts des Sudètes ses frontières stratégiques. Vidal et son fils se sentirent soulagés. Vidal reprit ses affaires, et Edgar, qui avait obtenu son premier bac en juin (à la grande fierté de Vidal, pour qui le titre de bachelier avait sa dignité médiévale), entra en classe de philosophie.

L'année 1938-1939 passa, et la menace se réveilla au printemps. En avril 1939, Hitler revendiqua Dantzig et dénonça l'accord germano-polonais. La Grande-Bretagne, la France et l'URSS négociaient pour établir un accord de protection de la Pologne. La négociation ne progressait pas, et Edgar apprit, par *La Flèche* ou par des déclarations de Bergery en réunion frontiste, qu'il y avait négociation secrète entre l'URSS et l'Allemagne hitlérienne.

L'été vint. Vidal et Edgar partirent faire une seconde cure à Luchon. La première avait été bénéfique pour la gorge du père et pour le nez du fils. Il y avait dans leur pension un petit groupe d'enseignants où s'agrégèrent le père et le fils. Vidal était toujours très avenant, très communicant, très rieur, et bien qu'il fût pour ces enseignants étranger à leur milieu, ils le faisaient entrer facilement dans leur familiarité. Le père et le fils aimaient aussi marcher. Ils firent à pied l'excursion au sommet de Superbagnères ; dans la descente sous bois, ils furent surpris par un orage furieux. Edgar, craignant que les arbres attirent la foudre, descendait en tremblant. Mais Vidal, très craintif dans ces cas-là, se montrait intrépide et rassurait son fils paniqué.

Vidal dut rentrer à Paris, pour ses affaires commerciales ou sentimentales, laissant son fils seul sous la protection des membres du corps enseignant. Edgar se sentit assez soulagé, un peu libre ; tous les soirs, il allait prendre un verre aux Allées d'Étigny, où il y avait de la musique, avec un professeur d'anglais, M. Desacher ; celui-ci réclamait sans cesse à l'orchestre Gelis, composé de M. Gelis, violoniste, Mme Gelis, piano, et d'un jeune Gelisson à la batterie, de jouer *Tiger Rag*. Bien que l'interprétation fût très molle, plus proche du matou d'appartement que du tigre, M. Desacher scandait le rythme le visage extatique. Le fils de Vidal fut adopté par une dame de Toulouse, Mme de Salvagnac, qui était en vacances avec sa petite-fille de 14 ans, charmante et délurée, qui adopta aussi le garçon de 18 ans. La dame était triste et sévère pour l'adolescente, dont elle révéla le secret au jeune homme : sa petite-fille était une enfant naturelle, de père inconnu, abandonnée par sa mère. Edgar se sentit étrangement lié à la petite et à sa grand-mère. Ils s'écrivirent, se retrouvèrent un an plus tard à Toulouse, puis se perdirent.

Le 7 août 1939, Edgar envoie une carte annonçant son retour à Paris :

> Mon cher papa,
> Tout va bien. Donc, arrivée dimanche matin. Pas besoin d'argent. Temps superbe. Je t'embrasse.

Le 23 août éclate l'annonce du pacte germano-soviétique. La revendication hitlérienne est de plus en plus vociférante. La ville allemande de Dantzig est en ébullition. Sous la menace apparemment inéluctable de la guerre, certains se rassurent en pensant à l'année précédente, où l'accord inespéré était intervenu *in extremis*. Alors qu'Henriette et les siens sont retournés à Niort, Vidal reste à Paris. Le dimanche veille du 1er septembre, à tout hasard, il décide de ne pas coucher à Paris (il y a toujours la hantise du bombardement massif anéantissant subitement la capitale) et, le masque à gaz en bandoulière, il entraîne son fils à Chatou, chez son cousin Murat. Murat est le frère du cousin Paul le dentiste et de Saül le pharmacien ; il est fondé de pouvoir à la banque que dirige de Botton, un parent haut placé. Murat habite un pavillon ancien, bâti sur un jardin assez sauvage, à pic sur un bras de Seine, en face d'un barrage. Il avait trouvé femme chez les gentils et il avait une fille à la poitrine émouvante, à peu près du même âge que son cousin. Les deux jeunes gens sont accoudés l'un contre l'autre, leurs parents sont proches. La radio annonce l'après-midi que l'Allemagne a lancé un ultimatum à la Pologne.

Soudain, le barrage de Chatou, où un soldat monte la garde, leur semble très dangereux. Ils passent la nuit dans cette maison mystérieuse et, au matin, ils apprennent que les armées allemandes envahissent la Pologne, puis que la France et la Grande-Bretagne déclarent la guerre à l'Allemagne. La Wehrmacht arrive en huit jours devant Varsovie, les troupes soviétiques entrent de leur côté en Pologne ; en un mois, toute la Pologne est occupée et partagée. Les troupes françaises ont à peine bougé du côté de la Sarre. On entre dans la drôle de guerre.

Élie, Henriette et Liliane sont bloqués pour un temps à Niort. Ils ont envie et peur de rentrer, et, en tant qu'étrangers (Grecs), ils ont des difficultés pour avoir les sauf-conduits qui leur permettraient de circuler entre Niort et Paris. Ainsi, une carte d'Élie à Vidal, incorrectement datée du 3 juin, et qui doit être de fin septembre, fait état de leurs incertitudes et de leurs difficultés :

> Mon cher Vidal,
> Tous ces jours, on a travaillé pour avoir nos sauf-conduits. Henriette l'a enfin eu hier, mais pour moi on s'est montré difficile, disant qu'on ne doit pas s'amuser à demander un permis et rester sur place. Quant à celui de Liliane, impossible de l'avoir. Bref, après avoir vu tout le monde, nous nous sommes présentés tous les trois chez le capitaine, qui doit signer. Il nous a déclaré avoir

reçu des ordres de ne plus laisser circuler les étrangers d'une ville à l'autre, surtout pour Paris. Pour nous faire plaisir, il autoriserait un des trois à aller rapporter nos effets d'hiver. Ou bien encore, nous pourrions demander à réintégrer notre domicile de Paris, mais sans retour. Bien entendu, il nous a fait comprendre que s'il y avait un coup dur et que nous devrions revenir à notre domicile à Niort, dans ce cas, il m'autoriserait à rentrer à Paris avant la fin des hostilités. Nous venons de faire une nouvelle demande tous les trois et probablement nous pourrons l'avoir dimanche pour rentrer à notre foyer. Bien à toi.

9, rue de la Poste, Niort.

Dans une autre carte datée du 15 octobre, Élie annonce qu'il espère obtenir un sauf-conduit dans la semaine qui vient. Il ajoute :

Aussi, à peine je l'obtiendrai, je rentre à mon travail.
Je décide si cela ne te dérange pas d'aller coucher chez toi, en apportant un petit divan que Liliane a à la chambre d'en haut et que Mony se chargerait de me le faire transporter rue des Plâtrières.

Il est très possible qu'Henriette, en ménagère maniaque, ne veuille pas que son mari aille seul dans son appartement où il risquerait de « faire des saletés ». Ce projet n'a pas été mis à exécution (réticence de Vidal ? retour collectif d'Élie, Henriette, Liliane ?). De toute façon, Henriette, Liliane et Élie sont à Paris avant la fin de l'année 1939. L'exil à Niort, d'autres problèmes peut-être ont irrité Henriette contre son mari et Vidal. Il y a eu reproches violents et rupture provisoire. Tout s'arrange aux fêtes de fin d'année :

1er janvier 1940.

Mon cher Vidal,
Je te souhaite une bonne et heureuse année. Que 1940 te soit favorable à tous les points de vue, santé, bonheur à toi et à Edgar de même.

On s'est réconciliés avec Élie ; la pitié m'a envahie et les remords qui s'ensuivent. Je lui ai demandé mille fois pardon, le voyant pleurer comme un enfant. Enfin, c'est fini, il m'a pardonnée.

Maintenant, à toi de me pardonner aussi. J'ai été si violente ces jours derniers que je me demandais si, en vérité, je n'avais pas perdu mon équilibre mental. L'angoisse qui m'a étreinte était une chose inimaginable que de ma vie je n'avais jamais éprouvée. Aussi, mon chéri, pardonne-moi et dis-moi que tu ne m'en veux pas de ma violence, toi qui es si bon.

Je t'embrasse de tout cœur.

Ta sœur si déprimée

Henriette.

Auparavant, Vidal avait obtenu le 28 septembre une carte de circulation temporaire pour se rendre à Jeumont (Nord) par le train, ainsi qu'à Romilly et à Troyes (Aube) en auto (Mony le fera profiter de sa traction avant pour visiter les fabricants). Le permis sera renouvelé en décembre. La vie apparemment normale reprend.

Vidal déjeune au restaurant grec de la rue Serpente où le rejoint son fils, devenu étudiant au quartier Latin. L'étudiant cherche à réunir les connaissances économiques, sociologiques, historiques, politiques sur l'homme et la société. Or la science économique est enclavée dans les études de droit, l'histoire est enseignée dans le cadre d'une licence d'histoire et de géographie, la sociologie est associée à la morale dans l'un des quatre certificats de la licence de philosophie, la politique est enseignée à l'École des sciences politiques. Aussi s'inscrit-il à la faculté de droit, à la faculté des lettres et à l'École des sciences politiques. Son père l'a laissé entièrement libre de ses choix et constate sans protester qu'il ne se dirigera pas vers le commerce.

Edgar suit les cours de sociologie en même temps que son ami Georges Delboy. Henri Macé, qui a dû doubler une classe, est encore au lycée. Henri Salem, lui, décide de fuir cette guerre et s'embarque clandestinement à Marseille dans un bateau en partance pour l'Amérique. Les liens sont distendus avec Henri Luce, lui aussi attardé au lycée, et désormais éloigné des préoccupations politiques d'Edgar, mais le contact demeure avec la famille Barré, toujours très hospitalière pour le jeune homme et très amicale avec Vidal, lequel a peut-être bénéficié de l'aide de M. Luce, haut placé à la préfecture, pour obtenir son sauf-conduit ou aider sa sœur bloquée à Niort.

Edgar aime retrouver à la Sorbonne Claude Lalet, ancien du lycée Rollin comme lui, mais d'une classe au-dessus. Lalet, militant communiste, est devenu clandestin. Bien que pour des raisons très différentes (le pacifisme communiste étant déterminé par le pacte germano-soviétique), ils sont pacifistes l'un et l'autre, et peuvent s'entendre. Plus tard, sous l'Occupation, Lalet, arrêté par les nazis, sera l'un des martyrs de Châteaubriant [1].

Vers avril, Henri Salem rentre brusquement à Paris. Il s'était effectivement embarqué sur un transatlantique à Marseille et, au bout de deux jours, il était sorti de sous la bâche du canot où il s'était caché. Il ne savait pas que le navire devait faire escale à Lisbonne, où le passager clandestin fut livré. Enfermé en forteresse par la police portugaise, il y passera un ou deux mois en s'amusant à traduire *Les Luisiades* en français, mais ne terminera pas sa traduction. Renvoyé en France, il est remis en liberté, car n'étant pas encore mobilisable il n'est pas déserteur. Il repartira en Afrique du Nord avant l'invasion allemande avec l'intention de réussir cette fois son départ pour l'Amérique.

Edgar a commencé sa PMS (préparation militaire supérieure à l'usage des étudiants) avec les élèves de l'École des sciences politiques. Au terme de la première demi-année de formation accélérée non spécialisée, il choisit

---

1. Vingt-sept communistes déjà emprisonnés y seront exécutés en octobre 1941, après un attentat commis à Nantes contre un officier allemand.

comme arme le train des équipages, qui lui semble beaucoup moins meurtrier que l'infanterie, la cavalerie ou même l'artillerie. A sa grande surprise, un très grand nombre d'élèves de Sciences politiques, porteurs de grands noms militaires, diplomatiques et nobiliaires, choisissent cette arme de « planqués ». Toutefois, après la déroute de Dunkerque, leur capitaine leur fera savoir, dans la désolation générale, que le train est devenu l'arme des héros, puisque près de 70 % des membres du train des équipages y ont péri, dépassant dans le sacrifice les fantassins et les artilleurs.

Vidal soldat

Vidal aurait-il pu imaginer qu'il serait devenu soldat à 46 ans, après avoir, à 20 ans, réussi à traverser la Première Guerre mondiale sans avoir été mobilisé par les différentes armées ennemies qui auraient dû le revendiquer, et après avoir même, alors que tout était absorbé par l'État-Nation et que plus rien n'échappait au nationalisme, réussi à inventer la nationalité fictive de « salonicien », puis à bénéficier du statut apatride d'Israélite du Levant ?

La mobilisation générale de septembre 1939 appelle sa classe. Mais son incorporation est différée, et, pense-t-il, évitée, car il bénéficie d'un sursis en tant que veuf, père d'un enfant à charge.

Il demeure très alarmé ; il ne craint pas seulement de faire la guerre, il craint l'Allemagne nazie ; lui qui avait appris l'allemand à l'école, avait commercé avec des Allemands et en somme aimait le monde germanique voit cette fois en l'Allemagne la puissance persécutrice des juifs, qui, si elle envahissait la France comme la Pologne, leur infligerait un sort analogue à celui de ses ancêtres en Espagne, sommés de partir ou de se convertir (car il ne fait alors pas bien la différence entre l'antisémitisme nazi et l'antijudaïsme chrétien). Que faire ? Quelle échappatoire trouver ? Il apprend que des juifs aisés, qui vivent dans les beaux quartiers, se préparent à partir aux Amériques. Mais lui ne peut même pas envisager cet exil. Non seulement il est retenu à Paris par ses affaires commerciales et sentimentales, mais il n'en éprouve nullement le désir. Il s'est sédentarisé. Il téléphone à Bruxelles à ses frères, qui sont aussi inquiets que lui et, comme lui, ne savent rien faire d'autre qu'attendre. Puis, la drôle de guerre s'installant, l'optimisme de Vidal reprend le dessus.

Un jour de mars 1940, il reçoit une convocation pour le camp de Satory, près de Versailles. Il s'inquiète : *J'avais cherché dans le Sentier, autour de mes connaissances, voir s'il y avait quelqu'un dans mon cas, il n'y en avait pour ainsi dire pas. Bref, je prends le train, je m'amène à la caserne, à la porte de la caserne je présente ma feuille.*

« *Ah, on me dit, allez, c'est dans la cour, le deuxième bâtiment.* »

Je m'y présente, on me dit :

« *Voilà, vous êtes appelé au service militaire.* »

Mais moi, en 40, j'avais déjà 46 ans.

Alors il dit :

« *Monsieur, jusqu'à 50 ans, on est mobilisable.* »

Après je dis :

« *Moi je suis veuf, j'ai un fils à ma charge.*

– Mais, monsieur, même que vous avez un fils, demain il faut que vous veniez à la caserne. »

Vidal retourne à la caserne le lendemain, et on l'envoie subir un premier contrôle : *Je tombe sur un sergent très aimable, sergent Worms. Alors il me dit :*

« *Qu'est-ce que tu fais ici ?*

– Eh bien, qu'est-ce que je fais... J'ai une convocation...

– Ah, il me dit, mais ici c'est pour les bureaux, toi on va t'envoyer pour être soldat ; eh bien, écoute, rentre à ta chambrée, je vais te donner un numéro. »

Et, en effet, j'ai été très bien reçu par d'autres soldats, d'autres collègues, l'un qui était lunetier, l'autre qui était jardinier, l'autre qui était fossoyeur, l'autre qui était comp-

*table. Bref, nous étions tous à peu près du même âge, tous
à peu près dans la même situation.*

*Deux, trois jours se sont passés, visite médicale, oreil-
les, yeux, enfin tout : bons pour le service...*

Donc moi je suis devenu soldat, raconte Vidal, à 84 ans,
encore tout éberlué, trente-huit ans plus tard.

Il obtient des permissions pour passer la nuit à Paris,
mais il apprend que sa compagnie de travailleurs militaires
doit partir à la poudrerie de Bourges. Il laisse un temps
la boutique à Élie, mais celui-ci, demeuré depuis toujours
à l'écart des fabricants et des clients, s'embrouille dans
les prix des marchandises (lesquelles varient selon le
client), et Vidal décide de fermer sa boutique. Il y a, du
reste, beaucoup de magasins fermés dans le Sentier, pour
cause de mobilisation (beaucoup de séfarades avaient
acquis la nationalité française) ou d'engagement au régiment de marche des volontaires étrangers, comme l'ont
fait Maurice, le mari d'Émy, Hiddo, le mari de Chary, et
Benjamin, le frère de Luna.

Avant de partir, Vidal fait pression sur Edgar, enchanté
à l'idée de rester seul dans l'appartement de la rue des
Plâtrières, pour qu'il aille habiter chez Henriette, et une
fois encore le fils cède.

*On nous fait partir pour Bourges, et là on nous a affec-
tés à une pyrotechnie, c'est-à-dire là où on fabriquait les
obus ; moi, mes collègues, enfin, tous on est allés voir le
capitaine, parce qu'on formait déjà une compagnie, et
alors deux ou trois d'entre nous on a demandé :*

*« Pourquoi on nous met ici à la pyrotechnie, on n'y
connaît rien ?*

*– Vous n'avez pas besoin de connaître, on va vous expli-
quer tout ce qu'il y a à faire. »*

*Enfin, bref, on était affectés à une fonderie pour remplir
les obus. Tu parles, ce qu'on pouvait bien les remplir,
enfin nous avions des contremaîtres qui nous apprenaient
ce qu'il fallait faire ; on était les uns dans une chambre
pour effectuer le remplissage de la poudre, les autres dans
une chambre pour surveiller, une partie de l'équipe le jour*

*de 6 heures du matin à 6 heures du soir, l'autre partie de
6 heures du soir à 6 heures du matin. C'était un service
très, très dur... un travail qui était bête mais qui était
indispensable, il fallait produire de l'armement.*

Le travail est dangereux, car il y a risque permanent
d'explosion, et il est insalubre ; les hommes deviennent
tout jaunes, et ni douches ni lavages ne peuvent effacer la
couleur ; du reste, on les appelle « les jaunes ». Vidal
s'adapte d'autant mieux à ces nouvelles conditions qu'il
se sent très intégré dans son groupe : *Là-bas, j'avais de
très bons camarades ; par exemple, un sous-directeur de
banque, un gérant de magasin de tissus du Sentier, un
fossoyeur, un jardinier, un camelot, un marchand forain,
ce M. Corman, un de ces mecs à la redresse qui avait fait
les quatre cents coups.*

Vidal admire autant Corman, qui parle argot, dit avec
fierté qu'il a été mac, que le sous-directeur de banque. Il
admire tous les dégourdis, quels qu'ils soient. Corman,
lui, n'arrive pas à comprendre pourquoi Vidal « ne jaspine
pas le yiddish » : « Puisque t'es juif, tu dois jaspiner le
yiddish... – Mais non, c'est l'espagnol, répond Vidal à
Corman incrédule. – Tu charries, mec ! »

Étape importante dans la francisation de Vidal : ses
copains lui font découvrir le beaujolais.

On annonce une permission pour les fêtes de Pente-
côte : *On était très heureux, on donne chacun son écot
pour prendre les billets de chemin de fer, le matin du
10 mai on arrive à la caserne... personne ne peut plus
partir. Les Allemands sont entrés en Belgique et ils envahissent la France.*

Comme Vidal est bloqué, son fils va passer une journée
à Bourges, le 31 mai. Il est très étonné de voir son père
tout jaune parmi les jaunes. Corman insiste auprès de lui :
« Tu jaspines le yiddish ? » et est très mécontent de la
réponse négative. Edgar mange à la cantine avec les
copains de son père, on prend une photo collective, et le
fils repart le soir.

Évoquant Bourges trente-huit ans plus tard, Vidal déclarera : « Je ne dis pas que c'était agréable, mais enfin... »

Vidal retrouvera tous ces copains après la défaite, quand il montera à Paris, et beaucoup viendront le retrouver dans sa boutique, au moment de la fermeture, pour l'apéritif.

La déroute

Le désastre s'annonce dès le 15 mai 1940. Les armées hollandaises déposent les armes, les blindés allemands trouent littéralement l'armée française à Sedan et vont se ruer vers la Manche. Le 27 mai, le roi des Belges capitule. Du 28 mai au 3 juin, l'étau allemand se resserre sur Dunkerque où les Anglo-Français rembarquent, abandonnant tout leur matériel. La Grande-Bretagne refusera désormais d'intervenir en France, même par l'aviation de chasse. Le 6 juin, le front français plus ou moins rebricolé par Weygand est enfoncé sur la Somme, et le 9 juin, sur l'Aisne. La répétition du miracle de la Marne, tant attendue, n'a pas lieu, et, le 10 juin, le gouvernement français quitte Paris, tandis que Mussolini donne le « coup de poignard dans le dos » en déclarant la guerre à la France. La retraite générale devient débandade à partir du 12 juin.

Le 16 juin, Paul Reynaud, chef du gouvernement et député de Vidal, démissionne ; Pétain le remplace et demande le 18 juin l'armistice aux Allemands ; le même jour, de Londres, de Gaulle appelle les Français à la résistance. L'armistice est signé à Rethondes le 22 juin, dans le wagon même où l'armée allemande capitula en 1918, et la guerre prend fin le 25, alors que les troupes allemandes ont atteint Biarritz, Montluçon, Chambéry.

Vidal et ses copains de Bourges sont emportés dans la déroute. Peu après, le 10 juin, les gradés de la 15ᵉ compagnie avaient annoncé le départ vers le front italien, et on avait fait la distribution des fusils et des bardas. Mais, avant que tout le matériel destiné à transformer les tra-

vailleurs militaires en fantassins ait été réuni, il faut faire
retraite.

*Toute l'armée française était en retraite, et par Bourges
nous voyions déjà passer des colonnes de camions, de
blindés, tout ça, tout ce monde qui s'en allait. Pas d'aviation française, malheureusement, rien que des avions allemands.*

Un après-midi, ordre du capitaine :

« Allez, rassemblement à la caserne. Nous partons.

— Nous partons comment ?

— A pied, pour le moment, à pied... »

*Impossible d'avoir des camions, impossible d'avoir des
trains... Le départ est organisé par notre capitaine en
direction du sud.*

*Quelques heures avant le départ, un sergent vient me
dire :*

« Nahoum, on t'appelle à la porte de la caserne.

— Qui m'appelle ?

— Je ne sais pas. »

Et je vois Fredy.

« Qu'est-ce qu'il t'arrive ?

— Voilà, je suis parti... »

*Le pauvre Fredy, ça a été une chance du ciel. Quand
les Allemands approchaient de Paris, on avait dit que les
Allemands auraient ramassé tous les garçons de Paris de
16 à 20 ans pour les envoyer en Allemagne. Alors, immédiatement, Corinne a fait partir Fredy vers le sud avec
son vélo, elle lui a donné les cartes routières et puis il est
parti.*

Fredy a à peine 17 ans, et sa mère lui a dit de rejoindre
Vidal à Bourges. Vidal présente Fredy à son capitaine pour
qu'il soit autorisé à suivre la compagnie.

Je dis :

*« C'est mon neveu, il vient d'arriver de Paris en vélo,
il a passé deux nuits à la belle étoile.*

— Ah il dit, bon, on l'adopte... »

*Le temps d'aller voir le capitaine, Fredy avait laissé
son vélo à la porte de la caserne avec toutes ses affaires.*

On retourne, parce qu'on était prêt pour partir, plus de vélo. Alors, moi, j'avais de très bons copains qui avaient pitié de moi, ils étaient très aimables avec moi : « Qu'est-ce qu'il t'arrive ? — Voilà, mon neveu vient d'arriver, on lui a volé son vélo. »

C'était un petit type, un menuisier très dégourdi, il lui dit : « T'en fais pas, tiens mon gars, prends ce vélo et suis-nous. » Il nous suit, et nous on est une file indienne qui marche, de cent cinquante types. Et d'un coup, on entend derrière : « Arrêtez, au voleur ! » Alors un type de la caserne, un sergent, dit : « C'est un Italien, c'était son vélo. Pourquoi avez-vous volé ce vélo ? » Mais je dis :

« On l'a pas volé.

— Comment, il dit, vous l'avez pas volé ?

— Il est arrivé de Paris, il a laissé son vélo devant la porte, il le trouvait plus, et comme on était pressé de partir, on a pris celui-là.

— Mais c'est un vol !

— Mais non, ce n'est pas un vol. »

Alors les copains sont intervenus.

Le vélo doit être abandonné. La marche à pied se poursuit. Vidal a deux valises, deux cartons à vêtements. Qu'emporte-t-il ?

Dans la nuit, on campe dans un terrain. Heureusement que c'était assez organisé : il y avait quand même le cuistot, et il y avait une voiture avec une cuisinière. Le matin, on nous a servi du café en pleine campagne, et le capitaine, je ne sais pas, par téléphone, tout ça, il reçoit des ordres de continuer le chemin à pied, il n'y avait pas d'autre moyen, et de faire une halte à midi pour le déjeuner dans un château d'eau, tu sais, dans la campagne, il y a de ces châteaux d'eau.

On était déjà là très bien installés, on se préparait pour déjeuner, chacun avait mis la main à la pâte pour éplucher les pommes de terre, pour ceci, pour cela, le cuistot avait déjà... et tout d'un coup : « Alerte, il faut fuir ! » Des avions allemands approchaient, et heureusement, heureusement, on commence à courir à travers champs, un quart

*d'heure ne s'est pas passé que le château d'eau saute.
Pour moi, il y avait des espions[1] qui avaient signalé qu'il
y avait un attroupement de soldats français, parce qu'on
était quand même deux cents types... Heureusement qu'on
s'était éloignés...*

*Et le soir, on arrive dans une ferme... notre capitaine
parlemente avec le fermier, s'il pouvait nous héberger. Il
dit :*

*« Je ne peux pas, mais il y a une grange, que chacun
s'installe.*

– Mais pour le ravitaillement, le café ?

– Moi, je n'ai rien.

*– Écoutez, nous on peut vous donner des sacs de café,
nous en avons à l'armée, mais café vert. Donnez-nous du
pain, des pommes de terre et du lard. »*

*Ils ont accepté, ce qui fait que le matin on a été ravi-
taillés, et après ça, hop, on a repris la route. Il y avait
sur cette route des hordes de réfugiés qui allaient en direction du sud. Sur la route, on rencontre une autre compagnie qui venait, je ne sais pas, d'une autre région, ils
étaient avec une vingtaine de voitures à chevaux, des charrettes. Alors là ils disent : « Écoutez, dans chaque char-
rette il y a trois, quatre types, vous pouvez vous mettre à
huit ou dix. » Donc, on ne marchait plus à pied. On a eu
encore un ou deux jours de route, je ne me rappelle plus,
et on est arrivés à Argenton-sur-Creuse. Là, le capitaine,
tout ça, grâce à des coups de téléphone, il avait fait préparer un train, un train qui devait partir pour Toulouse.*

En fait, comme s'en souvient bien Fredy, Vidal et quatre
de ses copains, découvrant à l'écoute de la radio la rapidité
de l'avance allemande, ont décidé d'abandonner le convoi
et ont été accueillis dans un car militaire qui allait à
Argenton-sur-Creuse ; là, dans un bistrot, ils écoutent à la
radio le message du maréchal Pétain annonçant qu'il a

---

1. C'est là l'un des témoignages de la crise d'espionnite aiguë
qui sévit chez militaires et civils pendant la déroute, qui fut souvent
attribuée à la cinquième colonne et à la trahison.

demandé l'armistice dans l'honneur. Vidal applaudit joyeusement, puis arrête son applaudissement dans le silence glacial qui l'entoure. Le petit groupe va ensuite à la gare d'Argenton et prend un train en instance de départ pour Toulouse, où Vidal sait que ses frères sont réfugiés.

Entre Argenton-sur-Creuse et Toulouse, il y a peut-être quatre heures de train, nous, on a mis quatre jours. Mais enfin, on était dans le train, plus ou moins ravitaillés, le capitaine se débrouillait toujours pour qu'on nous ravitaille...

En fait, le capitaine n'est plus là, chacun se débrouille en pillant plus ou moins (un copain de Vidal, le percepteur, surpris à voler un tonnelet de vin, est menacé d'être fusillé par un gradé). Peu avant l'arrivée du train en gare de Toulouse, Vidal, déserteur temporaire, saute du train avec Fredy pour aller directement retrouver ses frères.

Tout converge sur Toulouse : les débandades militaires et civiles du Nord, de l'Est, de l'Ouest. Les frères de Vidal, Léon et Jacques, avaient pu quitter Bruxelles la veille de l'arrivée des Allemands, le 11 mai, et, après une halte à Paris, s'étaient réfugiés à Toulouse avec leur famille (Henri était resté à Bruxelles avec sa compagne bretonne qui se faisait fort de le protéger). Le fils de Vidal avait pris le train pour Toulouse le 9 juin, quand il apprit à la radio que les examens de l'Académie de Paris étaient suspendus. Henriette, Élie, Liliane, Mony étaient partis le 10 ou 11 juin en voiture, d'abord à Niort, puis, sous l'avance allemande, avaient fui pour Toulouse. Vidal connaît l'adresse de l'hôtel où loge son frère Léon depuis plus d'un mois, et de là il joint son fils. Celui-ci est tout heureux de s'occuper du centre d'accueil des étudiants réfugiés, qu'a installé le Pr Faucher. De plus, une session spéciale d'examens lui a offert ses deux premiers certificats d'histoire et sa première année de droit.

Une fois rassuré sur les siens, Vidal régularise le 24 juin sa situation militaire et obtient l'autorisation de coucher en ville chez son fils, 8, rue des Arts. Le 6 juillet, le centre de démobilisation de Toulouse lui permet de rentrer « dans

ses foyers », et à la question : « Adresse où se retire l'intéressé ? » Vidal répond 10, rue Pisançon, Marseille. Pourquoi ? Il y a quelque mystère vidalin là-dessous. De toute
façon, il fera au moins un séjour à Marseille au début
d'août, tout en résidant provisoirement à Toulouse.

Une bonne partie de la famille se trouve réunie à Toulouse et s'y installe. Jacques, Sophie et leurs filles louent
un appartement, ainsi que Léon, Julie et leur fils Edgard.
Henriette, Élie, Mony, Liliane louent un pavillon au ter-
minus du tram du pont des Demoiselles.

Vidal n'envisage nullement de rester à Toulouse. Il
songe, dès le début de juillet, à retourner à Paris, qui se
trouve en zone occupée, alors que le sud de la France,
sous le gouvernement direct de Vichy, est « zone libre ».
Mais il s'inquiète du risque à vivre sous l'autorité allemande : *Alors je vais voir mon capitaine : « Ah, je dis,
moi je voudrais bien rentrer à Paris, puisque j'ai mon
magasin à Paris, mais ça me tourmente la question israélite. » Il me dit : « Nahoum, il n'y a pas à te tourmenter.
Tu es soldat français, rentre chez toi à Paris, tu n'as pas
inscrit sur ton front que tu es israélite, rentre tranquillement la tête haute. »* Vidal s'enquiert également par lettre
à son ami Jean Golaudin, qui est conseil juridique à Paris.
Celui-ci lui répond à l'adresse de Léon, 96, boulevard
Anatole-France.

30 juillet 1940.

Cher Monsieur,
Je vous remercie de votre lettre du 27 juillet.
Ici, tout est calme, les Allemands sont très corrects, et
le ravitaillement est assez bien assuré.
Veuillez agréer [...].

Vidal se décide. Il est même pressé de rentrer, pour des
raisons matérielles (il n'a pas, comme ses frères, pu
emporter avec lui de l'argent pour subsister, puisque la
déroute l'a surpris à Bourges) et sans doute sentimentales.
Il est pressé, et, comme les autorisations de retour sont

données très lentement par les autorités allemandes, il se débrouille et obtient à Marseille un ordre de mission du ministère des Finances, signé du président de la chambre de commerce de Marseille, lui enjoignant de se rendre à Paris. Il retourne à Toulouse, insiste pour que son fils quitte sa chambre pour habiter à nouveau chez sa sœur Henriette, et prend le train pour Paris, le 16 août 1940.

Il retourne rue des Plâtrières, rouvre son magasin rue d'Aboukir, puis, en octobre, il trouve le moyen d'acheter, par un petit réseau de corruption, un laissez-passer allemand pour se rendre à Toulouse. Il trouve son fils installé dans une chambre au-dessus d'un bistrot, avec un cabinet collectif au fond d'un couloir, et, une fois encore, il contraint son fils de déménager dans le pavillon d'une femme d'origine grecque, Mme Marie, veuve d'un Français de Toulouse, qui avait vécu à Constantinople et y avait eu un fils. Tout cela plaît beaucoup à Vidal, qui y laisse Edgar.

A Toulouse, Edgar est libre, heureux ; il s'occupe des étudiants réfugiés, il s'est fait des amis de toutes sortes, de toutes nationalités, il connaît ses premières copines, il rencontre des écrivains dont il a lu les textes dans la *NRF* ; il adopte une famille qui l'adopte, et lui offre tout ce qu'il aime et admire : Mme Henri est arrivée à Toulouse dans le plus total dénuement, avec ses quatre enfants ; le père, un grand physicien, est mort pendant l'exode. Des universitaires de Toulouse lui ont trouvé un logement, où Mme Henri, qui est d'origine russe, partage la nourriture et offre le thé à qui la visite. Edgar est l'ami de sa fille Hélène, qui a son âge, et deviendra plus tard l'ami de son second fils, Victor, avec qui il fera de la Résistance. Il est familièrement accueilli par le jeune Alex et tendrement aimé par la petite Vera qui s'assied sur ses genoux. Il commence à se sentir vivre. Le désastre l'a délivré de la tutelle permanente de son père, et l'Occupation va être sa libération.

Un rude hiver

La pénurie est subitement arrivée à Toulouse à la fin
de l'été 1940. Un froid brutal survient dans l'hiver 1940-
1941, alors que bois ou charbon sont distribués parcimo-
nieusement. La zone sud est en paix, mais la guerre continue. La Grande-Bretagne résiste seule aux bombardements allemands, mais tout est rompu avec la France
depuis Mers el-Kébir[1]. De Gaulle échoue à Dakar dans
sa tentative de rallier à la France libre l'Afrique occidentale française (24 septembre). Vichy entre en collaboration
officielle avec l'Allemagne nazie (entrevue Pétain-Hitler
à Montoire, le 24 octobre). Les premières lois d'exception
frappent les fonctionnaires juifs et francs-maçons. La
Légion pétainiste est créée. La nuit s'enfonce et se répand
sur l'Europe entière : en avril-mai 1941, la Yougoslavie,
puis la Grèce sont envahies par l'Allemagne ; celle-ci attaque l'URSS le 21 juin 1941, et se rue sur Leningrad,
Moscou, le Caucase.

Edgar vit sa vie d'étudiant avec un groupe de copains
et, de temps à autre, va voir ses oncles et tantes. Un drame
surgit dans la famille Nahum. Henriette entreprend de
trouver un fiancé pour sa nièce Régine et organise une
rencontre avec un commerçant salonicien réfugié à Toulouse. Après cette présentation, quelqu'un dit à Sophie,
mère de Régine, que ce commerçant est l'amant de
Liliane. Entrevue orageuse entre Henriette et Sophie dans
un café où les deux femmes finissent par se dire ce qu'elles
peuvent trouver de plus méchant pour leurs filles réciproq-
ues. Au retour, Henriette relate l'incident, mais Mony

---

1. Où la flotte britannique bombarde et détruit la flotte française,
le 3 juillet 1940.

s'enflamme : « Ah, je suis le cocu ! Eh bien, si je suis le cocu, on va voir ce qu'on va voir ! – Mais non, mon poulet, mais non », le calme-t-on, en l'assurant qu'il s'agit d'une calomnie. Relations désormais rompues entre ces deux branches de la famille. Léon maintient un contact discret entre Jacques et sa sœur. En fait, Régine n'avait accepté la rencontre avec le commerçant que pour ne pas contrarier sa famille ; elle était liée à un aviateur militaire, Paul M., dont la base s'était repliée à Toulouse. Amour, joie, passion ; c'est elle qui avait trouvé la chambre d'Edgar, au-dessus du café qu'elle fréquentait avec son amant. Par ailleurs, Edgar, qui connaît désormais tous les étudiants réfugiés s'installant à Toulouse, présente à sa cousine Hélène, désireuse de connaître un garçon, un garçon désireux de connaître une fille ; dès la première rencontre avec l'étudiant autrichien Schrecker, étreintes, baisers, puis, très rapidement, fiançailles et mariage en présence du père, universitaire spécialiste de Leibniz, qui part bientôt à New York.

La situation va s'aggraver. Les premières mesures antisémites de Vichy frappent les juifs étrangers ; Jacques et Sophie vont être envoyés en résidence forcée dans un bourg pyrénéen, à Sierp, non loin de Luchon. Leurs filles, qui sont françaises, restent, mais Paul M. doit quitter Toulouse. Tout d'abord, sa base est transférée à Istres. L'autorisation d'épouser Régine lui est refusée par ses supérieurs. Régine profite d'un voyage auprès de sa cousine Chary en Avignon pour s'arrêter à Istres au retour. Elle en revient enceinte. Puis l'escadrille de Paul est déplacée en Afrique du Nord. Régine doit avorter dans la solitude et la douleur ; elle sort de l'épreuve avec un asthme pour la vie.

Vidal est rentré à Paris le 16 août 1940, et s'est réinstallé rue des Plâtrières. Fredy, qui avait passé son premier bac à Toulouse, est retourné à Paris, où étaient restés ses parents avec leurs deux autres enfants. Ils habitent toujours rue Sorbier. Puis, quand Vidal voit que le grand appartement qu'il avait acheté rue Demours est inoccupé, il propose à Corinne et à Joseph de le partager avec lui ; mais cet appartement sera habité très peu de temps. Émy, la sœur de Corinne, est, elle aussi, demeurée à Paris ; son mari Maurice, démobilisé de la Légion étrangère, vient l'y rejoindre et reprendre la direction de son atelier de confection, situé rue d'Alexandrie. Il fait la connaissance de son deuxième enfant, Maurice-Gérard, né en juin 1940 pendant qu'il était au front.

Vidal a retrouvé ses copains de régiment qui habitent Paris, et il les voit quotidiennement à l'apéritif. Il a rouvert son magasin ; l'absence de la plupart des autres grossistes réfugiés en zone sud et la raréfaction de la production bonnetière lui sont profitables : il vend ses vieux stocks qui moisissaient depuis des années, trouve un peu de bonneterie auprès des fabricants et redevient pour un temps prospère.

En septembre 1940, il est enjoint à tous les juifs de Paris de se faire inscrire dans les commissariats et de faire estampiller sur leur carte d'identité la mention « juif ».

Alors là, conciliabules entre tous les compatriotes, tous les commerçants du quartier : « Qu'est-ce qu'il faut faire ? » Alors je dis : « Il faut obéir, parce qu'admettons qu'on nous fasse un contrôle dans la rue... alors, si on n'a pas obéi à l'ordre de se faire estampiller ? » Alors nous avons été, moi, tous, et donc tout le monde on a été au commissariat pour se faire estampiller sur la carte d'identité...

Entre-temps, mon frère Henri qui était resté à Bruxelles est venu me voir parce que lui pouvait voyager [bénéficiant de sa nationalité italienne qui le protège alors, puisque l'Italie est alliée de l'Allemagne]. *Il avait déjà pris des autorisations des Allemands de Bruxelles, et il m'a beaucoup encouragé. Il m'a dit : « Tu as très bien fait de revenir à Paris, tu as très bien fait de rouvrir ton magasin, et sois tranquille, ils ne peuvent pas nous embêter, il n'y a pas de raisons, surtout que nous ne sommes pas des jeunes, nous ne sommes pas des soldats et toi tu as été soldat. »*

Vidal est très optimiste au cours de cet automne 1940. Ses affaires marchent bien, le tampon « juif » sur sa carte d'identité le rassure plus qu'il ne l'inquiète, car il se sent en règle avec la loi ; il souhaite même faire revenir son fils à Paris. Il est heureux avec ses amis, il ne souffre guère des restrictions. Il se sent en sécurité. Il vit parmi les gentils. La guerre l'a entièrement francisé, et cela au moment même où la machine qui veut le rejeter de la France et le séparer irrémédiablement des gentils se met en marche.

Dès janvier 1941, l'autorité occupante révèle son plan d'aryanisation des entreprises juives afin « d'exclure, dans le délai le plus court possible et d'une manière définitive, les juifs de la vie économique française ». Les juifs ne seront pas expropriés, il leur sera interdit de réinvestir leurs disponibilités dans une entreprise commerciale, et leurs entreprises seront contrôlées par des commissaires administratifs. Les mesures vont s'aggraver. L'ordonnance du 26 avril 1941 interdit aux juifs un grand nombre d'activités économiques, prohibe tout contact avec le public aux juifs employés ou cadres, et enjoint aux administrateurs provisoires de se substituer aux propriétaires juifs [1]. Vidal gardera dans ses documents l'affichette jaune aux caractères noirs *Jüdisches Geschaeft*, « entreprise juive », qu'il a dû apposer sur la vitrine de son magasin.

Vidal a été surpris par la nomination, en décembre 1940, d'un administrateur provisoire aryen, M. Freulon, 150, rue de Rivoli, à qui il remet le 27 janvier 1941 son bilan, son compte d'exploitation et son inventaire de fin d'année. Il signale à M. Freulon qu'il a une proposition d'achat de son fonds par M. et Mme Lezot. Vidal tente une cession plus ou moins fictive de son commerce à son ami de régiment Georges Lezot ; l'acte est préparé par son ami et conseiller juridique M. Golaudin, mais il n'est pas signé, sur opposition de l'administration.

---

1. Cf. l'article des *Nouveaux Temps* du 12 janvier 1941, celui du *Petit Parisien* du 9 juillet 1941.

Vidal est contraint le 12 juillet 1941, en application de la loi du 2 juin 1941 visant toute personne juive, de déclarer ses biens. Il déclare la maison de Rueil-Malmaison (valeur : environ 150 000 francs), l'appartement du 51, rue Demours (valeur : 81 000 francs), des obligations du Crédit national d'une valeur de 400 000 francs en dépôt bancaire, sur lesquelles il doit 160 000 francs, 1 500 francs de rente en dépôt au Comptoir national d'escompte de Paris, 1 680 francs de compte en banque, 17 000 francs en espèces, ses meubles : 2 divans, 1 bibliothèque, 1 commode, 1 secrétaire, 1 guéridon, 1 fauteuil, 6 chaises, 1 petite statue.

Le commissaire gérant vient deux fois par jour contrôler Vidal, le contraint de déposer à la banque le produit de ses ventes, vérifie les comptes, etc. Après l'ordonnance du 26 avril relative aux juifs, Vidal comprit que « *l'atmosphère se gâtait trop* ».

La circulation entre la zone sud et la zone nord est interdite, sauf aux porteurs de permis spéciaux délivrés par le quartier général allemand. *J'ai pu, grâce à un ami, avoir des papiers allemands, un laissez-passer qui était véritable mais qui n'était pas officiel, qui n'était pas inscrit sur les registres, j'avais par cet ami soudoyé le type qui faisait les permis...* Vidal obtient donc un permis à son nom, valable du 1er mai au 1er août 1941. Il franchit en train la ligne à Vierzon, le 14 mai, avec son passeport qui ne porte pas la marque « juif », et arrive à Toulouse où il reste dix jours.

Il est heureux de voir son fils, ses frères, sa sœur. Tous l'incitent à ne pas rentrer à Paris, mais Vidal repart. Un mois plus tard, il décide de faire un autre voyage à Toulouse ; il envisage d'y prendre un magasin, comme l'a fait un collègue du Sentier. Il part de Paris le 24 juin et y rentre le 9 juillet, après l'anniversaire de son fils. Celui-ci le presse de rester en zone sud, mais Vidal veut encore temporiser, peut-être aussi pour des raisons sentimentales.

Le 23 juillet 1941, il repart pour Toulouse. Il semble que son magasin ait été fermé le 30 juin, comme l'indique le rapport du 8 juin 1943 de M. Baumgartner, nouvel administrateur provisoire de l'entreprise, au Service de contrôle des administrateurs provisoires. Vidal veut toutefois retourner une dernière fois à Paris avant l'expiration de son laissez-passer qui fonctionne à merveille à la ligne de démarcation de Vierzon.

Je prends mon train tranquillement. Nous étions quatre dans le compartiment. Arrivée à Vierzon. Là, les haut-parleurs en français d'abord, en allemand ensuite : « Personne dans les couloirs des wagons, préparez vos papiers d'identité, préparez vos Ausweis et tenez-vous prêt à tout contrôle. » Bon, ça va...

Quelques minutes après, deux officiers de la police allemande montent dans le compartiment, nous étions quatre : « Papiers, papiers. » Le premier monsieur donne ; il s'adresse à moi qui étais en face, je lui donne ; il ne me les rend pas, il les garde. Il demande à un autre, il lui donne, il demande à l'autre, il lui donne. Moi je suis un peu interloqué. Il me dit : « Bagages. – Bagages, oui, j'ai une valise. » Il baragouine en allemand avec son collègue, moi je comprenais l'allemand, mais je n'ai pas pu bien l'entendre. Il me dit : « Bon, bon » et ils s'en vont. Ils continuent la tournée dans les autres compartiments. Quelques minutes après, ils reviennent tous les deux. Ils me disent : « Valise, hop, descendez la valise, ouvrez ! » Il n'y avait rien de méchant, bon. « Chapeau ? – Non. » Moi, j'avais un béret basque, parce qu'à ce moment-là on était tous des légionnaires de Pétain [cf. plus loin p. 275]. Il prend le béret basque, il arrache la doublure du béret basque. Moi je ne comprenais rien, et les trois autres, les pauvres. « Pardessus ? – Oui, oui, pardessus. » Toute la doublure, il l'arrache. « Chaussures, enlevez ! » J'enlève mes chaussures, il commence à taper sur les talons, à voir s'ils étaient démontables. Moi je ne dis rien, j'attends. « Ah, il me dit, il faudra descendre. – Non, non, moi je suis français, je ne descends pas, je suis commerçant, je

suis appelé à Toulouse par ma direction, il faut que je sois
à Toulouse, je ne peux pas. » Et ils s'en vont tous les deux,
toujours avec mes papiers. Dix minutes après, qui pour
moi ont été angoissantes, je les vois revenir. Alors finale-
ment, un de ces voyageurs, plus tranquille et plus coura-
geux que moi, est sorti, il a accosté le policier, il parlait
bien l'allemand. L'Allemand dit : « Oui, on nous a signalé
un voyageur qui correspond à la physionomie et à l'âge
de ce monsieur, et qui fait le transport des devises, il passe
ça dans le béret basque, il passe ça dans les doublures. »
Enfin bref... Quand le train est reparti, un de mes voisins
m'a dit : « Vous voulez un peu de cognac ? – Je veux bien,
ça me fera du bien. »

Arrivé à Toulouse, le lendemain matin, j'ai décidé de
ne plus revenir à Paris.

Vidal avait quitté Paris sans avoir emporté de l'argent
en quantité suffisante pour prendre un magasin, comme il
l'avait envisagé. *Bref, ça ne fait rien, ma foi, et la vie a*
recommencé.

Sur les conseils de son fils, il se fait établir aussitôt une
nouvelle carte d'identité sans indiquer qu'il est juif. Il
s'installe rue de Fleurance, avec Edgar ; il trouve des restaurants qui lui plaisent, surtout le Conti, place du Capi-
tole, où les plats sont copieux. Il s'y précipite dès l'ouverture, est servi le premier ; il mange très vite, avec un
énorme appétit et, sitôt son plat terminé, plonge sa four-
chette dans l'assiette de son fils, qu'il invite souvent avec
sa copine Violette Chapellaubeau. Il boit aussi le vin du
verre de son fils quand celui-ci regarde ailleurs. Il a abandonné au profit du Conti un restaurant d'habitués, au premier étage, où la patronne-caissière, fardée et provocante,
passe avec ses petits ciseaux qui servent à découper les
tickets d'alimentation. « Que voulez-vous ? » lui a
demandé Vidal le premier jour. Et la belle, d'une voix
perverse, en faisant cliqueter ses petits ciseaux : « Tout,
tout, tout et tout... »

Les mesures antisémites font fuir Paris. Les arrestations
commencent en 1942. Le voisin de Vidal, rue d'Aboukir,

est arrêté et déporté, bien que né français. Les grandes rafles surviennent. La fuite s'accentue. La plupart des fuyards doivent payer des passeurs. Corinne pousse Fredy à partir le premier en zone sud, et Fredy va à Toulouse où il peut passer la seconde partie de son bac. Il semble qu'au début de 1941 Corinne ait fait un premier passage clandestin de la ligne de démarcation, en franchissant le Cher avec de l'eau jusqu'à la ceinture, qu'elle ait retenu un domicile à Lyon, puis soit retournée à Paris (puisqu'elle écrit à son neveu de Paris, le 29 juillet 1941) ; de toute façon, c'est durant l'été 1941 que la famille Pelosoff décide de traverser clandestinement le Cher avec l'aide d'un passeur. Joseph passe le premier et, de la rive libre, surveille le passage échelonné de ses enfants, puis de sa femme. La famille s'installe à Lyon, où les rejoint Fredy, qui va préparer une licence de droit et de philosophie. Il se retrouvera à l'université avec son cousin Edgar, puis il va être mobilisé dans un chantier de jeunesse, sorte de service civil créé par Pétain.

Corinne et Joseph se sont installés à Lyon. Joseph travaille avec Émy, Maurice (qui ont traversé le Cher dans les mêmes conditions qu'eux et à peu près en même temps) et un M. Désiré Herr. Ils ont créé la société Lanchère, qui comporte un atelier de confection. Ils habitent ensemble une villa, rue Saint-Fulbert. Daisy va à l'école La Martinière, où elle terminera ses études en 1944. Henri a repris l'école. Mais, jusqu'en mars 1942, Corinne, qui est très courageuse, souhaite faire des voyages aller et retour à Paris. Elle envoie une carte au cousin Paul Nahum : « Corinne veut absolument aller voir Paul. Que penses-tu ? Vu son état de santé, est-ce prudent ? » ; le cousin Paul l'en dissuadera. Il sera du reste arrêté et envoyé à Drancy, où il ne restera que trois jours. Effectivement, rafles et arrestations se multiplient en zone nord. Le frère de Corinne, Benjamin, est arrêté en 1942, mais non sa femme, « aryenne », et sa petite fille de 8 ans. La police allemande vient arrêter Pepo, Margot et leurs enfants qui échappent miraculeusement à la déportation (cf. p. 303). Les appartements d'Henriette, Vidal, Corinne sont vidés et pillés par la Gestapo. Seul l'appartement de Liliane, où des scellés de l'ambassade argentine sont apposés, sera épargné [1].

En zone sud, le retour de Laval à la présidence du gouvernement en avril 1942, et, surtout, l'occupation de la zone sud par les troupes allemandes en novembre 1942, font craindre à tous les juifs les rafles, arrestations, déportations qui sévissent en zone nord. Par chance, en septembre, Paul Schrecker et sa femme Hélène, fille de Jacques et Sophie (lesquels se trouvent toujours en résidence surveillée à Sierp), obtiennent le visa américain grâce au père Schrecker, devenu professeur dans une université américaine. Ils partent de Port-Vendres par le dernier bateau pour New York en compagnie de Mme Vera Henri, qui, invitée par des collègues de son mari décédé, part avec ses enfants Hélène, Vera et Alex. Reste son fils aîné, Victor, qui n'a pas pu ou voulu obtenir l'autorisation de départ, et qui ira à Lyon, à la maison des étudiants, avec Edgar. Au moment de l'entrée des troupes allemandes en zone sud, le fils de Vidal se trouve à Toulouse avec son ami Jacques Francis Rolland, venu le convaincre de le rejoindre à la maison des étudiants de Lyon, où ils pourront vivre une vie à la fois rimbaldienne et marxiste. Rolland a élaboré « la conception synthétique de la vie » qui conjugue la vie farouche du militant bolchevique, la vie studieuse de l'étudiant marxiste et la vie adolescente des surprises-parties. Les deux amis se retrouveront à la maison des étudiants de Lyon en décembre, ils feront chambre commune, et ils auront Victor Henri comme voisin de couloir.

L'entrée des troupes allemandes dans la France pétainiste entraîne l'occupation de Nice et de la Savoie par les troupes italiennes. Après l'exode de zone nord en zone

---

1. L'Argentine étant chargée des intérêts grecs en France, durant l'Occupation, Mony et Liliane ont pu obtenir cette protection spéciale.

sud vient l'exode de zone allemande en zone italienne. Henriette et les siens partent à Nice, occupée par les débonnaires troupes italiennes. La plupart des Nahum et des Beressi de zone sud vont se retrouver un temps à Nice.

Novembre 1942-septembre 1943

Novembre 1942 est le tournant de la Seconde Guerre mondiale. Les Américains débarquent en Afrique du Nord, l'amiral pétainiste Darlan se rallie à eux, les troupes allemandes envahissent la France de Vichy, dont la flotte se saborde à Toulon. En même temps, Stalingrad résiste à l'assaut allemand, et cette résistance va se transformer en victoire éclatante après l'encerclement et la reddition des troupes de von Paulus, le 2 février 1943. Dès le printemps 1943, les troupes soviétiques prendront l'offensive et récupéreront Koursk, Bielgorod, Kharkov.

Au cours de la période qui commence en novembre 1942 (occupation de la zone sud) et se termine en septembre 1943 (occupation de l'Italie et de la zone italienne française par les troupes allemandes), Nice est devenue un énorme refuge de juifs, avant de devenir un énorme piège.

Les premiers Nahum à s'être installés à Nice, Henriette, Élie, Liliane et Mony, résident à l'hôtel Splendid, 50, boulevard Victor-Hugo. Du côté Beressi, Émy et Maurice ont quitté Lyon et se sont installés à Nice, sans doute aussi après l'entrée des troupes allemandes en zone sud. Corinne et Joseph les rejoindront au printemps 1943.

Avant l'entrée des troupes allemandes, Vidal a songé un temps s'installer à Lyon (une carte d'identité délivrée le 8 septembre 1942 le montre apparemment domicilié dans cette ville, chemin Villon, 92) ; il s'installe à Nice fin 1942 ; il reste un temps à l'hôtel Splendid, puis il prend un appartement en janvier ou février 1943, au 16, rue Guglia, et achète quelques meubles. En automne 1942, il fait de nombreux voyages, les uns pour des raisons sentimentales, les autres pour voir des parents et son fils. A Nice, il se sent en sécurité, mais il ne mange pas assez. Il fait deux restaurants à la file pour déjeuner.

De Nice, Vidal continue à s'inquiéter par correspondance de la santé, de la nourriture, du chaud, du froid, de la fatigue de son fils :

> Mon cher Edgar,
> Je suis bien rentré hier soir, et ai trouvé avec grand plaisir ton télégramme de bonne arrivée.
> Il me reste à attendre chaque jour (père exigeant) (mais-à-garder-tel-quel) de tes bonnes nouvelles.
> Écris-moi à Nice, hôtel Splendid, car je pars ce jour.
> Écris-moi ce que tu as besoin de linge, et en recevant cette lettre, télégraphie-moi à Nice, au Splendid, ton adresse de l'hôtel, je te ferai parvenir mouchoirs, chaussettes.
> J'attends donc, mon chéri, un premier télégramme à Nice, et des lettres... Sois très prudent et évite les montées en montagne, et les ascensions, soigne-toi, nourris-toi bien, et pense à ton papa en lui écrivant souvent chaque jour, fût-ce une petite carte, entre des longues lettres. Je t'embrasse bien.
>
> Ton papa Vidal [1].

Vidal pense que son fils est en sécurité à la maison des étudiants de Lyon, avec ses deux amis. Il ne sait rien de leurs activités clandestines aux étudiants communistes et au Front uni des jeunesses patriotes. Il sait par contre qu'Edgar va tous les soirs chez sa tante Corinne, qui habite non loin de la maison des étudiants, et qui distribue une part du dîner familial à son neveu et à ses deux amis.

Vers la fin du printemps 1943, son fils arrive à Nice en compagnie de Jacques Francis Rolland, de Victor Henri et d'un autre ami résistant, Henri Pozzo di Borgo ; ils

---

1. Lettre envoyée à son fils en été 1942, probablement à Saint-Gervais, où Edgar et Victor Henri font de la montagne.

disposent de faux *Urlaubsschein*, papiers de rapatriement pour prisonniers français malades, et des vrais noms de prisonniers originaires de villes interdites du Nord, afin de se faire faire dans une mairie de la côte des vrais papiers d'identité, avec cartes de ravitaillement, tabac, textile, etc. Ils doivent nécessairement changer d'identité, car leur classe est appelée au STO (Service du travail obligatoire en Allemagne), et le mouvement de résistance des prisonniers qui les a intégrés leur a fourni ces faux *Urlaubsschein*. Vidal apprend ainsi que son fils est résistant. Il le conjure d'abandonner cette folie, le supplie de ne pas prendre de faux papiers, se fait fort de lui obtenir une place dans l'organisation militaire italienne qui travaille à l'édification du mur de la Méditerranée. Comme nous l'avons vu (cf. p. 212), il convoque le ban et l'arrière-ban de la famille réfugiée à Nice, puis organise une entrevue suprême, mais vaine, avec l'oncle Hananel. Après quelques scènes de désespoir mélodramatique où il évoque sa mort de chagrin et de souci, Vidal abandonne philosophiquement la partie. Il est du reste fort préoccupé par ses problèmes sentimentaux où se mêlent ruptures, nouvelle liaison, réconciliation. Il est aussi très préoccupé par la nourriture. Bien qu'il fasse deux déjeuners de suite dans deux restaurants différents à Nice, cela ne lui suffit pas. Par contre, il trouve dans la région de Lyon, de Roanne, de Tarare les nourritures abondantes et riches qui le satisfont. Sa sœur Henriette, dans ses lettres à Mathilde, se moque de l'obsession de son frère pour trouver une « bonne table ».

Henriette a des nouvelles de son frère Henri, qui se trouve toujours en Belgique, protégé par sa compagne « aryenne » et par sa nationalité italienne ; elle reçoit des lettres de Raymonde Coatsaliou, la sœur de la compagne d'Henri : « Raymonde m'écrit qu'elle part le 25 et va chez Henri passer ses vacances, je lui écris par ce courrier et lui demande de m'écrire à son retour une bonne lettre me parlant de notre cher frangin » (lettre d'Henriette à sa sœur Mathilde, du 19 juillet 1943). « Nous avons reçu une lon-

gue lettre d'Henri, Dieu merci, il est très heureux et il
nous le dit. Il a son jardin rempli de fleurs, son foyer sain
et sauf, et il se porte bien. Allons, tant mieux, qu'il y en
ait un des nôtres épargné par cette maudite guerre » (lettre
de Liliane à Mathilde, du 19 août 1943). Depuis juin 1940,
Henriette n'a plus revu sa fille Aimée, qui habite Liverpool. Mony a indirectement des informations très inquié-
tantes de sa famille, qui se trouve en son entier à Salonique. « Mon mari chéri prend beaucoup sur lui pour ne pas
nous montrer son angoisse très légitime au sujet de sa
famille. Hélas ! les mauvaises nouvelles sont confirmées
tous les jours qui passent, et c'est affreux » (lettre de
Liliane à Mathilde, du 19 août 1943).

En automne 1942, Jacques est toujours en résidence
forcée dans les Pyrénées, et Léon est encore à Toulouse.
Ils pourront, comme nous allons le voir, trouver refuge en
Italie avant septembre 1943, bénéficiant ainsi près d'un
siècle plus tard de la très heureuse initiative de leur père
David, qui, à Salonique, après la guerre russo-turque, avait
acquis la nationalité italienne pour toute sa famille.

Vidal, bernard-l'ermite sous la persécution

Vidal et ses frères ont mis bien du temps à comprendre
la nature de la menace qui se précisa et s'aggrava du début
1941 au printemps 1942. Ils ont cru au début que le nouvel
antisémitisme nazi prolongeait purement et simplement le
vieil antijudaïsme chrétien. Ils ont réagi d'abord comme
au retour de la persécution d'Isabelle la Catholique qui
contraignit leurs ancêtres, soit à se camoufler en chrétiens,
soit à s'exiler. Privés de porte de sortie, ils réagissent en
néo-marranes spontanés qui cherchent le salut dans la
conversion et une apparente dévotion. Léon, Julie et
Edgard leur fils se convertissent au protestantisme (obtenant du pasteur un acte d'appartenance antidaté) et vont
régulièrement le dimanche chanter les cantiques au temple

calviniste de Toulouse. Vidal, lui, court à l'évêché de Toulouse, obtient le baptême, et supplie son fils de se faire convertir. Par sécurité, il obtiendra d'autres actes de baptême toujours plus anciens, dont celui de la paroisse de Notre-Dame-de-Bon-Voyage, du diocèse de Nice, qui le fera baptiser le 20 juin 1913 sous le parrainage de Georges Lezot et de Marie Lezot (extrait « conforme » établi le 16 janvier 1943).

En même temps, il pense que son statut d'ancien combattant français va le protéger, et il écrit en mars et avril 1942 à l'Office national des combattants et à l'état-major de l'armée de Vichy pour obtenir son certificat de combattant de la guerre de 1939-1940. On lui répond que le texte d'application qui permettra l'attribution de ce certificat n'est pas encore publié. Faute de certificat, il s'inscrit à la Légion des combattants et des volontaires de la révolution nationale, création du régime de Vichy pour regrouper dans le pétainisme les anciens combattants des deux guerres. Il reçoit les convocations rue de Fleurance, au domicile de son fils qu'il partage lors de ses séjours à Toulouse. Du reste, dès 1940, y compris semble-t-il à Paris, il porte le béret basque, comme les légionnaires du Maréchal, et qui est devenu symbole pétainiste. Dès l'acquisition d'un logement propre, il épinglera aux murs de sa chambre des images de la Sainte Vierge, une médaille du pape et des portraits du Maréchal. Ainsi affublé d'objets catholiques et pétainistes, il se protège de l'environnement menaçant à la manière d'un bernard-l'ermite.

Au début, comme tant d'autres, qui, eux, subirent pour cela même la déportation, Vidal se croit moins menacé en restant dans la légalité qu'en s'en évadant. Il ne craint pas de tricher avec cette légalité, comme il le fit en obtenant son laissez-passer allemand, mais en conservant son identité légale. Il voit le risque à plonger dans l'illégalité, non la chance de se sauver. Il croit, par réflexe oriental, que le pouvoir lui saura gré de sa soumission.

C'est finalement sur les instances de son fils qu'il va

changer d'identité. Celui-ci l'a d'abord convaincu de ne pas se déclarer juif en demandant une nouvelle carte d'identité, mais Vidal résiste longtemps à l'idée de prendre une fausse identité. Il y consent, finalement, en 1943, à Lyon. La Résistance fabrique de faux papiers, et Edgar lui fournit des cartes pour de nouvelles identités.

Auparavant, il a envisagé de réintégrer la nationalité italienne, comme ses frères. En effet, il obtient au début de 1943 un certificat de nationalité italienne délivré par le consul d'Italie à Salonique, qui le déclare inscrit au registre des nationaux sous le n° 47 *bis*, lettre N, et qui le domicilie à Livourne (rappelons que c'est seulement en septembre 1943 que Nice cessera d'être sous occupation italienne, et que donc jusqu'à cette date les relations épistolaires sont aisées entre Nice, où se trouvent Vidal et Henriette, et l'Italie). A-t-il hésité ? Toujours est-il qu'il décide de rester en France. Il sait depuis le printemps 1943 que son fils est dans la résistance française, et il a trop de liens en France pour songer à partir, même avec ses frères, en Italie.

Ainsi, pour se protéger, Vidal a d'abord réagi en séfarade néo-marrane (conversion, fausse dévotion) et en Oriental (obéissance au pouvoir). Il a réagi en « salonicien », mais il n'est plus possible de faire valoir dans la Seconde Guerre mondiale la « nationalité » citadine qu'il avait réussi à faire admettre pendant la première. Certes, en 1943, il pourrait, comme ses frères, retrouver la nationalité italienne, parapluie qui providentiellement les sauvera tous trois, l'un à Bruxelles, les deux autres en Italie ; mais il ne peut, comme Léon et Jacques, entraîner avec lui ses êtres chers, et il peut directement bénéficier d'un nouveau type de protection, celui des faux papiers fournis par la Résistance.

La protection italienne

Après l'invasion et le dépeçage de la Yougoslavie par l'Allemagne, Mathilde s'est réfugiée le 25 mai 1941 à Abbazia (Opatija), en Istrie, alors italienne. Son mari Bouchi, malade pendant la retraite, soigné par le Dr Paolo Nogara, y est mort le 27 février 1942 à l'âge de 54 ans. Le couple, qui y avait souvent passé des vacances depuis les années vingt, y a retrouvé et trouvé des amis, et, sans doute après la mort de Bouchi, Mathilde, qui parle impeccablement l'italien, a pu récupérer la nationalité de son adolescence, l'Italie ne cessant jamais de reconnaître comme sien l'un de ses nationaux, même s'il a acquis une autre nationalité. Bouchi, qui était très prévoyant, avait de l'argent en banque dans différents pays, et il en avait sûrement en Italie. La beauté et la séduction de Mathilde l'aideront à trouver des amis influents, dont un *monsignore* du Vatican, non seulement pour assurer complètement sa réintégration dans la citoyenneté italienne et lui permettre de voyager, mais aussi pour appuyer ses démarches en vue de faire venir en Italie les siens, menacés en France. Bien que des mesures antisémites aient été promulguées par l'Italie fasciste, elles n'ont pas eu la rigueur de droit ni de fait des mesures allemandes, et, de toute façon, redevenue Nahum, Mathilde n'a pas la marque juive dans ses papiers italiens.

Elle a retrouvé le contact avec sa sœur et ses frères au début de 1942, et elle s'occupe activement de les faire venir lorsque l'invasion de la zone pétainiste par les troupes allemandes les met en danger. Son frère Jacques est celui qui est dans la pire et la meilleure situation ; la pire, car il est en résidence forcée en tant que juif étranger dans une petite localité pyrénéenne (Sierp), mais la meilleure, car il a gardé sa nationalité italienne (il avait même, par prudence, apporté des bijoux de sa femme au consulat d'Italie de Bruxelles quand l'Italie fasciste demanda cette offrande « spontanée » pour mener la guerre d'Éthiopie).

En avril-mai 1943, les juifs italiens se trouvant en France reçoivent la possibilité de se faire rapatrier en Italie. Jacques, redevenant Giaccomo, demande donc pour lui, sa femme et sa fille Régine le rapatriement dans la mère-patrie. Mathilde intervient à Rome et réussit à faire jouer ses protections. De leur côté, la fille et le gendre de Léon, Chary et Hiddo, bénéficient également de cette mesure. Le consul d'Italie en Avignon leur conseille avec insistance de « rentrer » au plus tôt en Italie, et ils partent avec leurs trois enfants. Ils retrouvent dans leur train de rapatriement Jacques, Sophie et Régine. Mathilde les attend tous à Modène, où ils élisent domicile.

Léon, sa femme et son fils Edgard se croient-ils encore en relative sécurité à Toulouse ? Henriette évoque dans une lettre à Mathilde du 16 juillet 1943 leur « sommeil profond » : « En mars, eux dormaient d'un sommeil profond, et j'ai arraché ces trois personnes par la force de leur sommeil, si je peux dire. »

Elle les pousse à quitter Toulouse, zone allemande, où les rafles commencent à emporter de nombreux juifs étrangers, et à venir à Nice, dans la zone italienne. Le voyage est périlleux, car les papiers d'identité de Léon, de sa femme et de son fils portent l'estampille fatale ; ils partent sans leurs cartes d'identité, par omnibus de nuit, et arrivent enfin à Nice où ils s'installent auprès d'Henriette, à l'hôtel Splendid. En attendant le rapatriement espéré en Italie, ils ont besoin d'un permis de séjour. Ils n'ont aucune chance d'en obtenir, faute de papiers convenables. Mais Mony a un ami qui connaît un commissaire de police, lequel se fait soudoyer, et Léon obtient le permis de séjour temporaire.

Ils attendent leurs papiers italiens. Leur cas est difficile vu que Léon n'a plus son identité italienne depuis bien longtemps, et que ni Julie ni Edgard n'ont jamais été italiens. Mais le génie ou la grâce de Mathilde interviennent efficacement à Rome pour re-italianiser son frère et italianiser les siens. Léon a sans doute obtenu d'abord la même pièce que reçut Vidal (mais n'utilisa pas), un certificat du consulat italien de Salonique attestant sa nationalité italienne, et, à partir de cela, Mathilde entre en action pour italianiser sa femme et son fils. Léon, Julie et Edgard attendent à Nice les papiers de rapatriement désormais promis. Henriette fait état de leurs hésitations. « Notre Léon, toujours très indécis au sujet de son voyage, malgré ta lettre express. Il est vrai qu'en ce moment il est très difficile de conseiller à quelqu'un de l'engager à faire ceci ou cela » (lettre du 16 juillet 1943). Le 19 juillet, Henriette écrit à Mathilde : « Lui [*Léon*], principal intéressé, ne veut pas aller chez Marraine *(l'Italie)*, Julie, pas du tout, rien qu'Edgard est d'avis d'y aller. »

Le 25 juillet 1943, le grand conseil fasciste désavoue Mussolini, et le lendemain le roi d'Italie le destitue, le fait arrêter et confie le gouvernement au maréchal Badoglio, qui entreprend des pourparlers d'armistice avec les Américains. Ainsi l'Italie semble devoir devenir pour les Nahum non seulement refuge, mais libération. Les autorisations pour Léon et les siens arrivent fin juillet ou début août. Malheureusement, les papiers italiens sont à Menton, qui, annexé par l'Italie, est séparé de Nice par une frontière. Comment Léon pourrait-il franchir la frontière avec son passeport belge ? Il arrive au poste italien avec des lourdes malles, et, laissant en retrait sa femme et son fils, il demande l'autorisation de passer une petite heure à Menton pour apporter à sa fille et à ses petits-enfants leurs effets, qui ne les ont pas suivis en Italie à la suite, explique-t-il, d'une erreur des chemins de fer. Il finit par fléchir le douanier en lui offrant une belle boîte de cigares. Alors Léon fait signe à Julie et à Edgard d'approcher : « *Ma que !* s'écrie le policier italien, vous n'avez pas besoin de votre femme et de votre fils pour apporter ces malles à votre fille ! » Mais Léon, qui n'est pas redevenu italien pour rien, lui dit qu'il faut comprendre une mère et un frère qui veulent embrasser encore une fois leur fille et sœur. L'Italien n'a pas le cœur de soustraire une *mamma* et un *fratello* à l'embrassade familiale, et laisse passer les trois Nahum qui se précipitent à Menton, y obtiennent les papiers qui les italianisent, prennent le train, et retrouvent à Modène Chary, Hiddo, Mathilde, Jacques et les siens. Ainsi, le 4 août 1943, un gros fragment de la famille Nahum s'est reconstitué à Modène, où ils bénéficient de l'aide d'un ami de Mathilde, M. Benassati.

Léon à Henriette :

Modène, le 4 août.

Mes très chers,
Grâce au Bon Dieu, nous avons fait un très agréable voyage, et nous avons retrouvé tous nos chers très bien. Tout ce que je souhaite, mes chers, c'est vous savoir tous en parfaite santé et bien tranquilles, plaise à Dieu qu'il en sera ainsi. Nous sommes très satisfaits d'avoir pu rejoindre nos chers enfants.
Notre chère sœur confirme sa lettre recommandée de lundi et fera le possible pour vous quatre.

Dans la même lettre Mathilde confirme :

Ma sœur chérie,
Les chers Léon sont arrivés très bien. Maigris ; enfin, ils sont là.
Je ferai tout ce que je pourrai pour vous autres ; entre-temps, voyez de votre côté.
Je vous embrasse comme je vous aime.

Ta Math.

Une intense correspondance s'échange entre Henriette et Mathilde en juillet et août 1943. Il s'agit désormais de faire venir en Italie Henriette, Élie, Mony, Liliane. Le problème est beaucoup plus délicat puisque Henriette a pris dès Salonique la nationalité grecque de son mari, et que Mony et Liliane sont également grecs. Mathilde fournit à Henriette l'aide d'une personne italienne (militaire ? civile ?) en poste à Nice pour l'aider dans ses démarches, tandis qu'elle agit sans relâche à Rome. On essaie d'accélérer les choses en prétextant la nécessité d'une intervention chirurgicale en Italie. Mais les démarches piétinent. Les lettres d'Henriette indiquent des alternances d'espérance et de découragement. Dans chaque lettre, il y a à la fois le compte rendu de journée de quasi-vacances au sein d'une oasis [1], et l'expression d'une attente angoissée.

13 juillet :

> J'ai été de suite au consulat : ils n'ont encore rien reçu ; on m'a promis de donner l'avis favorable dès qu'ils le recevront : *vediamo !* Il faut bien que nous soyons très raisonnables et ne pas nous faire des illusions : si cela sera ! Une joie, un bonheur ! Si cela ne sera pas possible, nous nous dirons une fois encore que le Bon Dieu ne l'aura pas voulu... Je suis bien contente de savoir que tu

1. « J'ai vu Alida Valli, charmante dans *Chaînes invisibles*. Samedi, nous avons été voir Liliane se baigner avec son amie Andrée » (19 juillet). « Liliane vient de prendre son bain de mer ; il fait chaud, mais une brise continue ne nous laisse pas sentir la rigueur du soleil, et à l'ombre il fait toujours frais... Hier soir, avec les Léon, les enfants et nous, nous avons été au bord de la grande bleue jusqu'à près de 11 heures. Il faisait très beau et tout Nice y était. Cet après-midi, nous sommes invitées à prendre le thé chez une de nos relations de Paris arrivée ici depuis peu. Elle était une des femmes les plus élégantes au mariage de notre Aimée chérie » (16 juillet). « Demain, je vais au cinéma voir la charmante Alida Valli. Aujourd'hui, j'ai été avec Liliane, qui avait un bridge dans un beau jardin. J'ai été sous les arbres à regarder les gens aller et venir, et d'autres qui faisaient du tennis » (13 juillet). « Hier, j'ai été au cinéma voir un beau film interprété par Emma Grammatica, une vraie merveille. Il est trois heures et à quatre heures viendra la cousine Élise et la mère à Edmée qui s'est annoncée. Tous les soirs nous sommes réunis sur la terrasse... » De son côté, Liliane écrit à Mathilde : « Nous avons un temps superbe, moi je me baigne tous les matins, j'ai pris quelques leçons ; cela m'a donné l'assurance d'aller au large et j'en suis bien contente. Puis j'ai mon bridge une ou deux fois par semaine, chose qui me passionne et m'intéresse vivement. Tu vois, la vie continue et on ne désire qu'une chose, qu'elle soit ainsi jusqu'à notre retour au foyer » (19 août 1943).

as passé de bonnes journées à la ville enchanteresse et que tu as visité Saint-Pierre, cette splendeur...

16 juillet :

J'attends tous les jours un signal du consulat en vue de l'enquête à notre sujet et je ne vois rien venir.

26 juillet :

Je ne sais où cette lettre te trouvera, si tu seras encore à Abbazia, ou bien rentrée, ou bien avec un avis favorable pour venir me voir. L'essentiel est d'attendre avec beaucoup de patience et le moment heureux de nous embrasser ne tardera pas.

5 août (lettre à son frère Jacques) :

Ici, depuis le départ de Léon, notre état de santé est le même, avec, depuis hier, une légère espérance de guérison de la part du Dr Bachicat. Ce que nous attendons, c'est une guérison rapide et aller passer la convalescence auprès de ma nièce Régine.

9 août (à Mathilde) :

Le docteur nous promet toujours la guérison et la convalescence près de Fernande : nous attendons. Nous attendons aussi les petits cadeaux de mon neveu [*c'est-à-dire de l'argent envoyé par Mathilde*] qui doivent nous arriver. Je veux espérer que tu as vu notre frère, auquel tu liras cette lettre, et qui sait exactement la marche de la maladie de notre patient. Il ne faut surtout pas vous inquiéter, tout ira bien et il s'en sortira, comme après toutes les maladies qu'il a eues. Le lieu de sa convalescence sera choisi et désigné par le docteur, c'est-à-dire qu'il n'y a aucune probabilité d'aller auprès de Marraine. C'est Marraine qui devra aller vers lui, pour le voir. Voyons arriver ce jour, qui sera si heureux pour nous...

10 août :

> Mon neveu nous a envoyé de beaux cadeaux qui nous
> permettront de prendre des vacances : où irons-nous,
> nous n'avons pas décidé ; peut-être auprès de nos amis
> les Parent, qui sont dans un petit coin charmant et pas
> trop loin d'ici. D'autre part, comme je te l'écrivais hier,
> le Dr Bachicat nous fait espérer la convalescence pro-
> chaine de notre malade et nous enverra toute la famille
> chez Fernande. Nous sommes prêts pour un voyage. Ici
> ou là, c'est égal. Les préparatifs vont être vite faits.
> J'ai été chez le cousin à Terbes [?] qui m'a remis le
> certificat que ton ami m'avait gardé chez lui. Je l'ai en
> poche, et si je vais chez Fernande cela pourra me servir
> au cas [?] que les autres qui ne l'auraient pas [?]. [*Il
> s'agit peut-être d'un certificat du consul d'Italie à Salo-
> nique attestant sa nationalité italienne.*]
> Enfin, toi, fais-toi du bon sang, et même si nous allons
> dans la famille Parent passer quelques jours, nous irons
> chez Fernande après, dès que nous le pourrons.

Ici, quelques clefs nous manquent. Il semble bien qu'il
y ait à Nice une personne qui puisse aider Henriette et les
siens à quitter la France. Cette personne est-elle la personne
du consulat italien qui s'occupe du dossier d'Henriette ?
S'agit-il d'un autre Italien, qui aurait le bras long ? Que
veut dire Bachicat, qui est un déguisement du mot *djidio
Bachica*, désignant une personne de petite taille de sexe
féminin, et qui choisira le lieu de la convalescence, c'est-
à-dire de la résidence hors de France ? Fernande signifie-
t-il un pays autre que celui de Marraine (Italie), qui alors
serait peut-être la Suisse, ou s'agit-il d'un point d'Italie où
les Hassid et les Covo seraient assignés à résidence ?

13 août 1943 :

> Nous sommes tranquilles vu que le docteur nous promet
> toujours de nous emmener avec lui pour la convales-
> cence. Tous nos amis et connaissances sont dans l'attente
> eux aussi et veulent tous aller prendre leurs vacances

avec nous. Je ne peux rien entreprendre ici pour nous préparer ; ce sera collectif à moins que ce soit dans ces mêmes conditions exceptionnelles, je veux dire de notre aîné. Nous avons aussi les cadeaux de notre neveu, et au moment voulu et possible nous profiterons pour nous en servir. Pour le moment, nous pouvons attendre, on nous a promis de nous prévenir s'il faudra faire un petit tour chez Mme Escumlère [escumler : *se cacher ? fuir ?*]. Dans ce cas, c'est chez Suzanne ou chez les Parent que nous irons. Hier, mon amie Isabelle est venue me voir et nous avons été prendre une glace ; elle est fin prête pour venir avec nous voir Fernande ; elle me conseille de prendre tous les vêtements d'hiver, car il fera froid à la montagne.

Ici encore, il y a beaucoup de termes codés que nous ne pouvons déchiffrer. Fernande semble montagneuse et froide, bien qu'on soit au mois d'août : est-ce la Suisse, une partie des Alpes françaises occupées par les Italiens, s'agit-il d'un passage clandestin par la montagne, mais pour se rendre où ?

20 août 1943 :

Je suis navrée que tu sois aussi inquiète pour nous, quand je peux te jurer que tout a changé et que notre malade va beaucoup mieux ; ses cousins germains sont partis, il se sent moins fatigué. Le docteur nous le confirme aussi et nous sommes tranquilles à son sujet... Si tu obtiens le permis aller et retour, viens nous voir... C'est à se demander où on est mieux et où on le sera ; nous avons confiance, et le Bon Dieu qui nous a protégés jusqu'à présent continuera à le faire.

Dans la suite de cette lettre, Henriette évoque encore les trois hypothèses :
– l'obtention d'une autorisation pour aller en Italie ;
– un voyage aller et retour de Mathilde à Nice ;
– un départ pour un lieu de refuge (chez des amis, les Parent ? en Suisse ?).

Le 22 août, Henriette écrit à son frère Jacques ; elle
semble de plus en plus envisager le séjour chez Suzanne,
pour, de là, partir retrouver Fernande. Elle ne croit plus
aux amis de Terbes (?). Toutefois, dans une lettre du
24 août, elle fait état de bobards divers (sans doute les
rumeurs concernant les événements confus d'Italie, le
risque d'une intervention de l'Allemagne contre son
ancienne alliée) et dit : « Je vais de suite voir les amis à
Terbes et je serai rassurée. » Elle a toutefois envisagé le
pire car elle écrit : « Toutes les dispositions sont prises, je
le répète, qu'en cas d'une hausse de sa température, nous
ayons sous la main de quoi le soulager et nous prendrons
la poudre d'escampette. » Enfin, Henriette est très heureuse d'avoir des nouvelles indirectes (probablement par
l'Espagne ou le Portugal qui sont neutres) de sa fille
Aimée, qui est à Liverpool : « J'ai eu la joie hier de recevoir une carte de Pinto me disant qu'il a reçu un télégramme de ma petite Aimée chérie : tous les trois se portent très bien ; elle a reçu une lettre à moi du 10 juin, par
Pinto. Ce n'est que par lui qu'elle en reçoit. »

Le 28 août, Henriette demande à sa sœur : « As-tu le
permis de venir m'assister ? Je sais que d'ici l'avis est
parti, favorable. »

Puis Mathilde n'a plus reçu de lettres. La communication a été rompue. Le 3 septembre, les Américains débarquent à Salerne. Le maréchal Badoglio signe le 8 septembre l'armistice avec les Alliés. Mais, aussitôt, les armées
allemandes se ruent sur l'Italie, l'occupent, dissolvent
l'armée italienne, et, bien sûr, occupent Nice et la Savoie.
Henriette, Élie, Mony, Liliane sont pris dans la nasse, mais
quittent Nice à temps ; ils vont d'abord à Roanne, puis à
Caluire, près de Lyon. Les Hassid deviennent Acide, les
Covo deviennent Coveau. Le curé de Caluire fait valider
leurs fausses cartes d'alimentation et les protège.

Mais, à Nice, Joseph, le mari de Corinne, est arrêté
dans un train en partance pour Lyon. Il ne porte pas le
tampon juif sur sa carte d'identité, mais les Allemands le
font entrer dans les toilettes et vérifient qu'il est circon-

cis. Corinne, qui l'a accompagné à la gare, assiste impuissante à l'embarquement de son mari dans un fourgon allemand.

Septembre 1943-septembre 1944

Vidal n'a cessé de voyager de Nice à Lyon, Roanne, Tarare, où se trouve le frère de Myriam Beressi, Édouard Mosseri, dont la compagne, Mme Dumontet, a des racines dans la région. Celle-ci le protège et viendra en aide à toute la famille. Vidal a retrouvé en zone sud son ancienne liaison de Paris, mais leur relation est devenue très orageuse, les brouilles succédant aux réconciliations ; il a rencontré à Lyon une veuve, Mme Blanc, qui tient un salon de coiffure. Il semble qu'il rejoint Mme Blanc dès l'entrée des troupes allemandes à Nice.

Vidal vit un certain temps chez Mme Blanc. A l'époque, une coiffeuse est privilégiée ; elle reçoit de ses clientes, bouchères, charcutières, crémières, épicières, les victuailles de la région lyonnaise, Vidal a bonne table, fait bonne chère, et trouve plaisir aux rondeurs de Mme Blanc. Il y fait inviter à déjeuner Edgar et son amie Violette, en leur demandant d'apporter spontanément des fleurs. Mais son ancienne liaison, avec qui il eut tant de ruptures, retrouve sa trace et annonce son suicide s'il ne se sépare pas immédiatement de la coiffeuse. Vidal va alors trouver Mme Blanc et lui parle à peu près en ces termes : « Chérie, j'avais gardé un secret, mais je suis obligé de te le confier aujourd'hui. Je fais partie de l'armée secrète de la Résistance. Mes chefs viennent de me donner l'ordre de rejoindre Alger en passant clandestinement par la frontière espagnole. Je dois partir immédiatement. Adieu, mon amour, je te retrouverai au grand soleil de la Victoire. »

Mme Blanc gémit, se lamente, mais cède devant un tel héroïsme. Elle sort de ses réserves saucisson, beurre, conserves, victuailles dont elle remplit un énorme sac à dos. Vidal part chargé pour la frontière espagnole, prend le tramway, et termine le voyage dans un autre quartier de Lyon. Un mois plus tard, faisant une queue devant une boulangerie, il est surpris par Mme Blanc : « Vidal ! Toi ! Ici ! »

Vidal quitte la file, la prend par le bras, regarde de tous côtés, lui fait : « Cchhut », prend une mine d'homme traqué, la conduit sur un quai désert de la Saône, et peu à peu reprend ses esprits. Il raconte à Mme Blanc qu'il est parti pour la frontière espagnole, que, là, un traître a donné leur réseau, qu'ils ont dû attendre dans la neige et le froid des Pyrénées, puis que ses chefs lui ont ordonné de retourner à Lyon sans aviser personne, y compris l'être le plus cher, en attendant les nouvelles instructions pour partir en Espagne. Mme Blanc écoute le récit, d'abord incrédule, puis, émue par tant de périls encourus, lui demande de venir juste un instant chez elle pour qu'elle lui donne à nouveau du ravitaillement. En dépit des ordres supérieurs, Vidal retourne chez Mme Blanc et en repart une seconde fois avec des conserves, du saucisson, des victuailles. Puis il rompra à nouveau avec sa liaison. Il ira à Caluire, où un curé providentiel le protégera. Par la suite, il s'occupera de l'hébergement de Corinne, qui, après l'arrestation de son mari, se trouve complètement désemparée, et ils finiront par s'installer ensemble à La Rochetaillée.

Désormais, Vidal, qui y répugnait tant encore en 1942, vit complètement dans la fausse identité. Comme son fils a pu lui procurer un grand nombre de fausses cartes d'identité pour lui et sa famille, il en a quatre pour lui. La première, portant le cachet de la mairie de Belmont (Isère), est au nom de Nicolas Vidal, commerçant, né le 14 mars 1892 à Castres, Tarn. La deuxième est au nom de Georges Lezot, son ami vivant à Paris. La troisième, au nom d'Eugène Barré, comptable, né le 26 juillet 1899 à Charny (Meuse), domicilié 14, rue Denfert, à Sucy-en-Brie, est destinée à d'éventuels voyages à Paris. La quatrième est celle de Louis Blanc (l'époux décédé de Mme Blanc), né le 8 avril 1894 à Maltat (Saône-et-Loire), domicilié 12, rue d'Algérie, à Lyon, et porte le tampon du commissariat central de Lyon. Vidal a de plus deux (fausses) fiches de démobilisation, l'une au nom de Nicolas Vidal, l'autre de Louis Blanc. Il a un faux certificat de travail au nom de Louis Blanc, courtier depuis juin 1935, travaillant chez Georges Lezot, assureur conseil, 23, rue Terme, à Lyon. Il a en outre conservé l'extrait des registres paroissiaux qui certifie qu'il a reçu la bénédiction nuptiale le 6 juillet 1920 en épousant Mlle Anne Marie Françoise Bechard. Il a enfin des fausses quittances de loyer, pour un appartement loué par Nicolas Vidal à Louis Blanc (c'est-à-dire par lui-même à lui-même), au 12, rue d'Algérie, à Lyon. En fait, il va demeurer à Rochetaillée sous le nom de Blanc, tout en gardant un local à Lyon, sous le nom de Nicolas Vidal, s'assurant ainsi un refuge éventuel.

Vidal est très inquiet pour son fils au cours de l'été 1943. Manquant de nouvelles, il se présente un jour dans une impasse sur le haut de La Croix-Rousse chez les logeurs d'Edgar, devenu Gaston Poncet, ceux-ci lui hurlent que son fils est un voleur de bijoux, un bandit, que la police allemande est venue chercher la veille. Vidal s'épouvante. Il est arrêté ? Non, il n'est pas rentré chez lui, mais dès qu'il rentrera les logeurs le dénonceront. Une pluie d'arrestations ravage alors à Lyon les mouvements de résistance, et Edgar a risqué d'être pris à plusieurs reprises. Vidal retrouve le contact avec son fils via Corinne sans doute, qui a hébergé son neveu le soir où il n'est pas rentré chez lui ; Mme Dumontet va procurer chez un couple de paysans, près de Tarare, un refuge de quelques jours à Edgar, avant que celui-ci retrouve à Toulouse les fils coupés avec la résistance, et se fixe enfin à Paris fin 1943-début 1944.

L'automne 1943 est marqué par la poursuite de l'offensive russe, qui prend Kiev en novembre. A l'ouest, après le débarquement allié en Sicile, en juillet 1943, à Salerne, le 3 septembre, puis la chute de Mussolini et l'armistice demandé par Badoglio (8 septembre), trente divisions allemandes se sont ruées sur la péninsule et immobilisent les

Alliés sur le Volturne. Sur le lointain Pacifique, les États-Unis sont désormais sur l'offensive. En France, la résistance se développe, la répression s'intensifie ainsi que la chasse aux juifs.

A partir de l'automne 1943, Vidal va hiberner à La Rochetaillée sous le nom de Louis Blanc, mais il fera un ou deux séjours à Paris sous l'identité de René Barré, le beau-père de l'ami de lycée de son fils, Henri Luce, lequel subit le STO en Allemagne comme son frère Georges. Edgar écrit à Louis Blanc en signant Errol Pastel. Vidal reçoit aussi des lettres de M. René Barré. M. et Mme Barré ont hébergé Edgar lors de ses séjours à Paris, puis le reçoivent souvent à déjeuner lorsqu'il s'y installe dans l'hiver 1943-1944. M. Barré est lorrain, patriote ; inspecteur à la SNCF, il a fourni à Edgar des contacts à la direction des chemins de fer, source de renseignements précieux sur les trains réquisitionnés par les Allemands. Vidal souhaite que M. Barré fasse pression sur son fils pour qu'il cesse ses activités dangereuses. Nous avons une partie de leur correspondance entre le 25 avril et le 10 août. Sujette à la censure postale nazie, cette correspondance se garde bien d'exprimer les sentiments réels des épistoliers.

Lettre de René Barré à Louis Blanc (Vidal) :

Paris, 25 avril 1944.

Bien cher ami,
Bien reçu votre lettre du 19 courant. Depuis votre venue, nous avons eu bien chaud, comme vous le savez sans doute, notre arrondissement voisin a été cruellement éprouvé par les bombardements anglo-américains. Il s'agit principalement du quartier situé entre Montmartre et la rue de la Chapelle, d'une part, entre la rue Ordener et Saint-Denis, de l'autre. La gare, dépôts, ateliers, etc., du Nord ont été complètement détruits (La Chapelle, Le Landy, le pont de Soissons, etc.).
Les bombes tombées le plus près de nous ont éclaté rue Custine et boulevard Barbès.
Comme vous, je souhaite ardemment la fin de cette hor-

rible guerre, dont les effets deviennent de plus en plus démoralisants et désastreux.

Votre filleule [*il s'agit du fils de Vidal*] est venue près de nous dimanche, elle se porte à merveille. Je lui ai fait voir votre lettre et ai de nouveau insisté pour la voir suivre le chemin que je lui tracerais volontiers. La solution proposée ne semble pas lui plaire, elle pense sous peu obtenir la situation qu'elle désire. Elle revient nous voir jeudi midi, je la sermonnerai à nouveau puisque vous nous en avez donné l'autorisation.

Entendu pour le 6 ou 7 mai, Mme Barré et moi serions toujours très heureux de vous serrer la main. Nous sommes toujours dans la joie de vous être agréable et en particulier d'acheter le droit au bail de votre magasin.

Ainsi, au retour de la paix, vous aurez la douce joie de voir le commerce entre des mains qui ne vous sont certes pas étrangères, mais de plus vous rendront ce qui a été toute « la moitié de votre vie » comme vous le dites.

Je vous espère en excellente santé.

Nous avons des bonnes nouvelles d'Henri et de Georges, qui attendent à Berlin leur retour pour Paris. Mais quand ? Il paraît que les permissions sont de nouveau supprimées ou tout du moins suspendues.

Je suis certain qu'à leur retour ils seront heureux de travailler avec vous.

En l'attente du plaisir de vous revoir, croyez, mon très cher ami, en nos sentiments les plus affectueux.

La lettre indique que Vidal entrevoit déjà la Libération ; il voudrait que René Barré reprenne fictivement son commerce, et René Barré lui confirme allusivement qu'il lui rendra « la moitié de sa vie ». Les Barré, comme M. Luce, aimeraient qu'Henri ou Georges puissent être associés au commerce de Vidal et trouvent ainsi une situation au retour du STO. Vidal répond à cette lettre :

Lyon, le 3 mai 1944.

Bien cher ami,

C'est avec plaisir que j'ai reçu lundi votre lettre du 25 m'apportant bien heureusement vos nouvelles, car j'en

étais inquiet sachant votre voisinage avec les gares du
Nord et de l'Est, et aussi du XVIIIe arrondissement qui
a été si touché. Comme ces malheureuses attaques
continuent, je souhaite avoir toujours vos bonnes nouvelles, et souhaite bien aussi voir la fin de tous nos
malheurs.

Je vous remercie bien pour vos pensées pour ma filleule,
et serai si heureux de la voir disposée à laisser un peu
de côté ses préférences, et suivre mes conseils [*Vidal ne
désespère donc pas de faire renoncer son fils à son activité résistante*]. En ce moment, je crois qu'elle est ab-
sente de Paris, je reste en attendant impatiemment ses
nouvelles, et d'entendre les bombardements qu'il y a un
peu partout, je me fais bien du mauvais sang.

Cela me fait plaisir de lire que vous avez des bonnes
nouvelles des chers enfants de Berlin, et espère qu'ils
auront la chance d'être bientôt permissionnaires.

Mon voyage pour fin de cette semaine se trouve retardé ;
j'espère le faire pour le 20-21 mai. Je vous remercie bien
de votre réponse pour l'offre d'achat, et vous donnerai
de vive voix toutes les précisions à mon passage prochain
à Paris. Je suis confus de n'avoir encore eu aucun succès
pour le ravitaillement des enfants, mais j'espère parvenir
à quelque chose jusqu'à mon passage à Paris.

Au plaisir de vos bonnes nouvelles, je reste en vous
saluant bien cordialement, cher monsieur Barré, ainsi que
madame Barré.

Louis Blanc.
Rochetaillée-sur-Saône.

Manque une lettre du 8 mai à laquelle répond René
Barré :

Paris, le 15 mai.

Bien cher ami,

Nous avons bien reçu vos lettres des 3 et 8 courant.

Il ne faut pas vous laisser abattre par ce cafard qui, selon
vous, s'acharne sur vous. A quoi vous conduira cet abat-
tement ? Nous avons eu hier la visite de votre filleule qui
se porte à merveille. Elle était déjà venue nous voir ven-

dredi et elle doit revenir cet après-midi. Elle se porte à ravir et est bien loin de se laisser effleurer par la tristesse. Courage, que diable ! Considérez, je vous en prie, que nous arrivons au bout de la course et que nous sommes près à franchir la ligne de fin de course, je veux dire à sortir de cette affreuse guerre. Avouez que ce n'est donc pas le moment de se laisser influencer par la tristesse. Courage ! Je vous dis ! Courage, je ne cesserai de vous répéter. Nous arrivons à la fin de tous nos maux.

Combien alors savourerons-nous le calme qui suivra la tempête !

Vous verrez, mon cher monsieur Blanc, que nous aurons encore à vivre de beaux jours qui seront d'autant mieux appréciés que nous aurons connu la souffrance, l'angoisse et la tristesse.

Nous n'avons pas de nouvelles d'Henri et Georges depuis quelques jours. Les dernières sont du 29 avril. Mais les courriers vont par secousses : nous avons souvent dix lettres en deux ou trois jours, puis plus rien pendant quinze.

Entendu pour votre visite du 20-21 mai. Votre filleule et nous-mêmes serons toujours heureux de vous revoir.

Allons, encore une fois, courage ! Les épreuves ne dureront plus bien longtemps.

J'espère que votre santé est toujours aussi florissante. En attendant de vous revoir bientôt, Mme Barré et M. Luce se joignent à moi pour vous adresser nos meilleures amitiés.

(Quelle fut la cause de la crise de « cafard » que Vidal confia dans une lettre à René Barré ?)

La lettre suivante de René Barré est datée du 15 juin. Entre-temps, les Alliés ont débarqué en Normandie. En dépit de la prise de Caen le 9 juillet, la bataille sera indécise jusqu'à la percée d'Avranches du 31 juillet.

Paris, 15 juin 1944.

Bien cher ami,

Nous avons bien reçu en son temps votre lettre du 31 mai. Je m'excuse de ne pas vous avoir répondu plus tôt, les événements sont la cause du retard.

Je ne vous apprendrai rien sur ce qui se passe, vous devez le savoir aussi bien que moi. Je vous parlerai donc plutôt de tout ce qui nous touche de près.

Votre jeune filleule se porte bien. Nous avons eu sa visite ce matin et selon l'habitude elle compte revenir dimanche prochain. Elle est heureuse et attend crânement la fin de nos tourments. Pourtant, elle s'inquiète de ne pas avoir de vos nouvelles. Nous mettons cela sur le compte de la poste. A ce sujet, je vous suggère un projet. Au cas où le courrier ne fonctionnerait plus bien par la poste, remettez votre lettre cachetée sous enveloppe à la gare de Lyon ou la gare la plus proche avec l'adresse suivante : « M. Barré, inspecteur des transports chargé du contrôle technique de la région Sud-Est en gare de Paris-Lyon. »

Demandez simplement au chef du service des postes d'accepter votre lettre et de me la transmettre sous pli de service.

En ce qui concerne *mon* commerce, j'ai téléphoné à M. Baumgartner [*l'administrateur provisoire de la boutique de Vidal*], qui, très gentiment, m'a demandé de lui confirmer notre entretien, mais j'ai idée que les événements ont tout arrêté et que le statu quo restera acquis. Je ne puis que m'en féliciter.

Et voilà toutes nos nouvelles. Pourtant, je vous annonce une très pénible nouvelle. Paris meurt actuellement de faim. Les marchés sont fermés et les halles *dito*. Je ne sais où tout cela nous conduira.

J'ose espérer que vous êtes toujours en très bonne santé et que bientôt nous aurons le plaisir de nous revoir en pleine paix.

En l'attente de vous lire, Mme Barré et M. Luce se joignent à moi pour vous adresser nos meilleures amitiés. A bientôt et bon courage surtout.

Le 26 juin, les troupes soviétiques entrent en territoire allemand. Le 20 juillet, c'est l'attentat contre Hitler ; la rumeur de la mort du Führer court pendant un temps, ce dont témoigne la lettre suivante de René Barré.

Paris, le 22 juillet 1944.

Bien cher ami,
J'ai reçu le 11 juillet votre lettre du 3 qui nous a enchantés. De plus, le 12, j'ai reçu votre premier colis et le 13 le second. Tout est arrivé en assez bon état, quoique quelques pommes fussent un peu abîmées à l'arrivée. Mais c'était cependant très bien et votre filleule a pris possession de son bien le lendemain 14 et le dimanche suivant 16. Elle est encore revenue cette semaine et nous l'attendons à nouveau demain 23.

(Ici, la lettre fait état de l'immobilisation des pourparlers avec M. Baumgartner pour le rachat du magasin de Vidal.)

Pour le moment, le ravitaillement, quoique très difficile, ne va pas trop mal. Nous trouvons de la verdure et quelques légumes nouveaux. J'ai commandé des pommes de terre nouvelles. Dieu sait quand elles me parviendront. Pour parler d'autre chose, je n'ai pas, je crois, à vous donner des nouvelles des événements. Nous les connaissons tous et déplorons franchement que ce brave A. Hitler ait pu passer de vie à trépas !! Mais il s'agit bien là d'un accident dans le cours des événements devant lesquels les hommes, même d'État, ne peuvent plus rien. Quant à moi, je persiste à croire que pour le 15 août la guerre sera virtuellement terminée par l'anéantissement total de nos ennemis... je parle bien entendu des bolcheviques et des Anglo-Américains.

René Barré déplore ensuite le manque de nouvelles des enfants de Berlin, mais pour mieux se féliciter de l'imminence des retrouvailles prochaines. Il réitère ses encouragements à Vidal.

Confiance donc, mon cher Ami ! Cramponnons-nous, la guerre est à son déclin.

Il termine :

Mme Barré et M. Luce me prient de vous dire que vous êtes souvent le sujet de nos pensées et de nos conversations, et ils vous réservent leur meilleur souvenir. Je n'ai garde d'oublier de me joindre à eux, vous assurant de ma parfaite et indissoluble amitié.

Je vous embrasse très cordialement.

René Barré.

Lettre de René Barré du 30 juillet :

Bien cher ami,

J'ai reçu hier votre lettre du 25 courant qui nous a fait grand plaisir. Votre petite filleule venue ce matin près de nous a savouré votre lettre et l'a emportée en vue de vous répondre de son côté. Je m'empresse de le faire du mien, profitant par la même occasion du dimanche qui est « pour l'instant » le repos hebdomadaire. Je constate que nos deux lettres se sont croisées, car j'ai répondu entre-temps à votre lettre du 3 et aux deux colis bien arrivés... Comme toujours, je vous faisais part de mon gros espoir de voir à très brève échéance la fin de cette horrible guerre et de vous revoir pour vous-même dans vos pantoufles avec votre petite filleule et surtout de vous retrouver dans mon petit magasin... Vous aurez donc bientôt la joie de reprendre ce magasin qui est un peu votre vie. Vous le retrouverez intact et dans les mêmes conditions que vous l'avez laissé puisqu'en somme vous vous en êtes trouvé éloigné en raison des difficultés de transport actuelles. Vous conviendrez que je préfère vous voir dans ce magasin qui est plutôt le vôtre que le mien et que vous avez dû laisser pour vous consacrer uniquement à notre représentation. Confiance donc, nous fêterons votre retour très bientôt.

Mais tel n'est pas le seul but de ma lettre. Et j'ai à mon tour un immense service à vous demander. Voici de quoi il s'agit.

La Société industrielle des oléagineux, dont vous le savez, le gérant est mon beau-frère, a reçu l'ordre du ministère de l'Agriculture d'hydrogéner les huiles en vue de les transformer en graisses comestibles dont Paris a un besoin urgent. Mais, bien entendu, il manque les moyens à cette société, qui cependant a passé immédiatement la commande des matières premières indispensables. J'arrive tout de suite au but. Ces matières consistent en un alliage d'aluminium et de nickel dont la commande a été passée par la société précitée à la société Alais-Froges et Camargues, à Chedde (Haute-Savoie), commande contresignée par ministère suivant l'ordre n° 5625 CD du 31 mars 1944 à la Société d'aluminium français. La grosse difficulté réside aujourd'hui dans la question du transport. Il s'agit de 800 kilos environ de cet alliage à amener de Chedde à Paris. Il est impossible d'envisager le transport par la voie de fer, les lignes de Savoie et Haute-Savoie étant systématiquement coupées. Reste la route.

J'ai pensé pour le transport de Lyon à Paris à votre ami M. Besson, 18, rue du Caire. Je pense qu'il acceptera le cas échéant de ramener cette marchandise à Paris. Mais voudra-t-il la prendre à Chedde ? J'en doute ! Pourriez-vous alors s'il vous plaît tâcher de trouver un transporteur *sûr* qui acceptera de se charger du transport jusqu'à Lyon, même à travers « le maquis », et, si besoin est, en accord avec lui, par versement d'une indemnité au maquis ?

La question prix de transport importe peu. La valeur réelle de la marchandise est telle que le prix du transport en devient secondaire. De plus, le transport est remboursé par l'État. La marchandise est prête à être enlevée, il ne manque en fait que le transporteur. Avez-vous besoin d'argent pour vous occuper de cela, si bien entendu cela ne vous dérange pas ? Vous y prendrez, bien entendu, votre bénéfice commercial. Une réponse rapide de votre part m'obligerait, tant la question est urgente. Il faut en somme que Paris vive.

Je termine ma lettre par une formule rendue facile d'amitié, puisque c'est d'un cœur vrai et sincère que je forme toujours mes vœux d'amitié. Comme d'habitude, Mme Barré vous réserve toute sa sympathie, M. Luce de même ; quant à moi, je fais mieux, je vous embrasse fraternellement et spontanément.

René Barré.

Réponse de Vidal du 10 août :

> Bien chers amis,
> J'ai reçu avant-hier, cher monsieur Barré, votre lettre du
> 30 juillet, et très content de vous lire. Je vous avoue que
> votre lettre me porte du baume au cœur, et cela me donne
> force et courage pour me soigner et attendre ma guérison.
> Très content de lire pour ma petite filleule, et merci pour
> tout ce que vous faites pour lui.
> Pour votre demande concernant le transport jusqu'à Paris
> de la commande de la Société des oléagineux, je me suis
> immédiatement occupé à trouver un transport par route
> Savoie-Lyon et Lyon-Paris ; j'ai vu hier diverses maisons
> qui me promettaient une réponse pour aujourd'hui, et
> voilà que je ne suis pas bien avancé. Savoie-Lyon est
> servi par des camions occasionnels, qui prennent du fret
> soit à l'aller, soit au retour, suivant les besoins qu'ils ont
> eux-mêmes de venir ou retourner sans fret. Pour parvenir
> à un résultat, il aurait fallu que vos amis instruisent la
> société Alais de leur rendre service et de chercher un
> camion pour Lyon. Une fois ici, j'espère qu'il sera pos-
> sible, soit par M. Besson, soit par un autre transport
> routier, de faire le transport jusqu'à Paris. On ne peut se
> rendre en Haute-Savoie sans un permis spécial préfecto-
> ral, et c'est seulement l'expéditeur qui peut trouver une
> possibilité de transport jusqu'à Lyon.
> Comme vous voyez, je suis bien à regretter de ne pouvoir
> vous donner la réponse que vous souhaitiez. Qu'il est
> difficile en ce moment le moindre transport ! Si votre
> beau-frère donne instructions de faire le transport jusqu'à
> Lyon, il peut donner l'adresse suivante à Lyon, M. Nico-
> las, chez Maison Lancher, 12, rue d'Algérie, Lyon. Au
> besoin, je peux à cette adresse entreposer la marchandise
> jusqu'à son envoi sur Paris ; la grosse difficulté est de la
> faire venir à Lyon. J'attends vos nouvelles et reste tout
> à votre disposition.

Les événements se précipitent, Paris s'insurge, la Résistance apparaît à ciel ouvert, les chars de Leclerc entrent
dans la ville le 26 août. La ville exulte. Les résistants sont
indifférents au fait que Varsovie ait commencé son insur-

rection quasi en même temps, le 1er août, et que les troupes soviétiques laissent écraser la ville par les troupes nazies qui y annihilent toute résistance le 10 septembre.

L'offensive alliée se poursuit, et, en septembre, Rouen, Bruxelles, Anvers sont libérés. Entre-temps, les Alliés ont débarqué en Provence le 15 août et vont remonter vers Lyon, qui est libéré par les troupes françaises vers le 15 septembre.

Autobiographie orale de Vidal :

Immédiatement, deux, trois jours après comme ton papa [Edgar] *avait mon adresse, voilà qu'un camarade à lui, je ne sais pas comment il est sorti dans l'armée, il me touche et il me dit : « Moi je rentre à Paris en Jeep avec une mission de l'armée, alors si vous voulez, je peux vous prendre. » Et je suis parti avec lui et je suis arrivé à Paris.*

Effectivement, Vidal obtient un laissez-passer FFI le 19 septembre. Il adhère aussitôt au MNPGD (mouvement de résistance où son fils assumait une responsabilité). A Paris, son fils lui établira le 12 octobre un ordre de mission bidon pour que Vidal puisse aller voir les siens à Lyon et à Nice.

Mouvement national
Prisonniers de guerre et déportés
Région parisienne
22, rue de la Paix
Paris IIe

ORDRE DE MISSION

M. NAHOUM VIDAL, TITULAIRE DE LA CARTE D'IDEN-TITÉ N° 217874 EST ENVOYÉ EN MISSION PAR LEDIT MOU-VEMENT DANS LA RÉGION DE LYON, MARSEILLE, NICE POUR CONTACT URGENT AVEC FAMILLES DE DÉPORTÉS. PRIÈRE AUX AUTORITÉS MILITAIRES ET CIVILES DE LUI FACILITER SON DÉPLACEMENT PAR TOUS LES MOYENS DE TRANSPORT

Le responsable : Morin

Plus tard, Vidal pourra aisément récupérer son magasin, qui était sous administration provisoire. Il lui sera plus difficile de retrouver son appartement qui avait été vendu.

J'ai été voir le monsieur qui l'avait acheté, un monsieur qui était directeur à la Samaritaine. Il me dit : « Moi, monsieur, qu'est-ce que vous voulez, moi je l'ai acheté parce qu'il était à vendre, c'était légal.

– Oui, oui, moi je ne vous reproche rien, mais ce n'était pas moi qui vous ai vendu ; maintenant que je suis rentré, il faut me le rendre.

– Mais qui va me rembourser ?

– Ah ça, occupez-vous avec les affaires juives. »

La réappropriation dut attendre une loi du Parlement annulant toutes ventes faites sur ordre des autorités d'occupation, et les formalités notariales ne furent achevées qu'en automne 1945 ; mais, auparavant, l'acheteur, M. Dubessay, avait laissé l'appartement à Vidal. Corinne vint avec ses enfants dans cet appartement. Fredy fera ses études de droit et on poussera Henri à faire l'école commerciale de la rue Trudaine.

Par ailleurs, Vidal se préoccupa du règlement de la succession de sa femme Luna, son fils étant devenu majeur, et il mit au nom d'Edgar la villa de Rueil, occupée par un locataire qui refusa de quitter les lieux.

Vidal n'oublia pas la fraternité de Bourges. Il retrouva quelques-uns de ses camarades de la 15ᵉ compagnie de travailleurs militaires, et c'est sur sa machine à écrire qu'est effectuée la convocation suivante, le jour même de la capitulation allemande :

Paris, le 8 mai 1945.

Cher ami,
Voici l'aurore de la victoire.
Un groupe d'amis de 1940, mobilisés à Bourges, désire faire revivre l'amitié qui nous unissait dans l'épreuve. C'est dans un esprit très amical que nous désirons nous réunir pour nous soutenir et nous aider sur le plan pratique de la vie.

Si, malgré vos affaires et vos occupations, vous pouvez nous consacrer quelques instants, veuillez venir entre 17 heures et 18 h 30 le samedi 12 mai au café-tabac, 72, rue Jean-Jacques-Rousseau.

Nous comptons instamment sur vous, cher ami, et avec notre souvenir nous vous adressons nos meilleurs sentiments.

Vos amis de la 15e compagnie à Bourges.

Les rescapés et les morts

Vidal est le premier rentré chez lui, à Paris. Henriette, Élie, Liliane, Mony vont le rejoindre. Mony et Liliane retrouvent leur appartement, protégé par l'ambassade argentine ; le couple, avons-nous dit, est désormais moralement uni ; toutes les épreuves vécues en commun ont rapproché d'un lien quasi organique ces époux au départ sans amour, et un amour de second type les lie désormais très fortement. A la fin de la guerre, Mony apprend que ses parents, ses frères, sœurs, cousins Samuel Covo, Reyna Covo, Peppo Covo, Renée Covo, Sam Covo, Oscar Hassid, Daisy Hassid, Ida Angel, Sam Angel, Juda Saltiel ont tous été exterminés à Auschwitz.

Henriette ne peut récupérer immédiatement son appartement, qui a été pillé, puis loué. Sa fille Liliane ne l'héberge pas, bien qu'elle ait la place : Mony a souffert d'avoir dû vivre cinq ans sans discontinuer avec ses beaux-parents, et Henriette elle-même tient non seulement à ne pas encombrer sa fille, mais à suspendre la cohabitation avec son gendre. Dans l'attente que ses démarches aboutissent, elle s'installe à l'hôtel du Grand Veneur, rue Demours, proche de chez elle. Elle y apprend que sa fille Aimée, son mari Ben et son fils Pierre ont traversé la guerre sans encombre à Liverpool. Elle mourra à l'hôtel d'un accident cardiaque en 1947, avant d'avoir pu réintégrer son appartement.

Quant aux Nahum italiens et re-italianisés, ils avaient d'abord vécu librement à Modène. Ils se sentaient si libres qu'un jour, sur la terrasse du grand café via Independenza, Mathilde avait dit à des voisins de table qui lui avaient fait compliment sur sa beauté et celle de ses nièces : « *Siamo tutti belle e ebrei* » (« Nous sommes toutes belles et juives. ») A l'arrivée des troupes allemandes à Modène en septembre 1943, la famille déguerpit de la ville de crainte des effets de ces paroles. Mathilde, grâce à l'obligeance du *monsignore* du Vatican qui la protégeait, leur procura à chacun des papiers authentiques établis sur une fausse identité. Chary, Hiddo et leurs enfants se réfugièrent dans un petit village des Apennins, Zecca, où ils furent protégés à la fois par le curé et un marquis de Bologne. Mathilde resta à Rome auprès de ses protecteurs. Léon et Jacques s'installèrent à Florence. Jacques meurt pendant l'insurrection de Florence en septembre 1944. Malade durant les jours de combat où les habitants avaient vécu dans le dénuement de l'état de siège, il n'avait pu être soigné à temps. Il est enterré dans le petit cimetière hébreu de Florence, où les tombes sont soigneusement fleuries et entretenues.

Florence est libérée par les Anglo-Américains ; Edgard se fait connaître belge et incorporer dans l'armée anglaise, ce qui le conduit en Autriche en mai 1945. Léon et sa femme sont rentrés aussitôt que possible à Bruxelles, où ils ont récupéré la nationalité belge et la Nahum Steel. Ils ont retrouvé Henri, qui a pu survivre grâce à la protection de sa compagne. Leur fille Chary et leur gendre Hiddo sont rentrés en Avignon et vont devenir français.

Après la capitulation allemande, la femme et la fille de Jacques sont rentrées à Bruxelles. Les frères de Jacques se cotisent pour leur verser une pension. Hélène Schrecker, fille de Jacques, est à Washington, où son mari a trouvé un poste de chercheur et où elle enseigne le français. Mathilde reste en Italie. Elle s'y est enracinée. Elle y a de nombreux amis et relations. Le réseau familial s'est renoué.

Comment Vidal et les siens trouvèrent-ils les moyens de vivre dans l'exil sans travailler ? Léon et Jacques eurent le temps d'emporter de l'argent et leurs bijoux de Bruxelles, et ils ont vécu, d'abord de leurs réserves, ensuite, notamment en Italie, de la vente de leurs bijoux, bagues, chaînes en or, etc. Bouchi et Mathilde, de leur côté, purent emporter dans leur fuite de Yougoslavie de l'argent et des bijoux, et utiliser la réserve bancaire qu'y avait faite Bouchi. Mathilde envoya de l'argent à sa sœur Henriette à Nice, et sans doute put-elle aider financièrement ses frères en Italie. Quant à Vidal, il n'a pas manqué d'argent au cours de toute la période qui va de son départ de Paris jusqu'à la fin de l'Occupation ; il n'avait pourtant pas emporté d'or ni de devises lors de ce voyage à Toulouse où le contrôle allemand de Vierzon ne trouva rien sur lui. Comment fit-il pour vivre encore trois ans sans travailler ? Peut-être avait-il ouvert un compte en zone sud avant de s'y réfugier ? Sans doute a-t-il pu puiser dans son compte parisien, puisqu'il reste dans ses papiers une enveloppe de la Banque de France qui lui est adressée rue Guglia, à Nice. Cela lui a-t-il suffi ? La grande solidarité entre les frères Nahum a dû jouer en cas de besoin de l'un d'entre eux ; il y a eu probablement, comme cela arrivait auparavant et arrivera par la suite, emprunts de frère à frère, voire aussi auprès d'autres parents du côté Beressi. De toute façon, bien qu'ils aient tous cessé de travailler sous l'Occupation, aucun des Nahum ne se trouva dans le dénuement.

Du côté Beressi, Myriam Beressi est longtemps demeurée à Paris, puis sa fille Émy l'a fait venir à Lyon avec une fausse carte d'identité obtenue par François Robert et conduite par la femme de celui-ci, Maryse. Elle n'a pas été arrêtée. Joseph Pelosoff, le mari de Corinne, arrêté à Nice, a été déporté à Auschwitz, et il n'en reviendra pas.

Benjamin, frère cadet de Corinne, s'était engagé en

1939, comme Maurice, dans le 1ᵉʳ régiment de marche des volontaires étrangers. Démobilisé à Aix-en-Provence en 1941, il était rentré à Paris, s'y était déclaré juif, et avait été arrêté chez lui en 1942. Il avait trouvé la mort, dans des conditions inconnues, dans le camp de transit de Compiègne, où l'on parquait les déportés pour Auschwitz. Ses cendres furent rapatriées après la guerre dans la tombe familiale des Beressi, au Père-Lachaise.

Pepo et Margot avaient pu quitter Besançon, devenu zone interdite après l'invasion allemande, et s'étaient installés au 39, rue de Chanzy, en 1940. Pepo avait trouvé du travail dans une usine de produits chimiques en banlieue où l'on n'était pas regardant sur l'identité de ceux qui manipulaient des matières toxiques. Le couple se déclara juif et porta l'étoile jaune. Leur second fils, Jean-Marc, naquit en 1941. Puis Margot camoufla de plus en plus son étoile jaune sous un châle, son revers de manteau, son sac à main. Pepo faisait le trajet pour son travail à pied, sans étoile jaune, pour éviter les rafles dans le métro. Il rentrait après le couvre-feu, se cachant derrière les portes cochères quand il entendait les pas d'une patrouille allemande. La Gestapo, conduite par des policiers français, vint un soir dans leur appartement. Ils frappèrent brutalement plusieurs fois à la porte. Pepo, Margot, leurs enfants retinrent leur souffle. Les policiers s'enquirent auprès de la concierge qui dit ne pas avoir vu les Beressi depuis plusieurs jours, et leur sauva ainsi la vie. Les enfants furent alors placés en nourrice en Normandie. Pepo sous-loua l'appartement du dessus, rarement occupé par un représentant de commerce qui voyageait dans toute la France avec son *Ausweis*. A la nuit tombée, le couple montait l'étage à pas de loup et dormait chez le représentant. Margot fit des travaux à domicile sur sa machine à coudre, ce qui permit au couple de vivre jusqu'à la Libération. Mimo, le jeune frère de Margot, fut déporté sans retour. Son frère aîné, qui était dans l'armée en 1940, avait été fait prisonnier ; il fut sauvé par son capitaine, qui, ayant détruit les archives de sa compagnie, avait déclaré que le soldat Camhi s'appellerait désormais Camille. A la Libération, Margot deviendra gérante de la succursale du Muguet, 24, rue Faubourg-du-Temple, puis de celle du 83, boulevard Saint-Martin. Pepo fera les marchés porte de Montreuil et finalement sera employé par Vidal.

Maurice et Émy avaient pu s'installer à Monte-Carlo et y avaient ouvert un atelier de confection sous leur fausse identité. Maurice avait participé à un groupe de résistance, et il avait été protégé par un ami inspecteur de police, François Robert, qui deviendra par la suite son collaborateur.

Au-delà des frères et sœurs Nahum et Beressi, d'autres parents ou alliés avaient été déportés. Le cousin Paul Nahum avait été arrêté, envoyé à Drancy, mais libéré sur intervention providentielle avant déportation. Sa sœur Marcelle avait été déportée à Auschwitz. Élie Beressi avait été arrêté pour avoir caché des parachutistes anglais. Il revint également de déportation, s'installa à Paris et se retira des affaires. Beaucoup de Saloniciens du Sentier périrent en déportation. Mais c'est Salonique qui subit une véritable hécatombe. Sur les 56 500 séfarades qui s'y trouvaient en 1940, 46 091 furent déportés à Auschwitz, et la presque totalité y fut exterminée ; on ne recensa que 1 900 juifs en 1947. La famille de Mony fut exterminée à Auschwitz. La famille maternelle de Vidal fut anéantie, à l'exception de deux cousines.

Dès la fin de la guerre, Vidal multiplie les efforts pour renouer les liens familiaux brisés par la dissémination. Il s'acharne, comme un chien de berger qui court après les brebis perdues. Il écrit aux journaux de Salonique pour retrouver la trace des Frances. La survivante, Régine Frances, lit son appel et écrit à son cousin Vidal le 19 février 1946 :

Régine Frances
Rue Georgiou-Stavrou, n° 7.

Mon très cher Vidal,
Par la présente, je te fais savoir que j'ai appris par le journal les recherches que tu fais pour savoir ce que sont

devenus nos parents. Plus d'une fois j'ai pensé à t'écrire pour avoir des nouvelles de vous tous, mais je n'avais pas d'adresse.

Malheureusement, mon cher Vidal, papa et maman ont été déportés en Pologne, de même Jacques avec sa femme et ses deux enfants, un garçon et une fille ; le garçon porte le nom Azriel, âgé de 5 ans, la fille, âgée de 13 ans ; de même, Henri, sa femme, et sa fillette, âgée de 5 ans.

Jeanne, comme tu le sais bien, étant mariée à un Grec a eu la chance d'échapper, moi étant sujet espagnol j'ai pu échapper. Mais nous aussi étions condamnés. Comme sujets espagnols, nous avons été favorisés un peu plus que les sujets grecs, mais tout de même, on nous a joué la comédie. On nous a dit qu'on nous aurait envoyés en Espagne ; à la fin, les Allemands firent rassembler tous les Espagnols pour les déporter en Pologne. Voilà qu'heureusement nous avons eu la présence d'esprit et nous avons pris la fuite. Nous avons été à cinq heures loin de Salonique. Quelques jours après, nous avons appris que les Espagnols furent déportés en Pologne...

Maintenant, revenons à la question de papa et maman et mes frères. Ils n'ont pas pu se sauver, *primo* parce que tous les Israélites sujets grecs ont été bloqués dans certains quartiers surveillés par des Israélites et gendarmes grecs, puis après, il n'était permis de circuler que seulement jusqu'à 5 heures du soir dans le quartier où ils étaient bloqués.

Le mari à Jeanne fit des démarches pour garder Henri, mais Henri, voyant que sa femme et son enfant seraient partis, renonça lui aussi. Jacques fit aussi des démarches pour s'échapper avec sa famille, malheureusement à la dernière minute on le trompa. Pour papa et maman, je voulais bien les garder chez moi vu qu'encore nous étions libres, mais mon mari eut peur, il me fit voir que nous aussi nous aurions été perdus si l'on nous avait dénoncés ? Voilà que quelques jours après, les Allemands vinrent faire des recherches chez moi m'accusant d'avoir gardé une fille israélite ; comme j'avais la conscience tranquille j'ai été assez courageuse, donc le danger était très grave.

Puis après, ils n'ont pas pu échapper à cause qu'ils n'avaient pas le guide [*pour passer la frontière*].

Et maintenant, tu vois bien, mon cher Vidal, que malheureusement je me trouve seule de la famille Frances. Moi qui étais trop gâtée de tous, papa, maman, Jacques et Henri.

Combien de larmes j'ai versées quand j'ai été à la communauté et j'ai vu la lettre que tu as adressée : au moins, il y a une personne qui a bien voulu s'intéresser pour ce qu'est devenue ma famille Frances. Pour le moment, j'ai une grande perte d'affection, j'espère toujours en Dieu béni les revoir retourner.

Revenons maintenant à ma situation. Comme je te l'ai décrit que nous avons été à cinq heures loin de Salonique, avant de partir, nous avions confié le peu de bijoux et l'argent que nous avions à un certain Grec, connaissance à mon mari, dont lui nous avait conseillé d'aller dans ce village.

Jusqu'à un certain temps, nous avons eu de l'argent pour subvenir à nos besoins ; voyant que nous étions vers la fin, nous avons écrit plus d'une lettre à ce type-là, point de réponse. Voyant l'impossible et malgré tous les dangers qui menaçaient, mon mari fut obligé de se rendre à Salonique. Là, on lui conseilla de ne plus retourner au village. Donc, depuis ce moment-là, nous fûmes séparés. Il fut gardé dans une maison grecque, la séparation dura une année.

Pendant cette période, j'ai dû faire le docteur au village pour arriver et nourrir mes enfants dont le plus petit s'appelle Vidal. Le nom lui a été donné par papa et maman. Le jour de la naissance date justement le jour où l'Allemagne déclara la guerre à la Russie...

Enfin, dès que nous avons été libérés, de retour à Salonique, je vis que mon mari était tout autre. Il ne voulait plus de moi, vu qu'il s'était épris de la femme mariée de la maison où il fut gardé ; ceci dura encore une année ; les relations aujourd'hui sont presque froides. Le fait est que vu sa mauvaise conduite je ne peux plus le supporter. Aujourd'hui, je le considère comme une personne tout à fait inconnue. Je suis très fière. Je porte le nom de la famille Frances, voilà pourquoi je ne veux plus savoir de

sa personne. Bien des fois, je pense à quitter la maison,
mais où aller sans argent ? Laissons ça de côté. Je suis
bien inquiète, mon cher Vidal, je veux avoir des nouvelles de tous les tiens. Léon et sa famille, Jacques et sa
famille, Henri, ma tante Henriette que depuis que j'étais
petite on m'a dit de l'appeler comme ça, et sa famille,
et ma chère Mathilde, malheureusement veuve à un si
jeune âge.

Renseigne-moi sur tout et tous, je te prie ? Comment va
ton cher fils ? Par la lettre que tu as adressée à la communauté j'ai vu que tu veux faire quelque chose dès que
les relations postales seront possibles. Inutile, mon cher
Vidal ; tu vois, mon cher Vidal, d'Amérique on a envoyé
assez d'habillement, eh bien, pour le distribuer, il a fallu
un certain temps : ils [*les Grecs* ?] ont retenu les meilleurs effets et ils n'ont donné que les chiffons.

Donc, mon cher Vidal, ce n'est pas mon droit de te
défendre, fais ce que bon te semble, je t'ai écrit ceci pour
te donner un exemple.

Écris-moi bien vite [...].

Après réponse de Vidal :

Salonique, le 5 mars 1946.

Mon très cher Vidal,
Je ne peux te décrire quelle joie et quelle émotion lorsque
j'ai entendu le facteur appeler mon nom. Immédiatement,
j'ai eu le pressentiment que c'était une lettre à toi, parce
que j'ai aussi mon fils en Palestine duquel je reçois
régulièrement des lettres. Il est âgé de 14 ans et il était
assez avancé en classe, mais voyant que la situation n'est
pas du tout bien à Salonique, j'ai décidé de l'envoyer en
Palestine, vu que l'on demandait des enfants de 12 à
18 ans. Aujourd'hui, il apprend la langue hébraïque et il
est sorti le premier aux examens. J'aurais aussi envoyé
ma fille, après avoir eu le permis j'ai renoncé, parce que
je serai restée toute seule sans aucune consolation. Je
t'ai écrit dans ma première lettre, je suis en mauvaises
relations avec mon mari. Nous vivons encore sous le
même toit mais... je tiens absolument à me séparer. Quelle

grande joie de savoir qu'heureusement tous les tiens sont sauvés. Mais cela m'a causé grande peine d'apprendre la mort de ton cher Jacques. Cela me fait plaisir de savoir le mariage de ton cher David [*Edgar*]. Je leur souhaite bonne chance. Cela me fait aussi plaisir que tu comptes te remarier, il le faut bien, il y a assez d'années que tu es sans soins. Je crois que ta belle-sœur s'appelle Corinne, je la connais un peu, nous habitions presque à côté.

Tu me demandes s'il y a des personnes qui sont rentrées des camps ; plus d'un an, à qui je ne fais que demander des renseignements sur mes parents. Malheureusement, personne ne peut rien dire à leur sujet. Moi j'espère toujours les voir retourner, ce sera ma grande joie. Depuis que nous sommes libérés, je sens que ma vie n'a aucun sens pour moi, elle est tout à fait vide. Maintenant, je n'ai plus mes chers papa et maman, mes frères qui viendront me voir, je suis toute seule. Les connaissances ne manquent pas, cela ne m'avance pas trop. Tu m'écris pour le Dr Isaac Matarasso. J'irai le voir aujourd'hui et je vais lui communiquer ce que tu m'écris à son sujet. C'est un des meilleurs amis ; pour certains renseignements, je le consulte plus d'une fois, il est très gentil.

Je n'ai pas grand-chose à t'écrire. J'attends toujours un bonjour de vous tous ? Je te remercie pour la gentillesse que tu as de t'intéresser aux miens. Passe mes salutations à tous les tiens. Embrasse ton cher fils, de même que sa femme de ma part. A toi, je t'embrasse bien fort.

Ta cousine Régine.

Dans une troisième lettre datée du 18 avril 1946, Régine parle du cher ami dont Vidal s'est enquis, le Dr Matarasso :

J'ai été et lui ai communiqué ce qu'il y avait à son sujet. Il m'a dit qu'il t'aurait répondu le jour même et que cela lui a fait plaisir de t'être souvenu de lui.

Thessaloniki, 15 mars 1946

M. Vidal Nahoum.
Paris.

Monsieur,
En réponse à votre estimée du 19 novembre 1945 nous sommes au regret de vous informer que les personnes mentionnées dans votre lettre ne figurent pas sur les registres des membres de notre communauté rentrés en notre ville depuis la Libération, et malgré nos affiches et publications dans les journaux israélites de notre ville personne ne s'est présenté pour donner des informations sur leur sort.

CHAPITRE IX

Après la guerre (1945-1960)

Vidal quinquagénaire

Vidal a traversé la Seconde Guerre mondiale comme un poisson à travers les mailles du filet. Mais il ne l'a pas traversée de la même façon que la Première Guerre mondiale, qui était de nature différente.

La première était une guerre entre nations, qui ne concernait pas les juifs en tant que juifs, et surtout pas les séfarades ayant vécu dans des cités d'empire. La seconde menaçait particulièrement les juifs en tant que tels. Pourtant, Vidal ne se sentit nullement mobilisé de l'intérieur contre l'hitlérisme, et il souhaita même échapper à la mobilisation militaire qui l'affecta au début de l'année 1940 ; par la suite, il ne chercha plus qu'à fuir la persécution qui sans cesse le menaça.

Ainsi, tout en souhaitant évidemment la défaite du nazisme, il ne comprenait pas pourquoi son fils prenait un risque inutile, en se lançant dans la guerre au lieu de l'éviter. Il s'efforça jusqu'au bout d'utiliser tous les moyens, y compris l'intervention de parents et d'amis, pour l'en dissuader. Après la Libération, Vidal fut évidemment soulagé, mais ne modifia pas son sentiment quant à l'attitude de son fils. « Ton fils est un héros, Vidal », lui disait alors Corinne d'un ton exalté. Et Vidal faisait une moue à la fois d'incrédulité et d'incroyance quant à la valeur même du mot héros.

Il s'était francisé durant l'entre-deux-guerres, et la

guerre, puis l'Occupation l'avaient francisé davantage. Il aurait pu se sentir rejeté par cette patrie qui, soudain, lui arrachait tous ses droits d'homme et de citoyen, lui retirait la naturalisation française, en faisait un paria et un persécuté. Pourtant, à aucun moment, il ne s'était senti étranger. De façon apparemment paradoxale, ses relations avec les gentils s'étaient intensifiées et multipliées ; beaucoup de gentils de France l'aidèrent et le protégèrent, de Georges Lezot à René Barré, sans parler de Mme Blanc (qui comprit que Vidal l'avait abandonnée et le chercha auprès de son fils pour lui faire savoir qu'elle pardonnait et espérait son retour) ; nul Français ne lui fit d'affront personnel. Au moment des pires mesures d'exclusion, il ne se sentit pas exclu par la France, mais inclus par les Français qui l'aidaient et l'aimaient. Par contre, les juifs français intégrés depuis des générations souffrirent énormément, comme d'une blessure personnelle, des mesures pétainistes de rejet prises par « la France ». Mais Vidal ne vivait pas la France comme État-Nation, il la vivait comme une nouvelle Sefarad d'une autre nature, d'un autre type, où, de la même façon que ses ancêtres s'étaient acclimatés à l'ancienne, il s'était acclimaté et inscrivait sa descendance dans la nouvelle. C'était cela sa francisation, non le patriotisme.

De plus, il ne ressentit pas l'antisémitisme comme chose française. C'était une sorte de menace naturelle propre au monde des gentils, comme le sont les tremblements de terre et les éruptions dans le monde physique, et en même temps une persécution venant du pouvoir d'en haut, arbitraire, mystérieux et capricieux par nature.

Ainsi, pour lui, l'antisémitisme nazi venait d'en haut, de la volonté démente de Hitler, non des Allemands. Même sous l'Occupation, Vidal ne perçut pas vraiment l'antisémitisme comme un mal allemand. Il avait appris l'allemand à Salonique, fréquenté des Autrichiens à Vienne, connu des Allemands en 1920-1921 pour ses affaires. Les Allemands ne portaient pas à ses yeux, comme aux yeux des Français « anti-Boches », une tare héréditaire.

C'est dans le fond parce qu'il ne « sentait pas » l'État national qu'il ne se sentit pas plus ennemi de l'Allemagne et des « Boches » qu'il ne se sentit rejeté par la France et les Français.

Il était demeuré ignorant de l'antisémitisme postchrétien, né en Occident et en Russie, fondé sur la croyance au complot mondial des juifs pour la possession du monde, et cela, bien que la propagande hitlérienne ait ressassé pendant quatre ans le thème de la conjuration judéo-ploutocratico-bolchevique. Ainsi, il ignore même l'existence du pseudo-protocole des sages de Sion, et il écrit le 23 février 1947 à M. Sam Levy, Salonicien lettré éditant *Les Cahiers sefardis* :

> Cher Monsieur et ami,
> Malgré vos nombreuses occupations et malgré toute la fatigue et les peines que vous donne *Les Cahiers*, je viens vous lancer un SOS.
> Un de mes bons amis, d'une vieille souche française de l'Est, lettré et cultivé, ayant dans sa famille des dignitaires de l'Église, me soutient un tas d'extravagances sur les ambitions, les visées de domination, etc., de notre peuple d'Israël.
> Sa seule source là-dessus lui provient des protocoles des sages de Sion, et il croit que c'est vrai, ces protocoles.
> Pourriez-vous me dire quelque chose là-dessus ?
> Si oui, je vous en serai bien reconnaissant, et je m'excuse du dérangement que je vous donne.
> Je vous prie de croire à ma cordiale amitié.

De même, pendant la guerre et au lendemain, Vidal ignora le sionisme, justement parce que le sionisme était un nationalisme issu de l'antisémitisme moderne ; il ne rêva nullement à la Palestine comme refuge ni, une fois fondé l'État hébreu, à Israël comme patrie. Il appartenait au peuple juif, mais de façon tribale, comme *ben amenou*, fils d'un peuple, et non « enfant de la patrie ».

Ainsi, en novembre 1947, alors que la résistance juive s'attaque aux Britanniques en Palestine, que sionistes et Arabes s'affrontent, que l'État d'Israël est en gestation et que les Nations unies ont adopté un plan de partage de la Palestine, Vidal, quinquagénaire, se préoccupe de ses racines saloniciennes et s'efforce de retrouver l'histoire de la famille Nahum dans la communauté séfarade de Salonique. C'est pour avoir des renseignements sur ses ascendants qu'il écrit à son cousin Paul Nahum, le dentiste laïque et socialiste, grâce à qui il avait pu être libéré du camp de Frigolet en 1916. Mais Paul Nahum s'irrite de cet intérêt porté à cette « petite chose » :

> Je n'ai pas lu *Les Cahiers* de M. Sam Levi, et cela ne m'intéresse plus. De gros événements ont fait oublier les petites choses. Mais, en ce qui concerne mon oncle David, c'est spécial. Mon oncle mérite une place d'honneur dans l'histoire de la communauté juive de Salonique. Aussi je t'envoie quelques renseignements à son sujet. J'espère que tu seras content de tout ce que ma mémoire me rappelle. Tu ajouteras ce que tu sais toi-même. Après deux guerres et une troisième qui se prépare, les histoires de Salonique deviennent choses ternes, hélas !
> Des milliers de morts, brûlés, assassinés, la misère partout. Et puis le dernier Cri, la belle espérance, la Palestine libre, un État juif... Enfin !... Crois-tu que devant ces réalisations Salonique compte pour quelque chose !

Ce n'est que très lentement et tardivement que Vidal se sentira lié à Israël ; mais Israël, nous le verrons, ne devint pas une patrie dans son esprit. Si le mot de compatriote lui vient naturellement pour évoquer un Salonicien séfarade, il n'emploie jamais le mot « patrie », même pour Salonique. Mais s'il n'a pas de patrie, Vidal a plusieurs matries. Nous le verrons plus tard en Espagne, à Salonique, en Israël, à Livourne faire le voyage, multiple, vers les origines matricielles. Et la matrie à laquelle il rêvera le plus dans ses vieux jours, celle où il souhaitera terminer sa vie, c'est Livourne, la ville où il sent comme par instinct que l'identité moderne des Nahum s'est formée.

La guerre ne l'a pas non plus vraiment politisé. Avant guerre, il se sentait, nous l'avons vu, plutôt radical-socialiste, sans doute parce que ce parti symbolisait la République, la liberté, l'absence de nationalisme et de xénophobie. Mais cela ne l'empêchait pas de faire partie du comité de soutien à Paul Reynaud, député « national », c'est-à-dire de droite (mais nullement antisémite), du IIᵉ arrondissement de Paris, plusieurs fois ministre, éminente personnalité politique, qu'il félicitait à chaque élection, bien qu'il votât radical jusqu'en 1936. Rien ne le poussait vers le socialisme, et il était même de ceux qui, à l'époque de Léon Blum, pensaient qu'il était fort imprudent qu'un président du Conseil fût juif ; il ressentait de façon viscéralement orientale, en vertu d'une antique sagesse, que les juifs devaient se protéger de la politique, non s'y lancer, et que leur lutte contre l'antisémitisme risquait plus d'attiser l'ire persécutrice que de déraciner l'idée néfaste. La guerre le confirma dans le sentiment que le juif ne pouvait que se camoufler et se cacher quand le monde des gentils se mettait en fureur. Ignorant que le nouvel antisémitisme nazi n'était pas le retour du vieil antijudaïsme chrétien, il réagit automatiquement en néo-marrane et crut trouver protection tutélaire dans l'icône de Pétain jointe à celle de la Vierge. Puis, après s'être dans un premier temps conformé aux décrets du pouvoir (ce qui ne l'empêcha pas de tricher pour obtenir un permis de voyager), il se camoufla totalement et attendit la fin de la Peste.

Il n'acquit donc pas, comme on disait à l'époque, une « conscience politique ». A la Libération, certes, il vote communiste, ainsi que Corinne, sous l'influence de son fils, qui avait été « sous-marin » (*sous-marrane*, pourrait-on dire) du parti au sein d'un mouvement de résistance non communiste. L'URSS est vue à la fin de la guerre, notamment par des esprits peu politisés, comme l'Archange véritablement vainqueur du dragon hitlérien, qui l'a écrasé dans sa tanière de Berlin. Les communistes, c'est la liberté. Mais deux, trois ans plus tard, en coïncidence du reste avec les désenchantements de son fils au sein du parti, Vidal perdra ses illusions. Le radical-socialisme ayant quasi disparu, il se fixera sur le successeur de Paul Reynaud, Michel Junot, puis en dernière instance et définitivement sur Jacques Dominati, à qui il donnera non seulement ses félicitations, mais aussi ses votes.

Père-fils (suite)

Après la guerre, Vidal demeure toujours soucieux, inquiet de la santé, de la nourriture, de la fatigue de son fils, et il lui demande télégrammes et lettres à chacun de ses déplacements. A Paris, il y a nécessairement un coup de téléphone chaque matin du père au fils, pour « prendre des nouvelles », et le fils accentue la filialité en disant à son père « P'pa ». Mais quelque chose s'est modifié dans la relation entre Vidal et son fils. La modification est partie évidemment de l'émancipation qu'avait opérée la séparation en 1940, la vie autonome du fils à Toulouse pendant que Vidal était à Paris, puis le fait que Vidal avait dû subir la décision du fils de choisir son destin. Lorsqu'il vit que tous ses désespoirs orientaux avaient cessé d'opérer, Vidal accepta la nouvelle situation sans drame, bien qu'il ne cessât d'espérer de façon routinière que son fils suive ses sages conseils et se détache de la Résistance active. Peu après, c'était le fils qui avait pu efficacement le conseiller et lui assurer une certaine protection en lui fournissant des faux papiers. C'était grâce au fils que le père avait pu si rapidement revenir de Lyon à Paris, puis obtenir des ordres de mission. Aussi le fils avait-il naturellement commencé à se sentir le père de son père, et, dans la carte qu'il lui envoie en mai 1945 au moment de rejoindre l'état-major de la 1re armée à Lindau, il commence par : « Mon cher vieux fils. » Ce renversement s'accentuera avec le temps, sans nullement atténuer la filialité du fils, lui donnant une dimension plus complète et permettant au fils d'exprimer par ce jeu son attachement accru à son père. Et le père, vieillissant, un jour demandera la bénédiction de son fils-père, qui originellement devait s'appeler David comme son père, par un baiser sur le front.

Le père avait aussi cessé de penser que son fils était un *bovo*. Certes, il ne l'admirait nullement pour sa conduite contre l'occupant, mais il était content que son fils ait fréquenté des « personnalités ». De toute façon, Vidal ne sent plus l'opposition des jugements et des valeurs entre son fils et lui. Comme son fils n'est plus *bovo*, il pense que celui-ci doit être naturellement d'accord avec toutes ses idées et ses sentiments.

Quand il y a protestations ou critiques de son fils à son égard, Vidal divertit toujours la divergence par la même plaisanterie. Rappelant qu'il avait abonné Edgar enfant à un journal pour la jeunesse, *Benjamin*, où il y avait des petites annonces pour des échanges de timbres ou de jeux, Vidal dit à son fils devenu adulte : « Tu aurais dû à l'époque faire une petite annonce dans *Benjamin* : " Veux changer père insupportable contre père gentil." Maintenant, c'est trop tard, tu dois accepter ton père tel qu'il est. »

Vidal n'est nullement choqué que son fils ait conservé après la Libération son dernier pseudonyme de résistance, et qu'il ait songé un temps à modifier son état civil. Lui-même se nommait M. Vidal pour son voisinage, et il comprend que Nahoum puisse être camouflé. Mais il sera sans doute content quand son fils renoncera à opérer juridiquement le changement de nom et deviendra à sa façon, en vivant et assumant une double identité, un peu marrane, un peu *deunmè*.

Edgar mène sa vie, désormais, avec sa compagne de clandestinité, Violette, avec qui il se marie la veille de partir à la 1re armée en Allemagne. Famille et amis festoient au restaurant grec de la rue Serpente, que le fils désormais aime autant que le père. Dans les années qui suivront, le fils aura bien des problèmes d'argent ; il sera chômeur pendant un an, il ne disposera pendant longtemps que d'un maigre salaire. Vidal sera triste que son fils soit inapte à gagner sérieusement sa vie, mais il sera toujours là pour combler les trous du budget, les fins de mois et répondre à toutes demandes.

La moitié de la vie

Vidal a 50 ans en 1944. Il a repris sa boutique du 52, rue d'Aboukir, dès la Libération. Il est redevenu M. Vidal. Il a retrouvé comme concierge la fille de Mme Dauchel, avec qui il a, comme avec sa mère, des rapports affectueux. Il retrouve ses amis saloniciens survivants du Sentier. Mais il ne retrouve plus l'exclusivité des bas et chaussettes DD ; il n'a plus l'énergie d'aller une ou deux fois par semaine à Troyes et à Romilly pour arracher aux fabricants lots et fins de série, et il achète de plus en plus par le truchement des représentants, qui ne lui font pas de bons prix, parce qu'il ne prend que des petites quantités. Il ne retrouve qu'en partie ses anciens clients, les uns sont morts, les autres retirés ; avec le temps, tout s'aggravera, car les petits marchands vont être laminés par les grandes surfaces. Vidal n'a plus son employé Wahram pour lui faire ses courses, et Élie est devenu trop vieux. Aussi se dépense-t-il physiquement plus qu'avant guerre à défaire et à faire des colis, à porter avec le diable ses expéditions aux messageries.

Un ressort est brisé, à la fois par la nouvelle conjoncture et par l'âge (non tant qu'il soit usé, mais il n'a plus l'énergie juvénile qui lui avait permis dans le passé de se reconvertir et de recommencer de zéro ; du reste, on le verra, il échouera dans sa tentative de reconversion dans les tissus). Comme on l'a déjà dit, Vidal est bon commerçant, dans le sens où il est débrouillard, mais mauvais, dans le sens où il n'est pas compétent. Il a pu très bien se débrouiller, d'une part, dans le contact direct avec les fabricants, d'autre part, dans le marchandage avec les clients, mais dès qu'il n'y a plus que le contact indirect par représentant et qu'il n'y a plus marchandage, mais vente sur prix fixe, il n'a ni la compétence dans les qualités, ni le goût, ni le sens avant-coureur des modes pour pouvoir se recycler dans les conditions nouvelles.

Bien qu'il tienne viscéralement à sa boutique, qui est, nous le verrons, sa *querencia*, il n'y va plus aussi régulièrement et aussi ponctuellement, et il la ferme quand il a une course à faire. Son cousin Paul lui écrit dans sa lettre du 26 novembre 1947 : « Voilà deux fois que je passe 52, rue d'Aboukir et je trouve porte close. Tu ne travailles donc plus ? Ni le jeudi ni le mercredi à 2 heures ? »

Vidal essaie en vain d'exporter des pipes, de la paraffine, de la colle et de la gélatine à on ne sait quels demandeurs, mais les gélatines sont contingentées, les raffineries ne peuvent même pas alimenter en paraffine le marché intérieur, les pipes sont épuisées.

La boutique vivote. Vidal avait sûrement des réserves bancaires qu'il a retrouvées à la Libération. Mais il ne prospère ni durant l'ère des restrictions qui continue jusqu'en 1950 environ ni au cours du grand essor économique qui commence vers 1955. Corinne, qui a le sens des tissus, le pousse à tenter sa chance dans le textile en gros. Il abandonne le 52, rue d'Aboukir et prend, en 1949, une large boutique rue de Mulhouse (toujours dans le Sentier), qu'il tient avec Corinne ; il y emploie son beau-frère Pepo, mais l'affaire ne prend pas, il n'a pas assez d'assortiment, il n'a pas de clients. Il abandonne la rue de Mulhouse en 1952 ou 1953, puis revient rue d'Aboukir, près de son ancien magasin, au 45, où il ouvre une boutique « Maison Vène » (il pense que ses initiales VN devenant veine lui porteront chance). Il a désormais un catalogue portant l'indication des prix, et vend non seulement bas et chaussettes, mais aussi maillots, slips, chemises,

culottes, combinaisons, serviettes de table, taies d'oreil-
ler... Les affaires ne marchent pas non plus. Il vend son
fonds de commerce et, vers 1958-1960, il en achète un
moins cher à la périphérie du Sentier, au 26, rue Beauregard, près de la porte Saint-Denis, où il perdra plus
d'argent qu'il n'en gagnera. Mais il se débrouille pour
demeurer à flot. Il vend en 1955 son bel appartement de
la rue Demours pour en acheter un plus petit qu'il vendra
à son tour. Il prend quelques affaires de-ci, de-là, et il se
livre à de petites spéculations boursières. On ne sait si
celles-ci sont heureuses ou malheureuses, peut-être sont-
elles alternativement bonnes et mauvaises. Il semble
qu'elles ne sont point hasardeuses, car, hors les titres du
Crédit national, il a des actions sur la métallurgie et le
textile, notamment des actions DMC qui demeureront
longtemps « sûres », ainsi que quelques actions de la
Bénédictine, sa liqueur préférée.

Il continue pourtant de tenir sa boutique, non pas pour
le gain, puisque ses dépenses sont plus élevées que ses
recettes, mais pour garder son autonomie. Son commerce
est, comme il l'écrivait à René Barré, la « moitié de sa
vie ». Cela ne veut pas dire seulement que la moitié de sa
vie est occupée par le travail, cela signifie que sa vie est
composée de deux moitiés, et que cette moitié est celle
d'une vie proprement sienne.

Son commerce est beaucoup plus que son commerce,
c'est une activité où s'exercent toutes ses aptitudes intel-
lectuelles. C'est aussi ce qui l'inscrit dans sa petite communauté salonicienne du Sentier. Le quartier s'est certes
dépeuplé de ses Saloniciens, et des têtes nouvelles venues
de régions inconnues s'y sont installées. Mais les petits
îlots résiduels de l'ancienne agora sont d'autant plus intimes, et les visites de boutique à boutique sont d'autant
plus chaleureuses. Moins Vidal travaille, plus sont pré-
cieuses ces conversations entre vieux collègues, avec qui
on évoque le passé, les amis dispersés ou perdus, Salonique...

La « moitié de sa vie » est aussi la moitié autonome de

sa vie. Durant son mariage avec Luna, il était, dans son foyer, dépendant des désirs et des humeurs de sa femme. Mais, dans sa boutique, il était maître à bord. Plus encore, il donnait déjà, durant son premier mariage, l'adresse de sa boutique pour sa correspondance personnelle, et il ne cessera jamais de le faire. Ainsi, dans sa correspondance avec ses petites-filles Irène et Véronique, il écrit de sa boutique et s'y fait envoyer leurs lettres. En fait, sa *privacy* se situe paradoxalement non pas dans son domicile privé, mais dans son lieu et dans sa vie de travail.

A travers les fluctuations qui suivirent la mort de Luna, sa boutique demeura son ancrage ferme. Il en garda la nostalgie alors qu'il était exilé en zone sud, et encore en pleine Occupation il en anticipa la récupération, avec l'aide de René Barré. Plus tard, quand ses affaires péricliteront, il songera d'autant moins à abandonner sa boutique que sa nouvelle vie conjugale sera plus difficile. Plus il devient dépendant et soumis dans son foyer, plus il a besoin de ce lieu d'autonomie et de liberté : de plus en plus, la boutique est sa *querencia*.

L'autre moitié

Après la Libération, Vidal s'était installé avec Corinne et ses enfants au 51, rue Demours. Fredy faisait ses études de droit, et on poussa Henri, qui s'intéressait au cinéma, à faire l'école commerciale de la rue Trudaine pour devenir comptable. Corinne attendit le retour des déportés, mais son mari Joseph ne revint pas d'Auschwitz, et il fit partie des innombrables disparus dont on légalisa la mort par loi spéciale.

La relation de Vidal et de Corinne devint conjugale. Cette situation fut mal supportée par sa fille Daisy, qui accepta l'offre de sa tante Émy, de travailler avec elle à Monaco. Maurice, le mari d'Émy, avait considérablement développé son atelier de confection, Émy s'occupait de magasins de vente, ils étaient devenus riches et vivaient dans un beau palace. Ils étaient devenus des personnalités de la principauté. Maurice était un chef de tribu, impérieux, mais très généreux, avec un sens profond de l'honneur et de la justice. Il était toujours adoré par sa femme Émy (« J'adorais mon mari, c'était une passion incontrôlée »), et il suscitait les sentiments féaux de ses amis et collaborateurs. En dépit de la cordialité de leurs relations, il y avait comme une antinomie entre Maurice et Vidal, le premier, fonceur, le second, louvoyeur. De même, il n'y avait pas de chaleur entre Corinne et Émy, et cela depuis fort longtemps. Corinne fut secrètement mortifiée du ralliement de sa fille à la tribu de Monaco, mais rien d'offensant n'avait été dit ni fait : Daisy avait trouvé un travail dans une entreprise familiale. Un an plus tard, elle épousait le jeune frère de Maurice, Sam, qui, venu de Turquie pour faire ses études de droit en France, était entré dans l'entreprise de son frère. Le faire-part du mariage, célébré le 5 juin 1948 à la mairie de Monaco, fut annoncé, d'une part, par Mme et M. Vidal Nahoum (qui n'étaient pourtant pas officiellement mariés), et d'autre part, par Mme et M. Maurice Cohen.

Vidal et Corinne se marient le 29 septembre 1951 à la mairie du XVIIe arrondissement avec un contrat de séparation de biens.

Ils ont en commun d'être très ouverts l'un et l'autre sur tout, le monde, la famille, les amis. Leur table est ouverte aux enfants de Corinne, au fils de Vidal et à sa femme. Ils se plaisent non seulement avec les gens de leur génération, mais aussi avec les enfants, d'abord les filles d'Edgar, Irène et Véronique, puis Corinne et Marianne, filles de Daisy, et ils aiment fréquenter les parents vieillis, comme le cousin Paul, l'oncle Hananel. Au cours de cette période 1945-1960, où la mort n'a encore que peu frappé autour d'eux, les rencontres sont multiples dans la diaspora encore communicante des Nahum et des Beressi. Vidal et Corinne sont au carrefour et voient les uns et les autres, à l'occasion des voyages que les éloignés font à

Paris ou qu'eux-mêmes font chez les éloignés. Ainsi, ils voient Mathilde l'Italienne, Henri et Gaby, Léon, Julie, Edgard, Sophie (elle et Corinne ressentent une forte sympathie réciproque) et Régine, de Bruxelles, Chary et Hiddo d'Avignon, Aimée et Ben de Liverpool, Liliane et Mony qui vivent dans le proche voisinage. Ils voient aussi des parents et alliés du côté Beressi, Marguerite, née Beressi, épouse d'Élie Cohen, Ana Beressi, actrice, épouse du directeur des Galeries Lafayette, ses frères Alex et Roger, Émy, Maurice et leur tribu de Monaco. De même, ils rencontrent d'autres parents éloignés, la cousine Esterina Hasson, de Nice, Jo et Daisy Angel, qui a été une amie de Luna à l'Alliance de Salonique, et bien d'autres encore.

Ils s'intéressent beaucoup aux événements. Vidal lit *L'Aurore* et *Le Monde*, que lit aussi Corinne. Ils discutent entre eux, car Corinne s'indigne des injustices, des abus, alors que Vidal les regarde avec une résignation orientale. Lui est toujours du côté du gouvernement, puis du président de la République, quel qu'il soit, alors qu'elle critique avec emportement les dirigeants qui ne lui semblent pas convenables. Vidal se rallie aussitôt à de Gaulle, en 1958, alors que Corinne trouve inadmissible le putsch contre la République. Les persécutions et les malheurs du monde la bouleversent, et lui l'approuve distraitement : « Oui, Poulette. »

Vidal adore toujours les voyages et Corinne les aime également. Ils vont sur la Côte d'Azur, ou bien font des cures à Dax, à Montecatini, à Abbano-Terme, ils font des excursions, notamment sur le Rhin. Sociables tous les deux, ils se lient très facilement avec des inconnus dans les trains, les pensions, les tables d'hôte ; ils admirent la nature, les monuments, et sont toujours prêts à s'émerveiller. Vidal reste très poétiquement enfantin. Ainsi, arrivant un jour dans la petite propriété que Corinne a achetée à Vaux-sur-Seine, en 1954, il entend un gazouillement et, ravi, s'exclame : « Écoute, Poulette, le petit oiseau qui chante pour te dire bonjour. »

Le terrain sur les hauteurs de Vaux-sur-Seine domine

un très vaste paysage. Pendant deux ans, Vidal et Corinne y vont pique-niquer, puis ils y font bâtir un socle pour y poser une petite maison préfabriquée à laquelle ils pensent adjoindre par la suite des annexes. Ils y vont le week-end, s'y faisant conduire par Henri ou Fredy, y invitent enfants et amis. Corinne, qui a l'amitié passionnée, s'est liée avec une dame de Vaux, Mme Bénard, chez qui ils couchent tant qu'ils n'ont pas construit la maison. Vidal est jaloux de leur complicité et taquine Corinne. En fait, le débonnaire Vidal est de façon secrète orientalement jaloux de toute personne qui s'intéresse de trop près à elle.

Son caractère plaisant et taquin se manifeste pleinement dans leurs conversations. Comme le faisait son père David à Salonique taquinant sa femme Dona Helena à propos de sa famille, il taquine Corinne sur l'« avarice » des Beressi, notamment de la grand-mère de Corinne, suscitant chaque fois l'indignation passionnée de Corinne. « Comment peux-tu dire ça, Vidal ! Ce sont les Nahum qui sont avares. » Effectivement, les Beressi sont prodigues plus qu'économes, ce que sait Vidal, mais il prend plaisir à poursuivre obstinément la plaisanterie. Il rappelle je ne sais quel épisode de voisinage à Salonique, lui-même vicieusement interprété, pour susciter une nouvelle protestation de Corinne. Ou bien il lui dit, ce qu'il sait doublement faux : « Tu es avare comme ta grand-mère », suscitant une double indignation. Il déclenche avec jubilation les contre-offensives de Corinne, exaltant la sensibilité, la sincérité et la droiture des Beressi : « Moi, je suis très franche, comme mon père, alors que vous... – Nous sommes diplomates, Corinne », répond Vidal avec noblesse. Ces pseudo-querelles débouchent sur un tournoi entre les vertus des Nahum et celles des Beressi, celles de Vidal et celles de Corinne. Les moments de plus grand plaisir pour Vidal sont ces explosions d'indignation de Corinne, et il est alors saisi par un très long rire : « Hi hi hi hi hi. » Pour lui, c'est cela la joie dans le couple, taquiner, encore taquiner, joie accrue par le fait que Corinne, bien que sachant qu'il demeure dans la plaisanterie, prend très au sérieux ses piques et les traite comme des injustices. Quand Irène atteint ses 10-12 ans, elle entre dans le jeu à un troisième degré. Elle clame : « Les Beressi sont des grands sensibles, tandis que les Nahum sont des brutes tyranniques. » Papou, ravi, feint d'être indigné : « Ah, mais, pardon ! C'est tout le contraire. » Alors, il se dit trahi par « son sang » et lance un chapelet d'imprécations en espagnol qui scandalisent Corinne.

De même, Vidal aime taquiner son fils et subir ses taquineries. Edgar le plaisante sur l'ancêtre supposé Nahum, petit prophète de la Bible, dont Vidal prétend tenir un don de prophétie. « Petit, mais prophète », dit avantageusement Vidal. Son fils lui annonce que les travaux historiques les plus récents confirment que Nahum a bien prédit la chute de Ninive, mais après, et non pas avant. « Calomnies, calomnies ! » s'exclame mélodramatiquement Vidal.

De même, lui, qui ne jeûne jamais le Kippour, prétend qu'il a obtenu une dispense du rabbin de Salonique, alors qu'il était petit garçon, parce qu'il était malade et avait besoin de se nourrir. « Mais c'est fini depuis longtemps, ça, Vidal, s'écrie immanquablement Corinne. – Ah non, je considère sa dispense comme toujours valable. – Tu oublies, papa, que le rabbin t'a même prescrit double ration pour le Kippour. »

Vidal aime de plus en plus la nourriture que lui prépare Corinne et il attend que Poulette lui serve son repas chaud à l'heure de son appétit. Au début, il déjeune vers midi et demi, puis il passe à midi, et enfin, dans les années soixante-dix, à 11 heures et demie et à 11 heures. Sitôt rentré du Sentier, il presse Corinne de faire chauffer les plats, commençant par piquer dans le réfrigérateur un œuf dur et, en saison, des petits cornichons qu'il croque au sel.

Pendant une première période, où elle est valide et vaillante, Corinne prépare, en même temps que des plats occidentaux, des plats saloniciens, *pastellicos*, *sfongatticos* (gratins) d'épinards, de fromage ou d'aubergines, boulettes de veau et agneau mêlés, et elle en garde toujours une partie pour Edgar, que celui-ci vienne déjeuner à l'improviste ou les emporte chez lui.

Le mariage régularisateur entre Vidal et Corinne va dérégler à la longue leur relation. Alors que Vidal est un anxieux tranquille, sans tourments de conscience ni sentiments de culpabilité, Corinne se sent de plus en plus mal intérieurement d'occuper la place de sa sœur et de voir Vidal occuper celle de son mari mort en déportation. Elle éprouve le besoin d'exalter sa vertu de femme et de mère exemplaire, ayant donné la meilleure éducation et la meilleure hygiène à ses enfants, dont Edgar, son « quatrième enfant ». Corrélativement, elle souffre souvent d'oppressions, d'angoisses, d'insomnies, qui, avec le temps, s'aggraveront, se « somatiseront » en maux physiques divers ; elle vivra dans le sentiment d'être très gravement malade « des nerfs », et elle aura recours fréquemment à son médecin, le Dr Milanolo.

Bien que son fils s'évertue à les lui interpréter, Vidal demeure caractériellement étranger aux tourments de Corinne. Tant que Fredy et Henri, les fils de Corinne, habitent leur appartement, il se persuade que c'est la fatigue et le souci que lui donnent ses fils qui causent ses maux, et il s'efforce de les persuader de quitter l'appartement pour soulager leur mère, mais elle supplie Fredy de rester auprès d'elle tant qu'il ne sera pas marié ; elle avait souffert secrètement du départ de Daisy et aurait interprété le départ de Fredy comme un désaveu.

Elle devient de plus en plus souvent irritable à l'égard de Vidal, surtout quand, après l'installation rue Laugier, Fredy et Henri quittent l'appartement pour habiter les chambres de bonne de l'immeuble. Vidal incarne de façon de plus en plus aiguë ce dont elle souffre obscurément et inconsciemment, c'est-à-dire la culpabilité à l'égard de sa sœur et de son époux. Lui courbe de plus en plus sous l'orage, répondant à ses aigres critiques par des douceâtres : « Oui, ma Poulette », « Oui, Poulette », « Oui, Pouïta. » Au paroxysme même, lorsqu'elle lui crie : « J'en ai assez, je n'en peux plus », il répond machinalement :

« Oui, Pouïta. » Très rarement, soudain excédé, il éclate d'une colère terrible. Elle s'arrête alors, éberluée.

Avec le temps, tout s'aggravera, mais dans les années 1945-1960, les harmonies dominent les dissonances. L'ouverture généralisée sur autrui, la famille, les familiers, les amitiés, le monde, entretient l'harmonie. La dégradation viendra lentement, et par à-coups.

L'amour familial

Vidal, vieillissant, se sent de plus en plus enfantinement attaché à ses parents. Il regarde et invoque souvent leurs portraits photographiques, encadrés comme des tableaux, qui l'accueillent en bons lares à l'entrée de l'appartement.

Les événements le rendent encore plus dévoué à sa famille. Il a versé une pension à Myriam Beressi, sa belle-mère, jusqu'à sa mort, en 1946. Il donne avec ses frères une pension à Sophie, veuve de leur frère Jacques, mort pendant la libération de Florence.

Par ailleurs, Léon et Vidal incitent Mathilde à se remarier. Mathilde était partie en Argentine avec un parent de Bouchi, puis en est revenue déçue, pour se réinstaller définitivement en Italie, vers 1948. Elle vit seule. Je ne sais qui lui présente un homme petit et corpulent, mais très riche négociant en tabac, M. Salem. De même qu'on poussa obstinément Vidal au mariage, Vidal pousse obstinément Mathilde à cette union, qui a lieu à Milan, en 1949. Quelques jours plus tard, elle quitte son mari. Quand lui apparut la nudité de son nouvel époux, la nuit de ses noces, explique-t-elle à son neveu Edgar, elle découvrit que « son corps avait des pustules, comme un crapaud ». Et, ne pouvant pas vivre avec un homme dont la peau lui répugne, elle divorce. Vidal ne cessera de veiller sur sa sœur et, on le verra, il la sauvera *in extremis* de la mort en 1969.

Vidal continue à porter aide à des parents, même éloi-

gnés, dans le besoin, comme témoigne cette lettre d'une
parente Djentil :

Petit-Quevilly, le 19 juin 1957.

Cher Vidal,
Je m'excuse du long retard que j'apporte à te répondre
et pour te remercier pour les 100 000 francs que tu as eu
la gentillesse de m'adresser par Jo Angel. Il me les a
remis aussitôt, et cela me rend bien service.
J'espère que vous vous portez bien, toi, Corinne et les
enfants. Quant à ma santé, elle est très précaire, due à
la fatigue, j'ai des moments de faiblesse. Évidemment,
je ne suis plus très jeune, il faut bien le dire.
Je te remercie également pour ton aimable invitation. Je
vous quitte en vous embrassant bien de tout cœur.
Bien à vous.

Djentil.

Vidal est demeuré curieux de tout. Il continue même
comme il le faisait gamin à Salonique, à non pas vraiment
collectionner, car il n'a pas de cahier pour les ranger et
les classer, mais à accumuler les timbres-poste. Il continue
même sporadiquement à échanger des timbres :

26, rue Beauregard, Paris IIe.
Paris, le 9 février 1959.   Mme Marianne Burges
                                                      Mainzer str, 71
                                                              Cologne.

Madame ou Mademoiselle,
J'ai vu votre annonce dans le journal *Le Monde* et viens
vous informer que cela m'intéresserait bien de faire des
échanges.
Voulez-vous m'indiquer ce qui peut vous intéresser ? Et
aussi me dire ce que, de votre côté, vous pouvez fournir
comme échanges.
Dans l'attente de votre réponse, recevez, Madame, mes
meilleures salutations.

Une chose aussi n'a cessé de l'intriguer. Une secrétaire
d'État du président Roosevelt s'appelait Frances Perkins.

Bien que son fils lui ait dit que Frances était un prénom américain, Vidal s'imagine quelque lien de parenté flatteur et mystérieux avec sa famille maternelle Frances. De toute façon, il écrit au cours de cette période 1950-1960 à Frances Perkins et reçoit une réponse fort aimable, qui, évidemment, confirme la nature prénomique et non patronymique de Frances. Bien que cette lettre démente toute parenté, elle établit, pour Vidal, une relation de familiarité, presque de familialité avec Frances Perkins.

Papou

Vidal demeure jeune, et même gamin de caractère, de sentiment, d'idées, mais quelque chose de nouveau s'introduit en lui et, sans lui faire perdre sa jeunesse, le transforme en papou. Papou, c'est, en *djidio*, l'équivalent de pépé ou papy, mais avec une connotation moins sénilisante et plus ancestralisante. Ses deux petites-filles, Irène et Véronique, sont nées en 1947 et 1948. Quasi bébés, leurs parents ont confié Irène à Vidal et à Corinne pendant leurs voyages en Italie et ailleurs. Puis Véronique a été élue par Liliane et Mony, qui n'ont pas d'enfant. Liliane adopte cette petite fille brune un peu comme la réincarnation de sa mère, et Mony, qui a perdu toute sa famille dans l'hécatombe des séfarades de Salonique, s'attache à cette petite fille qui devient sienne, pendant que Vidal s'enchante d'Irène et que Corinne, dont les enfants n'ont pas encore d'enfant, s'attache d'autant plus à sa première petite-fille qu'elle adore les bébés et qu'Irène se met à adorer sa « nona ». Celle-ci procède à un intensif toilettage dès que la petite arrive chez elle, elle l'étrille, l'habille de petits vêtements coquets, lui lave les cheveux, la boucle avec un fer à friser, la gronde dès qu'elle dit un gros mot.

Vidal et Corinne sont persuadés que c'est d'elle-même, toute seule, qu'Irène bébé a prononcé en regardant Corinne : « Nona » (« grand-mère » en italien et en *dji-*

dio), et en regardant Vidal : « Papou », comme si la voix du sang séfarade avait parlé par sa bouche.

Edgar et Violette laissent aussi leurs filles chez les parents de Violette, Joseph et Christine Chapellaubeau, à Hautefort, Dordogne. Joseph Chapellaubeau est d'une famille terrienne ; il s'est formé de lui-même ; tout jeune, il est devenu socialiste, il a introduit la première voiture à Hautefort, il a eu des terres tenues par un métayer ; il est très sociable et communicatif ; il s'est fait huissier, puis, sur le tard, fabricant de conserves. Après avoir eu une grosse Talbot vers 1935, il parcourt la Dordogne dans sa petite Citroën des années vingt, en principe pour son travail, en fait pour parler avec les gens. Christine Entraygues est d'une famille corrézienne qui vit depuis des générations dans une ferme isolée, Russac, non loin de Turenne ; elle a été nommée institutrice à Hautefort, après s'être mariée à Joseph Chapellaubeau.

Joseph Chapellaubeau aurait voulu que sa fille demeurât à Hautefort et prenne soin de ses parents, lui en premier. Il est amèrement déçu qu'elle ait épousé un Parisien. Il n'est nullement antisémite et protégea sous l'Occupation des intellectuels juifs de Toulouse que sa fille avait cachés à Hautefort et dans les environs, mais étant donné qu'il n'y a pas de fumée sans feu, la haine nazie à l'égard des juifs lui suggérait que les juifs avaient dû commettre quelque grand méfait à l'encontre des Allemands. De plus, il a appris que les juifs sautillent en faisant leurs prières dans les synagogues, et il demande sans cesse à son gendre : « Pourquoi sautillez-vous en faisant vos prières ? » ; le gendre répond qu'il ne fréquente pas les synagogues, ce qui en fait un juif encore plus bizarre aux yeux de Joseph Chapellaubeau.

Les grands-parents Chapellaubeau et les grands-parents Nahoum recueillent donc les petites pendant que leurs parents « galopent », comme dit Joseph Chapellaubeau. Vidal imagine que le Périgord est peuplé de paysans faméliques, et il envoie à ses petites-filles des colis de pain d'épice, de chocolats, de biscuits, de miel. Il écrit très fréquemment à Joseph Chapellaubeau pour prendre des nouvelles d'Irène et de Véronique. Et celui-ci (il a 75 ans en 1952) répond :

> Contentieux Recouvrements
> J. Chapellaubeau
> Ex-huissier.
>
> Hautefort, le 4 août 1952.
>
> Mon cher Monsieur,
> En réponse à votre lettre du 2 août reçue ce jour lundi 4, j'ai le plaisir de vous dire que les deux petites sont en bonne santé, Irène tacitement guérie de la coqueluche, et Véronique, la toux commence à disparaître. Irène est magnifique, mais aucune difficulté ni contrariété, « autrement, je le dirai à mon Papou » ; si quelqu'un vous oublie, ce n'est pas Irène.
> De nos deux pigeons-voyageurs, aujourd'hui, une carte de La Spezia ou de Naples ou de Rome, je n'ai rien compris, seraient-ils dans le Vésuve je n'irai pas les chercher. Ne pouvant quitter ma femme ni de nuit ni de jour, ils auraient pu lui donner le plaisir de rester près d'elle...
> Ils n'ont qu'à rouler à leur gré, je pense les revoir quand la bourse sera vide ; ce sont deux paniers percés... vous devriez leur faire quelques observations d'économie [...].

A cette lettre, Irène ajoute d'une écriture pataude : « Adieu à papou et nona. »

> Hautefort, le 12 août 1952.
>
> Monsieur Nahoum et ami,
> Hier, au reçu de votre lettre, je n'ai pu y répondre ce que j'aurais cependant voulu faire, vu votre curiosité sur l'état de nos petites-filles. Irène est magnifique, elle mange bien sûr sa soupe, elle fait le chabrol avec goût (vous ne connaissez peut-être pas le mot « chabrol », vous lui demanderez l'explication), elle dort et s'amuse sans aucun souci.
> Ma femme et moi souhaitons vivement que l'air des

Landes soit favorable à Mme Nahoum [*Corinne est allée faire une cure à Dax, mais elle en est revenue oppressée*], et vous souhaitons à tous deux un bon repos de vacances. Les deux nomades ont écrit aujourd'hui, ce sont deux misérables qùi ne savent pas de quoi sera fait demain, ils savent que vous êtes près d'eux, pour eux c'est suffisant.

Hautefort, le 17 août 1952.

Madame et Monsieur Nahoum,
Amis, aujourd'hui dimanche, sachant que vous êtes curieux des nouvelles de nos petites-filles et en leur absence car elles sont en promenade, je viens vous dire qu'elles courent comme des lièvres dans les coins et surtout au jardin où se trouvent prunes et poires. Là, elles ne s'en font pas, elles se portent à merveille, et Irène à la moindre contrariété : « Quand je rentrerai à Paris, je le dirai à mon papou. » Vous êtes le vrai soutien et capable de châtier tous ses ennemis...

Un an plus tard, même type de lettre, mêmes bonnes nouvelles sur les petites-filles à papou, mêmes plaintes sur les deux « oiseaux vagabonds ».

Quelques années plus tard, ce sont les petites qui écrivent directement à papou et à nona. Ainsi cette lettre de Véronique, du 9 août 1953 :

Cher papou, chère nona,
J'ai reçu très contente votre lettre hier, s'est pourcoi je vous répond. Hier et avant-hier il a fait une énorme chaleur, mais aujourd'hui il pleut et personne ne peux sortir. Fanfan est venue hier soir, Irène avait peur de lui, maintenant il gratte le papier, il devait aller à la chasse, mais comme il pleut il ne peut pas chasser. Il a pour la chasse un fusil et tu sais une sinture de coboy avec les cartouches atacher. Quand fanfan aura tout gratter il metra un autre très beau papier et la maison va être très belle. Jean-François joue au mécanicien avec son tricicle si tu voyais la main qu'il a toutes noires !

Je t'embrasse très fort ainsi que nona de la part de toute la famille

Véronique.

Les années passent, les petites grandissent, elles vont l'une chez papou-nona, l'autre chez Liliane-Mony, chaque fois que leurs parents veulent ou doivent se déplacer, et, en vacances à Hautefort, elles répondent aux lettres de papou qui veut tout savoir et s'inquiète de tout. Elles font désormais du patin à roulettes et du vélo, elles ont 13 et 12 ans en 1960.

Mercredi, 6 juin 1960.

Cher papou,
Comment tu vas ? J'espère que tu t'amuses bien. Irène est bien contente que tu veuilles lui acheter un vélo. On s'amuse rudement bien, il n'y a pas le petit Goumet, mais il va venir. Maman m'a fait arranger son vélo et il est maintenant à moi. Je fais de grandes randonnées dans les villages voisins. En attendant le sien, de vélo, Irène monte sur mon porte-bagages. Il fait assez beau. Les fruits de Mme Latour (notre voisine) ne sont pas encore mûrs, mais ça va venir et on en profitera.
Dis à Liliane que je pense bien à elle, que je l'aime beaucoup...
Figure-toi qu'un jour on a tellement ri : on a vu des amoureux en train de s'embrasser . . . .

Véronique.

P.-S. Réponds-nous bien vite et excuse l'horrible écriture et les innombrables fautes d'orthographe.

Irène :

Cher papou,
On se porte bien. On mange bien. On dort bien. On joue bien. On est encore petites.
Pour le vélo, voilà le prix. C'est le marchand de vélos qui l'a marqué. Il m'a fait voir trois vélos, dont l'un

rouge sang, les deux autres bleu marine. Je préfère un jaune clair ou un bleu clair (très clair). Avec mon subtil esprit que tout le monde connaît, je me suis dit : « Puisque j'aurais un beau vélo, autant qu'il me plaise. »
On s'amuse bien. On fait des randonnées loin. Le ciel est bleu. Hélène nous soigne bien . . . .
Sur ce, 1 milliard de baisers.

P.S. Excuse l'écriture et les fautes, mais c'est les vacances, ça veut pas dire que je t'aime moins.

Irène.

Réponse :

Paris, le vendredi 8 juillet
(l'anniversaire de votre papa).

Ma chère Irène,

Ma chère Véronique,

Bien content d'avoir reçu hier vos lettres, mes petites chéries, et vous remercie. Je n'ai pas fait attention aux fautes ou à la calligraphie, car quand on est en vacances on ne peut se tourmenter pour cela.
Écrivez-moi encore chacune de vous, demain ou lundi, et cela me fera bien plaisir.
Pour ton vélo, chère Irène, patiente quelques jours, je te prie. Je verrai si ici à Paris je peux t'en acheter (puisque je connais maintenant la couleur que tu préfères) et te l'expédier. Autrement, je t'enverrai un mandat et tu l'achètes à Hautefort.
Entre-temps, demande à Mme Hélène son nom de famille et écris-le-moi, car j'enverrai le mandat-poste à son nom et elle pourra aller avec vous chez le marchand de vélos pour lui payer.
Aussi, entre-temps, je suis inquiet de lire que tu montes dans le porte-bagages de Véronique. Ce n'est pas prudent ni pour l'une ni pour l'autre.
Liliane est déjà rentrée rue Demours, son numéro est bien le 18. J'attends vite vos nouvelles et avec nona nous vous embrassons bien toutes deux.

Après une lettre commune d'Irène et de Véronique, qui indique le nom de famille de Mme Hélène :

Paris, le 11 juillet 1960
Mme Hélène Dominguez
Hautefort.

Madame,
Je vous ai adressé aujourd'hui un mandat de 196 nouveaux francs (19 600 francs) en vous priant d'accompagner ma petite Irène chez le marchand de vélos et lui acheter le vélo avec dérailleur à 20 000 francs, moins 2 % comptant 400, 19 600 francs qu'elle aura choisi.

J'espère que le marchand de vélos est de confiance, et fournira une belle bicyclette. Voilà inclus la note de prix qu'il avait remise à Irène, et qu'elle m'avait envoyée la semaine passée. Vous verrez avec le marchand s'il peut vous diminuer un peu le prix, et dans ce cas, vous voudrez acheter à Irène et à Véronique ce qui peut leur faire plaisir.

Dans l'attente de votre réponse, recevez, Madame, mes meilleures salutations.

Cher papou,
C'est formidable, j'ai enfin le vélo de mes rêves, c'est chouette. Il est bleu et blanc Peugeot. Tu es drôlement gentil.

On ira faire des commissions. Derrière, il y a une petite sacoche, avec, colle, rustines, outils.

On a installé une balanceoire dans le jardin. On joue bien. Je n'ai plus rien à dire, je t'ai tout dit dans les autres lettres.

Des papous comme toi, y en a pas par milliers.
Des10000000000000000000000000000000000000000000
000000000000000000000000000000000000000000000000
000000000000000000000000000000000000000000000000
000000000000000 de baisers

Irène.

L'année suivante, Irène et Véronique sont chacune dans une famille anglaise à Bristol. Véronique est très contente et décrit pour son papou sa nourriture anglaise.

> Le matin j'ai des corn-flakes avec du lait et une tasse de tea, après c'est l'heure du café avec du cake, après (1 heure de l'après-midi) c'est le lunch, le pouding [*sic*] est délicieux, après (5 heures) c'est le tea avec sandwich et cake et pouding, et après (9 heures soir) c'est le café avec cake... je n'ai pas mentionné évidemment tous les bonbons, les ice creams et les drinks que je prends en cours de journée.

Mais Irène est très mécontente :

> Mon cher papou,
> Tu veux une longue lettre, tu vas l'avoir, je m'ennuie trop pour te refuser ce plaisir. Je dirais même plus, cette lettre est un futur roman.
> Voyons, la maison est petite, grisâtre, ma chambre est petite, grisâtre, elle donne sur le jardin (il y a un *little garden*) où ma veuve prend des bains de soleil la nuit. Le lit est un peu petit, mais les draps assez agréables. J'ai vu Véronique une fois seulement, je la verrai peut-être deux fois pendant le séjour.
> Que fais-je dans la journée ? Pas besoin de mémoire pour te répondre : RIEN.
> C'est un vrai cauchemar, peut-être je rêve en ce moment, je ne sais pas, je vis dans une brume grisâtre comme ce qui m'entoure. Je suis assise dans le fauteuil du veuf d'où je ne sors que pour manger (le matin : 1 œuf sur le plat et du lait froid ; midi : des p'tits pois crus, du persil, 1 fruit ; 4 heures : salade, pain et beurre, pas de dîner ; je crève de faim et n'ose pas réclamer), et visiter les grands magasins (minables) et accompagner la p'tite môme (6 ans) à l'école, je dois faire ses quatre volontés. Elle fouille toujours dans mes affaires.
> *Home, sweet home*, que je serais mieux à Hautefort !!
> La veuve est gentille, mais elle ne parle pas souvent ; elle est veuve et catholique ; le seul habitant que j'aime, c'est un gros chien, mais il ne parle pas anglais, lui. Bref,

avec le menu, tu n'y vivrais pas deux jours. Quand je pense que je suis ici jusqu'au 5, et puis, tiens, je veux te faire une confidence. Deux jours après mon arrivée, j'me suis dit : « Impossible de rester dans ce pays royaliste de malheur » ; en douce, je vais chez la voisine qui a le téléphone prétextant une histoire de passeport à la veuve, et là, quoi qu'elle fait la Réréne, elle appelle toute seule la directrice de l'organisation pour lui demander si on peut revenir le 28 avec Véro. L'après-midi, la mémère va à l'aéroport, et quand je lui retéléphone le lendemain, elle me dit impossible (ça se voit que c'est une Anglaise puisque impossible n'est pas français)...

Mon petit papou, pitié, écris-moi tous les jours, je m'ennuie trop, comme ça avec tes lettres, celles de maman (parlons-en, ah ! j'ai décroché le gros lot quand je suis né d'elle, c'est elle qui nous a foutues dans le pétrin). Vite, dépêche-toi, vole à ta machine, c'est pas halle grove mais hill grave.

1 baiser pour papou, 1 million pour nona.

Vidal réagit aussitôt et écrit à sa nièce de Liverpool, à la logeuse d'Irène, à Irène.

Ma chère Aimée, mon cher Isidore,
Je viens te demander un service, chère Aimée. Violette me dit qu'Irène est bien déprimée de son séjour à Bristol, et elle prie sa maman de devancer sa rentrée au 28 juillet au lieu du 5 août. La petite devait être si déprimée qu'elle disait à sa maman : sinon je vais mourir, ou quelque chose de semblable. Je sais qu'Irène est dans la période de l'âge ingrat, en plus restée enfant, avec un esprit d'un âge avancé, et connaissant (ou croyant connaître) tout et tout ; assistant attentivement chez elle aux conversations et discussions des parents, elle est, à mon avis, très sensible en ce moment. C'est pour cela que je viens te prier de lui écrire, pour savoir de ses nouvelles, lui dire qu'étant à Liverpool qu'elle t'écrive ou te téléphone. Vois si à son adresse il y a le téléphone, cause-lui. Véronique est plus stable, Violette me disait qu'elle ne lui donne pas de souci, mais par contre Irène... L'adresse d'Irène : chez Mrs Nation, 14 Halle Grove, Henleaze, Bristol. Et

de Véronique chez Mrs Reeves, 11 Manor Park, Bristol 61.

Attendant tes nouvelles, je reste avec Corinne en bien vous embrassant.

Votre oncle,

Vidal.

Madame Nation,
I have pleasure to write you, for my little daughter Irène,
I am his grand' father.
Irène is a charming girl, but very « timide », and I beg
you very much to care Irène, the most possible, and I
thank you sincerely in advance. Ask please Irène what
she wish best in preference for meat, and Irène must take
every day many fromage (cheese), bacon and fruits.
With all my heart, I thank you and remain very sincerely.

Vidal Nahoum.

Escuse, please, my « english ».

Ma chère petite Irène,

Bien content de ta lettre de quatre pages, et lis attentivement tout ce que tu m'écris. Je vais la relire avec nona à la maison.

Continue ma petite chérie à m'écrire ainsi le plus longuement possible, et avec nona nous serons très heureux de voir comment se passent tes vacances.

J'espère et je souhaite que tu te plais un peu mieux et que tu ne t'ennuies pas trop et que avec Mme Nation tu es plus en amitié.

Pour la nourriture, forcément, c'est bien différent que chez nous en France, mais en Angleterre leur système n'est pas mauvais. Tâche seulement de prendre ce qui te plaît, ce que tu préfères, demande un peu plus des fromages, du miel, des confitures, des fruits, et je suis persuadé que Mme Nation va te contenter. Je lui ai écrit quelques lignes pour qu'elle te soigne le plus possible. Écris-moi pour la BEA, s'il y a espoir de changer la date du départ ? Réponds-moi vite et longuement.

Ton papou.

Cher papou, chère nona,
Des éléments imprévus de catastrophe m'ont empêchée de vous répondre plus tôt. J'ai vite compris dès le début que la veuve ne me prenait que pour l'argent, aussi elle se débarrasse de moi par tous les moyens, et le dernier moyen : elle m'a envoyé dans une école privée CATHOLIQUE (où tout le monde me toise de haut sous prétexte que je ne suis pas croyante) ; aussi je suis assise toute la journée dans mon coin, j'en ai mal aux fesses, les Anglaises se moquent de moi, me questionnent très vite pour que je ne comprenne pas, et moi je sifflote d'un air absent, affecte une indifférence que je suis loin d'éprouver. J'y reste toute la journée, aussi je dois me contenter pour manger d'un minable petit sandwich à la tomate. Je reste dans cette sale école jusqu'à sa sortie des classes, ce qui concorde à peu près avec mon départ. Tu vois, juste au moment où j'avais pris des résolutions : « *Such is the life !* »
Il pleut toujours. Je regarde le temps passer avec un microscope. J'ai écrit une fois à p'pa.
J'ai tout le temps envie de pleurer !
Voilà ! Racontez-moi tout ce que vous faites dans vos lettres, ça les fera plus longues.
1 baiser pour papou, 100 000 pour nona

                                                            Irène.

                                        Paris, mardi 18 juillet.

Ma chère petite Irène,
Bien content ce matin de recevoir ta lettre de (tu n'as pas mis la date), mais bien mécontent et même chagriné de lire tout ce que tu m'écris, ma petite Irène chérie.
Je te vois toute renfrognée dans un coin, bien triste, et cela me peine. J'ai vu aussi ta lettre à ta maman et comprends ton état, et ton envie de pleurer. Maman rentrera fin de cette semaine et elle trouvera ta lettre rue Soufflot.
Entre-temps Irène, je t'en supplie : ré-agis. Reprends-toi et montre-toi digne, Irène, et digne Nahoum. Si tu vas à l'école, c'est pour ton bien. J'ajoute : « Peut-être. » Peut-être, c'est pour ton bien, afin de mieux te familiariser avec l'anglais, avec les filles de ton âge.
Que l'école soit catholique, aucune importance, car tou-

tes les religions sont bonnes et honorables. Si on te toise
de haut, prends tout ton temps et réponds avec beaucoup
de politesse, et beaucoup de gentillesse. Cela fera voir
qu'une jeune fille française (croyante ou pas croyante)
est digne, et est assez intelligente pour ne pas s'attarder
à des futilités enfantines.
Pourquoi Mme Nation te fait aller à l'école ? Est-ce
qu'elle t'a donné quelque explication quand elle t'a
annoncé la chose ?
Je t'en supplie, Irène, redresse-toi. Ne sois pas triste. Ne
pleure pas. Remonte-toi et fais plaisir à ton papou en lui
écrivant vite que cela va un peu mieux. Demande, je t'en
prie, et mange bien, ma petite chérie. Véro m'a écrit,
elle est contente, elle a de la chance. J'attends vite ta
réponse et avec nona je reste en bien t'embrassant.

                                              Ton Papou Vidal.

Commence tes lettres par Ma chère nona et cher papou,
car ta nona est très sensible (comme toi).

Dans une lettre suivante, Irène cligne de l'œil à son
papou en commençant par : « *Ma chère nona*, mon cher
papou. » Elle est maintenant contente de l'école où la
directrice, sœur Ursula, lui donne des cours d'anglais par-
ticuliers et lui apporte des illustrés en cachette ; elle est
contente de la nourriture de l'école, ne s'ennuie plus, s'est
fait des amies, « se marre vachement », va au cinéma, aux
matchs de tennis, chante, va à des parties où il y a des
disques bath, et exprime son regret de partir : « Hélas !
c'est le dernier jour. » Elle demande de ne pas montrer sa
lettre à son père (qui est probablement à Santiago du Chili
à cette époque, et que rejoindra Violette au mois d'août).

Réponse du papou :

                                    Paris, jeudi 27 juillet.
                                    26, rue Beauregard.

Ma chère petite Irène,
Très heureux de recevoir et lire ta lettre, me disant que

tu étais contente de ton séjour à l'école, et des petites
amies que tu t'es faites, et tous les détails que tu me
donnes point par point, c'est gentil de toi ma chère petite
Irène, et j'en suis fier et content.

Que tu as eu un moment de découragement, c'est naturel,
compréhensible et très normal ; et que dans la suite tu
t'es ressaisie, tu t'es surmontée, et tu as été assez énergique et compréhensive pour t'adapter à la vie anglaise,
je t'en félicite ma chérie.

Maman est inquiète qu'elle n'a pas de lettre de toi ; je
te prie, écris-lui vite, vite.

Bien d'accord pour ne pas envoyer ta lettre à ton papa,
et attends les explications promises du *why*.

Ici, temps orageux, et nous avons Corinne et Marianne
[*les deux filles de Daisy*] venues pour changer d'air à
Vaux, car elles sont toutes les deux avec la coqueluche, et
elles en souffrent énormément. Nona aussi.

Réponds-moi vite, ma chérie, et dis-moi si tu as déjà
écrit à ta maman. Attendant nous voir le 5. A quel aéroport arrivez-vous ?

Avec nona, nous t'embrassons bien.

                                                    Ton papou.

Toutes mes amitiés à Mme Nation.

Comme l'indique la lettre de Vidal, celui-ci est devenu
aussi le papou de deux autres petites filles, nées quelques
années après Irène et Véronique, Corinne et Marianne, qui
leur envoient d'exquises lettres enfantines de Monaco.
Irène et Véronique ont respectivement 14 et 13 ans en
1961. Bientôt Irène, qui petite fille préférait sa nona à sa
mère, s'éloignera affectivement de Corinne, dont elle per-
cevra l'hostilité à sa mère, et elle choisira Violette. Elle
restera toujours très attachée à son papou, avec qui elle
deviendra intime, papou réservant à Irène devenue jeune
fille et femme des confidences qu'il ne fera jamais à son
fils. Il s'enchantera du reste des rapports de taquinerie
réciproque auxquels Irène se complaît autant que lui et
qu'ils garderont jusqu'à la fin. Déjà, petite fille, Irène est
entrée dans ce jeu en terminant ses lettres par des millions

de baisers à nona et un seul à papou. Elle aimera beaucoup le taquiner sur Wilhelmine, dont Vidal était tombé amoureux à Vienne dans ses 18 ans et qu'il évoque en poussant des soupirs exagérés. Un jour, plus tard, au cours d'un repas de famille chez Violette où recommencera le taquinage sur Wilhelmine, quelqu'un demandera : « Mais à quoi ressemblait donc cette Wilhelmine ? », et Vidal, la bouche pleine, l'œil allumé, désignera sans mot dire, de l'index, sa petite-fille Irène.

Famille

Du côté Nahum, les affaires de la Nahum Steel ont repris et ont bénéficié de la reconstruction, puis de l'essor économique de la période 1945-1960. Léon a introduit son fils Edgard dans la direction de l'affaire. Edgard s'est marié ; il a pris femme chez les gentils. Léon a intégré dans la Nahum Steel son frère Henri, qui se trouve privé des importations japonaises qui le faisaient vivre avant guerre. Sophie vit grâce à l'aide des frères Nahum, sa fille Régine travaille comme secrétaire. Elle est sujette à de graves crises d'asthme qui l'immobilisent souvent. Elle reste présente et dévouée auprès de sa mère, et elle survit, sans joie. Son malheur est immense, ct clle n'a personne de proche à qui le communiquer.

Liliane et Mony forment désormais un couple très affectueusement uni. Ils ont quasi adopté leur nièce Véronique, petite-fille de Vidal qui, durant les fréquentes absences de ses parents, trouve un foyer chez eux. Ils hébergent le père de Liliane, Élie.

Du côté de chez les Beressi, Fredy et Henri, les enfants de Corinne, ont quitté l'appartement familial. Fredy, qui est entré au Crédit national en 1948, puis a terminé sa licence en droit, y occupe un poste de responsabilité. Il se marie en 1958 avec une jeune fille de chez les gentils, enseignante, dont la famille est d'origine piémontaise, Germaine Sibilli.

Le 31 novembre 1956, Élie Cohen meurt d'un infarctus à l'âge de 49 ans. Issu d'une alliance entre Cohen et Beressi de Salonique, sa famille lui avait fait épouser une cousine germaine, Marguerite Beressi, dont il avait eu cinq filles. Sa réussite dans les affaires fut très brillante ; il possédait la Grande maison de blanc, les bijoux Burma, et d'autres entreprises. Henri, fils de Corinne, travailla comme comptable dans l'une d'elles. Très généreux, il aida toutes les activités artistiques ou littéraires où se trouvaient engagés des membres de sa famille. Élie Cohen avait quitté sa femme Marguerite depuis 1952, ce qui avait resserré l'amitié et l'intimité de Corinne et Marguerite.

Vidal croit toujours bon de ne pas annoncer brutalement une mort aux siens ; ainsi il n'avait pas prévenu son fils, qui, en 1946, était au gouvernement militaire français en Allemagne, de la mort de sa grand-mère Myriam, qu'il aimait profondément. Il est d'autant plus dissimulateur à l'égard de Corinne qu'elle est extrêmement émotive. Il s'efforce chaque fois de lui cacher sur le moment la mort d'autrui, puis de la lui apprendre progressivement, de façon que la révélation finale vienne après les funérailles, et que Corinne évite l'épreuve de l'enterrement. Ainsi, il commence par : « Hananel a un petit refroidissement », ou : « Élie Cohen a dû prendre du repos sur avis médical. » Puis, sous la pression de Corinne alarmée, il donne chaque jour des nouvelles moins rassurantes, jusqu'à ce que Corinne, toujours crédule au départ, découvre soudain la vérité, souvent après l'enterrement. Vidal alors mobilise diversement Edgar ou Fredy pour amortir le choc. Corinne, de toute façon, souffre beaucoup et accable Vidal de reproches. Lui n'a toujours pas compris, et ne comprendra jamais, que le pire est d'empêcher de participer à l'adieu à la personne chère, et que les larmes et les sanglots du chagrin sont nécessaires.

CHAPITRE X

Les années soixante

Épreuves

Vidal a 66 ans en 1960. Il a toujours bon pied, bon œil, il ne prend aucun médicament. Quand, sous la pression de Corinne, il consulte un médecin pour sa vessie ou pour son cœur, il va de l'un à l'autre jusqu'à ce qu'il trouve celui qui ne lui impose pas des restrictions alimentaires. Il évite d'absorber les médicaments qu'on lui prescrit, en dépit des objurgations de Corinne, qui, elle, a foi dans la compétence de son médecin généraliste le Dr Milanolo, et respecte les « grands professeurs » qu'elle tient à consulter dès que son mal lui semble relever de leur magistère.

Alors que Vidal demeure en bonne santé, son fils tombe gravement malade en 1962. Après une fièvre de plusieurs jours qui atteint quarante degrés dans les transits aériens entre la Californie et New York, on diagnostique tardivement une hépatite et on l'hospitalise au Mount Sinaï Hospital, à New York. Violette, contrainte de rentrer à Paris, avertit Vidal. La nouvelle bouleverse également Corinne, qui, le jour même, fait une chute dans le métro, et est hospitalisée quelques heures pour points de suture et piqûre antitétanique. Vidal est désemparé. Lui qui n'a jamais pris l'avion et en a très peur veut s'envoler au secours de son fils, mais ne peut abandonner Corinne. Pendant deux semaines, Vidal sera dans l'angoisse, car son fils, plongé dans une somnolence permanente, ne peut lui donner des nouvelles. Vidal alerte Léon qui a un correspondant à New York. Léon envoie un télex à ce correspondant :

> Please do me the following favour : a relative of mine, Edgar Nahoum Morin, has been hospitalized at the Mount Sinaï hospital, 5th av-100th St New York with a case of infectious hepatitis. As his father who is in Paris is worrying, because of lack of news, could you inquire about the conditions of the patient [...]

Le correspondant, Mr Hick, va aussitôt voir le patient à l'hôpital, le trouve dormant, apprend que l'infection est en cours de résorption, mais que le malade doit rester encore de deux à trois semaines à l'hôpital. Entre-temps, Vidal reçoit un télégramme de son fils : « Tout va bien. » Ces bonnes nouvelles l'inquiètent :

> [*Octobre 62.*]   *Paris, mercredi après-midi.*
>
> *Mon cher Léon, mon cher Edgard,*
> *Je ne sais comment vous remercier. Reçu ta lettre de lundi dès hier, mon cher Léon. J'avoue que je reste inquiet, car vraiment je n'ai pas de chance : le correspondant qui devait voir Edgar le trouve endormi. Le télégramme que j'ai eu ici hier matin, signé Edgar, me dit TOUT VA BIEN. Cela me semble incroyable quand on est à l'hôpital en traitement.*
> *Je n'ai vraiment rien pour me tranquilliser. C'est pour cela que je te demandais ton conseil, si je me décide à partir. Je suis ici comme soûl, ou comme un somnambule. Voyez si c'est possible de demander à votre correspondant si cela lui est facile de refaire une visite à Edgar, quitte à le prévenir pour lui annoncer son arrivée.*
> *Je m'excuse d'être pas plus long, je reste en bien vous embrassant tous.*
> *Corinne a fait une chute à l'escalier du métro, vendredi après-midi. Elle était toute bouleversée d'avoir appris pour Edgar. On l'a transportée à l'hôpital, mais grâce à Dieu, avec l'intervention de notre docteur, le soir elle était rentrée à la maison. Elle se remet, le docteur doit*

*la voir ce soir pour lui retirer les points de couture qu'on
lui a mis à la tête. J'ai eu un vendredi !! Le matin,
entendre pour Edgar, et l'après-midi, l'appel de l'hôpital
pour Corinne.*

Mais, rapidement, Vidal se rassure. Un écrivain, Claude
Mauriac, qui a rendu visite à son fils au Mount Sinaï
Hospital, lui apporte de bonnes nouvelles. Finalement,
Edgar s'évade de l'hôpital avant terme, est rapatrié, et
débarque à Orly, tout heureux d'être en fauteuil roulant.

En 1965, Vidal écrit à sa cousine Régine Saporta Frances, qui, comme on l'a vu, est la seule survivante de la
famille Frances à Salonique, et lui laisse entendre que les
toutes dernières années ont été mauvaises pour lui :

> 26, rue Beauregard, Paris IIe.
> Paris, le 5 novembre 1965.
>
> Chère Régine,
> Par M. Revah, je viens d'avoir ton adresse et viens te
> demander de tes nouvelles, et aussi de tes fils et filles.
> Ces dernières années, j'ai eu un tas de complications de
> toutes sortes, puis, Dieu merci, je parviens à voir un peu
> plus clair. Ma femme aussi a eu bien des soucis côté
> santé. Réponds-moi aussi si ta sœur est à Salonique, et
> qui il y a de notre famille Frances.
> Je reste bien cordialement.
>
> Ton cousin.

Régine Frances répond à Vidal à la fin de novembre
1965. La lettre est courte ; elle ne raconte rien de sa vie,
souhaite le meilleur pour les Nahum.

Les « complications » dont fait état Vidal sont de toutes
sortes. Tout d'abord, les affaires périclitent et son magasin
de la rue Beauregard lui mange de l'argent. Il s'ennuie
beaucoup, seul, à attendre les clients. Heureusement qu'il
reçoit la visite de quelques vieux amis, du même âge que
lui, souvent déjà retraités. Il n'obéit plus à des horaires
stricts. Il met une pancarte indiquant son retour, et va

trotter de-ci, de-là. Il a besoin de s'occuper et, au cours des années soixante, avec l'aide de Fredy, il se vouera à l'interminable succession de Hananel, allant d'un héritier à l'autre pour établir un compromis. Toutefois, la raison, les avis de Corinne, peut-être les conseils de ses frères le poussent à fermer boutique. Il se résignera à vendre son fonds en 1966, à l'âge de 72 ans, mais cela l'ennuiera alors de se mettre en retraite, c'est-à-dire surtout de perdre sa *querencia* du Sentier, et il reprendra une nouvelle boutique, encore plus petite et périphérique, rue de la Lune.

Les soucis viennent aussi du ménage de son fils. Après le retour du Mount Sinaï Hospital, son fils a passé une longue convalescence dans le Midi, hébergé par Émy et Maurice dans l'appartement de leur fils Maurice-Gérard, à Monte-Carlo, puis n'a pas réintégré le domicile conjugal. Le sort de ses petites-filles privées de père le tourmente. Son fils, de plus, vit depuis 1964 avec une femme de peau noire, ce qui ahurit et préoccupe Vidal.

De nouvelles complications domestiques ont surgi. Vidal avait pu récupérer de l'argent pour subvenir aux besoins du couple en vendant vers 1955 son bel appartement du 51, rue Demours ; il avait acheté bien moins cher un appartement plus petit, modeste, sur cour, au 32 de la même rue. Quand Corinne récupère, après départ du locataire, l'appartement dont elle est propriétaire au 39, rue Laugier, Vidal vend son appartement après quelques difficultés (un acheteur renonce après avoir pourtant signé le contrat) et il s'installe avec elle rue Laugier.

Les problèmes du déménagement créent tracas et nervosités chez Corinne. Elle voudrait que Vidal consacre la somme de la vente de l'appartement qu'il possédait rue Demours pour l'installation et les travaux de l'appartement qu'elle possède rue Laugier.

Vidal aimerait freiner les dépenses d'argent pour l'appartement, et lutte pas à pas pour amoindrir le plus lentement possible son capital. Il voudrait conserver un peu d'argent personnel, ne serait-ce que pour laisser un héritage à son fils. Corinne, de son côté, et non moins secrètement, a le besoin psychologique d'avoir un héritage qu'elle puisse laisser à ses enfants, non que ceux-ci en eussent besoin, mais pour leur faire un don de mère exemplaire. Aussi Edgar encourage son père à dépenser selon le vœu de sa femme de façon à éviter scènes et querelles. (La résistance de Vidal pour sauver son patrimoine et l'offensive de Corinne pour acquérir un patrimoine sont d'autant plus tragiques qu'Edgar ne cessera de dire à son père de ne pas se soucier de son avenir, qui est assuré, et que Corinne, de son côté, ne songe pas à le léser et exprimera très souvent auprès de ses enfants le vœu qu'ils incluent Edgar dans le partage de son héritage.) Enfin, l'installation dans le grand et clair appartement de la rue Laugier, au quatrième étage avec ascenseur, n'apporte pas la paix espérée. Corinne multiplie les demandes d'argent pour installer les rideaux, etc., et Vidal est d'autant plus parcimonieux qu'il envoie des mandats à son frère Henri, malade à Bruxelles, plusieurs fois hospitalisé, et totalement dépourvu d'économies. Mais, surtout, l'installation rue Laugier est suivie par une crise de dépression et de pleurs chez Corinne, qui, de plus, se fait opérer de la cataracte en 1965. Ainsi, Vidal est soucieux des maux qui accablent Corinne, de l'opération qu'elle doit subir, de sa crise de dépression ; il subit sa nervosité croissante, ses reproches fréquents, qui portent de plus en plus sur les saletés qu'il fait dans la maison. Certes, ils se rendent souvent en fin de semaine sur leur terrain de Vaux-sur-Seine, situé sur la hauteur dominant le fleuve, où ils se détendent l'un et l'autre, mais l'apaisement cesse dès le retour dans l'appartement. Ce n'est qu'à la fin de 1965 que le Dr Milanolo, devenu ange gardien de Corinne, trouve le remède provisoire aux dépressions en poussant le couple à quitter Paris, à changer d'air, à voyager le plus souvent possible. Ils partiront ainsi à Locarno, puis multiplieront les voyages et les séjours en Italie, Allemagne, France.

La mort d'Henri

Mais, auparavant, au cours de l'été 1965, la mort avait
frappé au plus proche : elle avait emporté Henri, le frère
intime de Vidal. Vidal a conservé les nombreuses lettres
qu'Henri lui avait adressées d'août 1964 à août 1965. Les
lettres de 1964 témoignent d'une rémission après une
année de troubles urinaires, soins médicaux, hospitalisa-
tions. Dans l'été 1964, Henri s'est rétabli après une hospitalisation ; il fait part de ses problèmes d'argent, de son
espoir toujours renouvelé de gagner un gros lot, et il manifeste à de nombreuses reprises sa nostalgie de Salonique.
Les deux premières lettres témoignent de son plaisir
d'avoir fait un séjour à Paris auprès de son frère, puis,
dans ses lettres de septembre 1964, il évoque les parents
morts. Henri, comme Vidal, est laïque, n'obéit pas aux
prescriptions de la Loi, et vit dans une famille de gentils,
celle de sa compagne Gaby ; mais, sur le tard, aux approches de la mort, le culte de la famille le pousse à retourner
à la synagogue.

[Lettre du 9 septembre.]

> Hier, mon cher Vidal, j'ai été à la prière et j'ai été dire
> une prière pour nos chers disparus, mais je te dirai que
> j'ai été très émotionné ; devant le hazan j'ai pleuré, et il
> m'a tenu la main pour répéter les noms de nos chers
> papa et maman, la pauvre Henriette et le cher Jacques,
> ainsi que pour Bouki, comme Math me l'avait demandé.
> Je ne sais pourquoi j'étais si ému. Que le Bon Dieu
> veuille écouter ma prière et que nous ayons toujours une
> bonne santé, sans maladies, *i todo bueno che nos venga
> presto* [*et que tout le bon nous arrive vite*]. Heureusement
> qu'en prenant ma place j'étais auprès d'une connaissance
> de Salonique qui m'a encore exhorté au calme, et cela
> m'a consolé un peu et passé mon émotion. Pour toi, mon

cher Vidal, je te souhaite de tout cœur *saloud buena i todo bueno presto che tengas*, et que tout marche comme tu le désires, et que tu ne te fatigues pas trop. Je te le souhaite de tout cœur.

Inclus le billet gagnant de 3 francs que tu voudras le replacer et m'envoyer un autre pour le tirage de mercredi soir prochain. Mille mercis d'avance.

Par poste, je t'envoie un petit flacon que Gaby avait promis à la chère Corinne pour ses sels qu'elle doit demander à la pharmacie et avoir toujours dans son sac... Je te remercie d'avance pour les 600 francs promis.

Porte-toi bien, mon cher Vidal, et qu'en ces jours de *Nissim i Niflahot le Bon Dieu mos escriva à todos nosotros en livros de vidas buenas i presto oun trocamiento bueno che venga* [*que le Bon Dieu nous inscrive tous dans ses livres de vies bonnes et que vite arrive un bon changement*], car en pensant à l'avenir, mon cœur en souffre.

Excuse-moi pour cette lettre un peu mélancolique, mais je n'arrive pas à dompter mes nerfs, et en t'écrivant cela me soulage beaucoup...

Dans la lettre suivante du 17 septembre, Henri remercie son frère du mandat de 600 francs, annonce qu'il n'a rien gagné avec le nouveau billet de loterie et termine : « En affaires, encore rien, et j'attends toujours cette loterie qui ne vient pas. » La lettre suivante montre que Vidal, de son côté, lui fait part de ses préoccupations :

[15 octobre.]

Mon cher Vidal,

J'ai bien reçu ta lettre du 13 oct. et bien content de te lire, quoique ta lettre me chagrine pour tous les ennuis et soucis que tu as, mon bien cher Vidal, et je prie le Bon Dieu que tu sois toujours en bonne santé et bien vaillant pour pouvoir passer ces mauvais moments. En plus de la rue Laugier, tu as maintenant ton Edgar sans logement, comment se fait-il ? N'y a-t-il pas moyen de le réconcilier avec sa femme ? Avoir le bonheur sous la main, un bel appartement, une femme, des enfants bien éduqués et instruits, et tout abandonner comme cela, c'est malheureux quand même...

Je m'imagine que tu perds le sommeil et que tous ces tracas te donnent envie d'uriner bien souvent. En plus, la chère Corinne, avec ses ennuis de la rue Laugier, je comprends qu'elle doit être sur ses nerfs, et c'est rien de bon pour la santé. Que le Bon Dieu veille sur elle et que tout s'arrange pour le mieux...

Pour la pension, j'attends toujours... ils m'ont dit que mon dossier est au complet, mais qu'il faut attendre pour que ma pension soit établie.

Quant à mes hôpitaux et radios, je dois encore près de 6 000 francs et je paie 600 francs par mois... Je vois que toi tu m'as envoyé pour les hôpitaux trois fois 600 francs, et maintenant, si tu vois la possibilité de m'envoyer encore, tu me rendras un très grand service ; je suis très confus et désolé de quémander de la sorte, mais la situation n'est pas brillante et je n'arrive pas à faire une seule affaire en chardons...

Dans une lettre du 14 novembre, Henri écrit qu'il vient d'apprendre que Corinne est tombée et a été contusionnée dans le métro.

De Math, je n'ai pas de nouvelles, je sais qu'il y a des grèves en Italie, chemins de fer, postes, etc. J'attends ces jours-là sa remise pour mon loyer du 20 de ce mois et ce retard me contrarie beaucoup... A part ça, mon cher Vidal, j'attends toujours ce fameux lot, *para quittar el pied del lodo* [*sortir le pied de la vase*], il serait bien temps qu'il arrive, *presto che sea.*

La lettre du 30 novembre revient sur l'espoir de gagner à la loterie :

Mardi prochain, je fête mon anniversaire, 76 *chanims*, et le soir, c'est le tirage de la loterie : qui sait ? pour mon anniversaire, un beau cadeau. Que le Bon Dieu fasse. Amen.

Quatre lettres se succèdent jusqu'au 25 février. La santé d'Henri est bonne ; par contre, Gaby a de très violents maux de tête. Il continue de faire part de ses problèmes d'argent, sollicite à nouveau son frère, et attend toujours le lot qui ne vient pas :

> Vite, que le Bon Dieu fasse que je puisse avoir un petit lot, que je serai heureux d'avoir la tête tranquille et dormir sans pilules.

Mais le 25 février, Henri écrit :

> Je te remercie, mon cher Vidal, pour le cadeau des 1 000 francs que tu me fais, et cela tombe à pic. Imagine-toi que depuis jeudi dernier je suis à la maison avec un commencement de bronchite et le docteur m'a conseillé de garder la chambre une dizaine de jours... Cette nouvelle maladie qui me retient à la maison me fait peur, je ne sais pourquoi, je ne suis pas très confiant à ce sujet.

> Le 3 mars.

> Mon cher Vidal,
> J'ai bien reçu ta lettre du 1er mars, et merci pour ton *buen couidado* [*bon soin*]. Dieu merci, je vais un peu mieux, mais pas encore complètement remis. J'ai encore des douleurs au bas du dos, je crois que c'est les reins. J'ai téléphoné au docteur et il me disait de continuer la pommade pour les douleurs et j'irai le voir lundi prochain.
> J'ai lu avec attention les détails que tu me donnes pour la vente de la rue Demours et *todo lo che es bueno che te rija el Buen Dio* [*que le Bon Dieu te donne tout ce qui est bon*].
> Avec l'arriéré que j'ai eu des pensions, j'avais d'autres dettes et aussi une note de gaz assez élevée, car je me chauffe au gaz maintenant, le charbon étant impossible, il y a trop de fatigues que ni Gaby ni moi ne pouvons supporter maintenant. Nous vieillissons, mon cher Vidal, surtout cet hiver-ci, et Gaby et moi avons bien vieilli. Peut-être le beau temps nous apportera-t-il une meilleure

santé. C'est pourquoi mes dettes anciennes des hôpitaux sont toujours là. Enfin, à l'occasion, un petit mandat, cela m'arrangerait.

Voilà le beau temps qui revient ; aujourd'hui, ici, on se croirait à la Côte d'Azur... Je pense demain sortir et faire un petit tour, il y a déjà dix jours que je ne suis pas sorti de la maison et vendredi j'ai rendez-vous avec Léon, je ne veux pas le manquer.

Enfin, *saloud buena che tengammos i todo bueno che venga presto*, car cela presse et je n'ai pas beaucoup de temps à attendre.

La lettre du 15 mars apporte de très mauvaises nouvelles. Henri doit changer de ceinture pour sa hernie, il a cassé son dentier, et, surtout, il a de nouvelles douleurs aux reins.

Inutile, mon cher Vidal, d'écrire quoi que ce soit de cela à notre Math, elle est si loin, si seule, que cela ne vaut pas la peine de lui donner des inquiétudes. Dans sa dernière lettre, elle n'était pas très contente que la direction lui ait supprimé son pourcentage, alors ne lui causons pas de nouveaux soucis et le Bon Dieu voudra me protéger *presto che sea saloud buena che aiga*. Amen.

Le 18 mars, Henri répond à une lettre du 16 mars où Vidal lui apprend qu'il a dû s'aliter une dizaine de jours.

En tout cas, mon cher Vidal, quand tu ne te sens pas bien, tâche de ne pas être difficile ; tout au contraire, sois bien calme, et alors la fièvre baisse plus vite et surtout la personne auprès de toi n'est pas énervée.

Quant à moi, mon cher Vidal, mes douleurs de reins sont passées ailleurs, juste au bas du dos, toute la longueur de la ceinture. Ces douleurs m'embêtent et me font peur, je ne sais d'où ces douleurs proviennent, et mon docteur voudrait en connaître les causes par radio, analyses, etc. [...].

Henri remercie Vidal pour sa proposition de prendre sur lui la moitié des frais de radio et d'analyses, et il espère que Léon, leur frère aîné, prendra en charge l'autre moitié.

> Allons, mon cher Vidal, aujourd'hui Pourim, *onde estan los foulares* d'antan, et les sucreries en couleurs, te rappelles-tu ?? Il aurait fallu un lot et aller faire *el seder* à Paris, tous ensemble avoir ce *zahoud* une dernière fois peut-être, car le temps passe et je vieillis, mon cher Vidal, Gaby de même, elle se sent fatiguée, et tous les médicaments qu'elle est obligée de prendre lui font peut-être du tort, mais ils calment ses douleurs de tête.

Le 25 mars, Henri annonce sa sortie d'hôpital, parle des nouveaux paiements qu'il devra faire.

> Mais lundi prochain, c'est la loterie, et, qui sait ? le Bon Dieu voudra bien faire un miracle que je puisse gagner un lot. Ainsi soit-il.

Dans la même lettre, il évoque son séjour à l'hôpital, dans une grande salle, avec quatorze malades :

> Ce n'est pas gai. *Que se fase ???... Fin che sea de todos los males.*

La lettre du 30 mars annonce à Vidal que, d'après le médecin, les analyses concernant les reins n'indiquent rien de grave, mais qu'il a de l'anémie dans le sang, une néphrite et une seconde hernie (il semble qu'on lui ait caché le mal réel dont il souffre). Tout cela nécessite des soins coûteux. Il remercie Vidal qui l'invite à Paris pour le seder :

> Je crois que si je peux fixer mon départ le 8 avril, cela pourra s'arranger pour retenir les places... Encore merci mon cher Vidal pour ton *buen couidado* et ton invitation et que le Bon Dieu fasse que je puisse aller à Paris assister au seder, j'ai cela dans la tête et j'y pense tous les jours.

Mais la lettre du 8 avril dément ces espoirs :

> Malgré mon très grand DÉSIR et la bonne JOIE que je
> me faisais d'aller à Paris pour le seder, dont j'ai tant et
> tant envie, et aussi, bien entendu, de vous voir et vous
> embrasser, je regrette de t'informer que je ne pourrai
> faire ce voyage. J'ai une néphrite qui me fait rudement
> souffrir aux reins et je dois subir des piqûres par une
> infirmière tous les deux jours, sans compter les médica-
> ments pour mon anémie [...].

Les douleurs s'aggravent (lettre du 15 avril). Vidal lui
a suggéré de changer de médecin, mais :

> Si je vais chez un nouveau médecin ne me connaissant
> pas, il voudra faire analyses du sang, urine, radio, etc. Et
> dire qu'aujourd'hui je devais prendre un train pour Paris...
> Je vois, mon cher Vidal, que toi non plus tu ne vas pas au
> seder ayant la petite-fille de Monte-Carlo chez vous. Cela
> sera *con bueno* l'année prochaine [...]. Je vois, mon cher
> Vidal, que de ton côté tu as bien des soucis avec ton Edgar,
> *El Buen Dio che te lo en presente*, il t'en donne du fil à
> retordre, mon cher Vidal, et j'en suis bien désolé pour tes
> ennuis que tu as sans arrêt, soit d'un côté, soit de l'autre.
> *Presto oun trocamiento bueno.* En tout cas, je te demande-
> rai dès qu'il te sera possible de me faire un mandat, environ
> 1 500-2000 francs belges, cela sera pour couvrir mes frais
> d'hôpital... Prions le Bon Dieu qu'IL nous laisse vivre
> jusqu'à l'année prochaine pour fêter cette Pâque avec joie.

Henri est hospitalisé peu après cette lettre et rentre chez
lui le 5 mai. Vidal lui demande les analyses de laboratoire
pour les montrer à une jeune parente qui exerce la médecine
(et qu'il préfère consulter pour ses problèmes de santé plutôt
que le Dr Milanolo), mais Henri lui répond le 10 mai qu'on
ne lui donnera pas ces informations. Sa lettre continue ainsi :

> Je vois, mon cher Vidal, que tu as des essoufflements,
> vertiges, et du mal à monter les escaliers... Ne penses-tu
> pas encore prendre ta retraite, il me semble qu'il est

temps, après cinquante-cinq ans et plus de travail. Surtout que les escaliers du métro sont si fatigants. Je te souhaite que tu puisses trouver bien vite un acquéreur pour ton magasin et que tu puisses profiter des années à venir.

Je vois, mon cher Vidal, que tu pensais venir me voir et que peut-être tu vas le faire un de ces jours. Je suis très heureux à la pensée que je te verrai. Mais je tiens à te prévenir que j'ai vieilli et maigri, et en plus il ne faut pas que tu sois effrayé en me voyant, car j'ai du mal à marcher, et pour me lever et m'asseoir de chaise, c'est douloureux...

Côté finances que tu me demandes, cela ne va pas brillamment. J'ai eu un surplus que Matica [*Mathilde*] m'a envoyé et Léon m'a donné 1 000 francs. De plus, quand j'étais à l'hôpital, j'ai fait venir M. le Rabbin, et lui ai demandé en premier lieu une petite prière. *Ressivido che sea*. Il m'a demandé si je voulais un secours de la société de bienfaisance et j'ai accepté, et j'ai reçu une certaine somme. J'ai dit cela à Léon après, et il n'était pas content : « De quoi avons-nous l'air ? » m'a-t-il dit. Et voilà où j'en suis, mon cher Vidal, à quémander le secours ????...

Je prie le Tout-Puissant de m'accorder encore un peu de vie et surtout que mes douleurs disparaissent.

La lettre du 20 mai fait état de terribles souffrances :

Quand je suis allongé, les douleurs se calment, mais, debout, j'ai des douleurs partout... ce n'est pas possible de souffrir de la sorte ou bien d'être allongé toute la journée. Je sors un peu tous les jours matin et après-midi au soleil, je me repose dans un banc et je rentre, mais je ne pourrai encore aller loin, ni prendre un tram.

Il espère que Vidal viendra le voir avec Corinne, comme annoncé, la semaine suivante, et termine :

Et le lot qui ne vient pas, cela aurait été un soulagement pour payer mes dettes et avoir la tête tranquille. Peut-être au prochain tirage si le Bon Dieu le veut, ainsi soit-il. Amen.

Deux jours plus tard, Henri déconseille à Vidal de venir
à Bruxelles. Le voyage risquerait de le fatiguer, et de plus
Gaby est fatiguée, souffre également de douleurs rhumatismales.

> C'est te dire, mon cher Vidal, que la maison est un peu
> négligée, ce qui est très normal quand il y a un malade
> et surtout de le voir souffrir. Ainsi donc, mon cher Vidal,
> tu laisseras ton voyage à plus tard *con bueno*.

Dans sa lettre du 31 mai, Henri s'alarme que Corinne
doive subir une opération des yeux. Quant à lui :

> Mon docteur... est content parce que je n'ai plus maigri
> depuis quinze jours et aussi que les douleurs circulent.
> Mais, depuis quatre jours, j'ai des douleurs à la colonne
> vertébrale et l'omoplate droite, ce sont des douleurs plus
> atroces... Je ne pensais jamais avoir tant à souffrir dans
> ma vieillesse ???

Lettre du 8 juin :

> Mon cher Vidal,
> Bien reçu ta lettre du 1er juin et vois avec plaisir que la
> chère Corinne va beaucoup mieux et je souhaite que toi
> aussi tu sois en bien bonne santé.
> J'espère que malgré le temps incertain vous avez profité
> du week-end pour aller respirer l'air pur de Vaux.
> Par Sophie et Régine qui viennent me voir souvent, je
> sais qu'Edgar écrit dans *Le Monde*, sûrement cela doit
> lui rapporter assez bien et aussi son voyage à N.Y. et
> Montréal pour le congrès, pour payer les impôts. Avec
> laquelle il voyage, la légitime ou l'autre... ?
> Dimanche dernier, c'était Chevouoth, et je me suis rap-
> pelé *el Moulino del ayrre* – *l'inkioussa de 7 escaleras* –
> la mévlané où l'on mangeait les *alichouah* rafraîchies
> dans le bassin, et tant et tant de choses. Comme tout cela
> est bien loin, mon cher Vidal, et maintenant je suis à
> demi paralysé des jambes, j'ai trop mal à marcher, et
> depuis quinze jours je n'ai pas quitté la maison, sauf

pour aller chez le docteur, au bras de Gaby et en m'appuyant sur un parapluie. Mercredi dernier, j'étais dans une journée de cafard formidable, avec des idées bien noires et Gaby a eu peur et elle a fait venir le médecin.

Le médecin suggère à Henri soit un retour à l'hôpital, soit une cure dans une ville d'eaux, soit le recours à un spécialiste des maladies rhumatismales. Mais Henri ne veut pas revenir à l'hôpital : « Je serais devenu fou », et ne peut envisager les frais d'une cure ; il consulte un spécialiste qui va examiner ses analyses et radios.

Et dire que je voulais tant cette année prendre un peu de congé, c'est-à-dire sortir de Bruxelles, aller à la mer, cela m'aurait changé tellement, et pour Gaby, ne fût-ce que pour huit-dix jours, et me voilà cloué à Auderghem, et dans un fauteuil par-dessus le marché. Quelle punition, mon cher Vidal, je reçois du Bon Dieu pour souffrir de la sorte, c'est épouvantable. Le seul moment que je ne souffre pas, c'est la nuit dans mon lit, avec deux couvertures, un édredon, après une demi-heure de lit, au chaud, toutes mes douleurs disparaissent, mais le matin, sitôt je mets le pied par terre, cela recommence.
Et ainsi tout mon argent file pour les hôpitaux, médecins. Chaque consultation du médecin et les médicaments me coûtent 400-500 francs. Tu te rends compte. Léon a été très gentil la semaine dernière, il m'a envoyé 1 000 francs, plus la mensualité. *Todo para las medecinas*, et sans voir une amélioration, c'est le plus terrible... J'avais mis un peu d'argent de côté pour m'acheter un costume, l'argent a été transformé en médicaments !
Je voudrais tant te donner des meilleures nouvelles, mon cher Vidal, je m'excuse beaucoup de t'ennuyer peut-être avec ma maladie, mais je t'écris comme si tu étais près de moi, et cela me soulage que tu penses à moi dans ces pénibles moments... J'ai tant besoin de m'épancher, car je sais que tu prends part à mes douleurs.

Cette lettre ayant alarmé Vidal qui songe alors à venir à Bruxelles pour prendre rendez-vous avec les médecins,

Henri essaie de le tranquilliser en lui assurant qu'il souffre
non d'une maladie, mais d'un état rhumatismal qui nécessite beaucoup de temps pour être guéri. Il lui demande de
rassurer Mathilde et dit son espoir d'une amélioration
prochaine. Il ajoute qu'il verra son médecin le lendemain.
Le lendemain 16 juin, il écrit à Vidal, non plus à la
machine comme les fois précédentes (sa machine étant à
réparer), mais à la main, d'une écriture très tremblée. Il
l'informe que le docteur lui a dit d'attendre au moins
quinze jours pour voir les effets de ses soins.

> Lorsque mes douleurs auront presque disparu et que je
> pourrais marcher plus facilement, alors il verra si c'est
> nécessaire d'aller faire une cure... Donc, patience, mon
> cher Vidal, *e el Buen Dio va se apiedar de mi,* et je serai
> bien vite soulagé.

Mais Henri doit être à nouveau hospitalisé. Il écrit à
son frère le 8 juillet de son lit d'hôpital. Il souffre beaucoup, il prie beaucoup, il espère :

> Rien de grave, dit le médecin, mais il faut le temps pour
> calmer les rhumatismes.

La dernière lettre, du 18 juillet, est d'une écriture extrêmement tremblée et présente quelques incohérences.

> Mon cher Vidal,
> J'ai eu ta dernière lettre et mon lit et t'en remercie pour
> tes encouragements. Que le Bon Dieu fasse que je puisse
> me rétablir un moment plus tôt.
> Malheureusement, les analyses ne donnent encore un bon
> résultat. Que le Bon Dieu fasse que je puisse te donner
> des meilleures nouvelles le plus tôt possible et avoir la
> joie alors de nous revoir *con bueno.* Je t'embrasse, mon
> cher Vidal, de tout cœur ainsi que la chère Corinne.
>
> Ton frère désolé.

M.C. n'a pas envoyé comme promis. Écris deux mots
que je suis à l'hôpital et me rendre ce service.

Au cours de cette tragique période, Vidal est retenu à
Paris par la santé de Corinne, ses propres difficultés de
santé et il ne sait pas que son frère est irrémédiablement
atteint. La mort d'Henri survient en août 1965. Elle
l'atteint au plus profond. Tant de souvenirs intimes, secrets
le liaient à Henri, durant leur jeunesse à Salonique, à
Frigolet, à Marseille. C'était le frère le plus proche qui
avait été longtemps son modèle et était toujours resté son
confident. Vidal va seul à l'enterrement d'Henri. Corinne
souffre d'un panaris, et ne pourra l'accompagner. Son fils
Edgar vit depuis le printemps dans une commune au bout
de la Bretagne, où il s'est installé pour mener une enquête
sociologique. Au moment de la mort d'Henri, il est à Rio
de Janeiro. Les filles d'Edgar sont en vacances. Vidal est
de plus très affecté de ne pas recevoir de condoléances de
Violette, la femme séparée de son fils. Il s'en ouvre au
téléphone à sa petite-fille Irène, qui lui écrit un peu plus
tard :

> Si maman n'a pas envoyé ses condoléances, elle ne va
> pas tarder à le faire. Un retard n'est pas forcément une
> marque d'oubli ou d'indifférence... de toute facon, mon
> petit papou chéri, ma maman n'est jamais en faute et je
> ne veux pas que tu la brutalises et que tu lui en tiennes
> rigueur (car j'ai senti ta colère légitime au téléphone).
> Elle a eu beaucoup de chagrin, de son côté, au début de
> ce mois.

Vidal a vécu la mort de son frère dans la solitude. Son
fils n'a pas perçu son immense chagrin.

Au cours de ces années soixante, la mort a frappé plusieurs fois. Élie, le beau-frère et ex-associé de Vidal, meurt
en 1963, à l'âge de 87 ans. La cousine Esterina Hasson,
de Nice, est morte en décembre 1964. Vidal ne put à ce

moment se rendre à Nice pour l'enterrement. Son frère Henri lui avait écrit alors :

> Je vois, mon cher Vidal, que la pauvre cousine de Nice est allée au paradis. *Peche comeremos* [*nous mangerons du poisson, formule pour exorciser la mort*] et qu'elle soit à prier pour nous à avoir une bonne santé *i todo bueno presto*. Pauvre cousine, que personne de sa famille n'a pu l'accompagner à sa dernière demeure.

En 1968, la mort frappe Sophie, veuve de son frère Jacques, dont la fille Régine reste seule. Du côté Beressi, c'est la mort brutale d'une crise cardiaque à 63 ans, le 4 novembre 1967, de Maurice Cohen, le mari d'Émy. Son entreprise va péricliter. Mais la tribu des parents et amis de Maurice demeurera unie. Émy, qui n'a cessé d'aimer passionnément son mari, vivra dans son culte.

Démarches

En 1966, alors qu'il a 72 ans, Vidal vend le fonds de commerce du 26, rue Beauregard, acheté en 1958-1960, mais il ne se décide pas à se mettre en retraite et prend une ultime petite boutique encore plus périphérique, au 11, rue de la Lune, où il va de façon irrégulière, selon des rendez-vous avec des clients irréguliers. Corinne lui reproche de s'obstiner en vain, lui recommande de fermer boutique. Il ne veut pas lâcher.

De moins en moins occupé par son commerce, Vidal a besoin de s'occuper ailleurs. Il entreprend en 1964 d'obtenir la carte du combattant. Celle-ci lui est refusée vu qu'il n'a pas fait partie d'une unité combattante. Toutefois, il repart à la charge, fait recours contre cette décision, et assortit sa demande d'une considération attendrissante :

Messieurs,

Je viens faire recours, par la présente, pour vous prier de vouloir bien reprendre ma demande de CARTE DU COMBATTANT déposée à votre service départemental, rue Réaumur, qui, par lettre du 16 décembre 1964, m'informe du rejet, avec le motif : « Pas de présence en unité combattante. »

Cependant, je vous informe qu'affecté comme travailleur militaire à la POUDRERIE DE BOURGES (Cher), il nous a été confirmé en mai 1940, au début de l'offensive ennemie, que la POUDRERIE MILITAIRE de Bourges était déclarée zone de combat, tant par son caractère propre que par les incessants bombardements aériens ennemis de la poudrerie.

Ma présence effective a dépassé quatre-vingt-dix jours : 24 mars-6 juillet.

Ayant dépassé 70 ans, je voudrais bien obtenir la carte d'ancien combattant et espère voir agréer ma demande.

En dépit des moqueries de son fils, qui lui suggère de demander, en outre, sa carte de combattant de la Première Guerre mondiale, et des « Voyons, Vidal, mais tu n'as pas été un vrai combattant » de Corinne, Vidal s'entête, écrit le 31 mars pour s'enquérir du sort de sa demande de recours ; il reçoit une lettre du 20 avril lui disant que son dossier a été transmis par le service départemental au directeur de l'Office national des anciens combattants. Vidal écrit le 27 avril à l'Office national : « J'espère qu'une réponse favorable viendra réconforter les dernières années de ma vie, me trouvant dans ma soixante-douzième année. »

Mais la bureaucratie demeure insensible à l'âge, et, finalement, le 12 juin 1966, Vidal reçoit la confirmation définitive du rejet.

Parallèlement, Vidal s'est engagé dans la lutte pour une autre cause perdue d'avance. A la suite d'une information émanant d'un comité de défense des spoliés parue dans *Le Monde* en 1962, Vidal écrit à ce comité le 18 novembre 1962 pour demander indemnisation des

« préjudices subis dans la santé, la liberté et l'exercice de son activité professionnelle durant l'occupation allemande en France ». Il lui est répondu qu'en tant que ressortissant français son cas est réglé par la loi française et qu'il aurait fallu adresser avant le 28 février 1962 une demande au ministère des Anciens Combattants et Victimes de la guerre. (Il est très probable que Vidal avait fait une telle démarche en son temps et obtenu quelques réparations.) Vidal reprend la bataille sur un autre terrain, écrit au ministère pour obtenir le bénéfice de l'indemnisation prévue par l'accord franco-allemand du 15 juillet 1960 en faveur des ressortissants français victimes des mesures de répression nationales-socialistes. Il signale qu'il a été contraint de vivre, au cours de la dernière guerre, dans la clandestinité en raison des interdits de toute nature visant les « personnes de confession israélite ». Mais le ministère répond à Vidal que le droit à l'indemnisation auquel il se réfère est subordonné à la reconnaissance préalable du titre de déporté ou interné, résistant ou politique[1].

Vidal repart au combat sur un autre front où il se met à la recherche de ce qui a toujours fait l'objet de son admiration et de sa fascination : une décoration.

L'origine de son obsession était, on l'a vu, la décoration de l'« ordre de Léopold » de Belgique, décernée à Salonique en décembre 1902 à David Nahum, son père. En 1921, après la mort de son père, Vidal avait écrit au ministère des Affaires étrangères de Bruxelles pour obtenir un duplicata du diplôme ; comme nous l'avons dit également, Vidal avait encadré et mis sous verre le

---

1. Il tentera en 1970-1971 de demander une indemnisation de la République fédérale allemande : « Pour tout ce que j'ai enduré sous l'Occupation... Je n'ai fait aucune demande jusqu'à ce jour, mais dans ma soixante-seizième année, toutes les souffrances se manifestent, et ma situation commerciale, ébranlée par l'occupation, devient de plus en plus pénible. » Mais le délai sera expiré depuis longtemps et sa tentative sera vaine.

diplôme et la médaille, qui ne le quittèrent pas à travers ses multiples déménagements.

Tout jeune, à Salonique, Vidal recherchait les médailles, et il en reçut une de Constantinople offerte en cadeau d'anniversaire par son frère Léon. Pendant toute sa vie française, Vidal collectionna des médailles en bronze frappées par l'hôtel de la Monnaie depuis celles à l'effigie de Napoléon (pour qui il a conservé son culte d'enfant) jusqu'à celles célébrant l'anniversaire de centenaires divers, dont celui du Crédit national (il en a acquis, à la Libération, les obligations les moins avantageuses qui se puissent concevoir, les obligations à 3 %, qu'il conservera jusqu'à sa mort, non seulement par impossibilité de les vendre, mais dans l'attente d'un heureux tirage au sort). En 1969, il demandera au Crédit national la médaille du cinquantenaire de cette institution. Sa qualité d'« ancien et fidèle obligataire » lui vaudra l'offre de cette médaille en janvier 1970.

Vidal écrit le 24 octobre 1963 au conseiller municipal de son arrondissement, Jean Legaret, pour savoir s'il peut demander la médaille des vieux travailleurs. Le conseiller lui répond le 29 octobre qu'il doit faire une demande au préfet de la Seine, et lui envoyer un double pour appuyer cette demande. Lettre de Vidal, le 31 octobre 1963 :

> Monsieur le Préfet de la Seine,
> Je viens vous prier de vouloir bien me faire savoir si je peux faire une demande d'attribution de la médaille des vieux travailleurs.
> Petit commerçant, établi depuis plus de quarante années dans le IIe arrondissement, électeur depuis une trentaine d'années et à la veille de mes 70 ans, j'aurai bien voulu savoir si j'ai droit à faire la demande.
> Dans l'attente [...].

Après réponse négative, Vidal envoie deux lettres à la préfecture, l'une à la Direction des affaires économiques, la seconde au Service des distinctions honorifiques. La seconde (17 février 1964) :

> Messieurs,
> A la veille de mes 70 ans, établi commerçant depuis plus de quarante années dans ce IIe arrondissement, électeur, je viens vous demander s'il m'est possible d'avoir droit à une distinction honorifique.
> Si oui, prière m'en aviser, et me faire parvenir les pièces que j'ai à vous présenter à cet effet.
> Dans l'attente [...].

Vidal a aussi écrit à M. Legaret le 14 février pour lui demander si une autre distinction pouvait lui être accordée « après ces longues années de travail assidu de petit commerçant ».

Toutes ces démarches sont accompagnées des rires et des quolibets d'Edgar et de Corinne, ce dont s'amuse Vidal, qui adore autant être plaisanté que taquiner. Il reçoit, dès le 17 février, la lettre suivante de Jean Legaret :

> Monsieur,
> J'ai bien reçu votre lettre du 14 février. Puisqu'il vous est impossible, en tant que commerçant, d'obtenir la médaille des vieux travailleurs, je demande à M. le Président du conseil municipal d'examiner avec une particulière bienveillance la possibilité de vous attribuer la médaille de la Ville de Paris.
> Je vous tiendrai au courant [...].

Le 11 mars 1964, M. Legaret annonce à Vidal que la médaille de la Ville de Paris lui a été attribuée par le président du conseil municipal et qu'elle l'attend à son bureau, rue des Prouvaires. Bonheur : le 14 mars est le jour anniversaire des 70 ans de Vidal, qui bondit rue des Prouvaires.

> Monsieur,
> J'ai reçu avec plaisir votre lettre du 11 et vous remercie bien vivement. Votre lettre d'attribution de la médaille

de la Ville de Paris m'est parvenue ce jour, où je réu-
nissais chez moi ma famille pour mon soixante-dixième
anniversaire, et j'ai voulu apporter la bonne nouvelle, le
jour même, en allant rue des Prouvaires la chercher.
Je me promets et espère vous rencontrer à une prochaine
occasion, et vous exprimer encore, de vive voix, tous
mes remerciements.
Entre-temps, recevez [...].

Vidal est impatient de porter le ruban de sa décoration.
Mais quel ruban ?

Conseil municipal de Paris.   Paris, le 22 avril 1964.
Le président.

Monsieur,
J'ai bien reçu votre lettre du 17 avril.
L'attribution de la médaille de la Ville de Paris ne donne
malheureusement pas droit légalement à porter un ruban
quelconque.
Veuillez agréer [...].

Jean Auburtin.

La médaille de la Ville de Paris n'est donc qu'une
demi-décoration. Vidal sera à demi satisfait. Il visera
désormais une vraie médaille. Et, comme nous le verrons
plus loin, il aura le mérite d'obtenir, par son acharnement,
la décoration de l'ordre du Mérite.

Vidal sauve Mathilde

Mathilde, sœur cadette de Vidal, tombe malade à Turin
au printemps de l'année 1969. Rappelons-le : elle était
arrivée en Italie au cours de l'effondrement de la Yougoslavie en 1941, y avait retrouvé l'identité italienne de sa
jeunesse, et, après la guerre, elle s'y était enracinée, après
une équipée décevante en Argentine, puis peut-être une

tentative de vivre à Paris en 1953. Elle avait contracté un mariage aussitôt rompu après avoir découvert que son époux, qui avait la qualité d'être très riche, avait le défaut d'avoir un corps pustuleux. Elle s'était fixée à Bologne, auprès de sa belle-sœur Manon (sœur de Bouchi, son époux décédé), qui avait épousé un médecin italien exerçant dans cette ville. Ses ressources commencèrent à s'épuiser. Elle ne pouvait évidemment récupérer les biens immobiliers et autres laissés en Yougoslavie, devenue république populaire. Elle put toutefois se rendre sur la tombe de Bouchi qui se trouvait à Abbazia, devenue Opatija, dans la province d'Istrie, italienne au moment de la mort de Bouchi, yougoslave après la guerre. Par la suite, elle enverra régulièrement de l'argent pour entretenir cette tombe.

Mathilde connaissait bien l'anglais, le français, l'allemand, le serbe, l'italien, l'espagnol et a pu exercer aisément les fonctions d'interprète. Le développement de la traduction simultanée et la formation d'interprètes diplômés raréfièrent les demandes qu'on lui adressait. Vers 1959-1960, elle trouva un autre travail, celui de gérante dans la boutique romaine de la firme Prémaman, via Frattina. Elle régnait avec une bienveillance despotique sur quelques employées, et, exilée dans le salariat, demeurait grande dame. Elle allait prendre ses repas dans un restaurant modeste, où venaient des fonctionnaires ou des employés. Elle regardait la carte avec un dédain désabusé, ne trouvait rien qui la satisfasse, en dépit des suggestions gourmandes que lui faisait le garçon, et finissait par demander un assaisonnement spécial pour tel hors-d'œuvre, une permutation des sauces pour les pâtes, un raffinement particulier pour le *secondo piatto*. Elle changeait d'avis, faisait des caprices, au milieu des habitués solitaires lisant leur journal. Elle allait souvent voir Manon et son mari à Bologne, mais elle était de plus en plus seule.

Elle fut très déçue et mécontente d'être mutée à Turin en 1964. Elle ressentit ce déplacement comme un exil et une dégradation, mais ne pouvait refuser, ayant besoin de gagner sa vie. Elle avait officiellement 61 ans ; en fait, sept ans de plus, car elle avait profité de ses migrations sans retour pour se rajeunir à deux reprises. Mais elle demeurait, avec ses cheveux gris, une grande belle femme, toujours droite, au regard bleu altier.

A Turin, elle s'installa dans une résidence ; elle eut un employé dévoué, Carlo Rolle, et une amie, Mme Ortona. Elle s'était plus ou moins résignée à cette vie, mais à la suite d'une chute, au début de 1969, elle se cassa le col du fémur et dut être hospitalisée à San Giovanni. On lui plâtra tout le corps, et, ainsi immobilisée, elle tomba dans une sorte de coma. On annonça à sa famille sa fin prochaine. Léon, Chary, Liliane, Vidal accoururent à son chevet. Vidal fut le seul à se refuser au diagnostic fatal, et il voulut transporter Mathilde à Paris pour l'y faire soigner par les meilleurs spécialistes. L'hôpital refusa de la laisser sortir. Il se trouva que le fils de Vidal avait gardé une relation très affectueuse avec une Turinoise, Magda Talamo, dont le frère était médecin des hôpitaux. Vidal alla trouver le Dr Talamo ; celui-ci pratiqua une thérapie d'urgence ; la malade restant prostrée, il prescrivit des examens. Il pensa qu'il était médicalement inutile et juridiquement impossible de faire sortir Mathilde de l'hôpital turinois. Mais Vidal bombarda nuit et jour d'appels téléphoniques le Dr Talamo et le convainquit d'agir. Il leva les obstacles juridiques au transfert. Vidal fréta une ambulance, accéléra les formalités, alla chercher le passeport de Mathilde, organisa par téléphone l'accueil hospitalier à Paris, et, en présence du Dr Talamo qu'il avait mobilisé [1], partit à 4 heures et demie du matin avec sa sœur dans l'ambulance pour la France. Ils franchirent la frontière le 5 mai 1969. Mathilde était dans un état désespéré quand elle arriva à la clinique chirurgicale de Fontenay-aux-

---

1. « Un mois plus tard, nous écrit le Dr Talamo, je vis arriver de la part de Vidal Nahoum une caisse de liqueurs avec une surprise : les droits italiens de douane auxquels il ne pouvait évidemment pas songer. Les liqueurs les plus chères de ma vie de la part de cet inoubliable très cher ami Vidal Nahoum ! »

Roses. Mais, contrairement à toute attente, sauf celle de Vidal, elle se trouva convalescente au début de juin. Mathilde reprocha alors à Vidal de lui avoir sauvé la vie tout en l'en remerciant éperdument. Celui qu'elle appelait depuis l'enfance (sans doute avait-il exigé alors qu'elle le nomme ainsi) « tout-puissant chef » et qui était devenu par la suite « coco » se retrouvait, véritablement cette fois, « tout-puissant chef ».

Mathilde resta à Paris et prit un appartement au 87, avenue Niel, non loin de chez Vidal. Toutefois, elle se gardait d'aller trop souvent le voir, de peur d'indisposer Corinne ; mais Vidal, tous les matins, sur le chemin aller ou retour de sa boutique, rendait visite à sa sœur.

Les années soixante se terminaient. Vidal n'avait guère été intéressé par les événements de 1968. L'année 1969, celle de l'expédition à Turin pour sauver Mathilde et celle de la mort de Maurice Cohen à Monte-Carlo, se terminait tristement pour Vidal et Corinne. Elle souffrait de plus en plus de ses maux, oppressions et dépressions. Vidal avait eu une alerte à la vessie ; il avait cessé d'uriner, puis s'était rétabli très rapidement. Il portait un bandage herniaire, se refusant à une intervention chirurgicale. Sa vue avait baissé, mais il ne voulait pas d'opération de la cataracte, ce que Corinne avait accepté pour elle avec foi dès que le lui avait conseillé le « grand professeur » Offret. Il commençait à se sentir parfois bien fatigué.

Le voyage en Californie

Le fils de Vidal avait été invité par un institut de recherche à La Jolla, en Californie du Sud, tout près de San Diego. En septembre 1969, il s'était installé avec Johanne dans une belle et grande villa californienne de verre et de bois, toute proche de la mer.

Vidal et Corinne, à Paris, n'allaient pas bien. Corinne était atteinte par une crise dépressive et Vidal ressentait une très grande fatigue. Il avait 75 ans. Alors que d'habitude il dissimulait à son fils, absent à l'étranger, ses ennuis et maladies, il lui écrivit une lettre en janvier 1970 lui demandant de rentrer plus tôt en France et d'abandonner ses projets de retour par l'Asie. Il exprima le souhait que tous les quatre aillent à Ravello, où, deux ans auparavant, Johanne et Edgar avaient proposé vainement à Vidal et à Corinne de les rejoindre. C'était le premier appel à l'aide qu'il adressait à son fils, et c'est la première fois que celui-ci sentit son père vieux. Comme il l'écrivit alors : « La conscience que mon père est mortel vient de faire un pas de géant. » Dès lecture de la lettre, Edgar appela Paris et trouva au téléphone Vidal morose, inquiet, et Corinne déprimée, oppressée. Johanne à ce moment eut soudain l'idée : « Invite tes parents ici », ce qu'Edgar fit aussitôt. Alors que Vidal, interloqué devant l'impensable, c'est-à-dire prendre l'avion (il avait 75 ans et il ne l'avait jamais fait), commençait à dire que ce n'était pas possible, la voix de Corinne, qui tenait l'écouteur, s'écria : « Oui, oui, oui. » Vidal souleva alors le problème de l'argent pour le billet. Edgar lui répondit qu'il y avait des prix spéciaux à la TWA et que, de toute façon, il pouvait couvrir le prix du voyage. « Alors donne-moi l'argent pour que j'aille à Ravello, dit Vidal dans une ultime échappatoire. – Pas question, mon vieux ! » Corinne, qui tient l'écouteur, s'exclame toujours : « Oui, oui, allons, partons. » Vidal se débat : « Laisse-moi voir, laisse-moi réfléchir. » Son fils ne réussit pas à lui arracher une promesse ferme. Mais le téléphone raccroché, Corinne partit à l'assaut, harcela Vidal sans relâche, lui arracha enfin l'acceptation et, tambour battant, entraîna Vidal au consulat américain pour les visas, puis à Air France (qu'il préféra à la TWA) pour retenir les deux Paris-Los Angeles et retour. Deux jours plus tard, il télégraphiait à son fils le jour et l'heure du vol. Nouveau coup de téléphone où Edgar apprend que Corinne est guérie de ses troubles et de ses insomnies. La date approchait, Vidal ne savait comment éviter l'horreur de l'avion. Corinne (ignorant que toute alimentation étran-

gère était prohibée aux États-Unis) prépara un *pastellico*
et un gratin d'aubergines pour Edgar. La date arriva. Dans
la salle d'attente des passagers, Vidal murmurait étrangement ; Corinne s'approcha : il récitait des prières qui
venaient de son enfance. Au moment de l'appel des passagers, il se dirigea vers l'avion le chapeau sur la tête en
psalmodiant comme un rabbin. Bien qu'il fût prévu que
son fils allât le chercher en voiture à Los Angeles, Vidal
avait prévenu à Los Angeles une parente éloignée,
Mme Faraggi, dont il avait l'adresse. Dans l'avion, avant,
pendant le décollage, et longtemps après le départ, il conti-
nua à psalmodier, et ne s'arrêta que lorsqu'on commença
à servir le repas, ce qui le réjouit. En cours de vol, craignant de ne trouver à l'accueil ni son fils ni sa parente, il
réussit à obtenir que le pilote du Boeing 747 téléphone au
domicile de Mme Faraggi pour lui rappeler l'heure d'arrivée de l'avion et recevoir confirmation de sa présence à
l'aéroport. Puis Vidal commença à s'habituer à l'avion,
tandis que Corinne était enchantée de découvrir le voyage
aérien.

Il fut évidemment très inquiet à l'approche de l'atter-
rissage, et reprit avec ardeur ses prières jusqu'à ce que
l'avion ait touché le sol. A la douane, on voulut confisquer
à Corinne *pastellico* et gratin d'aubergines. « *It is prohi-
bited !* – *But*, c'est *for my son, my son, my son* », implorait
Corinne, qui, finalement, attendrit le douanier.

Vidal n'avait jamais vécu sous le même toit que son
fils depuis l'émancipation de celui-ci. Vidal et Corinne
n'avaient jamais été invités dans une maison occupée par
Edgar, lequel n'avait jamais occupé une vaste maison avec
plusieurs chambres et salles de bains. Vidal et Corinne y
passèrent trois semaines. Ils furent très heureux dans cette
maison familiale éphémère, où se trouvait dans le même
moment Alanys Obomsawin, l'amie indienne de Johanne
et Edgar, si chère à leur cœur, qui s'amusait beaucoup
avec Vidal et Corinne.

Le premier jour, craignant d'être perdu dans un monde
inconnu, Vidal était allé à la synagogue de La Jolla, où

on l'avait reçu avec grande cordialité et invité à une *party*. Mais il n'eut guère besoin de la *Jewish connection*. Vidal et Corinne s'intégrèrent naturellement dans un grand flux d'amitiés chaleureuses et joyeuses, et ils se plurent dans l'atmosphère de liesse de l'ultime année où régnaient encore les mots *peace*, *love*. Ils furent quasi adoptés par une Française mariée à un architecte californien, Colette Neagle, qui les invita et les hébergea l'année suivante. Ils étaient heureux de rencontrer l'inventeur du vaccin anti-polio, des savants qui avaient le prix Nobel. Ils jouissaient de leur côté des soirées tendres, ivres, exubérantes, dansantes. Tout était bon, ou du moins presque tout, car Vidal reçut une blessure qu'il garda secrète pour son fils.

Étant donné qu'une faim irrésistible envahissait Vidal dès 11 heures du matin et dès 5 heures le soir, et lui faisait faire pression insistante sur Corinne pour qu'elle hâte le repas, il avait été convenu qu'à La Jolla il se plierait aux horaires collectifs. De plus, comme il avait envie de se mettre au lit dès 9 heures du soir, en tenant à ce que Corinne l'accompagne, Edgar et Johanne lui avaient fait accepter de laisser Corinne avec eux après son coucher. Il avait accepté, apparemment soumis. Pour les repas, il se débrouillait en se faisant un petit prérepas avant l'heure, vers 10 heures et demie du matin et les 5 heures du soir. Mais, après dîner, au moment de partir pour sa chambre, il demandait à Corinne : « Tu viens, Poulette ? – Mais non, Vidal. – Laisse-la, papa. – Mais laissez-la, papa. » Il partait en traînant les pieds pendant que les autres restaient au living à parler ou à regarder la télévision. Il réapparaissait au bout d'un quart d'heure : « Poulette ! » Réaction générale, il repartait vaincu, soumis, puis revenait encore au bout de quelques minutes, repartait, revenait jusqu'à ce que Corinne, poussant un soupir, se lève et le suive.

A la suite d'une discussion où Johanne et Edgar lui contestaient le droit d'imposer ses horaires et ses désirs à autrui, Johanne lâcha à Edgar : « Ah ! j'ai bien eu de la chance d'avoir été orpheline. » Vidal ne dit rien, mais ressentit une des plus grandes offenses de sa vie. Johanne l'avait atteint dans ce qu'il y avait de plus sacré : elle avait osé envisager qu'Edgar aurait pu et dû se passer de son père, et que par là même Vidal aurait pu et dû être privé de son fils.

Johanne s'était montrée pourtant constamment affectueuse et attentive pour Vidal et Corinne, songeant toujours à leur faire des cadeaux, et c'était elle du reste qui avait eu l'idée de les inviter. Mais tout cela n'effaçait pas l'offense, et Vidal garda à jamais une rancune mortelle envers Johanne.

Cette blessure n'affecta pas le séjour. Tous les maux de Corinne avaient disparu. Vidal était content. Le couple avait trouvé, en décembre-janvier, un climat méditerranéen qui rappelait Salonique, Marseille... Leur sociabilité était satisfaite, ils rencontraient un très grand nombre de gens divers, tous cordiaux, certains vraiment amicaux et affectueux. Mais, surtout, ils étaient dans une spirale heureuse, où particulièrement, dans la relation entre Corinne, Vidal, Edgar, Johanne, le bonheur de chacun nourrissait celui de l'autre dans une boucle ininterrompue.

CHAPITRE XI

Les années soixante-dix

Les pèlerinages

Le séjour à La Jolla avait été régénérateur. Il avait créé un foyer, certes provisoire et périphérique, où avaient pu vivre ensemble Vidal, son fils, Corinne et la femme de son fils. Ce foyer extérieur temporaire fut par la suite reconstitué à Castiglioncello de Bolgheri, en 1976, à Saint-Antonin et à Ménerbes, en 1977-1978. Il y eut aussi des séjours sous des toits voisins à diverses reprises, notamment l'année suivante, à La Jolla.

Le souvenir du séjour à La Jolla avait été si éblouissant qu'Edgar et Johanne y retournèrent en 1971, après un colloque universitaire à Mexico, et que Vidal et Corinne les y rejoignirent. Cette fois, Edgar et Johanne logèrent chez des amis, les Forester, tandis que Vidal et Corinne étaient accueillis dans la famille de Colette Neagle, pour qui ils étaient devenus les parents adoptés. Le second séjour à La Jolla fut très agréable, mais ne ressuscita pas la magie du premier. Vidal et Corinne renouèrent des liens et des amitiés, qui se prolongèrent en visites en France et correspondances durables, notamment avec Mme Faraggi, de Los Angeles, et ses enfants.

Il fut projeté que Corinne et Vidal rejoindraient Edgar à New York, en automne 1973. Le fils pouvait les accueillir dans un très grand appartement au vingt-septième étage d'une tour de Bleecher Street, qui jouissait d'une vue sublime sur le sud Manhattan. Mais Vidal avait une grande peur de New York, ainsi que du vingt-septième étage. En dépit des pressions de Corinne, il résista, et finalement des difficultés de santé les empêchèrent de connaître la ville, où ils avaient prévenu de leur arrivée un Salonicien plus ou moins parent ou ami, Charles Mallah.

En dépit de l'échec new-yorkais, l'élan avait été donné pour les grands voyages en avion, et c'est dans cet élan que Vidal et Corinne partirent en pèlerinage à Salonique et à la découverte d'Israël.

Depuis la fin de la guerre, Vidal n'avait cessé de penser à Salonique, il voulait s'instruire du passé de sa famille et il avait été intéressé et étonné d'apprendre par son fils, qui s'était mis en correspondance avec l'érudit Joseph Nehama, auteur d'une *Histoire des Israélites de Salonique*, que les Nahum étaient originaires d'Aragon. Vidal, lui, était en correspondance avec M. Revah, autre érudit envisageant un livre sur les familles saloniciennes, et il lui avait envoyé une photo de l'école franco-allemande de Léon Gattegno, où il avait fait ses études.

Un premier projet de passer la Pâque à Salonique avait avorté en 1966 :

26, rue Beauregard.
Paris, le 5 avril 1966.

Cher monsieur Revah,
D'abord, *« enveranada boena i saloud boena »*, i el Dio *ke moz de zahou* d'aller pour Pâque prochain faire la fête à Salonique. Hier soir, au Seder, ici, M. Nino Barsilaï m'a raconté que l'année passée il était à Salonique, et qu'au cercle le Seder a été fait avec grand succès, et photos reproduites dans les journaux [...].
Comme je vous l'avais annoncé, je comptais aller cette année avec ma femme à Salonique, en compagnie de mon beau-frère M. Maurice Cohen qui part en voiture cette fin de semaine de Monaco pour Salonique et Istanbul. Ma femme ayant été malade, le docteur a déconseillé

le voyage en voiture, et nous nous promettons de le faire, Dieu aidant, l'année prochaine, en avion.

Cela me fera bien plaisir d'avoir vos nouvelles, et aussi savoir si vous avez réussi dans le projet d'un livre pour les familles saloniciennes. Dans l'attente de vous lire [...].

En fait, Vidal n'avait alors aucune intention de prendre l'avion pour aller à Salonique, il voulait faire le voyage en bateau, mais Corinne, avec l'encouragement d'Edgar, voulait l'avion. Aussi, Vidal différait, cherchant, selon son habitude, à gagner du temps. Il réussit à éviter l'avion, mais, du coup, ne réussit pas à aller à Salonique ni en 1967 ni l'année suivante.

Or, avons-nous vu, Vidal finit par prendre l'avion au début de 1970 pour aller à La Jolla. Bien qu'il en eût toujours peur, il reprit l'avion l'année suivante à nouveau pour la Californie.

Le voyage en avion pour Salonique put alors être vraiment envisagé, et il fut décidé pour avril 1973.

Au désir de revoir Salonique s'était ajouté désormais le désir de voir Israël. Vidal avait commencé à s'émouvoir du sort d'Israël lors de la guerre des Six Jours de 1967[1]. Israël fut d'abord considéré par Vidal, non comme une patrie, avons-nous dit, mais comme la preuve exemplaire de la valeur des juifs dans la paix comme dans la guerre ; puis, progressivement, Israël devint pour lui une matrice ancestrale. Aussi le voyage en Israël fut-il intégré au voyage à Salonique. Mais c'est à Salonique qu'il décida de passer le seder de Pâque. Il écrivit au siège du Club israélite pour la réservation à l'hôtel Electra, la rencontre

---

1. Corrélativement, il était devenu capable de sentiments hostiles à l'égard des Arabes, devenus ennemis mortels d'Israël, et il était surpris que son fils le reprenne lorsqu'il lâchait un propos antiarabe. Cette hostilité, il faut le remarquer, n'allait pas aux musulmans. Il avait passé son enfance et sa jeunesse à l'ombre des minarets, et, à Salonique, il n'avait pas le ressentiment anti-islamique des chrétiens subjugués par les Ottomans.

avec d'anciennes connaissances, et surtout la participation
au seder. Ils passèrent dix jours à Salonique du 14 au
23 avril 1973. Vidal avait eu 79 ans le 14 mars. Ils fêtèrent
la Pâque avec grande émotion à l'association regroupant
les survivants de la communauté séfarade. Vidal retrouva-
t-il à Salonique sa cousine Régine Frances ? Vivait-elle
encore ? Rencontra-t-il M. Revah, vivait-il encore ? Son
ami le Dr Matarasso était-il encore à Athènes ou était-il
déjà établi à Cannes ? De toute façon, Vidal rencontra un
cousin, Vital (Saporta ?), des amis d'enfance et d'école.
Son fils se souvient du bonheur de Vidal de retrouver sa
petite patrie, son climat, ses nourritures, mais en même
temps son sentiment funèbre à constater qu'il n'en restait
physiquement et biologiquement rien. La Salonique de
bois qu'il avait connue, tout le centre-ville qui était séfarade avaient été anéantis lors de l'incendie de 1917, une
nouvelle ville avec un nouveau tracé les avait remplacés,
et Vidal ne put retrouver ni la rue de la maison familiale
ni la configuration de son quartier. Il trouva une ville
intégralement grecque, n'ayant gardé que quelques rares
traces de la population séfarade dispersée, puis exterminée.

Vidal et Corinne furent extrêmement émus et heureux,
mais d'une autre manière, de leur voyage en Israël, qui
dura également dix jours, du 24 avril au 3 mai. Ils furent
émerveillés aussi bien des traces du passé ancestral que
des réalisations modernes. Vidal voulut connaître Kfar-
Nahoum, dont il décréta que c'était le lieu d'origine de sa
famille, et dont il ramena une photo en couleurs qu'il
encadra et mit dans son salon. Ils rencontrèrent à Tel-Aviv
des Saloniciens implantés depuis longtemps, dont
M. Aelion, qui fut longtemps rédacteur du seul journal
israélien de langue française. Mais il n'y avait pas de club
salonicien en Israël, même à Tel-Aviv.

La décennie 1970 fut celle des pèlerinages. Avant le
pèlerinage à Salonique, il y eut le pèlerinage dans la Sefarad ancestrale, l'Espagne.

C'était l'hiver, et son fils lui avait conseillé d'aller à

Malaga. Vidal et Corinne y arrivèrent avec la langue de Cervantès, mais ils n'eurent pas de difficulté à comprendre et à se faire comprendre. Un jour, alors qu'ils conversaient en *djidio* dans le salon de leur hôtel, un homme les regarda et s'approcha d'eux ; il leur murmura : « *Soch ben amenou ?* » (« Êtes-vous fils de notre peuple ? ») C'était une phrase murmurée de façon presque inaudible à l'inconnu que l'on suppose être coreligionnaire, et que l'on oublie ou modifie si celui-ci s'étonne ou ne comprend pas. Ainsi les marranes, au XVIIᵉ siècle, avaient dû échanger ce signe secret de reconnaissance. Et voici que dans cette même Espagne, quelques siècles plus tard, deux descendants possibles de marranes se reconnaissaient à Malaga en employant le même langage codé que celui de leurs ancêtres. A cette question, Vidal acquiesça, et l'homme se présenta. Il était né à Salonique et possédait l'hôtel. Durant l'occupation allemande, alors qu'il était enfant, il avait fui avec sa mère, à pied, par des chemins de montagne, jusqu'à la Turquie. De là, ils étaient partis en Palestine, mais, mal à l'aise dans la société ashkénaze, ils avaient migré en Égypte, puis au Maroc espagnol ; là, cet homme avait réussi en affaires, et il était passé à Malaga, où il était devenu propriétaire de l'hôtel. Vidal et Corinne furent très heureux du séjour où se trouvèrent réunies concrètement, grâce à l'hôtelier, Salonique et Sefarad.

A Malaga, Vidal fut très conscient et fier de porter en lui une parcelle de la mémoire historique de l'Espagne : *A Malaga, ils* [les Espagnols] *étaient très friands quand je leur parlais mon espagnol, et si des fois je leur disais une blague en espagnol, ce sont des termes qu'eux-mêmes ont oubliés, mais ils savent qu'ils sont originaires.*

Après le pèlerinage à Salonique et en Israël, il y eut le pèlerinage à Livourne, en 1975. Vidal et Corinne avaient été invités par Edgar à le rejoindre au château délabré de Castiglioncello de Bolgheri, sis au sommet d'une colline sauvage dominant les « cinq mers » et l'île d'Elbe. Le château était seulement occupé par un couple de gardiens,

M. et Mme Pagni, qui l'entretenaient pour le compte du propriétaire, le baron Mario Incisa. Celui-ci hébergeait Edgar pour qu'il puisse travailler à un gros livre en cours. Edgar occupait un petit appartement. Les Pagni offrirent une chambre dans leur appartement à Vidal et à Corinne. M. Pagni était ouvrier et allait travailler chaque jour dans l'usine de produits chimiques de la Monte Edison, à une vingtaine de kilomètres. Mme Pagni s'occupait du ménage et de son petit jardin. La nourriture était rustique, méditerranéenne, exquise pour Vidal et Corinne comme pour Edgar. Ils restèrent peut-être deux semaines, puis, de là, Vidal voulut aller à Livourne. Edgar les y conduisit et ils y restèrent deux ou trois jours. Vidal prit contact avec le consistoire, demanda au rabbin de consulter les archives pour trouver trace des Nahum et des Beressi. Mais les tombes anciennes du cimetière juif avaient été dispersées, et les archives de la communauté détruites par les Allemands. Vidal ne retrouva rien, mais tout son amour se projeta et se fixa sur Livourne, et souvent il imagina, rêva, et parfois souhaita fortement, comme on le verra, se retirer à Livourne.

Il y eut aussi le petit pèlerinage à Frigolet, à l'occasion d'une visite à sa nièce Chary, en Avignon, dont Vidal ramena une bouteille de l'élixir des moines de l'abbaye, devenue monument historique.

Enfin, après tous ces pèlerinages, Vidal projeta de faire un nouveau séjour à Salonique, cette fois dans une chambre avec cuisine. Une lettre témoigne de la persistance de ce projet en 1978. Par la suite, nous le verrons, Vidal envisagera de finir ses jours auprès de ses ancêtres, soit à Salonique, soit à Livourne.

Vidal est d'autant plus mû vers le passé et les racines qu'autour de lui la mort a frappé cruellement : elle lui a pris son dernier frère vivant, Léon, et sa dernière sœur, Mathilde.

Morts de Léon et de Mathilde

Léon, le frère aîné, avait laissé la succession de la Nahum Steel à son fils Edgard. Il avait obtenu en 1964 une troisième décoration, l'« ordre de Léopold Ier », et Edgard avait été décoré de l'« ordre de Léopold II » en 1967. Léon est atteint, à la fin de 1970, d'une affection pulmonaire dont on lui cache la nature cancéreuse. Il doit faire des séjours successifs en clinique où on lui fait des ponctions. Puis il fait une chute, se casse le col du fémur et doit garder le lit. Vidal ignore la gravité de son état. Toujours préoccupé par Salonique, Vidal demande à son frère aîné quelle était la disposition des pièces dans la maison paternelle de la Dzinganeria ; pis, il part sans trop d'inquiétudes pour son second séjour à La Jolla, en février 1971. Au retour de Californie, Vidal vient avec son fils visiter son frère. Léon, dans son lit, se tient toujours le buste droit, avec son sourire courtois. L'annonce de sa mort en avril 1971 précipite Vidal, accompagné de son fils, à Bruxelles. Léon n'avait cessé de conseiller Vidal, jusqu'aux toutes dernières années, et il le réprimandait souvent pour ses « gamineries ». Il était demeuré pour Vidal le chef de famille, qui tenait procuration de paternité.

Edgard va continuer la Nahum Steel, jusqu'à ce qu'il la cède à un groupe financier germano-belge. Il avait pris épouse chez les gentils et il a deux filles, Michèle et Anne-Marie, et un fils, Robert. Le séfaradisme, chez eux, va se diluer dans l'identité belge.

Mathilde va être hospitalisée à Beaujon en 1974 ou 1975. Les médecins pensent qu'elle est encore en âge de subir une intervention chirurgicale, puisqu'elle a 72 ans. Mais Vidal sait que Mathilde s'est rajeunie de sept ans et que la date de naissance de 1903, inscrite sur ses papiers d'identité, est fictive. Avant d'en aviser les médecins, il va consulter sa sœur, mais avec prudence, car son fils est avec lui. Mathilde est étendue, atone, sur son lit d'hôpital, elle a à peine la force de parler.

« Mathilde, ma chérie, lui dit Vidal avec douceur, les médecins voudraient te faire une petite intervention, étant donné que dans tes papiers tu as soixante-douze ans. »

Mathilde ouvre un œil, elle articule :

« Et alors ? »

Vidal murmure :

« C'est une question d'âge... »

Et soudain Mathilde se redresse, ses yeux flamboient, elle éclate :

« Quoi ? Tu oses me calomnier devant ton fils ? Tu oses prétendre que je n'ai pas mon âge ?

– Mais non, ma chérie, mais non, je n'ai jamais voulu dire ça !

– Si ! Vidal ! Tu l'as laissé supposer !

– Moi ? Comment pourrais-je laisser supposer une telle calomnie ? »

Mathilde se calme. Vidal demande finalement à parler au médecin-chef, lui avoue le secret pour éviter l'opération trop dangereuse pour une presque octogénaire, et lui fait jurer de taire l'âge de Mathilde, même à ses proches collaborateurs.

Mathilde meurt à l'Hôtel-Dieu le 14 décembre 1976 « *doppo due anni di dolore incredibile in hospitali* » (« après deux années de douleurs incroyables en hôpital »), comme l'écrit Vidal, dans un italien approximatif, à Carlo Rolle, qui, à Turin, avait été très dévoué à Mathilde. Mathilde avait fait de Vidal son légataire universel, mais il n'hérite que d'un compte débiteur de 76,20 francs. Il essaie vainement de toucher la pension de réversibilité. Finalement, en 1977, Carlo lui dira de se résigner : « *Pensi, monsieur Vidal, che da parte mia aspetto dalla previdenza sociale degli arretrati di pensione d'una mia sorella deceduta il 2 settembre 1972. Ed anno per anno me prendono per il naso. Ma soldi nessuno. Pratiche solamente italiane !* » (« Pensez, monsieur Vidal, que de mon côté j'attends de la prévoyance sociale un arriéré de pension de ma sœur décédée le 2 septembre 1972. D'année en année, ils me font marcher, mais pas un seul sou. C'est une pratique seulement italienne », croit pouvoir conclure Carlo Rolle, qui ne connaît pas la France.)

Régine, fille aînée de Jacques et de Sophie, meurt à Bruxelles, presque en même temps que Mathilde. Vidal était resté en relation avec elle, et l'avait récemment invitée à Paris. Toujours très discrète, secrète, elle était restée seule après la mort de sa mère, et elle meurt dans la discrétion et le silence, ne conservant de relation intime qu'avec sa cousine Chary, d'Avignon.

Au cours de la même période, d'autres parents de Vidal meurent, et surtout, en 1979, sa nièce Liliane, fille d'Henriette, qui décède à l'hôpital presque en même temps que son mari Mony. Ils sont enterrés à Bagneux, dans une tombe « famille Hassid-Covo », où sont déjà les cercueils d'Henriette, d'Élie, de Mathilde, et où Mony avait édifié une stèle à la mémoire des membres de sa famille salonicienne exterminée. La sœur de Liliane, Aimée, vint de Liverpool à Paris pour l'enterrement. Elle avait peut-être artificiellement gardé ses cheveux blonds, mais elle avait toujours un extraordinaire regard bleu, la taille bien prise, le corps parfait. Elle mourut peu après 1980.

La famille s'est alors considérablement rétrécie par le haut. Tous les frères et sœurs de Vidal étaient morts, ainsi que trois de ses nièces. La quatrième, Hélène, sœur de Régine, était très loin. Hélène avait repris son nom de Nahum après son divorce d'avec Paul Schreker. Elle avait trouvé un poste d'enseignante de français à l'université d'Athens (Georgie), puis un poste de traductrice au parlement d'Ottawa. Vidal et Hélène s'écrivaient, et Vidal lui donna une fois par lettre des informations sur ses ascendants Nahum de Salonique. D'Ottawa, elle écrivit une lettre très émue à Vidal, après la mort de Mathilde.

Le 23 décembre 1976.

Ta lettre que je viens de prendre en rentrant m'a fait
grande peine. Combien je regrette que je n'aie pu la voir
avant qu'elle ne s'en aille, elle aussi. Ainsi, je vois toute
ma famille s'éparpiller et s'en aller, et je reste bien seule
ici, si loin de tous.
Je suis tant peinée qu'elle ait eu tant à souffrir ; comment
se fait-il que l'on n'ait pas découvert son mal plus tôt ?
C'est vraiment incroyable. Je devais avoir comme un
pressentiment, car la semaine passée, je suis allée à la
synagogue, quelque chose m'a fait aller, et maintenant
je sais ce qui m'a poussée à faire ce geste assez inusuel
pour moi. Que Dieu lui donne la paix... J'ose espérer
que toi et Corinne ne vous sentirez pas trop seuls. Mon
cher oncle, tu es mon dernier lien paternel.

Mais il y eut rupture en 1978 après un séjour d'Hélène
à Paris. Elle tomba sur une période dépressive où Corinne
ne recevait plus à déjeuner. Hélène, très mortifiée de ne
pas avoir été invitée à un seul repas, fut également blessée
que son cousin Edgar ne l'invitât pas, alors qu'elle logeait
exactement en face de chez lui. Elle ne savait pas que les
relations entre Johanne et Edgar étaient devenues diffici-
les, et qu'Edgar s'était quasi enfermé pour terminer la
rédaction d'un livre. Elle rompit donc avec cette famille
égoïste et discourtoise, ne conservant de relations qu'avec
sa cousine Chary. Il y eut un dernier échange de correspondance entre Hélène et Vidal, après la mort de Liliane :

6 mars 1979.

Bien cher Vidal,
J'apprends avec beaucoup de tristesse le décès inopiné
de Mony et Liliane, survenu en janvier. J'en suis bien
triste, mais ce qui me rend encore plus triste, c'est le fait
que la famille n'ait pas trouvé bon de m'avertir, et me
laisse dans une ignorance totale. Si la famille ne désire
plus m'inclure en elle, bien, je resterai en dehors de tout.

Paris, le 12 mars 1979.

Ma chère Hélène,

Très touché de ta lettre ; je voudrais que tu la relises ! Que veux-tu dire par la famille ? Crois-tu qu'Aimée, Corinne ou moi étions en état d'écrire ? Ou tes cousins, cousines ? Sur *Le Figaro*, j'avais mentionné ton nom, car *tu es de la famille.*

Si tu veux reprendre tes termes si menaçants, écris-moi, je t'écrirai, j'espère, tout sur cette cruelle maladie de Liliane. Je dis, j'espère, car ayant Corinne malade depuis plus de deux mois, et une forte anémie qui lui a donné un virus de zona, nous passons un bien triste moment, et cela nous donne une grande lassitude. Pourvu que je tienne ! Dieu aidant.

A te lire et en t'embrassant.

Ton ONCLE.

Hélène ne répondit pas. Edgar essaiera de la rencontrer à Ottawa trois ou quatre ans plus tard, mais il ne la trouvera pas à son domicile et ne verra pas son nom dans l'annuaire téléphonique. Elle avait épousé à ce moment-là un météorologiste canadien, Joseph Calvert, et avait pris la nationalité canadienne.

Au cours des années soixante-dix, Vidal devint le berger de ses morts. Non seulement il les évoquait sans cesse dans ses souvenirs, mais il envisageait aussi de rassembler à Paris le troupeau dispersé dans les cimetières lointains. Ainsi, il songeait de plus en plus instamment à faire venir les restes de Bouchi auprès de ceux de sa femme Mathilde, enterrée avec sa sœur Henriette au cimetière de Bagneux. Il aurait également aimé faire émigrer son frère Jacques du cimetière de Florence pour Bagneux. Il écrivit en 1977 à la maison de Borniol pour envisager l'exhumation d'Henri du cimetière d'Auderghem et son transfert à Bagneux. Il s'informa même des disponibilités du caveau de Samy Beressi, décédé en 1929, je ne sais dans quelle intention.

Tout son être alors, dans ces années 1975-1980, luttait contre la dispersion et l'oubli. Il ne voulait pas seulement retrouver ses parents éparpillés dans le monde, il voulait aussi retrouver la trace des anciens correspondants de Salonique comme la Canadienne Cornelia Monday, l'Autrichienne Wilhelmine, ainsi que celle des amis perdus. A qui a-t-il écrit, qui lui répond cette lettre d'avant-tombe ?

> Monsieur Vidal Nahoum,
> Mon fils m'a fait suivre votre lettre. Je me rends compte que votre retraite n'a pas toujours été sans soucis. C'est généralement le cas pour tout le monde. Agé de 77 ans, je me suis retiré dans un club du troisième âge et j'ai pratiquement supprimé toutes relations extérieures en attendant l'irrémédiable.
> En vous souhaitant meilleure continuation, je vous présente mes meilleurs vœux.
>
> signature illisible
> 8 juillet 1975.

La « querencia »

L'autre moitié de la vie de Vidal n'était plus que résiduelle. Vidal ferma son magasin de la rue de la Lune avant 1980, faute de clients. Il n'avait plus de biens immobiliers, mais possédait encore des actions et des obligations. Il voulait pouvoir encore vendre et acheter des titres, selon son inspiration ou les conseils de son agent de la rue de l'Opéra. Mais il ne comprenait pas que ce qui était auparavant le plus solide, le textile, la sidérurgie, était devenu le plus fragile. Toutefois, Vidal et Corinne pouvaient vivre et voyager non seulement en disposant de la pension de Vidal et de l'usage de ses réserves, mais aussi grâce à la vente du terrain de Vaux.

Après la fermeture de son magasin, Vidal garda

l'adresse postale de la rue de la Lune. Presque tous les matins, il y partait directement ; il passait le cœur serré devant l'immeuble de sa sœur Mathilde, avenue Niel, prenait le métro à Pereire, changeait, montait lentement les marches de la station Bonne-Nouvelle, s'arrêtait à une baraque de loterie où il jouait à la roulette un ou deux coups, allait prendre son courrier, partait visiter quelques amis du voisinage, dont M. Saltiel, grossiste lui aussi, rue Saint-Denis, regardait peut-être les belles prostituées de la rue, passait éventuellement à sa banque, la Banque de France, ou allait chez son agent de change pour s'informer du cours des actions, puis, taraudé par la faim, rentrait tôt et poussait Poulette à faire chauffer les plats.

Il avait trouvé au-dessus de son magasin un petit appartement pour sa petite-fille Véronique, et il l'appelait de la rue pour lui parler. Il évitait les escaliers, mais quand Véronique entreprit de recueillir sa biographie orale, il monta à l'étage, et ils eurent en 1978 les entretiens dont ce livre contient la plus grosse part.

Sa petite-fille Irène allait aussi le rencontrer rue de la Lune. Après avoir adoré « sa nona » quand elle était petite, elle la fuyait ; après la séparation de ses parents, elle ne pouvait supporter que Corinne, chaque fois, fasse l'éloge de son père et déprécie sa mère ; du coup, Corinne se plaignait de l'oubli et de l'ingratitude d'une enfant à qui elle s'était tout entière consacrée. Irène allait donc voir son papou en tête à tête. Quand un client entrait, Vidal la présentait : « Ma petite-fille, la fille aînée de mon fils, elle va au lycée, elle est comme mon fils, elle ne veut pas venir travailler avec moi plus tard au magasin. » Vidal et Irène plaisantaient et se taquinaient. Irène feignait de faire honte à papou de son fils Edgar : « Tu as vu l'adolescente ratée que je suis, traumatisée, déséquilibrée, je finirai criminelle en première page des journaux, le nom des Nahoum sera définitivement souillé, et ton petit prophète, rayé de la Bible. » Vidal riait alors d'un rire inextinguible, qui finalement s'arrêtait quand même pour le laisser soupirer dans un souffle : « Ah, Rirènou, quel mal tu fais à ton papou ! »

Ils allaient parfois déjeuner ensemble dans un petit restaurant, où, après avoir dévoré, « il avalait son café bouillant (“La première qualité du café, c'est d'être bouillant”, disait-il), puis s'endormait droit sur sa chaise pour ses cinq minutes de sieste qu'il faisait partout. De cette sieste napoléonienne, il se réveillait frais et guilleret ».

C'est au cours de ces déjeuners que Vidal confiait à Irène quelques secrets qu'il n'aurait pas révélés à son fils. Il aurait voulu lui remettre une correspondance amoureuse ancienne qu'il avait déposée chez un ami sûr, mais il n'osa finalement pas, et détruisit sans doute les lettres.

Vidal avait de plus en plus besoin de voir son fils, de lui confier ses soucis, ses problèmes, de lui demander ses avis et, de plus en plus, son intervention dans les querelles entre Corinne et lui. Quand Edgar était à Paris, il lui téléphonait chaque matin, pour prendre des nouvelles, faire un tour d'horizon. Il venait parfois le voir chez lui, rue des Blancs-Manteaux, ou il le faisait venir dans le Sentier. Tantôt Vidal faisait part à son fils de son impossibilité à continuer sa vie avec Corinne et lui confiait ses rêves d'autres femmes (car il ne pouvait supporter l'idée de vivre sans une femme), tantôt, quand son fils lui conseillait de quitter pour un temps Corinne, il se refusait farouchement à cette idée, arguant qu'elle avait besoin de lui et qu'il ne pouvait la laisser seule. Parfois, Edgar le questionnait sur le passé et lui demandait s'il avait eu une maîtresse avant la mort de sa mère. Vidal jurait que non, mais son fils savait qu'il était oriental, c'est-à-dire maître dans l'art de feindre la sincérité, et il n'était pas absolument convaincu. Vidal était toujours très tendre, père maternel pour son fils, mais celui-ci était parfois nerveux et rabrouait son père, qui souffrait de retrouver en lui un caractère des sœurs Beressi. Toutefois, l'époque était bien loin où le fils ne songeait qu'à se libérer de son père. C'était même cette libération qui les avait rapprochés ; ils étaient plus que jamais ombilicalement liés dans une relation circulaire où chacun était à la fois père et fils de l'autre.

La tragédie domestique

Au cours des années soixante-dix, le magasin de la rue de la Lune est fermé, puis le fonds est cédé. La maisonnette à demi préfabriquée de Vaux-sur-Seine, où Corinne trouvait chaque semaine une détente, avait été lentement abandonnée, puis vendue. Au début, Vidal et Corinne prenaient le train et montaient la colline pour se rendre à leur terrain, mais cela les fatiguait de plus en plus, et c'était le plus souvent Henri, le fils cadet de Corinne, qui les conduisait et les ramenait en voiture. Finalement, Corinne vend son terrain en 1976.

Vidal part toujours trotter librement le matin vers le Sentier, mais, l'après-midi, il reste à l'appartement. Après la petite ronflette vidalienne sur le fauteuil d'une dizaine de minutes, Vidal et Corinne regardent la télévision, lisent, parlent ou se disputent. Vidal attend l'heure du dîner, regarde sa montre, se décide un peu après 5 heures à alerter Poulette, qui s'indigne, résiste, puis, vaincue, part à la cuisine aux approches de 6 heures. Après les informations télévisées, il a hâte de se mettre au lit. Il a conservé son excellent sommeil et dort presque aussitôt couché. Mais Corinne a de plus en plus d'insomnies, elle lit *Le Monde* quasi en entier, prend un livre, se lève, va au salon, à la fenêtre, et peut rester debout ou éveillée jusque tard dans la nuit, s'endormant enfin épuisée vers les 4 heures du matin.

Elle est de plus en plus nerveuse, le reprend, le rabroue pour la saleté et le désordre qu'il cause dans l'appartement qu'elle nettoie frénétiquement, et les reparties plaisantes de Vidal pour la calmer énervent encore plus Corinne. Elle entre de moins en moins dans le jeu de ses taquineries, rit de plus en plus rarement de ses plaisanteries.

Le repas est devenu une source permanente de conflits. Non seulement il la presse chaque fois de le préparer, mais elle le contrôle à chaque instant pour qu'il respecte sa diète. Vidal a eu quelques hausses de tension, et le cardiologue lui a prescrit un régime sans sel, une limitation de vin, etc. Il s'efforce de tricher, reprend du vin en douce, déclenche la gronderie. Vidal pique furtivement dans le réfrigérateur, se fait des tartines de pain beurré, mange des bonbons et des fruits confits en cachette ; il a dissimulé une bouteille de Bénédictine, sur la haute étagère d'un placard, près des WC, et, après son café très dilué, il va au cabinet pour uriner ; pendant que Corinne est affairée à la vaisselle, il prend la bouteille de Bénédictine et boit une ou deux bonnes gorgées au goulot, ce qui le remplit d'une immense satisfaction. Une fois, il sera surpris par son fils : « Mais papa ! – J'humecte mes lèvres », répond Vidal d'une voix suave.

Les suffocations, oppressions et douleurs de Corinne se multiplient. Elle s'est fait opérer du second œil, elle a eu des ennuis dentaires. Elle veut que Vidal reconnaisse la gravité de ses maux et l'intensité de sa souffrance. Quand il se plaint d'une douleur ou d'un bobo, elle éclate. « Mais ce n'est rien, ça, Vidal, à côté de ce que je souffre. » Elle consulte très fréquemment le Dr Milanolo ; les examens ne révèlent aucune atteinte au cœur, aucune lésion d'organe, mais Milanolo la reconnaît comme grande malade « des nerfs ». Il lui recommande de sortir, de partir en vacances. Mais voyages et vacances ne la calment que pour un temps, et sont de moins en moins efficaces.

Les crises de dépression sont devenues des crises de rejet à l'égard de Vidal. Elle ne peut plus le supporter. Lui aggrave la situation en croyant la calmer : ou bien il lui dit : « Mais, Poulette, tu devrais être la femme la plus heureuse du monde », ce qui suscite son exaspération, ou bien il répond de façon mécanique à tous ses reproches, toutes ses critiques : « Oui, Poulette. » Son fils lui répète que Corinne souffre d'une culpabilité inconsciente, née de leur mariage même, mais Vidal, qui ignore tout sentiment de culpabilité, veut plutôt croire qu'elle cherche à se débarrasser de lui maintenant qu'il est vieux et n'a plus d'argent. Au cours des crises aiguës, alors qu'il se préoccupe toujours du repas, qu'elle a de moins en moins d'appétit, et de moins en moins envie de faire la cuisine, elle lui crie : « Mais va au restaurant, Vidal. » Vidal n'aime pas aller seul au restaurant et il aime trop la cuisine de Corinne, qui lui fait ce qui lui plaît et lui convient.

Quand ça va trop mal, Vidal téléphone à Edgar et le supplie de venir. Edgar comprend le mal dont souffre Corinne. Il gronde Vidal, qui accepte d'autant mieux cette réprimande qu'elle a pour objet de calmer Corinne en la satisfaisant. Vidal fait alors devant son fils la promesse solennelle de ne jamais plus faire souffrir Corinne, et tout recommence le lendemain. Il arrive aussi que Corinne demande à Vidal de quitter l'appartement. Edgar lui conseille, dans ces cas-là, de partir pendant quelques jours, de laisser les choses reposer. Mais Vidal ne peut supporter cette idée et dit : « Elle a besoin de moi, je ne peux pas la laisser. » Après une crise particulièrement grave, Edgar réussit à convaincre son père d'aller à l'hôtel, et de ne prendre des nouvelles de Corinne que par son intermédiaire. Dès le lendemain, Vidal veut rentrer chez lui, et son fils réussit à l'en dissuader. Vidal fait téléphoner sa nièce Liliane à Edgar : « Comment peux-tu pousser ton père à se laisser chasser de chez lui ? » Corinne, elle, commence à s'apaiser, et Edgar croit que la situation évolue favorablement. Il pense que son père doit se faire désirer et non s'imposer. Mais, au téléphone matinal du troisième jour, Vidal n'en peut plus, il éclate « Idiot ! » s'écrie-t-il retrouvant en son fils de 50 ans l'enfant abruti des 10 à 15 ans. Il rentre chez lui, le drame reprend. Son fils est alors frappé d'un blocage digestif, il a envie de vomir et une forte fièvre l'envahit. Il se sait dépassé par la tragédie : Vidal veut rester, alors qu'il faut partir, fuir, alors qu'il est enchaîné.

Quand Vidal et Corinne sont seuls, l'appartement de la rue Laugier prend des allures d'autant plus mortuaires que tout y est propre, rangé, astiqué. Les visites des enfants et des petits-enfants se sont raréfiées. Edgar est fréquemment absent de Paris. Seul Henri vient très souvent, rend des services, fait des courses, les conduit en voiture. Corinne a progressivement abandonné la coutume saloni-cienne de préparer plusieurs plats à l'avance en vue d'une visite éventuelle. Elle a aussi progressivement cessé de faire les *sfongatticos* d'épinards ou d'aubergines, les *pastellicos* de fromage, les *keftes* de veau et agneau, dont elle gardait toujours une portion pour ses enfants et Edgar. C'en est fini de ces jeux rituels où Vidal fait mine de vouloir partager la portion réservée à son fils, sous les protestations indignées de Corinne.

Détentes

Et pourtant, il y a des moments, des périodes de détente, d'ouverture, de communication, de plaisir. Dans l'appartement même, le monde extérieur arrive avec la lecture scrupuleuse du *Monde* et le spectacle des informations télévisées. Ils discutent et s'opposent ; Vidal est fataliste, continue à approuver et à féliciter tous les présidents de la République qui se succèdent, Corinne, elle, se sent près du peuple, s'indigne des privilèges, des abus, des dépenses somptuaires de l'État. Elle a même écrit à Giscard d'Estaing pour lui dire que s'il veut équilibrer le budget de la France, il lui suffit de supprimer les réceptions à l'Élysée.

Il y a aussi les sorties au restaurant, où ils sont invités par l'un des enfants. Ces jours-là, Vidal est très heureux, s'impatiente, attend la voiture de l'inviteur longtemps à l'avance à la porte de son immeuble. Au restaurant, il a hâte de consulter la carte, réclame du pain en attendant, est pressé de commander, commande le premier, demande qu'on le serve au plus vite, puis, la commande passée, son regard guette le garçon et, à la première occasion, il le hèle pour réclamer son plat. Dès que le plat arrive, son visage se penche sur l'assiette, il mange goulûment, comme s'il souffrait de famine, avec une concentration absolue d'animal. Il n'entend et ne voit plus rien, mais, de temps à autre, instinctivement, comme le faisaient ses ancêtres hominiens avant l'invention du feu, il y a un à deux millions d'années, ses yeux balaient le champ visuel, comme pour vérifier l'absence d'un ennemi qui viendrait s'emparer de son repas, et continuent jusqu'à ce qu'il ait tout liquidé. Bien qu'un peu rasséréné, il attend encore avec impatience le plat principal. Ce n'est qu'une fois celui-ci terminé que son visage se redressera, épanoui, qu'il regardera autour de lui, d'abord les assiettes des autres, pour voir s'il y a de quoi piquer ici et là, boira une bonne lampée de vin, et commencera à participer à la conversation, profitant d'une distraction de Corinne ou de son fils pour piquer un morceau dans leur assiette. Il désignera à maintes reprises du regard son verre vide et la bouteille de vin, et, lorsque Corinne et Edgar lui diront de cesser de boire, il répondra avec hauteur : « Mais nous sommes en République. » Si on lui reproche de s'être précipité sur la nourriture en oubliant tout le reste, il citera avec gravité le proverbe turc : « L'œil voit, l'âme désire. » Si son fils le gronde, il récitera le vieux proverbe salonicien : « *Se alevantaron los pepinos i aharvaron a los bagtchavanes* » : les concombres se sont levés et ils ont frappé leurs jardiniers.

Il y a aussi de grandes fêtes ; il règne en joyeux patriarche dans les festins de mariage d'Irène et de Véronique, chez Violette, où ont lieu également certains de ses anniversaires. Un mois à l'avance, Vidal rappelle à son fils la date du 14 mars afin qu'il prépare repas et cadeaux. Edgar n'a pas la mémoire des anniversaires, mais Johanne, qui adore anniversaires et cadeaux, n'oublie jamais. Il y eut un beau soixante-dix-neuvième anniversaire au restaurant, en 1973, et une grande fête pour les 80 ans, chez Edgar, rue des Blancs-Manteaux ; l'après-repas fut enregistré, et la bande magnétique porte les rires joyeux de nona mêlés à ceux de Vidal, d'Irène, de Daniel, son mari, de Véronique, de Johanne, d'Edgar. Vidal chanta *Les Volets clos* avec une grande émotion :

> *Comme aux beaux jours de nos 20 ans*

où le narrateur, vieilli, revient dans la maison de ses amours

> *Sur la place*
> *Où s'efface*
> *Quoi qu'on fasse*
> *Toute trace...*

et où

> *Je croyais presque entendre*
> *Ta voix tendre*
> *Murmurer :*
> *« Viens plus près »...*

La chanson est répétée, en chœur, puis Vidal, suivi par les autres, chante *Les Feuilles mortes*. Les chansons se succèdent ; il y a les assez récentes qu'adore Vidal : *Zon, zon, zon, Elle avait des bagues à chaque doigt.*

Vidal demande à Irène la *Complainte des amants infidèles*, qu'elle chante depuis l'âge de 6 ans en répétant la même erreur enfantine.

> *Bonnes gens*
> *Écoutez la triste ritourné-et-leu*
> *Des amants errants*
> *En proie à leurs tourments*
> *Parce qu'ils ont aimé*
> *Des femmes infidé-et-leus*
> *Qui les ont trompés*
> *Mignominieusement...*

On remonte vers le passé, c'est *Sombreros et Mantilles*, puis des chansons 1900, *Tout nu*, que chantait Perchicot :

> *On m'a trouvé tout nu*
> *Auprès de Notre-Dame*
> *Dans la rue Saint-Martin...*

Puis tous chantent en chœur glorieusement *Le rêve passe*. Vidal et Edgar chantent pathétiquement *Les Deux Ménétriers*, que Pepo Beressi leur avait appris :

> *Sur de noirs chevaux sans mors*
> *Sans selle sans étriers*
> *Par le royaume des morts*
> *Vont les deux ménétriers...*

Les deux ménétriers demandent aux morts s'ils veulent vivre à nouveau, et tous les morts, enthousiastes, s'écrient : « OUI ! » Mais, disent les deux ménétriers, « si vous voulez vivre deux fois, il vous faut aimer encore ». Alors les morts, unanimes, s'écrient avec horreur : « NOOOOOON ! »

On passe à la chanson italienne, avec *Les Papaveri*, puis Vidal exhume de son passé *La Bella Gigudi* :

> *Andeva a piedi de Lodi a Milano*
> *Per encontrare la bella Gigudi...*

Arrive une autre chanson d'avant la guerre de 14, *Sur la route de Florence* :

> *Mirela, Mirela, ma jolie,*
> *Je reviens pour te retrouver.*
> *Tu es la plus belle d'Italie.*
> *Je reviens t'apporter le bonheur.*
> *Mais toi, m'as-tu gardé ton cœur ?*

Vidal passe à la « deuxième catastrophe » où le malheureux exilé apprend que Mirela est morte il y a six ans. Puis il récite la tirade de Flambeau dans *L'Aiglon* :

> *Jean-Pierre Séraphin Flambeau, dit Flambart,*
> *Né de papa breton et de maman picarde...*

A la demande d'Irène, il chante une chanson turque à la beauté nostalgique dont il traduit les paroles :

> *De cette rivière,*
> *Les flots ont inondé mon jardin.*

Combien de chagrin j'ai eu.
Mes chagrins, les fils télégraphiques ne pouvaient les
   prendre.
La plume ne pouvait les prendre.

Puis il passe à *Jul on para*, version ottomane de *La Violettera* :

> *Des roses à 10 sous*
> *Une petite fille vend ses roses*
> *Prenez mes roses...*

Et enfin l'histoire turque du soldat (illettré) qui demande au hodja de lui lire la lettre de sa fiancée Eminen. Le hodja :

> *Baban salam edior*
> *Aman salam edior*
> *Hodja salam Edior*

Vidal traduit phrase après phrase, avec emphase :

> *Ton père te salue beaucoup*
> *Ta mère te salue beaucoup*
> *Le hodja te salue beaucoup...*

Le soldat dit alors au hodja : « Je t'en supplie, ne me trompe pas, parle-moi de mon Eminen. » Le hodja, embarrassé, qui a lu qu'Eminen était morte, ne peut que lui répéter les salutations du père, de la mère, du hodja, et le soldat comprend tout.

« Mais c'est horriblement triste », gémissent Irène et Véronique, en s'esclaffant.

Et la fête continue, on rit, on s'émeut, on rit de s'émouvoir, on s'émeut de rire ensemble. Il y eut ainsi quelques belles fêtes autour de Vidal patriarche et super-papou.

Dès que s'installe le cycle dépressif de Corinne, Vidal, obéissant aux indications du Dr Milanolo, pousse au voyage ; il lui est de plus en plus difficile de convaincre

Corinne, qui, dans l'atonie de la dépression, n'a plus goût à rien. Mais, finalement, chacun et tous s'y mettant, elle accepte le départ, et il va réserver hôtels et trains. Ils partent alors, soit à Monte-Carlo, chez Daisy et Sam, soit dans des maisons rurales d'accueil, dont une de Normandie qu'ils aiment beaucoup, soit en croisière sur le Rhin, soit en cure en Italie, soit en Suisse sur le Léman, soit en hôtel ou résidence pour troisième âge en Alsace ou dans le Midi ; ils lient facilement connaissance avec leurs voisins de table, ils se font des amis, et ils reçoivent des cartes en allemand, en italien où l'on demande de les revoir. Ils charment beaucoup tous ceux qu'ils rencontrent par leur gaieté, leur curiosité de tout, leur chaleur, leurs taquineries mutuelles. Ils vont aussi faire des séjours chez Edgar dans la résidence qu'il a louée à Ménerbes. Une fois, Edgar et Johanne ont pris Corinne avec eux à Naples et à Salerne, contraignant Vidal à la laisser partir seule. Elle a aussitôt ressuscité, comme elle avait ressuscité en Californie, avec en plus la possibilité de veiller durant les soirées. Elle a même passé une nuit dans le ravissement, à Naples, à voir danser jusqu'au petit matin Edgar et Johanne dans l'appartement d'un ami.

Dans les bons moments, où ils apparaissent dans la face éclairée d'eux-mêmes, ils suscitent des affections quasi filiales. Ainsi en fut-il pour Colette Neagle, de La Jolla, qui les adopta comme parents avec amour (« Je vous aime comme mon papa et ma maman », leur écrivait-elle). Ainsi en fut-il également de Jean Récanati et de sa femme Suzanne. Jean Récanati était le frère cadet d'un ami de lycée d'Edgar ; celui-ci l'avait recruté au début de 1943 dans son mouvement de résistance ; arrêté et déporté, il était mort à Mauthausen. Les parents, d'origine salonicienne, avaient été déportés et tués à Auschwitz. Jean était resté seul survivant de sa famille. A la Libération, il était entré au parti communiste, était devenu rédacteur en chef adjoint à *L'Humanité*, avait quitté le parti, s'était marié, avait deux fils devenus adultes dans les années soixante-dix, l'un militant de la Ligue communiste, l'autre universitaire.

Mais deux crises de souffrance brisèrent la relation avec Colette et celle avec les Récanati. Colette était reçue à déjeuner ou à dîner chez Vidal et Corinne à chacun de ses séjours en France. Or, à l'un de ses passages vers la fin des années soixante-dix, Corinne était dans un moment très dépressif, et Vidal s'excusa au téléphone de ne pouvoir la recevoir ni la voir. Colette se sentit rejetée et cessa tout rapport avec eux. Un peu plus tard, Edgar avait organisé un repas au restaurant avec ses parents et les Récanati. Au cours de ce repas, ceux-ci avaient le visage sombre et demeuraient silencieux. Vidal et Edgar se demandèrent ce qui pouvait leur avoir déplu. En fait, leur fils Michel venait de rompre brutalement avec eux en déclarant qu'il allait se tuer, et il avait disparu sans laisser de traces. Deux ans plus tard, Jean Récanati mourait d'un arrêt cardiaque et sa femme apprenait avec retard la mort de Michel.

Enfin, sur le tard, deux jeunes parentes, dont la grand-mère était cousine germaine des sœurs Beressi, Danielle et Nicole Angel, venues de Grenoble, s'éprirent également de Vidal et de Corinne, et s'émerveillèrent de les fréquenter.

Sans cesse, Vidal pouvait devenir le super-papou, Corinne, la super-nona, ils pouvaient rayonner et inspirer une admiration et une filialité spontanées. Parfois, la joie de vivre revenait chez Corinne au milieu de ses tourments, alors que la joie de vivre, toujours présente chez Vidal, était seulement provisoirement obscurcie par les tourments domestiques. Aussi, à travers tant d'années d'épreuves et de souffrances, demeurait-il paradoxalement heureux. Et plus il progressait dans l'âge octogénaire, plus il émerveillait autrui par sa jeunesse inaltérée. Comme l'écrit Danielle Angel, « si peu cartésien mais donnant l'impression d'avoir tout compris, avec une connaissance aiguë des choses... et qui avait gardé en lui une immense faculté de s'émerveiller. Quel enthousiasme ! Je me suis souvent sentie vieille à côté de lui ».

Rêve

Vidal avait un attachement viscéral pour Corinne, il
était incapable de s'en arracher. En même temps, il rêvait
de s'émanciper de son enfer domestique, mais alors il ne
pouvait envisager la solitude. Il refusait même la proposition de son fils de venir s'installer près de lui. Il ne
voulait s'évader que si une autre femme l'acceptait à
l'avance. Il avait une fois entrepris une dame, veuve ou
divorcée, mais quand celle-ci eut appris qu'il était marié,
cette dame sérieuse refusa d'aller plus loin avant qu'il ne
divorce, alors que Vidal ne voulait envisager que la procédure contraire.

Il rêva aussi à la cousine de Corinne, Marguerite, veuve
depuis 1956, et qui avait 62 ans au moment où il commença ses avances. En dépit de la très grande intimité
entre Corinne et Marguerite, il suggéra à Marguerite qu'il
pourrait vivre avec elle. Les premières réactions de Marguerite furent de suffocation, elle lui expliqua qu'elle ne
pouvait prendre le mari de sa cousine, puis elle dit à Vidal
qu'il était impossible d'envisager la chose si au préalable
Corinne et lui n'étaient pas séparés. Vidal n'abandonna
pas. Irène reçut la confidence de son grand-père, qui lui
demandait un encouragement : « Je me souviens de l'émotion qui m'a saisie en regardant mon jeune Papou de
80 ans, ses yeux bleus si lumineux, ses beaux cheveux,
cette attente ludique de la vie. »

Peu après cette confidence, Vidal vit un 45-tours intitulé
Je ferai n'importe quoi pour un tour dans ton lit. Il
l'envoya par la poste à Marguerite et attendit. Comme rien
ne venait, il lui téléphona au bout de cinq jours : « Alors ?
– Comment as-tu pu oser, Vidal ! » s'écria Marguerite
indignée, qui raccrocha. Irène le réprimanda : « Mais
enfin, papou, quand on voit le genre de la cousine Marguerite, fallait surtout pas lui envoyer ça, tu aurais dû me

demander, on aurait fait dans le classique, le distingué. »
Vidal ne se découragea pas : il pensait peut-être que son
obstination allait fléchir Marguerite. En 1975, elle lui dit
au téléphone : « Laisse-moi réfléchir pendant quelques
jours. » Elle mourut avant d'avoir suffisamment réfléchi,
d'un infarctus du myocarde, à l'âge de 65 ans. Vidal en
avait 81.

A peu près en même temps, il avait fait une autre tentative du côté de Turin. Sa sœur l'y avait fait rencontrer
sa proche amie, une veuve, Mme Ortona. Quand Mathilde
était devenue résidente à Paris, Vidal était allé à Turin
pour y régler ses affaires, et il avait invité Mme Ortona à
déjeuner. Puis il avait écrit à Mme Ortona qu'il souhaitait
aller à Turin pour la rencontrer plus intimement. Scanda-
lisée, Mme Ortona avait écrit à Mathilde ; elle se disait
très affectée d'être traitée en femme légère, alors qu'elle
était une veuve honorable. Mathilde gronda son frère, qui
fut très dépité d'avoir été ainsi trahi par Mme Ortona, et
les choses en restèrent là jusqu'à la mort de Mathilde, en
décembre 1976.

Vidal écrivit alors une lettre très décente à Mme Ortona
pour lui annoncer la triste nouvelle et lui dire qu'il espérait
la voir pour parler de sa sœur lors d'un prochain séjour à
Turin. Mme Ortona répondit qu'elle était très triste et toute
disposée à rencontrer Vidal lors du séjour annoncé, mais
l'informa qu'elle devait partir visiter l'un de ses fils, marié
avec une Israélienne, à Rehovot, dans un kibboutz. Vidal
lui proposa alors de la rencontrer, même à Rehovot.
Mme Ortona lui répondit de façon très distante et évasive :

> Cher monsieur Vidal,
> Je regrette de ne pouvoir pas vous rencontrer à Torino
> aux dates 15-20 février et même pas à Rehovot. Je n'ai
> pas encore des programmes exacts : en quittant Rehovot,
> j'irai en Suisse peut-être. Avant de projeter votre voyage
> en Israël, vaudra la peine vous conseiller [*consulter, sans
> doute*] avec votre famille, vu que je ne pourrai pas vous
> être utile.

Je regrette et vous prie d'agréer mes salutations les plus cordiales.

Silvia Ortona.

En mars 1977 éclata une nouvelle crise avec Corinne, et Vidal prit pour la première fois la résolution de partir pour ne plus revenir. Son fils était alors pour deux semaines chez une amie, à Camogli, petit port ligure proche de Gênes. Vidal partit pour Turin, sous le prétexte de régler la question en suspens du reversement de la pension de Mathilde. Là, il apprit chez Mme Ortona que celle-ci devait faire la Pâque dans le kibboutz où s'était installé son fils, et il réussit à obtenir le numéro de téléphone de ce kibboutz. Aussitôt, de Turin, il téléphona à son fils pour le voir d'urgence. Ce père enfantin voulait que son fils joue le rôle du père qui fait la demande en mariage. Edgar invita son père à venir aussitôt à Camogli. Vidal arriva, très décidé à ne pas rentrer rue Laugier. Edgar, qui pour la première fois voyait son père partir de son chef, et non pas chassé, crut à la décision. Vidal voulait s'installer soit à Livourne, soit à Cannes, auprès de son ami Matarasso. Mais il n'abandonnait pas définitivement son rêve ortonien, et souhaitait que son fils téléphone au kibboutz à l'heure du déjeuner, afin d'attester le sérieux et l'honorabilité de ses intentions. Edgar ne se sentit pas capable de faire cette démarche prématrimoniale ; il démontra à son père que le comportement et la lettre de Mme Ortona ne permettaient aucun espoir. Mais Vidal n'aimait pas renoncer, même devant l'évidence, et il téléphona lui-même au kibboutz. Il ne trouva pas Mme Ortona et ne put s'expliquer avec des gens qui ne parlaient ni italien ni français. Il renonça à Mme Ortona (bien qu'il rêvât encore par la suite de rattraper l'affaire, jusqu'à ce qu'il eût appris qu'elle avait épousé un Hollandais). Mais, sur l'instant, il resta ferme dans son intention de ne pas rentrer chez lui. La deuxième journée passa, paisible. Vidal faisait des projets pour vivre à Livourne ou peut-être à Cannes. Edgar lui déconseilla de se fixer à Livourne, où il ne connaissait personne ; il valait mieux qu'il s'installe à Cannes, plus proche de Paris, où il avait son ami. Vidal retint une place dans le train Gênes-Cannes pour le surlendemain. Mais, au troisième matin, Edgar trouva son père appelant Corinne au téléphone : « Poulette, Poulette, disait-il ému, éploré, je suis avec Edgar, il ne veut pas que je te laisse toute seule, il veut que je rentre auprès de toi dès demain. – Mais tu peux rester encore en Italie si tu as besoin, Vidal, tu as le temps, je me débrouille très bien toute seule. – Non, non, Poulette... »

Son fils lui reprocha de manquer de volonté, d'avoir inventé une nouvelle histoire, etc. Vidal laissa passer cet orage Beressi en silence, son *bovo* de fils étant incapable de comprendre les intermittences du cœur. Edgar le conduisit à la gare de Gênes. Il y avait une très grande queue au guichet où Vidal devait modifier sa réservation et son billet. Il fendit la foule, la canne en avant, en criant à tue-tête : « *sono vecchio, sono vecchio* » (« je suis vieux, je suis vieux ») : la foule s'écarta comme la mer Rouge devant les Hébreux et Vidal arriva au guichet où il obtint le changement.

Vidal aurait-il quitté Corinne si l'une des trois dames qu'il avait entreprises avait accepté ses propositions ? Ou jouait-il à s'imaginer qu'il pouvait la quitter ? Ce qui est sûr, c'est qu'il ne voulait, ne pouvait accepter de vivre seul. Comme l'a dit justement Danielle Angel, « c'était un homme qui adorait être marié ». Il avait besoin d'une femme au foyer, et, même veuf, il n'avait jamais manqué de foyer, et jamais manqué vraiment de femme.

La médaille, enfin

Tous les tourments des années soixante-dix n'empêchèrent pas Vidal de poursuivre obstinément ses efforts pour obtenir une décoration. La médaille de la Ville de Paris l'avait déçu : elle ne comportait pas de ruban et ne pouvait être arborée. Vidal chercha alors une vraie décoration avec ruban et médaille. L'absence même de toute occupation commerciale permanente l'amena à se vouer à cette quête. Certes, il ne s'en occupa pas en permanence, mais il s'en occupa avec persévérance.

Au début de 1972, Vidal écrit à son député Jacques Dominati ; ne manquant ni séance de cinéma ni buffet offerts par Dominati à ses bons électeurs, il s'est fait connaître au député en faisant valoir l'ancienneté de sa fidélité à Paul Reynaud, et il apparaît à Dominati comme un électeur patriarche, véritable burgrave des bureaux de vote du IIe arrondissement. Vidal, dans cette lettre, souhaite une décoration. Comme Dominati ne sait pas que Vidal (qui n'a pas voulu le dire de peur d'affaiblir sa demande) a déjà la médaille de la Ville de Paris, il la lui suggère comme juste hommage car

> les citoyens de votre qualité ne sont pas si nombreux que l'on ne puisse s'efforcer, à l'occasion de votre cinquantenaire professionnel, que vous évoquez, les honorer comme il convient.

Vidal l'informe qu'il est déjà titulaire de la médaille de la Ville de Paris, et Jacques Dominati, dans une lettre du 19 avril 1972, entreprend alors d'appuyer la promotion de Vidal à l'ordre du Mérite. Il appelle l'attention du préfet sur « les mérites et les qualités d'animateur de l'économie française de M. Vidal Nahoum », par ailleurs « animateur assidu des œuvres sociales de la mairie du IIe arrondissement ». Du reste, les vertus de Vidal sont éclatantes, puisqu'il a déjà obtenu la médaille de la Ville de Paris.

Une intense correspondance s'établit alors. Le préfet prend le 28 avril 1972 « meilleure note » de l'intervention du député, qui transmet copie de cette lettre à Vidal. Vidal réintervient sans doute en mai auprès du député, puisque celui-ci rappelle au préfet les titres et mérites de Vidal, et que le préfet confirme par lettre du 23 juin 1972 ses intentions favorables au candidat. Vidal écrit le 12 octobre à son député pour le remercier de sa lettre, lui communiquer son attente d'avis favorable, et conclut :

> J'ai cessé mon activité commerciale cinquante années après mon établissement dans ce IIᵉ arrondissement dont je reste et resterai toujours attaché. Inclus deux photocopies de mes fournisseurs, dont les termes me touchent.

En janvier 1973, Vidal s'impatiente, écrit au préfet pour savoir auprès de quel ministère son dossier est en instance :

> Je me trouve être appelé à me faire opérer des yeux, et retarderai l'intervention chirurgicale, si je peux connaître quand pourra être connue ma nomination. L'intervention qui m'attend peut être avec une issue incertaine vu que je finis 79 ans dans quelques semaines, et j'aurai bien voulu me trouver encore vivant et en bonne forme si j'ai la joie de recevoir cette distinction.

Mais Vidal est très déçu de ne pas voir son nom dans la promotion du Mérite de la fin janvier 1973. Vidal exprime cette déception à Jacques Dominati, qui lui-même se trouve « extrêmement et désagréablement surpris ». Comme Vidal lui demande s'il doit retarder son intervention chirurgicale pour attendre la prochaine promotion, Jacques Dominati lui avoue son embarras, étant donné que le prochain tableau ne paraîtra que le 14 juillet, et qu'il n'est pas assuré de réussir. Ainsi Vidal se sert de l'opération de la cataracte qu'il doit subir pour attendrir Dominati, et en même temps il se sert de son attente pour différer cette opération qui lui fait très peur. Re-intervention de Dominati auprès du préfet le 6 février 1973, re-réponse très favorable le 22 du même mois. A la suite de quoi le député écrit à Vidal, le 23, qu'il pense qu'il a pratiquement gagné. Entre-temps, Jacques Dominati est réélu et, dès le lendemain, Vidal dépose boulevard de Sébastopol un petit mot de félicitations pour la « brillante réélection ». Il se déclare tout disposé à assister à une réunion amicale du comité de soutien. Nouvelle démarche de Dominati, stimulé par cette lettre, auprès du préfet, lequel fait savoir par lettre du 30 mars qu'un dossier favorable a été transmis au ministre du Commerce et de l'Artisanat.

Vidal, au vu de cette lettre, téléphone au ministère de l'Artisanat, et apprend que son dossier ne sera inclus ni dans la prochaine promotion ni dans la suivante. Il écrit à Dominati le 29 mai pour l'informer et demander :

> Une intervention directe au ministère pourrait faire sortir mon dossier du nombre. Je viens faire appel à votre bonne obligeance à mon égard ; j'arriverai bientôt à mes 80 ans, et devant subir des interventions chirurgicales, il me serait agréable de voir ma nomination.

Le député répond que le changement de gouvernement a entraîné le départ du ministre qui aurait signé la nomination. Mais, ajoute-t-il,

> j'ai la réputation, peut-être méritée, d'être tenace. Dans votre cas particulier, chez monsieur Nahoum, je tiens à mériter cette réputation.

Jacques Dominati est élu le 14 juin 1973 président du conseil municipal de Paris. Cette gloire rejaillit sur Vidal, qui en profite pour rappeler sa demande :

> Très heureux de voir votre brillante élection comme président du conseil de Paris, et vous ai exprimé ma joie en vous télégraphiant ce matin mes sincères félicitations.
> Nous avons été fiers au IIe d'avoir eu M. Paul Reynaud comme député, et je suis persuadé que nous le serons encore davantage avec vous, cher monsieur Dominati.
> Veuillez [...]
> P.S. Bien merci de votre aimable lettre du 6 juin, et attends vos nouvelles avec espoir.

Le 7 juillet, nouvelle lettre de félicitations de Vidal, après un dîner-débat où il s'est rendu avec Corinne. Vidal joint à sa lettre deux affiches-circulaires de Paul Reynaud vieilles de quarante années : « Sur ces affiches-circulaires, il n'y aurait que le nom à changer. »

Autre lettre le 23 août pour demander à nouveau une intervention auprès du ministre :

> Vous avez bien voulu m'écrire le 6 juin que vous avez la réputation d'être tenace, je m'en réjouis et m'en félicite.

Mais la nouvelle intervention n'aboutit pas. Nous n'avons plus de correspondance entre Vidal et Dominati à ce sujet après cette lettre d'août 1973. Mais Vidal ne renoncera pas. Jacques Dominati deviendra secrétaire d'État aux Anciens combattants et Victimes de la guerre, et Vidal se rappellera à son souvenir. Le ministre profitera d'une promotion destinée à des musulmans algériens et pieds-noirs pour y glisser Vidal. Celui-ci est finalement promu chevalier de l'ordre national du Mérite, le 19 décembre 1979. Vidal tient à ce que le ministre lui fasse la remise de décoration. Il joint à sa demande des tracts et des textes de Paul Reynaud des années trente. Jacques Dominati accepte par lettre du 23 janvier 1980. La cérémonie a lieu dans les salons du ministère, rue de Babylone, au début de l'année 1980. La famille est invitée, les survivants des anciennes générations rencontrent les nouvelles générations. Des cousins se retrouvent. Edgar a invité ses amis qui connaissent Vidal. La présence de personnes aux noms connus lui fait plaisir. Le discours du ministre donne une image de Vidal que celui-ci écoute, crédule et émerveillé :

« Je voudrais d'abord évoquer votre jeunesse, monsieur Nahoum, parce qu'elle porte témoignage de votre indéfectible attachement à la France et à la Liberté.

» A votre naissance, vous êtes, en effet, un sujet de la Sublime Porte. Mais votre père, chevalier de l'"ordre de Léopold", attaché au consulat de Belgique à Salonique et représentant des pétroles de Bakou, vous donne une solide éducation francophone.

» C'est pourquoi, lorsque l'armée alliée d'Orient débarque à Salonique en 1915, vous décidez aussitôt de vous engager sous le drapeau français.

» Vous êtes ensuite affecté à Marseille en 1916, où vous servez jusqu'à votre démobilisation en 1919.

» C'est alors que, comme l'on dit là-bas, vous "montez" à Paris pour ouvrir un fonds de commerce, rue d'Aboukir, déjà dans le IIe arrondissement.

» Dès 1925, conscient de la nécessité pour les chefs d'entreprise responsables de participer à la vie de la cité, vous devenez membre du conseil d'administration de la caisse des écoles du IIe arrondissement.

» Naturalisé en 1931, vous collaborez ensuite avec tous les députés du IIe, je veux parler de Léopold Bellan, Paul Reynaud, Legaret, enfin moi-même et notre ami Abel Thomas.

» Vous apportez votre profonde connaissance des hommes, des problèmes et du milieu social parisien. Vos remarques, vos suggestions nourries par votre longue expérience sont toujours les bienvenues.

» De même, la confiance dont vous témoignent tous ceux qui vous entourent, et tout particulièrement vos amis commerçants, a fait de vous l'ami que l'on écoute et le modèle qu'on veut imiter.

» C'est en effet votre aptitude à gérer sagement une entreprise de dimension moyenne malgré toutes les incertitudes et tous les aléas économiques qui vous vaut cette reconnaissance unanime.

» Je tiens à saluer aussi votre épouse et vos enfants auxquels, je le sais, vous êtes très attaché et dont vous pouvez être légitimement fier.

» C'est pour toutes ces raisons que M. le Président de la République a décidé, sur ma proposition, de vous nommer au grade de chevalier dans l'ordre national du Mérite. »

Vidal écoute, ébloui, convaincu. A la sortie, son fils lui

fait remarquer que le ministre a oublié de signaler ses actes d'héroïsme à Verdun et sur la Marne. « Méchant », lui répond son père[1].

86 ans

Vidal avait 76 ans en 1970. Il mangeait bien, buvait bien, n'avait pas d'ennuis du côté digestif, sinon parfois des sortes de rots spasmodiques, ininterrompus, qui lui étaient venus après la mort de Luna, et qui réapparaissaient dans les périodes de mal-être et de mécontentement profonds. Mais il lui était venu des difficultés, côté vessie et prostate, côté abdomen, côté cœur, côté yeux.

Il avait de plus en plus fréquemment envie d'uriner, et la pression de l'envie l'amenait parfois à pisser contre un

1. Le 12 juin 1988, neuf ans après que Jacques Dominati a obtenu l'ordre du Mérite pour son père, le fils de Vidal ventilait les notes et les informations concernant cette décoration. Le destin voulut qu'il habitât le IIIᵉ arrondissement, où s'était transporté depuis Jacques Dominati, qui y était devenu un député-maire, qu'il y ait le second tour des élections législatives le 12 juin, et que Jacques Dominati y ait pour concurrent le socialiste Jacques Benassayag. Edgar pensait voter Benassayag, mais souhaitait, par piété pour son père, que sa femme, qui était d'accord, votât Dominati. Mais Edwige avait eu un accident qui l'immobilisait ce jour-là. Edgar partit au bureau de vote, très partagé, pensant tantôt voter Benassayag, par fidélité – à la gauche –, tantôt Dominati, par fidélité – au père. Il se donnait des arguments civiques pour voter Dominati (excellent maire, qui favorise les espaces verts, s'occupe des indigents et des défavorisés, il est soutenu par la candidate écologiste qui s'est désistée en sa faveur, etc.). Mais il se donnait des arguments contraires (« Je n'ai jamais voté à droite, je dois voter pour une idée, non pour un souvenir », etc.). Il se posait un problème bizarre et inédit : « Peut-on voter par piété pour son père ? » Mais, en cours de route, rue de Turenne, une décision s'affirmait en lui : il *devait* faire ce geste, sinon oriental, du moins méditerranéen, de toute façon nullement occidental, de voter, non tant comme aurait fait son père, mais, via Dominati, *pour* son père. L'idée que Vidal serait présent dans son bulletin lui fit du bien.

mur, dans la rue, cela sans gêne, puisqu'il s'agissait d'un besoin naturel. Puis il lui arriva une fois de ne plus pouvoir uriner pendant vingt-quatre heures. Il s'affola, mais des médicaments rétablirent le cours normal. Les médecins lui suggérèrent l'opération de la prostate, Corinne le poussait à se faire opérer, avec l'appui d'Edgar, mais Vidal était fondamentalement hostile à la moindre intervention chirurgicale sur son organisme. Il résista victorieusement, et ne fut pas opéré de la prostate. Il eut encore un ou deux blocages urinaires, dont les médicaments eurent raison. Vidal resta avec ses envies très fréquentes de pisser, qui l'embarrassaient beaucoup quand elles survenaient dans le métro ou dans le bus.

Vidal portait depuis les années soixante un bandage herniaire. On lui avait conseillé de toutes parts de se faire opérer de sa hernie, mais il se bornait à changer de ceinture lorsque la pression était trop forte. Là aussi, il résista victorieusement.

Côté cœur, Vidal eut des hausses de tension. Parfois, il sentait son cœur battre étrangement, il voyait alors un cardiologue, ami de son fils. Toujours inquiet avant l'électrocardiogramme, il se faisait accompagner par Edgar. Les électros étaient bons, et le Dr Fortin recommandait régime et hygiène : éliminer le sel, diminuer les graisses et l'alcool. Ici, Corinne prenait les choses en main : le régime lui permettait à la fois de soigner, de protéger et de persécuter Vidal. C'est pourquoi il était toujours impatient que son fils les invite au restaurant, où, dans la liesse, Corinne tolérait quelques écarts. Il savait bien que Corinne avait toujours très peu d'appétit et ne terminait pas ses plats, ce qui l'assurait d'avoir au moins un repas et demi. Par chance, il n'était pas porté vers la charcuterie, les sauces, les piments, c'est-à-dire les aliments néfastes, et ses excès ne lui étaient pas nuisibles. Ce qui lui plaisait aussi, c'était le jeu avec Corinne, le plaisir de tricher non seulement sans être découvert, mais aussi en étant découvert. Il s'amusait alors à nier l'évidence en disant : « C'est une calomnie. » Et il s'adressait mélodramatiquement à son fils : « Viens, mon fils, viens mon sang, viens me venger. »

Il marchait toujours de façon très alerte ; certes, il ressentait une fatigue de plus en plus grande à monter les escaliers, mais il demeurait un marcheur de fond et n'hésitait pas, les jours de grève des transports en commun, à aller à pied au Sentier pour chercher son courrier.

C'est sa vue qui s'aggrava véritablement au début des années soixante-dix. Elle baissait des deux yeux, l'un devenant progressivement presque aveugle, et l'opération de la cataracte s'imposa. Vidal fait état de l'intervention chirurgicale proche dans ses lettres de 1972 à son député, mais, en fait, il résiste farouchement à cette perspective. Corinne, elle, forte de son opération qui lui a rendu la vue et forte de l'autorité incontestée du Pr Offret, qui est prêt à opérer Vidal, insiste sans trêve. Edgar, de son côté, fait pression. Vidal résiste, buté. Mais la vue baisse inéluctablement. Comme Vidal ne se résigne pas à ne pas trotter chaque matin dans Paris à ses petites affaires, il a pris une canne blanche, ce qui lui permet de fendre la foule, monter dans le bus le premier, traverser autoritairement la chaussée en jetant des regards de mépris aux voitures qu'il discerne à peine. La pression s'accentue, Corinne et Edgar lui arrachent au début de l'année 1974 la promesse qu'il se ferait opérer. Bien entendu, il gagna (perdit) beaucoup de temps.

Vidal choisit non pas le Pr Offret, mais une jeune femme, fille d'un monsieur que son fils connaît. Il s'imagine qu'une femme serait plus douce qu'un homme, une personne jeune plus à la page qu'une vieille, dont le geste risque d'être moins sûr. Il est hospitalisé aux Quinze-Vingts en septembre 1974. Vidal n'a pas voulu être endormi, ce qu'on lui promet, mais ne tient pas. Quand il se réveille de l'anesthésie, il voit de son œil non bandé son fils et sa petite-fille Irène. Il comprend qu'on l'a endormi contre sa volonté, il se redresse et braque une main accusatrice vers Edgar : « Traître, trois fois traître, tu as laissé ton père se faire anesthésier. » Il lui est interdit

de se lever pour uriner et il dispose d'un pissoir à tuyau.
Il essaie en vain. Il ne peut pisser que debout. Son fils
veut l'en empêcher, mais Vidal ressent une envie impé-
rieuse, irrésistible. Son fils s'affole : « C'est interdit, je
vais appeler les docteurs. » Vidal se lève en criant à son
fils l'injure de l'exaspération suprême : « Idiot. »

L'opération n'a pas parfaitement réussi. Vidal ne récupère que quelques dixièmes de cet œil, et la nécessité
d'opérer l'autre s'impose rapidement. Vidal a l'expérience
de l'opération, mais aussi celle de l'anesthésie qu'il ne
veut pas recommencer. Il résiste encore pendant trois ans,
puis finit par céder. Il accepte de se faire hospitaliser à
l'Hôtel-Dieu, change d'avis, préfère une clinique privée.
Il est opéré à la clinique Floréal, aux Lilas. L'opération
réussit pleinement.

En 1980 donc, à 86 ans, l'état physique de Vidal est
meilleur qu'en 1972. Il voit à nouveau clairement, et peut
se remettre à trotter librement dans Paris. Sa hernie est
plus ou moins contrôlée par une ceinture. L'état de sa
vessie ne s'est pas aggravé. Il se sent seulement fatigué
le soir, et a envie de se coucher tôt. Il évite les escaliers
du métro et prend le bus. Mais il est en forme, sans lésion
ou invalidité. Il marche toujours droit, il a gardé tous ses
cheveux, il a le regard bleu vif, le geste prompt, et c'est
dans l'âge de son ultime vieillesse que sa jeunesse
rayonne.

CHAPITRE XII

Les dernières années

La zone cyclonale

L'appartement de la rue Laugier est de plus en plus le centre dépressionnaire où se forment les cyclones. L'ordre, la propreté, le vide y règnent. Corinne ne fait plus que le minimum de cuisine pour Vidal, mange à peine et s'irrite de le voir immanquablement l'inciter : « Mange, Poulette, ça te fera du bien. » Vidal subit les silences, supporte les reproches. En dépit de tout, manger et boire le mettent de bonne humeur, ainsi que le petit gorgeon quotidien de Bénédictine. Les souffrances se succèdent sans discontinuer chez Corinne. Vidal s'en affecte et en même temps s'y habitue. Il est fataliste, il attend, il espère que le « Bon Dieu » viendra le secourir. Il est très dévoué à Corinne, tout en demeurant préoccupé avant tout de son repas quotidien, qu'elle doit préparer quel que soit son état. Elle le pousse à déjeuner au restaurant, mais il s'y refuse obstinément. Elle voudrait le chasser, mais elle continue à le protéger.

De plus en plus fréquemment, la crise de rejet éclate, le laissant complètement désemparé. Il courbe le dos sous l'orage, lui lançant des : « Oui, Poulette » ou des : « Je m'excuse » d'une voix mondaine, qui l'exaspèrent. Il est de plus en plus dépendant d'elle, ses rêves d'émancipation se sont effilochés, dispersés après la mort de Marguerite et le refus de Mme Ortona. Il rêve seulement, quand il n'en peut plus, de fuite-retour à Livourne ou à Salonique.

Il se sent de plus en plus fatigué. Ainsi, le 17 septembre 1981, il écrit à son fils, qui se trouve à San Francisco :

> J'ai été voir le Dr Milanolo pour ma fatigue, il ne voit rien d'inquiétant. Il me donne à faire analyses, sang et urine. Hier, j'ai vu le cardiologue docteur Quercy, tante Corinne est venue avec moi. Examen minutieux, cardiogrammes, etc. ; nous a tranquillisés 100 % et m'a donné un médicament supplémentaire pour la fatigue et essoufflement, et conseillé de faire des radios du poumon dans quelques semaines.
> De ces deux consultations, j'en suis bien content et tranquille. Tous les deux conseillent de ne pas trop voyager ni fatiguer ; je me surveille et tante Corinne et plus.

Deux mois plus tard :

> La fatigue se développe, et pourtant je ne fais qu'une seule sortie par jour. Je verrai le cardiologue la semaine prochaine.

Sa fatigue l'inquiète, elle lui semble anormale, il craint l'affaiblissement du cœur. La visite au cardiologue dissipe provisoirement son inquiétude.

Avant chaque voyage, il envisage l'éventualité de sa mort, et veut que son fils sache le numéro de son compte en banque, celui de son coffre, l'adresse des pompes funèbres.

Il est préoccupé, non de sa mort, mais de sa sépulture. Il y a au cimetière de Bagneux deux tombes, l'une à deux places, dans la première division, où sont son père et sa mère, l'autre « famille Hassid-Covo », où sont ses sœurs Henriette et Mathilde avec Élie Hassid, Liliane et Mony Covo. Il y a au Père-Lachaise une tombe Beressi, où il y a Salomon et Myriam Beressi et leurs enfants morts, Pepo et Luna.

Où aller ? Il semble qu'il avait été convenu avec Corinne qu'ils seraient enterrés tous deux au Père-Lachaise, dans la tombe des Beressi. Mais, avec l'aggravation de la situation rue Laugier, il n'a plus nulle envie de se retrouver dans le même caveau que ses deux

épouses-sœurs. Il avait fait à Irène, sa petite-fille, confidence des tourments qu'il avait subis « des sœurs
Beressi », et de son désir de ne pas être enterré avec elles ;
il avait ajouté, transformant son dernier soupir en soupir
de soulagement : « Expiration... » Il remplit ses poumons
d'un air qu'il rejette avec une expression d'infini bien-
être : « Respiration ! » Il n'ose toutefois pas manifester à
Corinne qu'il préfère posthumement se séparer d'elle.

Il avait envisagé, sans doute vers 1977, après la mort
de Mathilde, qu'il avait enterrée auprès de sa sœur Henriette, de faire des travaux dans la tombe de son père et
de sa mère afin d'y récupérer une place. Était-ce pour son
frère Henri ? Pour lui-même ? L'envie de les rejoindre fut
sans doute inhibée par la pensée qu'il serait sacrilège de
briser leurs cercueils et de déplacer leurs cendres, et en
même temps il n'imaginait pas soit de faire affront, soit
d'affronter Corinne en prenant cette décision. Par ailleurs,
il n'avait nulle envie d'aller dans la tombe de ses sœurs
où il y avait aussi son beau-frère Élie qu'il avait dû subir
par solidarité familiale pendant des dizaines d'années, et
son neveu par alliance Mony, avec qui il n'avait jamais
eu de sympathie en profondeur.

Il trouva la solution qui lui permettait d'éviter ces problèmes d'outre-tombe. Il décida de faire don de son corps
aux facultés de médecine, et écrivit à cet effet le 19 janvier
1982. En réponse, une lettre-circulaire du 26 janvier
l'informa qu'il devait au préalable devenir membre bien-
faiteur de l'université René-Descartes pour le Centre du don
des corps en versant une somme minimale de 350 francs.
Avant d'effectuer ce versement, Vidal eut besoin de deux
éclaircissements :

> Paris, le 29 janvier 1982.
> Centre du don des corps de Paris.
>
> Monsieur le Professeur Hureau,
> J'ai votre lettre du 26 courant, et l'imprimé ci-joint. Les
> premiers jours de février, je vous adresserai ma partici-
> pation à devenir membre bienfaiteur.

> Sur l'imprimé, je lis : « Si le corps est accepté » ; quelles sont les conditions de l'acceptation ?
> En outre, pour le transport dans les dix-huit heures, je me demande, s'il survient au domicile après 19 heures du soir, il n'est guère possible de faire la déclaration à la mairie que le lendemain matin, et attendre le constat par le médecin chargé de l'état civil, et attendre l'autorisation du préfet de police pour l'ambulance spéciale. Sera-t-il possible de parvenir dans les 18 heures ?
> Je vous prie de m'éclairer là-dessus, et, vous remerciant d'avance [...].

Il lui fut répondu le 2 février :

> [...] Les cas de refus de corps de donateurs sont très rares. Ils concernent notamment ceux des personnes décédées de maladies contagieuses et ceux dont le corps ne peut être transporté dans les délais légaux.
> Lorsqu'un décès se produit dans la soirée, la famille doit téléphoner au 260.82.54, un répondeur téléphonique indique ce qu'il convient de faire [...].

Le 17 février 1982, Vidal recevait sa carte du don du corps aux facultés de médecine. Il prépara une petite note que son fils retrouva dans ses papiers :

> Sur la tombe à perpétuité de Bagneux où reposent mon père David David Nahum décédé en 1920 et ma mère Hélène née Frances,
>
> *graver*
>
> Le 5e fils Vidal
> Chevalier de l'ordre du Mérite
> né le 14 mars 1894
> décédé le
> a fait don de son corps aux facultés de médecine.

Vidal avait souvent parlé à son fils de ses soucis posthumes, mais il ne lui avait pas parlé de sa démarche pour le don de son corps. C'est Corinne, à qui cette idée était

antipathique, qui en informa Edgar, lequel s'opposa instinctivement à ce projet et demanda à son père d'y renoncer. Celui-ci fit mine de se laisser convaincre, mais main-
tint sa décision.

Irène raconte : « Un jour qu'il n'était pas bien et que
je devais lui rendre visite, je fus chargée par mon père
d'une mission auprès de papou pour lui faire changer
d'avis. Je le revois assis dans son fauteuil, souriant et
mélancolique, mais légèrement. J'attaque la gorge un peu
serrée : "C'est quoi cette histoire de corps à la science ?"
Le papou me répond non par de la philosophie, mais
précisément, matériellement : "C'est facile... pas de frais...
téléphone... la famille est désencombrée du corps, des
funérailles." J'interromps au bord de l'épouvante : "Mais
tu ne vois pas que ça fait de la peine à ton Minou ? – Mais
ton papa n'y connaît rien, c'est un gamin..." La nona est
partie à la cuisine lui chercher un yaourt fait maison
comme à Salonique, il se penche et chuchote : "Il n'y a
pas que ça, tu comprends, je ne veux pas être enterré avec
ta grand-mère Luna, plus ta nona dans le caveau des
Beressi." » (C'est alors que Vidal lui dit : « Expiration !...
Respiration ! »)

En donnant son corps à la dissection pour éviter les
cohabitations posthumes, Vidal témoignait d'une remarquable conception de la mort. Tout en croyant que l'esprit
de ses parents demeurait présent au-delà de leur mort, et
continuait à le protéger, tout en répugnant aux voisinages
sépulcraux déplaisants, tout en allant éventuellement aux
commémorations funèbres, tout en étant déiste et en évoquant le Bon Dieu, Vidal considérait froidement son anéantissement corporel et n'avait aucun souci d'une « dernière demeure », aucun besoin de rites et de cérémonies.
Alors que toutes les religions veillent, dans leurs rites
funèbres, à assurer correctement la libération de l'esprit
et à circonscrire la corruption au corps, Vidal pensait que,
de toute façon, naturellement, sans aucun secours religieux, l'esprit partait pour une sphère invisible, où sa seule
fonction ou possibilité était de protéger sa descendance.

Ainsi, Vidal était à la fois totalement matérialiste et totalement spiritualiste.

Le super-papou

Edgar n'avait cessé de découvrir les qualités de Vidal, et était devenu progressivement très admiratif de son père, ce qui n'atténuait nullement ses moqueries à son égard ; au contraire, le plaisir que ressentait le père à susciter la moquerie des êtres chers accroissait à la fois la moquerie et l'admiration du fils. A Paris, Vidal appelait son fils chaque matin et il attendait toujours télégrammes et téléphones lors de ses déplacements à l'étranger. Il téléphonait aussi à la mère d'Edwige, la femme de son fils, à l'administratrice de son centre, aux personnes susceptibles d'avoir de ses nouvelles en disant : « Ici le papa d'Edgar. » Son fils était désormais sexagénaire, mais Vidal ne cessait d'être le papa qu'il avait toujours été, anxieux et insouciant. Il faisait semblant d'exiger l'obéissance et aimait rappeler cette scène d'un film où le héros centenaire, interprété par Noël-Noël, dit à son fils de 80 ans : « Touche pas ta barbe. » Sans doute aurait-il rêvé d'être respecté par son fils comme il avait respecté son père, mais comme il était de ceux pour qui taquiner signifie aimer, l'irrespect de son fils lui plaisait par son côté jeu et taquinerie.

Malheureusement, son fils continuait à être très fréquemment absent de Paris, de France et même d'Europe. De plus, à partir de l'été 1982, le fils passait souvent du temps hors de Paris avec les parents de la femme qu'il venait d'épouser : la mère de celle-ci avait été victime d'une attaque cardiaque en 1982, et Edwige tenait à être présente le plus souvent possible auprès d'une mère qu'elle pensait menacée de mort à chaque instant. Edgar l'accompagnait et travaillait à ses manuscrits pendant ses séjours. Vidal ne lui fit aucun reproche, mais sans doute pensait-il qu'il y avait quelque injustice à ce que son fils passe du temps loin de lui, auprès d'une famille étrangère. Edgar pensait confusément qu'il y avait effectivement injustice à ce qu'il soit plus souvent avec cette parenté extérieure qu'avec son père, mais il lui semblait non moins confusément que son père était devenu quasi immortel alors que la mère de sa femme paraissait en sursis.

Vidal avait toujours demandé avis et conseils à ses frères, et leur disparition faisait que seul son fils et, d'une autre manière, ses petites-filles Irène et Véronique pouvaient lui tenir lieu d'interlocuteur pour ses problèmes, tracas, soucis. Aussi Vidal leur demandait de plus en plus avis et conseils, qu'il ne suivait nullement quand ils contredisaient son idée.

Edgar était devenu pour Vidal comme un nœud gordien entre les anciennes et nouvelles générations ; tout en demeurant son fils et pour lui toujours un gamin, il se trouvait investi des attributs conseilleurs de ses frères et même, on l'a déjà indiqué (p. 316), d'une certaine fonction paternelle à son égard.

De la génération de Vidal née à Salonique, il ne restait plus personne de sa famille, seulement quelques vieux amis qu'il rencontrait parfois comme Marc Ezratti ou Mordechai Benosillo. Il avait perdu trois de ses nièces, Régine, Liliane, Aimée. Mais si le vide familial s'était fait par le haut, il y avait un petit remplissage démographique par le bas. Corinne et lui étaient déjà les nona et papou des deux filles d'Edgar, Irène et Véronique, du fils de Fredy, Michel, et des deux filles de Daisy, Corinne et Marianne. Ils virent apparaître quatre arrière-petits-enfants, Alice, fille d'Irène, Roland, fils de Véronique, nés en 1982, puis Inti, fils de Corinne, et Gilles, fils de Véronique, nés en 1983 et 1984.

De temps en temps, l'appartement de la rue Laugier s'ouvre à la visite d'Irène, de Véronique, de Corinne, de Marianne. Vidal et Corinne vont voir leurs arrière-petits-enfants. De plus, Danielle et Nicole Angel, jeunes parentes du côté Beressi, aiment Vidal et Corinne et les visitent régulièrement. Nicole Angel écrit :

> Danielle l'a rencontré un soir du côté de ce qui s'appelait encore les Magasins Réunis. Il y cherchait une certaine qualité de papier hygiénique. Corinne avait des phobies, des exigences, le lait cru [...].

S'il n'y avait eu le renfermement dépressif et les crises, Vidal et Corinne auraient été entourés et fêtés. Corinne, à ses moments délivrés, était ouverte, aimante, confiante, curieuse, et lui avec autrui était toujours candide, chaleureux, plaisant. Il y eut quelques dîners heureux, où Corinne se détendait, où Vidal s'éclatait. L'un des derniers coïncida avec un réveillon de l'année 1982, où Corinne et lui furent invités chez une amie de leur fils, et où Vidal mangea, but, plaisanta, chanta dans l'admiration générale.

Errances

Mais ils ne pouvaient plus goûter chez eux la paix et la joie de vivre, et ils étaient condamnés à la chercher ailleurs, dans le dépaysement. La recette fut encore bonne dans les années 1980-1982. En mars 1982, ils sont très satisfaits d'un séjour dans la maison familiale Les Lavandes, à Rémuzat, dans la Drôme. Au début de juin, ils passent quinze jours dans une maison familiale en Normandie, près de Caen. En septembre, ils sont au centre familial La Porte ouverte, à Saint-Jorioz, en Haute-Savoie. Vidal cherche à varier les régions, s'informe, écrit aux syndicats d'initiative, aux parents de Michel Grappe, le mari de Véronique, qui sont jurassiens. Il est enchanté quand la nourriture lui plaît, écœuré quand elle lui déplaît. Corinne, elle, est sensible au bruit, à la propreté, au confort. Quand ils tombent bien, ils sont heureux et cherchent à y retourner, mais souvent, pour l'époque désirée, les places sont retenues d'avance et Vidal doit chercher, chercher...

L'année 1983 commence avec les mêmes problèmes et les mêmes difficultés. Il semble que Vidal soit allé à Bruxelles avec Corinne, au moment de son anniversaire (il a 89 ans le 14 mars), pour passer un peu de temps avec son neveu Edgard, le fils de son frère Léon. C'est aussi un pèlerinage en ce lieu d'où est parti l'« ordre de Léopold » pour honorer David Nahum, où s'est installée la Nahum Steel, fondée à Salonique, où avait vécu son frère aîné devenu chef de la famille depuis 1920, et où avait vécu son si cher frère Henri.

Première séparation

Une nouvelle crise de rejet, en juin ou juillet 1983, détermine le compromis suivant : Corinne partira seule chez sa fille Daisy, à La Turbie, au-dessus de Monaco, et Vidal prendra ses vacances de son côté. Le mari de Daisy, Sam, lui a réservé une place dans une maison de vacances pour troisième âge, près d'Orange. Mais, d'ici là, Corinne exige que Vidal n'habite pas son appartement quand elle n'est pas là. Elle ne veut pas qu'« il salisse ». Il promet, déclare qu'il habitera chez sa petite-fille Irène, mais, dès le départ de Corinne, il réintègre clandestinement l'appartement conjugal. Il s'adapte à la solitude nocturne. Il se sent à la fois mécontent et soulagé d'être seul. Il peut aller déjeuner chez l'une de ses petites-filles ou chez son fils, qui est rentré le 23 juillet de Buenos Aires. Edgar et Edwige (qui aime beaucoup Vidal et s'indigne de l'attitude de Corinne) partent fin juillet chez les parents d'Edwige, à Villefranche-sur-Mer. Edgar visite à La Turbie Corinne, qui est calme et reposée. Il est prévu que Vidal viendra à

Nice et que son fils le conduira en voiture à la résidence de vacances.

Ce qui fut fait : Edgar déposa son père dans une belle résidence, entourée d'un grand parc. Vidal a une chambre donnant de plain-pied sur le parc. Le lendemain, Vidal téléphone à Edgar et le supplie de venir le chercher. Comme s'il était épié par des ennemis, il ne veut lui donner aucune explication au téléphone, mais insiste pour qu'il vienne le plus vite possible. Déjà, Vidal a annoncé à la direction qu'il doit partir pour affaire familiale grave. Quand, dans la voiture, son fils lui demande pourquoi il a voulu quitter cette résidence, Vidal commence par dire que c'est parce qu'il n'y a pas de service à la table et que chacun doit chercher les plats, puis parce qu'il y a quatre marches fatigantes pour aller à sa chambre. Ces raisons ne semblant pas très convaincantes à son fils, Vidal lâche enfin : « Il n'y a que des vieilles femmes affreuses, et les gens sont tous des fonctionnaires, pas un seul commerçant ! »

Il n'y avait pas de troisième chambre dans l'appartement des parents d'Edwige. Vidal chercha un hôtel proche, à Beaulieu. En ce début d'août, tout était pratiquement complet. On trouva par chance une petite chambre dans un hôtel donnant sur le port. La chaleur était étouffante, mais Vidal supportait bien les canicules. Edgar le convainquit avec peine de ne pas téléphoner à Corinne (qui aurait dû le rejoindre quinze jours plus tard dans la résidence de vacances) et de ne pas faire pression sur elle pour qu'ils se retrouvent avant les délais prévus. Le matin, Edgar allait chercher son père. Dès 10 heures, Vidal regardait sa montre pour voir si l'heure du déjeuner approchait. Quand il déjeunait seul, il s'installait dès 11 heures et demie à la terrasse du bar-restaurant qu'il avait choisi et attendait avec impatience le début du service. Il y eut des repas avec les parents d'Edwige, qui se montraient polis, mais en leur for intérieur n'avaient guère de considération pour ce type d'homme, si en dehors de leurs normes d'honorabilité. Vidal de son côté ne fut nullement ébloui par l'appartement de Villefranche-sur-Mer. Sans doute, en manifestant par une moue que cet appartement lui déplaisait, voulut-il exprimer à son fils un autre déplaisir. Il se montra très détendu et cordial au cours des repas qu'il fit au restaurant avec les parents d'Edwige, se livrant même, au terme d'un bon repas, à l'évocation de ce qu'il n'avait encore jamais révélé à son fils : les causes de son arrestation à Salonique. Edgar se sentait honteux, gêné de cohabiter avec cette famille extérieure et non avec son père. Mais il ne pouvait songer à laisser sa femme et, de plus, il avait à Villefranche ses papiers et sa machine pour la rédaction d'un manuscrit qu'il tenait à terminer avant l'automne.

Vidal eut envie de rentrer à Paris, et il retrouva son appartement désert dans les rues vides de la mi-août. Ses petites-filles étaient en vacances, ses amis absents. Il tomba par chance au téléphone sur Violette, la première femme de son fils, qui lui demanda dans quel restaurant il aimerait déjeuner. Il indiqua sans hésiter la Brasserie de la Lorraine, place des Ternes. C'était le lieu où jadis les Nahum se retrouvaient pour festoyer à l'occasion de la venue à Paris de Léon, Jacques, Henri, Mathilde. Il se réjouit d'une énorme sole grillée, but à lui tout seul une bouteille de vin et trouva une oasis dans le désert du mois d'août. Puis Corinne rentra à Paris.

Seconde séparation

Edgar et Edwige partirent pour New York le 8 septembre. Ils devaient y rester jusqu'à la fin d'octobre. Edgar restait en communications téléphoniques fréquentes avec son père, et, indirectement, recevait et transmettait des messages via Marie-France Laval, sa collaboratrice au centre dont il avait la charge, ou via les téléphones entre Edwige et sa mère. A la mi-septembre, Vidal apprit à son fils qu'il était alité et se sentait très fatigué. Lors de la communication suivante, il se montra très angoissé, et le pria de rentrer à Paris. Edgar devait terminer un séminaire à la fin d'octobre. Il profita d'une invitation qui lui était faite aux rencontres de Genève pour arriver à Paris le 23 septembre. La santé de son père s'était améliorée, et surtout Vidal était rassuré à l'idée que, même très éloigné, son fils pouvait répondre à son appel. Corinne avait été inquiète, mais voyant tout danger écarté, elle le rabrouait à nouveau quand il se plaignait : « Mais c'est moi qui suis malade, Vidal ! »

Vidal rétabli, la mélancolie désespérée de Corinne devint endémique au cours de l'automne. Elle ne dormait presque plus la nuit, se levait, allait au salon, à la fenêtre, tandis que lui, quand l'envie d'uriner le réveillait, lui murmurait : « Viens au lit, Poulette. » Elle ne pouvait plus le supporter. Vidal s'affolait, alertait le Dr Milanolo, Fredy, Henri, Edgar, mais l'intervention de celui-ci devenait désormais inopérante, et Corinne le regardait parfois avec méfiance, comme s'il faisait partie du complot qu'ourdissait Vidal. Vidal rencontrait son fils soit chez celui-ci, rue Vandrezanne, soit dans le Sentier, et lui faisait part de son malheur. Mais il était incapable de prendre ses distances, d'aller par exemple au restaurant le midi ; plus que jamais il voulait partir, moins que jamais il ne pouvait partir. Il était fréquemment inquiet pour son cœur. Il semble que le Dr Fortin, bien que retraité, vînt l'examiner le 24 novembre. Son fils l'accompagna chez le Dr Quercy le 21 décembre. A chaque rencontre, il attendait de son fils sa *semanadica*, un petit cadeau alimentaire, notamment de la boutargue, œufs de mulet séchés dans de la cire, mets balkanique qu'il appréciait beaucoup. En automne, il demandait des marrons glacés. Il était très content de ces friandises. Plus que jamais, comme son frère Henri dans le malheur, il reportait tous ses espoirs dans un gros lot de la Loterie nationale ou du Crédit national. A chaque rencontre, au terme de tous ses sombres propos, Vidal disait : « Ne t'inquiète pas, le Bon Dieu va m'aider et me protéger. »

Il n'y a plus d'éclaircie. Corinne rejette Vidal avec haine et violence. Edgar est horrifié, mais il comprend si bien les causes de la tragédie qu'elle subit et fait subir, il sait tellement que la seule solution se trouve dans une prise de distance entre l'un et l'autre qu'il ne voudrait empêcher une séparation qu'il trouve au moins pour un temps indispensable. Une scène très violente a lieu en janvier 1984 ; le Dr Milanolo et Edgar sont l'un et l'autre appelés en toute hâte. Corinne crie, hurle, pleure, adjure Vidal de partir. Vidal se laisse convaincre par Milanolo et son fils, fait une petite valise et, avant d'aller à la porte, demande timidement : « Tu veux que je reste, Poulette ? – Non ! », hurle-t-elle. Vidal se laisse entraîner par son fils qui l'emmène chez lui. Il y a un divan-lit dans le salon et Vidal y passe la première nuit. Mais il ne peut supporter l'idée de vivre et de dormir au vingt-sixième étage, et son fils lui trouve un petit hôtel proche, rue du Sergent-Bobillot. Puis Vidal passe quelques jours chez Irène. Daisy décide de faire venir sa mère chez elle, à Monte-Carlo. Corinne ne veut pas que pendant son absence Vidal occupe son appartement, et, avant de partir, elle feint d'avoir été surprise par un courant d'air qui a refermé la porte de l'appartement alors qu'elle était sans clef sur le palier. Elle fait venir un serrurier qui change la serrure et elle s'en va en emportant les clefs. Aussitôt après son départ, Vidal va trouver un autre serrurier, fait changer à nouveau la serrure, quitte l'hôtel, et rentre clandestinement chez lui. Vidal s'installe dans la solitude. Il va déjeuner dans un petit restaurant voisin dont il devient l'habitué : il en apprécie la nourriture et l'accueil : « Ce sont des gens charmants. » Il contrôle plus ou moins sa gourmandise, mais ne subit plus les restrictions que lui imposait Corinne pour sa santé. En rentrant, il prend son gorgeon de Bénédictine, puis fait sa petite sieste. Il téléphone beaucoup dans la journée, ici et là. Le soir, il prend un yaourt, un peu de miel, et éventuellement un peu de boutargue que lui a apportée son fils. Il se couche tôt, se lève tôt et, le matin, il va soit chez son fils, soit chez l'une de ses petites-filles, soit au Sentier. Dans l'autobus, il aime de plus en plus aborder les petits vieux pour leur demander leur âge et comparer avec le sien. Parfois, on le rabroue : « Mais, monsieur, cela ne vous regarde pas ! » Parfois, on lui répond aimablement, et alors il peut dire : « Devinez le mien. » L'interlocuteur fait des hypothèses dans la four-chette des 70-75 ans, ce qui lui permet alors d'annoncer triomphalement qu'il a 90 ans, et de susciter la réponse étonnée et admirative : « Mais vous ne les faites pas du tout. » Il a, en effet, toute sa chevelure, avec encore de nombreux cheveux noirs. Son visage n'a presque pas de rides, son air souriant respire la jeunesse. Il reste mince, se tient droit. Il s'anime dès qu'il parle, et rit toujours comme un gamin quand quelque chose le gêne ou l'amuse. Mais il marche lentement. Les escaliers l'épuisent. Le soir, il ressent une très grande et incompréhensible fatigue.

Edgard de Bruxelles, autrefois indifférent à la famille (comme son cousin Edgar), s'inquiète beaucoup de son oncle Vidal. Au téléphone, il incite Edgar à ne pas laisser son père seul dans l'appartement, surtout la nuit, et conseille de le mettre dans une maison pour troisième âge, ou de lui donner une garde de nuit. Mais Vidal refuse toutes ces suggestions. Edgard dit à Edgar qu'au moins son père ne devrait pas sortir de l'appartement, qu'il risque de tomber, de se casser la jambe (comme c'est arrivé à Léon, son père) et de se faire agresser, mais Edgar se refuse à l'idée de cloîtrer son père. Il préfère qu'il coure des risques en sortant, mais vive un peu, plutôt que de survivre cloîtré. Du reste, il ne pense pas que Vidal cloîtré puisse survivre.

Edgard se soucie aussi beaucoup de la situation maté-rielle de son oncle Vidal, qui désormais ne dispose que de maigres ressources. Il craint l'expulsion définitive de cet appartement qui est aussi le sien, mais dont Corinne est seule propriétaire, et il craint que les enfants de Corinne contribuent à cette spoliation. Le fils de Vidal sait qu'il n'y a aucun danger de ce côté-là et qu'ils veillent à ne pas laisser Vidal démuni. Comme son cousin demeure inquiet, il organise une rencontre à Paris entre Sam et Edgard, où Sam explique au neveu de Vidal que sa femme et lui continuent à subvenir aux besoins non de Corinne seule, mais du couple.

Vidal veut rester chez lui, mais il envisage aussi d'autres solutions. Il songe à louer un petit studio près de chez Irène et Véronique ; il commence la recherche, mais ne la poursuit pas. Il pense en même temps aller passer quelques jours à Salonique, afin de voir s'il pourrait s'y installer. Il rêve à nouveau à Livourne. En même temps, il n'a pas cessé de songer à rassembler à Bagneux les morts de la famille : ainsi écrit-il à un neveu de Bouchi perdu de vue, émigré en Argentine après la guerre, cette lettre qui lui revient avec la mention « destinataire inconnu » :

Paris, 28 mars 1984.

Cher Itzi,
Je viens de trouver ton adresse dans un carnet de la chère Mathilde et j'espère que cette lettre te parviendra. J'espère et souhaite que la santé va bien pour toi et tous autour de toi.
Est-ce que tu as le projet de venir ici pour les vacances ? Je viens de finir 90 ans, et si Dieu veut et que les docteurs me permettent, j'ai grande envie d'aller à Salonique passer quelques jours. Mon fils viendra avec moi, il est connu, Edgar Morin, sociologue et écrivain.
Si cela peut se faire, j'ai aussi envie d'aller sur la tombe de notre cher Bouki. Est-ce que tu as l'adresse où cela se trouve ? Et si j'ai la possibilité de faire ce voyage, je vais me renseigner si c'est possible de ramener ici à Paris les restes du cher Bouki, qu'il repose au cimetière de Paris-Bagneux, où repose Mathilde et toute ma famille. Dans l'attente de ta réponse, je reste très cordialement en t'embrassant

Vidal.

C'est surtout le célibat que ne supporte pas cet homme « qui adore être marié ». Il s'adapte à la solitude, mais en pensant qu'elle est provisoire. Son fils l'empêche à plusieurs reprises d'écrire à Corinne, qui a été confiée au Pr Martin, neurologue apprécié de la famille de Monte-Carlo, et qui a déjà hospitalisé Émy, la sœur de Corinne, dans son service à l'hôpital de Nice. Edgar a vu Corinne au cours d'un bref séjour dans le Midi, il l'encourage à poursuivre la rédaction de ses souvenirs, commencée sur un petit cahier ; il a rencontré Martin (qu'il connaît amicalement par ailleurs) chez lui, le 10 mars, et a voulu lui donner des éclaircissements psychologiques sur Corinne. Mais Martin croit beaucoup plus en la chimie qu'en la psyché. De son côté, Vidal avait écrit le 24 février une lettre au Pr Martin, qui montre qu'il avait parfaitement compris que le mal de Corinne venait de la violence extrême des chocs que son âme avait subis à partir de la mort de son père :

39, rue Laugier, Paris XVIIe.

Cher Monsieur le Professeur,
J'ai recours à toute votre indulgence pour vous exposer : mari de Corinne Nahoum que vous soignez, je me demande si elle vous a raconté son existence. A 18 ans, elle a perdu son père qu'elle adorait d'un arrêt du cœur. Elle est restée profondément touchée. Mariée ensuite, elle a perdu sa sœur en 1931, qui était tout pour elle. C'était ma femme, qui me laissait avec un fils de 10 ans. Elle venait de banlieue, et dans le train elle est morte. Pour Corinne, elle ne trouvait aucune consolation, malgré tout ce que son mari faisait. Elle a voulu prendre mon fils avec les trois siens. En 1932-1934, bien mauvaise traversée de la situation de son mari, et cela l'a bien touchée.
Arrive 1939 et la guerre, persécutions raciales des Allemands, elle quitte Paris et se trouve en 1943 à Nice avec son mari, prenant le train pour Lyon. Son mari, descendu sur le quai, est interpellé, elle le suit du regard, il lui fait

signe de ne pas bouger. Il est dirigé sur Drancy et Auschwitz.

Comment décrire ce qu'a été pour elle ce malheur. Elle se reprend, rejoint ses enfants, et le mien, qui était dans la Résistance ; traverse l'Occupation, et vient la Libération, avec la bien triste annonce de la fin de son mari.

En 1951, elle, veuve et moi de même, on décide de se marier avec l'assentiment des enfants.

Cela m'a donné un coup de fouet, et remonté mon commerce à Paris. En 1964, ayant acheté cet appartement que nous habitons et ayant mis tout son cœur et toute sa volonté à le faire comme elle le voulait, elle a eu une dépression que les larmes n'arrêtaient pas. Nous sommes partis à Locarno, sur le conseil de notre Dr Milanolo, 86, rue Cardinet, Paris XVIIe, et depuis il la soigne avec tous les médicaments qu'elle a dû vous montrer. A tous moments où il était mention des déportés Corinne se transformait. Ces derniers temps, elle me disait regretter s'être remariée et ne pas conserver le nom de son premier mari !

Arrive la fin de l'année 1983 ; très tendue, elle voit en moi celui qui l'a obligée de se remarier ! Et vous connaissez la suite ! Ses enfants restent tous très attachés à moi et s'en inquiètent de me savoir seul, car j'ai 90 ans.

Croyez-vous que je puis rejoindre Corinne ?

En m'excusant, je reste en l'attente de votre réponse.

Mes meilleures salutations.

Vidal Nahoum,
chevalier de l'ordre national du Mérite.

Vidal eut pourtant quelques joies durant cette triste période. On avait avisé son fils en 1983 que son nom se trouvait parmi les promotions à la Légion d'honneur au titre du ministère de la Recherche scientifique. Le père s'était réjoui vivement de cette nouvelle et, à partir de ce moment, ne cessa de lui demander quand et par qui se ferait la cérémonie de remise. Le fils négligeait de réfléchir à la question. S'il avait souhaité la décoration, c'était après la guerre, et pour faits de résistance, mais une intervention hostile avait alors annulé sa promotion. En novem-

bre 1983, Vidal dit à Edgar qu'il avait vu à la télévision
le président Mitterrand pratiquer une remise de la Légion
d'honneur, et il ajouta que cela lui ferait vraiment plaisir
si Mitterrand pouvait faire la même chose pour son fils.
Celui-ci écrivit alors dans ce sens au président, qu'il avait
connu dans la Résistance. Pendant deux mois, Vidal
demandait sans trêve à Edgar : « Le président t'a
répondu ? Tu as des nouvelles de l'Élysée ? » Finalement,
une lettre du chef du protocole avisa Edgar que la cérémonie aurait lieu le 13 février 1984, à 18 h 30, à l'Élysée.
Edgar invita la famille et ses amis que connaissait Vidal.
Vidal mit son plus beau costume, avec bien entendu sa
décoration qui se trouvait sur tous ses vestons, et il admira
la grande salle de l'Élysée où une centaine d'invités
accompagnaient les six décorés. Tout le monde était
debout, attendant le président. Vidal demanda une chaise
et s'y assit. Puis, quand le président fit l'éloge de son fils,
Vidal rapprocha le plus possible sa chaise, tendit l'oreille,
mit sa main en cornet, mais ne put entendre l'éloge du
président. Il souriait toutefois avec un grand contentement.
La remise terminée, Vidal se précipita vers le président,
et, s'étant présenté, lui tendit une lettre que lui avait adressée en 1916 le protecteur de ses 20 ans, le député socialiste
Jean Longuet. « Nous étions déjà socialistes à cette époque, M. le Président », dit-il, convaincu par son affirmation. Il ajouta avec fierté, attendant des félicitations : « Je
pense que je suis le doyen de cette assemblée. – Pas du
tout, répondit le président sans se rendre compte qu'il
chagrinait Vidal, il y a ici le Pr Portman, qui a 92 ans... »
   Puis Vidal se précipita sur le buffet, raflant des petits
sandwichs avec la vélocité d'un poulpe doté de huit mains.
Son fils, très préoccupé, allait l'en arracher, mais, sitôt
qu'un interlocuteur surgissait, Vidal se ruait à nouveau
vers le buffet. Après quelques décrochages du buffet, il
voulut encore parler au président, qui devisait au milieu
d'un cercle. Il s'apprêtait à leur couper à tous la parole
quand son fils à nouveau le tira en arrière. Il partit très
satisfait avec les derniers convives, et, plus tard, fut très

heureux de montrer les photographies où le président donnait l'accolade à son fils.

Quinze jours plus tard, Véronique accouchait d'un garçon qu'elle prénomma Gilles. Par deux fois, Vidal, à son rythme devenu très lent, traversa tout du long l'hôpital de la Pitié-Salpêtrière pour aller voir son arrière-petit-fils.

Au cours de cette période, Vidal eut aussi un grand moment de joie quand il fut invité à déjeuner par Danielle et Nicole Angel : « Il est venu à midi. Superbe, impeccable dans un costume sombre. Il était heureux de se retrouver dans ce studio où il était venu deux ou trois fois avec Corinne. Pour me faire plaisir, il m'a porté des photos d'Edgar reçu, je crois, par Mitterrand. Lui, il figurait sur les photos à certains endroits. Mitterrand l'avait complimenté sur le fait qu'il était le doyen de l'assemblée, mais je crois qu'il lui a signalé dans l'assistance quelqu'un de presque aussi âgé que lui et comme lui très jeune. Il était heureux que cette cérémonie se soit bien déroulée, qu'il n'ait ressenti ni fatigue ni douleur à ce moment-là.

» Nous nous sommes mis à table. Il s'est enquis de la santé de toute la famille. M'a rassurée sur mon père : "Avec une angine de poitrine, on peut vivre très longtemps." Il m'a rassurée sur lui. Oui, il allait très bien, il mangeait tous les midis au restaurant, la patronne était charmante, etc. En fait, il détestait le restaurant, la précarité, être privé de Corinne, mais toujours ce désir de croire en des lendemains meilleurs, de ne pas accabler. Il a trouvé que le repas était comme à Salonique ; en fait c'était vraiment simple : crudités en tout genre (il a soigneusement écarté dans son assiette le rouge des betteraves qui "salissait" le reste) ; courgettes à l'étouffée ; colin.

» Il s'animait, il semblait heureux :

» "Il y a des photos, chez toi ?

– Oui.

– Regarde s'il n'y a pas des photos de Luna, ma première femme [*la mère de Danielle, Daisy Bourla, était une amie de Luna à l'Alliance de Salonique, et sa grand-mère, Anna Beressi, une cousine germaine*].

– Je regarderai.

– Je cherche des photos d'elle." *(Était-elle restée vivante en lui ? Pensait-il de nouveau à elle ?)*

» Naturellement, j'ai été amenée à lui demander comment il l'avait connue. Il a entrepris un long, très long développement sur la guerre des Dardanelles, ses allées et venues en France, une adresse de cousins ou amis intimes de Salonique, chez lesquels, en France, il se rendait souvent. Le récit était précis avec une luxuriance de détails, pour en venir au bout d'une demi-heure à évoquer en une seule phrase une jeune fille, la fille de ces gens-là :

» "Il y avait Luna, la mère d'Edgar, on a sympathisé, enfin bref." Geste de la main.

» Tout était là, la guerre des Dardanelles, les allées et venues hasardeuses, et "enfin bref" pour parler du plus important, de ce qui ne se dit pas, se raconte encore moins. »

Il y eut des repas chez Irène et Véronique avec ses arrière-petits-enfants, et surtout une grande fête chez Violette, à l'occasion de ses 90 ans, avec ses petites-filles et leurs maris. Il était l'objet des éloges, des plaisanteries, des taquineries, tout ce qu'il aimait ; il s'empiffra d'une quantité énorme de nourriture, vida aussitôt remplis ses verres de vin, et cela sans mal de tête ni ennui digestif. Puis, comme il le faisait à la fin des repas dans les très grandes occasions, il alluma une cigarette, qu'il tint du coin des lèvres bien serrées, de biais, non pas à l'horizontale, mais redressée, aspirant et expirant la fumée avec un air seigneurial.

Devant une vitalité aussi incroyable, son fils se convainquait qu'il était immortel.

La fin

Avec le printemps, Vidal a envie de retourner dans une de ces maisons familiales d'Alsace dont il aime beaucoup la chère. Il va à l'hôtel Maison-Rouge, puis à la Roseraie, à Saint-Pierre-par-Bach. Fin mai-début juin, le traitement du Dr Martin a amélioré l'état moral de Corinne. Sam fait quelques sondages psychologiques qui indiquent que son allergie à Vidal semble résorbée. Il profite alors d'une rencontre entre Corinne, le Pr Martin et lui-même pour suggérer à Corinne qu'elle pourrait renouer avec Vidal. Corinne ne repousse pas l'idée, et Sam téléphone à Vidal de se préparer à venir à La Turbie les rejoindre. Vidal croit d'abord qu'il n'a plus envie de retrouver Corinne, puis devient perplexe et fait part de sa perplexité à son fils, qui est également perplexe. Finalement, le désir de retrouver Corinne s'impose à lui et il retient sa place de chemin de fer.

Il demande à son fils de le conduire à la gare pour 10 heures, son train étant à 11 heures. Edgar s'émerveille que son père ne songe pas à partir deux heures à l'avance. Ils arrivent à 10 h 20 à la gare, et Edgar découvre que le train est à midi. Il s'irrite contre Vidal, lequel est assis sur sa valise, près de son chariot, devant le tableau d'affichage des départs qui ne mentionne pas encore le quai de son train. Il gronde méchamment son père, qui, sur sa valise, reste placide sans mot dire. A-t-il réellement un rendez-vous à midi, ou est-ce par mécontentement qu'il veut s'en aller ? Il ne s'en souviendra pas quand il se remémorera ce jour, le dernier où il aura vu son père sur pied. Il dit, en tout cas, qu'il a un rendez-vous qu'il aurait pu reporter s'il avait su le véritable horaire. « Va à ton rendez-vous, mon chéri, va. » Le fils n'accompagnera pas son père à son wagon, il ne l'installera pas dans le compartiment, il ne lui mettra pas la valise dans le porte-bagages, il n'agitera pas son mouchoir au départ du train. Il ne sait pas qu'il voit son père valide pour la dernière fois.

Vidal arrive à La Turbie et se jette, soumis, aux pieds de Corinne. Elle lui fait jurer qu'il cessera de lui faire des misères et des chagrins, qu'il cessera d'être mesquin pour l'argent. Il jure tout à sa souveraine et fait complète soumission. Magnanime, Corinne pardonne ; elle dira un peu plus tard à Irène au téléphone : « Peut-être le feu pourra-t-il renaître de la cendre. »

Daisy et Sam leur ont donné leur propre chambre, qui est de plain-pied, pour qu'ils n'aient pas à monter les escaliers. Ils décident d'aller ensemble à la Roseraie, en Alsace, et Sam les y conduit en voiture. Son fils, anxieux, téléphone fréquemment à Vidal ; certains jours, tout semble aller très bien, d'autres, non, mais l'ensemble paraît globalement positif. Ils rentrent le 15 juillet à La Turbie. Le 5-6 juillet, Edgar et Edwige ont quitté la tour qui déplaisait à Edwige et retournent dans le quartier où Edgar s'était installé en 1960. Ils aménagent leur nouvel appartement et comptent se rendre à Villefranche-sur-Mer, où ils seront proches de La Turbie, vers le 10 août.

Le 2 août, Vidal téléphone à Edgar qu'il ne se plaît pas à La Turbie, et rentrera seul à Paris le lundi 6 août. Il lui demande de venir le prendre à la gare. Edgar essaie de le dissuader. Il lui dit qu'ils seront proches, bientôt, dans le Midi, et qu'il serait très triste que Vidal reste seul à Paris en août. Vidal maintient sa décision. Il quittera La Turbie le 6 août parce qu'il veut auparavant participer à deux festins, l'un, le 4, chez la sœur de Sam, l'autre, le 5, pour l'anniversaire des deux filles de Sam et Daisy.

Vidal est très content des deux fêtes, il mange bien et boit bien, il adore la liesse des festins. Au cours de la nuit du dimanche au lundi 6 août, se levant comme il le fait plusieurs fois par nuit pour uriner, il tombe sur le lit et ne peut se soulever. Au matin, il ne se sent pas très bien, mais veut quand même rentrer à Paris. L'on appelle un médecin qui s'oppose au voyage et prescrit une hospitalisation. Vidal téléphone à son fils que son retour est retardé, et lui dit qu'il ne veut pas être hospitalisé. Le fils insiste pour que son père fasse des examens à l'hôpital, et lui assure qu'il arrive sur la Côte mercredi au plus tard.

Irène : « Le lundi 6 août vers 7 heures du soir, j'appelle brusquement papou à La Turbie. Quand il me reconnaît, il a son petit rire ravi, mais un peu étonné, qui m'inquiète aussitôt : "Ah, c'est toi Rirénou, bien content de t'entendre, *mi alma*." Il ne me dira plus jamais rien d'autre, car le voilà qui chantonne soudainement, sans raison, il a lâché l'appareil que j'entends tomber ; je hurle plusieurs fois son nom, mais il ne m'entend plus, le papou m'a quittée... »

Au téléphone, le lendemain matin mardi, Sam dit à Edgar que Vidal vient d'être hospitalisé ; il est, dit-il, conscient, mais son état est alarmant : il semble qu'il ait eu une hémorragie cérébrale. Edgar et Edwige hâtent leurs préparatifs, mais ils sont trop fatigués le soir pour prendre la route. Ils partent le lendemain tôt dans la matinée. Quand ils arrivent dans l'après-midi à l'hôpital de Monaco, ils ne reconnaissent pas Vidal. Celui-ci a le nez aminci, tendu, sa bouche ouverte n'a plus les mêmes lèvres ni aucune de ses expressions, ses yeux sont atones, son visage est verdâtre. Il est étendu de tout son long. Il entend son fils, sent sa main qui lui prend la main, serre cette main, dit d'une voix caverneuse qu'il n'a jamais eue : « Oui, *mi alma*. » Il répond aux étreintes manuelles de son fils, puis lui demande de l'aider à se lever et à partir, fait le geste de soulever son drap. Son fils remet le drap, dit à son père qu'il doit rester à l'hôpital pour se faire soigner, etc., mais Vidal, avec l'obstination qui était la sienne quand il voulait quelque chose, recommence et recommence à demander de partir. Parfois, il semble s'endormir, puis il renouvelle sa demande. Une fois, il s'imagine qu'il est auprès de Corinne et dit : « Corinne, tu seras la plus mignonne des petites Corinne si tu m'aides à me lever. » Une autre fois, il se met en colère contre son fils qui l'empêche de se lever. Finalement, voulant cesser d'empêcher son père de faire mine de se lever, le fils rentre dans la nuit rejoindre sa femme.

Le lendemain matin, jeudi 9 août, il trouve son père encore plus méconnaissable. Sa respiration semble un râle, est un râle. Sa main ne répond pas à l'étreinte de celle de son fils. Il semble hors de tout ; autour de lui, dans les autres pièces ou salles, les malades regardent la télévision qui retransmet un match sportif ; et soudain, d'une voix caverneuse, il dira une unique phrase : « Et moi aussi, quand je serai chez moi, je regarderai la télévision. »

Les médecins sont réservés. De nouveaux centres cérébraux sont touchés. Ainsi donc, ce n'est pas la machine corporelle qui est atteinte, elle aurait pu encore fonctionner impeccablement pendant des années, c'est l'ordinateur, qui, en un point minime, mais décisif, s'est déglingué. Edgar demeurait stupéfait à côté de cet être transformé qui était plus que jamais son père. Après le déjeuner, Sam, pressentant que la fin était prochaine, obéit au désir de Corinne de voir Vidal. Il la conduisit de La Turbie à l'hôpital. Elle s'approcha de l'homme méconnaissable, fit : « Oh » en pleurant, l'embrassa tendrement et le caressa. Peut-être la reconnut-il. Puis Sam vint la chercher et la mit dans la salle d'attente. Là, Edgar vint la rejoindre et Sam partit demander une information médicale. Il devait être 15 h 20. Puis il revint et dit à Edgar dans un souffle : « Va vite là-bas, ton père est en train de mourir. » Le fils arriva près d'un lit sur lequel des infirmières se penchaient et s'affairaient. Il prit la main de son père, qui avait la bouche grande ouverte et ne réagit pas à sa main ; il scruta le visage, une infirmière se releva et dit : « Il est mort. » Edgar ne sait plus qui lui ferma les yeux. Une infirmière lui ôta l'anneau de mariage et le remit à Edgar. Celui-ci se rendit à la salle d'attente, et tendit l'alliance à Corinne qui éclata en sanglots. Il était 15 h 30. Vidal était mort un 9 août, comme son père.

Il était dans sa quatre-vingt-onzième année. Son fils avait 63 ans, ses petites-filles, 37 et 38 ans, ses arrière-petits-enfants, 3, 2 et 1 an.

Vidal avait répété à Corinne, quand il l'avait retrouvée, qu'il voulait que son corps soit donné aux facultés de médecine. Mais, après qu'il eut été chassé et rejeté de chez lui, son fils ne pouvait supporter l'idée qu'il soit comme jeté à la poubelle, et cela d'autant plus que son corps de nonagénaire ne pouvait en rien être utile à la science. Il demanda avis. Edwige pensait qu'il devait être enterré, d'autres qu'il fallait respecter sa volonté, d'autres encore que c'était à lui, son fils, de décider. Sachant que Vidal ne voulait être enterré ni au Père-Lachaise ni à Bagneux, Edgar décida de le mettre en terre dans une concession provisoire du cimetière de Monaco, très beau cimetière en étage dominant la Méditerranée. Il voulut aussi qu'il y ait cérémonie collective, pour compenser la solitude dans laquelle son père avait vécu pendant six mois. Et bien que son père n'eût jamais souhaité de cérémonie religieuse, Edgar eut le sentiment qu'il fallait l'intégrer dans une communauté ; Sam le conduisit voir le rabbin de Monaco, d'origine marocaine, c'est-à-dire refusant tout laxisme à l'égard du rituel. Edgar voulait seulement une présence religieuse à l'enterrement ; il ne voulait pas que son père soit lavé et enseveli dans un suaire selon les rites, ni obéir lui-même aux rites de l'orphelin. Mais le rabbin refusa tout compromis : c'était tout ou rien. Edgar accepta. Le corps fut d'abord habillé pour être visité et exposé dans une salle de l'Athanée du cimetière pendant un jour. Puis il fut mis dans un suaire. Les petites-filles de Vidal, leur mère Violette étaient venues pour l'enterrement. Il y eut une fête de famille à La Turbie, où il y avait beaucoup d'enfants.

Le Carnet du *Monde* (décès) :

Mme Vidal Nahoum-Beressi
M. et Mme Edgar Nahoum
Les familles Pennachioni, Grappe, Nahoum,
Beressi, Pelosoff, Cohen
ont la douleur de faire part du décès de
    M. Vidal NAHOUM
chevalier de l'ordre national du Mérite,
médaille de bronze de la Ville de Paris,
survenu dans sa quatre-vingt-onzième année.

Le fils choisit une dalle où il fit seulement inscrire le nom de son père. De cette terrasse du cimetière, on voit la mer qui unit l'Espagne, l'Italie, Salonique, la France.

Corinne eut une rechute dépressive en septembre 1984 ; elle fut hospitalisée à la suite d'un malaise cardiaque à l'hôpital Princesse-Grace-de-Monaco, du 11 au 21 février 1985. Elle s'y crut persécutée et menacée par un complot. En fait, depuis son mariage avec Vidal et surtout son installation rue Laugier, elle était victime de forces qui persécutaient son âme et redoublaient de férocité. La rue Laugier fut vendue. Elle eut des périodes de rémission, de calme, de paix à La Turbie, chez sa fille, puis dans une résidence où les appartements bénéficient des services hôteliers. Elle dut à nouveau se faire hospitaliser à l'hôpital Pasteur de Nice, dans le service du Pr Martin du 9 au 21 septembre 1985 et en janvier 1986. Elle mourut le 12 octobre 1986, jour de son quatre-vingt-cinquième anniversaire, et voulut se faire enterrer, non dans la tombe de sa mère, de ses frères et de sa sœur Luna, mais dans la tombe voisine de sa grand-mère Mathilde Beressi, morte en janvier 1921, qu'elle avait aimée plus que sa mère. Elle y avait fait graver une inscription à la mémoire de son premier mari, Joseph Pelosoff, mort en déportation.

Épilogue

*Es claro que con la fin de mis dias o los de
mi hermana no va a quedar el mas chico
recuerdo de lo que estach hoyendo hoy* [1].

Raffaele Nahum (à ses enfants).

Vidalico

Vidal : prénom adéquat et bien porté. Il n'existe pas en français ; l'adjectif « vital » ne traduit pas bien le souffle de vie qu'il y a dans Vidal.

Vidal fut d'une très grande vitalité. Actif, multiple, débrouillard, non pas violent ou violant, mais voulant d'un vouloir obstiné, s'acharnant sur l'obstacle comme la vague de l'océan ou au contraire le contournant, malin, souple, travailleur, abattant un labeur énorme jusqu'à 46 ans, mobilisable jusqu'à la fin de sa vie, courant à 74 ans à Turin pour enlever sa sœur d'un hôpital, marchant à 85 ans du XVIIe arrondissement jusqu'au Sentier pour retrouver un vieil ami, traversant à 90 ans le long hôpital de la Pitié pour voir le visage de son arrière-petit-fils nouveau-né. Comme l'écrit un ami de son fils au lendemain de sa mort : « C'est quand même beau et heureux et pour lui et

---

1. Il est clair qu'avec la fin de mes jours ou ceux de ma sœur il ne va pas rester le moindre souvenir de ce que vous écoutez aujourd'hui.

pour toi qu'il ait pu vivre si longtemps en restant pleinement vivant » (C.L.). Sa vitalité avait un aspect quasi animal dans sa façon d'être, à la fois très spontané et très
malin ; il était naïf et rusé, sincère et trompeur, très
confiant et en même temps ayant ses cachettes et ses
cachotteries, très ouvert, candide, tout en demeurant très
secret.

Son caractère demeura inaltérablement enjoué à travers
avatars, épreuves, anxiétés, coups du sort, souffrances,
deuils. Il resta jusqu'à la fin curieux de tout, ouvert à tout,
aux événements, au monde, sociable avec tous, prêt à se
lier de façon canine avec un autrui de rencontre.

Il était original sans toutefois aucune qualité exception-
nelle ni aucun défaut radical. Dans l'apparente absence de
mystère de cet être ouvert à tout, il y avait, comme en
chaque être, un mystère, et le mystère vidalin était lié à
la conservation de l'enfance.

L'enfance resta le trait permanent de sa nature. Il fut
jeune toute sa vie, et son esprit suprêmement et supérieu-
rement enfantin apparut dans toute son évidence dans les
vieux jours. Il était resté l'enfant heureux de l'amour privilégié de sa mère et de son père, choyé dans la grande
communauté des frères aînés. Le sérieux de la maturité
était allé chez ses frères aînés Léon et Jacques ; Henri
était resté un grand adolescent. Vidal, lui, était demeuré
et adolescent et enfant à la différence de la plupart des
adultes, il avait besoin de lait et en but quotidiennement
de grands verres jusqu'à la fin de sa vie. Il resta Vidalico
toute sa vie.

Il gardait de l'enfant le goût immodéré de la taquinerie
et de la blague. Il poursuivit jusqu'à sa mort la collection
de timbres-poste de son enfance, qu'il n'avait jamais clas-
sée, mais continuait à empiler dans des boîtes au cours
des décennies. Il avait l'espoir de plus en plus enfantin,
comme son frère Henri, de gagner un gros lot à la Loterie.
Il avait enfin gardé du jour de son enfance où il avait vu
apparaître son père, avec la médaille de l'« ordre de Léopold », l'émerveillement des décorations. Ce n'était pas

le goût bien français du monsieur qui a besoin de distinction, c'était un besoin enfantin, enfantinement conservé à l'âge adulte.

Il avait été nourri de tendresse et en avait suscité naturellement toute sa vie. Il en ressentait donc un besoin tout normal, mais jamais exigeant.

Son incroyable fixation sur le manger est sans doute liée à la conservation de son enfance. Irène dit très justement : « *Quand il mangeait, il communiait avec son enfance, avec sa maman qui l'avait bardé d'amour au point de le convaincre que manger et être aimé c'est pareil... Le papou mangeait comme on se soigne, comme on guérit, comme on prie, comme on remercie, gravement, pieusement, méthodiquement.* » C'est parce qu'il pensait que manger est salutaire dans tous les sens du terme qu'il disait sans cesse à Corinne, quand celle-ci, accablée de désespoir, perdait l'appétit : « Mange, Poulette. » Il avait effectivement le remède à tous les maux, la panacée : manger ! En même temps, dans le manger s'exprimait son animalité mal dressée, peu culturisée : il se concentrait sur son assiette, non seulement comme le yogiste sur la syllabe OM qui le fait communiquer avec ce qu'il a de plus sacré, mais aussi comme le prédateur vorace et vigilant qui s'empiffre à la hâte en balayant instinctivement de temps à autre son horizon du regard. Et, quand il avait mangé, c'était non seulement la détente, la satisfaction, mais l'allégresse, l'alléluia qu'il sifflait ou chantonnait sur un air de prédilection.

Il se réjouissait de vivre et possédait « la plus incroyable des qualités : la gaieté » (Irène). C'est bien l'impression que le patriarche-enfant laissa à ceux et celles qui ne l'ont connu qu'octogénaire : « Une immense faculté à s'émerveiller » (Danielle et Nicole Angel). « Sa naïveté et peut-être sa candeur soulevaient en moi des élans de tendresse » (Évelyne Lannegrace, dont Vidal appréciait beaucoup les formes orientales). « Je me suis souvent sentie vieille à côté de lui. Quel enthousiasme ! » (Angel). « Les entretiens que nous avons eus soit chez moi, soit par téléphone me réjouissaient tant par son enthousiasme » (Raphaël Benazeraf). « Son enthousiasme à la fin des repas [...], et le malicieux... le polisson » (Lannegrace).

Vidal traversa la vie en chantant. Il chanta et siffla comme un oiseau tous les matins, à midi, dans les moments de détente et de contentement. A Salonique, son goût premier l'avait porté vers les chansons de caf' conc' de Paris, puis, en France, il s'était approprié les chansons marseillaises, napolitaines, espagnoles. Les partitions qu'il a conservées témoignent de son éclectisme au cours de la marche du siècle : *La Chanson du cabanon, Les Gars de la Marine, Guitare d'amour* (Tino Rossi), *Le Fanion de la Légion* et *Celui que mon cœur a choisi* (Piaf), *Le Chant des partisans, Plaine, ma plaine, Les Feuilles mortes, Si tu viens danser dans mon village* (Lucienne Delyle), *Ma Guépière et mes Longs Jupons* (Yvette Giraud), *Rose Blanche, Le P'tit Quinquin, Che sera sera, L'Homme et l'Enfant* (Eddie Constantine), *Le Petit Bonheur* (Félix Leclerc), *La Complainte de la Butte* (Cora Vaucaire), *Bambino* (Dalida), *Colchique*, ce à quoi s'ajoutaient quelques chants turcs revenant de façon lancinante à la fin de sa vie.

Vidal vécut avec un optimisme et un fatalisme invétérés. Ces deux traits s'étaient toujours complétés pour lui faire supporter les épreuves et les chagrins. Son fatalisme lui évitait la révolte et la fureur devant les coups du sort. Son optimisme, dans les mêmes coups du sort, lui faisait croire en l'aide salutaire du Bon Dieu, qui était pour lui une magnification et une sublimation de son père. De plus, bien qu'anxieux de tout et de rien, surtout de rien (crainte de rater le train, inquiétude que son fils n'aille pas dans des WC propres), il n'avait pas d'angoisse, sentiment intérieur profondément lié à la culpabilité. Il n'eut jamais le sentiment d'avoir fait le mal (ne se vanta du reste jamais d'avoir fait le bien), et ne connut pas ce sentiment de culpabilité qui rongeait inconsciemment Corinne comme il rongeait consciemment son fils. Alors que l'angoisse saisissait Corinne corps et âme, Vidal demeurait serein tout en étant anxieux.

Vidal était chien fidèle et cœur amoureux. Sa fidélité allait d'abord à sa famille, à qui il était naturellement et totalement dévoué. Il pouvait élargir son dévouement à des amis, mais sa merveilleuse fraternité n'allait jamais à l'inconnu, l'éloigné ; son dévouement allait toujours à des êtres concrets, jamais à une idée. En ce qui concerne son cœur amoureux, on ne peut qu'imaginer ses amours de jeunesse, celui pour Wilhelmine et l'amour secret de Marseille, et l'on ne peut ici évoquer la part de secret qu'il a emportée dans la tombe, ni celle sur laquelle son fils gardera le silence ; mais l'on peut s'émerveiller de son attitude amoureuse d'époux sexagénaire, septuagénaire, octogénaire, dont témoignent les jeunes Danielle et Nicole Angel, qui connurent Corinne et Vidal quand celui-ci eut 80 ans passés : il était « amoureux constant, avec grâce et sans honte », ce qui n'empêchait nullement ses rêves libidineux et ses fantasmes extraconjugaux de nouvelles conjugalités.

Il fut un père tout à fait hors de l'ordinaire et dans ce sens extraordinaire. Il ne fut ni un père comme son père, dont l'autorité inspirait naturellement le respect à ses fils, ni un père « moderne » insouciant. Ou, plutôt, il fut naturellement « moderne » en ce sens qu'il fut un père maternel dans sa tendresse et son souci. Mais son amour prit une forme animale parce que son fils était né-mort, condamné à demeurer unique. Certes, l'amour des géniteurs a une source et une qualité animales. Mais l'amour de Vidal était de nature animale dans sa protectivité obsessionnelle. A la mort de sa femme Luna, il s'hypermaternisa pour l'orphelin de 10 ans. « Il t'adorait de façon insolente », dira Émy à Edgar.

Le tempérament de Vidal ne le poussait ni à l'autorité ni à la domination. Doux et débonnaire, il ne donna pas de punitions, de sanctions, c'est seulement dans de très rares accès de colère qu'il gifla son fils, le laissant ahuri.

Par contre, il obtint tout ce qu'il voulut de ce fils jusqu'à ses 20 ans, par chantage et obstination. Par souci de protéger sa vie, il l'empêcha de vivre. En l'empêchant de vivre, il le poussa sans le savoir à risquer sa vie. Et c'est finalement parce qu'il voulait que son fils vive sans risque qu'il lui donna la chance d'inventer sa vie dans le risque.

Une distance incommensurable sépara père et fils entre la dixième et la vingtième année de celui-ci. L'amour de Vidal emprisonnait son fils. Celui-ci, de son côté, s'était fermé à son père ; il y avait une hostilité très profonde dans son amour filial, qui venait du sentiment que son père avait trahi sa mère. Est-ce pour cela que, dès qu'il eut quelques idées, il vit dans le commerce une tromperie, dans la famille une convention, et dans la société un vice ?

Vidal et son fils ne pouvaient guère se comprendre dans les années d'adolescence de celui-ci. Le père ne voyait pas plus de sens à la chose militante qu'à la chose militaire. Le fils qui participa volontairement à la Seconde Guerre mondiale voyait en son père une sorte de soldat Chweik salonicien qui avait tout fait pour échapper aux recruteurs. C'est avec le temps qu'Edgar reconnut les vertus vitales de Vidal : il reconnut les vertus de son amour familial, de sa fraternité de horde, de son ouverture à tout. Il reconnut les vertus de son scepticisme, de sa laïcité profonde, a-religieuse, a-nationale. Il comprit que le plus grand cadeau que lui fit Vidal fut de ne pas lui donner de *culture*.

Bien que père obsessionnel, Vidal fut père au degré zéro en ce qu'il n'avait aucune idée, aucune morale, aucune croyance à enseigner à son fils. Il aurait voulu l'engager dans le commerce, mais seulement pour avoir sa compagnie au magasin (« Mais Vidal, lui disait Corinne avec emphase, tu devrais être heureux et fier de ce qu'est devenu ton fils, qui n'cst pas un obscur comme toi. – Non, disait Vidal, j'aurais préféré qu'il soit avec moi dans mon magasin. »).

Sans que l'un et l'autre le sussent, le père fut pour son fils un éducateur zen, qui éduque en laissant faire ; ainsi, son fils apprit ses vérités en autodidacte, parmi lesquelles la vertu de l'absence d'éducation. Enfin, quand Edgar reconnut la beauté des dévouements de Vidal, celle de son caractère inaltérablement juvénile et enfantin, il devint, non plus étouffé, mais étoffé par l'amour de son père, non plus honteux de ses carences et faiblesses, mais admiratif de sa *vidalité*. Et c'est ainsi que ce père débile, faible, incertain, incomplet devint gigantesque, immense, rayonnant, immortel !

Mais, avec l'admiration pour le père, il ne vint aucun respect ni vénération : le fils avait besoin de taquiner et de moquer le père taquin et moqueur. C'est qu'il s'était institué progressivement une relation rotative de paternité et de filialité entre l'un et l'autre. Edgar avait guidé et protégé son père sous l'Occupation ; puis, avec la disparition de ses frères, ses contradictions intérieures pour Corinne, Vidal avait eu de plus en plus recours à l'avis, puis au secours du fils, et cela sans cesser d'être le père conseilleur et secourant. Et ainsi, en dépit des aveuglements du père, des négligences et carences du fils, s'était établie cette boucle rotative où le père et le fils permutaient sans cesse leur rôle, chacun devenant à la fois père-fils et fils-père de l'autre. Le lien inouï qui s'était établi en 1921 avait duré soixante-trois ans, le cordon ombilical de l'un à l'autre était devenu une boucle ombilicale pour l'un et l'autre...

Secret

Comme chacun, Vidal avait non seulement une part de vie souterraine, mais une zone secrète (inconnue de lui) et une zone de secrets (inconnue d'autrui). Il avait eu un grand secret d'amour à Marseille et, par la suite, bien des secrets amoureux. Vidal avait dans ses dernières années effacé les traces amoureuses de son passé ; bien qu'il se confiât beaucoup à son fils devenu adulte, il évita toute confidence sur sa vie amoureuse d'avant son mariage (ou extraconjugale du temps de Luna), ayant découvert sur le tard que son fils restait marqué par son adoration enfantine pour sa mère. Le seul dépositaire de ses secrets fut peut-être son frère Henri, qui mourut vingt ans avant lui.

Vidal avait une fois manifesté à sa petite-fille Irène l'intention de lui confier une correspondance amoureuse secrète, mais sans doute l'a-t-il détruite. Il aimait lui parler de Wilhelmine, il la consulta pour la cousine Marguerite. Vers l'âge de 80 ans, il avait dit à son fils d'aller après sa mort chez son ami Saltiel, Salonicien comme lui, bonne-tier comme lui, sis passage Saint-Denis, recueillir des documents personnels. Son fils se rendit à l'adresse que lui avait donnée son père, ne trouva pas le magasin ; il le demanda à un boutiquier voisin qui ignorait ce nom, il s'adressa à une prostituée qui occupait de façon apparem-ment sédentaire le porche d'entrée du passage, elle ne savait rien. Le dépositaire et le lieu du secret avaient eux-mêmes disparu.

De quel lieu parlait Vidal ?

Quel était le « lieu » de Vidal, c'est-à-dire sa classe sociale, sa catégorie culturelle, son habitus obligé ? Il était issu d'une famille honorable de la ville séfarade, mieux, de son élite livournaise, et sa sœur Henriette, son frère Léon avaient bien conscience qu'ils appartenaient à la *gente alta* par opposition à la *gente bacha*. Vidal s'était inséré dans la vie des classes moyennes parisiennes, avec leurs appartements, sorties, restaurants, vacances. Il s'était finalement fixé sur le quartier « bien » du XVIIe arrondis-sement choisi par sa sœur Henriette et élu par son frère Léon, mais il n'avait pas incorporé en profondeur leur sens de l'honorabilité. Comme la plupart des commerçants, il n'était pas lettré (bien qu'ayant conservé l'amour des vers de Corneille et de Hugo qu'il avait appris par cœur à l'école franco-allemande), et ses goûts musicaux le portaient vers la chansonnette, le music-hall et le caf' conc'. Il ne se préoccupait pas trop de son élégance, sauf pour les soirées ou les solennités.

Il n'avait pas profondément intériorisé les normes bourgeoises, et sa sociabilité l'ouvrait tout naturellement à des amitiés ignorant les catégories sociales, notamment avec des compagnons de camp de concentration et de régiment. Il était quelque peu « interclassiste » parce qu'à la fois très sociable et pas trop socialisé. Il était assez bien partout, y compris en prison et dans le camp, et un peu étranger partout. L'arrestation, l'incarcération, les déracinements et réenracinements, les hauts et les bas de la fortune, la précarité du destin juif qu'il avait subie à travers son expérience personnelle, tout cela l'avait d'une certaine façon « déclassé ».

Qu'était pour lui le judaïsme ? Ce n'était pas l'observation de la loi de Moïse. Il transgressait allègrement le jeûne sacré du Yom Kippour. Il ne croyait pas aux rites. Il avait négligé la *bar mitsva* de son fils. Il ne s'était jamais soucié que son fils fasse un mariage gentil. Il se sentait lié à un peuple (ce qui signifiait pour lui une très grande famille) ; il était « fils de notre peuple », *ben amenou*, dont il exclut pourtant longtemps les Pollaks (ashkénazes), lesquels n'y furent intégrés en son esprit qu'après qu'il se fut senti, bien tard, lié et concerné par Israël. Mais, comme nous l'avons vu, Israël ne fut pas pour lui une patrie, car, même dans ce cas-là, il ne pouvait entrer vraiment dans le cadre mental de l'État national. Son identité juive fut en quelque sorte élargie via Israël, mais son identité séfarade fut rétrécie par Israël : l'attachement qu'il ressentit sur le tard pour Israël le ferma aux musulmans, alors que sa famille avait toujours eu de bons rapports, à Salonique, avec les Turcs, et, que lui-même, au Sentier, pendant des années, avait eu des relations amènes avec les forains et les commerçants algériens.

Le lien *ben amenou*, il le vivait seulement mais pleinement au seder de Pâque (Souccot, Pourim, fêtés à Salonique, avaient été abandonnés en France). A Pâque même,
la participation au peuple hébreu était spécifiquement
séfarade, avec les paroles et les chants en espagnol accom-
pagnant les rites commensaux.

La Pâque était restée, pour les séfarades laïcisés de
Salonique, la grande fête d'appartenance ancestrale au
peuple sorti de l'esclavage pharaonique. Salomon Beressi,
bien qu'athée, fêtait religieusement la Pâque. Au cours
des années de l'entre-deux-guerres, la Pâque était fêtée en
famille par Vidal, soit chez sa mère, soit chez sa belle-
mère, Myriam Beressi. Après guerre, la Pâque se faisait
chez une parente, un parent, puis, après morts, dispersion
et dilution de l'identité dans la génération suivante, Vidal
et Corinne fêtèrent la Pâque à l'Association des Saloniciens (que, par ailleurs, ils ne fréquentaient pas) et, une
fois, invités par Edgar qui voulait leur faire plaisir, ils la
fêtèrent au centre Rachi. Sur la fin, quand Corinne et lui
se sentaient trop fatigués, ou étaient hors de Paris, Vidal
ne fit pas tout son possible pour participer à un seder.
Mais ce furent les exceptions ultimes. La Pâque, dans son
allégresse, ravivait conjointement l'identité hébraïque et
l'identité salonicienne de Vidal, et, à chaque Pâque, il
pensait, pour y pèleriner plus que pour y retourner, non
pas : « L'an prochain à Jérusalem », mais : « L'an prochain à Salonique. »

Son fils ne se souvient pas qu'il y ait eu une *mezouza*
à la porte des domiciles de Vidal, des Nahum ou des
Beressi. Mais, quand il avait eu très peur de prendre
l'avion pour la Californie, Vidal s'était mis spontanément
à réciter des prières en mettant son chapeau sur la tête.
Par contre, il n'avait jamais songé pour lui à des funérailles
religieuses, et il avait même exclu la ritualité d'un enterrement laïcisé en décidant de confier son corps aux facultés
de médecine. Mais, au cimetière, il déposait une petite
pierre sur les tombes visitées, et il se lavait les mains avant
d'en sortir en murmurant superstitieusement : « *peche*

comeremos » (nous mangerons du poisson). Il était déiste à sa façon, invoquant la protection du Bon Dieu, sorte de Père suprême, mais indifférent à tous rites et tous temples. Sa vraie religion était celle de la famille avec le culte de ses morts.

Il se sentait appartenir non pas au « peuple élu », mais à une grande famille dotée de qualités remarquables, et il avait un sentiment de supériorité, léger et bienveillant, à l'égard non seulement des gentils, mais aussi des ashkénazes. Il n'avait jamais manifesté ce sentiment à son fils, mais il avait voulu le communiquer à sa petite-fille Irène, quand elle était enfant, afin qu'elle sache que, bien que fille d'une gentille, elle participait aux vertus des meilleurs. Elle se souvient :

« Je trônais sur la table de cuisine (toute bien habillée, frisée et pomponnée par la nona) comme un gâteau d'anniversaire, et le papou se pencha sur moi pour me livrer le grand secret :

» "Écoute, Minou (le papou m'appelait Minou jusqu'à l'adolescence où je suis devenue Rirénou), je vais te raconter une belle histoire : sur terre, il y a une famille plus belle, plus intelligente et plus gentille que toutes les autres ; elle est composée d'eskimos et de séraphins [*Irène avait entendu séraphin pour séfarade et eskimo pour ashkénaze*] ; or les séraphins dont nous sommes, ton papou, ta nona, ton papa, donc toi, sommes encore bien plus beaux et plus intelligents que les eskimos."

» Le papou était interrompu par deux cris, le mien : "Et maman ?" et celui scandalisé de la nona : "*Atio*, Vidal, comment peux-tu raconter de telles bêtises à cette petite ?" Papou se redressait, pas honteux, me rassurait : "Ta maman est presque une séraphine puisqu'elle a épousé ton papa" ; et à la nona il répondait ingénument : "Mais je lui dis la vérité, Pouita." »

Comment maintenant situer Vidal en fonction des points cardinaux ? C'était incontestablement un homme du Midi, un Méditerranéen. Méditerranéen, il l'était par son amour du soleil, de la mer, des ports, des nourritures à l'huile d'olive turques, grecques, italiennes, espagnoles, provençales. Il l'était aussi par sa croyance au mauvais œil, si profonde de part et d'autre de la Méditerranée. Ainsi, il était persuadé qu'il ne fallait jamais se vanter, se féliciter, de peur d'attirer le mauvais sort. Quand on admirait son bébé, non seulement il ne renchérissait pas, mais il disait : « Oh, il n'est pas si joli. » Il n'aurait jamais dit que son fils était bien fait ou intelligent (s'il douta que son fils fût intelligent, le fait de le traiter de *bovo* s'inscrivait dans sa stratégie permanente contre le mauvais œil). A Violette, qui lui répétait sans cesse que sa petite Irène bébé était si mignonne, il répondait par une moue dubitative. « Enfin quoi, elle n'est pas mignonne ? commençait à s'indigner Violette. – Mais si, mais si... – Mais, alors dites-le ! » A ce moment, Vidal désignait le plafond et chuchotait : « Il ne faut pas le dire trop fort ! » Il ne disait jamais que les affaires étaient bonnes, il disait toujours : « Ça ne va pas fort » et évitait de parler de ses réussites. Il ne disait jamais que pour lui ça allait très bien ou que sa santé était très bonne. Il répondait : « Plus ou moins » ou : « Comme ci, comme ça. »

Vidal aurait pu s'adapter à Vienne, dans un autre pays germanique, ou même en Grande-Bretagne. Il parlait l'allemand, l'anglais en même temps que le français, l'espagnol et un peu l'italien, mais il se serait mieux intégré en Espagne, et surtout en Italie. Le hasard de sa venue en France, due à une arrestation arbitraire, a toutefois correspondu à son vœu enfantin et à son choix adolescent. Il avait élu la France pour devenir un de ses « habitants ».

L'Orient et l'Occident s'étaient étrangement combinés en lui et Salonique fut la matrice de cette combinaison. Pendant quinze siècles, les séfarades avaient gardé en Espagne leurs rites d'Orient, mais s'étaient intégrés dans le monde occidental médiéval, chrétien et musulman ; puis ils avaient emporté et conservé en Orient, dans l'Empire ottoman, la langue occidentale qu'était l'espagnol. Plus encore, les familles toscanisées des Nahum, Frances, Beressi, Mosseri avaient reçu, dès le XVIIIe siècle, les premiers éléments de la culture laïque de l'Occident moderne. A Salonique même, à partir du XIXe siècle, ces mêmes familles s'étaient profondément laïcisées, elles étaient entrées dans le mouvement du « Progrès », et le français était devenu la langue des idées, la France, le pays mythique où il faisait bon vivre. « Poincaré, Poincaré, quand compterai-je parmi tes habitants ! » s'écriait le petit Vidalico, arrivé à l'adolescence. Habitant et non citoyen, disait-il, car, à Salonique, Vidal ne percevait pas vraiment ce que pouvait signifier le terme de citoyen. Bien que libres et privilégiés, les séfarades de Salonique demeuraient des sujets de la Sublime Porte, non des citoyens. Les naturalisés italiens comme les Nahum n'étaient plus des sujets, mais, s'ils jouissaient chez les Turcs de privilèges, ils n'étaient pas en Italie pour jouir de leurs droits de citoyens.

Vidal est par certains aspects un séfarade oriental-occidental de type médiéval, antérieur à l'intégration dans l'État-Nation, et qui a cru encore, sous le nazisme et le vichysme, que la persécution antisémite moderne est de nature religieuse, comme du temps d'Isabelle la Catholique. Par d'autres aspects, c'est un Oriental-Occidental de type moderne, c'est-à-dire laïcisé et devenu citoyen en France, mais gardant en lui le respect craintif et admiratif devant l'autorité, félicitant son député et son président de la République à chaque élection, n'osant pas intervenir activement dans les luttes politiques (il ne fut jamais militant et ne comprit pas cette pulsion bizarre qui avait saisi son fils), et pour qui devenir citoyen fut un titre, non un droit. De même, il avait une vision orientale-occidentale de la loi. Celle-ci, pour lui, ne fut jamais totalement impersonnelle et abstraite. Elle était malléable et on pouvait espérer, à force d'habileté et d'insistance auprès du pouvoir, non pas tourner la loi, mais la faire fléchir. Enfin, s'il se faisait appeler M. Vidal par une personne inconnue ou une relation nouvelle, c'était à la fois par prudence orientale, pour cacher dans un premier temps sa véritable identité, et par volonté de s'intégrer au monde français. Ainsi, chez lui, Orient et Occident se conjuguaient et se renvoyaient l'un à l'autre sans cesse.

Le trajet de la ville orientale d'Empire à la grande capitale d'État occidental fut à la fois très court (car Vidal était déjà francisé) et très long (car il mit très longtemps à comprendre, du reste jamais totalement, ce qu'est l'État-Nation et le citoyen). Sa nostalgie de Salonique se confondit avec le regret de l'Empire ottoman, qui avait apporté aux séfarades accueil, protection, autonomie, prospérité, paix, et dont l'écroulement apporta ruine, guerre, et finalement mort de la Salonique séfarade. Sur le tard même, quelque chose de turc, qui s'était introduit dans la culture séfarade, resurgissait en Vidal : des proverbes comme : « La patience est la clef du bonheur », ou : « L'œil voit, l'âme désire », des mélopées lancinantes, des jurons...

En bref, Vidal vécut une poly-identité orientale-occidentale pour lui fort satisfaisante : Salonicien d'abord, Salonicien surtout, enfant de Salonique, petite mais vraie patrie devenue paradis perdu, d'essence irréductible à toute autre dans le monde séfarade, il était en même temps spécifiquement judéo-espagnol, plus largement fils du peuple hébreu, plus largement encore méditerranéen, et il devint français par hasard et prédilection. Il fut salonicien, séfarade, méditerranéen, français de façon concentrique et enchevêtrée. Il ne fut jamais d'un « lieu » unique. Il ne fut ni nomade ni sédentaire, mais sédentarisé et nomadisable.

Alors que sa sœur Henriette et son frère Jacques parlaient le français sans aucun accent, que celui de Mathilde, du reste polyglotte, était à peine légèrement chantant, que Léon avait quelques intonations venues d'on ne sait où, avec un débit et une façon de parler très *British*, sans gestes, sans exubérance, qu'Henri avait gardé l'accent marseillais acquis dans ses vingt ans, Vidal avait dans la voix quelque chose de guttural, d'indéfinissable, non pas la voix chantante des Saloniciens ou la tonalité plutôt italienne qu'avaient beaucoup de Beressi ou Mosseri, mais quelque chose de rude que les gens de France sentaient venir d'un ailleurs, mais n'arrivaient pas à situer.

L'accent ne disparut pas, mais la francisation s'accentua avec la naturalisation, c'est-à-dire l'entrée dans la citoyenneté française, le compagnonnage militaire durant la guerre, l'introduction des gentils dans la famille, les femmes successives d'Edgar et l'épouse de Fredy, l'introduction de Vidal au sein des familles de gentils, dont finalement celles des maris de ses petites-filles.

La religion de la famille

Sa vie de quatre-vingt-dix ans traversa toutes les secousses du siècle, les éruptions balkaniques qui secouèrent sa ville, foyer de révolutions, objet de convoitises, et qui passa des Turcs aux Grecs après avoir été menacée par les Bulgares. Elle traversa la Première Guerre mondiale, qui débarqua à Salonique, l'emporta comme prisonnier dans un navire de guerre français, l'emprisonna au camp de Frigolet ; elle traversa les échecs commerciaux de l'après-guerre, la crise de 1929, la Seconde Guerre mondiale. Vidal passa miraculeusement sans dommage ces épreuves, et, surtout, il fut beaucoup moins affecté par l'emprisonnement, la persécution, la menace, les événements extérieurs que par les chagrins de la vie privée, les deuils, la mort des proches.

C'est que la substance de sa vie était dans sa famille. La famille était la grande famille, celle du *pater familias* avec ses nombreux enfants (six dans la famille de Vidal), élargie en clan avec oncles et cousins, en tribu avec beaux-frères et belles-sœurs. La famille était une communauté organique, judiciaire, morale, économique, et de fait religieuse. Jusqu'à sa génération, les mariages, s'ils n'étaient plus tous décidés par les parents, avaient besoin de leur consentement : ainsi Vidal, après avoir rencontré Luna chez Salomon Beressi, demanda à son père l'autorisation de se marier avec la jeune fille. Plus tard, c'est la famille qui le maria à Sara Menahem.

Le métier, comme le mariage, était décidé par le père. C'est évidemment David Nahum qui avait orienté la vie professionnelle de ses fils ; il avait empêché Vidal de faire des études de médecine, et Vidal, en dépit de son chagrin, avait obéi sans protestation ni rancune.

Après la mort du père, l'autorité était passée au frère aîné, Léon. La dispersion, loin de distendre les liens familiaux, les avait nourris. La solidarité communautaire de la famille devint d'autant plus effective que ses membres furent éloignés les uns des autres. Ainsi, les frères ne cessèrent de verser une pension à leur mère ; ils fournirent une pension à vie à la veuve de leur frère Jacques ; lorsque Henri n'eut plus de clientèle, son frère Léon le prit dans son affaire, où, bien que peu compétent, il fut gardé quasi à ne rien faire. Puis Léon et Vidal aidèrent Henri malade. Jusqu'à la génération de Vidal, la famille fit office de sécurité sociale et d'assurance-maladie. Vidal voulut même, dans ses vieux jours, remembrer ses morts dans le même cimetière parisien.

Les conflits étaient résolus au sein de la famille par le père, et au sein de la tribu par quelque parent doté d'autorité. Ainsi, à Paris, c'était son oncle par alliance Hananel Beressi que Vidal investissait du rôle d'arbitre et de juge.

La diaspora post-salonicienne des Nahum se fixa en conformité avec les desseins du père et bénéficia de têtes de pont familiales et amicales en France. Elle détermina la création d'un réseau de confiance et d'entraide à travers mers et nations. Durant l'entre-deux-guerres, la famille Nahum tissa son réseau communautaire entre Bruxelles, Paris, Belgrade, puis Liverpool. Vidal arrivé à Paris commença à exporter dans le sillage de ses nouveaux parents, Salomon et Samy Beressi, puis il poursuivit quelques exports via la famille Benmayor d'Izmir, où était entrée sa nièce Aimée. La confiance sur parole régnait entre

parents, relatifs, amis, excluant contrats et pièces nota-
riées. Il n'y eut jamais ni abus, ni conflits, ni même chi-
canes au sein du réseau de confiance.

C'est parce que la famille était une communauté
concrète, où il investissait son intérêt et son désintéresse-
ment, que Vidal ne ressentit aucune pulsion à militer pour
une idée, aucun désir de révolution. Mais aussitôt après
sa génération, le réseau de solidarité éclata sous la pression
des forces centrifuges.

Diaspora dans la diaspora

La diaspora salonicienne avait répandu dans le monde
des parents qui s'étaient perdus de vue. Bien des fils et
filles des frères de David Nahum avaient essaimé et perdu
tout contact avec ses propres fils et filles. Ainsi en avait-il
été des enfants de Salomon, frère de David, qui avaient
émigré en Italie avec leur père, représentant de Fernet-
Branca à Salonique. Mais Vidal avait trouvé et noté
l'adresse de l'un d'eux, Raffaele, qu'il ne connut jamais,
mais dont son fils fit la connaissance après lui avoir envoyé
le faire-part de la mort de son père. (Raffaele est quasi le
frère jumeau de Vidal, aussi bien par le visage et l'expression que par la vivacité et la vitalité.) De même, Vidal
avait les adresses de parents jamais vus, mais qu'il put
rencontrer à Los Angeles et qu'il faillit rencontrer à New
York.

Les grandes ruptures survinrent à la génération suivante. Ce fut tout d'abord la rupture avec Salonique, ville
que n'ont pas connue ceux qui sont nés en Occident, et
où ce qui restait de la famille de Vidal, Azriel Frances et
ses enfants, avait été presque entièrement anéanti.

La rupture fut en même temps démographique, culturelle et éthique ; cette rupture transforma la structure
même de la famille et la notion même d'individu. A la
génération de David Nahum, les familles étaient de quatre

à huit enfants. A la génération de Vidal, on passa de la grande famille au couple nucléaire à un, deux enfants ; à la génération suivante, on passe de la solidarité familiale à l'ethos individualiste, de la culture séfarade à la culture nationale des gentils.

La diaspora de la génération de Vidal avait créé un réseau interfamilial qui était international. La diaspora dans la diaspora tend à briser ce réseau en micro-réseaux séparés, qui eux-mêmes vont se dissoudre.

Les descendants Nahum et Beressi vont naturellement, sans contrainte, vers un néo-marranisme, c'est-à-dire une double identité dont l'une relève du peuple de la Loi, l'autre du monde franc.

L'aînée de la génération suivante, Liliane, fille d'Henriette, née encore à Salonique, avait épousé à Paris selon les normes traditionnelles un Salonicien, Mony Covo. Liliane et Mony n'ont pas eu d'enfants, mais ils ont quasi adopté Véronique, fille du mariage gentil d'Edgar.

Aimée, seconde fille d'Henriette, a épousé un Smyrniote (éventualité peu pensable à Salonique), et s'est installée à Liverpool ; son fils Pierre, né anglais, a fait un mariage gentil avec une Anglaise, et ses enfants sont désormais dans le monde *British*.

Chary, fille de Léon, a épousé un Smyrniote, dont la famille, d'origine livournaise, s'est alliée à la vieille famille provençale des Naquet. Ils se sont installés en Avignon, ont eu des enfants qui ont fait des mariages gentils et ont francisé leur nom.

Régine ne s'est pas mariée, elle a vécu une grande passion pour un gentil, aviateur à Toulouse, contraint de regagner une base en Afrique du Nord et sans doute disparu pendant la guerre.

Hélène a épousé un juif autrichien, Paul Schrecker, l'a suivi aux États-Unis et est devenue citoyenne américaine. Elle a rompu avec son mari, s'est installée à Ottawa, et a rompu avec les Nahum, sauf sa cousine Chary. Elle a récemment épousé un gentil, de nationalité canadienne, et a pris cette nationalité.

Edgar et Edgard, les deux cousins quasi du même âge, ont vécu dans leur enfance, à l'école, l'étrangeté pour eux incompréhensible d'être juifs, puisqu'ils n'avaient en rien été initiés à la loi de Moïse. Edgar fit trois mariages gentils, Edgard fit un mariage gentil dont il eut trois enfants, qui vivent dans le monde des gentils.

Les trois cousins de Vidal, Paul, Saül, Murat, firent des mariages gentils. Saül, devenu pieux après la guerre, disait pourtant à sa nièce qui voulait épouser un gentil : « Fais-le, dans la Bible, il n'y a que ça » (des juifs épousant des non-juives).

A Genova, Italie, Raffaele Nahum épousa une catholique, ses trois enfants firent des mariages gentils.

Chez les Beressi : – Samy Beressi, le premier, fit un mariage gentil avant la guerre de 1914. Il était de la génération de Salomon Beressi, père de Luna et Corinne. Sa première fille, Édith, fit un mariage gentil, sa seconde fille épousa un Veil, s'en sépara et adopta une fille chez les gentils. Ses deux fils, Alex et Roger, sont eux aussi entrés dans le monde des gentils.

Élie Beressi avait fait également un mariage gentil. Hananel, lui, avait épousé une Marseillaise dont la famille venait d'Algérie.

Pepo, fils de Salomon Beressi et Myriam Mosseri, épousa une séfarade dont la famille passa d'Usküp à Salonique. Les enfants de Pepo, Jean-Marc et André, épousèrent, l'un, une demoiselle Tordjman, d'origine juive marocaine, l'autre, une demoiselle Chazal, d'origine auvergnate.

Benjamin prit femme chez les gentils et en eut une fille Odette, qui, perdue pour la famille après la déportation de son père, fut retrouvée par sa tante Émy et intégrée dans la tribu de Maurice Cohen.

Émy avait épousé Maurice Cohen, né à Istanbul ; ses trois enfants, Raymond, Marie-Claude, Maurice-Gérard, se marièrent, et à de nombreuses reprises, chez les gentils.

Quant aux enfants de Corinne, Fredy avait pris femme chez les gentils et en eut un garçon, Michel. Henri resta célibataire, en dépit ou à cause des efforts de Vidal et de Corinne pour le marier. Daisy épousa le frère cadet de Maurice. Sa fille Corinne partit en Bolivie. Liée à un homme du peuple indien, elle revint donner naissance à un garçon au prénom solaire, Inti. Sa sœur Marianne se lia avec un Chilien réfugié en France après le coup d'État du général Pinochet, et elle eut un enfant dont le nom araucan, Nahuel (qui signifie « source »), commence curieusement par les mêmes quatre premières lettres que Nahum.

Les filles d'Edgar se sont mariées aussi chez les gentils, Irène avec le fils d'un général corse, Véronique avec le fils d'une prolétaire piémontaise et d'un ouvrier jurassien, qui, maquisard durant la guerre, puis dirigeant syndical et militant socialiste, deviendra par l'étude agréé en architecture.

Remarquons que dans cette diaspora post-salonicienne, aucun des Nahum ou des Beressi n'a choisi de vivre en Israël. De même, à l'exception des deux sœurs Angel, il n'y a pas eu de retour à l'observance de la loi de Moïse.

L'agonie d'une culture

La ville séfarade avait été détruite par l'incendie de 1917. L'hellénisation, commencée en 1912, poursuivie en 1922 et devenue linguistique après 1930, dissolvait doucement la culture séfarade quand le nazisme extermina la presque totalité de ses 56 000 représentants. L'histoire a effacé au Corrector ce qui fut la seule cité majoritairement judéo-espagnole dans le monde. Il reste à Salonique deux ultimes témoins, l'Association des survivants dont l'existence s'achève, et le libraire-éditeur Molho.

La culture séfarade, qui s'était conservée vivante pendant quatre siècles à trois mille kilomètres de l'Espagne, se dissout en France, comme aux États-Unis, en Argentine, en Israël.

C'est son épanouissement, sous l'influence livournaise, qui devait conduire nécessairement à sa dissolution, dès que la cité et l'empire eurent éclaté sous la poussée des États nationaux. Après avoir intégré la culture laïque, la culture séfarade s'y est intégrée et désintégrée. Le vieil espagnol *djidio* est de moins en moins parlé parmi les 360 000 héritiers de la souche dispersés dans le monde[1]. C'est parce qu'il n'est plus parlé dans les cuisines qu'il s'enseigne aujourd'hui à l'université de Paris.

Ainsi, cette culture meurt de deux façons : la façon atroce de l'extermination nazie, la façon douce de l'intégration dans le monde laïcisé des gentils.

L'intégration est aussi désintégration. Elle est à la fois gain et perte. Faut-il aller dans le sens du processus ? Le retarder ? L'un et l'autre. Toutes les cultures veulent vivre. Toutes les cultures sont mortelles. Le sage Hadj Garm' Orin a dit : « Comme un être humain, une culture doit vouloir vivre et savoir mourir. »

Apatride et poly-apatride

Les gentils qui ont formé leur identité dans le cadre de l'État-Nation voient les juifs « levantins » (mot qui a longtemps été huileux et fourbe pour les antisémites) comme apatrides et leur antipathie ne peut être qu'accrue aux récits des mésaventures du Salonicien Vidal durant la Première Guerre mondiale.

Mais, à examiner l'histoire de ces Hébreux qui se sont fixés en Espagne, c'est leur aptitude à s'enraciner en Sefarad qui est remarquable, et, bien qu'expulsés, leur fidélité à ces racines qu'ils ont réimplantées telles quelles en Orient. Ils auraient pu très naturellement, s'ils n'avaient été chassés par les Rois Catholiques, s'intégrer dans le

---

1. Soixante mille judéo-espagnols avaient émigré en France et 3 000 en Belgique dans les trois premières décennies du XXe siècle.

creuset ibérique ; du reste, l'État espagnol leur reconnaîtra sur le tard, par le décret du 20 décembre 1924, le droit à réacquérir leur nationalité espagnole.

Les séfarades de Salonique s'y sont enracinés, en ont fait une patrie, et il a fallu l'incendie, l'hellénisation, le nazisme pour détruire cette patrie. Les séfarades s'enracinent dès qu'on leur laisse le temps. Oui, Vidal le Salonicien était très enraciné, et il s'est réenraciné en France. Sa nature était sédentaire, l'histoire l'a rendu nomadisable.

Mais, parce que très enracinable, le séfarade était polyraciné. Vidal était ombilicalement relié à une patrie méditerranéenne à multiples racines hébréo-hispano-italienne. Le séfarade a connu la matrie, il s'est fait une patrie, il a pris des racines ; ce qu'il n'a pas connu, c'est l'État-Nation, invention de l'Europe des temps modernes, qui a apporté sa religion propre, comme l'a bien vu Toynbee, suscitant ses haines et ses intolérances. Cette religion, devenue aujourd'hui celle des Israéliens, était inconcevable pour les séfarades de l'Empire ottoman.

Ce qu'il y avait par contre dans cette Salonique, visitée par Paul de Tarse, marquée par le marranisme, le sabbétaïsme, et, ajoutons, le livournisme, qui chacun à leur façon brisait le corset dans la loi mosaïque, c'était un message, déjà virtuel dans la prédication de Paul, celle de Sabbetaï Zevi, l'expérience des marranes, puis celle des *deunmès* ; ce message, lorsqu'il devient laïcisé, comme ce fut le cas dès 1670 chez Spinoza [1], rejoint celui de l'humanisme des gentils : au-delà de la division des peuples et des croyances, il y a le peuple des humains, dont la planète Terre est la Patrie.

1. « A l'époque actuelle, il n'y a absolument rien que les juifs puissent s'attribuer qui les placerait au-dessus des autres peuples. »

Le « pastellico »

Edgar, le fils de Vidal, vécut, en même temps que la rupture entre deux générations, les conséquences d'une brisure intérieure profonde, déterminée par la mort de sa mère. Il se sentit étranger à sa famille, singulièrement la famille Nahum, n'aimant sans restriction que sa grand-mère Beressi. C'est sans doute sa recherche inconsciente de communauté qui le poussa vers le Parti de la Révolution, et le vide inouï laissé par la mère qui lui fit trouver, perdre, retrouver l'infini dans l'amour.

Déculturé au départ et reculturé de façon autodidacte, il prit fortement conscience, à l'âge de 40 ans, de son néo-marranisme ; il l'assuma comme plénitude et non comme insuffisance. Il avait écrit alors : « Oui, je garde mon pied, je prends mon pied dans la société française, mais l'autre, il est en Italie, en Espagne, en Orient, dans l'errance, toujours ailleurs... »

Il n'a pas rompu avec Vidal, il l'a continué : sa « déculturation » est une conséquence logique de la laïcisation commencée à Livourne au XVIIIᵉ siècle, développée et quasi accomplie à Salonique dans les années 1870-1900, puis de l'émigration, elle-même logique, en France, et enfin de la désintégration de la famille à sa génération. De même, en assumant une double identité, non pas camouflée à la façon des *deunmès* ou de Jacob Frank, mais à demi ouverte et à demi fermée, Edgar prolonge sur le mode laïque le marranisme et le sabbétaïsme salonicien. Même après avoir perdu la foi dans le salut terrestre, il n'a cessé d'être traversé par ce « messianisme » qui s'empare de ceux qui rompent avec le monde des juifs sans pourtant entrer dans le monde des gentils, et qui veulent un nouveau monde où, comme disait Paul de Tarse, autre modèle de double identité, il n'y aurait plus ni juifs ni gentils.

Edgar a gardé pleinement de Vidal le tropisme méditerranéen. Il a découvert avec bonheur l'Espagne et l'Italie, puis, après avoir oscillé et avant de connaître pleinement son ascendance livournaise, la Toscane s'est imposée à lui comme sa vraie matrie.

Ce Parisien aime les cuisines françaises, il adore l'andouillette et le ris de veau ; mais il préfère la cuisine méditerranéenne à l'huile d'olive, et ce qu'il aime par-dessus tout, c'est le gratin d'aubergines et le *pastellico* de Salonique. Tant que Corinne eut le goût de faire la cuisine, elle prépara les gratins ou le *pastellico* et en réservait toujours une portion pour Edgar. Celui-ci enseigna le gratin d'aubergines à Edwige, enfant nordique aux yeux bleus, qui, quand elle veut lui faire plaisir, à ses retours de voyage, lui prépare le *sfongattico*. Corinne enseigna le *pastellico* à Irène. Liliane enseigna le *pastellico* à Véronique, et celle-ci prépare un *pastellico* quand elle invite des amis et surtout quand elle invite son père.

Ce *pastellico* familial, tourte collective de fromage rôtie au four, ainsi que la *borekita*, petit chausson de même composition pour une seule personne, vient du fond des âges. L'Espagne connut un certain type de *borekita*, qui émigra en Argentine et au Chili pour y devenir l'*empanada*. Les *boreks* se répandirent dans le monde ottoman et existent en Grèce sous forme feuilletée, les *tiropitas*, que les Saloniciens appelaient « pastelles de *fojas* ». En Tunisie, les *briks* feuilletés sont garnis à l'œuf. Au Maroc, l'équivalent de la *borek* est un gâteau sucré. Ainsi, les ancêtres et cousins du *pastellico* ont circulé et fleuri diversement dans toute la Méditerranée, ils sont communs à l'Espagne islamique, juive, chrétienne et aux ethnies des Balkans. On peut supposer que les séfarades ont connu le *pastellico* pendant plus d'un millénaire en Espagne, et que celui-ci les a accompagnés à Salonique, où, *hecho de las manos benditchas de la madre* (fait par les mains bénies de la mère), il fut présent dans toutes les réunions de famille et les fêtes. Puis le *pastellico* a traversé une nouvelle fois la Méditerranée, il est arrivé en France avec les séfarades d'Orient. Et, quand le séfaradisme s'est dilué chez les Francs, le noyau matriciel de sa culture a subsisté ; ce noyau, comme dans toute culture, est gastronomique, et, au noyau de ce noyau, il y a le *pastellico*. Devenu nourriture maternelle pour ses enfants, le *pastellico* est désormais seul survivant, dans le monde français et gentil de Véronique, du monde englouti de la Salonique séfarade. Il est consommé, non pas eucharistiquement, non pas mystiquement, mais pas non plus de façon seulement matérielle. Il ramène, pour ceux qui l'ont aimé et connu, le regard bleu et vif de Vidal.

Famille NAHUM

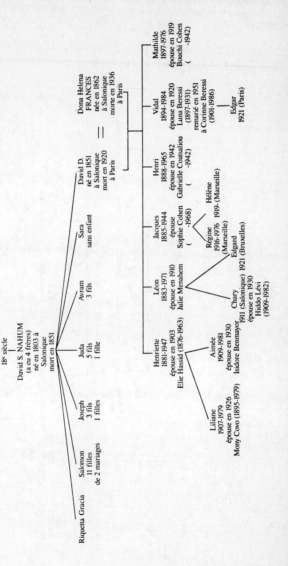

Famille BERESSI

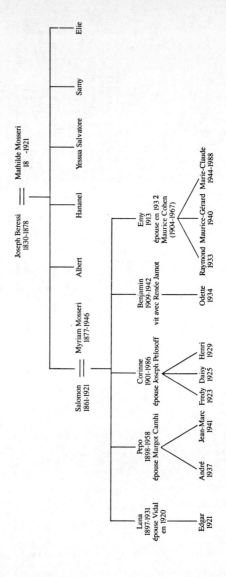

Chronologie

	doso. Son frère cadet Miguel revient également au judaïsme et devient Abraham Cardoso.
1655	Sabbetaï Zevi, né à Smyrne en 1626, se proclame messie. Il prêche à Salonique. Le peuple séfarade attend dans l'exaltation la rédemption prochaine. Abraham Cardoso, installé à Livourne, devient l'un de ses apôtres.
1662	Manuel Boccaro Frances, marrane venu du Portugal à Livourne via Amsterdam, reconverti au judaïsme, meurt sur la route de Florence. C'est peut-être un ancêtre de la famille maternelle de Vidal.
1666	Le messie Sabbetaï Zevi se convertit à l'islam.
1669	Prise de Candie par les Turcs. Début de la décadence de Venise, qui entraînera celle de Salonique.
1676	Mort du messie. Son message survivra dans des sectes secrètes, notamment la secte islamique des *deunmès.*
1699	La Hongrie et la Transylvanie échappent aux Ottomans.
1714	Catherine de Russie contrôle la mer Noire.
1718	Belgrade, l'Albanie, la Dalmatie, l'Herzégovine échappent aux Ottomans.
1764	Beccaria publie *Dei delitti e delle pene* à Livourne.
1765-1790	Pietro Leopoldo de Habsbourg, grand-duc de Toscane, règne en « despote éclairé ».
1770	Victoire des Russes sur les Turcs.
1776	Naissance de Lazare Allatini à Livourne. Dernières décennies du XVIIIᵉ siècle. *Des Nahum, Frances, Beressi quittent Livourne pour Salonique.*
1796	Fondation de la maison Allatini et Modiano à Salonique.
1799-1814	La Toscane sous influence française.
1803	*Naissance de David S. Nahum à Salonique.*
1809	Naissance de Moïse Allatini à Salonique.
1817	Autonomie de la Serbie.

1826   Suppression des janissaires.

1830   Indépendance de la Grèce. *Mariage de David S. Nahum avec une demoiselle de Botton. Naissance de Joseph Beressi à Salonique.*

1831   Début de l'ère des réformes dans l'Empire ottoman (Tanzimat).

1832   Épidémie de choléra à Salonique.

1834   Mort de Lazare Allatini. Moïse Allatini, médecin à Florence, vient à Salonique prendre la tête des entreprises de son père.

1851   *Mort de David S. Nahum. Naissance posthume de David D. Nahum.*

1852   Arrivée du premier navire à vapeur dans le port de Salonique.

1856   Salomon Fernandez crée une école italienne moderne à Salonique.

1858   Moïse Allatini crée une école française moderne à Salonique.

1858   Autonomie de la Roumanie.

1861   *Naissance de Salomon Beressi, fils de Joseph Beressi.*

1862   *Naissance de Dona Helena Frances.*

1866   Ouverture de l'école Salem.

1873   Ouverture de l'école de l'Alliance israélite universelle.

1874   L'affaire Matalon (cf p. 35). Création de la société conservatrice Etz Haïm.

1875   Constitution du club des Intimes.

1876   L'Autriche occupe la Bosnie-Herzégovine. Début du sultanat d'Abdül-Hamid (1876-1909).

1877   Le rabbin Gattegno essaie de soumettre les Frankos à l'impôt. Les laïques s'y opposent et il est battu.

1877   Indépendance de la Bulgarie. *Naissance de Myriam Mosseri.*

1877-1888   Salonique est reliée par chemin de fer à l'Occident.

1878	Création de *La Epoca*, premier journal en espagnol. *David D. Nahum se rend à l'Exposition universelle de Paris. Assassinat de Joseph Beressi.*
1878	Guerre russo-turque. Traité de San Stefano. Le congrès de Berlin consacre la souveraineté des États danubiens et balkaniques.
1879	*Mariage de David D. Nahum et de Dona Helena Frances.*
1880	Réforme de la Talmud Tora, qui introduit l'italien et le français dans son enseignement.
1881	La France s'empare de la Tunisie (qui était sous domination ottomane).
1881	*Naissance d'Henriette, fille aînée de David D. Nahum.*
1882	*Mort de Moïse Allatini. David Nahum adjoint la métallurgie à ses activités d'importation-exportation.*
1882	La Grande-Bretagne s'empare de l'Égypte.
1883	*Naissance de Léon Nahum.*
1885	*Naissance de Jacques Nahum.*
1890	L'impôt devient individuel dans l'Empire ottoman. Installation du gaz de ville à Salonique.
1893	Installation du tramway à Salonique.
1894	*Naissance de Vidal.*
1896	Installation de la distribution d'eau potable dans les foyers.
1897	Massacre d'Arméniens, de Crétois, de Macédoniens par les Turcs. *Naissance réelle de Mathilde, dernier enfant de David D. Nahum. Naissance de Luna Beressi, premier enfant de Salomon Beressi.*
189..	*David D. Nahum devient représentant de la firme Mantachoff pour l'importation des pétroles de Bakou dans l'Empire ottoman.*
1898	*Naissance de Pepo Beressi.*
1900	Salonique compte plus de 90 000 habitants ; 56 % de séfarades (dont 5 % de protégés consulaires), 20 % de Grecs, 11 % de *deunmès*, 10 % de Turcs,

4 % de Bulgares et divers. *Samy Beressi s'installe en France. Vidal entre à l'école franco-allemande.*

1901   *David Nahum assure la permanence du consulat de Belgique à Salonique.*

1902   Tremblement de terre à Salonique.

1902   *David Nahum reçoit la médaille civique de 1re classe du roi des Belges.*

1903   Les comitadjis bulgares font sauter la Banque ottomane à Salonique.

1904   *Henriette Nahum épouse Élie Hassid.*

1906   *Naissance de Liliane, fille d'Henriette et Élie Hassid.*

1906-1909   *Voyages de Léon Nahum en Europe occidentale.*

1907   *Échanges de cartes entre Vidal et Cornelie Monday de Montréal.*

1908   *Mort de la veuve de David S. Nahum, grand-mère de Vidal. Hananel Beressi s'installe à Marseille.*

1908   Révolution jeune-turque à Salonique. Ferdinand de Bulgarie se proclame tsar des Bulgares. L'Autriche annexe la Bosnie-Herzégovine.

1909   *Naissance à Paris de Roger Beressi, fis de Samy Beressi et de Gaby Lombard.*

1910   *La Solidaridad ovradera* annonce une première conférence socialiste à Salonique. *Vidal sort à 16 ans de l'école franco-allemande et devient employé chez son beau-frère Élie Hassid. Léon épouse Julie Menahem, dont le père fait partie du club des Intimes.*

1911   L'Italie conquiert la Tripolitaine. *David Nahum, sujet italien, se réfugie à Vienne avec sa femme et ses deux derniers enfants, Vidal et Mathilde. Jacques et Henri se réfugient à Bruxelles auprès de leur frère aîné Léon. Vidal est employé à Vienne et tombe amoureux de Wilhelmine.* Élection à Salonique du député séfarade Emmanuel Carasso.

1912   Les États balkaniques attaquent la Turquie. La Grèce conquiert Salonique et la Macédoine.

1913   Guerre balkanique contre la Bulgarie.

1913   *Léon Nahum s'installe à Istanbul et contrôle la*
            construction du chemin de fer d'Anatolie. Nais-
            sance d'Émilie Beressi. Vidal fait une tentative
            infructueuse d'installation à Paris.

1914   Début de la Première Guerre mondiale. La Grèce
            reste neutre. *Salomon Beressi quitte Salonique*
            pour Marseille.

1915   Échec du débarquement anglo-francais aux Dar-
            danelles. Les Français s'installent à Salonique, et
            y forment l'armée d'Orient (octobre). La Grèce
            reste neutre, mais Venizelos en révolte contre le
            roi forme un gouvernement dans l'enclave de
            Salonique. La Bulgarie entre en guerre et écrase
            la Serbie, dont l'armée reflue à Salonique. Entrée
            en guerre de l'Italie aux côtés des Alliés. *La*
            femme de Salomon Beressi et ses enfants le rejoi-
            gnent à Marseille.

1916   *Vidal et son frère Henri sont arrêtés par la police*
            militaire française le 27 janvier puis transférés
            par mer à Marseille, où ils sont emprisonnés. Puis
            ils sont envoyés au camp de Frigolet. David
            Nahum quitte Salonique pour faire libérer ses fils
            et s'installe à Marseille. Vidal et Henri obtiennent
            la nationalité « salonicienne » du président du
            Conseil français.

1917   Les Alliés déposent le roi de Grèce en juillet, et
            Venizelos fait entrer la Grèce dans la guerre. Le
            5 août, un gigantesque incendie détruit la ville
            séfarade. *Amour secret de Vidal. Fiançailles de*
            Mathilde.

1918   Armistice. *La famille Nahum regroupée à Mar-*
            seille. Mariage de Mathilde.

1919   *Vidal fait un séjour à Londres pour acheter des*
            maisons préfabriquées. La chute du franc fait
            échouer l'opération. Vidal s'installe à Paris, rue
            Clauzel.

1920   *Salomon Beressi rencontre Vidal dans le Sentier à Paris, et l'invite pour la Pâque dans sa famille. Vidal demande la main de sa fille Luna. Mariage de Vidal. Mort de David D. Nahum. Vidal tente sa chance en Allemagne.*

1921   *Vidal s'est installé rue Mayran. Mort de Salomon Beressi. Chute du mark. Mariage de Corinne. Naissance d'Edgar, fils de Vidal, et d'Edgard, fils de Léon.*

1922   *Vidal prend boutique dans le Sentier, au 52, rue d'Aboukir et devient bonnetier en gros.*

1923   *Naissance de Fredy.*

1926   *Mariage de Liliane.*

1929   Krach de Wall Street. *Mort de Samy Beressi.*

1930   *Léon Nahum s'installe provisoirement à Paris. Mariage d'Aimée. Mariage de Chary. Vidal achète un terrain à Rueil.*

1931   *Vidal devient citoyen français. Installation à Rueil. Mort de sa femme Luna.* « Pogrom » de Salonique.

1932   *Le fils de Vidal a la fièvre aphteuse. Mariage d'Émy. Difficultés d'argent de Vidal.*

1933   Hitler arrive au pouvoir.

1934   Émeute du 6 février à Paris.

1935   *Vidal chez sa mère. Vidal au Coq-Héron.*

1936   Front populaire. Début de la guerre d'Espagne. *Mort de la mère de Vidal. Remariage de Vidal (décembre).*

1937   *Vidal quitte sa deuxième femme (juin). Installation rue des Plâtrières.*

1938   Munich.

1939   Début de la Seconde Guerre mondiale. Drôle de guerre.

1940   *Vidal est mobilisé à la poudrerie de Bourges (mars).* Les troupes allemandes envahissent la France (juin). *Retraite de Vidal sur Toulouse.* L'armistice est demandé par le maréchal Pétain. Appel de De Gaulle à la Résistance (18 juin).

Retour de Vidal à Paris (août). Son magasin est soumis à administration provisoire (décembre).

1941   *Mathilde en Italie (mai).* Les troupes allemandes envahissent l'URSS (juin). *Vidal quitte Paris pour Toulouse (août).* L'avance allemande est stoppée aux portes de Moscou (décembre).

1942   *Mort de Bouchi à Abbazia (février).* Port de l'étoile jaune en zone nord (mai). Rafles de juifs à Paris (juillet). *Benjamin Beressi est arrêté et meurt au camp de Compiègne.* Débarquement allié en Afrique du Nord. Les Allemands envahissent la zone sud. Les Italiens à Nice (novembre). Résistance de Stalingrad (novembre). *Vidal s'installe à Nice (novembre-décembre).*

1943   Capitulation allemande à Stalingrad (février). *Jacques et les siens, Chary et les siens se réfugient en Italie (mai).* Mussolini déchu et arrêté (juillet). *Léon et les siens se réfugient en Italie (août).* Les troupes allemandes occupent l'Italie (septembre). Déportation et extermination massive de la population séfarade de Salonique. *Henriette et les siens ne peuvent se réfugier en Italie et vont se cacher près de Lyon (septembre-octobre). Arrestation de Joseph Pelosoff en gare de Nice (octobre).* Offensive russe généralisée (automne). *Vidal s'installe à La Rochetaillée sous le nom de Louis Blanc.*

1944   Débarquement allié en Normandie (juin). Les troupes soviétiques pénètrent en territoire allemand (juin). Insurrection et libération de Paris (août). *Mort de Jacques pendant l'insurrection de Florence. Vidal rentre à Paris (septembre). Il récupère son magasin et son appartement, et s'installe avec Corinne et ses enfants rue Demours.*

1945   Capitulation de l'Allemagne (mai).

1946   *Mort de Myriam Beressi.*

1947   *Mort d'Henriette, sœur aînée de Vidal.*

1947   *Mathilde se marie à Milan et divorce aussitôt.*

	Naissance de la première petite-fille de Vidal.
1948	*Naissance de la seconde petite-fille de Vidal.*
1949	*Vidal quitte son magasin de la rue d'Aboukir et s'installe rue de Mulhouse où il s'essaie dans le textile.*
1951	Mariage de Vidal et de Corinne.
1952	*Après échec rue de Mulhouse, Vidal prend une nouvelle boutique rue d'Aboukir.*
1954	*Corinne et Vidal acquièrent un terrain à Vaux-sur-Seine.*
1955	*Vidal vend son appartement de la rue Demours.*
1958	*Vidal prend une boutique rue Beauregard. Mort de Pepo Beressi dans le métro.*
1963	*Mort d'Élie Hassid.*
1964	*Vidal reçoit la médaille de la Ville de Paris.*
1965	*Mort d'Henri.*
1966	*Vidal prend une ultime boutique rue de la Lune.*
1967	*Mort de Maurice Cohen.*
1968	*Mort de Sophie, veuve de Jacques.*
1969	*Vidal sauve Mathilde.*
1970	*Voyage en Californie.*
1971	*Second voyage en Californie. Mort de Léon.*
1972 (?)	*Pèlerinage en Espagne.*
1973	*Pèlerinage à Salonique et en Israël.*
1974	*Opération de la cataracte.*
1975	*Pèlerinage à Livourne.*
1976	*Mort de Mathilde.*
1978	*Vidal enregistre sa biographie orale.*
1979	*Mort de Liliane et de Mony. Vidal est décoré de l'ordre du Mérite.*
1982	*Naissance de Roland et d'Alice, arrière-petits-enfants de Vidal.*
1983	*Naissance de Gilles, arrière-petit-fils de Vidal. Première séparation avec Corinne.*
1984	*Seconde séparation avec Corinne. Corinne retrouvée. Mort de Vidal le 9 août à 91 ans.*
1986	*Mort de Corinne.*

Table

La Méthode

La Nature de la Nature (t. 1)
Seuil, 1977
et « Points Essais » n° 123, 1981

La Vie de la Vie (t. 2)
Seuil, 1980
et « Points Essais » n° 175, 1985

La Connaissance de la Connaissance (t. 3)
Seuil, 1986
et « Points Essais » n° 236, 1992

**Les Idées. Leur habitat, leur vie, leurs mœurs,
leur organisation (t. 4)**
Seuil, 1991
et « Points Essais » n° 303, 1995

Complexus

Science avec Conscience
Fayard, 1982
Seuil, « Points Sciences », 1990

Science et Conscience de la complexité
(textes rassemblés et présentés par
Christian Attias et Jean-Louis Le Moigne)
Librairie de l'Université, Aix-en-Provence, 1984

Sociologie
Fayard, 1984
Seuil, « Points Essais » n° 276, 1994

Arguments pour une Méthode
Colloque de Cerisy (Autour d'Edgar Morin)
Seuil, 1990

Introduction à la pensée complexe
ESF, 1990

La Complexité humaine
Flammarion, « Champs-l'Essentiel », n° 189

Anthropologie fondamentale

L'Homme et la Mort
Seuil, 1951
et « Points Essais » n° 77, 1977

Le Cinéma ou l'Homme imaginaire
Minuit, 1956

Le Paradigme perdu : la nature humaine
Seuil, 1973
et « Points Essais » n° 109, 1979

L'Unité de l'homme
(en collaboration avec Massimo Piattelli-Palmarini)
Seuil, 1974
et « Points Essais » n° 91-92-93, 3 vol., 1978

XXe siècle

L'An zéro de l'Allemagne
La Cité universelle, 1946

Les Stars
Seuil, 1957
et « Points Essais » n° 34, 1972

L'Esprit du temps
Grasset, 1962 (t. 1), 1976 (t. 2)
LGF, « Biblio-Essais », 1983 (nouvelle édition)

Commune en France : la métamorphose de Plozévet
Fayard, 1967
LGF, « Biblio-Essais », 1984

Mai 68 : la brèche
(en collaboration avec Claude Lefort
et Cornelius Castoriadis)
Fayard, 1968
Complexe, 1988 (nouvelle édition, suivie de Vingt Ans après*)*

La Rumeur d'Orléans
Seuil, 1969
(édition complétée avec La Rumeur d'Amiens*)*
et « Points Essais » n° 143, 1982

Pour sortir du XXᵉ siècle
Nathan, 1981
Seuil, « Points Essais » n° 170, 1984

De la nature de l'URSS
Fayard, 1983

Le Rose et le Noir
Galilée, 1984

Penser l'Europe,
Gallimard, 1987
et « Folio », 1990

Un nouveau commencement
(en collaboration avec Gianluca Bocchi et Mauro Ceruti)
Seuil, 1991

Terre-Patrie
(en collaboration avec Anne Brigitte Kern)
Seuil, « Points » n° P 207, 1993

Politique

Introduction à une politique de l'homme
Seuil, 1965
et « Points Politique » n° 29, 1969

Vécu

Autocritique
Seuil, 1959
et « Points Essais » n° 283, 1994
(réédition avec nouvelle préface)

Le Vif du sujet
Seuil, 1969
et « Points Essais » n° 137, 1982

Journal de Californie
Seuil, 1970
et « Points Essais » n° 151, 1983

Journal d'un livre
Inter-Éditions, 1981

Mes démons
Stock, 1994

Une année Sisyphe
Seuil, 1995

Les Fratricides
(Yougoslavie-Bosnie 1991-1995)
Arléa, 1996

Pleurer, Aimer, Rire, Comprendre
1er janvier 1995 - 31 janvier 1996
Arléa, 1996

COMPOSITION : CHARENTE-PHOTOGRAVURE
IMPRESSION : BUSSIÈRE CAMEDAN IMPRIMERIES À SAINT-AMAND (CHER)
DÉPÔT LÉGAL : OCTOBRE 1996. N° 28523 (4/842)

Collection Points